贾梦玮

主编

江苏
散文精选

{ 2021卷 }

四川人民出版社

图书在版编目(CIP)数据

江苏散文精选. 2021 卷 / 贾梦玮主编. —— 成都：
四川人民出版社，2022.7

ISBN 978-7-220-12528-7

Ⅰ. ①江…　Ⅱ. ①贾…　Ⅲ. ①散文集–中国–当代
Ⅳ. ①I267

中国版本图书馆 CIP 数据核字(2022)第 081278 号

江苏散文精选（2021卷）

JIANGSU SANWEN JINGXUAN

贾梦玮　主编

出 版 人	黄立新
责任编辑	张　丹
装帧设计	书香力扬
责任印制	祝　健
出版发行	四川人民出版社(成都市三色路 238 号)
网　　址	http://www.scpph.com
E-mail	scrmcbs@sina.com
新浪微博	@ 四川人民出版社
微信公众号	四川人民出版社
发行部业务电话	(028)86361653　86361656
防盗版举报电话	(028)86361653
印　　刷	成都兴怡包装装潢有限公司
成品尺寸	170mm×240mm
印　　张	38
字　　数	600 千
版　　次	2022 年 7 月第 1 版
印　　次	2022 年 7 月第 1 次印刷
书　　号	ISBN 978-7-220-12528-7
定　　价	88.00 元

目　录

味蕾的记忆

丁　帆

　　人在不同时空中，对食物的感觉是截然不同的。所谓"食不厌精，脍不厌细"是食物得到了巨大满足以后的奢侈需求，味蕾的记忆往往是喜新厌旧的。一种制作再精细的美食，如果成为你每天的家常便饭，你也会厌倦的，味蕾追求的是"异味"，而非"同味"，但是，它有时也是会"喜旧厌新"的，因为在特殊环境中吃到的食物会给味蕾打上深深的时代印记。

　　也许，当你第一次进入豪华餐厅时，尝到制作精细的菜肴使你感到震撼，或许，那种奢靡的仪式感和高档的礼节服务，会让你忘却了味蕾的记忆，记住的只是空间对你的压迫。反之，你在那种并不整洁干净的"苍蝇小店"里偶尔吃到的某种特别味道的菜肴面点，能让你终生难忘。所以，味蕾的记忆往往对食物"异味"的猎取，而非场合与仪式洗劫。

　　最深刻的记忆就是我十六岁下乡插队时几次反差极大的猎食行为。

　　我把从南京带去的香肚在饭锅头上蒸熟以后，请端着饭碗"跑饭"的邻居们品尝的时候，他们竟然吃不出来这是何种原料做成的食物，只是惊讶"世界上竟有这么好吃的东西"！他们一生在粗茶淡饭中度过，没有品尝过"食不厌精，脍不厌细"的烹饪制作。他们往往会像阿Q一样想象城里食物的"异味"，哪怕是去集镇上吃上一盘炒肉丝，都感叹厨司的手艺精湛，因为那是与"未庄"不同的风味。城里的食物不仅是炫耀的资本，同时也是一种味蕾游历的奇妙感觉，这就是乡下人眼中的"城乡差别"。而当一个"城里人"品尝到乡下原始风貌的食物时，他的味蕾记忆也是一种永恒的定格。

　　大麦黄了的时候，当我第一次尝到元麦粉调制的面糊糊时，我惊讶当地农民为什么将它当作"壮猪"的饲料，而那种特别的"异香"在我的齿间游荡了好几天，乃至于几十年来时时想起要喝一大碗荞麦糊糊的欲望。一手端着一碗稀溜溜的荞麦糊糊，一手抓着馒头或卷饼，就着小鱼熬咸菜或大头菜丝，这种粗粝乡村美食便成为苏北平原上时代味蕾上的永恒记忆。何为"相思"，何为"乡思"，或许味蕾上的记忆会胜过万千语言的抒情。

秋收季节，第一次尝到用新米"农垦58"熬的大米粥，那股清香留在我十六岁的味蕾记忆年轮里永远挥之不去，我无法形容那种留在齿间的"天物"味道。为了天天能够吃到"新米"的味道，我用知青下乡第一年由粮管所供应的"皇粮"——陈年中熟米与乡亲们兑换"新大米"，就有邻人说我是"痴阬"，因为"新大米"水分大，且出饭率极低，这对于刚刚从所谓的"三年困难时期"中挣扎过来的饥饿农民来说，吃饱饭才是人生第一位的大事。"新大米"固然好吃，但好吃能抗饿吗？这或许也是另一种眼光里的"城乡差别"。自从离开了农村，就再也品尝不到那种在短暂的一两个月里"新米"的味道了，虽然现在物流异常发达，"新大米"源源不断地流到人们的饭桌上，但是，那种"新大米"的异香就再也找不回来了，是品种出了问题，还是味蕾记忆出了差错？我不得而知。在时间的年轮里，我寻找昔日的"乡思"与"相思"；在广袤的空间中，我在寻觅城与乡的坐标——味蕾的记忆在时空交错中变幻莫测，是食物基因发生了突变，还是人对自然的亲和力渐行渐远？

我插队的地方是胡石言笔下的宝应水乡，一曲《九九艳阳天》就会将我们带入那个酸甜苦辣的火红年代。

1969年的夏天，地处苏北洼地的宝应县遭受了大水灾，在一片汪洋泽国里，所有劳动力都参加了"踩大洋"的工作。所谓"踩大洋"就是将所有的原始木制水车架起来，一组六个人，一天二十四小时轮流踩水车。那时一个生产大队至多有一两台抽水机，根本就无法完成这么大的抽水任务。

人们的脚底都踩肿了，疲劳困乏自不必说，最最麻烦的是无法抵御饥饿的困扰，越是这样的时候人们就越喜欢谈论描述平生吃到过的"美食"，吊出了"馋虫"，谈得越起劲，就越是感到饥肠辘辘。真是"望梅止渴渴更渴"，"谈食抑饥饥复饥"，于是，就着人下稻田捉长鱼（黄鳝），弄夜顿子（夜宵）。其实，那时长鱼在水乡是最不值钱的水产，但是，一般人家并不让它进入自家的餐桌，只是因为吃长鱼实在是耗油，无油则腥。在那个缺油的时代，人们无法奢侈一回，而趁着"踩大洋"揩一下集体的油，却是理所当然的事情。喜欢干这种事情的社员很多，他们手到擒来，用笆斗从生产队的稻墩子里挖半箩筐稻子去电灌站一机，割上一大把二刀韭菜，舀上队库油缸里半瓢菜籽油，掌勺的社员一声招呼，大家带着浑身泥水呼啸而至，在生产队部里端着饭碗，就着那油汪汪的韭菜炒长鱼，便自认为是天下最幸福的美食者。更有甚者说，如果再有二两小酒喝喝，哪怕给个皇帝都不换。在那个环境里，人们的味蕾记忆是最清晰的，半个多世纪过去了，淮扬菜中看家菜"炒软兜"吃过无数口味的品种，包括淮安用水乡特有的蒲菜做辅料的"炒软兜"创新菜在内，却再也吃不出那夜的味道了。可见有时候味蕾的记忆并不是对食物客观中性的评判，它往往是以人处于特定环境下的感觉为转移的。也就是说，味蕾是带有强烈意识形态记忆功能的，只要触碰到它的敏感神经，它一定会在人的脑沟回中留下深刻的印象，且无法删除或修改其密码与程序。

近二十年来，人们从美食的餍足中爬将出来，去寻找昔日农家菜的口味，却很难有所斩获，就是因为人们难以理解美食的哲理是人与生存环境的辩证关系。

慈姑是宝应水乡闻名遐迩的水产品，如今用小慈姑与五花肉红烧，其油汁卤水穿越慈姑的表层结构，直达慈姑肌理，就让许多城里人得出了其肉不如慈姑好吃的结论。殊不知，当年的慈姑是作为人们用来度春荒的主食，每天烀上小半锅无油寡味的清水慈姑，让伢子们吃得怨声载道，叹出的都是慈姑酸味。即便是无污染的食材，它在你的味蕾上留下的记忆也是苦涩的。

不要以为水乡的农民没有肉吃就可以天天吃鱼，其实，除了婆亲和节日待客，他们平时是不吃鱼虾的，尤其是螃蟹，更是无人问津，因为它腥而无肉。不吃鱼虾，一是因为无油的鱼虾是腥的，非一般人家享用得起；二是逮到大鱼就卖掉，给那些有油的人家去享用，于己而言，也算是赚到一笔补贴家用的不菲开支。只有在下荡摸泥摸渣时摸到小鱼小虾，人们才会拿回家与大咸菜一起熬制，那样咸菜就会变得酥烂。如果加入适量的油，起锅时再撒上一把蒜花，那一定是下饭就粥的上好小菜。那时当地流行的一句烹饪诀窍就是"油多不坏菜"，然而，谁家有油呢？那个年代，用油量的大小是衡量一个家庭贫富的试金石。

由这道菜衍生出来的另一道水乡不上台盘的"鲫鱼烧咸菜"，便永远留在了我的味蕾记忆中，也成为我食谱里的家常菜。将鲫鱼用油煸成焦黄起泡后红烧入味，再倒入煸炒好的大咸菜或雪里蕻，炸熟后，用大碗盛好，在寒冷的天气下将它冻起来，鱼和咸菜，美味两者皆可兼得也！时至今日，我也会偶尔下厨去寻觅昔日味蕾留下的那份记忆。

我插队的水乡紧邻淮安平桥，平桥的豆腐至今还是很有名气。那时每天都有穿街走巷的豆腐挑子经过村庄，一声拖着长长的尾音的"豆腐哎——"，唤醒了人们的食欲，是欸乃的豆腐吆喝，搅乱了人们的心绪。于是，有人家就端着饭碗敲上两块两分钱一块的豆腐，权当今日吃上一顿肉了，那都是从鸡屁股抠出来的钱啊。在那割"资本主义尾巴"的时代，一家只能养两只鸡，所有的日用花销都指望这点银子了。一家人能够吃上一顿豆腐，就算是开荤了。一块豆腐恰是一包火柴的价钱，两块豆腐已经够奢侈的了，与咸菜一起烧制最下饭，遇上菜籽收割时，那就更幸运了。多油的豆腐烧咸菜赛如一顿红烧肉了，足以让伢子们开心一天。几年以后，当我读到了茅盾的那篇《卖豆腐的哨子》散文的时候，其开头和结尾处让我字字椎心："早上醒来的时候，听得卖豆腐的哨子在窗外呜呜地吹。每次这哨子引起了我不少的怅惘。""呜呜的声音震破了冻凝的空气在我窗前过去了。我倾耳静听，我似乎已经从这单调的呜呜中读出了无数文字。我猛然推开幛子，遥望屋后的天空。我看见了些什么呢？我只看见满天白茫茫的愁雾。"一瞬间，我就想起了在冬日阳光下那种在惨淡人生中吃豆腐的一丝幸福，那味蕾上永远抹不去的老卤豆腐的味道。

于是，在我无数次的梦中，那似乎带有一丝悲情浪漫诗意的欸乃豆腐叫卖声，将我从破碎的梦的涟漪里惊醒，让我听到遥远的历史暗陬里传来的呻吟，让我看到现实世界中的悲喜，让我幻想到未来世界里人性的异化的万象。

也许，人类在饮食过程的进化中，逐渐被阶梯式的"差序格局"文明所包围，饮食的仪式感便成为一道果腹时的华丽晚礼服，在不同的时空里，饮食者究竟是在吃文化，还是在完成本能的需求？这的确是一个生存哲学选择的困惑。

在茹毛饮血的原始时代，当人的饮食行为类似兽类动物时，他们是用手抓食物生吞活剥的，动作的迅疾凶猛恐怕是没有任何仪式的，也许只有在进入文明祭祀的时刻，他们才有了仪式感，那并非为生存而吞噬食物的行为。

而今，当你坐在富丽堂皇的餐厅里品尝着各种美食的时候，你能否再想起那种在特殊环境下狼吞虎咽的"美食"？

作者简介：

丁帆，男，著名学者、作家。南京大学资深教授，南京大学中国新文学研究中心主任，博士生导师，南京大学校务委员会副主任，南京大学学位委员会委员。国家社科项目评议组成员、中国现代文学研究学会会长、中国当代文学研究学会副会长，中国作家协会理论委员会委员，《中国现代文学丛刊》主编，《扬子江评论》主编，江苏省学位委员会委员，江苏省中国现代文学学会会长。

一生的内容

——我读加缪《局外人》

毕飞宇

荒诞的非哲学呈现：一生的内容

在我看来，《局外人》是一部巨著，虽然它的汉译本只有约 6 万个汉字。加缪用他从天而降的天赋有效地、涵盖式地呈现了存在的本质：荒诞。不管我们承认不承认，"荒诞"已经成为存在主义哲学的一个关键词了。现在，我们要面对的就是"荒诞"这个词。我提醒大家一下，不是荒诞这个"概念"，是这个"词"。这里有天壤之别。

如果"荒诞"是一个"概念"，那么，《局外人》就不该是一部小说，加缪就应该去论证和推导，事实上，加缪没有。加缪只是呈现，描写再加上叙述。

第一，我们先来谈结构。为了把话讲清楚，我们先来回顾一下鲁迅先生的《阿Q正传》。在那篇小说里，人物的结构关系特别有意思：阿Q处在圆圈的中央，从阿Q这个人物辐射出去，形成了一个圆周，圆周上分别有赵老太爷、王胡、小D、小尼姑、吴妈、假洋鬼子，这些人物彼此并没有构成关系，他们毫无关联。等我们看完了小说，我们很快就能发现，阿Q的一生其实是空心的，和没来到这个世界也没有两样。

很巧，《局外人》的结构也是这样的，主人公默尔索蜗居在圆心，从这个圆心出发，辐射出默尔索的老板、同事埃马努埃尔、养老院院长、养老院门房、养老院老人贝莱兹、女朋友玛丽、小混混雷蒙、雷蒙的朋友马松、默尔索的邻居养狗老人萨拉玛诺、餐馆老板塞莱斯特、庭长、检察官，当然，还有神父，他们彼此也没有关系。事实上，默尔索的一生也是空心的，和没有来到这个世界也没有两样。和阿Q有所不同的是，阿Q是真的没有来过，默尔索来过，想放弃，到了他不想放弃的时候，别人却把他放弃了。

如果我们把这个小说简单粗暴地拎一下——为了在两个小时之内把它讲完，我们必须简单粗暴。我们也可以这样说，《局外人》这篇小说总共就写了四件事，分别是葬礼、杀人、审判和拒绝神父的指导。现在，让我们来看一看，加缪是如何去"描写"这四件事的，在这四件事情当中，默尔索到底是一个怎样的人，他的精神，或者说内心，处在了什么样的状态下面——

我们先说葬礼。母亲死了，要下葬。依照批判现实主义的小说常态，小说的重点应当在哪里呢？不是母亲就是"我"，这里头自然也包括母亲和"我"的关系。可是，《局外人》别致了，"我"和母亲的关系它缺失了。缺失的不只是关系，还有葬礼上的情绪。在这个地方，加缪很"搞"，他把他的笔墨放在了另外一个人身上，一个不相干的小老头——贝莱兹。加缪写道："因为皱纹的关系，泪水竟然流不动，它们铺展开来，又重新凝聚起来，在这张被摧毁的脸上形成了一层水膜。"这是整个葬礼上仅有的一次与葬礼相匹配的情绪反应，如果我们读得仔细一点，这一段文字其实又不是情绪；相反，是某种把玩，类似于游戏，像抖音。如果不是这一段抖音，你说默尔索参加了一场婚礼、一次集会，一点问题都没有。我想指出的是，这段抖音并没有出现在葬礼的现场，是"补叙"的。就在葬礼快结束的时候，"我"已经很"喜悦"了，因为我很快就可以回去"睡上十二个钟头"了。到了这个时候，默尔索想起来了，贝莱兹满是皱纹的脸上曾经有过"不动"的眼泪——赶紧发抖音呗，还等什么呢。老实说，这是我第一次读到"不动"的眼泪。不要小看了这个局部，不要小看了这个"补叙"的时间错位，只有顶级的好作家才能做到。这样的描写等于在告诉我们一件事，"我"，和那个母亲的儿子，表面上拥有同一个身份，其实是两个人，他们并没有构成关系。这等于说，在心理这个层面，"儿子"在，"我"却不在。我还要请大家注意一个细节，为了参加葬礼，默尔索的黑领带还是从埃马努埃尔那儿借来的。还是那句话，在葬礼上，儿子的身体在，"我"的身体却不在——默尔索从来都不是一个存在者。

也许我们要说一说《局外人》的开头了。这个开头是如此著名,可以说,在文学史上,这个开头和《百年孤独》的开头构成了两座丰碑。加缪是这样写的:

> 今天,妈妈死了。也许是昨天,我不知道。我收到养老院的一份电报,说:"母死。明日葬。专此通知。"这说明不了什么。可能是昨天死的。(郭宏安译本)

这里面也有一个时间的问题,那就是母亲到底是什么时候死的。说白了,这个时间的问题本质上就是一个人的情感问题,也是对事态的感知、认识和判断的问题。这个开头其实是先声夺人的,因为它违背了伦理常识。我们可以把默尔索的这种状态命名为麻木。可麻木是如何形成的呢?怎么才能麻木呢?抽离。抽离情感、情绪,抽离感知,抽离认识,抽离判断。字面上看,这只是小说语言的语气,其实不是,是哲学的问题,这样的抽离否定了存在者,自然也就否定了存在。

我说过我没有能力谈存在主义,为了把话说清楚,关于"存在"和"存在者",我只能引用海德格尔。他说:存在是存在者的存在,存在者存在是该存在者能够对其他存在者实施影响或相互影响的本源,也是能够被其他有意识能力存在者感知、认识、判断、利用的本源。

我不能说加缪是在海德格尔哲学的指导之下去完成《局外人》的,但是,《局外人》开篇的句式,或者说,《局外人》这样的语气和叙事的方式,那种"丧",那种"躺平",不可能出现在狄更斯和巴尔扎克那里,更不用说雨果了——那是怎样强大的主体性。这也不是福楼拜所说的"作者隐匿",说到底,"作者隐匿"还是一个小说的修辞问题。《局外人》的抽离绝不是小说修辞,是哲学的问题,是存在者的失去。

第二个问题比较有意思,是杀人。谁杀人呢?当然是默尔索。我想说的是,这个杀人现场加缪写得实在是蹊跷。我们都知道的,这是一起发生在海滩上的、偶然的、意外的杀人事件。我们来看看加缪到底是怎么描写"我"杀人的:

　　枪机扳动了，我摸着光滑的枪柄，就在那时，猛然一声震耳的巨响，一切都开始了。我甩了甩汗水和阳光。我知道我打破了这一天的平衡，打破了海滩上不寻常的寂静，而在那里我曾是幸福的。这时，我又对准那具尸体开了四枪，子弹打进去，也看不出什么来。那却好像是我在苦难之门上短促地叩了四下。（郭宏安译本）

　　这个地方我要提醒每一个同学注意，"我"一共开了五枪。第一枪就把人打死了，然后，默尔索对着尸体又开了四枪。这个我们要分析一下的，一个人在什么情况下才会对尸体补开四枪呢？不共戴天之仇，是强烈和巨大的仇恨。但我们马上就要否认这个说法，因为这是一个突发事件，杀人者和被杀者压根儿就不认识，连名字都叫不出来。好，排除。还有一种情况，杀人者有精神障碍。如果我们熟悉整部小说，默尔索再健康不过了，绝对没有精神问题，我们也只能排除。剩下来的，只有一个解释，默尔索是麻木的，用东北人的说法，"脑子没在家"。有一句话加缪描写得非常棒，"子弹打进去，也看不出什么来"。我要给这句话打一百分。这句话妙在哪里呢？这句话简直就是薛定谔的猫：默尔索既在杀人，也没在杀人。在这个地方，如果加缪描写默尔索装子弹、抬手、瞄准身体、放下枪、再抬手、再瞄准脑门子，我们说，这是标准的杀人。而一个人一口气连着扣了五次扳机，这还是不是杀人呢？反而不好说。事实上，到了第二部分，调查法官追问了默尔索这个问题，加缪是怎么描写的呢？——默尔索没有回答。作为一个读者，我要说，加缪在这个地方写得太饱满了，因为没有回答，完成度反而高了。在这个地方，与其说默尔索杀人了，不如说，因为"我"的抽离，默尔索无仇、无恨，他只是干了一件连他自己都无法解释的事。巧了，这件事叫"杀人"。

　　第三，审判。我还是来读一段吧。

　　有一阵子，我还是认真听了。因为他正说道："的确，我杀了人。"接着，他继续用这种口吻，每次说到我的时候，他都说"我"。我很诧异。我侧身朝着一个法警，问他这是为什么。他叫我闭嘴，过了一会儿，

他跟我说："所有的律师都这么干。"（郭宏安译本）

我想说，这个部分加缪写得非常智慧。从字面上看，加缪只是描写一个律师的用语习惯，作为一个律师，一个代理人，他这样的"职业语言习惯"当然再正常不过了，用小说里的原话说，"所有的律师都这么干"。这是不是真的？无所谓。重要的是，在小说的内部，这个人称的置换所带来的效果是触目惊心的——它不是从人物的感受上，而是从语言的形态上，彻底地、干净地"剔除"了默尔索。这等于说，从律师出场开始，你默尔索已"不再姓赵"。即使是在被告席上，默尔索也只是一件 A 货。

第四，默尔索拒绝神父的指导。这个问题有点麻烦。现在我们就要来讨论一下——默尔索的确杀了人，这一点毫无疑问。现在，问题来了，面对神父，默尔索为什么要坚持"我是无罪的"呢？我想这样说，这句话是整部小说的最强音，它牵涉整部小说的结构走向，也牵涉整部小说的精神走向。我们先来看第一个问题：默尔索到底有没有罪？就刑事案件来说，当然有。无论是谋杀、激情杀人，哪怕是误杀，默尔索都很难说他"无罪"。即便"无罪"，起码也"有过"。可默尔索怎么就那样理直气壮的呢？

我们必须回到小说的现场。默尔索是在哪里被定罪的？刑事法庭。然而，我们在小说里看到刑事法庭了吗？没有。这不是一场关于杀人的刑事审理，而是精神和灵魂的审判。这不是刑事意义上的法庭，它直接就是宗教裁判所：它所审理的，是默尔索的精神，是默尔索的灵魂。在这里我必须要引用检察官的话了："一个在精神上杀死母亲的人和一个亲手杀死父亲的人是要以同样的罪名退出人类社会的。"检察官强调说："我控告这个人，他怀着一颗杀人犯的心埋葬了一位母亲。"现在，默尔索面对的是什么？是自己的精神和自己的灵魂。小说到了这个时候，那个一直不是"存在者"的默尔索，他回来了，他"存在"了。"我是无罪的"，这是默尔索的抗争，也是加缪的抗争。附带说一句，加缪一直是、始终是一个有力的抗争者。但是，这里头有一个逻辑上的悖谬：默尔索如果放弃他的抗争，承认自己有罪并忏悔，他的命运是有可能出现转机的，他会活着，然而，他将失去一个存在者的资格与尊严；如果他抗争，否认有罪并拒绝忏悔，他可以获得一个存在者的资格与尊严，但是，他必须死。

可以说，这个悖谬是默尔索的"无间道"，小说发展到这里，我们会发现，默尔索真的是一个"局外人"，永无托生与转世之可能。他将消失得无影无踪，默尔索是空的。

"灵魂是空的，准备好接受一切。"加缪就是这样写的。

然而，默尔索最终的选择不是"丧"，不是"躺平"，是抗争。在加缪这里，这是一以贯之的。"局外人"默尔索终于开始抗争了，在精神与灵魂这个层面，他决定再也不做"局外人"了，他要做一件惊天动地的大事，那就是自己来决定自己的生死。通常，生死这件事是由上帝来完成的。大家一定还记得《西绪福斯神话》的第一句话，这句话是这样说的，它非常关键："只有一个真正严肃的哲学问题，那就是自杀。"这个"自杀"不是形而下意义上的上吊、跳楼或者抹脖子，而是终极意义上的、可以由自我来决定的"死"。上帝已死，他再也不能决定"我"的生死了，那就由生命本体来决定吧。这也是自由的一个部分。默尔索选择了死，这又何尝不是加缪所说的那个"哲学上的自杀"呢？这是一种"先于"本质的存在。我恳请大家一定要注意《局外人》的结尾：默尔索在临死之前体会到的不再是麻木和恐惧，那是本能。默尔索所体会到的不是那些，是幸福。我们可以把这个幸福当作自由来看待——他终于替代了上帝。宣布上帝死亡的，是尼采，证明上帝死亡的，是默尔索。请允许我借用一下鲁迅先生又沉痛又俏皮的句式吧：我到现在终于没有见——大约上帝（孔乙己）的确死了。

现在，这个空心的、早已落入"无间道"的、同时也是抗争的默尔索，终于站在了被告席上。荒诞就此呈现。让我们先来看看，在证人席上，到底有哪些人呢？一共是九个人。其中，八个是证人：

养老院院长、养老院的门房、养老院老人贝莱兹、餐馆小老板塞莱斯特、小混混雷蒙、默尔索的女朋友玛丽、默尔索只见过一面的朋友马松、默尔索的邻居萨拉玛诺。

如果我们对《局外人》的情节有一个比较清晰的记忆，我们很快就能发现，除了默尔索的老板、借领带的埃马努埃尔，还有那个死去的母亲，这个名单差不多就是默尔索这一生的人际了。这句话也可以换一个说法：默尔索这一生所认识的人都坐在了证人席上，他们共同完成了一件事，证明默尔索是死罪。

——这太荒诞了。

刚才我已经说了，法庭把默尔索所有认识的人都叫到证人席上来了，究竟来证明什么呢？

六件事：哭泣、抽烟、喝咖啡、游泳、看喜剧电影、做爱。

就这些。我们如果把这六件事概括一下，再取一个名字，我们只能把它们叫作"日常生活"。这句话我们同样也可以换一个说法：默尔索每一天的日常生活都能证明默尔索的死罪，反过来说也一样，确认默尔索死罪的，正是默尔索的日常。同学们，《局外人》不是一部恐怖小说，但是，每次想起这个，我的内心都充满了无尽的恐怖——还有比这个更荒诞的吗？再也没有了。

请原谅我"哲学的无知"和"哲学的粗鲁"吧，关于小说，什么是"荒诞"？默尔索的生活就是；什么是"存在主义"？默尔索的命运就是；什么叫"他人即地狱"，默尔索的结局就是。小说家和哲学家的区别也许就在这里了——在"理性不及"之处，小说冉冉升起，小说之光遍照大地。

小女人及地点问题

小说告诉我们，证人席上一共有九个人，刚才我只说了八个。那么，剩下来的那个人又是谁呢？"小女人"。她一点不重要。我估计大家都已经记不得这个小说人物了。这个人其实也不在小说的叙事脉络里，她并没有和作品中的任何人和任何事发生实质性的关系。她甚至连名字都没有，作者干脆就叫她"小女人"。

这个"小女人"在《局外人》中出现在第一部分的第五小节。默尔索和玛丽十分无聊地讨论完结婚的事情，打了一个无聊的 Good-bye kiss，去塞莱斯特餐馆吃晚饭了。这个时候，无聊的默尔索更加无聊，他邂逅了"小女人"，作者写道：

> 我已开始吃起来，这时进来一个奇怪的小女人，她问我她是否可以坐在我的桌子旁。当然可以。她的动作僵硬，两眼闪闪发光，一张小脸

像苹果一样圆。她脱下短外套，坐下，匆匆看了看菜谱。她招呼塞莱斯特，立刻点完了她要的菜，语气准确而急迫。在等冷菜的时候，她打开手提包，拿出一张小纸和一支铅笔，事先算好钱，从小钱包里掏出来，外加小费，算得准确无误，摆在眼前。这时凉菜来了，她飞快地一扫而光。在等下一道菜时，她又从手提包里掏出一支蓝铅笔和一份本星期的广播节目杂志。她仔仔细细地几乎把所有的节目一个个勾出来。由于杂志有十几页，整整一顿饭的工夫，她都在细心地做这件事。我已经吃完，她还在专心致志地做这件事。她吃完站起来，用刚才自动机械一样准确的动作穿上外套，走了。我无事可干，也出去了，跟着她一阵子。她在人行道的边石上走，迅速而平稳，令人无法想象。她一往无前，头也不回。最后，我看不见她了，也就回去了。我想她是个怪人，但是我很快就把她忘了。（郭宏安译本）

　　我想这样说，《局外人》这部作品当中有没有这一小段，其实没那么要紧，没有这一段，一点也不影响小说的整体格局。可我还是要说，如果加缪是一个二流的小说家，在小说当中出现了一些闲笔，写了一些无关要紧的人物，这是可以理解的，有时候甚至是必需的。但我要告诉大家，这一小段可不是闲笔。它是作者精心策划的。我这样说有依据吗？有。我能证明吗？能。其实，是加缪自己证明了的。在第二部分的第三小节，这个小女人再一次出现了。加缪写道："在他（塞莱斯特，毕注）身边，我认出了在饭馆（塞莱斯特饭馆，毕注）见过的那个小女人，她还穿着那件短外套，一副坚定不移、一丝不苟的神气。她紧紧地盯着我。"如果是闲笔，加缪是不可能让这个小女人坐到证人席上去的。他在"用"她。

　　既然不是闲笔，接下来我们就要问了，加缪为什么要写这个小女人呢？我还是换一个问法吧，同学们能不能告诉我，你们熟悉这个小女人吗？

　　你们当然不熟悉，没关系。那我们就来做一个游戏吧，我们把小女人手上的纸和笔都扔了，换成一部手机——好的，我听到你们的动静了，感谢你们的敏感，你们做出了合理的反应。是的，现在我们都很熟悉这个小女人了。她是精致的、业已成形的流行文化的追随者，她同时还是精致的、业已成形的消费文化的实践者。我们对她不应当感到陌生。

在《局外人》当中，我们没有看到加缪对流行文化和消费文化的具体描写，但是，加缪是多么敏锐，他已经捕捉到了未来社会的一些迹象，尤其可怕的是，通过这个小女人，加缪提供了一种精神气质，那就是理性。注意，这不是一般的理性，是激进理性。激进理性使小女人不再是一个人，成了机器，是外部的文化所养育起来的机械人。

有一件事情我们不该忘记，那就是《局外人》的写作时间，它的写作动机诞生于1937年，出版于1942年。这个时间段清晰地告诉我们，《局外人》诞生于二战正酣的时段，整个欧洲都饱受纳粹的蹂躏。我们都知道，纳粹是疯狂的，这疯狂可以有另外的一个说法，那就是激进理性，它们是一码事。激进理性是一种绝对的理性，是"流行文化"，也就是统一意志的完整内化，理性取代了人性，机械性替代了生命性，统一性剥夺了个体性。当这种统一性和机械性汇合在一起的时候，再一次激荡了"流行文化"。激进理性的反复内卷，最终成员就是这个"小女人"。我们都知道，理性是启蒙运动的大旗，它开启了人类历史的新篇章。但是，理性本身也在发展，理性本身也存在一个异化的问题，它自然就必须经历反思与批判。如果失去了反思，失去了批判，理性就极有可能发展成绝对理性、极端理性，也就是激进理性，说得学术一点，那就是"工具理性"。激进理性所背离的是常识理性，最终，它会演变成一台疯狂的机器，碾压的，摧毁的。某种程度上说，这个"小女人"就是当时的欧洲文化的一个具体写照。冷漠、无情、空洞，唯一会做的事情就是"算"。

默尔索也冷漠，也无情，也空洞。某种程度上说，默尔索其实也是"小女人"。当"小女人"第一次出现在塞莱斯特餐馆的时候，默尔索已经从这个"小女人"的身上看到了一样东西，那就是他自己。否则，默尔索不会跟出去。默尔索跟出去可不是泡妞哈，不是。如果是，那就好了，那至少说明默尔索的内心还保留一份激情，也许还有那么一丁点儿的爱。默尔索没有这些，这一点我们可以从默尔索和玛丽的关系当中看得出来。所幸的是，默尔索杀人了，命运中断了默尔索成为"小女人"的发展之路。默尔索拒绝认罪，拒绝忏悔，拒绝活着，其意义等同于他拒绝了走进那个机器人的行列。然而，荒诞的是，这个冷漠的、无情的、空洞的、会"算"的"小女人"，这个钢铁一样坚硬、引擎一样迅速的"小女人"，她走上了证人席。这个被激进理性异化了的漂亮肉体，她成了他人道德的代言人和裁决者——这就是当时的欧洲所处的文化处境。加缪对这种文化的批判和介入能有多大的作用，这个我不知道，但是，从《局外人》所体现出来的精神力量和美学力量来看，那是全力以赴的和一往无前的。

最后一个问题是一个小说的技术问题。你们也许会问，你刚才说，"小女人"就是当时的欧洲文化的一个具体的写照，《局外人》所体现的问题当然只能是那个时代欧洲的问题——可这个小说写的是非洲啊，小说交代得清清楚楚的，小说的地点是阿尔及尔，还有马朗戈，一个离阿尔及尔八十公里的地方。它们和欧洲又有什么关系呢？

有一件事情我们是不该忘记的，那就是加缪来自哪里，他来自法国的非洲殖民地。就在写《局外人》的时候，他刚刚回到巴黎。我们可以说，在精神上——通过图书和媒体——他从来没有离开过欧洲，但是，作为一个小说家，你让他在这样的时刻硬去写巴黎，他其实是没法写的。他写不动。他所熟悉的，能够描写的，依然是非洲，哪怕是身在非洲的欧洲侨胞。这就是小说家的局限。那么，我们能不能把《局外人》这部小说改一个名字，叫《非洲故事》呢？不能，因为它在文化上和非洲没有一毛钱的关系。听我这么一说，这部小说即刻就陷入绝境了，它该怎么写呢？换句话说，它该让人物和事件来自什么"地方"呢？

整部小说，小说的地点都是阿尔及尔，还有马朗戈。其实，这部小说有它的秘密，这个秘密就是小说的隐含性地点。这个隐含性地点像幽灵一样，从头到尾都在《局外人》的内部游荡。加缪的智慧就在于，他把这个幽灵做成了钉子，狠狠地钉在《局外人》这部小说的内部。就像加缪描写默尔索母亲的棺椁一样，那些钉子在停尸房里闪闪发光。

大家耐心一点，依照小说的顺序，我来一个一个地给你们将：

一、在第一部分的第一章，养老院的院长出现了，他有一个特殊的身份，他获得过法国荣誉军团勋章。

二、还是在第一章，养老院的门房告诉默尔索，天气太热，母亲的尸体不能存放太久，必须马上下葬。这不符合规矩，因为巴黎的习惯是停尸三四天。

三、第五章，默尔索的老板找默尔索谈话，让默尔索回到巴黎去，老板想在巴黎开一个办公室。

四、玛丽想和默尔索结婚，他们想去巴黎，作者写道，巴黎有很脏的鸽子，整个城市都黑乎乎的，但人的皮肤是白的。

五、默尔索认识了马松，马松结婚了，他的太太有"巴黎口音"。

六、这是第二部分的第三章，是对法庭的描写，这里头居然有来自巴黎的记者。

七、第二部分的第四章，庭长对默尔索说，要以法兰西人民的名义在一个广场上将他斩首示众。

八、第五章，开始判决默尔索了，作者写道：判决"是由一些换了衬衣的人做出的，它是要取得法国人民信任的，而法国人是一个很不确定的概念"。

九、还是第五章，加缪写到了断头刀。这个断头刀是有来由的，作者说，"这是1789年的缘故"。

不要小看了《局外人》内部这些零散的、随性的交代，就因为它们，《局外人》终于变成了一部发生在非洲的、其实和非洲无关的小说。加缪所关注的，所面对的，正是那个烽烟四起的、肉体与精神都处在极端困境的欧洲。这不是煞费苦心的一件事，我想说的是，对一个好的小说家而言，这都是自然而然的，他必须这么干，只能这么干，就这么简单。

作者简介：

毕飞宇，1964年1月出生于江苏兴化。中国作家协会副主席，江苏省作家协会主席。20世纪80年代中期开始小说创作，作品曾被译成多国文字在国外出版。曾获得两届鲁迅文学奖、第八届茅盾文学奖、第四届英仕曼亚洲文学奖等多种重要奖项。2017年8月21日，荣获法兰西文学艺术骑士勋章。

淮 安 行

范小青

炎热的夏天快要过去，凉爽的秋风正在路上，人的心里也会升腾起一种跃动，就是在这样一个季节交替、人心纷繁的时候，我又一次来到淮安。

说又一次，不为过。

我来淮安的次数很多，或者说，在江苏的各个设区市，我到淮安的次数几乎是最多的了。

似乎始终是有什么东西拉拽着我、吸引着我一次次来到淮安，来到运河之都。

淮安是一座与运河相伴相生的城市，距今 2500 多年前，大运河最早开凿的河段邗沟，淮安就位于邗沟的北端，后逐渐成为运河名城，有过"制盐甚多，供四十城市之用""天下粮仓"的辉煌。淮安，见证了运河的繁荣；运河，则催生了淮安的发展。至明清两代，淮安更是交通发达、商业繁盛、人文荟萃，运河在促进淮安经济发展的同时，也大大促进了淮安文化，尤其是市民文化的发达，明清期间，淮安成为《三国演义》《水浒传》《西游记》《金瓶梅》四大奇书的重要发祥地。这是运河给予淮安的最伟大最了不起的馈赠，也是历史留下的最耀眼的文学瑰宝。

运河—生活—文学，就这样形成了一个良性的美好的循环。

我想，这应该是引导我一次次来到淮安的重要原因。

清江浦

在运河之都的中心之中心，有一块不得不走、不得不看、不得不提的土地：清江浦。

清江浦,一个历史地名,那是一个记忆,一段往事。

但是,用"记忆"两字来命名一个博物馆的,我却是未曾见过。

记忆,让我们闻到的亲切而又熟悉的味道,激起了对于过往时光的追寻和探索。

这是文学的味道,这是在深厚的文化底色上,在新的时代,绽开出来的奇葩。

1415年,在京杭大运河开凿出了一条不平常的河道,这就是清江浦,这个南北方漕运的重要枢纽。

曾经有人说,因为清江浦是最靠近黄河和运河交汇处的城市,它的畅通或淤塞,甚至可以决定大运河乃至整个国家的生与死。

虽然那是从前的事情,但是今天听起来,仍然能让人身临其境地感受到其中巨大的力量和多舛的命运。

那就让我们看一看这条河流、这块土地上曾经的样貌吧。

清江浦记忆,在这里完整、完美地呈现了当年的河道中心、漕运转输中心、漕船制造中心、淮北食盐集散中心的风貌,这是运河沿线的一颗璀璨明珠,它既有着深厚的文化底蕴,又展现出浓浓的民间生活的烟火气。

我们走过几百年前的清江浦老字号,经常懒得拍照的我,也忽然激动起来,拍下了这里的每一间店铺,东汤车骡场、兴隆粮行、大有粮行、茂盛盐栈、洪门寺豆腐店、戴燮春银楼、恒源泉酱园店、仁德生、庆生钱庄、震丰绸缎庄、电报局、景家花庄、山西会馆……

然后,再去赶一赶清江浦的庙会,走一走清江浦的古巷老街,看一看清江浦的民宅,你会忽然发现,600年过去,一切仍然在我们心上,这许许多多老字号里渗透出来的气息,这一间连一间的民居以及其中的日常生活,那就是家的气息、家的味道。

我们回家了。无论你的家在哪里,你都能在这里找到回家的感觉。

这一切,都是在这个名为"记忆"的博物馆中发生的。一个他乡的博物馆,让远乡人寄托了自己的乡愁。

因为它是"记忆"。

河下古镇

去河下古镇，不是这一次，是上一次、再上一次。

肯定不是一个人来的，有一群人，三五个，十多个，对于一个只有一条小石板街的古镇来说，忽然来了十多个人，算是车马盈门、宾客如云了吧，会很吵闹、喧哗吧。

其实不用担心，不要说三五成群十来个人，即便来再多的人，即便有再大的动静，河下仍然是河下，它仍然是安静的、平和的，它有自己强大的气场。这个气场，外来的人、再多的人也打不乱它的。

毕竟，河下有着漫长而深重的历史沉淀，2500年前就有了河下，几千年来，历史在这里驻足，留下了痕迹，时光在这里停顿，抚摸过大地与山河。

几千年的积累，不是随随便便就能惊动的，不是你我数人就能冲破的。是的，凡是外来的人，凡是从外面来到河下的人，似乎都已经知晓了。大家的脚步是轻轻的，说话的声音也放低了，好像要去配合河下天生的恒远的宁静。

河下完全有资格安安静静一言不发地待着，此时无声胜有声，因为在它平凡的外表之下，饱藏着令人惊叹的秘密。曾经的108条街巷、44座桥梁、102处园林、63座牌坊、55座祠庙……我们能够想象出这里曾经发生的故事、传说，我们可以看到这里曾经的辉煌……

不过，千万别误会了，别以为河下只有一个"静"字。

河下的"静"，是和它的"动"紧紧结合在一起的。我们走着走着就已经感受、呼吸到了，历史的人物就在这里，他们的精神气在这里飘逸，在这里行走，韩信、枚乘、吴承恩……他们的身影融入河下的空气之中，飘荡在古街的每一个角落。这就是动感呀。

一直到今天，河下仍然是静的，同时也是动的。老街上普通民居的门前，摆着各色河下的土特产，满是民俗的样子和通俗的味道，老卤大头菜、顾家茶馓、德源酱园……热气腾起来，动感充沛，香味扑鼻来，烟火气十足。文楼里的正宗淮帮菜以及文人相聚的情趣，文友文心文趣，宜酒宜诗宜茶；还有一个上联"大小姐，上河下，坐北朝南吃东西"，据说至今无人对出下联，也算是河下一绝。

古镇是供人观赏的，更是让人体会的，体会它的古老的同时，也体会它在现代社会中的模样，百姓的日常生活在这里继续展开，并没有因为它成了旅游景点而被剥离出去。于是，历史也没有中止，继续书写着河下的册页。

河下的日子，既静又动，既动又静，十分自然融合。

这是真实的、普通而又不普通的河下，以及河下的日子。

周总理和故乡

在淮安，有一个不能不提的名字：周恩来。

古城淮安，古运河边，宋代的镇淮楼、明代的文通塔，这两座古朴而又别致的古建筑如同守护神般护卫着淮安城里的街街巷巷。这许多纵横交错的街巷里，有一条普通而又不普通、平凡而又不平凡的小巷。它就是后来被无数人常常念叨、常挂于心间的驸马巷。

驸马巷是周恩来总理的出生之地。

100 多年前的 1898 年 3 月 5 日（农历二月十三日），周恩来出生在驸马巷周宅的一间小屋里，自此，他伟大而又曲折多难的人生从这里开始了。

周恩来的童年和少年生活并不平安，但是种种际遇并没有影响他对故乡的爱。走出故乡的周恩来，永远铭记着乡情，永远寄托着乡愁。

那一张写字的小方桌，那一棵百年的蜡梅，院子里的那一口水井，还有城里的镇淮楼、文通塔、南门大街、大运河……

1959 年 1 月，周恩来从广东飞回北京，飞机飞到淮安上空时驾驶员降低了飞行高度，在淮安上空盘旋了三圈。就这样，总理在驾驶舱里看到了淮安，相遇了日夜思念的家乡。

总理说："淮安的变化不大，大运河、宝塔、镇淮楼都还在，只有南门大街好像变宽了。"

这是最真实的心声、最感人的文字，这就是文学最坚实的基础。

文学，就是人，就是感情，就是生活。

运河，给了我们感情，给了我们生活。运河边的淮安人，从运河那儿获得了生活的资源和理想的动力，淮安是运河滋养出来的了不起的城市。千百年来，淮安又以自己不懈的奋斗，为运河增光添彩。这里，始终展开着运河岸上生动真实的生活图卷，始终叙述着有滋有味的运河风情画卷，始终书写着如同《清明上河图》般的运河长卷。

作者简介：

范小青，女，著名作家。鲁迅文学奖获得者。江苏省作家协会原党组书记、主席。政协第十二届全国委员会委员，中国作协全国委员会委员，江苏省政协常委、教育文化委员会副主任。

《掬水月在手》观影后的感想（外一篇）

叶兆言

在南京的电影院看了《掬水月在手》，上座率并不高，看了以后很有感慨，忍不住想说几句。首先要感谢导演，感谢制片人，感谢还能有这样一个很好的团队，把叶嘉莹先生的事迹记录下来。随着时间的推移，我们最终一定会意识到，这样即使没有什么票房的小众纪录片，还是有着非常的意义，如果我们今天不去做这样的记录，一定会后悔的。

也是因为看了这部纪录片，它勾起了我儿时学习古典诗词的一些回想。说起来有点可笑，我最初的学习，应该说是完全无意识的，是非常偶然的。我生于1957年，小学和中学的学习环境，都不能算太好，可以说是非常不好。那个年代根本就不太在乎读书，也没有什么高考。我能够接触到古典诗词，真的是很偶然。

首先是莫名其妙地开始背诵，开始死记硬背，为什么会这样，现在回忆，正合了李商隐的那句"只是当时已惘然"，真说不清楚。可能是因为家里老人的鼓励，有一次，几个孩子在一起玩，我一气背了好几首宋词，我祖父就表扬我，说这孩子不错，竟然知道不少古诗词。当时并不知道这种随口表扬，只是为了哄小孩子，从此我就有了虚荣心，就开始喜欢死记硬背了。

刚开始，只是数量，小孩子记性好，来得快，很容易会有一种数量上的满足。当你突然发现自己能背几十上百首古诗词时，你会很得意，就像小孩子玩储蓄罐，你发现里面竟然藏着那么多的零钱，这个真的是很好，很容易让人心满意足。

后来我又开始背诵长一点的诗歌，譬如背诵白居易的《长恨歌》和《琵琶行》，为什么呢，为什么会是些长一点的诗歌？原因很简单，因为这个更容易打发时间。在我的人生中，经常会把诗歌当作睡不着觉时的安眠药。助眠可以有很多方式，你数羊也是数，一只羊两只羊，数着数着就睡着了。在飞机上、火车上，你无事可做感到无聊时，背背这些长诗，时间也就轻易地打发过去了。

人生有时候就是一些莫名其妙的小乐趣在支撑，小时候，总是惦记储钱罐的零钱，不时地数一数自己能背多少首唐诗，会背多少首杜甫诗，这是很好玩的事。而且背诵长一点的诗，既解决了无聊，同时又可以助眠，何乐不为呢？昨天从南京到淮安的路上，两个多小时的路程，因为我有午休习惯，在车上又很难睡着，于是，我跟同车人聊了一会儿天，就开始背《长恨歌》，背完了"此恨绵绵无绝期"，又开始背《琵琶行》，差不多背到"银瓶乍破水浆迸，铁骑突出刀枪鸣"的时候，我就睡着了，等醒过来，我们的车已经下高速了，时间就这样打发过去，这实在是太奇妙，太好了。

坦白说，我学习古典诗词完全是野路子，是标准的野狐禅，就是死记硬背。具体地说，最初喜欢的都是一些豪放派的诗歌，都是金戈铁马，都是掷地有声的句子。"少年何不带吴钩，收取关山五十州""早岁那知世事艰，中原北望气如山""壮志饥餐胡虏肉，笑谈渴饮匈奴血""……江南游子。把吴钩看了，栏杆拍遍，无人会，登临意"。无知也就胆大，无知最容易自以为是，不过现在重新回忆起小时候，我仍然觉得背些古诗词，不管你背什么，肯定不是什么坏事。

我是鼓励孩子们背些诗词的，闲着也是闲着，无聊就无聊吧，我们的脑细胞趁年轻，储存一些古诗词肯定是没有坏处的。如果孩子有兴趣，能把《红楼梦》中的那些诗词小曲什么的都背下来，这肯定也是非常有趣。对孩子来说，可能他并不完全理解所背诵的诗词含义，诗词放在他前面，他可能只是觉得有趣和好玩，于是就有可能开始背，死记硬背也没什么不好，这其实是学习文化最自然最简便的方式。

事实上，直到上了大学，我对中国古典诗词的认识，才有根本的转变，才开始从豪放开始转移到婉约。说起这个转变，要感谢大学里的系统教学，感谢沈祖棻先生的《宋词赏析》。我终于有机会从诗词的宏观世界走进诗词的微观世界，我终于明白，对于古诗词，只会背诵还是远远不够的，好的诗词，不仅可以背诵，还能让我们很好地去咀嚼，去体会，中国古典诗词绝对是博大精深。

因为看了《掬水月在手》，我也要借此机会，向叶嘉莹先生表示致敬和感谢。我记得叶先生曾说过这样的话，她这一生所做的事，无非是要"对得起古人，对得起学生"，我觉得叶先生人生无憾，她确实做到了这两点。

首先，她是真的对得起古人，因为她这一生的努力，把已经逝去的古人重新拉到了我们的面前，让古人复活了，她让古诗复活了，这是非常了不得的功德。

其次，她教会了学生，她让无数的中学生大学生、无数的诗词爱好者重新燃起了对中国古典诗词的热爱。看看她讲课的效果就知道了，她这一生，对得起她的学生，这同样是非常了不得的功德。

最后，还想强调一下看过《掬水月在手》产生的人生感慨。在介绍叶先生时，我们总是更多地喜欢讲述她人生的不幸，所谓"文章憎命达""国家不幸诗家幸，赋到沧桑句便工"，好像叶先生能有今天，更多的只是因为她的苦难。《掬水月在手》这部纪录片，也有意无意地一直在强调这一点，似乎只是王国维先生说的那种人生"百凶"，造就了叶先生。叶先生能有今日，是经过了种种磨难，是因为这样那样的不幸，因为苦难，因为百凶，这才造就了今天的她。

以我对叶先生的了解，感受最深的还是觉得叶先生太幸运，为什么呢，因为有意无意，她走的每一步，她人生的每一次重大选择，像押宝一样，都是对的。大学毕业以后，从中学老师到大学老师，这一步很重要。她离开大陆去台湾看似偶然，去美国也是偶然，这些偶然对她做学问来说，都是非常有利的。最后又从国外回到了国内，在讲学最好的年龄，她又到了南开。说老实话，在国外教外国人学习中国古代诗歌，有时候就是混口饭吃。说对牛弹琴有些过，但是要想找到知音，还真是应该回到中文环境来。

只能这么说，在国外的教学经历，给了叶先生更好的研究机会，更进一步打开了叶先生的视野。单纯从做研究的角度看，到国外去是好的，是非常有必要的。去了国外，我们可以打开眼界，能出去，又能回来，这是叶先生的看家功夫，是叶先生的独到之处。

因为叶先生，我还想到了两位女性，一位是我的姑妈，她比叶先生大两岁，比女作家张爱玲小两岁。她是金陵女子大学的毕业生，年轻时喜欢文学，喜欢写作，也是个才女。我的姑妈后来成了中央人民广播电台的工作人员，专门负责和外国人通信。她一生中，很长时间都在干这个，因为和老外通信，她开始收集邮票，因此成为中国集邮协会最早的资深会员。我情不自禁地想到，如果我的姑妈人生没有放弃，一直坚持文学创作，她又会怎么样呢?

还有一位就是沈祖棻先生，她的年龄要略大一点，比叶嘉莹先生大了15岁。对于我来说，沈祖棻先生在古典诗词方面，几乎就是神一样的人物，她被誉为当代的李清照。如果不是因为车祸，如果沈先生能和程千帆先生在晚年一起重回南京大学教书，这会是一件多么令人向往的事情。我们都知道，沈先生离世的时候，还没有到70岁，她还有很多余热可以发挥。

因此，说到底叶嘉莹先生是幸运的，她这一生求仁得仁，功德圆满。因此，在感谢叶先生一生的功德时，我们也要感谢苍天，感谢苍天保佑了叶先生。

瑞安一日

春天到了，桃花开了，梨花开了，樱花也开了。一直闷家中写长篇，心里憋得慌。杭州陆春祥兄突然来电，问是否愿意到瑞安走走，看看春天的菜花，顺便看看瑞安的国旗馆、孙诒让的玉海楼、忠义街的利济医学堂。电话里我也没弄明白怎么回事，甚至都不知道瑞安在哪里，稀里糊涂就答应了。

答应后我才知道瑞安在温州，温州这地方去过六七次，竟然还不知道瑞安，由此可见自己糊涂。反正答应了就得去，说成行便立刻成行，现如今有了高铁，三个多小时也就到了。

坐在高铁上看足了菜花，那一片片金黄色，衬着翠绿柳色，衬着红的石楠新叶，春天气息仿佛要扑进车窗来。此时，我心里却想着国旗的历史，因为写小说，写到辛亥革命那一段，我一直都在悄悄地做国旗研究。当年清政府因为别的国家都有国旗，为了国事活动以及要和别国谈判签不平等条约，就不得不照葫芦画瓢临时找个龙旗代替。这个草率的代替，无非是用一段掌故告诉后人，清朝的龙旗带着浓厚的封建色彩。放眼世界各国，只有不丹的国旗上是一条龙，不丹现在确实还是个封建王国。

辛亥革命，武汉革命党人竖起了铁血十八星旗，新诞生的中华民国曾准备以此为国旗，后来经过反复争论，选定了五色旗。历史地看，十八星旗代表着十八个汉人省份，更有民族独立的意思，而代表着汉、满、蒙、回、藏五族共和的五色旗，显然要比铁血十八星旗更合适。1927年，国民党政府定都南京，南京国民政府替代了北京民国政府，随着第二年东北的张学良易帜，"青天白日满地红"正式成为民国国旗。

然后便是1949年以后的五星红旗，说起五星红旗，瑞安人最得意，因为它是瑞安人曾联松设计的，瑞安专门建了个国旗教育馆纪念此事。到瑞安，有很多东西可以看，你最好去看一看这个国旗馆。国旗里有很多故事，参观国旗馆，意味着对中国历史的一次简单回顾。探寻国旗来历，考察它的设计要素，研究国人的国家理念，会发现我们对数字的偏好，对颜色的喜爱，譬如为什么我们都会喜欢"五"，为什么我们会喜欢红色。

1949年8月20日，国旗评选委员会共收到近3000幅国旗图案，今天大家都熟悉的五星红旗，初选时是被淘汰的。很重要的原因是原图中那颗大的五角星，有个类似苏联国旗的锤子镰刀。在瑞安的国旗馆，看到了当时入围的一堆国旗图案，不得不承认曾联松设计的五星旗，相比较起来，更好看一些，更耐人寻味，而原图中的"锤子和镰刀"，与别国国旗太像，确实不太合适，把它拿掉，实属高明之举，得到了评委的一致通过。

还是回到数字和色彩上，前面说过，中国人喜欢"五"，喜欢五行的金木水火土，喜欢方位的东西南北中，喜欢道德的仁义礼智信，"五"是个很吉祥的数字。"纷纷暮雪下辕门，风掣红旗冻不翻"，红是中国人最喜欢的颜色，它象征着先驱者的鲜血，象征着勇敢和真诚。无论是民国政府的五色旗，还是国民政府的"青天白日满地红"，红色都是最重要的色彩。

参观国旗馆，情不自禁想起当年沧桑，想起当年那些德高望重的终评委。他们认真选择，最后选定五星国旗，脑海里会闪现过什么样的念头，他们的评判标准又是什么。在评委名单中，我看到了茅盾，看到了马寅初，看到了田汉和徐悲鸿，看到了艾青和梁思成。很显然，最后选择是正确的。不妨设想一下，如果你是评委，如果你有机会选择，又能选择什么，又会选择什么呢？

上午参观国旗馆，下午便参观孙诒让的玉海楼。孙诒让是国学大师，上大学时，我对其十分敬仰。谈不上下功夫，对高邮二王、金坛段玉裁、浙江的俞樾和孙诒让以及俞樾的弟子章太炎、章太炎的弟子黄侃都是高山仰止。记得教我们古文的老师，对于这些前辈名字，经常脱口而出。谈论旧学，肯定要讲师承，饮水要思源，文无一字无来历，赋不干通不作家。

在玉海楼有副对联：天下翰林皆后辈；朝中宰相两门生。孙诒让也可以算是地道的官二代，他的父亲和叔叔都是进士，叔叔孙锵鸣当考官，推荐过李鸿章和沈葆桢。可惜孙诒让自己的考场生涯并不得意，屡试不爽，没做过什么官，然而他专攻学术，精研古学 40 年，融通旧说，实在是后来读书人的好榜样，起码在我心目中，比他的父辈更有地位。

作者简介：

叶兆言，男，著名作家。江苏省作家协会原副主席、南京市作家协会主席。著有《叶兆言文集》（七卷）、《叶兆言作品自选集》等。《追月楼》获1987—1988 年全国优秀中篇小说奖、首届江苏文学艺术奖。

三 山 缘

储福金

一

上一次去金山寺，大概是 20 年前的事了。我这么多年，多与山水结缘，细想起来，不同国家与地区的寺庙也游览不少，有朝鲜、韩国、日本、印度、尼泊尔以及东南亚诸国的。名山大川名寺大佛见得多了，亲近之心不减，相融之感已生。

再入金山寺，见大香炉上铸有"江天禅寺"四个字。金山寺本就是江天禅寺，由清康熙帝题名而定，这里沿用旧称。从大雄宝殿后拾级而上，登高至顶，到康熙帝题"江天一览"碑前，放眼望去，经无数岁月的沧海桑田，长江水道不见了，眼下只有一片水面，四围已是城市风光。

在慈寿塔上凭栏远眺，焦山在东面江天之中。旧称焦山为东浮玉，金山为西浮玉。焦山雄峙扬子江心，树木繁茂，古寺掩映其间，人道"山裹寺"；而金山寺是围山而筑，人道"寺裹山"。以往也曾数次去过焦山，很爱那江边倚山之道和山间葱茏之色，觉得高僧大德的修行理应在如此清幽之处。

焦山寺名"定慧寺"，亦是康熙帝所题。康熙题这两座寺名，颇有意味。苏东坡有诗云："金山楼观何眈眈，撞钟击鼓闻淮南。焦山何有有修竹，采薪汲水僧两三。"对金焦两山的外形内涵做了比较。康熙以"江天"来题名金山寺，辽阔江天，其势在外；又以"定慧"来题名焦山寺，禅修定慧，其蕴在内。

金山寺自清代以来，已与陆地相连，但是浮于我意识中的金山形象，却总是四周围着水的焦山模样，细细想来，这便是我登金山寺有陌生感的原因吧。也许是这些年看多了有关许仙、白娘子的电影和电视剧，产生出来的意象。银幕与屏幕上的形象是立体的生动的，白蛇传的故事少不了连着法海，连着金山寺，水漫金山便是围着金山的四面江水升起来，卷上来，奔腾着滂潮激浪的喧啸，夹带着虾兵蟹将的呐喊，而寺中的和尚们依然稳稳地坐着，敲着木鱼……

二

下得塔来，想着要去看一看法海洞。法海洞旧时肯定是看过的，但在记忆中完全没有方位了。及至寻到那洞，并非在隐蔽处，但洞中的容身之处也太小了。不免体味一下这法海，都说他管闲事也就罢了，偏偏管的是人家的好姻缘。最后惹得白娘子索夫不得，水淹了金山，犯了天条。反观法海，也脱不了干系，总觉他太执着教条，有些不慧了。

但还是要为这金山住持法海说两句话。禅宗为大乘佛教，讲的是普度众生。在洞里悟了，还须到尘世中行履。他见着人妖孽缘，引许仙摆脱而走正觉之道，实属苦口婆心。

再引出金山寺另一住持佛印来，佛印与苏东坡有一段传说。佛印问苏东坡：我在你心里是什么形象？东坡答：一堆牛屎。苏东坡问佛印，我在你心里是什么形象？佛印答：一尊佛。东坡的妹妹苏小妹评点甚合禅理：心中有佛，见人是佛；心中有屎，见人是屎。

回到法海的道理上来，法海的心中，白娘子是妖，他既见妖，乃是他心中有妖，他非灭非除不可，心魔不消，何以成佛？

如此思来，天下的理都是理，而天下的理也都不是绝对的理。到焦山去静一静心，定生慧，会有一番了悟。

其实，许仙乃一凡夫俗子，与世上无数普通人一样，只求一段缘。白娘子漂亮贤惠，对他一片痴情，更为他生了孩子，如此缘分怎舍得割断？而今的年轻人，来金山便会想到这段让人向往的缘，点上一炷清香，以求那美好的姻缘。

三

镇江以三山闻名天下，金山、焦山之外，还有北固山。说金山求缘，焦山定缘，毫无疑问，北固山便是结缘了。

"刘备招亲"的甘露寺在北固山。

甘露寺因孙刘联姻结缘而闻名于后世，其实甘露寺在古时规模宏大，是名刹，寺庙建筑特点与金焦两山又显不同，金山是"寺裹山"，焦山是"山裹寺"，而北固山是"寺镇山"，以飞阁凌空之势，形成"寺冠山"的特色。

说到招亲，不免让人有欢喜缱绻之感，但北固山却是放眼天下、抚今怀古的所在。

刘备招亲，结亲的双方，都怀天下之志。想当年，刘备、孙权勒马山上，扬马鞭指点江山，试剑之石上尽显壮怀。传说刘备初见北固山，只见它踞临长江之滨，峭壁如削，形势险固，不由叹：真乃天下第一江山。后来，梁武帝到北固山时，直书"天下第一江山"六字，所谓英雄所见略同吧。

我登北固楼，前两日还是阴雨天气，眼下天色晴好，春意微绿，漫漫水面上浮着淡淡白气，放眼远眺，左岸见金山，右边江水中有焦山，金焦相环北固居中，三山鼎足水面相通。

"满眼风光北固楼"，北固楼上自然会想到南宋诗词大家辛弃疾，他写北固山感怀的两首词：《永遇乐·京口北固亭怀古》《南乡子·登京口北固亭有怀》，实乃千古名篇。书不尽的金戈铁马，说不完的如虎霸气，登北固楼，怎能不令人生发一番思古之幽情。

多少情怀，无处寻觅；江水滚滚，千古悠悠。

四

北固山还有多景楼。多景楼为甘露寺寺楼之一，始建于北宋，原建于唐临江亭旧址之上，取唐李德裕"多景悬窗牖"诗意。宋代书法家米芾为多景楼题匾，并作"多景楼诗"，诗中有句"天下江山第一楼"。此书法亦是传世佳作。多景楼也是几经兴废更迭，年代久了，古楼总是经自然风雨或经战争炮火，毁了再建。

登楼观景，把栏杆拍了，思无数英雄在此抒怀。我驻步在一座碑前良久。那是一座诗碑，碑上诗文系日本使臣阿倍仲麻吕所作。阿倍仲麻吕汉名晁衡，是遣唐留学生，在中国长安进唐太学读书，后考中进士，与王维、李白等唐代诗人多有交往。再后晁衡受命为唐使，与鉴真大师及日本使臣东渡，途中船泊扬子江畔。夜晚月光皎洁，晁衡写下了这首五言诗《望月望乡》："翘首望东天，神驰奈良边。三笠山顶上，想又皎月圆。"

晁衡的这首《望月望乡》，在日本几乎家喻户晓，广为传诵。其诗句平白明了，却极富意象。好文字自是朴实无华。晁衡写这首诗时，已在中国生活了36年，结缘甚深，是真正的中日友谊使者。然而此次晁衡回国途中，却遇上天灾人祸，当时，长安误传晁衡溺死，李白为此写了《哭晁卿衡》的诗来悼念他。

可见两国诗人情缘长存。

作者简介：

储福金，著名作家，江苏省作协原副主席。发表及出版长篇小说14部，中、短篇小说200余篇，散文集3部。曾获庄重文文学奖、江苏省政府文学艺术奖、《小说选刊》年度大奖、百花文学奖等。

序《旧雨》

夏坚勇

　　张生，阳湖人，有才华，在南大作家班修炼时，追外语系一美女，双方均属羊，生遂以羊羊为笔名，寓二羊长相知长相守也。从此，文学江湖上遂有操双股剑之白袍小将张羊羊。双股剑者，诗歌散文也。

　　张羊羊身边的那只"羊"，我见过几次，印象很贤妻良母，但不知芳名。现在知道了，因为读了这本题为《旧雨》的散文集，从其中一篇文章的字里行间，知道她叫孙婷。从另外一些篇章中，我还知道了他儿子、母亲、奶奶的名字，以及他那个酒量甚好的女同学的名字，知道了他个人生命史的大体脉络。当然，读一个人的散文，并不是为了探究他的家世和交游。如果确有探究之必要，那也是若干年以后的事，到那时，如果有一门被称为"张学"或"新公羊学"的显学，学者们自会争先恐后地拿着放大镜来数他有几根白头发。眼下还用不着。

　　眼下我读《旧雨》，最大的收获就是常常有灵感的萌动。这就好比一个食客，吃着吃着就有了自己下厨的欲望。这不是说自己比厨师的手艺好，而是因为就这些很普通也很熟悉的食材，自己却从来不曾做出过这么好的味道。这说的是做菜，再说文章。《旧雨》每每触发了我心底那份旧日的乡村情感，但偏偏自己又从来不曾这样表达过。这大概就是所谓"人人心中所有，人人笔下所无"吧。说"人人"可能绝对了，应该说"很多人"，我就是"很多人"中的一个。以我的阅读经验，这是好文章的一个重要标志。

张羊羊也算少年得志，早在中学时就有作品发表和出版。这种才气型的作家往往喜欢炫示华彩，但他却钟情于故乡炊烟下的家常味道。据说沈从文晚年喜欢用"家常"二字来评价作品，认为那是一种很高的境界。《旧雨》虽说不上却扇一顾倾城倾国，却蕴藉、温存，流溢着清新质朴的诗意。一个作家即使著作等身，也即使写到三百岁，但写来写去，还是走不出童年的那个村庄，因为那里是你灵魂的底色和归属。旧雨者，老朋友也。全书凡六辑，曰植物，曰动物，曰人物，曰旧物，曰食物，曰事物。此六物，皆老朋友也。我亦农家子弟，读这些篇章最能心领神会，亦钦羡于作者笔力抵达的深度和写作态度之真诚。书中所呈示的现场感、民间性以及对个体价值的尊重和体恤，每每令我为之折服，亦每每勾起我的几缕乡愁。例如读《猎人》，一边便想到老家旧时的类似场景。在冬日的旷野上，偶尔也见过捕猎野味的那些汉子，他们一行十数人，带着土狗、渔网和长竹竿，前呼后拥，浩浩荡荡（本来够不上这个词，但因为后面跟着的围观者，顿成浩荡之势）。但是说实话，我从来不曾看到他们有所收获，哪怕是老鼠大的一只猎物也不曾得手过。公社化以后的农村，经过大规模的平整土地，野生动物的生存空间已荡然无存，见到一只黄鼠狼不啻见到一只大熊猫，哪里还有猎人的用武之地？那些猎人其实也不在乎收获，他们在乎的只是冬闲季节的一次放纵和娱乐，就像苏东坡在密州"左牵黄右擎苍"那样。

而在读《馓子》一文时，我甚至产生了某种窥视欲。起初是惊艳于文章最后孩子留在书页上"油腻腻的小指纹"那样精妙的细节。后来一想，这是不是作者由灵感到诉诸表达的操作技法呢？作者或许是先从陆放翁的诗中得到了"寒具手"（会弄脏书画的手印）的灵感，然后设计出孩子一边吃饭一边翻书的场面，再辅以上文中已然铺垫过的"一根一根掰着吃"以及作者饱含人生况味的心理活动，整个场面就不仅气韵生动，而且极富层次感。这样的推测有点刻舟求剑的味道，很可能不靠谱，但其中至少暗示了关于散文写作中如何张扬主体想象力的某种可能。文章是需要设计的，这就是匠心。在我看来，所谓设计感在大多数情况下并不是一个贬义词。

还有一篇题为《米酒》的文章，从那里我知道了"青州从事"不是官职，而是好酒的隐称。张羊羊善饮，这大家都是知道的。此前有人说过，写张羊羊而不写酒几乎是不可能的。但我在动笔之前就决定不写酒，因为我的酒瘾和酒量都达不到他那个级别，不够资格。那就打住吧。

但既然已经说到了酒，我还要再说一句：

《旧雨》是一坛风味醇厚的阳湖双套酒。

双套酒这个词带有手工意味。好的文章——特别是散文——原本就该是一种手工产物。

是为序。

作者简介：

夏坚勇，20 世纪 70 年代开始文学创作，著有小说《吹皱一池春水》、系列文化散文《湮没的辉煌》、大散文《大运河传》、话剧《金粉残阳》等，曾获庄重文文学奖、曹禺戏剧文学奖、鲁迅文学奖等。2015 年宋史三部曲第一部《绍兴十二年》出版，得到文学界广泛赞誉，并获得了首届《钟山》文学奖、江苏省第六届紫金山文学奖。现居江阴。

少即是多

（写作笔记：2020—2021）

韩　东

·少即是多、能量级

说是对思的提取，文是对说的提取，诗是对文的提取，层级不同。因此，诗必定以少为多，少即是多。

一个好诗人抑制是必然的。让抑制成为本能，一个诗人的本能。

在有限的范围内寻求无限。无限并非无边界，限定是其前提。诗歌的神奇就在于它的明确限定、方寸之地的无穷可能。突破外在限定是一回事，寻求无限或超越是另一回事。从某种角度说，只有尊重限定才可能造就不同的密度或者能量级。诗与文相比，限定总是更明确清晰和固定的。诗人们非常憋屈，于是转向纵深或另一维。

诗歌的神奇在于它的能量级，寥寥数行却可蕴含无限，这就是为何有的散文在我看来就是诗（如卡夫卡寓言的某些片章）。诗的外在形式尽可以解除，唯一不能解除的是诗的能量级。当我们解除诗的外在形式的同时解除了它的能量级就消灭了诗歌本身。

诗和文的不同在于能量级，但不意味塞进去的东西越多越好（这是某种不带拐弯的思路）。有时恰好相反，纯度使能量倍增。有时，则是字句构成的改变或者言说方式的变化让我们捕获更多。写诗的确是"炼金术"，有关配方、构造以及神秘的偶然性。

·生存和发展

对一个有野心的写作者而言，求生存没有问题，求发展则是禁忌。写作者的生存不仅指肉体存在，也包括作品的发表、出版、传播等，但有其界限。而发展是没有底线的。这里的区分其实很清楚，或许也构成了所写价值方向的分界。模糊和混淆多半是故意的，屈从于人性的生物学部分。否则你如何理解富有才能的人因为没有发展的前景就放弃了，或者生存一旦满足发展便是一切？都殊为可惜。

·下笔写字

下笔写字，最好不要带情绪。你只有抑制了现实的情绪，文字才会溢出别样的东西，也许这才是诗歌或者文学需要的。

·两种写作

有两种写作，作品主义的写作和作家主义的写作。前者以写出杰作为目的，不惜时日、代价；后者是我写故我在，写作是我的存在方式，如影随形，对其价值的衡量是整体生涯、全部著述。两种写作可以结合，但各有偏重和寄托。

·我在其中

奥斯维辛之后写诗是否野蛮，我不知道，但如果身处奥斯维辛，写诗则可能是拯救或慰藉。一种源自黑暗中心的光亮。这不同于把苦难作为外在于我的题材。我在其中，因而歌泣。

·清晰胜于准确

在思辨性写作中，清晰比准确重要。在文学性写作中，需要一种貌似的清晰，准确仍然一点儿也不重要。清晰是认知的目的，也是讲述的质地。

老人最怕昏聩（其实年轻人也怕），因为清晰是认知的目的。混沌则是原初状态，有待被认知和讲述，混沌不是目的性的。混沌无法讲述混沌。讲述中的悖论并不是在模仿混沌，恰恰是在力求清晰地记录矛盾。例如：空不异色，色不异空，空即是色，色即是空。再如：任凭死人去埋葬他们的死人。

·不相信"势"

相信灵感和善巧，但不相信势。冲动急迫下障碍被幻觉式地克服了。真的克服需要慢下来——包括你的心跳，就像考古发掘现场他们用刷子甚至毛笔清理那些古物。

·进步

就写作而言，只存在写作者个人的"进步"，不存在时代进步。但个人进步是被时代进步的幻觉引领的，需要这类幻觉。

·生计不重要

有人说，在小说写作中人物的生计很重要，我认为并非如此。小说写作中重要的是关系，人物和他的生计只是关系的一种。关键在于你欲将人物置于何种关系网中，面面俱到叙述一切关系是不可能的。在小说中，没有任何一种关系是必需的，任何一种关系都可以忽略不计。没有任何一种关系是必需的，但人物又必须处在一些关系中，你为你正致力讲述的某种关系需要腾出空间或篇幅。只有你欲呈现的那种相对单纯的关系或者关系网是有意义的。

·平庸

除了专注，还需要判断力，后者需要更多的天分。缺乏天赋的广泛助长的是虚荣心，具备天赋的广泛使判断力更加敏锐。平庸的意思就是不敏锐，又因见多识广不再谨慎。

·没有诗歌的专业语言

没有诗歌的专业语言，用"诗歌专业语言"写的都不是诗。

诗是美，不是美文。

·从诗不是什么的角度去理解诗

从诗不是什么的角度去理解诗，比从诗是什么的角度去理解诗，更接近诗。

所有告诉我们诗是什么的定义、说法都是无效的，但总能从诗不是什么的偏颇中有所领悟。

·字词细微处

字词细微处的调整、错动，作者很在意，而读者一般不在意，也难以察觉。是否因此就没有意义？对局部而言的确无意义，但如果每一局部都如此，整体就会形成某种效果或者印象。实际上，精微和粗放都是局部所积累的整体效应，致力于局部但彰显于整体。

·段落

小说需要一段一段地写。段落而不是字词造就了全篇的节奏或呼吸。

·冲动

写作有赖于状态性的冲动，但又最怕冲动。冲动，弊始终大于利。制服冲动为我所用是一个职业写手不可回避的专业难题。

·面面俱到

小说写作中，没有任何东西是必须写的，挂一漏万胜于面面俱到。不要被面面俱到拘住。面面俱到说到底是某种心理定势，是心结，需要以自由、游戏之名超越之。

·判断和意愿

当我们有意愿时很难有准确的判断，而当我们的意愿是否定时，判断更难言正直。宁可错误也需要正直，这才是专业素养的可能前提。

在判断之前、之中和之后，都需要明白自己的意愿，或者真的没有意愿。

·造"形"

谈及某人绘画，毛焰说：没有形。这同样是写作的一个重要问题。

造形（非造型）、形塑或构建是作品之所以是作品的核心问题。

造形是一种意识，发展成艺术家或作家的一种能力。

造形与形式概念不同，它是与被写对象相联系的塑造可能。

或多或少，我们迷信"自然成形"；总会有形，但并非我们的目的。我们所放弃的其实是作品内围的坚固性。

在不该放弃的地方我们放弃了，寄希望于支撑不起整个建筑的砖瓦石块，或者高屋建瓴地对自然生成进行观念性的阐释。

造形或者塑造是西式小说的精髓，也一以贯之。中式小说的传统才是自然主义的、散文化的，笔墨为先、智性和文如其人的。

·真正的杰作

我们除了写出真正的杰作还能干什么？是不是真正的杰作我们说了不算，世界需不需要真正的杰作我们也说了不算。已经有了这么多真正的杰作，再多一点儿有没有意义我们也不知道。即便如此，我们还是要写真正的杰作，因为除此之外一切生存和超越之门都已经关闭了。

·修辞的目的

应去除写作中一切意在炫耀而对阅读没有帮助的成分。

写作艺术在某种意义上等于阅读艺术。

写了很多但让人不觉其多，这就是艺术。

让人忘记或者视而不见你的手段，认为他也可以做到，这是正当的骗术。不正当的骗术是让人望而却步。

写作的难度是让你看起来容易，而非相反。

我们无法在修辞层面停留，因为需要传达更重要的东西，这反倒需要讲究修辞，目的是使其消失，不构成屏障。加强修辞的修辞是一种反动。

花了这么多的精力在修辞上，不过是让它消失。但你不努力它是不会消失的。

重要的东西我们不需要在上面花费精力，因为它就在那里，或者不在，那就是没有。精力要花在呈现那东西上，让遮挡物尽量消失。

既反对不花费精力于修辞或语言，也反对其目的是在此筑坝、盖房子、建别墅或者宫殿，哪怕是一座叫作"空"的宫殿。只要意在吸引阅读的目光我就反对。

·写作人格或自我

需要追溯写作之初的人格或者自我，你所有的执念都来自于此，所有后来的学习、思考和表达都在加强这个自我。写作自我形成之际，你足够宽广吗？足够机敏吗？你碰上或遭遇的到底是什么？这和你的天分、努力以及运气都有莫大关系，但无论如何你都必须诚实面对，今天若有改变或者深入都基于此。即使你毫无变化，要变得真正自信而非自大，也需要看清原初的这个自我（写作自我），明白它的执着。

·偏见与正见

带着偏见去读诗不可取，带着你的"正见"去读诗就更不可取，除了用于这样一种衡量，就是一首诗是否突破了你的认知，但又好到无以名状？你带着正见只是希望这正见被超越。否则，你真的不知道诗为何物，最多只知道诗应该为何物。写诗也是一个道理。

·高级和先进

诗歌致力于一种好，一种诗歌方式才能抵达的好。但诗歌之好到底为何物？在一种理解中无非是高级，在另一种理解中无非是先进，这是关于诗歌价值判断的两大无意识。始于20世纪90年代的知识分子写作和民间写作的分野，亦可简单概括成追求高级和追求先进的不同。以精神等级为坐标的高级追求于是不免装腔作势，而以历史时间为坐标的先进追求则幻觉连连。大概就是这样。

高级有外观的等级形态，于是追求高级就成了追求某种等级标志，换言之就是装得高级。先进则相对于过往而言，追求先进就变成了追求一种追随，无追随跟进先进无从谈起。先进者从不厌倦单性繁殖和对自己的模仿。

·杰作

相信杰作，这是我唯一的古典情结。这和相信古典气息和氛围不是一回事。

杰作是唯一的目的，其他的一切都应该后退。诗不是诗人，更不是诗人之优异的表达，也不是如影随形的人生见证。诗歌需要剥离。

杰作只是看上去容易，但怎么可能容易呢？看上去艰难其中有诈，但看上去容易其实也的确容易，则是伪作。

一首具体的诗瞬间出现可能是容易的、轻易的，但这之前和之后可谓难上加难。

诗歌，具有艰难的轻易性，极少的广阔性，如此才是值得一试的（对我而言）。如果不是追随这种少与无限、万难与解放，又何苦要写诗？

· 虚拟的战斗

生存赋予人生意义，也许这是意义的"实义"，一旦无须为生存而战，意义就是象征性的了，就不那么贴肉了。这就是在文艺生活中有那么多模拟的战斗，战胜谁或者消灭谁，或者追求成名成家之苟活的根本原因。我们身陷一场虚拟的生存之战中，完全忘记了所行之事的虚无和单纯。在虚无中扎根是不容易的，有断肠之痛，有深渊般的怀疑，但若不如此如何能抵达另一维？不否定生存的意义哪里来神圣的意义？艺术的极致只能是宗教性质的。

· 完全不会写了

完全不会写了，唯一可以确认的这是有可能写出好诗的状态。需要重临的是陌生和警醒，继而有兴奋和愉悦。

· 陈词滥调

陈词滥调可用否？答：可用，至少陈词可用。就像身体里的每一个原子都是古老的，并不妨碍构造全新的生命，所谓"基底"革命源自一种创生偏执。语言的基底是什么，字？词？句？就算是最彻底者也无法在字的层面做手脚，词和句在一些情形下也是最基本和难以撼动的。文学革命应指向更高级更概略的层面。最大的陈腐一向发生在较为宏观而非微观的层面。

· 残缺

体系和逻辑的力量，建筑之美，这不容否认。但最好是残缺的、残破的，废墟上的那些石头，无与伦比。要写那样的东西。

·故事不是小说的内容

故事不是小说的内容，而是形式，就像造形之于绘画，构造之于建筑。我们通常所说的小说形式不过是一种修辞，放大的修辞或者大号修辞。修辞无论如何承担不起支撑小说整体的重任，但由于它倾向于表面装饰我们更容易被吸引。根本的形式并不那么外在。否定故事其实并不能取消故事，只是将故事置于不那么重要的位置，马虎以过，其危害类似于偷工减料的伪劣工程。

·长诗和情绪

我无法读很长的诗，除非它由一些短诗组成。在一首现代诗歌中情绪必须被阻断，长诗无视这一倾向，于是便变成了抒情，或者就成了根本没有情绪的铺陈。

一首长诗之所以可能，就是情绪得处处受阻，并且需要在文字排列的物质层面体现出来。

现代诗歌不是情绪的附庸，需要和情绪作战，将宣泄变为处理。

现代诗歌珍惜情绪，但不滥用，并非无情。剔除情绪是一揽子解决方案，看似成立，但推卸了责任。

用散文抒情不是更方便更不受限吗？你既写诗，就已经被告知不可恣意妄为。情绪仍然在，但需要和它斗争，呐喊的欲望渐渐变成了游戏。就像一个愤怒之人渐渐沉浸于棋局，走出来的棋不是一般的凶狠，却已经过了转折，成了另一种东西。

·我们需要的"灵感"

我们需要的灵感不来自潜意识，而是类似于觉悟这样的东西。因此需要面壁、受苦。

·形式的价值

如何衡量一种形式的价值？不在于是否正确、高级或是先进，只在于是否坚固。

·怀才不遇

　　怀才不遇是很平庸的情感，被我们的自尊禁止。天才所进行的是为了失败的战斗。即使我们不是天才，大于实际的荣誉还是会令人心虚。就取而论，那些多多益善从不发虚的人定然是一个平庸之辈。

·本性使然

　　创造者从原则上说是漠视一己消费的，有如蜂群中的工蜂。为自我消费的欲望而创造不仅是功利主义，也混淆了身份。创造者只知工作并非一种苦行，而是本性使然。

·个人的界限以外

　　每个人的写作都有自己的顶（极致），但在个人的界限之外或许还有一个绝对的顶，突破自我或者触摸这个绝对的顶写作才有意义。

　　当代汉语诗歌有一些形状不错的天窗，尚无天花板，要为这块天花板而努力。谈诗歌个性的重要而不屑于谈诗歌可能的好，就是谈天窗而不谈天花板。没有天花板的天窗，妄言而已。

·一件苦差

　　往往，方法论的思考和尝试都是在避免写作痛苦。但你避免不了做这件事注定的痛苦，却增加了另一些痛苦。

　　写作根本来说是一件苦差，从苦中解脱的瞬间犹如幸福。但这幸福由积苦而来，豁然洞开，并非持续不断的快乐轻松之旅。

·轻逸

　　我对追求轻逸越发缺乏理解。貌似轻逸是艺术正当的骗术，而真的轻盈欲飞就像假的深刻沉重一样是欺骗本身。

·抑制才华

　　虽然才华之类的东西令人感动，但还是应该放弃或者加以抑制。如果不能做到庄重，至少要避免油滑。

·国际主义的诗歌写作

比政治对抗更危险，有一种我称之为国际主义的诗歌写作，以欧洲文明为仅有的追踪脉络，对世界其实知之甚少。国际不等于世界，世界是一个真实的存在概念，而存在构成了写作者不可回避的个人际遇（也是确切的写作财富和责任）。国际主义则是抛离具体存在的。

·文学不是成功学

文学不是成功学，而是相反的东西，这恰是文学的根本价值以及致命诱惑所在。在今天这点已经很难被理解了，被遗忘和被替换了。

·套路

套路给人的直观就是一样，因此我喜欢不一样的东西。好诗就是不一样的诗，好诗人就是写得和别人不一样的诗人。

·重要的

重要的不是你想写什么，甚至不是你能写什么，而是，你敢写什么，敢不敢下笔。

作者简介：

韩东，生于1961年，毕业于山东大学哲学系，现居南京。中国当代作家、诗人，为"第三代诗歌"的标志性人物。写作诗歌、小说、剧本，导演电影、舞台剧。著有诗集、小说集、长篇小说、剧本、随笔集等40余部作品。

太阳累了，就有阴天

王 尧

　　弄堂里的老奶奶对小姑娘说：太阳累了，就有阴天。

　　小姑娘一直记得老人这句话。那时几户人家拥挤在一个大杂院，老奶奶偶尔对各家的孩子说上几句硬邦邦的话。邻居的小男孩晚上不敢出门，怕鬼，老人说：鬼不可怕，人可怕，你出门要小心人。几十年过去了，小姑娘也是奶奶的年纪了，一次聚会上，她听说我就住在那条弄堂附近的一个小区，便回忆老奶奶说过的几句话。她说，她在书本上没有读到这样的话。

　　我后来路过，在弄堂门口站了片刻。这位老奶奶是在下雪的冬天去世的，她在雪地上摔了，坚决不肯去医院。老人躺在床上说：我的骨头没有断，是枯了，冬天走，路上不干净，我身上干净。大概一周后，老人安详地睡去。出殡，太阳出来了，街道两旁的雪七零八落融化出污秽。我想想，这位讲故事的朋友应该在出殡的人群中。这位奶奶的几句话，把伦理关系扩展到人与自然了。

　　几年以后，也是一个下雪的冬天，而且似乎是江南几十年罕见的大雪。我原本是回老家过年的，但高速公路已经无法行车。我于是重新安排寒假，在书房里回忆和写作自己的八十年代。我好像在后记里说，我坐在书房里，望着窗外围墙上垂挂的冻丁丁，遥想着故乡屋檐下类似的情景。我知道，我的父亲母亲在屋檐下等我们。

　　好像也就是那个时候，我发现了自己的悖论。如果那个地方不成为故乡，我也就没有我后来的八十年代思想生活和记忆。当我在文字或想象中返回故乡时，我不得不警惕一种庸俗的"乡愁"。如果可能，我想在这两个时空中结构成一种关系，它们彼此参照和解释。记得写完这本书的跋，我走上了大街，迎风踏雪，我看见年轻的我向我走来，我看见中年的我在年轻的身躯中蜕变。这如同大雪消融后麦苗起身了，树干利落了。麦苗是青年，树干是中年。人老了，就如同太阳累了。

现在大雪纷飞。爷爷奶奶外公外婆你们还好吧？我今年无法在你们的照片前鞠躬了。等大雪过后，坟上的青草就逐渐绿了。奶奶弥留之际，没有给我留下遗言。我对旧秩序的了解和部分循规蹈矩，完全是奶奶教导的结果。她一生都在捍卫她过去的秩序，因此家族矛盾丛生。奶奶让我一直记得的那句话是：小人得志不长久。在我和奶奶已经能够相对平等交流时，奶奶历数了她和我熟悉的村镇人物，在这些人物命运的沉浮中，奶奶得出了"小人得志不长久"的结论。尽管我后来对这些人物的评价和奶奶有些不同，但奶奶这句话的原则意义超越了具体的人和事。

我很少说到我的外婆，她平静和微笑着度过了一生。我带着相机回去的那个暑假，我和外婆坐在天井里聊天，觉得应该给外婆拍张照片。我选择房子的外墙做背景，在聚焦时发现风化的砖墙特别显眼，就找来床单挂在墙上。外婆在我的镜头面前一如既往地微笑着，一年后，这张照片成了外婆的遗像。外婆没有给我留下特别有意义的话，但想起外婆的微笑，我就知道微笑在平凡生活中的意义。我现在微笑着，多少年以后，我希望后生们就像我看微笑的外婆一样，他们也看着微笑的我。

我路过了那个弄堂口，但我忘记了朋友说的那个在冬天去世的奶奶。那时，我的思绪在故乡的雪地，然后又很快回到了江南。这两块重叠的部分，我无法说清楚是阳光还是黑暗，是清洁还是污秽。在回到八十年代的那些日子里，我有很多幻觉。那个青年的我似乎是一群人，男生女生。那是单纯吗？在一个封闭的环境里，我们从来没有斑斓过，因为无知，我们简单了。越来越多的简单凑在一起，村庄的一切才是那样凝固。如果没有知识，更没有思想，人生经验成了最宝贵的财富。老人被尊重并不是因为德高望重，除了伦理使然，很大程度上是因为老人在活过的年月日里累积了或多或少的经验，或者他的老人传授给了他一些经验。如果不是时势，我就是这些老人中的一个。我虽不一定儿孙绕膝，但肯定坐在门前晒着太阳。这可能的前景现在却被另一种可能替代。这个时候，我想到了那个奶奶的话，我们能不能干干净净地老去，优雅地老去是以干净为前提的。我看到我熟悉的一些人在老去，但谁都可能有的邪恶在他们身上并没有被风吹雨打去。如果我想优雅地老去，那就得设法让自己干净再干净。

在沪上一座公寓，老先生看书下棋，他的夫人坐在卧室的轮椅上看电视，但她谁都不认识了。老先生从卧室门前走过，她听到了脚步声还是看到晃过去的身影，突然喊道：你是谁？老先生笑着回答：我是某某某。我当时毫无凄凉感，仍然能够有相互应答的晚年未尝不是一种幸福。老先生中青年时期的文字特别优美浪漫，我觉得青年的他应该有过美好的感情记忆。于是，我斗胆地问：您年轻时候有过特别喜爱的女孩子吗？老先生哈哈大笑，然后说：当然有过。他悄悄告诉我，有一年他还去外地见过这个已经不是女孩子的朋友。我为老先生的坦率和赤诚感动。他爱着身边的人，心里留着曾经的美好。我熟悉的一位老先生的夫人，也是阿尔茨海默病，但她一直记得老先生年轻时候有过一位恋人，已经年逾九旬的阿尔茨海默病老人经常不肯老先生出门，生怕他去会那位曾经的恋人。其实，那位恋人早已离世。爱让人广博又让人狭小。

我经常在校园里匆忙走过，越来越多陌生的年轻人从面前走过，我熟悉的那些人都开始逐渐老下去。在闲庭信步时，我特别渴望见到已经退休的老朋友，但邂逅的概率很低。很多朋友退休后几乎不到学校了，他们操心过儿女之后可能在含饴弄孙，所谓"吾但当含饴弄孙，不能复知政事"；或者出门旅游，或者……有一天，会突然看到讣告或者接到电话，多年未见的老友患病去世了。大学就是一本书，一页一页翻过去。可能只有当政者和问学者会留意这本书的字里行间有没有自己的痕迹。我记得，我多次在发言中说，学术 GDP 都会过去，校园里能够留下的只是关于人和品格的传说。我在文献里见过这个校园中传说的许多人物，他们都往生了，但他们在传说中，其中的一些人如费孝通如杨绛等，我们还在读他们的文章。在美国，我见到张充和先生，她回忆自己从九如巷骑自行车到天赐庄东吴大学校园的情景。已经九十多岁的张先生期望能够再回到天赐庄看看，我们约好了时间，但她最终未能成行。就是在张充和先生的寓所，我见证了何为优雅地老去。

　　在波士顿的那些日子，我差不多每天从住所往哈佛—燕京图书馆，第一次看见一位老太几乎像趴着走路，如果在国内街上见到这样的老人我应该会去搀扶。这位老太身躯萎缩了，哈着腰，右手提着一只包，我在旁停下，看她艰难而稳步向前。一会儿，在一辆车子旁驻足，缓慢地打开车门，缓慢地坐进驾驶位置。我惊诧的那一刻，车子徐徐向前驶去。如是，我见过七八次。这是一直让我感慨的场景。我有时推着坐在轮椅的妈妈在小区走动，便会想起美国的这位老太。一位国内大学的朋友也在哈佛进修，住在哈佛广场附近的一个公寓。我时常在晚餐后散步去看他们夫妇。房东是一位近90岁的老先生，据说是二战时的空军飞行员。我按门铃，有时候是这位老先生开门。熟悉了，老先生偶尔也会和我们一起晚餐。就像朋友说的那样，老先生用餐时特别细心地用刀叉，几乎听不见他咀嚼食物的声音。在说到他的经历时，他不像用餐时那样安静，声音洪亮，脸部表情丰富。我想象，他年轻时候应该喜欢唱歌。我在他客厅的角落看见了一部留声机，还有吉他。留声机和吉他上布满了灰尘，老人可能很多年没有放过唱片没有弹过吉他。过了几年，我重访哈佛，先去了我曾经住过的那个房子，住户是一个年轻人，门外还是我熟悉的一小块草坪。然后我又去了老先生的那幢房子，在门口朝里面看了看。我没有按门铃，过了几天微信问国内的朋友，她说这位老先生去世了。我们又回忆了这位老人用刀叉的样子，朋友说，这可能不全是文明的问题，老人老了，如果不切细食物，吞咽有困难。

　　我无法了解这位老太和老先生的家庭背景，更无法知晓他们和子女的关系。在国内，观察老人的状况通常是和评价子女的道德联系在一起的。在故乡的那条河越来越浑浊，桥上走过的年轻人越来越少时，北桥头下面的河坎上，有一位老人用砖头和木板搭了一间小房子。老人白天在桥上晒太阳，和行人搭讪，晚上就住在桥下。这大煞风景的事，在我清明回去扫墓时遇见了。我们这个村庄在20世纪90年代以后衰败了，之前总是这样那样的典型，所有的人都爱惜村庄的集体荣誉，至少在我工作以后的那些年还是这样的。这位老人是土改时的农会会长，当年忆苦思甜能说会道，他的几个儿子都自食其力，有能力赡养老人。我不知道，老人为什么选择这样的方式，也不知道他的几个儿子对待老人的态度。我母亲说，他几个儿子并不希望老人这样。

我相信母亲说的真的，至少在场面上没有谁愿意自己的父亲以这种方式度过余生。但这位老人还是在这里终老了。我记得那次我从桥上走过时，他喊我的小名，说他给我吃过糖。我喊他农会长，他很开心地说：你还记得我做过农会长。当下的乡村有许多问题，而重建乡村人文秩序无疑是比经济发展更为艰难的问题。

在莱顿大学附近的咖啡馆，我们和匆匆赶过来的佛克马先生夫妇见面了。佛克马先生穿着浅色的西装，好像扎了一根红色的领带。同行的朋友中有一位是他的学生，我们因此有机会见了这位比较文学界的大学者。佛克马先生精神矍铄，可以想象他年轻时的帅气。在我的印象中，佛克马先生远没有他夫人健谈。我特别留意老年学者的精神状态，我想象自己未来的状态，我羡慕佛克马的自然、节制和从容。我的几位老师退休后，仍然安静地读书写作，见面时这几位老师还像中年时上课一样，兴奋地说自己最近在思考什么问题。他们没有失落和恐惧。有失落和恐惧者，可能是无法安静地读书写作。学术是一种生活方式，也是一种思想方式。生活着，思想着，你在世界中的位置就没有错落。落寞是因为结构关系错落了。所有人都有落寞的日子，抵抗落寞的方式不是凑热闹，恰恰是适应独处。

我坐在张充和先生的对面，她告诉我，她经常一个人坐在这里想这想那，想想就睡着了，醒了以后再想。我是跟随海立、晓东夫妇去看张先生的，之前听海立讲他父亲罗荪、讲他妈妈熟悉的萧红，听晓东讲她父亲靳以、讲他父亲与其他文人。现在，在张先生的客厅又听到他们说现代文学史的那些文化人。这些人似乎都没有老去。张先生指着我的位置说，沈从文住在这里时，就常常坐在你那个位置上。我这个时候有点恍惚，我也理解了张先生想想就睡着了醒了再想。她其实处于恍惚之中，当她在"想想"中和她的那些故去的朋友中相遇时，她内心并不孤独。我看她走向写字台的背影是落寞的，面对她时我看到了她眼神中许多人物的眼睛。也是在客厅里，我突然想到了晓东在上海鲁迅纪念馆跟我说的一个细节：在请张先生为靳以百年影像题字时，晓东想请张先生为纪念馆写幅字，张先生说我跟鲁迅没有关系。后来我在一篇文章中曾经感慨现代文人不同文化圈之间的关系，道不同未必要恶言相加。宽容，其实就是一种优雅。优雅并不是随老之将至才有的风度，优雅是从青年到中年再到老年炼成的品格。

我们是从费城开车去纽黑文的。回到费城后，我坐火车回到波士顿。我从地铁口出来后，站在一处抽烟，突然有个老人走到我面前，他比画了手势，我给了他一支香烟。他转身走了。过了一会儿，他又走到我面前，做了一个打火的动作，我给他点燃香烟。这位老人消失在人群中时，我突然想起自己很小的时候，在一个卖麦芽糖的老人面前伸手要一块糖。老人给了我一块拇指大的麦芽糖，笑着说：你的牙齿都蛀了，少吃一点儿。

作者简介：

王尧，苏州大学文学院教授、教育部长江学者特聘教授、苏州大学学术委员会主任，兼任江苏省作协副主席等。主要学术著作有：《中国当代散文史》《"思想事件"的修辞》《新时期文学口述史》《王尧文学评论选》《"文革"对"五四"及"现代文艺"的叙述与阐释》等，主编"新人文"对话录、《中国当代文学批评大系》等，另有长篇小说《民谣》、散文随笔集《纸上的知识分子》《时代与肖像》等，先后在《读书》《南方周末》《收获》《钟山》等开设散文专栏，曾获第七届鲁迅文学奖理论批评奖。

时间里的母亲

胡学文

1

庚子年二月二十八日，母亲离去了。近两年，我多次梦见母亲离我而去。一次抱着母亲号啕，另一次我和父亲祭扫，竟找不见母亲的墓地，无助大哭。均在半夜时分惊醒，我赶紧打开手机，虽然是梦，仍心惊胆战。三点、五点、六点，起床时，铃声没有响起，我这才敢确定那就是梦。我责备着自己，却又满心欢喜，母亲说，梦是反的。童年时代，我做了可怕的梦，母亲总是这样安慰我。我半信半疑。人到中年，我坚定地相信母亲的说法。既然是反的，就不用那么紧张。每天晚上，我要和母亲通话，那日，我没等到晚上便拨通了她的手机。我以为，这样幸福的通话会一直持续下去。

在那个早上，母亲离开了。

我没有哭。我不相信母亲离我而去，她只是如以往那样睡着了，那么安静，那么安详。在病重的日子，母亲经常从睡梦中惊醒，而醒着，她止不住地呻吟。现在，她香甜地睡了。原来她是高个子，原来她的腿这么直。我坐在她旁边，就那么坐着，就那么看着她。直到从老家返石，我好像都没流泪。

清明前夕，我开车回张。当穿过一个又一个隧道，到了蔚县地界时，我突然意识到母亲不在了，突然意识到母亲不在意味着什么。她不会再站在窗前，看着我停车，不会再叫我的名字，不会再问我几点走的，路上吃了什么东西；她不会再去厨房忙碌，不会再让我到床上展展腰；她不会再早早地搬出被褥，不会再偷偷检查我的洗漱包，看我是否吃药；她不会再坐在餐桌前，看着我吃饭；她不会再叮嘱我少喝点酒；她不会再嘱咐我安心写自己的，不用操心她；她不会再和我讲乡村往事。她不会再一遍又一遍地说开车要小心……夜里，我再听不到她从睡梦中惊醒的声音，再听不见她压抑的咳嗽声。再见不到她佝偻的身影。

心陡然被挖空，眼泪决堤般汹涌。视线受阻，放慢车速，抹一把，再抹一把。后来不得不把车停在路边。

2

我十二三岁时，母亲带着我和弟弟妹妹乘坐牛车去内蒙古地界的村庄照过一张合影照。没有父亲。父亲是木匠，总是忙碌。那是我第一次照相，既好奇又兴奋。十几里的路，走了两个多小时。没有我想象的那么有趣，站在用布做成的背景前，三分钟不到就结束了。待乘车前去的人都照完，便开始返程。刚过中午，日头毒辣，腹中饥饿，而那头老牛也疲困到极点，怎么抽都是四平八稳。出发前都是打扮过的，如登台演出般，也就是脸和脖子洗得更干净了些，女人们雪花膏抹得更厚了些。我们兄妹三人也抹了。待回到村庄，个个灰头土脸，嚼嚼，嘴里还有沙子。终于照相了，辛苦是值得的。

照片是黑白的，半个巴掌大小，我觉得把我照丑了，嘴唇那么厚。把我照丑也就罢了，母亲也不如她本人漂亮。母亲并非第一次照相，我见过她与同学的合影。虽然也是黑白照，但站在前排的她光芒四射，连她乌黑的长辫子都那么亮。我在堆放粮食杂物的小房无意翻到过父亲和母亲的结婚证，证上的母亲也是俊美的。我不知父母为何要把结婚照与杂物放在一起，而不是藏到柜子里。我像窥看了父母的秘密，甚是慌张，又放回原处。

那时，我不知道，照相的经历，老牛、尘土、毒日、西风，随着时光的行走会成为美好的记忆，在咀嚼中永恒。那时，我不知道，窥看在心里住久了，会生根，发芽，枝繁叶茂。每每念及，芬芳流溢。那时，我不知道，庸常日子里的数落、责备、疼护、牵挂会变成一样的颜色，一样的温度；而所有的烟火，所有的场景、声音、眼神，所有的画面会随同岁月一起发酵，甜如蜜糖。

3

在那个年代的乡村，母亲和父亲一样算是有文化的人，论起来，母亲文化更高一些。父亲因地主成分被迫中止读书，母亲退学则是外祖父的无用观念。我少年时，母亲常常和我说起。如果可以读下去，人生或是另一种色彩，但许多时候是没有选择的。待我读了师范，母亲再没说过。那个梦终如花瓣凋零。母亲俊俏，但乡村长得美的女人多的是，如果让子女评说，没有哪位儿女认为自己的母亲相貌丑陋，可即便这样，如果我当面夸母亲，母亲也该开心的。遗憾的是，我做过许多令母亲开心的事，但从未夸过她。在意识深处，似乎夸母亲貌美是不敬的。羞怯缝住了我的嘴巴。在一遍遍思念她时，我万分后悔，最轻易做到的，恰恰没做。为什么不夸夸她呢，哪怕只一次。除了羞，我想，可能是觉得我的夸并没那么重要，且那不是母亲特别的地方。母亲出众在于她的文化和才艺。

母亲做过生产队的出纳，若说出这一职务的职权，可能会引来哄笑。但彼时，是身份和能力的象征，是有光环的。当然，队里也实在难找这样的人才，不然也不会轮到母亲。待有人能接替了，母亲便被卸去职务。

母亲还代过课，那也相当了得。她代课的自然村距我们村有六七里的距离。没有自行车，来回步行。那段日子母亲心情极好，不要说六七里，就是十里二十里，她也不会累的。待有人能接替，母亲的任教生涯便结束了。没有几个人记得她当过出纳，但教过的学生都记得她。某年，我和母亲锄地迎头遇上那个自然村的某某，那人停住，很恭敬地叫了声赵老师。母亲愣了一下，才应答。美好的记忆被唤起，母亲脸上浮现彩霞。边锄地边和我讲这个学生如何，那个学生又如何，好像他们都是叱咤风云的人物，其实不是。母亲兴奋得有些过，许多年后，我才明白她为何那么高兴，绝不仅仅是美好两字可以涵盖。

母亲擅长画、剪窗花，这不由公家定，没有谁从她手里夺去。

每年春节前一个月，家里便人来人往，络绎不绝。多是女人，也有男人，都夹着红纸，除了自家，有时还捎带邻居的。母亲直接问，画什么呀？有的会让母亲看着画，什么都行；有的细心，说去年画的喜鹊登枝，今年画别的吧。急的，母亲当下就画了；不急的，母亲会留下慢慢画。我喜欢看母亲画，有时还按她的要求将红纸叠成方形或长方形。煤油灯昏暗，母亲头埋得很低，我想看得清楚些，脖子也伸得长长的，尽量不碰到母亲。但有时太出神了，超过了观众的领地，母亲画得专注，也未注意到，头与头碰在一起，母亲笑一笑，我赶紧退缩到原来的位置。

树木、花草、日月、星辰、百鸟、蝴蝶……在漆黑的乡村夜晚，在土炕上或生长或绽放或吟唱或飞翔或东升西落。母亲没正式学过绘画，除了个人喜好，我想也是逼出来的。如果乡村有会画的，她或许就不画了。所以她的技法是野路子，没章法，全凭感觉和悟性。她画登枝的喜鹊，是从脚画起，然后是身、双翅、头颈和尾巴，而画在空中飞翔的喜鹊，则从喙画起，喙上自然叼着花什么的；若画互相凝视的喜鹊，则从眼睛画起，然后是头、身、尾。如果说特点，我想就是自由随意。有一次，她问我想画什么，我想了想说画马，她说那不行，马蹄那么硬，还不把玻璃踢碎。我认为她不会画马，所以找出这样的借口，没料被她看破了。母亲说马就马，然后就画了。是长翅膀的、飞在空中的马。我惊得瞪大了眼，那是我第一次看到长翅膀的马。我以为母亲乱画，那窗花没给别人，贴在我家的窗户上。多年后，我意识到母亲信马由缰的观念，其实是前卫的。

村里会剪窗花的不少，所以，母亲既负责画又负责剪的，多是亲戚家的。剪窗花没什么意思，而且白日光线好才行，所以我不怎么看。

母亲画的最大的画是墙围图。土墙容易蹭掉皮，所以有条件的人家会把炕两侧用水泥打出一厘米左右厚的墙围，再请画匠画八仙过海或九女归家，有时只画风景，那既要看画匠的擅长，也要看主家之喜好。但请画匠要花钱，所以有的人家贴一些旧画，还有贴烟盒纸的，有的不搞任何装饰。20世纪80年代，我家的日子也好过了些，父亲打了水泥墙围，装饰自然是母亲的任务。母亲买了画笔和颜料，一天画一点儿，三个月才画完。她没画八仙过海，没画九女归家，也没画长翅膀的马，她画的是风景图，但又不是纯风景。风景里有连续性的故事，虽然一幅图里只有一到两个人，但也能看出来，当然，也只有我这样慢慢品的人才能看出，更多的人夸赞，都是大而无当的，画得太好或太像了。

母亲另一幅作品是弟弟家的墙围画。弟弟成家前，母亲完成的。她有了经验，自然画得更好。

如果母亲能接连地画……我不止一次地想，也就想想，人生是不能假设的。她的画作一幅也没保存下来，但毕竟是有作品的，始终装在我的脑子里。

4

某年夏天，我带母亲到 301 医院查病，做检查时，医生让母亲把裤子脱掉。母亲看了我一眼，我从她的目光中读出紧张。不是因为面对医生，而是因为我在场。她低声说你出去吧，我一个人行。她那时已患有帕金森，手脚不怎么利索了。我没理她。她坐在凳子上，我帮她脱了裤子抱到怀里。她以为这样就可以了，待听到医生说脱光后，她一下慌了。她没马上脱，而是用近乎命令的口气让我出去。见她这样，我正想退出，医生说家属必须留下。我就留下了。脱掉内裤，母亲又慌又乱，双腿不停地抖，几乎难以站立，而她的脸有隐隐的红色，仿佛她正在当我的面干见不得人的事。终于检查完，但穿上衣服好一会儿，她还在发抖。我笑着劝导，我可是你生的呀。可她认为"不光彩"，离开医院时仍木木的。也就从那时，我发现母亲非常在意在我面前的言行举止。我很难过。我不知因何，不知母亲因何有了拘束。我检视自己，是否哪些地方做得不好，伤了母亲。我做得没那么好，但也没那么差，自认为。那么，究竟是什么？是母亲的性格更腼腆了，还是她的思维逻辑不同于前？我想不明白，可我真的想弄明白，想让她如我少年时那样敢斥责、数落我。自她花甲之后，几乎没有。除了各种嘱咐，她有的只是歉，有的只是愧，好像她负了自己的儿子，负了天下所有的人。

母亲不再训导我，而我却开始因她的错误责备她了。说不清从什么时候开始，也忘了具体是什么事件，总之，我自认站在了正确的一边。在她生命的最后两年，除了睡觉，她所有的时间都用来吃药和等待吃药。中间只隔一小时，甚至半小时。细心的父亲怕记不住，特意在纸片上记了，如课程表。没错，服药成了母亲的课程和任务。母亲吃怕了，和我们商量，能否不喝或少喝。我们说不行，少喝不行，不喝更不行。她患的不是一种病，哪种病都需要喝药。看她艰难喝药也不好受，但总觉得这是为她好，以这样的理由说服自己，心须狠下去。没有商量的余地，母亲终于"逃课"了，不是所有的课都逃，选择性的。有几天，母亲突然又咳嗽了，问她喝药了吗，她说喝了。她的声音不是很高，目光也躲闪着，我便沉下脸，问她到底喝没喝，觉得力度不够，补充道，老实说！我一副审讯的架势，母亲慌了。她承认没喝，并羞涩不安地笑了笑。我一副揭穿的得意，知道你就没喝，随即倒了药，监督她服下去。她很乖巧，服完还张了张嘴，用眼神说，她没作弊。她的样子像孩子，而我成了家长，我不由笑了。然后，钻心的痛突然弥漫开，我不敢再看她，不敢看她花白的头发，不敢看她被时间犁出的皱纹，装作内急，溜到卫生间。

在她生命最后的日子，她自己已不能翻身，须家人帮忙。当她不那么疼的时候，就会用愧疚的语气说，把你们都连累了。为堵她的嘴，我有时装作生气，有时和她开玩笑，但不管我何种神态，她还是歉疚的。某日，母亲忽然说，你孝敬。我笑着问，谁说的？母亲说，人们都这么说。我知道她想起了村庄，想起了往事。我用手指理梳着她稀疏枯干的白发，叫她别乱想，闭眼休息，总觉得养精蓄锐重要，却不懂得陪她回忆，不懂得陪她拾觅幸福时光。她是想的，但我用自以为的正确堵了她的嘴。

又一日，我要给她翻身。她让我喊父亲。父亲正在休息，我不忍喊他。她说我一个人翻不了，我说试试嘛。随后，我跪在床上，抱起她，平放后，再转过来，头脸朝向我。我喘息重了些，母亲自是听到了，甚是不安地说把你累草鸡了吧。草鸡是坝上方言，指厉害、过度。如果她用别的词，也许就是一个词。这个"草鸡"附着了太多的记忆，我鼻子突然发酸，进而夸张一笑，不累，一点儿也不累。母亲疼爱地看着我，就如过去那样，我却不敢再看她。母亲不止一次地用草鸡，在我的童年，在我的少年，在我的青年，那天，是母亲最后一次用这个词，不是她疼得受不了，而是担心她的儿子。

5

博尔赫斯在《小径分岔的花园》中制造了一座循环往复的时间迷宫，几乎包含了无限的可能。而托马斯品钦在鸿篇巨制《抵抗白昼》中，描述了多重宇宙，其笔下的人物在各个世界来回穿梭旅行，就像是穿行于各大洲之间，从一个反地球到另一个反地球。

关于时间，关于宇宙，人类的探索从未止步，我相信多重宇宙的存在，相信一个我在写字台前写字，而在另一重宇宙，另一个我也许干着海盗的勾当。

母亲离去后，我梦见她好几次。一次回村，她正从老屋出来，身体健壮，满面红光，我不由叫出声，不知母亲的身体几时变得这么好。她和我说了几句话，匆匆下地了。我这才发现自己双手空空，竟没给她带任何东西。我往商店走，打算买些糕点，没等走到，梦再一次把我甩出来。我很失落，很不甘心，但母亲行走如飞，我甚是欣慰。另一次，家中盖房，我回去帮忙，见母亲在拌凉菜，土豆丝，菠菜。我想尝一口，结果就醒了。懊恼不已。

我再没做过她离开的梦，每个梦里，她都是康壮的，服了长生药般。我就想，母亲一定活在另一重宇宙，她还能自由穿梭于宇宙之外的宇宙。只是不知她是否还爱画画，是否还要纳鞋底，是否还给别人剪窗花。我知道的是，她从未离开。在另一重宇宙，在我的梦里，亦在我的记忆里。

作者简介：

胡学文，1967年9月生。中国作协会员，江苏省作协专业作家。著有长篇小说《有生》等5部，中篇小说集《从正午开始的黄昏》《命案高悬》等16部。曾获鲁迅文学奖，南方文学盛典年度作家，《小说选刊》全国优秀小说奖，《小说月报》第十二届、十三届、十四届、十五届、十六届、十八届百花奖，《十月》文学奖，《钟山》文学奖，花城文学奖，《北京文学·中篇小说月报》奖，《中篇小说选刊》奖，《中国作家》首届"鄂尔多斯"奖，青年文学创作奖，孙犁文学奖，鲁彦周文学奖等。

天工开壶

徐　风

> 精华在笔端，
> 咫尺匠心难。
> 日月中堂见，
> 江湖满座看。

——唐·张祜

序章：晨　课

清晨是从一炷袅袅上升的烟气里开始的。

这是他每天必做的第一件事。给师父的坐像点燃一炷香。并不飘忽的青烟里，他的目光与师父似有会心的交融。

用干湿相宜的毛巾，给坐像轻轻地擦洗一遍，也是天天。紫砂的材质，经年累月，在纱巾的摩挲与清水的淘洗下，已然现出一层薄薄的包浆。

一份时光的旧气，一种时间与空间交融的肌理，让一张饱经沧桑的脸，具有了丰富的层次与质感。

时光就这么一天天、一年年过去。师父的目光有时冷峻，有时温煦，有时凝重，有时明快。他知道那是自己心念的折射，但又何尝不是师父在冥冥之中传递给他的信息，或者，是自己把相应的信息传递给了师父所引起的碰撞。

一天的工作，就这样开始了。

时间久了，就变成了一种内心的需要。他知道，这一节晨课于自己非常重要，因为它直通十八年的师徒生涯。然后，师父离去二十余年。他为师父焚香祈祷，从无一日间断。

师父名叫顾景舟。

这个名字带走了一个紫砂时代。而且，他留下的壶，还在继续书写新的故事。那些故事与年代、与手艺史有关，与地域、与紫砂江湖有关，与收藏、与紫砂壶的身价有关，与当年跟他的徒弟们，更是休戚相关。

早先，师父非常重视晨课。那并不是一个工艺科目，也不是机械划一的程序，而是酝酿一种饱满的精神状态。比如，你怎么进门，怎么坐下，坐在椅子上的姿态，是蓄力待发，还是松松垮垮。在师父看来，你是什么样子，壶就是什么样子，每一把壶都有自己的精神状态。那种状态，都是制壶的艺人给的。比如，你的工作台（业内俗称"泥凳"）是干净的，还是邋遢的；工具的摆放是凌乱的，还是井然有序的；装水的陶罐里，水是隔夜的，还是新鲜的；水笔帚是干净的，还是拖泥带水的，都有讲究。

这些，都是晨课的内容。

然后，做好了这些，你就听到一声咳嗽，不高，也不威严，但很有穿透力。就是这么一声咳嗽，让大家顿时就安静下来。静到什么程度？一根针掉到地上，你都能听到一声巨大的轰响。那是顾辅导的气场。那个年代，没有什么大师的说法，辅导，是紫砂业最高的称谓。顾辅导，一直被徒弟们叫到他临终的那一日，然后，一直叫到今天。

徒弟葛陶中，说在师父身边的十八年改变了他的人生，并不是一句空话。

"跟我的人，有文化的，得我艺；没文化的，得我技。"

这是顾景舟的原话吗？显然，是被一个写他传记的作家善意地改写了。顾景舟不会那么自负，拿文化来说事。但是，这句话准确地传递了顾景舟当时的心情。如果要恢复原话，那就要换上两个人的名字。此话是顾景舟私下与朋友说的，如果征求他的意见，他未必愿意公之于世，换上"文化"，他最后会同意的，因为那原本就是他要说的意思。

做顾景舟的徒弟，是不是都要被放进太上老君的炼丹炉里，煎熬七七四十九天呢？

炼成丹，太难了。不就是做一把壶吗？不就是一门手艺吗？

说到底，师父心里自有一本账，徒弟们心里也都有一本账。

艺与技，两者之间能剥离吗？顾景舟说，紫砂壶的形气神，形是第一位的，没有精准的形，遑论其他。

用什么来支撑"形"？那就是绝妙的技。

技，是一种用肢体语言演绎的术语，它背后的支撑，是用时光打底的。顾景舟说，学做壶，起码的功夫是十五年；最终呢，没有最终。就像人只要活着，就要呼吸、就要吃饭；有一天，做壶人突然走了，留下的器与工具，还在替他说话。然后，那张他用了几十年的、满是包浆的泥凳前，又来了一个人，拿起了他的工具，又留下了很多器。

是的。做壶人走了，壶还活着，工具也还活着。

第一章：记　得

一日，得一梦。师父问他，陶中，我教你的古法制壶，你可都还记得？

陶中不假思索地说：师父，记得。

师父：打一个身筒给我看看。

继而，又说：就做一把茄段壶吧。

陶中以为，师父会让他做一把满瓢壶。但是，当师父说出茄段二字时，陶中心里顿时明白了。

这是师父的壶。

在他之前，有真正的茄段壶吗？翻遍紫砂古籍，没有。

从明代开始，时大彬、陈鸣远、邵大亨、杨彭年、黄玉麟、程寿珍，都没有做茄段壶的记载。

第一个把自然界的瓜果花卉做到壶上的人，是明末清初年间的陈鸣远。

是他让一把饮茶的器皿有了儿女情长。他的"东陵瓜壶",看似一个老南瓜,实则是个气节故事。说的是秦代,有个前朝的官员召平,曾经做过东陵王,不肯为新政做事,甘守清贫,在城南种瓜谋生。他种的瓜又大又甜,人们称其"东陵瓜"。

清代的"曼生十八式"里,匏瓜壶是有的。匏瓜是什么瓜?其实是葫芦的变种。它是一个丰满的几何体,化到壶上,体现着一种田园牧歌的乐趣,象征着丰收与圆满,从器型的角度看,也向壶手提供了一种挑战。

匏瓜壶在江湖上走了100多年,它后来的名字叫"匏尊"。

清代制壶名手何心舟,做过一把瓜形壶,那是比较接近茄段壶的器型了。何心舟一生制壶无数,好壶自然要流进皇宫。"造办处"有记载的,是他的瓜形壶。此壶饱满,圆融,趣味横生。

清末的制壶高手范大生,也做过瓜形壶,风格与何氏壶比较接近,都是走圆润丰满这一路数的。但是,与顾氏"茄段"相比,出入还是大的。"茄段"一词,在师父之前,向无查考。师父的制壶履历里,年轻时,为谋生,给上海"铁画轩"古董店赶制过"瓜梨壶",顾名思义,那壶似瓜若梨,器型自是饱满温润。顾景舟从来自爱,制作这批壶时,因有帮手,非其一人所为,故在壶底打款"自怡轩"——此乃师父上海仿古回乡后,在谋饭的"商品壶"上专用之印。从今天的眼光看,那批壶虽然是急赶的活儿,但不失工稳与老到。但是,跟后来的"茄段壶"相比,气度和器型上,还显得有再造之处。

徐汉棠,是顾景舟的大弟子,在谈到茄段壶的时候,他也认为,紫砂的历史作品里,并无"茄段壶"之说。

那么,茄段壶是师父的原创作品吗?

师父却从来没有这样说过。

制壶这一行里,有句术语叫"自体伸缩"。对一个既定的器型,可以拉高,也可以压扁;可以把弯流改成直流,可以把圆钮改为扁钮;可以把筋囊改成抽角或圆柱。唯一的底线是,和谐、圆满、对称、得体。

显然,顾氏茄段壶是从古器中的瓜形壶、匏瓜壶中演变过来的。这个"演变",要能让人服气,你得有自己的理念支撑。古人之古器,板上钉钉;无数法眼,过目不忘。你凭什么来折腾一把古壶?也就是说,你把前人的作品改来改去，能比他高明吗，你得说出点道道。

于是师父有了这样一句话：能改掉古人的毛病，也是创新。

茄段壶当如是。

如此，又出现了一个问题。既然此壶是"演变"的结果，或者，已然带有"创新"的意味，那么，为什么还称是"古法制壶"？

古人在承继前辈作品的时候，都遵守着一个默契，也是制壶的"根本"——矿料天然风化、石磨碾碎、打泥片、镶身筒……的制壶方法。古人认为，壶乃为茶而设。清虚足以侔古，廉白可以当世。这是古人心目中，人性的最高境界了。茶修，则是古人通向此境的一条栈道。通过饮茶，润喉吻，破孤闷；进而上升到肌骨清，通仙灵，欲乘清风而归去——通向"清虚"境界。

茶之真香，要靠茶壶来催发，所以，"宜茶性"，是一个壶手首要考虑的东西。茶性是通人性的。所谓古法制壶，就是古人在制壶的时候，总是想着，如何让饮茶者，通过这样一把壶，最大限度地焕发茶的灵性与韵味，并且，把这种灵与味传递给饮茶者。

然后，茶也一定会以它的灵气来熔铸壶魂。一把壶的气质，天定佳质之外，还要茶来养。壶魂也是一团气。瓯露弥山味，清欢远世尘。茶入壶中，要对味，就像一对伉俪，处到最佳处，会有夫妻相。茶和壶的气息融到一起，还会熏染持壶人的气息，壶面即人面，所有的气息加到一起，便是包浆。

所以，你可以改壶型，可以变气质，可以塑灵气。前提是，你得尊重自然法则，把最大的"真"还给真。

这应该是顾氏赋予"古法制壶"的内涵。

山云犹淡泊，安者乐清虚。假如这是一幅超脱的仙境图卷，你一定不难找到，仙者身畔会有一把壶。

明代陈继儒的《小窗幽记》里，把"一轴画、一囊琴、一只鹤、一瓯茶、一炉香、一部法帖"当作是缺一不可的人间妙趣。其中，"一瓯茶"应该是清心醒脑、提神回甘的主打。

做壶的人，应该有这样的自信。

那一日，陶中俯下身来，拿起一块泥，正要开始打泥片。师父叫停，说，从选矿土开始，一步也不要落下。

说完，看着他，目光清癯。

那个梦境的最后一个画面，是师父的略显佝偻的背影，踽踽远去。

茄段壶，陶中心里慢慢地升腾起一把壶来。师父断断续续地教他用古法制壶，一共教了六七把。比如，满瓢、双圈、茄段壶，于他是最紧要的一把。

那是很多年前的事了。

第二章：茄段壶

【黄龙山】

记得，当初到师父身边的时候，老听他讲起两个古人，一个叫周高起，一个叫吴骞。

起先，他不知道他们是干什么的、是哪里人。后来，他慢慢知道，周高起是明代人，籍贯江阴；吴骞就在宜兴本土，一个清代的文人。师父提起他们，神态是敬重，也有淡淡的惆怅。

有一天，他看到了师父的一摞手稿，是用工整的小楷，抄在毛边纸上。他扫了一眼那稿子上的标题：《阳羡名陶录》。

他没敢多问。

直到有一天，师父给徒弟、学生们授课，说到了紫砂历史，提到了那两个人。说他们各写了一部书，讲紫砂的，是紫砂历史上最早的两部书。

然后，有一次，师父带着他上了黄龙山。

那山不高，就在丁蜀镇的边上。不远的地方，是青龙山，也不高，山上出青石，可用来烧石灰。黄龙山到处都是黄石。烧不了石灰，但能用来砌屋，捣碎了，还可以铺路。它的岩石层里，藏着紫砂矿土，这个秘密，是让一个叫周高起的明代人说出来的。但是，紫砂矿土在哪里，一般人并不知道。

原先，紫砂泥并不是泥，而是含铁量非常高的矿石。这么说吧，在你没有遇到它并将其从地底下挖出来之前，它是沉睡的，或者是死的。在地底的时候，因为地壳压力是无机的，周遭便是它的万古长夜。然后它被你触摸到了，这非常偶然。你一锄头下去，它松动了，然后被你搞定。为什么是你，而不是别人，这件事，没有谁能讲得清楚。有一点可以确定的是，自它松动并且被你拉出矿洞，就开始沾染人的温度。

天日。这也是一个关键词。阳光和空气让它有了呼吸，一阵风一片云一场雨，它就开启了生命的旅程。相信那里面有无数生长的菌丝，把砂颗粒联结起来，产生了塑性，使得泥砂有了很好的延展性，这和做面食的面粉发酵的道理是一样的。

然后是风化。冰霜雨雪都来了。让时光来摆平一切吧。矿土里的火气土气就被降服而消融了。相信那是古人的智慧。有的艺人性子急，今天挖出来的矿土，明天就碾碎了用来做壶了，结果放进窑里一烧，开裂了。于是懂得，应该让矿土放在露天里风化。任凭雨水冲刷，长久的风雨剥蚀，会去除自然界中的矿物含有的可溶性的盐，这种可溶性盐经过高温会变成釉，但紫砂是无釉的，独一无二的透气性，让它一直牛到今天。

记得那一次到了黄龙山上，在一处岩石上坐下。师父环顾四周，朗声念出一段文字：

"相传壶土初出用时，先有异僧经行村落，日呼日：卖富贵土。人群嗤之。僧日贵不要买，买富何如。因引村叟，指山中产土之穴去。及发之，果备五色，烂若披锦。"

你们可知道，这段古文，是什么意思吗？师父问道。
徒弟们面面相觑。
师父开始了讲述：他讲话的语速，跟迎面吹来的风很搭，是缓慢的，温煦的。

"相传，陶土初出土时，先有一个模样怪异的和尚出现在附近的村落，见到行人就喊：卖富贵啊，卖富贵啊！村上的人，没有一个是相信他的，反而都取笑他。那怪和尚又说，'贵'不要买，买'富'总可以吧。村上的几个老人半信半疑，便跟在他的背后，往上山的路径而去。走着走着，果然来到一个很大的坑前，但见五光十色，仿佛披上了锦缎一般。"

这个故事，陶中似乎在哪里听到过。但是，经师父一讲，味道完全不一样了。师父的讲述，是一种接通——非但链接到古时，也让你浮想联翩到未来。此时每个人的想法应该是不一样的。陶中觉得，一个古老故事匣子打开了，但故事并没有完。师父在讲古人的时候，实际把自己也摆进去了，余下的故事，是他自己在续写。

想来，明代的那位周高起先生，是做了很多功课的。他还知道，紫砂陶土，并非只有黄龙山有。比如，嫩泥，出自赵庄山，此泥可以调和一切颜色的泥，好比是一种黏合剂；赵庄那个地方有山吗？有，跟黄龙山一样，不高；今天的人，可能会说，那算什么山啊，不就是个土坡吗？可是，有人推测，明代的时候，它可能还是蛮像一座山的。关键在于，那山上还出一种石黄泥，当它还在山中岩石夹层里时，它其实就是尚未风化的石骨。古人的记载是这样的：接触到了空气，它立马就变了，坚硬的质地，慢慢地风化，变成碎片。而烧制出来的颜色呢，是纯正的朱砂色。

"土出诸山，其穴往往善徙。有素产于此，忽又他穴得之者，实山灵有以司之，然皆深入数十丈乃得。"

这段话里，是不是包含着一个古人内心隐约的迷茫？可以想象，周高起先生写到这里，笔端有点滞。他的意思是，陶土原本是在各自的山里待着，它们是不带翅膀的。但是，在此处矿洞里发现的土，忽然在彼处山上，也何其相似地被发现了。

这是怎么回事？

仿佛它们有灵性，是跟着人们的脚步走的。在作者看来，这是个谜。然后他做出了一个判断：上佳的泥料，应该都在地下数十丈的深处。它们是否会像走亲戚一样，相互串门呢？

后来的人对周先生的说法，给予了一种尊重基础上的否定。他还是对此地的山势不熟，其实，早期的黄龙山东段，属于台西；西段北面属于赵庄，南面属于白宕，西段与青龙山交界处是宝山、团山，东南一块是蠡墅。所以，后人说到的赵庄山什么的，都没有跑出黄龙山矿区的范畴。

说来说去，还是说的黄龙山。

那本书上还写了什么？师父那天兴致高，说，想听的话，再给你们讲一段吧。

"造壶之家，各穴门外一方地，取色土藏于窖中，名曰养土，取用配合，各有心法，秘不相授。壶成幽之，以候极燥，乃以陶瓷庋五六器，封闭不隙，始鲜欠裂射油之患。过火则老，老不美观；欠火则稚，见沙土气。若窑有变相，匪夷所思。倾汤贮茶，云霞绮闪，直是神之所为，亿千或一见耳。"

那些造壶的人们，都会在自家门外辟出一块地，把他们取来做壶的矿土，按照老祖宗的做法，筛捣加工，藏进地窖里。老祖宗说过，这土要养，伏它几年也不晚。民间有句话是：心急喝不来热白粥。

何时取用？自己琢磨去吧。所谓各有心法、密不授传，说的是人做事，要靠心情，也要琢磨章法。壶坯做成，置于专用库房通风阴干，待完全干燥，放入专用匣钵，入窑烧制。过火则老，美观则无；欠火则稚且嫩，呈沙土气。运气好的时候，会有意想不到的"窑变"，那只怕是火神爷秉承上天的意志，给予某一把壶额外的造化吧。当一注香酽的茶汤从壶里倾泻而出，壶身受热，经茶水浸泡而产生的那种云霞绮闪的视觉效果，太让人惊呆了。

师父说到这里，微微一笑，不再言语。

很多年后，陶中回忆起当年往事，心头温热，仿佛就在昨天。

作者简介：

徐风，一级作家，江南文化学者，陶都文学院创办人。代表作品《布衣壶宗》《江南繁荒录》《一壶乾坤》《国壶》等。部分作品获中国好书奖、《中国作家》文学奖、中国传记文学奖、冰心散文奖、紫金山文学奖、"五个一工程"奖、《钟山》文学奖等。部分作品被翻译为英、日、韩文向国外推介。

在汉语写作的背后

黑　陶

想象力

文学凭借人的想象。人类迄今为止的所有文学作品，都是以文字作为工具和载体的想象呈现。

历史其实也是想象，属文学范畴。司马迁的《史记》或可证明。美国历史学家海登·怀特（1928—2018）也曾说，"我想强调的是历史事实是虚构出来的——当然肯定是在研究文献的基础上——不过仍然是虚构的""历史作为一种虚构过程的产物，更具有文学和诗化性质，而非科学性和概念性""历史是事实和往昔事实的虚构化"（《旧事重提：历史编纂是艺术还是科学?》，收入《书写历史》第一辑，上海三联书店 2003 年 7 月第 1 版）。

即使是最纪实的新闻报道，在用文字复述某一事实时，已经不是事实本身，而只是语言的呈现。从本质意义来说，新闻，同样是一种想象。

所以，伊朗导演、诗人阿巴斯说："如果上帝给过我们一样东西，那就是想象力。"他把想象力，视为人类唯一获赠的礼物。

文学想象或曰作家想象，大致可分成两种：现实想象，超现实想象。

中国经典文学作品中，《红楼梦》《三国演义》《水浒传》，基本属于现实想象。而《西游记》展示的，是超现实想象。不过我们仔细阅读就会发现，超现实想象如飞翔之巨幅风筝，它牢固坚实的线，仍系在现实之手。

外国作家作品中，巴尔扎克、托尔斯泰，属现实想象；而卡夫卡、布鲁诺·舒尔茨，则热爱超现实想象。

文学之外，其他艺术领域的想象，同样可以如此分别。列宾、列维坦、安德罗·怀斯是现实想象，而达利、夏加尔之属，则是超现实想象。

超现实想象呈现的，是一种幻象。幻象细析，又可分为：幻听、幻视、幻嗅、幻味、幻触、幻境、幻能。

中国唐朝诗人李贺，是我心目中的超现实想象大师。"玉轮轧露湿团光""一泓海水杯中泻""海尘新生石山下""鬼灯如漆点松花""昆山玉碎凤凰叫，芙蓉泣露香兰笑""向前敲瘦骨，犹自带铜声""百年老鸮成木魅，笑声碧火巢中起"……都是这位天才的短命诗人的心中幻象。

想象貌似可以自由，实则想象的自由大不易。因为，艺术家的想象力，与所有人一样，同样受教育、传统的深刻束缚。

阿巴斯说："教育或许是解决社会问题的钥匙，但它也可能扼制、泯灭个性，并碾压想象力。"

故此，我们必须有时时挣脱束缚的清醒自觉。我们要对得起自由珍贵的生命。

人类对于世界和自身的未知，还远远大于已知。作家、艺术家凭借其独有的强劲想象力，成为人类中的开拓者和神性先知。

困境与自信心

一个汉语作家在写作过程中，一定会遭遇无数困境。除了时时迎面而来的"写什么、怎么写"这些具体问题外，不管有否主观意识到，他还会遇到具有形而上意味的三种本质困境：工具困境、文化困境和学习困境。

工具困境。文学是由文字排列组合而成，文学的唯一本质工具，到目前为止仍是文字。传统分类的艺术，它们的工具都呈现单一性特征：文学靠文字，绘画靠线条色彩，音乐靠音符。而当代新兴的艺术，努力打破的正是工具的单一性，它们想方设法在跨界、在融合。而文学，作为具有强劲生命力的传统艺术，它的以文字为工具的单一性特征，至今未有改变。一位汉语作家，供他驰骋思想和情感天地的工具，仍然只有汉字，而无其他。这就是宿命般的工具困境。

文化困境。汉语作家面临的，还有自身的文化困境。中国文化推崇

"中"，是以中和、中庸之"中"为最高准则的文化。"喜怒哀乐之未发，谓之中；发而皆中节，谓之和；中也者，天下之大本也；和也者，天下之达道也。致中和，天地位焉，万物育焉。"无论中和还是中庸，都是不偏不倚、无过无不及之意。这种文化价值观，跟包括文学在内的艺术创造的追求，可以说是背道而驰：艺术创造需要偏激，需要个性，需要锐意求索，需要独特和锋芒，所谓"独持偏见，一意孤行"，而最忌不偏不倚、无过无不及。中国文化的这种语境，对于生活并受熏陶的汉语作家来说，是严重之困境，需要时时注意，自觉突破。

学习困境。学习的目的和过程之间，存在深刻悖论。学习的目的：获得自我；而学习的过程：丢弃自我。具体到文学写作，向前辈学习，向经典学习，是在"无我"的状态下，进入到他人的情感和思想场域，而这种"无我"学习的目的，又是想最终获得鲜明的"自我"。这个度如何把握，这种悖论如何破解，也需要我们时刻自警。

好在，汉语写作潜存一种巨大、本质的公正性（其他语种，类似公正性同样存在），那就是：无论你是谁，无论你有名还是无名，无论你在哪里，只要你想写作，上天一视同仁，赐给你工具：汉字。公共性质的汉字，任你取用，不收分文。

这种巨大、本质的公正性，会给我们强劲的写作自信心。

那么，作为工具的、公共性质的汉字，数量有多少呢？

已知最早的成熟汉字，即商代甲骨文，单字数量在 4500 个左右（目前已经释读的接近一半）。

东汉许慎，独自花 21 年完成的《说文解字》，收汉字 9353 个。

清代《康熙字典》，由 30 多位学者花 6 年完成，收汉字 47035 个。

2013 年 6 月，由国务院公布的《通用规范汉字表》，共收汉字 8105 个，其中，一级字表 3500 个，二级字表 3000 个，三级字表 1605 个。

汉字数量如上，是否每个汉语作家都要识读全部后才能写作？事实证明并非如此。有专门研究机构，对中国经典作品和经典作家的用字量（不重复汉字使用数量）做过统计，结果举要如下：

《周易》，1257 字

《老子》，816 字

《论语》，1365 字

《孟子》，1897 字

《庄子》，2925 字

《史记》，4832 字

李白，3560 字

杜甫，4350 字

《红楼梦》，4426 字

《毛泽东选集》，2891 字

《孙中山全集》，2673 字

另据中国教育新闻网报道，基于对国家语言资源监测语言材料库 2020 年近 9 亿字次大众媒体用字的调查发现，557 个高频汉字覆盖整个语料 80% 的用字量，877 个高频汉字覆盖整个语料 90% 的用字量，2247 个高频汉字覆盖整个语料 99% 的用字量，媒体高频用字稳定。

由此看来，3500～4000 个汉字，就是一个汉语作家的全部。一视同仁，如此公平！就看你用这古老又恒新的汉字，能够为人类如何总结世界（包括人的内在与人的外在），又最终创造出怎样的全新世界。

阅 读

书籍，是人类这一物种创制的一种奇特之物。书，是人对世界、对自我的情感、认识、理解和幻想。

我们为什么要阅读？

对于渴慕进步的写作者来说，在沉醉于生活和大自然的同时，阅读是一项不可或缺的要求。除了获取知识、借鉴学习之外，阅读为个人写作提供深广背景，提供衡量自我水平的标尺。阅读使写作者时刻获知：个人的作品，在祖国乃至世界漫长不断的文学链中，处于哪个位置，哪些是步人后尘，哪些是自我独创。

阅读对于写作者的另一个重要功能，是点燃自己。阅读犹如火苗，经常，瞬间就会让写作者自身熊熊燃烧起来——在对他人的阅读中，发现并唤醒自我沉睡的宏大世界。这种借他人之火种，点燃自己的情状，古人称之为"发兴"。唐代诗人王昌龄曾说："凡作诗之人，皆自抄古今诗语精妙之处，名为随身卷子，以防苦思。作文兴若不来，即须看随身卷子，以发兴也。"很多时候，写作者阅读他人的目的，实质是勘探自我。

汉语写作者的阅读，应该读什么？

首先，可能要重视源头性书籍的阅读。

人类浩如烟海的书籍，大致可以分为两大类：源头性书籍和派生性书籍。

世界上任何一个民族，它的源头性书籍都很少。由儒、道、释三宗主要汇成的中国文化，同样如此。中国文化的源头性书籍，检点如下：

"群经之首"《周易》，5000 字。

儒家：《论语》，1.6 万字；《孟子》，3.7 万字。

道家：《老子》，5000 字；《庄子》，6.7 万字。

佛家中，由中国人撰就并被称为经的是《坛经》，1.2 万字。

如此，不足 15 万字，就是中国人最经典的源头性书籍。它们，是中国文化大江大河的泉源。

去读源头性书籍，因为，"任何一本讨论另一本书的书，所说的都永远比不上被讨论的书"（卡尔维诺）。

其次，我们的阅读胃口一定要驳杂，要始终保持贪婪而强韧的阅读热情。

什么都可以读，什么都应该读。正如意大利作家卡尔维诺所说："从阅读经典中获取最大益处的人，往往是那种善于交替阅读经典和大量标准化的当代材料的人。"他认为，可以将"大量标准化的当代材料"视之为"现在的噪音"，最理想的阅读办法，是把这种"现在的噪音"调成"一种背景轻音"，而这种"背景轻音对经典作品的存在是不可或缺的"。杂食化的大量阅读，会有效养成我们的阅读判断力、鉴别力。

我们如何读？

精读和泛读。对源头性书，对经历过时间淘洗的各时代经典的书，对个人感兴趣的特定对象的书，我们可以精读；其余，泛泛浏览即可。

形式和内容。阅读，有的可重其形式：结构方式、文字品质；有的可重其内容：思想内涵、独特情感。就自我的阅读来说，对于中国传统经典，重其"写了什么"，对异域之书，常常看其"怎么写的"。

热书和冷书。不必赶潮流般去阅读某一时期的流行热书。尽管内心知道，这些热书中不乏优秀著作。但个人仍然本能觉得，一窝蜂地拥上去，对书、对自己，都是一种亵渎。而且，众人皆读时，一本优秀的书，像有神性似的，会自觉地掩盖它本身真正珍贵的光芒。尽量去和寂寞的、被遗忘的冷书相遇吧。那时的交流，像电，彼此能深深击中心灵。

不阅读的阅读。有时，形式上的不阅读，也是一种特殊的阅读：一本书放在案头，或者是用来激励，或者，是用来较量。

真正的阅读，能让写作者成为清醒者，既不狂妄自大，也不妄自菲薄。阅读使我们的写作在自觉状况中进入历史，潜在地，得以成为文学历史的一环。

独属个人的文学根据地

成熟的写作者，都有独属个人的文学根据地。

这块自己的领地，可以是物质性地域（地理故乡），也可以是精神性地域（精神故乡），当然，也有两者混杂一起的。它会极其鲜明地，成为写作者的独特标志。

2020年7月在央视纪录频道热播的系列纪录片《文学的故乡》，拍摄的就是中国当代6位一线作家的文学根据地，展示了他们各具特色的写作与他们各自地理故乡之间的深刻关系——毕飞宇，苏北平原；阿来，川西北藏区；莫言，山东高密红高粱田野；刘震云，中原；贾平凹，秦岭地区；迟子建，北方冰雪地。

再往前追溯，中国现代文学史中，作家和独属于他的文学根据地，也是如此鲜明：如沈从文的湘西，老舍的北京，李劼人的四川，等等。

上述作家的地理故乡，都是他们的根系深扎之地。越伟大的作家，他的根系越发达粗壮，他根系蔓延深扎的地域，往往就超越具体、狭隘的故乡，而更广更大。像鲁迅的中国气息，像川端康成的日本岛国气息，像哥伦比亚的马尔克斯和乌拉圭的加莱亚诺所呈现的南美雨林气息。

作家个人的文学根据地，除了物质性地域（地理故乡）外，还有一种是精神性地域（精神故乡）。

像出生在北京的张承志，他的文学根据地，在中国的大西北：深厚黄土高原、神秘新疆、北方内蒙古这三块土地，既是他安身立命的精神故乡，也是他理想和力量的不竭源泉。

像出生在南京、工作在北京的王以培，同样是一位令我关注并内心敬重的作家。二十年来，他视长江三峡库区为自己的精神和情感归宿地，无数次奔赴、深入，如记录亲人般，写下《三峡记忆》《水位139米》《新田白水溪》《长江边的古镇》《采真》《清庙》等著作，为太多的消失存留了珍贵档案。他说："原来即便是在当代，在长江边的古镇乡村，那些风雨飘摇的老茶馆里，棚棚与危房中，在那风烛残年的老人记忆中，依然保存着古老的神话传说与历史记忆。它们与圣经故事、希腊神话传说具有同等价值和意义，只是我们自己不懂得珍惜。"

鉴于此，每一位从事汉语写作的人，都应该时时自问：我，找到并拥有独属于我的文学根据地了吗？

如何获得个人的文学根据地？清醒的主观意识很重要。导演侯孝贤说："我感觉每个人都有一块自己的领域，这一块你要自己去发掘。"首先是主观寻找，其次是深入"发掘"，发掘你有人无的特殊性，最后是自我的独特构建，用自己的作品，不断建设并创造自我的根据地。

从另外的意义讲，拥有了个人的创作根据地，同时，也就有了一个命定的限制。懂得这个限制，是一个作家或艺术家的自知之明。

像意大利导演费利尼，他很清醒他的根，在罗马，在故乡意大利北方的海港小城里米尼，他说："譬如美国电视台想送我去中国的西藏以及印度、巴西等国家和地区，好拍一段精彩的关于宗教及地方魅力的影片。很吸引人的提议，我立刻说好，但同时心里有数，我是不会动身的。"

像侯孝贤，有人曾找他拍张爱玲的《第一炉香》，但他很明智地拒绝，说拍不了，"因为那个绕来绕去，那个幽委的感觉对我来说太难了，而且一定要讲上海话，一定是上海那个时候的氛围"，而这一切，侯孝贤说太难了，他自诉是"乡下人""野人"，他这种人只能拍朴素的东西。

写作者，最终是要去获得独属个人的文学根据地。要牢记的是，人在

"自己的领域"上，但我们的心，仍应始终具备：人类视野、全球视野甚至是宇宙视野。

具体的作家的劳作，就是以个人特殊鲜明的"地域方言"，讲述世界的事情和普遍道理。

作者简介：

黑陶，诗人、散文家，1968年出生于苏、浙、皖三省交界处的一座陶瓷古镇。在故乡的火焰与大海之间，呼吸独异的江南空气。个人作品主要有"江南三书"：《泥与焰：南方笔记》《漆蓝书简：被遮蔽的江南》《二泉映月：十六位亲见者忆阿炳》，以及散文集《中国册页》《烧制汉语》、诗集《在阁楼独听万物密语：布鲁诺·舒尔茨诗篇》《寂火》等。

九龙口遐想

汪　政

　　对农村长大的人来说，草木真是再寻常不过的事物了，房前屋后，田头地垄，河岸水边，到处是青青的草和低低矮矮的树。人与草木的情感实在是一言难尽。记得儿时祖母带我们出门挑猪草，她一边挑一边教我们记住那些野草的名，告诉我们哪些草猪爱吃，哪些草猪不能吃。祖母叹着气说："猪能吃的人也能吃呀。"逢到荒年，别说是庄稼，连草都是救人命的宝贝。现在想起来连我都不敢相信，我在童年时真的吃过草。那不是现在时髦的养生绿色，而是真的以草为食。祖母变着花样将树叶、野菜、杂草和糁、糠拌起来，或煮或蒸，或炒或拌。我们老家穷，三年困难时期后好几年都没缓过来，是这些草救了我们的命。

　　长大一点，随父亲到他下放的乡村小学，说是学校，夸张地讲，就是荒野中的几间草屋。几百年前，那里还是一片汪洋，陆地向前推进后，就成了一望无际的滩涂草地。水还是咸咸的，茅草生长得尤其旺盛，到了秋天，如飞雪一般，白茫茫直达天边。父亲有事没事就领着我在路边转悠，不停地问我这草那草叫什么名儿。父亲说一方水土养一方人。我当时想，水养人还有道理，土养人就说不通了，哪有人吃土的？父亲说："一方水土养一方人是说一个地方有一个地方的气候与地理特点，气候与地理不同，物产就不同，我们处在中国的中部，许多北方的粮食我们这儿就长不起来，许多南方的树移到我们这儿也活不成。每个地方的人就是靠他们当地物产活下来的，物产不同，靠这些物产活下来的人也就不一样了。"父亲指着路边的野草说："别小看这些小草，它和你一样都是有名有姓的，我们的生活看上去和它们没有关系，甚至，它们长在庄稼地里，我们还要锄了它。其实，在植物的大家族里，它们是互相依存的，是生物链上不可或缺的。"他又指着远处的草荒田说："这些茅草的生命力多么顽强，正是这些茅草和一些适合盐碱地生存的植物方能在这儿生长，因为它们的功劳，不久后，这片土地就会退碱成为良田了。"

由于祖父母和父亲的影响，我从小就喜欢乡土植物，觉得它们就是我的亲人。

这次到建湖的九龙口湿地公园，我又一次想到了我少年时代与野草为伴的乡村生活，特别是父亲当年的下放地——海安东乡。小时候没有地理概念，现在知道它与九龙口可以说是在同一条经度上，同是退海成陆地区，只不过九龙口的形成要更复杂而具有了戏剧性。九龙口包括现在的建湖、射阳地区，原来都是黄海成海的一部分，由古淮河与古长江的泥沙堆积而成。独特的沙堤封闭了海岸线，形成了古潟湖的射阳湖。早先这里也是咸水湖盐碱地，黄河夺淮入海改变了这里的地貌，不但使得土地由咸变淡，而且也使得原来的湖泊河流改变了流向与姿态，现在的九龙口虽还与射阳湖相连，但看上去已是另一种水乡形态了。

凡去过九龙口的人无不为它独特的景观所惊叹。九龙之九可不是虚名，七进两去九条河交集于此。从高处俯瞰，如蛛网一般，大小河流向四面八方呈放射状逶迤远去。更为奇特的是，九河汇聚之处竟然有一小岛，真是应了九龙戏珠的说法。按说九河奔集，水流激荡，但这岛虽然小，却坚如磐石，又似不沉之舟。建湖地处里下河的锅底，史上常受洪水之灾，大水常常摧林拔树，淹没房屋村舍，但弹丸小岛却任你洪水滔天，竟然神奇般水涨船高，依然故我。

作为一处神奇的自然景观，自然会衍生出许多的传说。仅仅九条河就会催生出多少想象、多少传奇、多少大戏。当我走进九龙口，一下子就被那绿绿的无际无涯的芦苇给震住了。

我从没见过这么多的如平原上的庄稼一样的广袤无垠的芦苇荡。

在我的家乡，芦苇也是水边常见的植物。也许不是植物学上严格的说法，老家被称为芦苇的有好几种，小到像茅草一般高的，叫"草芦"，大到几米高且粗实的，称为"钢芦"。不同的芦苇有不同的用途，草芦可给猪羊鹅鸭吃，钢芦可以如同现在的钢筋一样做泥墙的骨芯，而常见的水边的芦苇用途更多，连同农家屋里的隔墙也多数是用芦苇编织的。祖辈们的话不错，离了这些身边的草，还真不知该如何生活。

对于我们小孩子来说，芦苇带给我们的乐趣实在是太多了。芦苇的茎秆挖了洞可以和竹子一样做成笛子，而苇叶卷起来也可以做成哨子；夏天下河戏水，雪白的芦苇根是我们的美食，清凉而甘甜；垂钓时，先踩平几丛芦苇，再将两边的梢尖打上结，就是一个阴凉的遮阳篷；等到看了电影《渡江侦察记》，没有哪个少年不学着片中的侦察兵衔着芦管潜水的。当然，最绵长的记忆应该是包粽子。每到端午节前，祖母便和我们去河边打芦苇叶，我们称为"箬子"，青青的芦苇叶裹着糯米，煮熟后有特别的粽香，那是儿时难得的美食。用不完的苇叶会扎起来挂在屋檐下，风吹过来，窸窸窣窣，一直响到来年的端午节……

到了九龙口，我才知道芦苇这一寻常植物的历史和谱系。它的最惊人处其实在于我们所不见的水下默默地工作。如果没有芦苇，就没有了湿地，就没有了洁净的水，就不会有我们现在才意识到的绿色生态。一片芦苇，就意味着一处活性的生命的源泉与出处。行走在九龙口湿地公园，你真的会感受到生命的自在和繁盛，鸢飞鱼跃，一派生机。那里有许多野生濒危动植物，什么丹顶鹤、东方白鹳、灰鹤、斑嘴鸭、黑嘴鸥等也似曾相识地听到过，而有"鸟中大熊猫"之称的"震旦鸦雀"却是第一次听说，那是多么可爱美丽的小鸟，全身黄、黑、白三色，喙、头、眼、颈，直到羽尾，细节的构成精巧而完美。它只生活在芦苇中，生活在中国的芦苇中，目前它只生活在九龙口的芦苇荡里。

九龙口的芦苇荡令人震惊而难忘，对于久居城市的人来说真的如同仙境。可能大家没有想过，如果这些芦苇出现在我们的城市会是怎样的景观，又会有怎样的意义。其实，城市是可以有更多的水的，城市也是可以有芦苇的。这不是我不着边际的胡思乱想，我真的在城市见过芦苇，在苏北泗阳，在泗阳城繁华的中心。

到过泗阳的人大概都会被它大大小小的公园绿地所吸引。运河风光带无疑是大手笔，走廊、栈桥、防护林、护坡草地、亲水小道，以及看似随意其实是精心安排的错落有致的近水的黄河石，大小错落，宛若图画，确实无愧于"运河最美岸线"的称号。徜徉在运河边，北边是彩虹一样的泗阳大桥和迤逦而来的船队，南边是一道道高大的船闸，对面是横卧在水中的两个半岛，其中一个上面是新落成的妈祖文化园，三面而立的天妃圣像矗立其间，她手执莲花，慈眉善目，注视着这块古老而新鲜的土地。

与运河风光带这样大型休闲设施不同，泗阳城里的绿地、休闲广场和市民公园显得小巧玲珑，它们散落在城区的小区和道路之间，包括那些商业中心、黄金地段。所以，远处望去，泗阳是一座正在崛起的现代化城市，但走进再看，并没有人们想象中的那般整齐划一和水泥森林的压迫。一座规模并不大的城市需要这么多的公共绿地吗？一般人可能不会想到，一个城市公共空间的多少以及建设水平的高低事关这座城市的公平。如果秉持公平的原则，城市就应该留出尽可能多的公共空间给全体市民，并且尽可能地提高这些空间的硬件与服务。这样说吧，一个穷人可能买不起高档的住宅，但他却可以与富人一起在公园散步，他与富人一起享受这个城市给他的服务。所以，不要小看城市中的一块块绿地，它为市民创造了和谐共存的地方。泗阳的朋友曾经指着城中心的街心公园对我说，建不建这座公园也不是没有分歧，城中的每一块地可以说都是寸土寸金，但他们宁可放弃高额回报的商业开发，也要给老百姓休闲娱乐的地方。这是多么朴素而先进的城市规划理念。

还是城市建设，我从泗阳悟出另一番道理，它与水有关，与芦苇有关。

不管是行走在意杨大道，还是漫步在桃源岛，或者到奥林匹克生态公园走走，你都会被那里的水所吸引，它们不是运河那么绵延、浩渺，那一个个水面，不大，更不是整齐划一，如同一面面不规则的镜子，镶嵌在城市不同的地方，给这个北方城市带来了活泼与灵气。而环绕在这些小小水面的就是高低葳蕤的植物。如果对那些五颜六色的植物稍做留心，你会发现它们是多种多样的，如同这个城市的绿化一样，它是丰富的，特别是大量的乡土植物让人感到新奇，却又无比亲切。

现在有多少城市还自觉地保留着比它们的历史要长久得多的乡土植物呢？相反，更多的是长着相同的树，开着相同的花。这种单一的城市绿化不仅是生态的灾难，也是文化的灾难。有多少人认真思考过这样的问题，历史、往日的记忆或故事由谁来保存与传递的？我们会想到文字、典籍、建筑之类，其实，还应该加上乡土植物！当环境被越来越少的那几种外来的景观植物所覆盖时，我们的记忆，儿时的故事，特别是脚下土地的本来面目也被同化、格式化或遮蔽了。泗阳人是尊重他们的历史的，他们对自己的土地心怀敬畏，他们要让人们记住，是哪些植物养活了他们的祖先，是哪些植物组成了这块土地历史上的春夏秋冬。泗阳的城市公园可以说就是他们活的乡土植物志。看看泗阳的奥林匹克生态公园吧，那在水中摇曳的一丛丛芦苇啊！不仅仅是芦苇，还有菱角、荷花、鸡头米、荸荠、慈姑、菖蒲，往上，是荠菜、蒲公英、菟丝、蒿草、野草莓、巴地草、车前子，再往高处，是榆树、桑树、银杏、柳树、苦楝……

这是新的景观理念。乡土植物是千百万年来长期适应本地的气候条件、土壤条件、地形条件而产生并繁衍的，它是地区生态的主体，从水生、湿生、旱生，从苔藓、草生植被、灌木再到乔木，不同地方都拥有具有本地特点的乡土植物种群。保持这样的植物群落其意义首先是生物学与生态学上的，比如多样性，比如与虫鸟等动物的共生，但同时也是人文意义上的。常绿植物、多年生草本以及一年生草本在某一地区都是共存的多样的分布，它们不同的生物习性与色彩、外形，在长期的审美过程中被符号化、人格化了，承载着自然的秘密，传递着时间的节律，也成为人们抒发各种情思的形象。不同地区的人们长年累月地与生长在他们身边的植物对话，并以其作为乡情乡思的代言。如果稍微留心一下，就会发现生长在北方与南方的文人笔下的植物有着明显的区别，特别是当他们漂泊在外，乡愁涌上心头的时候。

这个问题还可以继续思考。比如，现在的孩子们怎么认识故乡，如果要他们用植物去描写故乡时，他们怎么办？用千篇一律的景观植物？用莫名其妙评选出的市树市花？在唯美、形象工程以及名目繁多的城市荣誉评比逼迫下的城市绿化景观设计与制作，正在制造生物学以及生物学以外的许多恶果。乡土传统的断裂，对野生生命的鄙视，对人工与舶来品的迷信，等等，不一而足。记得著名景观设计师俞孔坚说过一段话："乡土野草是值得尊重和爱惜的，它们之于人类和非人类的价值绝不亚于红皮书上的一类或二类保护植物。在每天都有物种从地球上消失的今天，在人类日益远离自然、日益园艺化的今天，乡土物种的意义甚至比来自异域或园艺场的奇花异木重要得多。"说的正是这个意思。

扯得是不是有点远了？要理解一个人对童年生活环境的思念。幸运的是，我现在家住在南京的玄武湖边，我可以每天在湖边散步。这儿有大片的水面，一年四季都有绿色的植物。在湖的西北角有几个小岛，其实，说不上是岛，只能说是几块水中陆地，那上面没有进行人工绿化，任由杂树杂草野蛮生长，而水边的芦苇更是恣意任性。我经常与它们隔水相望，常常一站半天，忘记了自己身在何处，眼前不由幻化出童年的小河、海边的草荒田，那些大片大片的芦苇，直到水鸟扑棱棱飞起将我惊醒……

作者简介：

汪政，中国作家协会会员，文学创作一级。江苏省作家协会副主席，江苏省文艺评论家协会主席，中国小说学会副会长。

20世纪80年代开始从事中国现当代文学和文艺理论研究，发表论文、评论、随笔数百万字，独著、合著有《涌动的潮汐》《自我表达的激情》《我们如何抵达现场》《无边的文学》等。主编、参编大中学教材多种，并获多种文学奖项。

十全九美

丁　捷

　　小时候跟着父亲出远门，在异乡的一个城市停留。父亲带我去一家饭店吃饭，快吃完时，发现立在桌子中间的特色菜单上，赫然写着一道厨师长推荐菜，叫"天下第一鲜"。父亲被这个张狂的名字震住，不顾菜价奇高，点了一份来尝。"天下第一鲜"是一碗奶白色的汤，靠近嘴边，一股熟悉的浓香熏得人立即满口生津。父亲喝了一口，搁下碗笑骂起来，说原来是这玩意儿，上当上当。汤喝完了，就见了分晓——碗底沉淀了十几只文蛤肉，这就是所谓的"天下第一鲜"的"原料"了。

　　说真的，这个在我们的老家，可是贱得连上客人桌子的资格都没有啊！外地人用它，一小捧就煲出一大锅镇店招牌汤；而在我们老家，烧一小锅鲜汤，用一篮子文蛤或蚬子，根本算不得奢侈。每年到了汛期，海水中泛滥的贝卵于潮起潮落中，倒灌入江，再进入支流，散布进河网，落地生长。春潮涌动，暖流催发，到了初夏，河流中已经俯拾皆是密密麻麻的贝类小生命了。大人们到地里干活儿，中午或傍晚下了工提着篮子顺路在河边走一走，用不了一个小时，篮子里便是满满的文蛤、蚬子和各种河蚌，起鲜的餐佐就有了。回来用清水涮涮，开水一烫，宝贝们都张开了体壳，露出肉体。挑出贝肉，或做汤，或煮面，或爆炒，屋子里马上弥漫着浓郁的鲜香。有文蛤和蚬子肉搅和的菜，一般要放到最后吃，因为先吃了它，其他任何山珍海味，都味同嚼蜡。这感觉如同本地人上的是狼山，看的却是长江，所以有"上了狼山不看山，先食文蛤无美餐"的说法。

毫不夸张地说，海鲜、江鲜、河鲜，以及像蚬子、河豚这样在江海河跨界生长的美味，在故乡南通多得到了举手可捞的程度。那种每每被外乡人、城里人冠以"天下第一鲜"的文蛤、蚬子、刀鱼、河豚、海蜇，那些被日料大神冠名"软黄金"的鳗鱼、昂刺、黄鳝之类，曾经俯拾皆是。小时候从村里的晒场看完电影回来，手电光沿着乡野小路照过去，经常看到螃蟹在路上不慌不忙地散步。到了鳗鱼成熟的季节，提着小网，在网底扎上鸡肫做诱饵，半个小时便可以提上三五条又肥又长的江鳗。我放了暑假去外婆家玩，外公在饭前一个小时出去，在沟渠间转悠一阵，就弄回来七八条野生黄鳝。因江海水在此交汇，这里的河豚也成为闻名世界的一大特产——这些年还就地取水，围栏养殖，出产占世界总量百分之八十左右的人工养殖河豚。这些稀奇的三水之鲜，即使在贫穷年代里，也可以贱得被老百姓当主食吃过。我们，这方美轮美奂的水土的儿女，长大成人过程中该积攒多少美滋美味的经历！毋庸置疑，回望成长的快乐，无论如何，都绕不开"口水滔滔"，虽然我们跨过的年代并不富足，但我们"胃的记忆"绝对是味全味美的。

我的故乡南通，位于母亲河长江下游入海冲积扇平原。"横穿大半个中国来养你"，长江不光是把几千里之外的高山融雪从这里推送到海洋，更重要的是它一路携带的千方水土的营养，滞留在这里，堆积成洲。南通因而不仅仅是"自己"，而且融汇了大半个中国的基因，它的水土是复合的，它是祖国万水千山的"混血儿"。于是，就有了得天的自然给养，形成了独厚的地理优势。它的水土之美、物产之沃，简直难以用理性语言来描绘，只能插上想象的翅膀，使感官飞升、翱翔——如果站在自家门前，让目光带着一点浪漫、宏大，就能看到大江在眼前奔流不息，黄海在屋左浩渺无边。江海交接处，青黄相济，潮汇流荡，涛声铿锵。再转身看一眼屋后，金色的三角洲上，河道纵横，水网交织。从高处俯瞰，在江、海、河三水盘踞、缠绕的大地板块之间，绿油油的植物满匝匝地覆盖着，水性的稻子，随季或青或黄；干性的玉米，红胡子迎风飘扬；中性的四麦——大麦、小麦、元麦、荞麦，整齐划一地追波逐浪。地上的油菜花，土下的糖萝卜，旱地的洋芋头，湿地的水葫芦；垛上的白棉花，坎里的黑塌菜，园子里的长青茄、紫扁豆，黄泥中的红花生、金大豆，水边的绿香瓜、花西瓜，摇曳的芦柴花，漂荡的菱角叶，千手般的蒲苇棒，漫无边际的水稻穗，一个个、一丛丛、一方方、一片片，宛如不惜挥霍颜料的艺术大师，舞动巨笔，挥挥洒洒，在画板上铺张出来的万紫千红卷。

　　水土于万千植物的适应性，使得家乡有了缤纷甚至奇异的风貌。冬天的时候，家乡的地球是裸露的，她最直白的身体展现在眼前，平原一望无际。一般来说，近水的土壤都是淡黄的高原色，远水的地皮都是原生泥土的灰黑色。黄土随着水线，交织成一张巨大的金网，晒在黑色的大地上，大地被分割出无数几何。所以，冬天的家乡看起来更像是一张"图案"，甚至"图腾"。因四季分明，此时的树木配合大地裸体，一应剥去了外衣，去除了多余的修饰，变成干净利落的千枝万条，指向碧蓝的天空。在春汛到来之前，长江特别自俭，也没有多余的流水供给支流，因而河网的纵横阡陌里都是自给的地下水，清澈而又安静。此时是最好的淡水鱼捕捞季节，也是把秋天的收成囤在院前屋后，或埋进地窖的大好时辰。到处是金黄的麦秸堆，穿着鲜艳年衣的我们，在上面快乐地"打游击"。野气的男孩，甚至在草垛里"挖隧道"，在地窖里躲猫猫，为童戏增加了许多"桥段"。春天到来的时候，土地的颜色开始变深、变绿，大片的麦地与水上芦柴的新枝相接，构成满地新绿。春夏之交，汛期到来，大地变得异常活跃，江海潮流互相推来搡去，不断把多余的混杂水流，推向内河。水流欢腾雀跃地走村串户，所有河流仿佛一夜间变成"黄河"，浑水滔滔，而就是这样的浑水里，隐藏着无数的来自江海的生命。海鳗"成了"江鳗，江鳗"成了"河鳗；海鲈"成了"江鲈，江鲈"成了"河鲈；海蟹"成了"江蟹，江蟹"成了"河蟹。一路上，它们钻泥打洞，安营扎寨，啃着新嫩的柴根，吞噬着内河原生的细鱼小虾，播种、孕育、繁衍，丰富着内河的物产。到了仲夏，江海退潮，内河的水开始回头，重新注入江海，一批被淡水改造过的小生命，跟着到达一个更广阔的世界，茁壮成长。而水面上覆盖着繁茂的菱、荷与浮藻，河道里生长着蓬勃的柴竹，不知道它们是什么时候突然蹿高到四五米的。芦苇开花是银色的，蒲草结果是火红的，它们纵横在田野与水路之间，成为高大的植物墙，分割、包围出一条条、一方方大小不等的独立生态水土。地里头，金黄的菜花开过，一阵蜂过后，一阵蝶迎来，天空到处飞翔着它们的艳丽。一只蝶的振翅几无声息，千万只蝶的翔集，使田野的上空装上了庞大的低音炮。大地开始喘息，发出勃勃生机。菜籽饱满了，菜秆菜叶由淡青变成淡黄。水田里的稻子苗是鲜绿的。密密匝匝的玉米由绿变成成熟的褐色。玉米包被金色的大牙撑开，呼吸出诱人的清香。巨大的楝树，在海上游荡过来的东南风的拖拽中，把成熟的楝果落了一地。紫色的桑葚开始掉落，飞鸟、河鱼和孩童的快乐随之到来。小鸟的粪便都是紫色的；鱼儿满河浮游，在水面张着嘴，等着河畔桑葚树上一粒粒甜蜜的桑葚直接掉落到它们嘴中；孩童的嘴角一个个像涂了妖冶的口红，少不得被老师一顿嗔怪。桑葚落了，麦子收了，金黄的玉米棒上了晒场，晚季稻栽种下去，棉花开始扬花结果。庄稼人和他们的田地来不及喘一口气，交换着他们的栽种与收获，变换着它们的长势与收成。再看看河水变矮、变清了，才知道秋天自然而然地到来了。

夏秋季节，对这块土地上的人来说，有忙碌更有犒赏。这是南通人汗水和情趣都能得到挥发的大好时节。南通的冬天是如此裸露，而夏秋又是如此被高大、稠密而又丰富的植物所包裹。这块土地有了自己的特性，大掖大放，不断开合，随着季节的转换，面貌和气息都变幻无常。在此成长，难免浸染上一种特殊的生活方式，并由此养成独到的个性。夏秋的晚上，人们喜欢聚合在一起，白天晒玉米的凉席大匾，成了大家的座席。摇着苇扇，拍打着蚊虫，讲着故事。自然环境营造着幽暗、神秘的气氛，四周是高大密布的树木、芦柴和玉米地，谁开了口主讲，语气都会变得神神道道的，没文采的就讲一些奇闻轶事，有文采的就声情并茂地说小说。人们唯恐自己的故事配不上环境。微风吹来，经过水面，夹带些清凉的水汽，再穿过树林，附着些枝叶的声响，然后在玉米地里拐弯抹角，染上一身腥甜之气，进入到晚会的现场，在人缝里漫游，挠着我们的身子，煽动着我们的文采。形容，比拟，夸张；神鬼，远古，穿越；生死，凶悍，狂热……讲故事与听故事的，都遁入旷远和深邃。人们被包围在植物群中，生命瑟瑟缩缩，依偎在一起。到了深夜，凉席上有了一层寒露，有的人不由自主地躺下来，透过高大树木和玉米穗尾，看到银河横悬，闪闪烁烁。人与宇宙、人与人，人对世界、对生命的感知，一下子苍茫而又紧贴，虚妄而又孤寂。多少年后，我回望童年故乡生活，才顿悟那其实就是一种"文学生活"。故乡有着剧场一样的风貌风情，季节是切换复杂布景的妙手，生态是营造气氛的大师，生活是无所不在的舞台，人是穿梭其中的精彩角色。在这样的南通长大，很容易拥有语言的天赋、人情的敏感、思维的崎岖。也因此，我明白了自己为什么 12 岁可以开始大量写作了。从记事起，在那样的氛围里，哪一年没有百十个夜晚，听老姨奶奶讲的古书，跟着薛仁贵与唐三藏一路往西；听房族中最长的爷爷，讲述祖上如何从山东胶州闯关东，若干年后又从关东逃荒向南，几副担子，几只狗，几家子拖儿带女，破衣烂衫，乞讨着一路向东南，进入这"海头江尾"，加入对这片"蛮荒"的开发；更是听到父辈中的新中国第一代大学生，讲述《三个火枪手》和《这里的黎明静悄悄》。还有一位爱走江湖的小叔叔，脑子里装满了江海之地的古老传说和当今传奇，秦始皇到狼山以石试剑、鉴真去东海搬经而晒、徐述夔笑吟清风不识字、胡长龄天上下凡智多星、季德胜蛇药救万民、韩紫石结交新四军……故事依托史实的底盘，装上现实的轮子，注入真善美的精神，插上文采的翅膀，驮着我们徜徉历史长河、飞翔虚拟的星空，遁入时空交织、虚实相通的瑰丽世界。因此，也不难理解，这里为什么自古多才子，古有柳敬亭、冒辟疆、李渔、张謇这样的奇才，今有教育之乡、人文之乡这样的美誉了。比如，我读书的中学，数十年雄踞全国中学最前列，而南通几乎所有的县区都有一两所全国中教名校；我成长的小镇，出了"伤痕文学"作家第一人，20 世纪 80 年代以来，区区几十平方千米内，走出十多位全国知名作家。

离开家乡三十多年了，在城市浑浑的天空下，我经常思念故乡，留恋童年。前年写过一篇文章，对家乡丰富的物产做了一个概括，说南通是"软黄金"之乡，如果赋予一个地方一种色调，那么，南通是金黄色的。意思是，在外乡人眼里，这里出产的都可视为珍稀之物，堪比黄金；最关键的特征是，它们的色泽都是金黄的，即使有些生着或活着不是黄色，晒干了或煮熟了，它一定是黄色的。我们这些南通游子，在外凡参加应酬，必在各种会议场合、大小饭局聚会上鼓吹家乡。说一个趣事，有一个常跟我混饭局的文友，籍贯戈壁之地，故乡据说是一片不毛，只有地下有待采的未知宝藏。他对家乡热爱得厉害，除了千篇一律描绘地下矿藏，描绘大漠孤烟，苦于可以炫耀的地上生态资源不多。每逢此时，这位文友只能在别人对家乡夸耀声中唉声叹气。但他也绝不甘心老是被比下去，追问世界上哪里有"十全十美"之地？当然没有。他就决意开始钻牛角尖，研究别人的家乡到底还有哪些"毛病"，以便做些拾遗补阙、泼泼冷水的打趣小动作。这些年，南通开始发掘人文资源，并大力宣传自己的"体育冠军摇篮、健康之乡"，还打出了"长寿文化"品牌。经统计，仅南通的如皋一个市，在世过百岁老人五百多，堪称世界之最。南通游子闻讯兴奋不已，每聚会必在席间大声告示。可还是被可爱的外乡文友抓住一个可以插话的空隙，悠悠地说，不可沽名学霸王，不要骄傲啊，我这边还听说南通另有"四多"呢。

　　一屋子人愣住，惊诧地拿眼睛瞧他，估摸他琢磨了这么久，冷不丁总结出什么"四多"，绝对不是为了"锦上添花"。外乡文友慢条斯理地列数：一是老鼠和害虫多。南通乃长江冲积平原，江沙淤积地特征，土质干松，适合穴居小动物藏匿生长，沙土又是老鼠无限热爱的壳果生物生长的良田。南通人爱捕杀鼠的天敌蛇类，南通还出了个蛇药大师季德胜呢，帮老鼠"剿匪"。南通河网密布，是水稻高产地，青蛙多，许多不务正业的二流子，就靠逮青蛙卖到小饭店做生计，帮害虫"杀敌"。如今遍地爬的不光是螃蟹，还有老鼠、害虫啦，尤其是那赶不尽杀不绝的棉铃虫。南通曾经作为中国的棉花高产区，几十年棉花种下来，棉铃虫不断进化，蚕食棉果，又多又肥，百毒不攻，层出不穷。虫多用药就多，而榨棉籽油的又曾长期作为南通人的食用油，这就助长了下面这一多，即长寿者多的同时，恶性病患者也多。南通乃中国癌症高发区之一，南通肿瘤医院都发展壮大成中国生意最好的肿瘤专业医院了。日常食物的高蛋白、重淀粉特点，相应带来高黄曲霉素；水质的高矿质含量，在生物和人体内易发杂质沉淀；气候宜人也宜小动物，因而作物多虫害，针对此而进行大施农药；堆积型沙质土质强渗漏，而不得不采取的重施化学肥料；由于海鲜江鲜河鲜存在的高寄生虫生态，加上南通的启东、如皋、海门、如东等地经济发展迅猛，大小企业遍地，工业污染对水产二次传染，当地人却又不改嗜食螺蛳、文蛤、河蚌，甚至不肯改变生食"醉虾""醉螺"等高寄生菌水产品的传统习惯，等等的原因，就有了南通地区的食管癌、肝癌、胃癌等消化道癌症高发……一群南通人用惊愕而又无奈的眼光盯着外地文友。这老兄不接我们的目光，"乘胜追击"，说出了最后几多：出来闯荡的南通人中，码砖头的人多——南通建筑业甲天下，还有，码字儿的人多上加多，能说会写，形成了"厉害南通"的强大舆论氛围。

南通人下意识地互相看看，忍不住齐声笑出来。是的，眼前在场十二位食客，有八个是南通老乡，他们身份分别是两位记者，一位广告公司文案，一位电视编剧，一位大学中文系教授，一位驻外企业的翻译，还有一位公务员，呵呵，是个从格子上爬上来的管文件的处长。剩下的那位我不说您也明白，是一位泥瓦匠出身、如今拥有百亿资产的建筑企业家。但笑归笑，我们八个都知道，不光是笑这个，我们还在笑，那位外地文友说话时，跳动的上唇上粘了一颗白灿灿的米粒儿呢。

等应酬散了，回去酒醒脑清，细想，人家说的虽然不少是言过其实，也有的属于"过时"的资讯，比如棉籽油、帮老鼠剿匪等，早就没有这些事了，但忠言逆耳，文友的话也不全无道理。于是，大家想了一夜又一夜，最后串通着碰了个头，决定给家乡的官员们上书，好好地把"身在庐山外"所看清的一些"庐山真面目"，提醒给他们，希望家乡能够在生态环境建设上引起重视。有两年，我们这些南通游子，通过各种途径，与家乡各级政府交换意见，以至于一阵子经常被其他地方的朋友笑话，说南通还有"一多"，就是"多事的人"特别多，尽抓着家乡"小辫子"不放，快弄得南通官员手忙脚乱、应接不暇啦！

说真的，南通的每天都在变，如今，真的可以说是"十全九美"。近年来，南通的天恢复了湛蓝，水也在变清。风从水上掠过，金波万顷，空气中飘荡着"软黄金"的艳丽和郁香。回乡一看，老乡们的脸色也变得红润多了。听说百岁寿星的数量还在增加中，而癌症发病率得到了有效控制，南通肿瘤医院如今由以"客源丰富"变成以"医术高超"而闻名省内外。看来，南通人爱南通，南通也终于没有辜负南通人。我们商量着要请那位可爱的外乡文友吃顿饭，好好弄一桌南通菜犒劳他。同时，也要郑重地向他报告一声，物质意义上"十全"的南通，如同祖国其他很多地方一样，经济火热，社会理性，人文依然。我不敢说自己的家乡"十全十美"，至少可以自信"十全九美"——也要留一分美给未来啊。

作者简介：

　　丁捷，江苏南通人，出生在如皋，成长于海安。现居南京。当代著名作家，江苏省作家协会副主席，省诗词协会副会长。代表作《依偎》有多种文字版本，获亚洲青春文学奖和输出国际版权奖，《追问》长期位居全国图书畅销榜，被称为"现象级"作品。

鸡 鸣 寺

胡　弦

　　鸡鸣寺我每年要去多次。这次是参加一个诗会。

　　"鸡鸣"二字我极喜欢。"鸡声茅店月，人迹板桥霜"，苦意全化在诗意里。文字不落入抱怨的窠臼，格调才高，此诗可以为证。在南京做过皇帝的李璟也写过"细雨梦回鸡塞远，小楼吹彻玉笙寒"。写得好。李璟是我老乡，徐州人。现今世人以为徐州人粗豪，大谬。徐者，舒徐也，很有风度且安静的意思。

　　鸡鸣，则有催促人勤奋之意，像闻鸡起舞之类。我小时候上学，对早自习是深恶痛绝的。寺里的师父们大概也要做早课，若在鸡鸣声里敲木鱼，诵佛经，不知是什么心情。

　　开会在弘法厅。开会是热闹事。我喜欢凑热闹，但真正身处热闹中我又不适应，有点叶公好龙。古代也是有诗会的，像金谷二十四友、兰亭雅集之类，属于士大夫的游戏。也有在寺庙里开诗会的记载，《唐才子传》里说，某次，很多文人在乌程开元寺聚会，河间才子刘长卿和才女李冶都在场。李知道刘有阴重之疾，阴重，即疝气，也就是民间所说的小肠气，于是就调笑他道："山气日夕佳。"刘长卿也不示弱，应声曰："众鸟欣有托。"举座大笑，论者两美之。李的调笑妙在"山""疝"同音。刘的回答则有多解，比较老实的解释是"众"借"重"字，得了疝气肾囊胀大沉重，而这个"鸟"字就作为《水浒传》中骂人用的"鸟"字来讲了，指的是由于有这个毛病，刘长卿要经常在身上绑一根布带把器官托着以减轻痛楚。但刘长卿又怎会这么老实呢，只怕这个"众"是指众人或众多，讽的是李私生活的风流放荡。而论者两美之，还在于两人所引都是陶渊明的诗句，谑浪却不粗俗，也是一个境界。

　　现在的诗会却无趣很多，虽有人朗诵，却不容易听见一个半个好句子。约半小时，我偷偷溜出，从后门下到楼底，出来是个院子，院内是斋堂。此刻无人，墙上贴着佛家吃饭的戒律，桌椅安静。我正在里面闲看，一阵风来，把房门"砰"地关上。声响太大，像棒喝。

我一直有出家的想法，这与我内心深处喜欢的清寂相合。甚至具体规划过到一个寺庙出家一段时间，比如几个月或一两年，像斯奈德那样，等等。几年前，这种念头特别强烈，但经内心斗争一番，终于打消掉。——出家前若无长久打算，且知道自己终是要回尘世的，这种尝试实际意义不大。

院子上空一群麻雀飞来飞去。院后是明城墙，很巍峨。若站在城墙上，玄武湖的水天尽收眼底。在城墙上信步，可达玄武门和太平门，那是悠闲而心怀旷远的乐事。我愣了会儿神，反顾旁边的一座楼，竟看见二楼的阳台上挂有女人内衣之类，猛醒：鸡鸣寺现在是座尼庵。于是打消了随处乱走的念头，拾级而上，循大道，到山顶。寺是依山而建的，此山名鸡笼山，这大概是现在寺名的出处。山顶的大殿前许多人在进香，院子里烟雾缭绕。山道边有些牡丹，开得红艳，花朵硕大，与平常所见品种有异。听了一会儿经声，看了会儿香客，复下来，循原路返回会场。

得诗一首，写在会议节目单背面。诗如下：

> 阳光有些刺眼。斑驳往事、天上流云
> 为脚下光洁的石板所得。
> 城阙横空，它和一座寺庙
> 已建立起某种不为人知的关系。
> 麻雀们飞来飞去，不谙世事者不关心天堂。
> 我从台阶上下来，遇见山茶、雪松……
> 斋堂内，桌椅和训言安静。
> ——时辰尚远，此刻
> 只有风经过。当它再次摔打房门时，
> 我有目睹一个
> 不听话的莽汉耍性子的乐趣。

我爱来鸡鸣寺还有一个原因：吃素斋。对外营业的斋堂原在豁蒙楼上，是这寺庙的制高点，可以边吃边欣赏台城和玄武湖的烟柳清波。后来，搬到了院后的城墙根下，单独成院，车子可以开进来，面积扩大了很多。鸡鸣寺的素斋虽味美，但在南京尚不算最佳。我后来到南艺后街水木秦淮的静心莲吃饭时才知道这一点。静心莲在秦淮河边，店内供的菩萨是南亚风格，用餐的人少，氛围也静极，都是我喜欢的，菜的味道比鸡鸣寺的好上很多，只是价格巨贵。每次朋友要吃素斋，轮到我请客，到底选择哪里，一颗心在价格和美味之间沉浮，总是很痛苦。不过，最后的结果，我一般还是选择鸡鸣寺，毕竟，鸡鸣寺除了素斋，还是南京最古老的梵刹之一，自古有"南朝第一寺"之称，是南京寺庙文化的代表。文化也是美味，美景亦可佐餐，带外地朋友来是相宜的。去鸡鸣寺的途中我常常宽慰自己：即便是南亚的菩萨，也应能体谅我，我作为一个生活还没有达到小康的老百姓，毕竟更需要的是便宜。

鸡鸣寺外的樱花也很好看，这一带古时名台城，春天时来逛逛，古寺、古城墙、玄武湖和烂漫的樱花，相得益彰。

中午用餐时听到一个消息：静心莲关门了。我有些惭愧：人家的生意，大约是被我这样的人给搞砸的。

鸡鸣寺还曾名同泰寺，梁武帝在此出过家。这位信佛的皇帝曾四次舍身为僧，再让大臣们筹钱把他赎出来，寺院因此巨富。梁武帝痴迷佛事，长期、不近女色，吃素。中国的僧人、居士吃素，据说自梁武帝始。可怜这个老皇帝，因为错信了侯景，引狼入室，最后，竟然被饿死在台城里。

饭后去看胭脂井。井在亭子内，井口很小，只容得一人身宽。这个井与陈后主有关。南朝祯明三年，隋兵南下过江，国破之日，这位亡国皇帝携宠妃张丽华躲进了井里，后为隋兵所执。所以这个井还叫辱井。

我探身往井里看，黑咕隆咚，什么也看不到。历史也早已脱离它独自存在。石井沿满是绳索的勒痕，且蒙着厚厚的灰尘——它仍在蒙受勒索吗？或者，正在过往的疼痛中熟睡？

作者简介：

胡弦，诗人、散文家，中国诗歌学会副会长，江苏省作家协会副主席，《扬子江诗刊》主编。著有诗集《沙漏》《定风波》、散文集《永远无法返乡的人》等。曾获诗刊社"新世纪十佳青年诗人"称号、《诗刊》《星星》《作品》《芳草》等杂志年度诗歌奖、花地文学榜年度诗歌奖金奖、柔刚诗歌奖、十月文学奖、鲁迅文学奖等。

在那个湿漉漉的平原上

庞余亮

早春的盐巴草

比起漫长的夏天，漫长的冬天才是这个湿漉漉平原的真相。比如那些破冰而行的捕鱼人，竹篙从水里拔上来，瞬间就结满了滑溜溜的冰。

四面环水的村庄的冬天的确难熬，但比人更艰辛的是那些牲畜们。鸡好办，它们会去寻找灰堆扒食。狗也好办，因为它鼻子好使。

猪是最难受的了，它饭量大，偏偏饲料总是满足不了它。人都吃两顿了，泔水还能有多少？好久不去机米了，米糠眼见着往下少。稻草轧出的草糠是非常难下咽的。母亲就和上几勺子沤好的芋头莛（父亲深秋时分连夜用铡刀铡出的芋头莛泡出来的特殊饲料）。芋头莛的味道肯定也是不好的，但猪还是吃下去了。

沤泡在瓦缸里芋头莛也少了许多。村庄里除了公鸡的打鸣声，就是猪们在拼命喊饿的声音。本来可以年前卖掉，可太瘦了，卖掉很不划算。要是在夏天，我可以去拾猪草，一筐又一筐，往猪圈里背。一半被猪吃掉了，一半被猪踩成了肥料。

田野里没有绿茵茵的猪草。父亲却要求我们去捡拾那些枯在灌溉渠边的盐巴草。灌溉渠有浅浅的水，盐巴草长得好。

那是一个特别寒冷的早春天，别人家过年走亲戚，我们一家却在破冰，摇船去田里扯盐巴草。父亲说，猪瘦了，但盐巴草里有葡萄糖！不信，你们可以嚼盐巴草，最后嘴巴里是甜的！

的确有点甜……可又是谁，告诉了文盲的父亲盐巴草里有葡萄糖？也许是父亲猜的。因为我们村庄的人，都迷信葡萄糖。

村庄是满的，田野是空旷的。田野里没有人，那寒风吹得更为猖狂。扯盐巴草的手指都冻僵了，根本用不上力——熬过了冬天的盐巴草的力气比我们还要大！

那一天，我们从荒野中扯了很多盐巴草。好像我们战胜了它们，但到了夏天，还会有许多盐巴草会蔓延出来。

盐巴草，多像穷日子里的那些顽强。

有很多年，我一直想把盐巴草的学名找出来，但一直没找到，后来我终于在乱山似的书房里找到了盐巴草的学名。盐巴草只是它在我们那里的小名，在其他地方它并不叫这名字。它的标准学名叫狗牙根。有的地方叫它为爬根草。云南人则把它叫作铁线草。

铁线草，我喜欢这个名字，像铁线一样，扯不断，也得用力扯的铁线草噢。只要一想起来，它们就像地球上的经纬线爬满了那片湿漉漉的平原。

最先醒来的虫子

惊蛰时节，在这片湿漉漉的平原上，最先醒过来的是哪个虫子？

有人说"蛰"字下面的"虫"是"长虫"。即蛇同学。也有不同意见，为什么不是蜈蚣同学呢？蚯蚓同学？青蛙同学？或者，蚂蚁同学？要知道，这些睡懒觉的同学都在等待雷公校长的鼓声噢。

比如蛇同学，越冬常常因陋就简，随便将就。在那个湿漉漉的平原上，我竟在土墙缝里摸到一排蛇蛋。如子弹样的椭圆形的白壳蛇蛋，并排粘在一起。我记得是四枚，我在众伙伴的怂恿下打开了蛇蛋，有蛋清也有蛋黄，蛋黄里已有小蚯蚓一样的幼蛇。这是冬眠前的蛇生下来的。

相比蛇同学的粗心，蜈蚣同学准备更充分，蜈蚣们会钻洞，钻得很深很深，钻到寒冷无法侵入的深度，有时候，能钻到 1 米深的地方。不吃，不喝，不动。如此沉睡的时候，蜈蚣最怕的是公鸡。公鸡是蜈蚣的天敌，它们的利爪总是在旷野里扒拉。如果蜈蚣冬眠的地点太浅，正好是公鸡的食物。蜈蚣为五毒之一，为什么公鸡不惧怕蜈蚣？父亲说，蜈蚣和公鸡是死仇。

为什么？

父亲说不出原因，就像他说不清他如此辛苦劳作，却依旧喂不饱他饥饿的子女们。

蚯蚓同学与蜈蚣同学类似，它们的冬眠常常会遭遇钓鱼人的暴力拆迁。很多钓鱼人，在那么寒冷的冬天，将浮到水面上晒太阳的鱼钓上来，总觉得有乘人之危的味道。

作为歌唱家和捕虫专家两栖界青蛙和癞蛤蟆，它们冬眠时会异常安静。在石头台阶下，我发现过扁成一张纸的癞蛤蟆，真成了张薄薄的癞蛤蟆纸！它们把喉咙里的歌声也压扁了吗？它们的骨头呢？它们的内脏呢？后来学到"蛰伏"这个词，我一下想到了这张扁成纸的癞蛤蟆：最低的生活标准，最艰难的坚持，还有沉默中的苦熬！

有精品房的蚂蚁们越冬准备超过了人类。在入冬之前，它们先运草种，再搬运蚜虫灰蝶幼虫等这些客人，请这些客人到蚁巢内过冬。但它们的友情不是无私的，而是实用的，蚂蚁们将这些客人的排泄物作为越冬的食物。等到贮藏的食物吃得差不多了，雷公校长的鼓声就该响了。

但如此精心如此努力的蚂蚁们，如果遇到我们手中的樟脑丸，如果碰上了我们淘气的一泡尿，它们会立即被淘汰，没有惊呼，也没有叹息，连一声悼念都没有。

生存不易，梦想更不易，都得好好惜生。春雷响了，正好九九，久违的温暖总会这片湿漉漉的平原上的众生感慨不已。

父亲说：没有闲时了。

是啊，九尽杨花开，农活一齐来。到了这个季节，就没有闲时忧伤了，也没有闲时快乐了，季节不等人，一刻值千金。

恍惚之间，这世间最忙碌的虫子，是在这片湿漉漉平原上过日子的人。

浩荡的春风吹遍

过了慢悠悠的正月，就是快步奔跑的农历二月了。拿冬天爱睡懒觉的太阳来说，到了春天，太阳这家伙像是和我们比赛似的。每次起床，都不好意思伸懒腰了。才七点钟啊，平原上的太阳就升得老高老高的了。一大把，又一大把的暖阳泼在我们的身上。

春风来了。

春天，就是风一阵一阵地刮过来的。我们在减衣服，而我们的视线所及之处，柳树们多了绿辫子，而苹果树桃树们还长出了花衣裳。在这些绿辫子花衣服之间，最灿烂的就说金黄金黄的油菜花了——向阳坡上的油菜花们率先开始了金黄的合唱。

那些还没合唱的油菜，则一个个像长颈鹿。那些长颈鹿，就说美味的菜薹。打猪草的我，总是饥饿的我，常常掐一段菜薹，撕去外皮，汁液饱满的油菜薹，比萝卜好吃。相比纯绿色的菜薹，比较有味的是暗红皮的菜薹。往往这样的菜薹，有股野性的甜。有时候我嚼着菜薹，有几只野蜂会出现在我的身边，嗡嗡嗡地抗议，抗议我们吃掉了它们未来的蜜源。

但谁怕谁呢？

我怕的是父亲的巴掌：浪费这些菜薹，会响雷打头的！

我还是喜欢风，浩浩荡荡的春风，还给我们带来了去年的老朋友——燕子。

呢喃的燕子们并不怕这春风，回到故乡的它们斜着身子在春风里飞，把自己变成了一把把紫剪刀。这些紫剪刀在田野和我们的堂屋里来回地穿梭，它们比我们在田野里忙碌不停的父母亲还要忙。

母亲说，燕子们只在好人家垒窝。

说到好人，我总是不好意思看在我家飞进飞出的燕子。我感觉自己够不上母亲所说的好人，我不仅偷吃过菜薹，还拔过公鸡的翎羽，捣毁过野蜜蜂藏在屋檐下芦管里的蜂蜜。

春风依旧在吹，我们家新燕子窝垒好了。

小燕子们就要孵出来了，春风还在吹，浩浩荡荡的风声中，我还听到了野兔们的笑声。为什么一定是野兔？我没跟母亲说。我怕母亲笑话我：你什么时候听见兔子在笑？

我真的听见了。

有一个晚上，浩浩荡荡的春风把我们家的一个草垛给刮没了。

一根草也没有了。

它们都飞到哪里去了呢？

仅仅剩下草垛的底部，去年的稻草们遗留下的稻粒们已发了芽，像是长出了一簇绿头发。绿头发丛中，遍布了句号一样的黑色野兔粪便。

我真的没听错，春分那天，浩浩荡荡的风吹遍了这个湿漉漉的平原，带走了我们家草垛，还带走了那些跳跃在麦田深处的野兔们的笑声。

暮春的平原是最佳的掩体

暮春的平原是最适合躲藏和掩护的。

长高的麦子们，结了籽荚的油菜们，都是天生的掩体，只要愿意，怎么躲藏都是不会被发现的。

不会发现，就会被寻找的玩伴所遗忘。

更多的，并不是遗忘，而是被家长叫走了，打棉花钵，需要下手。

有一次，我就被玩伴彻底遗忘了。本来听到玩伴焦虑的呼唤声，我还紧张，兴奋。再后来，玩伴的呼唤声越来越远了。

先是寂静捆住了我，再后来是不安，我背后的汗渐渐收干了，四周全是长大了的陌生的庄稼们：它们什么时候变成巨人了？

好在我看到了正在长大的蚕豆，还有攀缘得好高的豌豆。

那个被玩伴遗忘的下午和黄昏，我吃下了平生最多的蚕豆和豌豆。我得出一个结论：嫩豌豆甜，而蚕豆再嫩，也有一股青草的味道，留在我们的舌根处，挥之不去。

有个这样的遗忘，我开始迷恋如此的遗忘，幸亏蚕豆和豌豆们长得很快，几天的工夫，它们就咬不动了。

于是我开始寻找更多的食源，我尝过类似豌豆的"荞荞儿"，又叫野豌豆。野豌豆实在不好吃。我还吃过油菜荚里的籽，那小小的籽还是青绿的，又小，就放弃了。

——饥饿年代的胃啊，有着令人惊诧的消化能力。

蚕豆和豌豆其实都是外来的物种。"荞荞儿"或者野豌豆，倒是我们祖先常吃的，叫作"薇"。古人们常常"采薇"救荒。"采薇"最好的时节就是暮春。但我们也忘记了，就像我们把那个在平原深处捉迷藏的孩子给忘记了。

石碾上的男孩

油菜几乎是一个上午黄掉的。

麦子们的麦芒在太阳下闪闪发光，像是刚刚理了新头发。

新蚕豆。新大蒜。全是新的。

父亲给我的感觉也是新的。他一改过去的严肃，突然将我抱起，然后扛到肩膀上。路在我的视线下快速地向后退去。我不知道父亲将我抱到哪里，也不知道我究竟犯了什么错。我听到我的小小的心，在瘦弱的胸腔里，来回地晃荡。

转过一条巷子，是屠夫的家。很多人围在那里，似乎在杀猪。但听不到猪的叫声。

父亲挤过人群，忽然将我扔下。在向下坠落的过程中，我无奈地闭上了眼睛。在众人的哄笑声中，我睁开了眼睛。原来我被父亲扔到了盛稻麦的笸斗里。

哄笑的大人们说我连苗猪都不是，最多算作小青蛙。

父亲叫抬着笸斗的人报出我的毛重。

我的体重实在太丢人了。父亲说，说你是狗，你不是狗。说你像猫，你比猫的嘴还叼。从今天起，不允许坐门口，必须每天三碗饭。

我坐门槛的次数其实不多的。还有，我实在吃不下每天三碗饭，但我肯定超过田鸡的重量。大人们的哄笑声令我记下了对青蛙的仇恨。

但青蛙们总是在育秧苗的水田里高声合唱，仿佛是在嘲笑我的瘦小。我想去捉住它们，但又不能去育秧苗的水田去。有时候，扔一颗土坷垃过去，青蛙停止了合唱。也仅仅是下课十分钟的时间，那些青蛙又开始合唱，嘲笑我的声音几乎令全村人都知道了。

我把所有的仇恨都放在了蝼蛄的身上。蝼蛄和青蛙有相似之处,丑陋,叫声难听。更重要的是,蝼蛄是害虫,无论怎么消灭,都不会引起父亲的反感。

蝼蛄被我几乎消灭完了,立夏节气到来了。

好玩的斗蛋开始了。

尖者为头,圆者为尾。蛋头斗蛋头,蛋尾击蛋尾。虽然我的个子最小,我的蛋常常是斗蛋的常胜将军。

我没有斗成蛋。我再次被父亲捉过去,将我带到空旷的打谷场上。打谷场上,除了去年的草垛,就是硕大的石磙了。这石磙,又叫石磙将军。

父亲说,你给我脱光了。

我脱光了衣服,真的像一只又瘦又小的青蛙。

父亲说,你给我坐到石磙将军身上,你将来的力气比石磙将军还要大。

于是,光着身子的我坐到了石磙上,石磙给我的感觉相当怪异,我坐立不安。但有一只蜘蛛拯救了我,它快速从我的身体上攀缘过去,还用蛛丝努力将我绑住。

我没被这只有野心的蜘蛛绑住,但我的力气依旧很小,更不可能达到石磙将军的力气。那个湿漉漉的平原上,坐在石磙上的我,似乎是蜘蛛做过的一个梦。

沉默平原的轮廓

立秋之后,虽然还很热,但早晨起了变化,尤其倒在搪瓷脸盆里的水,到了清晨,比前一天晚上凉了许多。

夜晚的变化就更明显了。黄昏的云比立秋前的云多了妩媚,多了妖娆。母亲信誓旦旦地说:"那是仙女们在银河晾洗她们的漂亮衣服呢。"

真的吗?

晚上乘凉时,母亲又指着渐渐明朗的银河说:"你看看,那是天上的银河,你看看东岸有个人,他叫灯草星,他的肩头有根扁担,他挑的是很轻很轻的灯草。"

扁担在哪里?

顺着母亲手指的方向,我们看到了三颗星星。中间的一颗有点红,像一个小伙子由于用力涨红的脸。

母亲又说:"西岸有个石头星,他挑的是石头,但他过了河。"

母亲接着就讲了灯草星和石头星这一对同父异母的兄弟故事。晚娘偏心,让自己的亲儿子挑很轻很轻的灯草,让继子挑很重很重的石头。偏偏银河的风太大了,挑灯草的儿子反而没能过了河。

听了故事,我们都沉默了很久。我们都长了一副和母亲一模一样的脸,根本不可能是母亲的继子。母亲话中有话,意思是叫我们不要嫌弃她分配给我们的活重。如果挑了灯草,那就过不了银河了。

大人的名字应该统统叫:"常有理。"比如,只要我们跟他们闹点别扭,他们总是说"冬瓜有毛,茄子有刺",真是各人有各人的脾气。

谁也不想做冬瓜,谁也不想做茄子。银河里的仙女们可不想见到如冬瓜一般或者如茄子一般的我们。七月七的晚上,躺到茄子地里可以去银河里见洗衣服的仙女,更可以去摸金元宝呢。

七月初七的晚上,弯月如钩,流萤遍地,我们都在田野上转悠,谁也不会真的去躺到茄子地里去。抵近处暑节气的田野变了许多。原先的密不透风,稀疏了许多。刀豆架上的刀豆越来越像一把削铅笔的小刀。没人感兴趣的黄瓜独自黄着。冬瓜们在奄拉的瓜叶间露出了多毛的白肚皮。还有南瓜,它们的藤爬得太随意了,结果也太随意了,如果不注意的话,很多时候,会被它们藏在草丛中的死沉死沉的南瓜绊个大跟头。

最令人惊奇的,是母亲种下的矮个子的盘香豇。它是豇豆中最特殊的一种,个子矮小,结出的豇豆不是笔直的一条,而是自然弯曲成一个圆形,就像烧香中的那种盘香。盘香豇产量不高,但味道比笔直如尺的豇豆好吃。为什么它是这样的豇豆?田野上,其实还有想不通的东西。比如灌溉渠边的半枝莲,为什么只开半边花?半枝莲是常见的,盘香豇不常见,过了处暑,母亲就不让摘了,她要留种。

到了处暑,盘香豇枝头的豇豆渐渐干枯,与盘香越来越有了差异,因为每一粒果实在枯瘦的豆荚下露出了自己的轮廓。

是的，很多事情都现出了各自的轮廓。远处的稻田，稻田隔壁的棉花地，棉花地后面的高粱地，高粱地隔壁的向日葵地。它们快生长了一个轮回，马上要转场了。

坟地边的草都结满了草籽，它们纷纷低伏下去。

就这样，一个夏天被草丛覆盖的坟地也有自己的轮廓。

作者简介：

庞余亮，1967 年 3 月，中国作家协会会员。著有长篇小说《薄荷》《丑孩》《有的人》《小不点的大象课》《神童左右左》（系列小说）《看我七十三变》《我们都爱丁大圣》、散文集《半个父亲在疼》《小先生》《顽童驯师记》《纸上的忧伤》、小说集《为小弟请安》《擒贼记》《鼎红的小爱情》《你们遇上了好辰光》《出嫁时你哭不哭》、诗集《比目鱼》《报母亲大人书》、童话集《银镯子的秘密》《躲过九十九次暗杀的蚂蚁小朵》等。

在 纸 山

育 邦

从温州市区出发，车行半个多小时，就到了泽雅山区，即纸山。从熙熙攘攘的繁华都市进入山清水秀、人迹罕至的世外桃源，其实只需要你抬起脚，有所行动。进入山区之后，深山幽壑、激湍飞瀑、茂林修竹，纷纷闯入视野，这是永嘉太守谢灵运的山水。他的诗句，如"池塘生春草，园柳变鸣禽""云日相辉映，空水共澄鲜"，也就倍感亲切了。苏东坡无不羡慕地说："自言官长如灵运，能使江山似永嘉。"谢灵运热爱永嘉的灵山秀水，现在温州瓯海区的山山水水也都在他的辖区内。他有一颗永不停息的心，他既是耽于探险、热衷悠游的驴友兼探险家，也是一名深入基层、体恤民情的官员。谢灵运最为快意的乃是他的诗人身份，他总是以先得山水胜境为快，是最早把个人独特感悟到的山水美景、天地人合二为一的境界传递给更多人的诗人。我想象，在某一个夕阳西下的薄暮时分，谢太守骑着一匹白马在此优哉游哉地漫游，把他的目光、他的心灵印拓在这山水之间，偶得佳句，即策马扬鞭而去，卷起一缕尘烟……

泽雅山区世代以造纸为业，在泽雅造纸鼎盛时期，家家户户做纸，待到天晴之时，每家都把压好的纸放置在山岭上晾晒，漫山遍野尽是黄灿灿的晒纸，所以称之为"纸山"——这既是山水间的杰作，又是人们智慧与劳作的结晶。

泽雅属崎云山脉，原来是指泽上、泽下、泽新三个村落，位于"古峯寨"之下，明弘治年间的《温州府志》即记载有"寨下"之名。"泽雅"，即"寨下"音转之讹而成，这是当地人有意为之的雅化，就如同南京城有一条原为

"皮市街"后音讹为"评事街"的地名一样。明万历年间的《温州府志》正式记有"泽雅"之名，如此山水灵秀、人文繁盛之地，称之为"泽雅"真是再贴切不过了。

泽雅被誉为"千年纸山"，最早造纸的时间可以追溯到唐朝。在唐代，温州蠲纸即闻名遐迩，清人周辉《清波别老》说："唐有蠲府纸，凡造此纸户，与免本身力役，故以蠲名。"蠲免力役，是古代朝廷对上贡的手工业者实施的一项政策，居高临下，称之为恩典吧！纸做得好，上贡朝廷，可免除劳役。温州蠲纸是否在唐就是贡品，意见不一。明人姜淮《岐海琐谈·卷十一》认为："温州作蠲纸，洁白紧滑，大略类高丽纸。吴越钱氏时，供此纸蠲其赋，故名。"也就是说，温州蠲纸始于五代吴越时期，当时钱氏立国，可另管辖下的温州贡纸并蠲赋。此后，宋、元相袭其制。不管如何，泽雅生产的纸品上乘是无疑义的，清代诗人戴文隽赞叹温州蠲纸说："瘦金笔势迥超伧，纸敌澄心白似银。"明弘治年间的《温州府志》卷七《土产》记载了蠲纸的制作方法：

> 蠲纸其法用锼粉和飞面入朴硝，沸汤煎之，俟冷，药酽用之。先以纸过胶矾干，以大笔刷药上纸两面，候干，用蜡打，如打牌法，粗布缚成块，揩磨之。右蠲纸，旧时州郡尺牍皆用之，今已罢置，姑存其法以遗于后之民。

通过上面的叙述，我们大约可知蠲纸的加工方法就是先用锼粉、面粉、朴硝煎制成药液，再将纸膜经过胶矾、干燥、刷药，再干燥、上蜡、打光等工序。温州蠲纸在明代走向衰落，技法失传。

蠲纸的衰落为竹纸的兴盛所替代。形成大规模的造纸作坊需要特定的基本条件：一是造纸纤维植物资源充足；二是水资源丰富清洁，利于沤制漂洗原料，或溪流落差较大，可以建造水碓捣刷；三是当地居民具备成熟的造纸和设备建造技术。崎云山麓的泽雅山区，纤维植物资源丰富，毛竹、水竹、绿竹随处可见，遍布山间田野、溪畔河岸、路边村旁。水资源充足，溪流落差大，适宜造碓捣刷。如著名的四连碓造纸作坊，它就位于北斗山脚龙溪中游，该设施始建于明朝初年，水渠长约 230 米，顺流分 4 级水碓，可反复利用水力资源，故名"四连碓"。我在山间发现了多处水碓，借助于大自然永不停息的动力，有的仍在正常运转，展示出天地运行生生不息的生命奇迹；有的已经破旧倾圮，静静地躺卧在溪水旁，青苔点点，呈现出一种异样的颓废之美。山泉水眼处处可见，清澈见底，了无杂质，最为适宜打浆造纸。我在泽雅几个造纸村子的溪水间，均发现了大量丛生的菖蒲，一直以来菖蒲就是中国古代文人墨客的清供之一，对水质要求极高，菖蒲的繁生为这些造纸的山村增添了些许人文书卷气息，也侧面见证了泽雅山区的环境优美、水质清冽。造纸工造纸技术成熟，特别是建造水碓、编织纸帘、浇砌纸槽等技工充足。天、地、人多方面完美的条件成就了泽雅纸山。

据可考资料记载，是一次小规模的移民潮带给泽雅造纸业的繁盛。元末明初，福建南屏人为避战乱迁居泽雅。因泽雅水多竹茂，遂重操旧业造"南屏纸"。人们用水碓将水竹捣成纸绒、纸浆，制成屏纸。泽雅一带数千人从事造纸，因此到处是水碓、纸坊。如水碓坑、水帘坑等地名亦都与造纸有关。20 世纪 90 年代日本农耕民俗考察团、中国印刷博物馆等团体多次到此地考察，他们惊叹地发现了泽雅如此大规模的造纸作坊，并且还能用古法进行造纸，他们一致认为泽雅纸山是中国古代造纸术的"活化石"。

在纸山，我仔细参观了造纸文化园，深入了解手工造纸的流程。当地的人们传承了千百年来的手工技艺，泽雅手工造纸号称有 72 道工序，但流传到今天，在实际生产过程中尚有 20 多道工艺流程，如样样分开计算，可有 109 道小工序，叹为观止矣！这些流程包括刷、腌刷、翻塘、煮料、捣刷、捞纸、压纸、分纸、晒纸、拆纸、印纸、打捆、包装等，部分生产流程甚至比《天工开物》所记载的更为原始更为复杂。我想，所谓的工匠精神，就是在这些细致烦琐的工序中诞生，它们很慢，耐烦……慢正是工匠精神的精髓，慢是一个天地万物舒展的过程，慢是自然、人与物相互交流的过程，慢是精神的，而非物质的。慢产生美和艺术……

千年纸山孕育了浓郁的书卷气，这种书卷气似无却有，沉淀在宏大历史和日常生活的深处。在泽雅山区有一个小山村并不造纸，却处处得文气之浸染，在民国时期，走出了多位了不起的人物，创建了最早的乡村现代小学，不禁令人肃然起敬。它叫庙后，是著名散文大家琦君的出生地，小村山清水秀，溪流穿村而过，村庄散落在小溪两岸，依山傍水而建。琦君先生在《乡思》中写道："故乡是离永嘉县城三十里的小山村，不是名胜，没有古迹，只有合抱的青山、潺潺的溪水，与那一望无际的绿野平畴。我爱那一份平凡的寂静，更怀念在那儿度过的十四年儿时生活。"岁月沧桑，琦君的出生地——潘家故宅尚存遗迹。经历种种变故，故宅现只剩下一个斑驳沧桑、杂草丛生的古门台。门台飞檐翘角，颇为精致，还有残缺的砖雕，古朴典雅。而庙后小学就是琦君的养父潘鉴宗先生在1920年创办的，琦君小时候父母双亡，后被大伯潘鉴宗收养。改编自琦君同名小说《橘子红了》的电视剧里的"大伯"的原型即是潘鉴宗。民国时期，这所学校闻名遐迩，影响深远。青田、文成、瑞安、永嘉等地学子都不顾偏远，慕名前来求学。潘鉴宗为提高教学质量，邀请了一批名师执教，奖励好学上进学生，对家境贫困的有志学子，不但免除学费，还提供膳食住宿等资助。潘鉴宗惠及桑梓之举，至今还为人们所称道。琦君深爱着他的养父，专写父亲的文章就有《父亲》《油鼻子与父亲的旱烟管》，数十篇文章如《小梅花》《杨梅》《酒杯》《鲜牛奶的故事》《喜宴》等都描述了父亲的人生侧面，并怀有深切的缅怀之情。

2001年10月，阔别故乡半个多世纪的琦君先生回到家乡，她写下了"崎云山水秀，庙后乡情亲"十个字，浓浓的乡愁跃然纸上。我们在她的文章中能看到她对故乡无尽的挚爱。我们在她的文字中能感受到20世纪初这个小小山村的温度，看到中国人的善良与操守，看到文化润物细无声般在偏僻的山村里静静展示着阔大的情怀：在黑夜里，在煤油灯下，孩子们读着《论语》和唐诗，那么稚嫩，那么温馨……而在他们羞涩的瞳孔里，正倒映着星辰大海……

作者简介：

育邦，男，现为《雨花》杂志副主席。著有小说集《再见，甲壳虫》《少年游》、文学随笔集《潜行者》《附庸风雅》《从乔伊斯到马尔克斯》、诗集《体内的战争》《忆故人》《伐桐》等。当代中国70后代表诗人之一。

缘　分

傅晓红

　　南京的老百姓，多多少少都曾与民国建筑有过一些接触。何谓"民国建筑"？百度上归纳为：民国时期在首都南京地区兴建的包括官方和民间私人各类建筑的总称。南京的民国建筑既有北方的端庄浑厚，又有南方的灵巧细腻，是兼容了古今中外建筑艺术的缩影。南京的民国建筑不仅数量众多，而且涉及政治、经济、文化、社会生活等各个方面，其规格之高、类型之全，是国内任何城市租界建筑都无法比拟的。可一代又一代的南京新居民，早已不知这些样式独特，或宏伟或秀丽的建筑背后有哪些刀光剑影、兴衰存亡的故事。大型电视剧《民国屋檐下》，史料翔实、脉络清晰、图文并茂地给我们很好地补了这一课。看完此片，浮想联翩，仔细盘点自己这辈子与民国建筑的缘分，大吃一惊，还真不浅哪！

　　孩提时代，随工作调动的父母从苏州来到南京，住进了珞珈路上的一座西式小楼，浅黄色的粉墙，木质楼梯、钢质门窗，有大阳台和大院子，房子很时髦。周围的邻居，都是一栋栋颜色、样式各异的小楼。珞珈路的街心有个小花园，那时马路上可没什么汽车，我们幼儿园放学后就在街心花园里疯玩，捉迷藏的时候居多。这里就是著名的民国建筑集中的颐和小区，不过那时的我对此一无所知。没几年我又随工作调动的父母离开了南京。这是我第一次住在"民国屋檐下"。

　　上了小学后，我热爱体育，游泳成绩尤为突出，小学毕业时我被选拔进了南京体育学院附中。离开了家，我一个人来到南京的东郊，紫金山下。我们学校不过两百多人，是全省挑出来的体育苗子，全部住在"大圆圈"里。

"大圆圈"是我们的俗称，是座钢筋混凝土的体育场。中间有绿草茵茵的田径场和400米的跑道，四周是层层的看台。看台上有东西两个高高的门楼，中国传统牌楼的样式，可遮风挡雨。看台能容纳3万人观赛。看台下是一间间的屋子，有75间之多，是我们的宿舍和教室。每天天未亮，嘹亮的起床号就响起，睡眼惺忪的我们被教练推着在"圆圈"里一圈又一圈地跑着出早操。

上午文化课，下午体育训练。出"大圆圈"，顺树冠如盖的法国梧桐林荫大道走十多分钟，就到了我们每天训练的游泳池。那么美丽的一座游泳池到如今还常常会出现在我的梦中，绝对的空前绝后。那是座绿色琉璃瓦大屋顶的古典宫殿式建筑，五脊六兽的飞檐、雕梁画栋的屋子居然是我们的更衣室。外表古典，室内现代，细小四方的进口白色瓷砖、白色的木隔板、闪闪发亮的水龙头……记得第一次更衣时着实被这一场景惊艳了！游泳池也都是由这细小的白瓷砖贴就，几十年了从未脱落。那时别人告诉我这是蒋介石、宋美龄游泳更衣的地方。在这个泳池，我的游泳成绩突飞猛进。

离开体院附中很久以后我才知道我们的校园曾是民国著名的中央体育场。它中西合璧，规模宏大，在当时就享有"远东第一"的美誉。它包括田径场、马术场、篮球场、棒球场、网球场、足球场，等等，以及我们那座漂亮的游泳池。当然，各类场所都在我们的"大圆圈"外。据记载，这座中央体育场占地1000亩，1931年完工后在这里举办过全国第五届运动会。那届运动会成绩斐然，有位东北短跑运动员创造了100米、200米的全国纪录，直到新中国成立后才被打破。

"文革"期间我都在"大圆圈"内度过，学校停课，派斗升级，我和小伙伴无事可做、无处可去，几乎每天都到近在咫尺的灵谷寺闲逛。那时整个东郊游人寥寥，无梁殿、灵谷塔，还有灵谷寺东边的谭延闿、邓演达的墓园，都是我们游荡的地方，有时候还会走得更远，中山陵附近的水榭、藏经楼、音乐台，这些民国建筑或靠山，或面水，都被浓荫环抱着，与周边秀丽的自然景色浑然一体，极赏心悦目。间或登上掩映在绿色松柏中的蓝瓦银墙、雄伟壮观的中山陵，远眺群山，听松涛呜咽，看云气山色，五彩变幻……这里成了我们这些失学孩子最好的美学课堂。

粉碎"四人帮"后，我进南大读书，姐姐在南师大工作，我好些年徜徉在这两座花园般的校园里。古色古香的建筑掩映在屋前道旁的古木间，完全是自然美和古典美的结合，不断地向我传递着岁月熏陶下的书香与墨香。

工作后进了省作家协会。省作协没有自己的办公地点，租借过不少地方，我们不得不一次次搬家。早先，在中山东路上的"东宫"办公。那是1936年建造的原国民党中央监察委员会办公楼，一座矗立在高高基座上的仿古大殿。同样是琉璃瓦、大屋顶，碧瓦红柱，木雕菱格门窗。殿前还有双踏道，一块石板上竟刻了一个地球，五洲四洋一一分明，既传统又有时代特色。"东宫"庭院深深，草木葱茏，鸟语花香，进得门便似入了花园。可漂亮并不适用，大庙似的大开间屋子，用纤维板隔出无数小间，大房间成了小鸡笼，光线全无。隔光却不隔音，东头打个嗝，西头听得见，只好搬家。

一搬搬到湖南路10号，南京警备司令部的隔壁，每天吃饭都在10号院子的食堂里。这是座名头更大的民国建筑，是当时南京的主要公共建筑之一，见证过许多重大历史事件。这里先后是清朝江苏谘议局、江苏省议会、中华民国临时参议院，还做过十年的国民党中央党部，1937年成为汪精卫汉奸政府所在地。院内回廊，仿法国文艺复兴式样，屋顶中央有个高耸的铁皮方底穹隆顶钟楼，以设计师孟莎的名冠为"莎式屋顶"。那时每天从"莎式屋顶"下走过，朋友们聊起在这个院内发生过孙凤鸣暗杀汪精卫事件，聊得多了，几个朋友干脆拍了部这个内容的电视剧，而汪精卫最终还是因为这颗没取出的子弹引发的炎症"翘了辫子"。

租房办公总不是个事，与经济大省实力不符，省里决定拨处房产给作协。我们去看过北极阁1号宋子文的故居，真是处好地方！位于北极阁的小山上，居高望远，玄武湖水在夕阳下抖动着碎银般的光泽，习习湖风吹拂着小楼门口那棵巨大的雪松。宋公馆由建筑大师杨廷宝设计，上下三层，屋顶似茅屋，看上去很朴素，内里却很讲究。西安事变后张学良曾囚禁在此处。省作协老作家多，嫌山高路远，每天上下班没车不方便，否了此处，真是可惜啊！

省里又将颐和路2号给作协做了办公楼。颐和路2号位于珞珈路与颐和路的交接处，1941年开建，是汉奸陈群的私人藏书楼。陈群做过汪伪政府的内政部长、江苏省省长，喜收藏。1942年此楼完工，汪精卫还取《礼记》中"父殁而不能读父之书，手泽存焉尔"句题了"泽存书库"的匾名。抗战胜利后，陈群服毒自杀，写遗嘱要将40余万册藏书全部归还国家，后被当时的中央图书馆接受。1949年，许多珍贵的善本古籍被运往了台湾。新中国成立后这里成为南京图书馆古籍部，不过目前南图的古籍珍藏在全国排位第三，仅次于国家图书馆与上海图书馆。这是题外话。因地方狭小，20世纪90年代初古籍部迁至龙蟠里，省作协才得以搬入。

搬家前做了装修，没有文化地将这三层小楼外墙全部用白色马赛克贴上，小楼便像个大公厕，又位于民国住宅颐和小区最显眼的地方，很煞风景。不过小楼其他建筑材料非常过硬，地板和窗户都是50多年前的原装，只是刨了一层再上层漆，便油光水滑，坚硬无比。外地作家朋友来访，踩在宽宽的地板楼梯和外走廊上，有恍然时间错位之感。

我大姐的婆婆是国学大师柳诒徵的女儿，柳诒徵曾担任南京图书馆的前身——江南省立国学图书馆的第一任馆长，"泽存书库"的古籍曾由他鉴定挑选造册。女承父业，大姐的婆婆同样是位古籍专家，在颐和路2号南图古籍部工作了几十年，她因长年用眼过度，晚年视网膜脱落，几近失明。她对那栋房子很有感情，每次我去大姐家，她都拉着我问："院子里的绣球花开了吗？雪松怎样了？"我实在不忍告诉她，汽车尾气等种种原因，院子里长了50多年的雪松与绣球花都枯死了，现在院子统统被水泥糊上，变成了停车场，寸草不长了。

兜兜转转，我又回到了儿时刚到南京的地方，每天在颐和路进出。曾读《冰心自传》，看过这样一段记述，说抗战胜利后冰心从重庆来到南京，她的朋友大都住在颐和路，请吃饭、访友，她一天要在颐和路上走七八遭。她开玩笑地对朋友们说："将来南京政府要翻修颐和路，我要付相当的费用，因为我走得太多了。"读到这段，真是非常亲切。当我走过南京一个个承载着厚重历史积淀的深庭大院时，我常会猜想，这个院子有哪位历史人物住过？这里发生过什么样的故事？

看来还需文字、影像才能将这些民国建筑背后的故事留存下来。《民国屋檐下》就是在做这样的努力。早些年我读《蒋碧微回忆录》，才得知南京傅厚岗徐悲鸿故居的许多故事。1932年，徐悲鸿夫妇看中了傅厚岗要出售的十几亩荒地。荒地内有无主坟冢，还有两棵枝叶参天的大白杨树和七八棵柏树，树龄都在百岁以上，据说整个南京只有三棵这样大的白杨树。徐悲鸿夫妇很满意，买下其中两亩，其余的由几位朋友分别买去。在吴稚晖等人筹钱的帮助下，建起了他们唯一的一栋华屋，那两棵白杨便成为徐家院落中最吸引人眼球的景观。只可惜，房屋虽美，却没留住男主人的心，不久徐悲鸿出走，再也没有回到这个院子。抗战胜利后蒋碧微再回南京，院内的大树已不见身影。

感谢蒋碧微的文字记述，让我们知晓了这些。今天我写下自己在"民国屋檐下"的经历与感受，也是想用自己粗浅的文字留一些民国建筑被后人使用的感受与记录。

作者简介：

傅晓红，中国作协会员，一级作家。曾任《钟山》杂志执行副主编与江苏省作协联络部主任；编发的作品曾多次获得全国各类文学奖项。著有散文集《穿红着绿》《墙上的名字》、人物传记《冰心》《沈从文》等100多万字。

窑湾：湖光与河影

阿 土

一

窑湾是老的，1000多岁了，它老得都不愿动了，静着静着却美得让人刮目相看了。

曾经烧砖的窑不在了，还好，大运河的拐弯处依旧是弯的，弯着弯着连思绪也变得曲曲折折。

窑湾是老的，它甚至不再记着繁华的过去，无论是多愁的唐宋，还是善感的明清，也无论是会馆和代办处，桨声或者灯影，即使爱得再深，也不能把打碎的记忆重新拢起，还原成原来的样子。

它或许只记着自己的名字，所以忽略身外的一切，用戴着老花镜的眼睛，把"黄金水道金三角"和"苏北小上海"的称呼随手扔进了箩筐，或者顺手拿了把剪刀，三下两下，铰成了大小不一的鞋样。

窑湾是老的，它老得有些任性。

在新沂西南最边缘的地方，它把合并了王楼后的116平方公里土地，铺成一纸生宣，把21个村子以"篆隶楷行草"的体系分类书写，把6万多的人口以积墨的手法完成写意的风景。

横裁，竖剪，锁线，一本精装的册页，就这么占据了时光的书架！

二

可是，除了古镇上的会馆、大院、鬼街，这些聚集在大街上的景点，我还应该说些什么？

我不能把所有的目光都停留在这些不说话的建筑上。

比如乡村，比如炊烟，比如人，比如飞鸟，比如作为文物保护的树。

是的，3棵达百年以上的柿子树，在许楼村。

80多年前，这3棵柿子树见证了宿北第一个党支部的成立。

那时，这里还属于邳县县委管辖，是窑湾镇闫溜村辖区。我相信这3棵柿子树一定印象深刻，对于共产党员王书楼、李觉民、王守宽等人和这个党支部成立的过程。

他们是星星，是火焰，在最艰难的岁月里点燃自己，是传递并最终照亮一个时代的火把。

现在，他们的精神仍在这片土地上繁衍，像那些保护鹭鸟的人，如窑湾镇陆口村的杨洪民、孙士英夫妇，如棋盘镇柳沟村的唐保美、唐小宝父子，如新店镇大刀湾的朱贤征，他们用行动诠释了爱的意义。

他们让竹子醒来、柳树站起，让清晨安谧、阳光明亮。

三

我来了，在春天，在阳光的照耀下，在微醺的河风里。

就这么被你的水声牵着，走着，聆听着奔涌的浪击和石头的应合。

清清的运河水一路涌向北京，欢快的游船踏出层层波浪，扑棱棱飞起的水鸟与扬起的白帆，成了我面前次第展开的风景画，一幅幅是那么多情，多情得让我心神都有些恍惚。

我应该是醉了，是的，我是醉了，我醉在这凝翡滴翠的运河水里，醉成了粼粼水光里的碎影……

脚下，是我熟悉得不能再熟悉的石头，青色的石头上闪着淡淡的水晕，水也在我的心里洇晕着，像又清又浅的墨迹，一层一层地漫染着。我应该也是被染了的，不然，怎么会记得伫立水边数百年的石头还在遥望着远处的画舫，记得驶进驶出的货船和穿行在船岸之间的风流韵事？

只不过，它们最终都成了身后事。曾经的码头无论怎样繁荣，也都只能在别人的描述里，被不语的文字记载，或在画者的丹青里忽隐忽现……

尽管，我来的时候，很多美已经不再，可是，我依然热爱着那些无声的石头。

我不像来去匆匆的游客，他们临时小憩的心灵无法理解我，也无法理解在水边做梦的石头！

四

我不能把窑湾的 21 村庄都记录在册，它们长势相同，它们面容相似，它们不宜描述。

我似乎更愿意书写自然的地方，比如河流，比如山谷，它们因为野性而令人思维开阔。

像我曾去过的骆马湖湿地，那里水流不急，野草随意，矮树放浪，鸟巢结队……

我毫不掩饰，对它的喜欢让我形容的词汇也格外兴奋，清波如蓝，碧叶如盘，红菱悠悠，虫声劲舞……

在那里，我的脚步无须小心翼翼，柔声细语的莲荷不会在乎我，你推我搡的杂树也不会在乎我，它们都是原生的，毫不掩饰地对着世界敞开心旌。

在此，我倍感惭愧，大自然从未对人类有所要求，却被我们一次次野蛮地伤害。

雀鸟仍然显得紧张，它们抱着枝干，嘴里发出尖锐的喊声，乌黑的眼睛因恐惧而缩小。

我知道这些鸟是从外部的世界迁徙而来的，它们的样子告诉我，失去家园的记忆，犹在脑海……

岸在远方，心在远方，若隐若现的光照在徐徐的风中荡漾。

这是一处避于野外的所在……

作者简介：

阿土，本名庄汉东，江苏新沂人，中国作家协会会员，自由写作者。著有作品集六部。

花开热闹

毕天霞

　　每届花开，总想起母亲。

　　母亲喜花，喜父亲养花，喜看父亲养的花。

　　父亲的花园不大，四季有花。

　　初夏，母亲着一袭绣着玉兰的丝绒旗袍，摇一柄父亲手绘兰花的绢扇，立于紫藤架下，桃红飞颊，惊喜凝眸，看满园花开，听蜜蜂嗡嗡，朱唇轻启：花开热闹。更有翩翩蝶舞，似围着花飞，又似绕着母亲在飞。

　　待及牡丹、芍药将谢，我拎上小篮，随着父亲，小心采撷那片片绸缎般嫩滑剔透的瓣儿，由母亲和上白糖、米粉、鸡蛋，一小勺一小勺舀到开油锅里，直炸得满屋油香、蛋香、花香，炸成金黄片片，吃起来是甜而不腻、糯而不黏，香清满腮，那是母亲所做的糕点里我最喜欢吃的。母亲会做很多，分送邻家小孩，孩子们都很喜欢，母亲则高兴地说，花开热闹。

　　最为热闹的当是菊黄蟹肥时节，父亲的菊品很多，且不说那金黄玉白，其中一株绿菊，在那时算为稀罕，每次开得尚未蓬勃，父亲的几位老友便相约来赏，看得满园菊影摇曳、风姿绰约。母亲也高兴地忙起来，前一天便去订购螃蟹，那时的螃蟹并不贵，味道特鲜美。中午母亲温好陈年老酒，端上一大盘顶壳红的大螃蟹，父亲请他的老友入座，我拣一空位坐上，母亲是不落座的，她须不停地烧菜上菜。饭间，父亲和他的老友心思并不在菜上，他们边吃边对诗作赋，有一时对不上的便罚酒一杯，一条蟹腿须吃几首诗。坐在上首的金叔叔每每一手打着他的折扇，一手捋着他的并不曾留有胡须的光溜溜的下巴，和着叔叔们吟诵的节拍摇头晃脑，我便憋不住想笑。我喜欢吃蟹黄和蟹膏，叔叔们便轮番出题让我背诗，背上了，奖一块。饭后，母亲端上一小盆煮透的茉莉花茶，给父亲和客人们洗手，然后他们一起去父亲的书房，书房很小，三面是书架，中间大小两张书桌，母亲提前沏好了茶，书香、墨香、茗香满溢，父亲和他的老友开始以菊为题泼墨、吟诗，我则在他们之间来回逡巡、即兴仿作，往往弄得是手脸一抹丹青一抹水墨。直到夜阑人静，母亲边安排我脱衣上床边说，花开热闹。

花落花开，母亲渐渐开始背着双手看花，往往是驻足一株满树灿烂的花下，仰首眯眼，看那开得最为奔放的花朵，热烈的玫瑰红晕染着她的面庞，她轻柔而欣喜地说：花开热闹。

父亲故去，老房拆迁，母亲选址一带小院的平房，携父亲留下的花树入住。每当花开，母亲依然看那满园花开，依然会说：花开热闹。每当牡丹芍药将谢，依然会做花瓣小点，我依然清香满腮。

我也喜花，也喜养花，也会用米粉、鸡蛋、白糖、花瓣炸成糕点。

幼时，去郊外看荷花，一清早便跟着父亲走很远的路，亦步亦趋在乡间的小路上，看远处人家的房舍和树木都笼着翠烟，惊讶父亲的裤管被草尖上的露水打湿，追一只总在眼前的红蜻蜓，再眼睁睁看它飞入茸绿的麦田，然后便看到清凌凌的水面上，一望无际的荷叶在初升的太阳下滚动着晶亮的露珠，一支支粉色的荷袅娜绽放，之间有亭亭玉立的洁白的莲娇羞地含着红涩尖尖的蕾，偶尔可见一支托着青翠可人的莲蓬，我就要想方设法去采摘，回家的路上，烈日当头，我顶着一片大荷叶，擎着一支待放的莲，在孩子们惊羡的目光中到家。第二天，插在瓶中的荷花竟然开放，并散蕴着气爽的清香，我呼朋引伴前来观看。那种愉悦已是多年没有的了。

若听说人家有花开漂亮，父亲便带着我寻去。有一次去看人家的月季，敲开门，跟主人说，来看花的，主人很是欢迎，带进后院，哇，满目的姹紫嫣红，满院的馨香流动，每一株都比父亲还高，每一株花下都放着一只盛满花瓣的竹匾，惊艳、芬芳，不是一个"诧"字了得的。临走，主人剪几支我最喜欢的送我，说，难得孩子喜欢。

那时我有个远房表叔住在乡下，每年谷雨前后他会来我家，带一束粉得娇嫩莹透的芍药给我，他家有一株百年以上的牡丹，每次来都跟母亲说开得如何比上年壮观，邀约我和母亲来年一定去看，但至今也没去看过。我喜欢芍药独有的韵色和馨香，插在瓶里，放在床头，伴香入眠。

我也喜养花，但没有小院，只能在阳台上养几小盆，虽没母亲说的花开热闹，但也常有惊喜。

近年，远近都有花开，我便邀友去看，梨花雪的梨花、梅花湾的梅、卞仓的牡丹、黄尖的菊、大洋的樱花，还有闻名遐迩的荷兰花海，每到花开，总是百看不厌，那花开得，已不是母亲说的热闹所能形容，但我看花已不再因为热闹。

作者简介：

毕天霞，江苏滨海人，中华诗词学会会员，中国作家网会员，《大东北文学》签约作家，江苏盐城市湖海艺文社副秘书长，江苏盐城诗词协会理事，江苏盐城市作协会员，江苏滨海县湖海艺文社顾问，江苏滨海县作协理事。经常发表新闻报道、童话、诗歌、散文、小说于市级以上报刊和文学公众号、中国作家网，作品收入多部文集。

半斤八两

曹阳春

　　捏在指尖的小玻璃杯子，像台风下的云层，每一次倒满，每一次清空，皆席卷万物，皆肆虐千里。它稳重极了，半斤以前，不晃、不飘、不乱，如一滴滴潭水。一旦过了半斤，将要抵达八两时，便急匆匆甩掉盔甲，开始疯狂裸奔了。摇摆、夸张、承诺，在不断重复的旁白里，小玻璃杯子被捏得紧透了，生怕叫桌子抢去。

　　我的酒事，雨林深处藤蔓一般，不分昼夜，竭力生长。一顿未了，另一顿已匆匆上路。状态再不济，情绪再低落，朋友们小玻璃杯子一碰，瞬间便亢奋如初了。半斤之内，仍完整模样，说的吹的，有据可查。半斤开外，六两、七两、八两，每增加一点点，原本明澈的魂魄就会褪色一小截，由睿智而拙讷，由斯文而粗鄙，由谨敛而奔放，最终演变成一头按压不住的异域狂狮。

　　父亲退休后，在小本子上，工工整整地记了许多数字。乍一看，像电台密码，像科学家的手稿。那晚喝酒，他随口冒了一句："钱提不出来了。"酒倒至一半，大红的瓶子在空中僵住了。"提钱？一辈子没管过钱，提什么钱？""存了一笔理财的，上周就到期了，平台说系统故障……"父亲的回答，低沉，胆怯。"多少？""五万。"为几块钱话费，他跟客服要较真半天呢，这节约了几十年，怎么嘴里一蹦，便是个五万？我抿了一口酒。"多少？""八万。"我又抿了一口酒。"多少？""十二万。"我干了满满一壶，问他："确定是理财?""也有博彩……"酒精从肠胃直接冲到了头皮,我抓起新买的杯子,朝电视柜狠狠砸了过去。父亲坐我对面,浑身不停地颤抖。

对父亲,我鲜有脾气。若半斤以内,那只杯子,是我酒桌上的知己,定不忍摔得稀碎。八两而外,每一根神经变得异常脆弱,仿佛冬柴,一点便着。八两的世界,混沌,迷糊,没了方向。一周之后,我出差归来,父亲的眼神依旧躲闪。我重新买了杯子,一模一样的,给他斟满。他猛地站了起来,举过头顶,对大家说:"这口酒,我梦里都在等,喝完还是父子。"他的手腕,用力一歪,连同眼角的泪光,痛饮而尽。那晚,当着我们的面,他将小本子撕得稀碎。

半斤的我,在此岸平原,有书生的儒雅,有学者的洞察。酒位一升,到了八两,便落进了彼岸丘壑,全是浮夸的允诺,全是游荡的暴躁。半斤到八两,很简单,扯开嗓子喊——再来一杯!喝之前,我在桃花潭畔讲李白,讲唐朝的诗意;喝之后,将厚厚一沓钞票,废纸似的撒向天空。喝之前,我对着四望亭,谈太平天国和扬州古城;喝之后,躺在花坛的长凳上,蜷成一团,睡到了雨夜。喝之前,我给读者签名,还一笔一画写了赠言;喝之后,朝自己脸上,涂了一只大大的乌龟。半斤知我,八两忘我。两个我,一个在清朗的平原,一个在迷乱的丘壑。

半斤以内的,大多匆忙,或初遇,或公差。而好友之间,光阴满格,警惕为零,酒杯一端相见欢。我的八两经历,几乎百分百与熟人有关。每咂一口,那些无法排遣的孤独,那些难以言说的压力,那些从未停歇的脚步,会顺着酒气,一路消散开去。多出来的几两,往桌子上一摆,能从理性照到感性,照见一个活生生的自我。像极了清障车,荡平一切心理阻碍,让爱恨更浓烈,让怒骂更彻底,让灵魂更放松。连续多次半斤以后,必想喝个八两,求醉,与朋友们相拥而醉。

半斤也好,八两也罢,是一日二日的剂量。若中午连晚上,晚上追夜里,便成耗命的毒药了。人届四十,体力渐衰,断片的次数愈来愈多。年少时身子硬,坚信酒后诗百篇,现在笃定那是神话,酒后状态,唯有沙发最明了。近些天,两岁的儿子常爬到桌上,酒杯、酒壶、酒瓶,一阵叮叮当当乱抓。

不晓得我退休后，与他每一次对饮，耳边能听见的，是欢唱之音呢，还是摔砸之声？

作者简介：

曹阳春，男，1982年出生，江苏响水人，中国散文学会会员、江苏省作家协会会员、扬州市杂文学会会长。生命中的大部分时间用来读万卷书和行万里路，在读书和行路的间隙，偶尔写点文字。作品散见于《散文百家》《散文选刊》《新华日报》等报刊，曾出版散文集《雨中的酒气》《独上齐云》。

海水啃得九丈崖美到极致

车　军

　　九丈崖距月牙湾咫尺，三十年前并非错失良机未访，而是没人告诉我海那边有美得、险得、峻得让人心惊肉跳的悬崖绝壁。当今离奇的网络，想寻任何一方景观，搜一下就知道。魂灵故意跟我找碴儿，问我当时为什么不在岛上多住几晚，或一寸一寸巡岛，也能把天涯海角翻遍了。气得我牙痒痒，住的那晚我问过若干人，向我推荐的皆是月牙湾。也许那会儿旅游开发意识不强，岛民们只靠勤劳致富，才把外人看得美如仙境的九丈崖当作自家后院般寻常。魂灵辩不过我，撂下句二饼话："没魂真好！"

　　走近海岸，不由深呼吸一口，望不到边际的大海，蓝青穹碧，给我与海峡上横渡的感受全然不同，立地生根的安全感，倒让我担忧远近矗立在海里的庙岛群岛是否会被大海淹没。或许见惯了黄海的混浊，面对湛蓝至透彻人心的渤海与黄海交汇海域，对实景产生怀疑，没有骗我？妻见了大海，瞬间变作憨态的少女，穿过沿海慢行道，踏着不规则的碎石滩，不顾海水浸满凉意，脱鞋走向海水，跳越在零乱礁石间，忘却海礁被浸渍的滑苔，让我赶紧拍照。与此同时，游人里不少姑娘、少妇、孩子纷纷奔赴海礁，不少男人则蹲到石滩上捡海，激起我的好奇心。当然，我没有参与捡海的人群，依旧顾盼大海，寻觅海天情怀。

　　行走不足百步，刀削般山壁伫立眼前，山石像千岁老人的皱褶，随时掉落尘屑。老实说，虽惊心，并呈怪诞之美，尤其山山相连的叠压状，似乎随手可掰下一块岩石，但谈不上如何奇特。然而，沿栈道走完，经观景台、抵伊人冠，情形突变，纵然平台上观海的观音菩萨势压百云而小天下，也未能吸引我倾情关注，我被伊人冠峥嵘岩壁、山脚被海水啃咬出来的深深洞穴、山体被海风撕裂如奇异怪状的城墙砖堆积，惊得不敢靠上前。

我不知道伊人冠演绎了什么传说，形同人脸的岩峰之巅，人为构筑似王妃、公主的冠帽，让人生发联想。据土人解释，伊冠石喻指皇冠、王冠，古往今来求功名富贵的人闻知皆来拜祭，而今高考前的学子们会成群结队至伊人冠祈求金榜题名。此说真假不知，我却以小人之心来猜想，应该是旅游业开发的奇思异想，吸引追逐名利的人儿跨山越海来敬香，顺便消费观光。

踏着湿漉漉的海滩碎石，迎着卷涌奔腾至山脚的海浪向前。洁净的海水像蔚蓝的心境，近岸碧清见底，五彩小圆石构造海水中的世界，与露出海面三五成群的海礁，互衬浅海风光，而将远海的靛蓝遗忘，糅合另一类念想。

沿着山脚行走，盯着洞窟遥想，是远古岛民栖身点，还是渔民避风处？八仙漂海，莫非也居住这儿？乱石重叠的海滩，不因险阻而挡住纷至的游人，我小心脚下，便忽略悬空绝美的险峰。两难选择间游走，听到魂灵叫我。登上长岛便脱离我的魂灵，骑坐在海滩一绝的九叠石顶端，向我显摆其自由。我不理魂灵，端详着九叠石与奇绝峭壁的九丈崖鼎立依偎，油然喟叹造化钟神秀到不可理喻境界。九叠石呈塔状，高约十几米，如果将九丈崖比作顶天立地的巨人，塔则像李天王的镇妖塔，矗立在海岸线。横卧不足 500 米、高近 70 米的九丈崖并不巍峨，但在气势上令人生惧，如削绝壁，风雕雨琢，浪击海蚀，形成凹凸交错，横割竖剔，上不着天，下不及地，摇摇欲坠态势，让人无法攀越，尽显雄奇险怪之精美。而壁底溶洞，似将山体掏空，其犬牙尽露，幽深暗森，潜伏着不测玄机，令人却步，纵然某些洞穴被贴上八仙漂海的标签，也吸引不了凡夫如我来探秘。踏着山脚海滩累累石块扫视，或如巨象，或似卧牛，或像盆碗碟杯，无疑是山体坠落与海潮翻卷的杰作。登上伸向海里的弥漫礁石，背负九丈崖，面朝大海，多么想激起万丈豪情，将自己放飞到大海的深广处，涤荡俗世情绪，换一个崭新的我，重启生命航程。

魂灵飘落到我肩头，说我发的尽是空感慨，要么潜居于此天长地久，活出个当代八仙样子，要么赶紧滚开，向风光更佳处跋涉。

不由苦下脸，就算潜居于此，红尘纷扰中的九丈崖，也不可能让我活出当代八仙的逍遥生活。愈往前，海滩连片巨石综合成高低起伏的走势，与崎岖山丘连为整体，一峰傲立如海角擎天柱，一石神来似天涯终极点，在山海相映下，欹斜壮丽，引得无数男女登石背海留影，留下心中永远的美丽。

魂灵啊啊着，发不出赞美词，一转身，我们走近了仙人桥。有什么故事，我没有探清，铁索木桥，绝不会跟仙人有关，那么索桥的另一头通往大海的神路算仙人桥吗？如果是，一定跟八仙过海扯上了关系。站在那块硕大无比的礁石上，观看大海的波澜壮阔，确是不二之选。

没有逗留多久，被魂灵莫名其妙地拖走。我不解何意，随魂灵顺狰狞石崖下的礁石小径拐着弯子走，不经意走近了开天辟地的神斧之下，顿生愕然恐惧。魂灵问我心里有鬼吗？我说心里很干净。魂灵道心里干净为何惧怕？我问心里不干净的人有没有可能不惧怕？魂灵愣了，半晌道我比心里不干净的人更可怕。如此夸我，并未驱逐我的恐惧，看着高悬头顶之上山崖之巅、昂首刺向蓝天、形同盘古挥舞的石斧，我明白了八仙确实存在、沉香果有其人，华山那柄人工打造的铁斧头虽然巨大，但与石斧比就是个小弟弟。我急吼吼道，只有这样的鬼斧，才能劈出渤海黄海分水浪，劈开九丈崖人间珍奇山川，劈出未知领域的新天地。

魂灵感动了，说带我到仙姑家做客。相邻的仙姑洞，嵌在山壁间如一条细高的缝隙，宽不足一米，幽暗细窄，灰蒙满壁，溢满阴气，内有一尊女人塑像，让我却步。难道何仙姑渡过海峡就在这儿栖息？根本抵不上蓬莱仙境充满阳光的气息。我嘀咕道，仙姑有病，风光再美，不宜生存嘛。同时责问魂灵，莫非想让仙姑幽禁我？魂灵乐了，道我终究没有仙缘，满脑子还想着飘逸，老老实实陪你老婆过红尘儿女生活去吧。

我不敢大恼，折返，随游人往山崖攀登陡峻、窄小、某些段落仅容一人逾越的石阶，虽不算太高，却尽显艰难。想不到山崖之上是广阔的平台，有雕塑、旌表、林木植被，尤其视野上海阔天宽。心情顿时舒畅，健步走向珍珠隧道，走进风声鹤唳的幽深山洞，走入弥漫战火味的神秘洞穴。我估摸是新中国成立后岛上驻军为"广积粮"开凿的战备洞，想跟魂灵探究一番，岂料魂灵消失得无影无踪，让我再次陷入惊惶中好久好久，才在前进的步伐里看到洞口隐现的光明。

作者简介：

车军，清江浦人，笔名"砖子车军"等。中国作协会员。著有长篇小说《城市麻雀》及同题文学剧本、小说集《行走在城市上空的云》等。在《雨花》《安徽文学》《草原》《中国作家》《阳光》等刊物发表中短篇小说、散文等100多万字。

外公行状

陈　社

　　外公在五时巷算不上老住户，家里的几栋小平房是他和外婆在 1925 年及其后分两次买下的，我母亲就出生在这里。

　　外公出身贫苦，当过长工，打过短工，在姜堰一家油坊帮工时，每天光从远处的河里往油坊挑水就得三十多担，肩头上的肿块从来没消过——外婆就是油坊掌柜的女儿，那时候两人就有意思了——他后来只身跑到泰州，先在吴公馆打杂，后来被吴家介绍出去学航运，干了十多年，当上了经理。这期间，娶了我外婆，其后又带着孩子来到泰州，自己租了一条船代理长江到内河的航运，在靠近轮船码头的五时巷安下了家。

　　外公的衣着平常，以棉布长袍为主，干净整洁，即便旧了，也没有皱巴巴的邋遢样。他中等个子，头皮刮得泛着青光，腰板挺直。双眼黑亮，炯炯有神，与唇边两条乌黑的八字胡上下呼应，很威风。他刚住到这儿来的时候，巷子里的人遇见他，估计他未必认得自己，往往迟迟疑疑，并不主动与他打招呼。他却迎上前来寒暄几句，拜托街坊邻居多多关照，两眼发光，八字胡一翘一翘的，和气得很。

　　时间长了，巷子里的人都说他人好。或许码头跑得多见的世面不同，为人行事的格局就不同寻常。邻居家有个什么事，他是必得随礼的，由太太送过去，讲究个拿得出手。巷子里哪段路破损了，他不声不响就找人来补平了，很平常似的，并不当回事宣扬。

　　左邻右舍不仅记住了我外公的好，还说我外婆贤惠，一个殷实人家的女儿，嫁给外公这么多年，风风雨雨，相夫教子，没听她对男人高言高语过。外婆长得端庄，笑起来更加好看，大大方方的，特别肯帮人的忙，又不多言多语，巷子里的家长里短从不掺和，总是笑脸迎人。不料这么个好人竟一病不起走了，留下三个孩子。

外公中年丧妻，极为悲痛。办完丧事的那天，多喝了两杯酒，醉了。反复念叨："我太太跟着我吃了苦啦，为我养儿育女不谈，家里的账全是她管，省吃俭用，一个铜板一个铜板地攒，不然哪有我的今天啊！"

邻居们便又多了一份了解和佩服，对他的极度悲伤以至酒后失态，也更理解和同情了。

从那以后，邻居与外公的走动便多了些。外公有了闲空，也会约两位过来喝上几杯。让儿子去"小腊龙"卤菜店切半只卤鹅，到"老正兴"饭店门口摊儿上买些油炸臭干、鸭血卜页卷儿、水煮花生，再让大姑娘炒两个下酒菜，龙门阵便摆开了。

外公一直没有续弦，先是风风光光地把大姑娘嫁了出去，女婿是个律师的儿子，在政府里做文员，条件不错。接着又四处张罗为儿子成了亲，媳妇长得俊俏，大脚，能干家务。小姑娘年纪尚小，可怜九岁就没了娘，舍不得，捧在手心里宠，反复叮嘱她："一定要好好念书！"

泰州解放后，外公的航运还在做，只是停掉了自己的航班，到朋友的公司里帮忙，毕竟六十好几的人了。于是公司里跑跑，自己家歇歇，两个女儿家转转，一副优哉游哉的样子。走在巷子里，跟人打起招呼来，声音依然洪亮，八字胡虽白了不少，依然一翘一翘的，神气得很。依然不时与好友聚聚，依然首选"小腊龙"和油炸臭干。

几年以后情况变了。先是朋友的公司歇了业，树倒猢狲散。接着大姑爷被定为历史反革命，抓去劳改……

巷子里便不见了外公的悠闲，他眼神有些呆滞，八字胡稀稀疏疏，手上多了根拐杖。遇到人虽还打个招呼，但不肯人称他"经理"了，声音发了哑，"咕噜"一声已擦肩而过，敷衍似的。

他常拎个包出门，里面鼓鼓囊囊的。这样的时候，他都走得比较快，低着头看着脚下的路，有什么急事要去办的样子。一会儿又看见他回来了，还是低着头，慌慌张张地直往家里奔，布包还是鼓鼓的，显得重了些，不知道装的些什么。

再后来，邻居看见坡子街旧货店的那个老头儿老往外公家里跑。这才明白，他收藏的那些瓷器、字画保不住了。没办法，还有什么比吃饭更重要的呢？你再狠也狠不过一张嘴的。何况外公家里是十张嘴，你是要一家老小的命还是要你那些已三文不值二文的所谓宝贝？

外公是明显地老了、瘦了，过去多精神的一个人啊，现在只剩下一副骨头架子，走在巷子里，摇摇晃晃的，生怕一阵风就把他吹倒了。

大姑爷被抓去劳改后，儿子一家就很少和大姑娘家来往了。儿子胆小，不敢不划清界限。外公还去，他不放心。大姑娘家在城里，关帝庙巷，他亲家当年置下的宅第，很气派的。现在住在里面的是两家房客。大姑娘和外孙、外孙女们挤在院子里搭的窝棚里，没有床，乱砖上面搁了几块木板，铺了些稻草。除了小姑娘送过来的一床棉被叠在中间外，旁边是几条发了黑的棉花胎。外公看了心酸，恨自己无力帮姑娘一把。每次去，大姑娘都得下一碗面条让老人吃了再走，外公更是心酸。

外公每天都到小姑娘那里去。小姑爷养病的营养是早上一个鸡蛋，做成盐水蛋花汤，滴两滴菜油，撒几片葱叶。以前小姑爷吃之前，都让小姑娘先分一点出来给年幼的孩子补补，后来就留给老岳丈了。外公早上先去小姑娘家，把那几口盐水蛋花汤喝掉，再吃一点留给他的稀饭、馒头什么的。歇一会儿，便去小姑娘单位等机关食堂开门。在食堂吃了中饭，再买一点饭菜当晚饭，然后打道回府。

每天早上，五时巷里的石板路上都会响起"笃、笃、笃"的拐杖声，邻居们便知道，老人家到小姑娘家去了。午后一会儿，"笃、笃、笃"的拐杖声再次响起，邻居们又知道，老人家在机关食堂吃过饭了。

外公后来走不动了，让他大孙女每天去小姑娘那儿拿点吃的回来。后来又让大孙女带信过去，说爹爹不要吃的了，他吃不下去了。再后来，他就不声不响地咽了气。

邻居眼睛红红地告诉两个姑娘，你们家的人说老头子能吃得很，从食堂吃过中饭回来不到两个时辰，又等不及地把晚饭吃掉了。还说家里的字画都被他偷出去换东西吃了。

作者简介：

陈社，亦名肖放，中国作协会员、中国散文学会会员、中国电视艺术家协会会员、文学创作一级、高级记者。已发表散文杂文逾800篇，著有散文、杂文、评论、小说等文学类书籍十余部，获《中国作家》优秀散文奖、冰心散文奖，入选《江苏文学五十年》《中国新文学大系》。

造 园 记

陈卫新

云　几

数月前，在南京看一场书画展。展览中有几个很有意思的时间点，让人遐想。其中就有 1083 年。

1083 年，也就是北宋的元丰六年。元丰六年，在金陵城发生过什么事情呢？那一年，德艺双馨的散文家曾巩在金陵去世了。他的好友王安石的半山园就在东郊钟山，8 月的天气应该挺热的，而且是那种江南特有的潮湿闷热。听到这个消息，王安石的心情如何呢？半山园往东，山道曲折，一直伸向前湖与青溪，甚至更加遥远的寺院。蝉鸣的声音一丛接着一丛，如同东郊的密林。空气之间连一个气泡都放不进去了，随从牵着马，马蹄的声音毫无规律，平时常走的小路显得更加逼仄。那年，王安石得了场大病，什么病，不太清楚。总之，他的身体由此颓败下去了。从史料及年谱来看，同年，苏轼来金陵的时候去探望过他。在钟山的深处，寺院的钟声幽远而绵长，巨大的树枝上积累着青苔，一切事物，正生发出一层薄薄的新意。在半山园的那个下午，他们聊什么呢？喝的是什么茶，用的又是什么茶器呢？

晚年的王安石，学佛很有心得，我猜想 1084 年苏轼写成的那首《题西林壁》，或许就源于他们闲谈中相互激发的妙悟。"横看成岭侧成峰"，是因为身在其中，而"只缘身在此山中"，是要离开那座山才能领会的。9 月，苏轼由金陵直接去了宜兴，他慨叹"买田阳羡吾将老"了，居蜀山而终老，似乎成了他最后的理想。1083 年，对于少壮派米芾来说也是个重要的日子，他在金陵拜见了王安石，而后又恰好得到了王献之的《中秋帖》，赏读临写，书法更见精妙。回头来看，王安石居金陵钟山，苏轼居宜兴蜀山，米芾居镇江南山，似乎都是历史的选择，或者说他们的选择成就了历史。都说江南多山水，在山水之间，在王安石常常走过的路边，修筑一处喝茶聊天的空间，是一件特别合适的事情。

凭几观云。云几，是个好名字，而且是越想越觉得好的那种。云几茶空间是一块坡地，由东南走向西北。前面是钟山茶场的一片茶田，出产南京特有的雨花茶。左侧有数株百年梧桐，绿荫如盖，右侧有梅溪蜿蜒而下，隔水相望，山谷梅花缤纷如云。应该说，云几的设计是一种巧遇，是由一个时间节点生长起来的，是与一个居住于此的宋人的邂逅。我年轻时非常喜欢宋人的文字与书法，王安石、苏轼、黄庭坚、米芾也专门访过王安石居住的半山园。现今的半山园是清代重修的，因为在海军指挥学院里面，所以难得可以参观。那天，山坡上只有我一人，树木把视线遮蔽了，看不见头陀岭，看不见梅花山，只是看到窗台上有一只空的可乐瓶，还有一只伏在杂草中的黄猫。

"水流云在"，我喜欢这句话，讲的是空间与时间的变化。云几的前院，在靠近溪流的地方，我设计开凿了水池，与原先山上流下的溪水形成了一个整体扩大的形态，我很想通过这种压缩式的扩大，把那山谷十几亩的梅花从心理感受上"借"过来。宋人造园很在乎借来的野逸之气，比如沧浪亭之借水。云几要借花。恽南田说："意贵乎远，不静不远也；境贵乎深，不曲不深也。一勺水亦有曲处，一片石亦有深处。"云几需要在首尾相连的动线上，设置一处安静、幽深、旷远的水石小景。叠石那一天，天闷热，因为需要在池中设一石矶，表达水落石出的意思，同时还要控制好形态与出水的高度，我只能跳下池子，以确定准确的位置，如同以拙笔写石。在梅溪左岸，原有一棵硕大的枯树，枯而不死，有新枝从侧后方倾斜而出，绿意盎然，活泼泼的样子让人心动。因为院子入口的退让，在枯树左侧加了一段短墙，叠石倚之，原有的一丛篁竹恰好被隔在了门外，与枯木逢春内外呼应。记得苏轼画过一幅《枯木竹石图》，或许此间也有些相同的意趣。庄子称这种无用的老树为"散木"，真是妙极了。守拙方能好活，这是真理。

设计一处园子，最好要在那里多待上一段时间。站着、坐着、走着，都可以，这是了解一块土地的方法。在一个虚拟性很强的时空里，不能放弃任何一条线索，因为任何一条线索腾起或者跌落，都是一阵风。书法与园林都是空间的艺术，造园中的平缓疏淡，在书法里叫"蓄势"。王羲之说，"实处就法，虚处藏神"。藏神的地方，常常只可意会。山谷里也是这样，溪边的光芒缓慢地移动，更像是带柄的刀子。收割什么呢，茶叶吗？春天刚刚开始，钟山茶场的牌子已经开始有了锈迹。世事如野马，每一件都有笨拙的蹄子，他们走过草地并聆听泉水的声音，声音回旋而上，更像是草尖上加速的飞虫。中国人喜欢由小及大、由近及远的哲学，所以，设计一个隐身山林的空间，一方面，有着关乎世俗的偏见与理想；另一方面，还要有时间交给空间的无限可能，几颗星星或者一群萤火虫。

云几开业后，我总喜欢在下午去，因为贪图几株梧桐树的荫蔽。当然，也可以晚上去的。晚上的云几，缺少边缘，无论时间还是空间，都显得散漫，不能专心，那些边缘随时发出羽毛一样的光。云几院子的石块铺地是刻意留下的，有一块当年修建中山陵的踏步石，被特意设计改成一个花台，放置盆栽花卉，以喻手指下的四时之变。很久以来，总是希望在设计改造的项目里留下点过去的痕迹，我相信熟悉这个空间的人再站在这些有生命力的石块上的时候，会在内心的深处发出一声细微的感叹。人太渺小，人生之路，每一个前行的人都怀疑新鲜的小路，但又总是相信捷径。这很可怕。有一天，为云几写过几行诗："跳跃的颜色属于蝴蝶，蝴蝶的翅展属于黑夜，黑夜属于凉快的手指，凉快的手指扣动扳机，如同穿越一片荆棘。松软的初夏，有枝头挂果的分量，从大铜银巷步行至石象路，一对骆驼端坐在各自的阴影里，等待一颗果子在黑夜里落地。"这些文字就是一种行走带来的空间感受。我不喜欢在项目里用昂贵的物料，我相信，充分利用原有的存在就是一种生机。我不喜欢用照片能表达的空间，我相信人行动其中的真实体验。一位偶然相遇的过客，他不会知道一座山或者落日消失的方向。从时间之中的空间概念来说，假如，紫金山依然还留有几个自然村落，山道上的那团红色的光晕是不是会更加饱满呢？

有人说设计就是巧言令色，我无法认同，也无法否定，我只是想起一句诗："江南无所有，聊赠一枝春。"这句诗是高明的巧言令色。有朋友从远方来，我说，如果你恰好喜欢云几，我更愿意你在梅花开放的时候到达。

愚 园

愚园在门西。门西是相对于南京城的聚宝门讲的，聚宝门以西，也就是门西了，以东的地方叫门东。愚园这个名字，南京人不常讲，他们喜欢称愚园为胡家花园。似乎只有这样才能显得更有南京味，更易理解，不用费口舌去解释大智若愚的愚了。门西以前还有一个钝园，后来消失了，与愚园相较，虽然"配套"，但总有点效颦之态。南京人喜欢花园，张家花园、刘家花园，昆曲里写的"不入园林怎知春色如许"，连歌词里都唱，"满园花开香也香不过它啊"。叫了胡家花园，似乎这片园子就变得亲切了，变得像隔壁邻居家的院子，想去随时都能去的感觉。

愚园的位置靠近鸣羊街，算是城市核心区的一座园林，与瞻园路上的瞻园、长江路上的煦园并得美名。可以说，清代同治光绪之后，南京有名的文人雅集的地方有几处，愚园算得上有盛名。李鸿章、张之洞等晚清重臣都留有诗句对联。曾经有一张中华民国临时大总统孙中山在园中的合影照片，让我印象深刻，只是想不起来在哪一份资料里看到的了。

愚园修缮由东南大学陈薇教授领导主持，我团队的工作主要是室内设计与展陈设计。那一段时间，我特意将工作室搬到了门西，靠近饮马巷，也靠近甘露巷，附近还有个地名特别"高级"，叫"大百花巷""小百花巷"，走在大路上往东看去，一路转折东延，让人想起陈升的一句歌词"就在百花的深处"。从钓鱼台走到愚园，也就二十分钟，每天早晨，我都会在附近走走，老南京的味道真的就是在清晨的门西一带才算纯正了。

做设计是有趣的，而且与生活互相渗入，边界是模糊的。对于我来说，参与任何一个设计项目，都像是在生活中加了一页书签，这种书签上有日期，也有温度。记得在设计愚园项目的时候，我写过一个短篇《鸣羊街上的山》，时间大约是在2013年的夏季。有一段文字是这样的："我再次回到鸣羊街539号，已经是半年后的一个下午。天气从来没有这么好过，院子里有人在树间拉绳子，两大盆刚洗好的衣服热腾腾地冒着水汽。在此之前，我在绿柳居喝了一碗豆浆，现在堵在胃的上部，偶尔发出咕叽咕叽的声音。我想，我应该可以将关于余夏的一点自由与念想，也这样小心翼翼地晒在绳子上，有风的时候，在树影下晃荡。"不记得当时我为什么会以鸣羊街为背景写东西，我想，主要还是因为门西真的很南京，很接地气。我喜欢这种感觉。

此前参与过老门东的一期项目，所以对于门西，内心里更有一种"积极性"的迎上去的心态。门西有独特的地域文化，是一种被遗忘的爱。明清两代，愚园附近曾经有过多座园林，不过都逐渐消失了。园林最深的"秘密"，也许就是空间里的"时间性"，体验时间中的空间，同时也是体验空间中的时间。那些消失掉的园林，我们可以理解为园林时间属性的一部分。

愚园很大，前临鸣羊街，后倚花露岗，当时有"金陵狮子林"之称。地界南北长约240米，东西宽约100米，占地面积约3万平方米，建筑面积有4000多平方米。园子分内园和外园，由半开放与封闭两种形式组成，这也是江南园林中一种独特的方式，苏州的留园也是这样的布局。整个园林以湖区取土，覆东南方向成山，围合感很好，山上建阁，可以俯瞰。愚园留下的资料还是比较丰富的，这里曾是明中山王徐达后裔徐傅的别业，至今已有600多年的历史，后几经转手。清光绪二年（1876），胡恩燮为奉养母亲，辞官筑园，取名愚园，既有表明其不仕归隐"自以为愚，更其名为愚园""以愚名者，乐山水而自晦于愚也"之心迹，又寓"大巧如拙，大智若愚"之意，设景三十六处。这三十六处有清远堂、春晖堂、青山伴读之楼、觅句廊、容安小舍、小山佳处、愚湖、渡鹤桥等，那时候，应该算是愚园的鼎盛时期了。到了1915年，胡恩燮嗣子胡光国对园子进行了扩建，增设三十四景，故有前后七十景之说，后历经战乱，愚园几度损毁。资料文献中最重要的是童寯先生的手绘平面图与一些摄影资料。我们这次的修缮，也是依据这些来完成的。这一过程中一些细节记忆犹新。为了重建觅句廊中间的漏光花墙，我曾在画谱中找到近似图形，对照童寯先生1937年的摄影照片，重新描绘而制。在容安小舍的小院里，我们让一棵枇杷树完整地保留了下来，并标注上文字，胡家后人捐赠的花盆与石桌鼓凳也得到很好的安置。山上的"城市山林"四字，我特意是从米芾的字里集字而来，也许，这样会更接近当初造园者的心意。

做设计有趣，做设计也难，但做认真了又会觉得"难中得趣"。记得，有一次听故宫博物院单霁翔院长的讲座，临了他说了一句话让我印象深刻，他说："工作当学问做，问题当课题解。"这话，细想想，还是很有道理的。

柴　门

松尾芭蕉写过一段俳句《落花》："树下肉丝菜汤上，飘飘洒洒落樱花瓣。"充满了世俗中的禅意。肉丝菜汤，樱花瓣，日常生活之中的停顿，审美之中的偶然。生命凋落之美，在时空重叠的瞬间。这种生命的体悟是短暂的，但又极其深刻。我们常常忽略的世俗生活中，有着太多细致的东西需要屏息凝视。

柴门的由来，是偶然的。此前，一直都想做一个安静的喝茶空间，但是总是寻不到合适的地方。有一天下午，朋友邀我去看芥墨美术馆的一处侧院，那是个冷僻得甚至有点邋遢的杂院。因为少有人至，除了一株玉兰与几丛竹子，多是野猫活动的场地。那天下午的太阳很好，阳光从红砖房子的后侧斜照下来，显得温暖而有善意，竹影映在混凝土墙壁上，如同水墨。我们几乎不约而同地说，就这里吧。

柴门（柴之门）位于玄武湖边、神策门旁，算是一处传递中式生活美学观的人文空间。主要经营明式家具、文房用品、古玩杂件以及当代水墨作品。用朋友老鲁的话说，整个空间，接地气、不做作，耐人寻味，粗看是柴门，细审别有一股文化之精神。柴门亲切，一箪食，一瓢饮，皆具柴门独特滋味。柴门的面积不大，室内200多平方米，室外也是200多平方米。我希望所有到达这个院子的人，对于这个空间的感受是独特的，是分散的，有着时间属性。它们可以各自成一天地，又可以通过绿荫掩映而浑然一体。柴门的院子由四个部分，或者说四个小院组成，从入口处的竹篱院墙，至斜向切分的月洞墙，再至一条南北向的小瓦木架条廊，形成了三进院落，分别代表着秋、夏、春三季。然后穿越柴门的茶厅，折向的是最后一个院落——冬院。象征冬季的院子是淡定而从容的，灰色的石子铺满了地面，院子里只有一块巨大的石头，以及一架竹榻。在一个中秋的夜晚，我曾经真切地感受到月光投下的光影与一个人间时节的轮回。春、夏、秋、冬四个小园子，砖、木、竹、石、瓦，体现天、地、人和谐共生的关系。

古人常说："园虽别内外，得景则无拘远近。"造园之法，无非以屏远山，以榭近水，以曲折而得韵，此类皆从心也。天地万物何其相远，天地万物又何其相近。今晚，住在一处园林里写柴门，忽然间觉得所有的天上人间，都不过是水流云在的一个镜像而已。坐在"月到风来亭"，隔水听"射鸭水阁"的蛙声虫鸣，却难见脚下蒲草芦苇。此刻，抱一柄扇得好风，可同临空望月，所谓的动静之分，突然简单。写字抄书，高丽扇纸坚，落笔有崎岖之难，点画如闻读诗之声，纷纷扰扰。自古花墙分有内外，如同行者与秋千，夏夜够长，各自相安。

中国人对于时间总有着不一样的敏感与记忆，我们的时间不是刻度上一格一格的标记，更像是一种生命的容器，我们沉浸其中，时间的边缘是模糊的，空间的边缘是模糊的，这样的"模糊"与不确定充满了文学性的诗意。我们喜欢在园林中寄情，也许就是因为园林恰恰是时间与空间高度融合的载体。

作者简介：

陈卫新，男，作家，正高级工艺美术师，江苏省作家协会会员，江苏省美学学会设计专委会副主任，南京观筑历史建筑文化研究院院长，主要从事城市更新及空间艺术设计工作。出版有诗集《夜晚后面的西花园》、散文随笔集《鲁班的飞行器》《在时间的河流上》。《鲁班的飞行器》获第十届金陵文学奖佳作奖，另有《张有亮的春天》《临时关系》等小说、散文散见于《雨花》《钟山》《青春》等文学期刊，诗歌《白塔》入选《江苏百年新诗选》。

江 家 弄

陈 文

一座城市的文化根基，往往隐藏于巷弄幽静之处。我家门前就有一条这样的巷弄，名叫江家弄，位于南新桥畔西南侧，南北走向，宛如一根彩带，勾连着西门大街和河西庙巷一大一小两条街道。江家弄是贯穿西门大街与河西庙巷的唯一通道，长不足 60 米，宽 1 米多，是名副其实的老巷弄。那些浸透着老巷弄的文化元素和符号，透过灿烂的阳光，从四面八方跳跃而来。

这条狭窄的弄堂为什么称之为江家弄？地方志没有记载。咨询前辈，也没有人能说得清。从我掌握的一些碎片化信息推理，也许这与江家有关。江家弄 1 号，毗邻南新桥，紧挨西门大街，早年住着姓江的大户人家。江家属江家弄首富，其住宅四周不少店铺都是江家开的。当年，人们从江家门前路过，都会情不自禁放慢脚步，侧着头朝江家多望几眼，企盼沾点喜气、灵气，还有运气，虽然不奢望能像江家那样荣华富贵，但是，向往富贵的精神快感是无法阻挡的。

清末民初，江家发生了一些变故，家道中落。端庄漂亮的江夫人始终不能给江家添丁，也像一层乌云笼罩着江家上下，压得人喘不过气来。为了给家里冲喜，江夫人采纳了家人的建议，从乡下远房亲戚家抱养了一个儿子。

自从领养了儿子，江家的欢声笑语好像也跟着回来了。江夫人相夫教子，不亦乐乎。夏日的傍晚，江夫人经常带着儿子在院子里玩耍、嬉戏、对诗、唱歌，充盈着天伦之乐，和谐的家庭氛围，常常招徕许多羡慕的目光。

离江家不远的江家弄 8 号，不起眼的独扇小门虚掩着，轻轻叩开，一条逼仄的青砖甬路连接庭院，墙脚或高或矮的无名小草踮着脚跟窥探着高墙外围的世界。跨过几块破损的石板，拐过斑驳的墙角，豁然开朗，真是"柳暗花明又一村""门巷春深燕作家"。透过高高的门楼，一栋清末民初的两层楼宇醒目地矗立在眼前，这就是传说中书香门第邵家。

步入门楼，到了天井小院，晌午的暖阳把院子里照得一片光亮。院角的几株蜡梅沿着阳光的方向使劲地朝空中伸展，孕育了一个季节的花蕾再也按捺不住，张开怀抱迎接春天的到来。院子的正前方，一座砖木结构的古典建筑赫然在目。没有想到，在今日的小城喧嚣处竟然隐藏着这样安静恢宏的老宅。除了戴王府，这是我在金坛小城见到的保留得比较完好的古建筑。青砖黛瓦、木梯雕梁、飞檐翘角的楼阁、镂空雕花的木制门窗，给狭窄不长的江家弄增添了几分朦胧和诗意。邵家，就是从史书里走出来的名门望族。

邵镇华年幼时就读于江家弄堂西边的河西庙小学，1947年去美国留学，后来在联合国从事翻译工作，为新中国加入联合国做了很多工作。1975年经外交部部长乔冠华同意，邵镇华绕道香港途经上海回金坛老家探亲。

邵镇华的侄子邵哲如，侨眷，研究员级高级工程师，享受国务院特殊津贴，光大国际首席科学家，全国金融五一劳动奖章获得者，哈尔滨汽轮机有限责任公司董事长兼总经理。邵哲如为我国的环保事业做出了重大贡献，获聘为联合国垃圾焚烧指南专家。

邵哲如的弟弟邵翼如，是我认识的一位教育名家，全国优秀班主任，江苏省数学特级教师，曾担任华罗庚实验初中校长、金坛教育局党委副书记。2000年，他到上海浦东一家民办学校任职，次年，我随金坛教育局考察团前往浦东参观学习时，邵翼如先生参与了接待。

从邵家小院出来，微风拂拭，梳理着我的思绪。邵家人才辈出，无论留在桑梓，还是旅居他乡，始终保持着中国知识分子的传统美德，努力在自己的岗位上服务社会，造福于民。

伫立在江家弄8号门前，环视前后左右，心底涟漪激荡。如果说金坛钟灵毓秀，人文荟萃，那么，江家弄就是金坛人才的会聚地。清末民初，著名的花鸟画家冯文卿便出生于江家弄，祖孙三代皆为书画家，其重孙冯吉轩是我国著名音乐史论家、二胡演奏家、博士生导师，长期担任中国音乐家协会理论委员会主任。原县中校长胡赛也住在江家弄，1960年6月出席了全国文教群英会。

早年的邵家对面有一侧小门，直通河西庙。在社会变革的洪流中，河西庙早已淹没不见，据史料记载，河西庙坐北朝南，前后三进，门口有抱鼓石，庙前有广场，有照壁，有旗杆石。

1938年秋天，河西庙被国民政府改建成河西庙小学。新中国成立后更名为常胜小学。

从庙宇到学校，这是一个多么神圣的字眼。自夏商，便有了"庠序"，孟轲曰："庠者，养也。"至此，我好像触摸到江家弄的文化根脉，闻到了江家弄文化气息，江家弄的名人贤士也许或多或少缘于弄堂学校文化的熏陶、启蒙、教化、传承。

1989年，常胜小学易地搬迁，原址开发成西城宾馆，江家弄西边一座座大楼拔地而起。街道两旁店肆林立，灯火辉煌，丰蔚缭绕，活像是从《清明上河图》里翻版下来的画卷。

如今人去楼空，曾经的繁华散去，涛声依旧的江家弄，仍然静静地躺在漕河旁，留下许多讲不完的故事和传说。

步履蹒跚，不知不觉，在沉思与遐想间到达江家弄最南端，来到与河西庙巷交会的地方。抬头眺望，薄暮的夕阳余晖淡淡地铺洒在青砖灰瓦和那色彩黯淡的楼阁飞檐之上，给眼前这一片曾经繁盛闹忙的江家弄晚景笼罩着一层神秘的色彩。

看到的是历史，听到的是故事，想到的是文化。写下这些文字，我突然想到在云南游览丽江、白沙古城的情景，还没有哪个古城的巷弄有如此堆积的人文景观和故事，如果假以时日，江家弄也开发装饰一新，传承小城的文化基因，那会是怎样的情形呢？

作者简介：

陈文，江苏省小学语文特级教师，江苏省作家协会会员，常州市科普创作协会会员。先后在《中国教师报》《语文世界》《江苏教育研究》《散文百家》《西部散文选刊》《参花》等报刊发表教育论文、散文100多万字。

奔波于雅俗之间的叶子

陈　跃

　　我喜欢喝茶，只要杯子烫洗干净，茶叶的好坏好像并不挑剔。逢到好茶就细细地品一品，逢到孬茶只当解渴。近几年，有条件的朋友们都开了工作室，无论装修如何，无论房间大小，必然要设置一个茶席来接待朋友。朋友们之间的聊天，因为有了茶席的参与，反而显得更加融洽与流畅了。

　　城外有两处地方，为了喝茶我会专门骑车过去，一处是大明寺内的江北刻经处，一处是竹西公园里的山光溪影厅，两位兄弟分别在这两个地方，做着刻经、斫琴的事。他们对生活极少怨言，因为做着自己喜欢的事情，从来没有苦着脸的片刻，这是我愿意去小坐品茶的主要原因。

　　大明寺是寺院，竹西公园也曾经是古禅智寺的范围，这两处蜀冈上的大寺院，千年前都有种植茶树的历史。细究起来，扬州茶文化的兴盛，得益于寺庙茶道的推动，当达官显贵在大明寺的静室里拘谨品茶的时候，观音山下的四道茶庵正在为信徒和路人们提供着歇脚和饮茶的场所——寺庙的茶水，率先打破了人们身份的限制，使雅俗之间的泾渭变得模糊而温情。

　　自古以来，扬州，有最繁复的饮茶规矩。采茶、制茶、煎茶、品茶甚至泡茶用水，都有细致的划分，"陆羽辨水"的故事发生在扬州，《煎茶水记》将大明寺的水列为天下第五，更有甚者，《桂苑丛谈》直接说"大明寺水，天下无比"。用大明寺水冲泡蜀冈茶，从来就是一对绝配。陆羽在《茶经》里曾经把烹茶之水分为"山水上，江水中，井水下"，然而扬州人对烹茶用水的咸甜、甘苦、清浊和浓淡分辨得更为精细，其等级为：一等水是天水，二等水是泉水，三等水是江水，四等水是河水。这"天水"又分为两种，最佳是露水，其次是雪水、雨水。扬州旧人家，天井一角的屋檐下常常贮满一缸水，这水就是雨雪水。这缸水可以用来泡茶，当有了火灾险情时，还可以应急救火。

除去规矩，扬州最有趣的茶俗还是在民间。街头巷尾，路上遇见，扬州人最喜欢说的两个字是"聚聚"。这个聚，不是到大饭店里觥筹交错，直吃到酒酣耳热，而是清清淡淡的茶聚。我就多次受到木香园主人徐鹏志、祥庐主人杜祥开"聚聚"的邀请，去吃个早茶——他们都是老扬州，这样的接待方式最能感受到扬州风情。

坐上"聚聚"的席，精致小菜、热腾腾的点心一道道上，配上一种耐泡的茶是十分必要的。多年来，扬州人摸索出了一种茶叶选配窨制的特殊配方，这就是闻名遐迩的"魁龙珠"。"魁龙珠"是用安徽的魁针、浙江的龙井和扬州的珠兰，按一定的比例选配窨制。这种茶有龙井的味、珠兰的香、魁针的色，泡上杯，色浓、味美，而且耐泡，能连冲四次也不减色。由于这种茶来自三个省份，故"魁龙珠"又称"三省茶"。

在扬州，冲泡的水必须烧得滚开，称之为"元宝水"。而开水久置，则叫"停汤水"。有条件的人可以讲究，但手头拘谨者，即使喝"停汤水"，也要享受坐茶馆的乐趣。听说民国年间，引车卖浆者如果哪天突然有空，进了茶馆，一壶茶必然喝到物尽其值，上午喝不完，临走时将壶盖翻个身，跑堂的会给你保管好，留到下午继续喝。

早年间，扬州人的订婚章仪里，男方向女方下聘的聘礼中，必有一份茶礼，如女方收下，则表示婚事成功。聘礼中为什么会放一份茶礼？这是我百思不得其解的地方，后来求教于民俗专家才知道，原来茶树是不能移动的，移即死，因此以茶相赠，表示男女爱情专一，女方接受，表示坚定不移。

扬州话里，"吃茶"也是个很有特色的方言词，别的地方都叫喝茶，单单扬州叫"吃茶"，这与扬州"饮""食"并重的风俗有关，喝茶时必然配以茶食、点心，所以在扬州喝茶，更多的时候被说成是"吃茶"。

在扬州做记者二十年，虽然也叨陪一些高端雅致的茶席，但更多手捧的是寻常百姓家的普通瓷杯，里面漂浮的不是龙井毛峰，不是银针毛尖，多是本地平山的贡春、邗江的迭翠、捺山的绿杨春。"黄泥小灶茶烹陆，白雨幽窗字学颜"，英雄不问出处，奔波于雅俗之间的叶子，贵与贱，不得一样接受世间的冷热沉浮？

作者简介:

陈跃，中国散文学会会员、江苏省作家协会签约作家。著有散文集《扬州细节》《扬州鸿影》《扬州笔记》、诗集《从诗意之城出发》《扬州慢》、报告文学集《扬州炒饭文化解码》《韵河》等，《扬州园林》全本译至海外。"十二五"国家重点图书出版规划项目作者，2018苏版好书、第十八届全国优秀图书奖获得者。

隐 园

程立祥

时光是很有意思的，就像清风，伸手可触却又遥不可及。比清风更有意思的大概就是一个美丽的去处，可以悠闲地度过时光，或者待时光陈旧，在需要的时候依然可以随心所欲地打开。

这个美丽的去处该是心灵的净土，在世俗之外的某个地方，有隐者居住，姑且叫"隐园"吧。可是，隐园应该是找不到的，可以到达的地方是成不了隐园的。

很多人喜欢去终南山修行，一间陋室，粗茶淡饭，看蓝天白云，寻精神归属。可惜，物欲横流，普通人是修行不起的，需要很多的物质支撑。其实，终南山并不完全是隐居修行之地。自古以来，"隐"是为了"现"，很多隐者最终并没有真正地隐居下去，而是隐而出世，并且大显身手，最后封官晋爵。太公钓鱼，愿者上钩。许多后来人走过的路，都是仿姜子牙，遇纣而隐，逢文王出山。这大概是一种迂回的策略而已。

终南山毕竟离我很远，我亦非修行之人。可是，如果真的有隐园，一定是满心欢喜。上班的路上，有一处胜地，说不上美丽繁华，却是静谧得很。一只可爱的小狗，总是纯真地看着我，每一次路过，都是微笑。世界上，如果不是遇到，真的不敢相信，还有会微笑的狗，但是，我几乎每天都可以看见。在巷子的不远处，还有一间房子、一张床、一张方桌、两张凳子。可是，我从来没看见过主人，唯一的就是那只狗。听说，每天狗很早就起床了，然后就趴在十来米远的巷子口，等待老人送来早餐，下午的时候，老人会再来一趟，送些晚餐。有人说，这只狗可能弱智，就知道傻傻地趴在巷子口。可是，真的看不出这只狗的脑袋有问题，因为它的身上非常干净。

狗在修行。它甚至比很多人都做得好，早起、吐纳、守家、静坐、冥思，它吃得不多，身上的皮毛不沾灰尘，也不凌乱，俨然是得道的高人。我想，有机会，要在那个小屋的门前悬挂上一个牌匾，上书"隐园"。我的脚步匆匆，出了巷子，就是一个热闹非凡的世界，车来车往，吆喝的人群，自然热闹非凡。陡然间，想起司马迁的言语："天下熙熙，皆为利来；天下攘攘，皆为利往。"隐园，不在于归隐山水，不在于是否在某个世外桃源，在于一个"争"字。

那狗与世无争，自然处于隐园中。这狗是有高明之处的，但是，我不能拜它为师。如果真的拜狗为师，会让人耻笑不已。然而，这只狗的的确确是教会了我许多，很多时候，所谓"宠辱不惊，闲看庭前花开花落。去留无意，漫随天外云卷云舒"我们是做不到的，但是这只可爱的狗却能做到。

我是很想认识一下狗的主人。很多次，都无法遇到。周边的人也说很难遇到，因为很少有人把目光停留在一个偶尔来喂狗的人身上。我不信邪，坚信自己一定可以遇到，"守株待兔"的成语还是知道的。可惜，未必所有人都有农夫的好运气。后来，我才知道，狗的主人不是经常来的，因为狗也是有腿的，狗可以跑回主人那边的。想来，我还是有点傻。

或许傻子有福吧，好多天后，还是遇到了狗的主人。那天，一位老人来清扫房间的灰尘，给狗带来一些口粮。可惜，他说，他不是狗的真正主人。但是，我就是要认识这个人，和他说会儿话，听听这个世外高人的言语。他的话语不多，不善于言辞，不是高谈阔论的人。我说，我观察了狗很多天，很佩服这只狗，所以就想认识狗的主人。老先生很是奇怪地看着我，说很少有人对一只无关紧要的狗感兴趣的。他答应，过几天让我到他的小屋喝茶聊天。

那天，约好了，我到巷子口等待，那狗依然伏在巷子口，看见我，依然微笑，那是一种非常难以言说的情感状态。老先生来了，是从小屋里走出来的，原来，小屋有两扇门。另一扇门也可以出入，后面是一个狭长的小院子，院子后面又是巷子。老先生呼唤了一下狗，那狗就跟在了我们的身后。

老先生不紧不慢地走着，转过了两个巷子，到了一个小院子门口，他喊了一声："老太婆，来客人了。"走进院子，精致又简单，两个花池，还有五六棵细竹，砖头路上有些苔痕，一只慵懒的猫正晒着太阳。从青砖老屋里走出一个银发的老太太，精神矍铄，那狗冲在了我的前面，上去缠着老太太的裤脚左右挨靠，欢欣不已。老太太半弯着腰，摸了一下跳起的狗的头，那狗就很满足地待到一边去了。

桃花流水窅然去，别有天地非人间。此处无桃花美景，也无小溪潺潺，别有天地却是真的。老太太礼貌地请我进屋，说："老头子很少带年轻的朋友过来。"然后端了一杯茶，三人围坐在一起。这是一个老式的三间屋子，里面的陈设很旧了，客厅地面铺的是一种小块的老砖，比较平整。一张长形的条案，古色古香，上面一尊白玉观音、一盏香炉，东墙上挂了两幅旧的山水画，看不出年月，紧挨东墙的是一方桌，上面有些书籍，西墙上四幅乃是梅兰竹菊，颜色也已发黄，旁边是一喝茶的长桌，上有铁壶和喝茶器皿，整个客厅再无其他了。见我有些拘谨，老太太笑着告知我，原来她和先生都是高校退休的教授，孩子们都去了国外，他们是故土难离，就希望在这里度过自己年老的时光。

我心中豁然开朗，两位老人一定是想老有所乐，种花喂鱼，养猫养狗，来陪伴自己老年的寂寞时光。或许是因为两位老人知书达理、知识丰富，这狗和猫似乎也沾染了一些书卷之气吧。老太太看穿了我的心思，说："看你的气质，是读书人，或许喜欢写些文章。听老头子说，你对那狗很感兴趣，看来是缘分使然，这狗很善良，希望有那么一天，你把这狗的故事写一写。"

其实，不需要老夫人提醒，一只乖巧灵动的狗是很值得写一写的。老先生只管烧水煮茶，是笑而不语。老太太娓娓道来，原来，狗是真的有故事的。几年前，老夫妻俩的数年前的一位故交顾先生从国外回来，就住在我最初所见的那个简陋的房子里，三人喝茶聊天，享受着晚年的悠闲时光。顾老先生多年之前远走海外，居家立业均在他国，或许是叶落归根，退休后一直想着故土，就归来常住。前些天，顾先生身体不太好，去国外儿女那里了，就把陪伴他好几年的狗留下了，托付他们照应。

我说，其实，顾老先生可以把狗一起带走的。老太太摇摇头说，他已经离开故土，不想再让其他的什么也离开故土。顾先生离开时候，像平常出门一样，狗想一起跟着，顾老先生就叮嘱狗儿守在巷子口，然后扭头离开。就这样，很多天了，狗儿大多数时间就匍匐在巷子口。

——等待主人归来，成为它永远的坚守。

"要是，顾老先生不回来呢？那这狗，你们要照应到什么时候？"我还是说出了担忧。老太太的神情有些暗淡，这是她的眼神唯一忧郁的一次。停顿了一会儿，还是缓缓地说："谁知道呢，或许要等到他再次回来，或许要一直等到狗变老了，或许要等到我们变老了……"我们没有再继续说下去，老先生又为我续了一点茶水，我谢过，然后起身告别。老先生送我出门，回首间，看见老太太的眼神拉向天空，思绪变得悠远。或许，这次我的拜访有些冒昧了。

走在巷子中，狗儿一会儿在我们前面，一会儿在我们后面，蹦跳得很开心。我似乎陡然之间理解了狗的快乐，它没有离开自己的家园，它有熟悉的朋友，它还有守候的责任。原来，顾老先生离开时候，他为小狗创造了一个"隐园"，这个隐园不是在世外，也不是高山流水，而是活着的一种希望，存在的一种价值。正是这个凭空创造出来的"隐园"的存在，才使狗儿变得快乐起来，并且让它的生命变得很有意义。

出了巷子口，老先生挥手向我作别。我还是把自己的疑问抛了出来，不知道顾老先生是否还会回来？老先生很认真地看着我，然后说，还有一个故事。他说，顾先生曾经是名军人，他年轻时深爱着一个姑娘，那个姑娘也深爱着他。后来，他在边境的一次军事冲突中不见了。回来的人都说，他已经牺牲了。我陡然明白了，问："他没牺牲？"老先生点点头道："可是，知道他依然活着的时候，那姑娘早已经出嫁了。"

"那，那姑娘快乐吗？"我很是迟疑地问道。

老先生知道我明白那姑娘就是现在的老太太了，爽朗地笑了一下，说："很快乐。回首生命的历程，一切都是缘分使然，她很快乐，我很开心，我们无怨无悔。"

天色渐暗，晚霞满天。回头，我看见那狗已经跟着老先生回去了，这次，它没有再留在巷子口。我知道，顾老先生是永远不会再回来了，哪怕他的狗还在等待着他，哪怕是那位姑娘还有一丝牵挂。那狗、顾先生、老太太、老先生，他们在热闹纷繁的世界里创造了一份自己静谧又祥和的隐园，狗的守候、顾先生的离开、老太太的淡然、老先生的豁达，这些组成人与自然间、人与人之间神秘的情感世界，他们不为人知，却又灿烂无比。

隐园，很多时候，可以看见，更多的时候，我们未必能够看见。或许就在闹市旁边，或许在深山老林……而更多的隐园藏在人们的心里，不为人知，却绘就了生命的多彩，绘就了生活的灿烂，他们普通又很神奇，平凡又很伟大！

作者简介：

程立祥，字浩然，号壹方斋主人，汉族，1975 年出生，江苏盐城人，高级教师，江苏省作家协会会员。已在《读者》《青年文摘》《党建导刊》《中国教育报》《河北日报》《江苏地方志》《天津日报》等报纸杂志发表文字近 50 万字，部分作品入选《新标准新阅读语文课外读本》《拥抱成功》等多种丛书以及中小学考试命题。曾获《人民日报》"春天的故事"征文二等奖、人民日报社和中青在线联合举办的"回乡看中国美好新生活"征文优秀奖等奖项，著有诗歌集《春天里》。

卖棒冰的日子

丁康权

　　我时常回忆起那许多年前充满酸甜苦辣的日子，想起和弟弟俩为分担家庭重负，在炎炎烈日下叫卖棒冰的情景。那是 1986 年的一个夏日。

　　自行车载着我和一只装满棒冰的木箱飞驰在夏日的林荫道上，我心中不停地祷告着今天最好能卖出去 100 支棒冰。前一天大学录取通知书让我一直沉浸在喜悦中。然而家庭经济很困难，开学需要学杂费，我总觉得自己长大了，不能光依靠父母，要用自己的劳动挣上一笔学费。于是我便开始了卖棒冰的生活。

　　听到我棒冰的叫卖声，我的第一位客户是一个小孩，他马上从母亲手中夺过 5 分硬币说："叔叔，给我一支。"我边擦汗边激动地说了一声"谢谢"。一份喜悦油然而生。几位在田间劳作的农民，拿出两毛钱，要买 5 支。我说 5 分一支。他们就同我软磨硬泡的。我也只好做赔本生意，拿了 5 支出来。

　　天气越来越热，今天中午我已卖掉 100 支。我在大桥河边，一边擦着额头上的汗水，一边喜悦地清点着口袋中大把的小额毛票。此时我想起白居易的《卖炭翁》中的一些诗句，我渴望着这样的意境：三伏暑天愿天炎，吾等棒冰更值钱。

　　此时做街头小贩的羞耻感已经荡然无存，依然骑车向前行走。到了一家乡办衬衫厂门口，有一个胖女人嚷道："眼镜，你过来，我们要买棒冰。"结果我拿出了 20 支棒冰，她们吃完之后，互相推诿没有一个愿意付钱，还嘲笑我。我气得说不出话，20 支棒冰整整 1 元钱，那是我辛苦了一天的劳动所得啊。我只觉得自己被一下子抛进了人情寒冷的深渊。我眼中含着泪，默默地往回走。路在阳光下很长、很远。

我发泄般地把棒冰箱扔到屋子的角落，扑到床头抽泣起来。

泪眼蒙眬中，我却看到那张静卧于枕边的大学录取通知书，心中油然升起一份希望、一丝幻想。擦干眼泪，我走到那只委屈的棒冰箱前，把它重新拾掇拾掇。第二天我毅然背着它走出了家门，又开始了卖棒冰的日子。

作者简介：

丁康权，笔名逗号，江苏无锡人，籍贯南通如东，硕士研究生。著名诗人，电视记者编导兼制片人，文化学者，经济评论家。现为江苏省作家协会会员、无锡市滨湖区作家协会主席、无锡市滨湖区文联副主席、逗号书院创始人。

曾在《扬子江诗刊》《诗歌月报》《作家报》《中国改革》《中国外资》《国际金融时报》等杂志报纸上发表 200 多篇文学、经济、社科类作品。调研报告在全国政协第十一届五次会议上作为大会书面发言材料。2018 年在江苏凤凰文艺出版社出版《寻梦的时光》（诗歌卷、散文卷、新闻卷）共 3 册。

两 百 米

丁 玲

时近白露，傍晚已有凉意。我拎着打包好的食品，慢悠悠地穿过街心花园。还有两百米，就到小区了。

脚边传来一阵虫鸣，我驻足细听，转头看向树丛。高大的香樟遮出一片绿荫，竹子挤挤挨挨抱团在一起。四季桂沿边站立，木槿昂首挺胸开得正欢。玉簪大约用力过猛了，花朵显得有气无力。一蓬蓬的唐松草和吉祥草中，狗娃花调皮地钻出它的脑袋。若不是昆虫发出邀请，我都不曾留意，这片角落如此生动有趣。我们每日行色匆匆，错过的风景又何止这些？

绿灯亮了，跟着人群走过斑马线。路口是个长圆形的水泥花坛，坛边围了一圈黄杨木，中间是一棵桂花树。左边一棵红枫，右边还是一棵红枫，只是长着长着，两棵颜色不一样了。花坛四周散立着几个健身器材，日晒雨淋得已经掉了漆，看起来旧哄哄又很寂寥。长条石凳上面对面坐着两个女人，中间摆着菜篮子，她们一边说话一边择菜。身旁地上站着一个幼儿，嘴里咿咿呀呀，推着婴儿车重复地小幅度撞石凳。方向和力量正巧达到平衡，不能前进，不会后退，也不会摔倒。年轻的女人跟年长的说："还是带出来好，家里清清爽爽，一点儿都不乱。"

接着是一排小区门面。第一家是盲人按摩店。一位四十岁左右的男人，戴着墨镜，握着手机蹲在门口。"老板，不好意思，这件事，我可以解释……"他的身后，没有灯光，一片暗淡。我想起了毕飞宇的《推拿》，猜想他是"沙复明"还是"张宗琪"？是"王大夫"抑或"小马"？看这篇小说前，我没进过这家店。对于未知的世界、陌生的群体，我向来敬而远之。看完小说才明白，他们跟我们一样，甚至比我们更自立、自强，他们的喜怒哀乐跟我们一样丰富。小说给我印象最深的一句话，是王大夫说的："都是瞎子，谁还看不见？"而我们明眼人，很多时候恰恰相反。

生意最兴隆的，是中间那家做水果批发的。全市已有三家分店，每天一车一车的货拉来，再被一拨又一拨的人买走，水果的消耗甚是惊人。因价廉物美，有质量问题还包退包换，吸引了很多顾客。偶尔特价酬宾，还要排队结账，这样的盛况如今可不多见。物流高度发达，天南海北的水果都能在当季尝鲜，对于我这种爱吃水果的人来说，真是太幸福了。网上买了几次，都不大满意，我现在是这家店的忠实会员。饭后下楼买水果，顺便散个步，基本就是我当天的运动量了。

紧跟着是一家养发馆。用中药熬煮号称能养鱼的洗发水，还帮你解决一切头发和头皮问题。我们小时候，洗发水香香的有泡沫就行，哪讲究什么牌子和作用，却也洗出一头直直亮亮的长发。我看见过舅舅用香皂洗头，一盆水洗，一盆水漂，真够节省的。我洗完头发，自己对着电风扇吹出那种飘逸感，想象广告大约也是这么拍的。后来，相继用过许多品牌的洗发水，一会儿有头屑，一会儿掉发，换来换去，竟没有完全满意的。有天经过这家养发馆，被热情的小姐姐邀请进店，说那天有活动，免费替我检测头皮。人都进来了，测就测吧。经过一番分析，我的头皮有些敏感，建议办个套餐护理一下。于是，我便成了他家的客户，"三天打鱼，两天晒网"，断断续续地洗了大半年。

最后一家是 24 小时营业的小超市。刚开的时候，我断定它过不了多久就会倒闭。小区旁边的店开开关关太频繁了，今天做简餐，明天卖服装，没过多久又成了装修公司，五年换三个门头再正常不过。大家都在网上买东西，本市还有几家大型超市，谁会光顾这个小超市呢？可是，晚上突然想喝酸奶，泡方便面发现没火腿肠，做菜做了一半酱油没了，半夜追剧想啃个鸭脖子，网店和大超市远水解不了近渴，小超市就是救命稻草，穿着睡衣拖鞋下楼就能解决。虽然价格有点贵，即便品种有些少，因为走的便民路线，生意还算不错。有时走到门口，原本不想买啥，也会进去转两圈。

右拐就是小区大门了，那是十几年前我排队买来的家。小时候，在老家住了十年，全村的人都认识。现在，小区也住了十年了，一个邻居也不认识，顶多在电梯里点个头，说一声"早"。原本，家是最后的港湾，忙完一天的工作，可以回到这里，卸下责任，卸下防备，卸下面具，彻彻底底地放松。然而，家又是很多人的化妆间，用一个头像，换一个面具，扮成另一群人。他们用账号记录心情，用账号在游戏里拼杀，用账号骂人和发泄，用账号闲逛、聊天、购物，用账号演戏。

一对母子在小区的空地上打羽毛球。孩子七八岁的模样，穿着一身运动装，拿着自己的小球拍。他左奔右跑，很多球都接不上。母亲耐心地将球拨到他的身前，偶尔接住一个，他立刻就跳起来欢呼，"耶！耶！妈妈，我接到了！"还跑过去跟母亲击掌。他的声音穿透上空，传出去老远老远。

作者简介：

丁玲，江苏省作家协会会员，中国电力作家协会会员，鲁迅文学院电力作家高研班学员。文章散见《青春》《脊梁》《亮报》《泰州晚报》等。

拐 杖

丁　一

　　我乃古稀之人，平时已不开车。日前女儿送我去新安一区公交站，乘118路公交车，给于铸梁老先生送拐杖去。事先把拐杖放在门前琴台上，以免出门时忘在家中。许是途中在手机上写着什么，忽听广播报出到站的站名，才意识到我已到下车的站头，急匆匆拿起随身带着的背包下车，却不小心把拐杖丢在了座位旁。打电话给118路公交总站调度室。调度员客气地说，回站时让司机检查一下车厢。午后再打电话去，告知没见到拐杖。询问并寻找拐杖的事，只能就此作罢。

　　这根拐杖有些来历。八九年前，我和妻儿一起去泰国旅游，芭堤雅风景区大门口的一家零卖红木艺术品小店，放着许多小型的红木雕像，年轻的华裔女店主略通汉语，见我们在店周围流连忘返，便很快地走来，热情介绍各种由红木雕刻的大象。在店旁的一个角落，我见到一些做工精致的红木拐杖，问多少钱一根？女店主弯腰拿出几根不同中式样的拐杖，用并不流利的中文礼貌地说："800泰铢一根，如果想买，价格可以商量，两根1200泰铢。"语气中长长的拖音很柔软，并解释所卖拐杖都已"开光"，是祥瑞圣物，老人用了很吉利。她的这番话，让我即联想起年近耄耋的忘年交于铸梁老先生，常步行来报社，给我主编的文学副刊义务做校对，买根拐杖带回国，作为伴手礼送给于老师很合适。我选中了一根粗硕而结实、并没有雕刻花纹的明式拐杖，材料为缅甸鸡翅木，在红木中也算是中档的了。考虑自己年届耳顺，不妨也买上一根备着，拐杖毕竟是一种重要的医疗康复辅助用具，只要不出意外，兴许以后自己也用得着，于是问道，两根拐杖1000泰铢可卖否？女店主告知这是成本价，但二话没说就爽快成交。告别时，又和这位身在异国的漂亮女孩拉了些家常，她说先祖从潮州下南洋到泰国做买卖，已是五代人了。把圣物卖给中国人，带回国做纪念是一件值得高兴的事，祝福我们在泰国玩得尽兴，然后拱手作别。

　　回国后，妻把两根红木拐杖用胡桃油涂抹得油光锃亮，又在拐杖根部粘上防滑圆胶垫，放在房门的门后。不久，去于老师府上拜年，我把其中一根拐杖顺便带了去。他见到我送拐杖给他，很是意外，得知又是从国外专门带回来给他的，更是高兴。之后，每次见面，总见到这根拐杖握在他的右手上。一晃多年过去，前年，见他拄着的拐杖手柄上，包了一层厚厚塑料纸，表面还用塑料绳绑上。我问于老师手柄上怎么用包塑？是防滑吗？他说一次不小心摔在地上，把手柄摔裂了。我说家里还有一根，拜年时再带去吧。一晃到了庚子年小年夜，我开车16公里，到年近鲐背的于老师府上送年礼，把家里的那根拐杖，放在过道门口的凳子上，以便穿鞋时记得带着。阴错阳差，穿好鞋顺手拿了拐杖出门时，发现手机没带在身上，于是返回家中取手机，这时又把拐杖放在凳子上忘了带走。车开到风雷新村小区大门口，车进不去，只能停在小区外围。从车上取下年礼，发现拐杖没带出来。急匆匆和于老师寒暄数语，把一根断了手柄的拐杖带走，待便时送到红木厂匠人用木胶粘合可再用。前些日子去印刷厂美编室做报纸，碰到于老师，他正在为新著充实材料。我说下次把拐杖放在美编室。如是，就发生了本文开头所写的过程。

　　回家后，觉得有点凄歉，妻说："从国外带回来这么好的一根老红木拐杖，保存了近10年，人老了要特别注意忘事。下次到泰国去，再买了到时送给于老师。"对这根拐杖我有点念念不忘，平时，写稿累了，偶尔会到门背后拿出拐杖，在客厅拄着像模像样来回走走，在地板上留下一些心灵的思考，仿佛和拐杖交流着什么："拐杖啊拐杖，当我老得走不动时，你就是我最忠实的伴。"拐杖似乎能听懂我对它说的心语，安慰我："主人还有不少文稿没有完成，圣灵会护佑的。"这根开光点眼拐杖，神灵以灵力进入了艺术品内，望这根拐杖能给捡到的人带去便利与舒适，保佑平安。毕竟一根"游走"中的红木拐杖，再有故事都是小事，阿弥陀佛。

　　省锡中匡村实验学校教师孙铮明就于老师乃何等学人，曾写散文《清欢》

作介绍："一位面容清秀的老者，头发皆白，却是披下齐耳，富有艺术家风度。我走到长须老者对面，给他拍照，才发现老人背后投影着今天会议的主题，'庆祝2021年新年暨于铸梁米寿书友会'。祝寿会的规格不低，许多是无锡地方文化的大咖。有一篇《三位老人编写100万字无锡人物小传》，介绍江南中学退休教师于铸梁、'老无锡'孙炳卿的和文化学者许继琮，三位土生土长的无锡人，编写了一本100多万字无锡人物史志《实美存录》，收录了政治、军事、工商、实业、医药、园林、收藏、文史、教育、书法、绘画、文学、音乐、电影、戏剧、曲艺、民间工艺等领域的200多位人物。他尽管已是米寿龄，仍依着自己的喜好，任世间喧嚷纷扰，守着一方小小的天地，兀兀穷年，爬罗剔抉，读书编书；他不讲排场，不按常情，把祝寿会办到先锋书店，变成一帮志同道合者的茶话会，就是找到了人间的那分有滋有味的'清'吧。"20世纪50年代毕业于徐州师范学院和河北北京师范大学的于老师，其实早已著作等身，出版、主编或翻译了100多部个人作品集。达千万字以上。他一辈子省吃俭用，把省下的钱大多捐给了寺庙和希望工程，至今没舍得买一双皮鞋，穿过的衣裤都没有百元以上！平时以素食为主，且过午不食。他就像一面镜子，时时匡正我如何为文；平时交流中，言谈十分低调，却隐隐如雷，仿佛在告诫我，做人不能有一点儿出格。于老师一如我人生中那根引路的拐杖，支撑着我的脊梁。

作者简介：

　　丁一，江南影视艺术学院暨清迈大学教授、学报主编，一级作家。中国散文诗研究会副会长、中国散文家协会副会长、国际诗词协会顾问，出版个人文学作品集30多部，多次获各类文学奖。

东 坡 肉

杜怀超

　　林语堂在他的《苏东坡传》的开篇，一口气给苏轼罗列了十九个头衔，其实还应该再加上一个：美食家。苏轼在他的《老饕赋》写道："盖聚物之夭美，以养吾之老饕。"他还给自己起了个号，叫"老饕"。老饕是什么呢？老饕出自"饕餮"，传说中古代一种极其贪婪的凶兽，后人逐渐引出其贪吃的释义。在中华美食谱中，用苏东坡名字命名的美食确实繁多，如东坡肉、东坡豆腐、东坡豆花、东坡汤、东坡腿、东坡芹菜脍、东坡饼、东坡酥、东坡玉糁、东坡羹等；其中的东坡肉，其原型就是徐州回赠肉，为徐州"东坡四珍"之一。

　　苏轼在徐州留下了四道名菜，除回赠肉外还有醉青虾、五关鸡、金蟾戏珠，徐州人将这四道菜称之为"东坡四珍"，回赠肉就是后来东坡肉的前身。

　　宋神宗熙宁十年（1077）四月，苏轼到徐州就任。刚上任不到四个月的苏轼，就赶上了当年黄河决口，洪水顺着泗水之道向徐州城扑来，再加上连续多天的天降暴雨，水位猛涨，竟高达二丈八尺。眼看着古老的城池和城中的百万黎民处在危急之中。就在这时，作为新上任的苏徐州，身先士卒，亲荷畚插，丝毫不顾自己一方父母官的身份，披着蓑衣、戴着斗笠，白天率领全城的百姓、士兵以及乡绅，与洪水搏斗；晚上，苏轼就把家安在城墙上，做到他在城在，誓与百姓同在。经过七十多天的奋战，他们终于战胜了滔滔洪水，保住了城池和百姓的家园。这番抗洪情景后来在苏轼的《答吕梁仲屯田》诗中有所记载："黄河西来初不觉，但讶清泗奔流浑。夜闻沙岸鸣瓮盎，晓看雪浪浮鲲鹏。"徐州城的百姓为苏轼的抗洪所感动。在抗洪胜利后，为了感谢这位与他们生死与共、朝夕相处的父母官，他们纷纷以杀猪宰牛、担酒牵羊的方式，敲锣打鼓地送到苏徐州门前，赠给苏轼以表心意。这种方式在宋朝来说，是一种较高的奖赏。宋朝人为官，都以百姓生活温饱为政绩。而现在，徐州人以送猪马牛羊的方式，敬献给苏轼，就是表达他们对父母官的爱戴。作为一心为民造福的苏轼，并没有婉拒百姓的心意，而是悉数收下，后把这些送来的猪、牛、羊肉，吩咐厨师按照自己的做法，烹制成熟，然后回赠给参加抗洪的官兵和百姓。

苏轼还作诗一首："水来非君过，去亦非吾功。"意思是洪水退去，其功劳是属于百姓们的。后来徐州人就把回赠给百姓的肉称之为苏轼"回赠肉"。民国时期的《大彭烹事录》对苏轼的回赠肉也有诗记载："狂涛淫雨侵彭楼，昼夜辛劳苏知府。敬献三牲黎之意，东坡烹来回赠肉。"这也是记述回赠肉的出处之一。

苏轼的回赠肉，带着他对百姓的恩泽，到了黄州后，才是这道名菜烹制与成熟过程。因为苏轼在徐州做知州时候，那是他官运畅通之际，哪顾得上品味那些美味佳肴？其美食的滋味自然淡了几分，多的是关心百姓疾苦、为民造福、建功立业的雄心壮志。

离开徐州后，苏轼境况急转直下，被贬的大幕次第展开。北宋元丰二年（1079）十二月初，苏轼因"乌台诗案"受挫，被贬至黄州任团练副使。黄州，可谓是苏轼人生中铭记的一段，文学上达到一个巅峰，但是生活却坠入一个深谷。艰难困苦的日子，非常人所能承受。由于贬职，薪俸大减，加之拖家带口，生活十分拮据。从知州到一个微不足道的团练副使，不说俸禄没有，田地、住房等福利都取消了。苏轼抵达黄州后，万幸的是，遇上好友、黄州通判马正卿。马正卿是苏轼二十多年的"粉丝"，他找到同窗好友、当时黄州太守徐君猷给予苏轼住处及几亩荒地耕种，他这才安身度日下去。

当然，黄州对穷途末路的苏轼来说，也不是一无是处的。苏轼有个意外的发现，就是黄州粮食丰，猪肉多。达官显贵们是不爱吃猪肉的，民间百姓要吃猪肉，却不知道如何烹制，所以价格很低。

真是天无绝人之路啊！贫困中的苏轼因肉价便宜常常买猪肉回来，用老家四川眉州通常煮肉的方法烹饪。

据说东坡肉的制法来自偶得之。一日，苏轼家里来客，他顾不上烹制猪肉，就把猪肉下锅焯水放调料后，以微火慢慢煨着，便与客人对弈。许久，苏轼才想起锅中之肉。他原以为一锅猪肉定会烧焦，谁知道走进厨房，一股香气扑鼻，他揭开锅一看，只见块块猪肉，色泽红润，汁浓味醇；吃上一块，醇香可口、糯而不腻，令苏轼又惊又喜。后来他就把这道菜，用来待客或自食，还为此写下一首《猪肉颂》："洗净铛，少着水，柴头罨烟焰不起。待它自熟莫催它，火候足时它自美。黄州好猪肉，价贱如泥土。富者不肯吃，贫者不解煮。早晨起来打两碗，饱得自家君莫管。"

1036—1101 年间，苏东坡被贬到杭州任太守。他经常亲自烧菜，与友人品味。哲宗五年（1090）初夏即苏东坡以龙图阁学士任浙西路兵马钤辖兼杭州太守的第二年时，西湖已被葑草淹没了大半。于是，他发动数万民工除葑田疏湖港，把挖起来的泥堆筑成长堤，使周围的田地旱涝不愁，连年丰收。那条长堤，也就是后来传诵至今的苏堤。老百姓为了感谢苏东坡，那年过春节时，城里的男女老少都抬猪担酒来给他拜年。苏东坡盛情难却，便收下了猪肉。接着，苏东坡就叫家人把肉切成方块，用自家的烹调方法烧制，连酒一起，根据疏浚西湖的民工名单，挨家挨户把肉分送给他们过年。但家人烧制时把"连酒一起送"意思领会成"连酒一起烧"，因而烧制出来的红烧肉，更加香飘味美，食者盛赞之。老百姓看到苏东坡不忘黎民，更加爱戴他，就把他送来的肉叫作"东坡肉"。

苏东坡的猪肉美食，从前世回赠肉的徐州到今生东坡肉的杭州，已经不只是口福上的意义，何尝不是苏轼泽被天下的一种旷世情怀？

作者简介：

杜怀超，徐州市专业作家，中国作家协会会员。出版《苍耳：消失或重现》《大地册页》等作品；第五、七届紫金山文学奖、老舍散文奖、中华宝石文学奖等获得者，多篇（部）作品入选各种年度选本。

夜色中的枫桥

范金华

知道苏州的枫桥和寒山寺，是因为张继的《枫桥夜泊》。为此神往久矣。

到苏州的头一件事，就是去看枫桥，看寒山寺。其他的都在其次。虽是晚上9点多了，我还是带着晚饭后淡淡的酒意，在胥城大厦门前要了个的士。这个晚上苏州的夜色并不美好，天阴得浓浓的，雨好像已悬在半空中，说下就要下似的。

"去枫桥多远？"我问司机。

"起步价吧。"他说。

也许是天气的原因，去枫桥的路上很冷清，没有往来如梭的车辆，也几乎看不到行人。当车子离开市区拐向枫桥方向的时候，路上就更冷清了，只有湿湿的暖风卷着落叶在车灯前滚荡。

的士司机一直把我送到枫桥头。

"喏，这就是枫桥。"他说。

我来过一次枫桥，那是1993年春天的一个下午。因急着赶路，来得仓促，走得匆忙，就没有好好地看一看枫桥，看一看寒山寺。

枫桥与寒山寺比邻。橘黄色的路灯，照着橘黄色的寺墙，在给人以佛门圣地森严的同时，也给人以神圣的冷清。紧闭的寺门，关不住寺内的钟声，也隔不断路灯下枫桥边那纤纤的垂柳伸向寺院的倩影。湿湿的暖风，一阵又一阵地吹拂着低垂而沉重的柳丝，这倒显得，那轻飘飘洒在柳丝上的橘黄色灯光，亦觉得沉重了。

寂静的枫桥，在这沉重的氛围中愈加寂静。只有偶尔从桥下传来的哗哗哗拍打着石码头的水声，似在吟咏《枫桥夜泊》的诗情。

我点燃一支烟，毫无意识地向枫桥走去。

夜色下的枫桥，真的就这么冷清？我沿着石板铺就的台阶，望着桥对面的"枫桥风景区"的大门，一步一步向桥上走去。于忽扬忽垂的柳浪中，见一对20多岁的男女正两情依依、旁若无人地倚在桥栏上窃窃私语。

我轻脚轻步地走过桥去，在桥头一棵垂柳下的草坪上坐了下来，想让思绪在燃烧的烟蒂中，去追寻那个夜晚停泊在这儿的那条古船。

残月下的古船，船头站着一个布衣打扮、面带愁容的七品芝麻官，他望着那轮渐渐落去的残月，似乎就像他人生的仕途，随着无情的时光一起在渐渐地消逝。残月、霜天、乌啼、寺钟，一个凄凉的夜色包裹着一种凄凉的心境。无奈之中，唯有江风渔火和无边的愁绪，伴着他和那条飘摇的木船相拥而卧。

功名进士至盐铁判官的张继，其官阶也就是现在的县区级。因其品性"调与时人背，心将静者论，终年帝城里，不识五侯门"。行走江湖没有护官符，再不登五侯门，如此不谙逢迎权贵之道，纵是"博览有识，知治体"，上级"说你不行你就是不行"；最后落得个"世难愁归路，家贫缓葬期"，死后连送回家安葬的运费都付不起。

昔日的同窗已状元及第蟒袍加身，正在灯红酒绿、高朋满座、绫帐佳人中享受着人生之快乐吧。而这凄凉的寺钟，却在无情地敲打着他如霜的心境。

也许这样的一个凄凉的夜晚是天意，也许那凄凉的钟声就是灵性。在这个凄凉的夜晚，它将一个凡俗的生命化作了永恒，冶炼成一颗闪烁着智慧而又永不冥灭的星照耀在人类的时空……那首千古绝唱——《枫桥夜泊》诞生了。

昔日的那些蟒袍玉带，早已裹着荣耀一时的尸骨，被历史的风尘荡涤得渺无踪影。而在那个凄凉的夜晚诞生的那首千古绝唱，却在枫桥获得了永生。如今这永恒的生命，就像这枫桥边寒山寺院内的一花一草、一木一土，活得越来越葱茏，越来越茂盛。

日日月月，岁岁年年，熙熙攘攘的游客，谁能说他们中，哪个不是因为你当初的那个夜晚，在这儿吟咏的那首绝唱而来的。

"月落乌啼霜满天"的那个夜晚，是寒山寺的荣幸，是枫桥的诞生，是张继的永恒。

作者简介：

范金华，中国作家协会会员，宿迁市散文学会会长，宿迁市作家协会副主席，《骆马湖》文学报主编，《宿豫文艺》杂志主编。作品见于《北京文学》《清明》《雨花》《散文百家》等，获第五届"漂母杯"全球华文母爱主题散文大赛优秀奖，江苏省作家协会第九届"长江杯"江苏文学评论奖三等奖等。

维扬声润冬荣园

范　申

　　扬州老城东关街繁华流光，熙熙攘攘的人群体现着古城扬州的精致慢生活。位于东关街 98 号的一座老庭院古宅沧桑，气势依然，这里便是冬荣园。一个深秋月明之夜，适逢一场具有扬州特色的戏曲表演活动在这里开始。

　　老戏台，雕梁画栋；八仙桌，古色古香；众戏迷，品茗低语。戏台之上，灯光堂皇；厅堂之间，花灯漫映。每盏花灯除了写有"冬荣园"的字号外，还书有"元和""允和""兆和""充和"的字名。说起这四个字名，就不得不说起这冬荣园的来源历史了。冬荣园原名"陆公馆"，园主人陆静溪是安徽人，曾供职于两淮盐运司。陆公馆取名冬荣园，约有两个出处：一是出自屈原《楚辞远游》："嘉南州之炎德兮，丽桂树之冬荣。"二是出自曹植《朔风诗》："秋兰可喻，桂树冬荣。"意在赞美桂树在严寒的冬季仍欣欣向荣。陆氏以"冬荣"名园，当为表达其高远的志向。冬荣园的主人陆静溪的夫人系李鸿章侄女，李鸿章四弟李蕴章之女。陆家有女名陆英嫁给了合肥大户张树声之孙张武龄后，据说他们一心想生儿子，于是开始生育的四个女儿名字中均带有了"儿"字，即为后来的张元和、张允和、张兆和、张充和，她们就是著名的"合肥四姐妹"。叶圣陶先生曾有言："九如巷张家的四个才女，谁娶了她们都会幸福一辈子。"后来，果然这四位"民国最后的才女"分别嫁给了昆曲名家顾传玠、语言学家周有光、文学家沈从文和汉学家傅汉思。花灯虽简，朦胧中的浅黄透露着冬荣园不尽的故事和传奇；事过时迁，冬荣园里的姹紫嫣红依在眼前。

　　人声渐寂，节目已经开始，一曲扬派古筝《茉莉花》一下子将人们带进了杏花春雨的江南。茉莉花开，芬芳美丽满枝丫，又香又白人人夸，仿佛古老的扬州民歌也在耳边回响。扬州的春天啊，还有那冰清玉洁的琼花、香清粉滟的芍药，还有那烟花如诗的良辰美景……一路芬芳，古筝的曲符纯朴清越，精妙的摇弦节奏清扬，五彩缤纷的万花园正在打开，扬州的春天一步步地走来，一股透彻心胸的馨香洋溢在每个人的心头。我仿佛还能看见冬荣园里花木葱茏、春意盎然，东西三路的建筑内宅院相连、欢声笑语渐渐传来，真是赏心乐事在此时……

春天一直没有远去。当《游园惊梦》缠绵婉转、柔曼悠远的曲调从我眼前古戏台又一次吟唱起来的时候，昆曲的惊艳之美又是让我欲罢不能。"腰缠十万贯，骑马下扬州"，由宋而至明清时代，扬州盐商追求富有而精致的生活，他们不但建造了精美雅致的园林，而且还蓄养家班、醉心于戏曲演出。盐商们在私家园林里游园观戏已经成为一大雅好，扬州七大内班代表了当时昆剧舞台的最高水平。那些闲情雅韵的日子里，何园水心亭的清池畔，卢氏盐商庭院深深的大宅里，个园抱山楼、清漪亭的芳径边，冬荣园东西两处花园的松梅间，竹管弦余音不绝，清袖曼舞间情仇爱恨，多少人间诉说都在昆曲的歌、舞、介、白里流淌。

"老渔翁，一钓竿，靠山崖，傍水湾，扁舟来往无牵绊。沙鸥点点清波远，荻港萧萧白昼寒，高歌一曲斜阳晚……"是歌，是词，也是境。声清气爽的《板桥道情》从冬荣园老戏台上响起了，一位身形俊朗的后生表演的扬州清曲让我们跟随着他走进了水天一色、夕阳如画的乡村世界。扬州是大运河之都，这里河湖纵横、物产丰富、四季有景，是地道的鱼米之乡。扬州清曲来自民间小调，以清越简洁的手法歌咏这里的田园风光和风土人情，细腻缠绵的音乐和唱调渗透着浓浓的扬州之味。听一首《板桥道情》，一幅扬州乡野的水墨画卷已在我的面前缓缓绘就。

如果说扬州清曲是简明的俗曲和小调，那么扬剧则是集扬州花鼓戏和扬州香火戏大成的地方大戏了。接下来，一位俏丽的女演员为我们表演起了扬剧折子戏《王瞎子算命》，活灵活现的唱念表演将天真活泼、春心初动的曾姑娘展示得淋漓尽致。这样妙趣横生的故事是发生在曾经的北柳巷，仁丰里，还是南门大街？我不得而知，但我知道在2500年历史的扬州古城的每一个街巷，市井的故事、百姓的日常每天都在演绎。冬荣园上小舞台，它的背后是扬州丰厚的民俗生活和浓郁的古城气息，窥斑见豹的戏段已让扬州的魅力风情一览无遗。

观众热烈的掌声在冬荣园的戏台前一阵阵响起，大家一直沉醉在出神入化的扬州传统艺术里。不过，精彩的节目还有着呢！"满场风雷喉，全凭一张口。"提起曲艺表演，又怎能缺少了鼎鼎有名的扬州评话呢？据说当年王少堂说《武松打虎》，武松从拳头举起到打到老虎身上就讲了三个晚上，可见扬州评话艺人的表演水准之高和操控能力之强。扬州是淮扬菜的故乡，今晚表演的扬州评话《小厨偷菜》没有讲到扬州著名的"三头宴"以及闻名遐迩的扬州早茶，却是以诙谐幽默、夸张荒诞的手法讲述了两个师徒在办酒席时偷猪心、猪肠、鸡蛋、木耳等家常菜时弄巧成拙、丢人现眼的故事，听来令人捧腹大笑。一段偷菜小品里江淮官话带着市井气息扑面而来，将扬州评话说表细腻、语言流畅的艺术特点展现得淋漓尽致。

如同甘洌的美酒还没有畅饮，好似味美的琼浆浅尝辄止，此晚令人赏心悦目的扬州曲艺表演在不知不觉中谢幕了。意犹未尽的我走出了冬荣园，此时月朗星稀的暮秋之夜，恰有一轮圆月出现在了古街的尽头。东关城楼映古月，古月依照今时人。走过那玻璃地板下的唐宋瓮城遗迹，历史的背影仿佛还没有走远。千年之约情意满怀，我又听到了那亘古未变的扬州之音、维扬之乐，从冬荣园飞檐黛瓦的馆厢里传出，从扬州老巷寂寥徐缓的脚步里响起，从运河古渡繁华荡漾的柔波里飘来……

作者简介：

范申，江苏省作家协会会员，中国金融作家协会会员。作品散见《人民日报》(海外版)、《文汇报》《大公报》《扬子晚报》等报刊，数篇散文入选《乡愁若灯》《当代金融文学精选》《写盐城》等文学丛书，多次在各类文学征文比赛中获奖。

海边的房子

枫 杨

　　每次看到海水上涨的时候，阳光总是鲜红鲜红的，高远的天空一直向东方延伸着，伸向很远很远的地方。眼睛看不着的地方，天空总是与波光荡漾着的海水连接起来。年幼的我一直以为那就是海的尽头。

　　每当此时，我的内心总是澎湃的，那海水滚动的唰唰声，那层层波浪拍击礁石的噗噗声，像是一首童谣，总是在我的耳边作响。我喜欢踮着脚，趴在宽宽的窗台上，隔着一层纱窗，嗅着涩涩的风，痴痴地望着海，看那些浑黄的浪打着滚儿，一阵紧跟着一阵扑过来，我的心也总是跟着波浪一阵又一阵地狂跳。

　　浪花义无反顾地翻滚向前，漫过黄色的沙滩，然后如一只猛兽般重重地拍击在礁石上，浪花就在撞击的一瞬间被石块粉身碎骨。这一刻，一阵狂野的风吹来，裹挟着黄色的水珠，夹杂着鱼腥一样的潮气，向房子里传来。

　　一时间，空气里浸染得潮湿，随着野风穿过密密的纱窗，跑进房子里来。我感觉火热的脸一阵凉爽。我迅速抽回胳膊，站稳了脚跟，一个转身就冲出房间，拉开院门跑了出去。

　　院子里的阳光依然温暖，浪花纷飞四溅的样子总是敲打着我的心，在我的脑海里已扎下了根。我要亲近海，我要亲近野风。

　　我一溜烟似的穿过房子旁边的沙石路面，眼前的沙滩在太阳的照射下格外亮眼，我顺着太阳的方向望去，阳光刺痛了我的眼，我手搭凉棚，走在窄窄的沙滩小路上。

　　星罗棋布的庄稼地犹如一块块安放在海边的大镜子，一格一格的四方形在晴空下闪着银光，亮着碧波。

大片大片的云朵被野风推着，慢慢往前移动。一群鸥鸟亮翅翱翔，在田野四周盘旋。不经意间，就一个俯冲，轻缓地落到泥泞的滩涂上，悠闲地踱着步子，偶尔亮一声嗓子呼朋引伴。

太阳已由鲜红转成了沙白，田野里已是绿油油的一片。在田埂上走动，翠绿的叶子被阳光反照，很是耀眼。

我一路小跑，不知跑了多久，感觉有点累了，就放慢脚步，开始大口地喘着粗气。当我转身望向村庄时，远远地，我看到了一杆红旗高高飘扬，我知道那就是我家的房子：宽阔的房顶上，红瓦亮堂堂地晒着太阳。在平房顶上，我最爱的红薯干也在享受阳光的沐浴。我最喜欢红薯干嚼在嘴里韧韧的劲道、甜甜的味道。虽然到了不惑之年，但我每天还会一个人悄悄地爬上平房顶上，抓几片放进兜里，没事的时候掏出来，放在嘴里像小老鼠似的磨磨牙。

记得小时候，我到了换牙的年纪，有时总觉得牙齿痒痒的，好想用手去挠，可是不管我怎样挠，总是不能消除那种痒痒的感觉。后来，母亲知道了，就让我把红薯干放在嘴里，用牙齿咬紧，然后用手使劲去拽，这种感觉除了能"治疗"牙痒之外，还能"治疗"自己馋嘴的毛病。

那时候，母亲总是说我是只小馋猫。是啊！我的嘴巴每时每刻都不能闲着，一闲下来，我的牙齿就痒，就难受。我的很多坏习惯就是从那个时候开始的，比如咬指头、啃奶嘴，甚至是姐姐最漂亮的漫画书我也咬过，姐姐总是叫我"小胖鼠"。反正，我知道，我儿时的这些坏毛病可多啦！

我看过房子以后，又看看前面坑坑洼洼的小路，不顾小路的颠簸不平，一直往海边奔去。

近了，近了，海就在眼前了。我高兴起来，铆足了劲儿向前冲。

突然，一个踉跄，我差点跌进水田里，我嗷地叫了一声，就滚下了陡坡。陡坡上一大片一大片的青草相连，犹如绿色的毛毡一样，我的身子顺势滚了下去，幸好很粗壮的一棵盐角草挡住了我的身躯，虽然我已经滚到了墒沟里，脚上的鞋子也沾着海水，但我并没有滚到沟底，衣服上还粘了星星点点的沙。我一骨碌爬起来，顺着斜坡往上爬，我顺手拽住了一棵高大的盐蓬菜的枝干，轻轻一纵身，就爬到了小路上。被海水浸过的鞋子湿透了，袜子也湿透了，裹刷着光滑的脚，在灌满海水的鞋子里扑哧扑哧地"唱"着。

刚开始，我还觉得很有生趣，可是走了一会儿，我感到脚上涩涩的，很不舒服。我索性一屁股坐在硬邦邦的沙地上，卷起裤管，脱了鞋袜。温热的黄沙搔着我嫩白的脚板，我感到温暖就在心里徘徊着。休息了一会儿，我简单地拍打着衣服上的沙斑。我一歪身子，站了起来，整了整衣服，一只手提着一只鞋子，光着脚板小心翼翼地往前走。小路上，高洼不平的路面，早已被野风吹得像龟壳般僵硬，有些地方的小沙粒硌得脚底很疼。一会儿，我就一瘸一拐了，嘴里还哼哼唧唧的，像是唱着一曲伤心的歌。我终于看见海了！一走上沙滩，迎面就扑来沙土味浓厚的海气息，让人不由得产生一种遐想。脚下是极细的沙滩，前方就是海了。

这就是孕育华夏文明、滋润大地、哺育人民的"母亲海"！湍急的海水夹杂着黄沙自西往东奔流，我目睹这海的波翻浪涌，感受它磅礴的豪迈，欣赏着它急速流淌的姿态：感叹它的弯弯转转，轰鸣回应。海边摇曳的盐角草在夕阳下金灿灿地冒着光，仿佛为海穿上金色的嫁衣。广阔的水面半绿半黄，很是神奇。

我最初是害怕见海的，因为看着那翻卷的浑黄的水，我会眩晕。小时候，总是在房子里隔着窗户，远眺海，看浑水翻滚着向前。虽然我的家就在离海边不远的村子里，站在自家的平房顶上就能望见海，但站在岸边的礁石上近距离看海，这还是头一次，因为求学和工作，已离家二十五载。

我望着眼前的海发呆。弯下腰，我用手仔细地摩挲着海水所携带来的沙土，心里不由产生一种异样的感觉：海让我的心灵在瞬间震撼。滚滚的水，在夕阳照射之下，浪涛像顽皮的孩子似的跳跃不定，水面上一片显眼的黄金似的光。

作者简介：

枫杨，男，本名王贺年，20世纪80年代初出生，祖籍江苏，现居浙江，供职于某文化创意公司，华北散文学会会员。有300余篇散文作品发表于《散文月刊》《鸭绿江》《哲思》等刊物，著有作品集《月光引路》等。

扇子的故事

高朝俊

　　每年夏天，在校门口、商场里、车站旁，总会收到各种各样用来做广告的扇子。许多人都是看一眼，或者甚至连看都不看就扔进了垃圾箱。可我每次都会把它带回家，宝贝似的收起来。

　　因此，也每每受到家人的责怪："哎呀！你把这些乱七八糟的东西收起来干什么？"

　　不干什么。就因为在我的内心深处有一个挥之不去的"扇子情结"。

　　50年前，我在一所农村中学读书。学校东面临村，其余三面都是农田，一到夏天，校园里蚊虫乱飞，尤其是晚上，学校简直就成了虫子的世界。那时候，农村刚刚通电，但有电的时候少，停电的时候多，学生晚自修的照明主要还是靠汽灯。汽灯一亮，四面八方的虫子就往教室里涌。于是，扇子就成了晚自习的必需品。那时，不知是谁最先发明了用旧报纸折扇子，既经济又实用，于是大家纷纷效仿，一到晚自修，几乎人手一把纸扇子，教室里啪嗒啪嗒响成一片。可是后来，谁也不敢用旧报纸折扇子了，因为班上发生了一件比天还大的事情。

　　有一天，有一位善于观察的同学，发现班级订阅的报纸上，伟大领袖的头像被打上了一个大大的"×"。于是，专案组进驻学校，停课排查，到底是谁对伟大领袖有着刻骨仇恨，犯下如此"滔天大罪"，而且作案手法如此隐蔽，作案者不是用铅笔或钢笔打"×"，而是用铁钉之类刻画上去的，要是革命警惕性不高，还真发现不了。经过一个多星期的排查，那个"罪大恶极"的同学终于被揪了出来，不过他并不是有意为之，而是在辅导一个同学的数学作业时，把印有伟大领袖画像的报纸垫在作业纸下，其中有一道很容易的数学题，他觉得这么容易的题是不应该错的，于是在这道题旁边重重地打了一个"×"，没想到不偏不倚，正好在伟大领袖的头像上留下了印痕。案情终于真相大白了……我们这些用旧报纸折扇子的同学也都吓出了一身冷汗，以后不再用报纸做纸扇了。

没了纸扇，抵挡不了蚊叮虫咬，只好从牙缝里省出几个钱来买芭蕉扇。从商店里买来的扇子，都是一个模样，分不清是谁的；扇面上光溜溜的，也没有美感。有一天，一位同学不知从哪里学来了美化扇面的方法，先用毛笔蘸上墨汁，在扇面上龙飞凤舞地写上自己的名字，然后在名字四周用蜡烛慢慢地熏上一层烟，然后把名字轻轻地擦抹掉。这样，就好像篆刻出来的阴文，自己的名字就出现在飘来的云朵上一样，好看得很。于是大家都如法炮制，且各有创造。有人在扇面上熏制了一首打油诗："扇子扇凉风，扇夏不扇冬。有人问我借，我自己要扇风。"有人熏上了"赤日炎炎似火烧，野田禾苗半枯焦。农夫心内如汤煮，公子王孙把扇摇"。大家挖空心思，收集与扇、与风、与虫有关的诗句，力求把自己的扇子制作得更别致，更精美。艺术品位有高低，芭蕉扇上见分晓。一时间，扇子扇风、驱虫的功能被淡化了，互相比试，互相欣赏，为我们清淡寡味的中学生活增添了不少乐趣。

在我看来，"扇子扇凉风"之类未免俗气，"公子王孙把扇摇"实在可笑，总想把自己的扇子制作得一鸣惊人。那时候，我正好用捡来的一个破烂的铝质饭盒从学校旁边的废品收购站里换得了一本没头没尾的《唐诗三百首》，没课的时候就躲在宿舍里读得不亦乐乎，当我读到杜牧的《秋夕》时，尽管并不能完全理解其意思，但觉得其中的"小扇""流萤"放在芭蕉扇上很是贴切。于是，先用毛笔细心地写下竖行的："银烛秋光冷画屏，轻罗小扇扑流萤。天阶夜色凉如水，坐看牵牛织女星。"又用白纸雕刻出镂空的祥云纹，罩在诗句上，用蜡烛烟细细地熏出浓淡有致的云彩，于是，我的原本粗陋的芭蕉扇就成了精致的艺术品。可是，我刚刚得意了几天，就出事了。

一个炎热的夜晚，我正在教室里四处寻找我的扇子，"连指导员"（那时候学校是以军队的建制来编排的，所谓的"连指导员"其实就是"班主任"）把我叫到了他的办公室。我一看，我的扇子正在指导员的桌子上躺着呢，还没来得及为我心爱的扇子失而复得而高兴，指导员开口了："这是你的扇子吧？写什么歪诗呢？还'坐看牵牛织女星'？不好好地想着为革命学习，脑子里在想些什么呢？还祥云呢，脑子里想着织女，自己也飘飘欲仙了吧？"

"那不是我写的……"

"不是你写的？你的字我还不认识？班上也只有你，才写得出这样的歪诗。我知道你有文才，但文才要用在正道上啊，你这是典型的小资产阶级情调。脑子整天想着牛郎织女，怎么能把学习搞好呢？你学不到真本事，天上的织女就会下凡来找你？"

我知道老师在那个"写"字上产生了误会，本想争辩几句，听老师讲到这里，猛然想起那个无意中在伟大领袖头像上打"×"的同学……我猛地打了一个寒战，什么也不想说了。老师拍拍我的肩膀，把扇子还给我，说："我知道你知道应该怎么做。"

我拿着扇子，来到了空无一人的大操场，操场上萤虫乱飞。我端坐在操场中央，仰头望天，星空灿烂，找了半天，也没有找到传说中的牵牛织女星。我随手揪了几棵枯草，点燃了，然后把扇子扔进了火堆。

那年，我 16 岁。

如今，夏天有空调、电扇，传统的扇子已经渐渐失去了扇风驱虫的功能，变成了广告的载体；各种各样的折扇、团扇、羽毛扇、芭蕉扇，也大都成了供人欣赏、把玩的艺术品。可是，我总忘不了扇子的原始功能，每每看到扇子——哪怕是用来做广告的扇子，总免不了要端详一番，这时候，在操场上烧扇子的情景就会在脑海里浮现出来……

作者简介：

高朝俊，男。南京师范大学出版社编审，中国现代写作学研究会副会长、江苏省写作学会副会长。著有《文学乱弹》《现代写作学》《写作技法》等，发表过小说、散文多篇。

山野随想

龚房芳

渡口，镜像

"无人问津的渡口，停泊着我荒凉的人生。"也曾在年少强说愁时发出过所谓的感慨，当人生有过一些经历之后，反而不说愁、顾不得愁了。

逃离城市，欲入山林，被一弯溪水挡住去路，水面没有波澜，倒映出对岸的竹林树影，水也就绿了，绿了一大片，如镜面。水清且浅，河底的卵石仿佛就挨着水面，却不敢涉水而行。最怕村民宁愿闲居也无人摆渡经营，最怕渡口因无人问津而停运，最怕眼前已看到山林却无缘再前行……

有水声和嬉闹声传来，上游荡来两只竹筏，三五个少年衣着光鲜，立刻让水面上多了颜色和生动。船娘即村妇，没有妙曼身姿，却有娴熟技艺。轻提篙，缓用力，竹筏款款而来，没有急于接客上船的迫切，只有舍我其谁的淡定从容。

竹筏渐近，少年们和他们的倒影一起离开河流，我们带着倒影上得竹筏，复又成了他们眼中的风景。船娘篙起篙落，并不能带起河中沙尘，水清澈如故。低头看，竹筏在水面划出的水波很快消失，仿佛看到了镜中的自己。似乎触手可及河底，又好像是虚幻的一般不真实。

水中多了一片天，水就蓝了，蓝得很彻底。行进中，水变得有一片洁白光亮，原来是天上的云朵。知道水中还有个竹筏，还有个船娘，还有个朋友和自己，一切成了镜像，可以看得更清晰。但亦真亦幻，一时也分不清了。

我们上了岸，只留下船娘和她的筏返回，想想她还有倒影陪伴，方不孤单。

竹筏不繁忙，渡口不荒凉，船娘不惆怅。

心也随之平静，似乎照过了镜子。

山中一弯明月，人间几处回眸

品茶，听琴。

茶是各种茶，琴是古琴。

喝茶不难，想要喝到好茶，或想非俗人来泡茶，就没有那么容易了。

听琴不易，因为是古琴，又是名师，想听就要看缘分了，须得等到琴师有了兴致，所以有些难。

品茶，谈诗，说古，论今，渐入佳境，仿佛能置身事外了。

琴声响起，闭目倾听，全身心地感受乐曲的魅力。去年曾经到过阳关旧址，今日再听《阳关三叠》，引出许多遐想。思绪再回到大漠，武威、张掖、敦煌一路行进，在玉门关和阳关驻足。当时和身边的很多人一样，想起的多是古诗词中的吟哦。

也曾记得有这么一首古曲，不记得是不是作为背景音乐播放了。即使有，在纷杂的各种声音里，也难以静心欣赏，更不要说体味其中韵致了。

茶室内静且净，还有敬意，此种情境，唇齿留着香，耳畔有佳音，只能用一个"妙"字来形容，且是妙不可言的。

窗外，一弯明月挂在东南，皎洁之光洒满人间。远处是暗色的山林，无风，竹叶也不来搅琴声。院内也是清净：清冷、安静。月光拂过房顶、屋瓦，在廊前投下阴影，照出院内方形的轮廓，照着几棵梅树。

在城市中，不知错过多少明月。忙忙碌碌，行色匆匆，记不起抬头看上一眼，也别说欣赏了。

不只是山中才有月啊，是我们忘了看罢。

最是橙黄橘绿时

冬日的清晨，四周漆黑，房间的灯光也显得昏暗。抬起头，天空黑得像幕布，星星却格外明亮。

偏北方，北斗星赫然在。天哪，已经不记得多少年没有真切地看过这把大勺子了。

小时候的夏夜，乘凉时，跟着母亲认识"勺子星"。那时的天空好像很远，星星却看得很清楚。许多传说故事也是从天空和星星引起的，那是童年的启蒙。随手一指就是银河，牛郎织女的故事就开讲了。小孩子边听边寻找牵牛星和织女星，甚至还要找到他们的两个娃。

后来，知道了大熊星座，却没有在天空中寻找。没有了那么清闲的夜晚，也没有了那么清晰的夜空，总感觉有些朦胧隔在人和天空之间。

自己的孩子小时候，也教背《笠翁对韵》，对于"牛女二星河左右，参商两耀斗西东"只是做了尽可能详细的解释，却无从在夜空中指认了。唯有告诉孩子金星是太白，早称启明，是晨星，晚称长庚，是昏星……

我们好像离星星越来越远，却又浑然不知。

如今，忽然在山中见到这满天星斗，而且是冬季。欣喜之余，又有些担忧。净土不多，真怕以后这里也会不能如此清晰地看到北斗七星。

担心可能是多余的，但是好景君须记，正是此刻，橙黄橘绿时。

无他，唯手熟耳

喝茶时，惊异于茶艺师的技艺，纤纤玉手，衣袂飘飘，其美不可名状。问之如何修得，巧笑答之：无他，唯手熟耳。

听琴时，惊叹于琴师的技艺，听者如痴，余音袅袅，震慑了人心魄。请教一二，也说：无他，唯手熟耳。

对于上两种回答，不置可否，又苦于无法探究，只能勉强同意。

也常有人问，你是如何写作的，我想去你家看看。只能回答：没有什么可看的，不过是一台电脑罢了，手指在键盘上敲就是。电脑也和你家的无异，手就是眼前这样一双手，全无特别。只是写多了，就熟练了。

别人也就笑笑，也是不置可否。我就跟着笑，如此回答好像也是：无他，唯手熟耳。

确实，写得多能把写作技巧用得娴熟，多练即可。可是灵感不是每个人都能随时捕捉得到，素材也不是每个人都善于发现的，这多少还是需要一些与生俱来的特质的。而且随着写作时间的延长，越来越觉得是这样。

那么，画家、音乐家、茶艺师也是如此了，无数次的练习的确很有必要，以期达到手熟，却也断然少不了天生的那份灵性，这是不可多得的。

杨柳无须怨，罗峰春自来

寻一座山，住下。就想了解它，就想四处走走。

万罗山不高，就以为也不大，其实自己错了。延绵十几里总是有的，方圆究竟有多大，我就不会计算了。

出发早，太阳还被群山挡住看不到，只有隐隐的云霞。路上是厚厚的白霜，踩在上面，就融化成湿滑，又从脚底传达出凉意。

河边已有不少早起的洗衣妇在忙碌，棒槌的敲打声此起彼伏，传出很远，和着几处鸟鸣，是一种生活的从容。村中屋顶升起炊烟，微风把那些白色的烟横着扯成缕，像纱，像雾，把上下几排的房屋更是分成了好几层，如仙境。

风还把河水吹出了浅浅皱纹，那本来就不年轻的河更加老了。

沿着河边前进，土路，有车辙印。不时有毛竹的根横亘在路中，又见一些枸杞的枝蔓也横着竖着。靠近河的一边有柳树，依然柔柔的，风也能吹得起枝条，轻摇轻晃。不像北方的此刻，柳树的枝条像是被喷了发胶，直直地斜垂着，看着就让人发冷、心疼。

山上多是毛竹，还有很多杜鹃花，据说春天会开得很热闹。仔细看了，植物的种类还是很多的，可惜认识的为少数。

更欣喜的是山中多有茶树，又因水好、土质好、空气好，所以是难得的好茶。看那些茶树的叶子，油绿、深厚、饱满、滋润。我想，还要加上环境好这一得天独厚的条件吧。如此静谧之地，无有俗世纷扰，连茶也欢喜呢。

如此一想，就急着盼望采茶时节了。

江南春来早，有盼头。

作者简介：

龚房芳，中国作家协会会员，发表作品逾4000篇，出版近百册图书。作品获紫金山文学奖、全国优秀童谣一等奖、年度中国30本好书奖、吉林省新闻出版图书精品奖等。图书被译为韩语、法语、越南语、尼泊尔语、阿拉伯语和维吾尔语等，并在港澳地区出版。

母亲的儿歌

巩孺萍

儿歌是有韵的母乳，滋养着儿童的心灵，潜移默化地影响着孩子的一生。

小时候，每当我们睡觉的时候，母亲就会哼起儿歌："毛头好，毛头乖，毛头不睡狼会来……"刚开始还是唱，到后来便没了词，只有"哦哦哦……"缓缓的调子，我们便在这调子里，合上眼睛慢慢睡着了。

母亲很少训斥我们，每当我们犯了错误，她就用儿歌来教导我们。有一次，母亲让我去喂羊，我当时正在看一本小人书，着了迷，就让二妹去。二妹噘着嘴不想去，然后就对在一旁玩儿的小妹说："你去喂羊好吗?"小妹刚刚四岁，就颠儿颠儿地拿着几棵青菜跑去羊圈了。母亲一旁见了，摇着头说："大懒使小懒，小懒使扁担。"我们听了都很惭愧。以后母亲让我们做什么，再也不偷懒了。

母亲识字不多，只上过两年学。虽然没有多少文化，却一肚子儿歌、民谚，她不经意间脱口而出的民间歌谣，常常充满了人生智慧。记得小时候，家里很穷，过节才能吃到猪肉。每到吃肉的时候，或许是吃得太快，我们常常咬到舌头。母亲就说："馋咬舌头饿咬腮，咬到鼻子遭大灾。"听到这儿，我们似乎找到了原因，舌头也感觉不到疼了，同时庆幸，幸亏没咬到鼻子。

弟弟小时候最淘气，因为是男孩子，也最受父亲宠爱，遇到不如意的事情就耍赖，坐在地上哭鼻子，鼻涕拖得老长，谁劝也不听。每到这时，母亲也不去拉他，只在一旁逗他："一会儿哭，一会儿笑，鼻子冒大泡!"我们在一旁听着都笑起来，弟弟见我们笑了，也咧嘴笑起来，鼻子真的冒出了两个大泡泡。

最盼望过年吃饺子。因为家里人多，母亲包的饺子摆满了几个大竹匾。我和妹妹成了她的好帮手。忙了大半天，到了晚上，终于可以下饺子吃了。烧开了水，母亲将竹匾里的饺子一个个下到冒着热气的锅里，一边下一边说："南边来了一群鹅，扑通扑通跳下河。"弯弯的饺子像一只只洁白的小鹅在水里起起伏伏，快乐地游着。母亲用锅铲不停地搅着，防止它们粘在一起。我们守在灶台边，饺子的香味儿弥漫在整个厨房。饺子熟了，母亲开始用漏勺盛饺子。"我要十个！""我也要！"我们将碗举得高高的，各不相让，直到肚子里的"小鹅"装不下。

母亲对我们的教育是"顺其自然"。我爱读书，她就尽量让我少做家务。二妹学习不太好，考试常常不及格，母亲也不责怪她。母亲一直认为，每个人都有自己的个性和长处，将来生活方式也不一样，老天爷不会眼睁睁看着人饿死，总要给每个人一条活路。她常说的一句话就是："兔子靠腿狼靠牙，各有各的谋生法。"现在看来，母亲的教育方式非常有道理。一个人只有顺应了自己的天性去发展，才能扬长避短，实现个人价值的最大化。我们家四个孩子，每个人都做着自己喜欢的工作，这和母亲宽松的教育方式有着很大关系。

小时候没有多少课外书，我们对世界的认识几乎都来自母亲的儿歌。那时候还没有天气预报，夏天傍晚，母亲就让我们看彩霞。她常说："早上烧霞，晌午沤麻。"意思是，若是早上彩霞满天，那么晌午准要下雨，最好不要出远门。母亲还教我们看云识天气："云朝东，一场风；云朝西，水滴滴；云朝北，一场黑；云朝南，水涟涟。"我们按照母亲的方法判断天气，真的很准呢！

那时候没有空调，到了冬天，即便穿着厚厚的棉袄，也不觉得暖和。进了腊月，母亲就开始教我们唱儿歌："一九二九不出手，三九四九冰上走，五九和六九，河边看杨柳，七九河冻开，八九燕归来，九九加一九，耕牛遍地走。"我们看着日历，盼望着冬天赶紧过去，期待着河边看杨柳，燕子早归来。日子在希望中变得快起来，不知不觉，春天就来了。

　　仔细品味母亲唱过的儿歌，每一首都是那么朗朗上口，它们为我后来从事儿童诗歌创作打下了基础。在我的文学道路上，母亲无疑是我的第一个老师，她给予我的不仅是文学的启蒙，还有人生的启迪……

作者简介：

　　巩孺萍，中国作家协会会员，海外华文女作家协会会员，曾获冰心儿童文学新作奖，第三届、第六届江苏省紫金山文学奖，著有儿童诗集《十一只麻雀学写诗》等、散文集《童年岛》以及绘本多种。作品被译成英语、法语、俄语、越南语、阿拉伯语、土耳其语、尼泊尔语等多种语言。

老屋，那是我梦里常回的地方

顾锁英

我常常做梦，梦见自己回到了老屋，那是我童年居住的地方。

我的童年是在城南石板小镇上度过的。小镇呈 H 形，东、西两边分别是南北走向的街道，一条小河从镇的腹地直穿而过，横跨在小河之上，连接东西街道的是一座古老的石板拱桥。每到黄昏，夕阳西下，彩霞满天时，从苏北过来以用鸬鹚捕鱼为生的渔民将小舟停泊在拱桥下和我家老屋的码头旁，构成了一幅梦里水乡景象。

老屋现今虽已不复存在，可在我记忆的深处，它却是那样清晰、绵长。

我家老屋门前有棵造型迥异的桃树，每到桃花盛开的季节，满树的桃花粉粉的、艳艳的，点缀着我家的老屋。桃树的枝干一半倾斜地掩映着老屋的窗户，一半则弯曲着伸向静静的河面。那倒影如梦如幻，微风吹来，溪水轻颤，碧波荡漾，形成一幅迷人的写意中国画。

老屋紧邻河水的西墙边，长满了野枣树和构树。构树是一种能治皮肤病的树，古时候称这种树为榖树或楮树。你只要用刀轻轻一砍，树干上就冒出奶汁般的白浆，取白浆涂于患处，每天涂抹几次，皮肤病就能很快康复、痊愈。方圆多少里以外的人们只要患了皮肤病就会闻讯赶来，有些用刀砍后，取白浆装入小瓶带回去备用。每当看到有人拿着刀向我家的构树走来，我的心就绷得紧紧的。看着被砍得伤痕累累的构树，心疼之余，不免心中又掠过一份安慰。因为我家构树的浆汁，能为人治好皮肤病，能涂抹掉很多人心中的痛苦，这种奉献又是值得的，这也是值得我家引以为荣的。

每到夏天，纳凉的居民常常围拢到我家门前，一边感受河风给人带来的凉爽和惬意，一边拉着家常，讲述着曾发生在这块土地上的一切……

那时，我印象中的二哥好像就是个民间医生。谁家孩子腮帮子鼓起来，在现在就叫得了腮腺炎吧，他们不去医院，而来找我二哥。记得那时每天早上，我刚起床，总看到二哥手里握着一杆毛笔，在那孩子脸上先用墨汁画一个圈，画着画着，圈就成了纯黑色的一块。二哥在用毛笔给小孩画时，嘴里还不时在念叨什么。一切都画好了，二哥又会在我家老屋的墙上留下一个小圆圈，圆圈里面还写着几个别人看不懂的什么字。每每此时，我也总是歪着头，踮起脚跟，凑到二哥腋下身旁看个究竟。说也奇怪，经二哥两到三天一画，那小孩的腮帮子果真小了，好了。为此，有人常常给我家送来一些感谢的小礼物，但都被二哥拒绝了。用二哥的话说，当会计这么多年都没挪用、贪污公家一分钱，还会接受老百姓的礼品吗？二哥就是这样的为人，因而也赢得了单位和街坊四邻很好的口碑及信任。

夏天的时候，我和姐姐将老屋紧靠河边的西墙掏个洞，搬掉几块砖土形成一个自然的窗孔，河风便会直入小屋，好凉快呀！晚上我们将小床搬移到抽风孔边，竟能一觉睡到天亮。

记忆中的老屋，墙上贴满了我和姐姐的奖状，以至逢年过节，我家不必购买年画，这满墙的奖状，既是对我们的激励，也是对母亲的一份安慰！

然而，我们家最大的不幸也是降临在那间老屋。我的父亲，也是在那间老屋早早地离开了我们。遗憾的是，由于我家历经几次搬迁，父亲的遗像却一张都未能保存下来，我们对父亲的印象已经非常模糊了。父亲走后，生活的重担落在了母亲身上。母亲那时曾一度担任过妇女干部工作，她每天忙里忙外，含辛茹苦拉扯我们长大，送我们到学校读书，吃了不少苦头。一个没有男人的家，母亲既要当男人，又要当女人，母亲无怨无悔地默默挑起了所有的重担。

有一年，龙卷风无情地袭击了江南小镇。眼看着我家的老屋在风雨中摇曳，母亲不顾一切地扛出梯子爬上了屋顶，用自己并不高大的身子趴压上去。那一刻，我觉得母亲如同一只雄鹰，在风雨中展开了双翅呵护着老屋，呵护着老屋中的我们。

龙卷风过后，看着从屋顶下来的母亲被雨水淋得似落汤鸡一般，我们便

——扑进母亲的怀抱，呼喊着母亲。老屋保住了，可母亲没顾到休息，又挽起裤腿冲进了雨幕，她要将老屋旁通往小河的下水道再理一理。看着风雨中上下、前后忙碌的母亲的身影，那才是一堵真正的挡风墙啊！

在母亲博大的爱的苗圃里，我们都渐渐长大。随着大哥、二哥、姐姐们都相继工作了，我们家又先后新建了楼房，买了商品房，但这么多年来，不管我走到哪里，老屋始终在我的眼前。

啊，老屋！风雨飘摇心深处，多少往事，多少岁月，悠悠难追忆……老屋，你是一幅深沉厚重、永不褪色的油画！

今夜，我又将一梦，定会梦回老屋。

作者简介：

顾锁英，又名顾凡，女，江苏常州人。国家级高级摄影师，中国女摄影家协会会员，江苏省摄影家协会会员，常州市美术家协会会员，作家协会会员，中国西部散文学会会员，《中国作家在线》驻站、签约作家。在全国各大报纸杂志发表摄影、美术、文学作品近万幅（篇），并多次荣获省市及全国各类各级一、二等奖。摄影作品曾荣获中共中央对外宣传办公室、国务院新闻办公室"七个一工程"二等奖。散文作品连续两年荣获中国散文年会二等奖及《中国西部散文》排行榜黑马奖，并有散文片段被中央电视台和青海电视台联合录制的《戈壁魂》专题片用作解说词。

飘雪的日子

郭世明

　　节气已进入大雪，沛县的冬天只有寒冷，还没有飘雪。对于一个苏北内陆城市，冬天没有雪，似乎还不是一个完美的冬天。

　　"白雪却嫌春色晚，故穿庭树作飞花。"在微信朋友圈铺天盖地的转发、呼唤和期盼中，雪，约好了似的，说来也就真的来了。虽是久违的重逢，却还能如期而至，没有爽约，自然会让人欢欣鼓舞一番。

　　沛县的雪确与别处的雪不同。

　　沛县的雪下得可"贼"啦。凛冽的北风刮了半天，往往还是毫无下雪征兆，或者说可能是在酝酿下雪的情绪。天只是冷，冷得让你躲进屋里。可到了夜深人静、万籁俱寂之时，雪总会在悄无声息中"随风潜入夜"。书房夜读的你似乎听到了窗外窸窸窣窣的声音，继而还会清晰地听到有扑簌扑簌雪从树叶上下落的动静，偶尔还能听到枯枝被雪压折的声响。难道这就是唐白居易《夜雪》中"深夜知雪重，时闻折竹声"的意境？

　　大雪无痕，落雪无声。一夜之间，大雪已悄然潜入了泗水大地。落了雪的沛县城银白一片。路上、车上、树木、楼上，全都披上了一层厚厚的洁白棉纱。窗外不远处，蓬松的雪落榕树上，风过处，玉屑般簌簌落下，仿佛挂满了一树的童话。

　　单元楼里几个早起的孩子蹬蹬蹬蹬一溜烟地冲下了楼，满雪地里跑开了。地面上，积雪埋没了脚面，踩上去咯吱咯吱地响。远处，可敬的物业环卫人员正在清扫路上的积雪，他们头上、身上全白了，像雪人一样。调皮的雪花纷纷飘落到我的身上、头上，转瞬间却又不见了踪迹。钻到脖颈处的雪花凉凉的、痒痒的、润润的，别样的滋味。我弯下腰，捧起一抔雪，用力捂成一个雪球，冰凉但不刺骨，这是一种久违的感觉。

和南方轻飘飘、翩翩飞舞的雪花相比，沛县似乎少了古道旁红衣白雪相约牵手的浪漫，却多了白皑皑的雪中自由自在奔跑的孩子和辛勤劳作的环卫人员；和北方寒风劲吹、鹅毛大雪的雪天相比，沛县似乎少了冰雕玉砌、雾凇晶莹，却也多了玉树琼花、银装素裹的景色。

踏雪寻梅，不仅是文人墨客的浪漫，更是富有雪的诗意和灵动。小区里，"墙角数枝梅，凌寒独自开。遥知不是雪，为有暗香来。"沛公园可就不同啦，"疏影横斜水清浅，暗香浮动月黄昏"，白雪覆盖着一株株或淡黄，或粉红的蜡梅，又让人想到了元代王旭《雪中看梅花》：

> 两种风流，一家制作。雪花全似梅花萼。细看不是雪无香，天风吹得香零落。
> 虽是一般，惟高一着。雪花不似梅花薄。梅花散彩向空山，雪花随意穿帘幕。

"梅须逊雪三分白，雪却输梅一段香。"梅雪并举，伯仲之间，红装素裹，美极妙极。白雪暗影下灼灼盛开的梅花与踏雪而来的我们没有擦肩而过，定格精彩瞬间，实在是飘雪冬天沛公园的一大美景。雪是春的使者，冬天的精灵。孩子们堆雪人、滚雪球、打雪仗，追逐奔跑，甚至会在雪地里打个滚儿，宛如童话世界中快乐幸福的小天使，孩子是雪中一道亮丽的风景。白雪梅花又何尝不是一首人生的赞美诗呢？

热情好客的沛县人总会在雪天找出点事做。"绿蚁新醅酒，红泥小火炉。晚来天欲雪，能饮一杯无？"屋外，天寒地冻，暮色苍茫，风雪大作；家中，炉火已生，沛公美酒新热，只待朋友早点到来。或到大街小巷，寻一百年老店，点上一盘飘香的鼋汁狗肉，喝上一碗热气腾腾的沛风羊肉汤或老味道冷面，那滋味才真叫一个爽。或手里捧着一个香喷喷的烤红薯，一边吃着一边逛着，看着人民路、香港街两旁琳琅满目的商品，也是一种温暖惬意。当然，还有那留有童年记忆的冰糖葫芦更是孩子和年轻人的最爱。一串串红彤彤的山楂被晶莹透明的糖膜包裹着，咬一口，嘎嘣脆，品一品，酸中带甜、甜中带酸，唇齿留香。冰糖葫芦又酸又甜的味道，煞是诱人。

雪后初晴的沛县是极美的。蔚蓝的天空一碧如洗，冰雪世界晶莹剔透，玉树琼枝如梦似幻。空中飘舞的雪花，诗样情怀，梦样舞姿，日光下熠熠生辉，妩媚极了；地上氤氲升腾的雾气，如梦似幻，迷离仙境一般。放眼歌风台：大风高歌，金戈铁马，大汉天子，英姿勃发；注目龙飞地：古树苍穹，水墨丹青，泗水古道，银龙静卧。

春有花，夏有荫，秋有月，冬应有雪。心中有爱，四季皆有诗意栖居，心中有暖，飘雪的冬季也会温情浪漫。沛县飘雪的日子，真美。我喜欢。

作者简介：

郭世明，男，中国散文学会会员，江苏省作协会员，沛县作协副主席。中学高级教师，市优秀青年骨干教师、县拔尖人才。曾在《瞭望》《时代青年》《散文百家》《散文选刊》《小品文选刊》等全国几十家报刊发表散文等文学作品百余篇。著有散文集《美的教育》《故乡还在》《乡土恋歌》等。

小城十月

郭苏华

在小城住了十年，我对于它依旧是陌生的、隔膜的、疏远的。

我没有办法让自己深入小城的肌理去，打探它最原始的日常。

我走在小城的路上。小城的主道路上，现在已经没有树木了，被喜气的灯笼代替。在冬日萧索的晚上，下了雨，或者笼了雾，这灯笼就烘托出一派温暖与温馨的归宿感来。

一般的大路上，都是栽了好多年的法国梧桐树，这是小城里最吸引我的风景。春天，一树浅绿的梧桐树叶子让我感到生命勃发的力量和小城的勃勃生机。

小城的小，是给人安妥，并收容人的。对于有野心的年轻人来说，这里并不适宜。我也曾经不屑于在这样狭窄的天空里，过自己的一生。

我对于日常烟火的生活，常是生出了自己无法控制的轻蔑。但是，一个人到了中年或者老年就不一样了，他（她）会对世俗里的生活、缓慢的日常生出无限的依赖。

年轻的时候，小小的城，如何能安放下一颗狂野的热烈的心。

可是，现在不同了。

走在大街上，看季节一天一天变换着。就觉得有一种妥帖的安心，会停下来看一片又一片叶子像一个个穿着舞裙的女子，那么翩然地落下来了。

街上的店里，虽然服装也一年一年流行的不一样，在骨子里，小城跟这个时代、跟世界，是有许多接轨的地方的。街上卖白菜的老人，身边都放一个微信扫码。

可是，它深层的肌理却是在烟火的部分。卖水糕的，也没有绝迹。那么古老的东西，在生活的最平常处打动着你。

你越来越喜欢那些几乎过去的快要消失的东西。你每次走近它们，都要停下来，好像在往事里停了一会儿似的。

你最熟悉的是街上的各种树木，栾树、凤凰木、柳树。有些树木都是洋气的名字，跟你在乡下看到的不一样。

是的，街两边的凤凰木，红彤彤的一片，像花又不像花的扁扁地重叠起来的样子，叫人看了心生无限欢喜。在萧索的落叶的街头，在刚刚下了一场冷雨就有点凄凉起来的路上，看了它们就好像心头有了希望似的。

那些店铺就隐在这些火焰一样燃烧的花朵后面。烤鸭店、小超市、理发店、水族馆、美容店、早餐店……名字都很洋气，几乎与国际接轨。

生活就是这么寻常。树下有步行的女子走过，清爽的一张小脸，看上去胶原蛋白充足的样子。看这样的脸，觉得自己也年轻了起来，人等到四十岁之后，肉身变得沉重，感觉到自己受到年龄欲望的限制与束缚。在这个世界上，没有踮起脚，人生也已经看到尽头。

只有这寻常生活里的暖意，能抚平心上的皱纹。走在树底下，树下青砖上的苔痕很重，雨水竟然没有落下来。

这街头的雨云，一直积着。低沉，可是并不压抑。

在包子店门前站了几个人，包子在笼上冒着热气，几个人气定神闲地站在那里看着，一个快六十岁的男人围着一个很长的围裙，一手拿着长长的锅铲，熟练地翻着一个铁锅里的饼。

这样的场景里，是有着生活的温暖和深意的。我以前对于这种俗世的生活总是抱着不屑的态度。对于宿舍里三句离不了吃什么的女生，我总是不屑一顾。

可是，什么时候，我对于那些懂得如何把平常的饭菜做出居家温暖的家庭主妇，生出了无限的敬意。

生活的真谛，其实就在这些日常的地方。

他们是深谙此道的。

那一天，我在路边，遇到发福了很多的朋友，她的确没有女人的妩媚，她穿朴素的白色上衣，上衣被她肥硕的身体撑得有点变形，下身一条淡绿色的裤子。她已经完全是一个中年妇女的形象。她在路边的自家菜园子扯豆角架子，豆角已经败园了，她想种上一些白菜。她说："我又不会打麻将，又不会像你一样写作。"她这样说的时候，很像在讽刺我。不过，我并不在意。她说："我只好来伺候一个菜园子。"

她一边跟我说话，一边在扯那些枯萎了的豆角架子。

我说："这挺好的啊。"她说："不好又怎样。"我笑笑。她丈夫一直在路边站着，跟我们说话。我知道，她才是深谙生活道理的女人。她活得朴素自如，她不过度修饰自己，她活得非常本真。她的内心一定是幸福的，也用不着担心她的丈夫会有什么想法。他们就是一样的懂得朴素的生活真谛的人。

我相信，他们才是真正幸福的人。他们在生活里，是安心的，安于自己并且专注于那份生活的人。

他们幸福得如此不自知。

其实，小城的生活，还是从前的味道要纯正一些，正如那些旧的桥、旧的影院、旧时光里的日子。当一个人那么喜欢旧事物的时候，他自己大概也像时光一样，蒙上一层灰扑扑的色彩了。

萧红曾经写过《小城三月》，写了什么，完全忘记了。萧红笔下的呼兰河小城有着别样的味道。

在那些遥远的地域里，总有些东西是独特的。还是她本身的敏锐与独特，才造就了她笔下小城的独特？

那天看一个人评价萧红，说她有天然的语感。的确，萧红的语系是自己的。

我也是想发现，我们这北方的偏僻的小城有什么与别的地理上不一样的地方。除了那一条从小城旁边流过的天然河道——灌河。我很想，再多一些新的发现。

作者简介：

郭苏华，女，江苏作家协会会员。2019 年 6 月中国作家协会深入生活签约作家。在《散文诗世界》《海外文摘》《雨花》等报刊发表散文、小说、诗歌千余篇。出版小说、散文集 5 部。散文《我的两个母亲》获 2012 年首届孙犁散文奖。

记忆中的慈父

郭　涛

　　窗外下起了淅淅沥沥的雨，我望着雨水在窗沿边慢慢地滑落，手上捧着厚厚的家庭相册，翻看那每一张泛黄的旧照。首页便是父亲身穿解放战争时期军装的标准照，一身戎装英姿勃勃，不由定格在我的眼帘。当年风华正茂、意气风发的父亲，似乎从照片中走来，泪水不禁湿润了眼眶……

　　记忆中，父亲在那个物质匮乏的年代，含辛茹苦地养育我们四个子女，那是怎样一段艰难坎坷的岁月哟！此刻那令人心酸却又无比怀念的画面片段不禁浮现在我的眼前——父亲正挥汗用铁锹拌着煤渣、压做一个个煤球，年幼的我孤零零地站在一旁看着父亲干活，说道："爸爸，我帮你数煤球吧。1、2、3、4……"父亲每做好一个煤球，我就加一个数字，还小心翼翼地将煤球一个个排好队。那时的我总会不经意地想，等我长大有力气就帮父亲做煤球。虽然当时的我觉得自己的愿望颇有些"远大"，但看着父亲汗湿衣衫、辛勤劳作的背影，小小的我除了心疼父亲又有什么可助父亲一臂之力的呢？……

　　酷暑难耐、赤日炎炎的夏季，因那时家中经济困难，无力购置台式风扇，父亲为了不让我们姐弟四人学习时酷热难耐，就自制"吊扇"，他用一块木板吊在房间顶部，将一根绳子坠下，让母亲用手来回拉动，坐在饭桌前的我们姐弟写作业时就感到微风阵阵，犹如大型蒲扇在我们头顶扇动，这独特的"发明"，虽说有些土气可笑，但不正是父亲对他的子女的怜爱之心吗？……心目中有太多儿时父亲辛苦劳作、和我们嬉闹的画面，种种画面对于如今也身为人父的我来说，引发的念想是我内心永藏的难忘情愫，"共谁争岁月，赢得鬓边丝"。

斗转星移，父亲如今已是 87 岁高龄了。父亲孩童时期是在东北日寇的铁蹄之下度过的，寒冬凛冽，年幼的父亲以放牛、砍柴为生，时常衣不蔽体、食不果腹，然而贫困的生活磨砺出父亲坚毅的性格，"不要向困难低头"的朴实家训一直延续至今，成为我们子女的精神支柱。每当我想起父亲曾经对我们的教诲，酸楚总不免油然而生，此刻脑海里不经意闪现出我七八岁时的画面。那天我独自在家做饭，为完成学校老师布置的做家务作业，可能因那时我还年幼忽视了避免烫伤，本想看看饭烧熟了没有，不想被饭锅烫到了手，一边不由自主地流眼泪，一边就想着去找父亲独自出了门。我一个人孤零零地站在空旷的广场中央，四处张望寻找父亲的身影，突然我感觉身后一双大手把我抱起，我望着父亲的双眸哭着诉说烫手的经历，父亲则告诉我说一个人做事碰到磨难并不可怕，磨难之后就懂得第二次该怎样想好、怎样做好，我似懂非懂地点头。其实至今烙印在我心中的是父亲在我身后悄悄地抱起我的那个温情画面，这应该也是普天下众多为人父者和自己孩子之间的美好记忆吧。

在我印象中，父亲的伟岸身躯和强健体魄来源于年少时期军旅生涯的锻造。一个寒冬之夜，父亲从天苍苍野茫茫的内蒙草原只身一人前往江南从戎，如愿成为一名海军战士。之后的东海舰队服役磨炼、在李锐大校为校长的我军第五海校的学习深造、解放大陈岛的艰难岁月，还有参与剿匪战斗的故事以及未能成行的抗美援朝等等经历，都成为父亲一生的丰富阅历，也成为我们子女茶余饭后的谈资。我们笑谈父亲的军旅生涯都可以著书了，我还自告奋勇担当执笔差事，妄以"作家"自居，父亲则付之一笑……

父亲退伍转业之后便来到当年是荒野一片的浙西（如今号称"中国十里化工城"）进行社会主义建设。建厂之初乃是一贫如洗，生活清苦、粗茶淡饭，茅草房为工作、栖身之所，加之三年困难时期，苏联撕合同、撤专家、弃援助，以至于当年建厂极度艰难，父亲与来自五湖四海的革命者一同以"不拿下大庆油田，死不瞑目"的精神力量，以"惊天地、泣鬼神"的气概，深一脚、浅一脚地从扛起一根根毛竹开始，生产出了第一锅烧碱，为建国十周年献上了厚礼。与此同时，父亲遇见了同是建厂第一代创业者的母亲，从相识、相知、相恋，至成家立业，生育了我们四个子女，并含辛茹苦地将我们拉扯大。在清苦岁月的洗礼中，父亲母亲见证了此辈人生伴侣的恩爱和伟大亲情。当祖国71华诞来临之际，回望那些艰苦岁月，父亲又有多少酸楚心泪萦绕心间啊？

父亲几十年工作之余形成的唯一不变的爱好便是垂钓了。退休之后，似乎只有静静地端坐于溪畔河边时，父亲那劳碌的心才能得到一丝清闲与安慰。父亲对鱼竿、鱼钩、鱼饵这"三鱼"宝贝乃是格外讲究，从不允许他人随意玩耍。或许只有当垂钓满载而归后，将条条鱼儿放入水盆里，坐在一旁看着宝贝小孙女逗鱼儿玩耍时，父亲清闲自乐的心情才溢于言表。我在一旁笑道，好像父亲辛苦垂钓回来的"成果"是给宝贝小孙女当玩偶了，其实当家人在饭桌上品尝父亲这些"成果"时，我的希冀是垂钓和鱼儿能够一直陪伴父亲度过晚年生活。

父亲在苦日子中煎熬过，习惯清贫，勤俭节约伴随父亲至今。虽我们子女现今经济条件改善，愿让父母生活品质上台阶，父亲却不喜奢侈生活，只求食可饱腹、衣能暖身。如今社会生活天翻地覆，与过去不可同日而语，父亲虽依然崇尚艰苦岁月的勤与俭，但对新生事物却持积极态度，如电脑上网、手机微信等等，时常会向我们子女、孙辈请教，可谓"活到老、学到老"。

如今父亲过着安逸的晚年生活，闲时垂钓之余，就和唯一的宝贝小孙女逗乐，尽享天伦之愉，有时也和老友聊聊家长里短、时事世情。父亲永远是我们子女所敬重的父辈，让我不禁忆起千年古诗"谁言寸草心，报得三春晖"的真正含义了。

作者简介：

郭涛，1970年生，中国散文学会、中国化工作家协会会员，卅年来在国内官方报刊、微信公众号等媒体发表散文、诗歌、评论、新闻报道等近50万字。虽获奖若干，然无甚建树，唯矢志不渝耕耘于文字田野，感受文字的天籁之音，不遗余力地在文学的天地里与广大文友、读者共享文字带给我们的心灵对话和情与爱的诉说。

老　墙

郭禹彤

　　我的老家，在苔色斑驳的江南水乡。运河侧，石栏旁，是烟黑色的断墙残垣，断裂处坑坑洼洼，好像被狗啃过似的。

　　老墙围起的老宅，很久没人住了。萧萧尘几尺，吱吱木门声，阴雨交加的夜晚，走进老墙院内，总有走进《聊斋》线装书的感觉，生怕哪一个墙角里溜出一只红狐狸来。

　　这老墙，当不复存在了？老墙的主人是鬓发苍白的爷爷，他抚摸着墙根一侧嵌入墙体的花岗石，用手轻轻擦去上面的尘灰，露出"咸丰二年建"的字样，轻轻地叹了一口气说："老墙，有年头了，不该拆的。"

　　爷爷的话好像灵验了，不多时，停工修整，一切静了。

　　太寂静了，老墙，可是我生长在老墙下的童话却鲜活起来。

　　童年的老墙之下，好像总是坐着一个老人，坐在藤椅上，前前后后摇摇晃晃，阳光在他黝黑的脸颊上勾勒出条条淡金的纹路，纵横交错，顺次弧起，笑容在他皱纹间闪着光。他的脸，就像老墙，沧桑难掩，却也十分宁静。他摇着蒲扇，微风将他稀疏的山羊胡吹得一飘一飘。旁边有个小女孩，不知疲倦地跳着闹着，笑声直荡在巷子一角，碎成一片金灿落在屋瓦上。老人慈祥地将她叫到身边，她乖乖地坐到小板凳上，听老人讲起了咸丰二年（1852），他的爷爷的爷爷跑码头做生意赚了钱，回老家筑起了这道老墙……

　　老墙傍着老街，老街枕着运河。它们静默着，那水亦安静，乖乖流淌着，歌也不唱了。于此金乌方泽下，那运河里，点点金泛着似水流年。星空下却不见了渔火点点，听不到鱼鹰欢唱。

这青砖砌成的老墙墙面早已苔色斑驳。墙根霉斑点点，蝼蚁鼠妇，喜的便是阴潮地头。这墙若烟熏般，净墙弥漫着灰。瓦瓦相接，边沿残缺，波状接云朵，相映的是活泼与沧桑。却有不死鸟一物，顺溜上墙面，翘昂身姿，阔叶绽开，细叶舒展，无土无水，乐享无垠，与云朵争一番冰清玉洁。

这墙上长满爬山虎的藤叶，如同一块浓绿的调色板。后来，藤枝枯萎了，连同墙皮大片大片剥落，青砖显露，裸露于空气风化。有处砖落，空空地豁了口，就像老者掉了几颗牙。劲风吹得干裂，一触，几缕薄烟迷漆灰，片雪落于青石上。有灰飘了一会儿，终是歇在一丛婆婆纳上。婆婆纳的蓝莹莹，一下就给遮去了。

这弱水入运河，河道径往入海口。不知几年开，不知何时行，只知老墙伴，深谙前年华。扶墙前行，只见一扇残破木门上晃晃悠悠地荡着一块匾额。那匾额上的字已经模糊不清，但还是能依稀辨得几字——这兜兜转转的，竟然转到爷爷曾经住的地方来了。

再看这面老墙，一时间神情恍惚。

一声雀啼，惊破了这幻想，眼前，老墙还是那个老墙，只是更老了，记忆里，那墙上的漆绝没有剥落得那么厉害，上面郁郁葱葱满是藤蔓一类的。而老墙前……没有老藤椅，没有老人，更没有那个欢笑的小女孩。

爷爷不在了，爷爷的老墙还在。

一叶飘落，随风卷了深巷，长巷尽头，粼粼波光，竟如梦似幻，好似是有个门，走过去，便能回到过去，那些人，全都会回来……

如何可能。轻抚老墙，老墙静默，还是那样宁静，那样安详，无言却胜万千情。

一切不得而知。溪水倾诉，河水低吟。纵是高精仪器，亦测不出曾经此处事件，模糊文字不详，道不出瓦勒的沙，灰砖的汀。就是这爬山虎，也早已不是当初的了。

只有老墙，还伫立着，沉默着。就像曾经的爷爷，安详地坐在墙根下，说着："老墙，那是咸丰二年……"

故，故园，故去之物。老，老墙，老去记忆。岁月逝去，亦未曾乌有，它寄托在别处，总有一双眼睛，看着它，看着它。

老墙，汝可明前朝岁月？

墙不语。

作者简介：

郭禹彤，江苏省南菁高级中学高一学生、共青团员。江苏省作家协会会员、江苏散文学会会员、江苏省青少年作家协会会员。2018 年至 2021 年分别荣获国家级奖学金——第十四届宋庆龄奖学金、新时代江苏好少年、江苏省"最美中学生标兵"、无锡市"最美中学生"。

春 韭

海 马

春韭的美味，在菜蔬里是首屈一指的。仅因时间节点的特殊性，它已然不是家常菜蔬，而是中国文化史不可或缺的某个组成部分。

就像水仙被叫作"雅蒜"一样，韭菜在中国古代被称作"兰葱"。且不说别样，单是直接记载春韭的文字，就多不胜数。《冶城蔬谱》里说："山中佳味，首选春初早韭。"而《本草纲目》中则记："正月葱，二月韭。"二月韭，当属春韭无疑了。这可以说是专业性书籍里的记载，颇有权威。

至于在中国古典诗词中，关于春韭的记述和颂赞，则更是随处可见。诗圣杜甫在《赠卫八处士》中写道："夜雨剪春韭，新炊间黄粱。"明朝诗人高启则有："芽抽冒余湿，掩冉烟中缕。几夜故人来，寻畦剪春雨。"这说的也是春韭，它给我们描绘了一幅非常美好而温暖的图画，老朋友晚上来了，赶快去菜园里割一些新鲜的春韭来。是炒鸡蛋，还是炒肉丝，或者清炒，那就不得而知了。反正，正好以春韭下酒，与老朋友对坐而夜谈。苏轼是著名的美食家，"东坡肉"的创始人，他对于春韭也留下了这样的句子："渐觉东风料峭寒，春蒿黄韭试春盘。"他说的这个春蒿，当指芦蒿；而所谓"黄韭"，指的是金黄色的韭芽，也即是俗称的"韭黄"。而韭芽，自然是在有意或无意间被捂盖，尚未破土而出的春韭。

关于春韭，还有一个美好的传说。南齐的文惠太子问什么菜蔬的味道最美，周颙答曰："春初早韭，秋末晚菘。"而且，关于韭菜的节气和时令，他还补充一句："春食则香，夏食则臭。"一个未来的国君，与一个大臣的闲谈，说的不是庄严的国家大事，也不是风雅的琴棋书画，竟然是以春韭为话题。

这不能不说是一段与春韭有关的佳话。

你可别以为韭菜只可三两好友佐酒夜话，上不了什么台盘。《诗经·豳风·七月》里的话，颇值得玩味："四之日其蚤，献羔祭韭。"这就是说，韭菜跟羔羊一起，都是可以作为祭品的。对于古代的中国人来说，这可是极其神圣而庄重的大事。如果说《诗经》仅是文学作品，它的有些说法不足为据的话，那么，《礼记》作为关于宗教及国家礼仪的经典著作，它的记载应该更有说服力。它不仅确认了以韭祭祖的说法，而且说，"韭以卵"。并有一段更长的记述："庶人春荐韭，配以卵，以敬祖先。"也就是说，用的还是"韭菜炒鸡蛋"。这有点戏谑的味道了。也许不是"炒"，而是韭菜"配上"鸡蛋吧。另外，这个"卵"是鸡蛋，还是鸭蛋，或者其他什么禽类的蛋，也就实在无法考证了。但韭菜可以献祭，而且是春韭，却是板上钉钉的事实。

当然，春韭中的最上品，当属头刀的春韭了。也许是孕育了一个冬天的缘故，又正是春寒料峭之时，生长速度比较慢，头刀的春韭实在是美妙无比。

有一首民谣，就是讲头刀春韭的："头刀韭，谢花藕，新娶的媳妇，黄瓜纽。"民歌里的比喻，质朴、新鲜，富有活力，也正像头刀韭、黄瓜纽一样，像新娶的媳妇一样。

我觉得，古往今来，所有关于春韭的描写和赞美，都不能超过这一首乡谣俚曲。

真的，没有人能出其右。

作者简介：

海马，本名王勇，1966年5月生，江苏海安人。中共党员。毕业于南京大学中文系。文学博士，哲学博士后，教授。中国作家协会会员，江苏省散文学会会员。发表作品200多万字，出版著作8部。散文集《荞麦》曾获第九届金陵文学奖（2015年）、第六届江苏省紫金山文学奖（2017年）。江苏省高校"青蓝工程"中青年学术带头人，澳门大学人文学院访问学者。现任南京某高校党委委员、校长助理。

水鸟记

韩开春

水　雉

水雉：鸻形目水雉科水雉属，又名水凤凰、凌波仙子、鸡尾水雉、长尾水雉、水野鸡、菱角鸟等，中小型涉禽。国家三有保护动物。

水雉大约是湿地最漂亮的水鸟了。

咳咳，等下，你说什么？水雉是最漂亮的水鸟？凭啥？在我看来，漂亮的水鸟挺多的，像丹顶鹤、天鹅、白鹭等等，甚至是鸳鸯，哪种不漂亮？你凭啥要说水雉是最漂亮的水鸟？

我知道，我这话只要一出口，就会招来无数的质疑声。

确实，对于什么是漂亮，什么是美，可能一万个人就有一万个标准，举个例子吧，西方人眼里的东方美女在东方人自己的眼里就不一定是美女，什么原因？就是因为审美标准不同。

但对于美，总得有个公认的标准吧？具体到鸟的身上，至少在中国人的眼中，凤凰应该是公认的最漂亮的，这一点应该不会有人提出反对意见。

无论怎么说，作为一种人造出来的鸟，凤凰集中了所有的鸟最美丽的一面，它要不是最漂亮的那才叫怪事。

但凤凰毕竟是虚构的，实际生活中并不存在，不过它也并不是凭空想象出来的，实际生活中有它的原形，这个原形，比较公认的就是红腹锦鸡。

红腹锦鸡就是俗称的野鸡，或者说是野鸡的一种，又叫雉鸡。我们在戏曲舞台上经常可以看到武将出场头上都会戴两根颜色艳丽的翎子，显得威风凛凛，这两根翎子就是雉毛翎，是用野鸡尾巴上最长的羽毛制成的。这也可以从侧面反衬出它的美丽，如果不是因为好看，演员们才不会戴它。

水雉当然就是水里的野鸡了，尽管它和真正的野鸡也就是雉在血缘关系上相去甚远，甚至远到八竿子都打不着，雉是鸡形目雉科的，水雉是鸻形目水雉科的，但它的名字里既然有了一个"雉"，那说明还是有相似之处的，不然人们不会给它起这么个名字。

这个相似之处就是它们的外形。

听听它的别名吧：水凤凰——水中的凤凰，名字里带上了"凤凰"两个字，说明它的美丽也是公认的。你要是不服，请再找出一位有类似名字的。

我是在二舅家旁的小汪塘里看到它的。

那天，我和表弟去汪塘边捞菱角吃，老远就见一只我们以前从来没有见过的水鸟在满塘的菱叶和鸡头叶上走来走去。我们还想，这个家伙不怕脚被戳疼吗？圆盘似的鸡头叶上布满了针一样的硬刺，我们在摘菱角的时候都要小心地避着它，不然手被它戳到了会很疼的。

大概是看到有人过来了，这只水鸟扑扑翅膀飞了起来，我看到了它垂在身体下面的长长的腿下有一对细长的大脚，身后还拖着一条长长的尾巴，羽色艳丽，还以为是野鸡，心里想，野鸡怎么长了那么大的爪子？它飞到水里来干什么？回去以后我们把这件事告诉了二舅，二舅说，可能是水野鸡。

许多年以后我才知道这只被我二舅叫作水野鸡的水鸟就是水雉，人称水凤凰，又叫凌波仙子，听到这个名字的时候，我的脑海里便浮现出了当年看到的情景，觉得这个"凌波仙子"的名字还真是蛮适合它的。

它的模样，说实话，与真正的雉比起来还是要逊色不少，更不用说红腹锦鸡了，但与其他羽色单一的水鸟比起来，还是显得很漂亮。

它全身的羽色大致也为黑白两色，但这黑色在阳光的照射下会发出金褐色的光泽。头、颈为白色，颈后的羽毛为金黄色，十分鲜艳，颈部略长；翅膀以白色为主；腿和脚爪青灰色；背部、腹部及尾羽为金褐色，尾羽很长。

当然，这是它处于繁殖期的样子，过了繁殖期，它的长尾巴就没有了。这没有什么好奇怪的，大多数的鸟儿都是这样的，繁殖期把自己搞得漂漂亮亮的，以此来吸引异性的眼球，过了繁殖期，又恢复了原样，此时，活下去成了唯一的目的，许多鸟儿都尽量把自己的羽色弄得跟周边环境一致或者尽量协调，这样，可以增大活下去的概率，避免被天敌发现。

水雉是罕见的一妻多夫制的水鸟，在这个大家庭中，雌鸟占主导地位。在动物界，一般来说，都是雄性负责打天下，雌性负责养儿育女，如狮子等。但水雉正好相反，打天下抢地盘的是雌鸟，筑巢、孵卵、带孩子的任务都交给了雄鸟，所以，从这个意义上说，雄鸟算是超级奶爸。在水雉的社会中，雌鸟是女皇，雄鸟是皇宫里的"后妃"，一只雌鸟可以拥有多只雄鸟丈夫。这有点像人类的封建社会，皇帝拥有三宫六院七十二妃，一个平民男人也可以拥有三妻四妾好几个老婆。

这种鸟儿，叫声有点像猫："喵喵喵"，很特别。

我小时候，还能经常见到这种水鸟，现在越来越少见了，起码已经有好几年了，我都没有再见到它们漂亮的身影，也没有听到它们"喵喵喵"可爱的叫声，真有点想它们了。

丹顶鹤

丹顶鹤：鹤形目鹤科鹤属，别称仙鹤、红顶鹤等，大型涉禽，国家一级保护动物。

在江苏看丹顶鹤，最佳的去处莫过于盐城，因为那里有一个国家级珍禽自然保护区，又名丹顶鹤湿地生态公园，位于射阳县新洋港镇境内，是太平洋西海岸最大的滨海湿地型自然保护区。前几年，受盐城诗人姜桦之邀，我曾去那里一睹过这种鸟儿的风采，那次，让我大开了眼界。

盐城丹顶鹤的出名，跟一个人有关，跟一首歌有关，这首歌唱的就是这个人的故事。歌曲的名字叫作《一个真实的故事》，又名《丹顶鹤的故事》，在当时的传唱度很高，生于 20 世纪 90 年代之前的人大约都不会陌生。1990年，歌手朱哲琴就凭借这首歌获得了第四届 CCTV 青年歌手电视大奖赛通俗唱法专业组的亚军。我清楚地记得第一次听这首歌的时候，被感动得热泪盈眶。

这首歌讲述的是一个女孩为了保护丹顶鹤而献出自己年轻生命的真实故事。故事的发生地就在盐城的这个丹顶鹤湿地生态公园，故事的主人公名叫徐秀娟，是位东北姑娘，出生在黑龙江省齐齐哈尔市的一个养鹤世家，满族人。1986年，徐秀娟受江苏盐城自然保护区邀请，从丹顶鹤在东北的繁殖地黑龙江扎龙自然保护区来到了它们在东南沿海的这片越冬地，1987年9月16日，为了救一只受伤的丹顶鹤（实际上是寻找两只走失的天鹅），不慎滑进了沼泽，牺牲时年仅23岁。

关于徐秀娟的事迹，即使没有听过这首歌但使用过苏教版小学语文教材的孩子们应该也很清楚，五年级下学期语文课本里的一篇课文《灰椋鸟》就是她写的，大凡老师在教学这一课的时候，都会讲到这个故事。

因了这个缘故，在江苏如果想看丹顶鹤，就必须去盐城，只有盐城才会有丹顶鹤——这几乎已经成了大多数人的共识，包括曾经当过10年小学老师、教过这篇课文的我自己。

所以，当那年冬天我第一次在洪泽湖湿地那片芦苇荡旁开阔的水面上，远远地望到一大群由东北飞过来越冬或者路过歇脚的大雁、天鹅以及各种鹭鸟、鹬等组成的冬候鸟、旅鸟大军中出现它们的身影时，我甚至有点不敢相信自己的眼睛，我的第一感觉是我一定看错了，我以为我看到的是东方白鹳，这里怎么可能会有丹顶鹤呢？

"没错，你看到的就是丹顶鹤，旁边那几只才是东方白鹳。"老黄很肯定地说。

别人的话我可能不信，但老黄的话我不能不信。这位20世纪60年代中期出生的专修"鸟类学"的大学毕业生，自1992年回到家乡担任县中生物老师以来，就一心扑在了家乡的这块湿地上，潜心研究各种野生动植物——特别是鸟类，组织学生开展湿地生物多样性的调查、宣传及保护工作，可以说他对这块湿地的生物熟悉程度不亚于一个人熟悉自己有几根手指头。

确实，虽然大体上看上去，丹顶鹤和东方白鹳很像，个头大小差不多，体形也差不多，一样地长腿长颈长嘴巴，一样地修长体形飘逸潇洒，还都喜欢单腿站立，摆出一副金鸡独立的架势，甚至连身体的配色都只有黑白红三种，又都吃差不多的食物，好像很难分辨，但是只要你稍微留心，还是能发现它们有很明显的不同。

相对来说，东方白鹳的头和嘴都稍微要比丹顶鹤大些，脖子也要粗壮些，整体看上去，可能丹顶鹤的体态会显得更加优雅。

还有，黑白红三种颜色在它们身上的部位也不同。当然，它们身上的主色调都是白色，黑色和红色只是点缀，但就是这么点不同，也是它们在外表上的最大区别。相对来说，黑色在东方白鹳的身上会少点，或者说部位更集中点，除了翅膀上的覆羽和飞羽之外，就是嘴巴是黑的了；而丹顶鹤除了翅膀的飞羽之外，腿是黑色的，喉部以及颈部也都是黑色的——有点像是顾长的白脖颈上围了一条黑色的围脖。当然，它们最显著的区别在那"红"的部位上，东方白鹳的红在腿上，是两条线；丹顶鹤的红在头顶，是一个点。不过，你可千万不要小看了这点红，虽然它在丹顶鹤的身体上所占的比例并不大，但就是因为这块不是很大却是很显眼的红，才让它有了这个专属于它的名字——丹顶鹤，或者红顶鹤——丹，就是红色，来自道士炼的丹药。

说到丹顶鹤头上的这点红，就不得不提一下"鹤顶红"，这个词在中国古代的章回小说或者武侠小说里常见到，是一种毒药——天然矿石，主要成分是三氧化二砷。纯粹的三氧化二砷是一种白色晶体，但自然界中的天然矿石多混有杂质，颜色鲜红，看上去像丹顶鹤的头顶一样，所以就有了这个称呼。其实鹤顶红跟丹顶鹤没有半毛钱的关系，千万不要误认为丹顶鹤的头顶这块红有毒，要是这样认为，丹顶鹤可真是冤枉死了。这种叫作鹤顶红的天然矿石，稍微加工一下就是著名的砒霜，砒霜的毒性有多强，凡是听过大鼓书的人都知道。

除了这种毒药叫作鹤顶红外，还有一种古董也叫这个名字，它是用一种鸟的头盖骨——更准确的说法是叫头胄——做成的，不过它来自东亚热带雨林里的一种极其珍稀的受到华盛顿公约（CITES）一级保护的盔犀鸟，跟我们今天的主角丹顶鹤也没关系，尽管丹顶鹤也是濒危动物，受到我国的一级保护。

丹顶鹤头上的那点红既不是毒药，也不能做成古董，那么，它究竟是什么呢？

是裸露的皮肤——因为皮肤下富含毛细血管而呈鲜红色。

没错,你没听错,丹顶鹤是秃子!

对于这一点,你会不会大跌眼镜?

我仿佛听到有人在大叫:天哪,怎么可能?这么一种很仙的鸟儿竟然会是秃子?

然不管你相信不相信,事实就是事实:丹顶鹤就是秃子!

但它并不是生来就秃的,你如果看到它的幼鸟你就会明白,它的"秃"是后天形成的,是性成熟的标志。如果拿人来打比方的话,有了红顶的丹顶鹤才算是一个成年人。

一直以来,丹顶鹤都很受人们喜爱,被称作湿地之神,我想这主要有两个方面的原因,一个是科学意义上的,一个是文化意义上的。

先说科学意义上的,科学家们研究发现,丹顶鹤对栖息地的要求很高,如果经过一块湿地它不肯落下,那这块湿地的生态环境一定会在几年之内发生恶化。反过来也成立,如果之前它对一块很少光顾的湿地突然感兴趣了,那一定说明这个地方的生态环境是越来越好了。在这点上,丹顶鹤简直就像有未卜先知的能力,所以,把它叫作湿地之神当之无愧。

它的这一特点并没给它带来多少好处,相反,给它的生存带来了不小的麻烦,人类对自然生态环境肆无忌惮地破坏,几乎要了它的命,所以才使得它在整个世界范围之内都显得那么稀少,成了需要人们保护的对象。

好在人们已经认识到了这个问题,正在努力地逐步改正,所以它们的未来还是可期的,就像洪泽湖边的这块湿地,本来并没有丹顶鹤,现在却发现了它们的身影,实在是一件令人欣喜的事。

再说文化意义上的。

这方面的例子就太多了,举不胜举。随便说几个吧,中国古代文献《尔雅翼》里称它为仙禽,它在民间有一个名字非常响亮,就叫仙鹤,是古代神话故事里许多神仙的坐骑或者徒弟。就连人去世也都说"驾鹤西去",意思是骑着鹤飞去天堂了。

熟悉白蛇传故事的人应该都知道里面有个白鹤童子吧,白素贞盗仙草救许仙时,负责看守有起死回生功效的仙草——灵芝草的就是他。白鹤童子的本领很大,白蛇纵有千年道行也不是对手——这其实也是告诉我们,在鹤的食谱里还有蛇这一号。白鹤童子的真身就是丹顶鹤（现实生活中另有白鹤，跟丹顶鹤在长相上略有不同），是元始天尊大徒弟南极仙翁的徒弟，曾经在封神大战中击杀过"三霄"中的琼霄仙子，是个了不起的人物，就连大名鼎鼎的杨戬都要叫他一声师兄。

画家对它也是情有独钟，中国画里以它为主角的传世佳作举不胜举，多把它和松树画在一起，一只或是几只丹顶鹤站在松枝上，很有点道骨仙风的感觉，题款"松鹤延年"，是长寿的象征。

松树可以活很久这是事实，但丹顶鹤的寿命未必就有那么长，不过就鸟类来说，它的寿命也不算短，比不了秃鹫之类（据说秃鹫能活80岁），但也还算可以，能活50~60岁，少数可以活到75岁，也算是长寿了。所以，单从寿命长短这一点来看，用它们来表达人们对于长寿的追求没有一点儿问题。

只是丹顶鹤站在松树上有点违背科学常识，鹤的后趾都很短，位置长得又有点高，并不能和前面的三趾对握抓住树枝。能站在树枝上的是鹳或者鹭，所以在树上筑巢和栖息的是鹳和鹭而不是鹤，鹤只能在地上筑巢。这也是区别鹳、鹭和鹤的一个方法。

不过，丹顶鹤是舞蹈大师这是不容否认的，它们的舞姿飘逸优雅，十分华丽，而且喜欢边歌边舞，这是鹳比不了的。它们的叫声也十分响亮，汉语里有个词"唳"，似乎是专门为它而造的。会叫，而且叫声很大，是区分它和鹳的另一办法。鹳只会用嘴巴上下叩击发出声响，和鹤不可同日而语。

能歌善舞似乎是鹤们都具备的本领，除了丹顶鹤，还有另外一种鹤也特别擅长此技，它来自民间传说，跟一座有名的建筑有关——对了，就是武汉的黄鹤楼。据说，这座楼的得名就是因为一个仙人在它的墙壁上用橘皮画了一只黄鹤，这只黄鹤很是神奇，只要有客人拍手唱歌，它便会合着节拍翩翩起舞。不过又有人说鹤中并没有黄鹤这一种，所谓的黄鹤，其实是草鹭。

最喜爱鹤的文人大概要算是宋朝人林逋（后人称之林和靖）了，此人甚至把丹顶鹤当成了儿子，有一个成语——梅妻鹤子——说的就是他。

但这样一种备受中国人青睐的鸟儿的学名却跟中国无关，它的拉丁学名叫（Grus japonensis），意思是日本鹤，真是岂有此理。究竟是什么原因呢？是这种鹤产自日本吗？绝对不是，丹顶鹤的几个种群绝大多数分布在中国大陆，那到底是怎么回事呢？说起来，这还真怪不得别人，要怪也得怪那闭关锁国的大清朝。1776 年，国际生物学界给丹顶鹤正式命名，正值乾隆年间，外国学者进不来中国内陆，"发现"不了这种在国内具有悠久历史的鸟类，恰巧此时他们得到了来自日本本州的丹顶鹤样本，按照样本来源地命名的原则，就给它正式命名为日本鹤了。尽管后来因为丹顶鹤在日本本州岛的灭绝，动物学家们将它的英文俗名改成了满洲鹤（Manchurian Crane），但按照惯例，物种的拉丁学名却如长在身上的胎记，永远改变不了了，这实在算是个不小的遗憾。

作者简介：

　　韩开春，中国作协会员，江苏紫金文化英才，文学创作一级，出版《虫虫》《雀之灵》《水精灵》《与兽为邻》等自然文学作品集多部，曾获全国优秀儿童文学奖、全国优秀科普作品奖、紫金山文学奖、冰心散文奖、孙犁散文奖、中华宝石文学奖等多个奖项。

吃　饭

韩丽晴

一

在苏中乡下，吃饭意味着某种仪式。

饭桌上，偶尔左手不捧碗，我妈隔着桌子伸过筷子来夹手，说不打不长记性。有时五指朝上捧碗，也要挨一通说，这叫五指巴天，是不尊重上天。碗洗后得用抹布擦净一只只反扣好，筷子得两根摆得一样齐，喝粥不能发出呼啦声，头不可埋到碗里喝汤，吸面条不要脖子仰得鼻孔眼朝天，筷子不得捅得饭碗当当响。对于让人活下去的东西，对于养命的一切东西，村子里的人有种天然的崇敬。我妈说，吃饭没吃相出息不会大，宁可饿在肚子里也不要穷在志气上。

有种饿，不是没的吃，而是每顿都不能尽兴吃饱，就像捏着嗓子勒着肚皮一样，难受。明明是穷得吃不饱，但我妈还有一套说法，听起来蛮漂亮的，她说糖吃到嘴里只甜到舌头，涂在脑勺子后面才能甜到心里，肚子里带着三分饥走路才知跑得快。

因为粮食稀少，即使每顿都吃得刮碗底刮锅底，但若逢有人饭点上来找我爸谈事，我妈总是招呼人家一起吃，还特热情地说也就添双筷子的事，不麻烦的。吃饭的人来多了，我妈说也就是多添一瓢水的事。说得好像吃饱、吃好也只是筷子和水的事，全然不顾我常常饿得蜷缩成一团的事实。

背地里我妈还说，别老记挂着嘴上的食，自己吃了臭茅缸，让人吃了香四方。这才是她真正的心里话。明明吃不饱，还把饿当成一种体面。我们村子里把吃得多的人，称作"咯食宝"，多吃多占的意思，不是句好话。

二

春天的日头长，门前苹果树的叶子在清晨的阳光下亮得如玉一样。临到中午，阳光爬到了梨树上，叶片上润泽的亮光渐渐带上一丝薄雾，像过年时吃的白米饭上那层热腾腾的轻烟，透着暖香。

午饭时的村子，鸡不再与狗追着跑，圈里的羊也垂下它躁动的长睫毛，那些煮在锅里的关于春天的菜肴，让万物停止喧嚣，归于平和与温柔。午后，太阳骑在柿子树半边的树梢上，树下的母鸡们放慢了刨食的爪子，一朵花从树上吹落在跌跌撞撞的小鸡边上，幸而不是一枚种子，避免了被小鸡吃掉的命运。

天，始终暗得慢。我跑到厨房里，对着水缸看，对着筷子看，我妈说吃饭就是添双筷子、多舀一瓢水的事，可是这筷子这水缸，怎么看都是不抵饿啊。好慢的时间，我倚坐在夕阳下的梨树上，睡着了。

五六岁时的我，头发黄软，个子瘦长。伯母背地里给起了个外号，就叫豆芽。我妈知道后很是生气，被人取外号终归是难为情的事。不过，我倒觉得很形象，说是绿豆芽更适合些，比黄豆芽还要纤弱上一号。我不反感这个外号，像豆芽多好，起码是棵菜。我还愿意像面条，像白米饭，饿不着。

三

夏天，村子在火里烤着，人们怕热，中午和晚上基本都不生火了。我们家也是，早晨烧一锅薄粥，管一天的吃喝。

每天早上，我们喝一碗掺了番瓜的元麦糁子粥，余下的粥全都锁到我妈房里。等她中午收工回来，开了锁，才能喂我们早饿得像榆树叶子一样薄的肚子。小饭桌端到院子里的树下，盛上一碗元麦粥，桌上有瓜扯、盐蒸紫茄子、白糖拌红番茄，青椒炒黄豆米，微风从树杈间的各个缝隙里漏出来，带来远处稻田里的香味。偶尔也会捎来一两朵缠在丝瓜架上的牵牛花，那紫的红的花朵落在碗边，比菜香。没人去打扰它，任它继续着一朵花的旅行。

四

这一年的秋天，村子里隐伏着一股兴奋的情绪，平静的乡村生活充满了某种期待。邻居们都在议论，今年的稻子要用机器来收割了。我妈说这下好了，一颗颗米就像磕头磕出来的，插秧时弯腰驼背向后退，收稻时驼背弯腰向前爬，现在如果站着就能把稻子收上来，简直就是神仙过的日子。我爸笑，说你也真会想，神仙还要费劲巴脑地种地？我妈说，那是肯定的，神仙也得吃饭嘛。

终于，收割机在下午时分一路轰隆着开进村子。田埂上站满了看热闹的人群。老支书举着一根竹子在收割机前做着引导，还有两个大男将举着杈子和大麻袋跟在收割机后面，齐整整的稻谷卷进收割机，稻秆从收割机里吐出来就是穰草，谷子落在后面的麻袋里，装满一袋就再换一只麻袋。年近七十岁的老支书戴着草帽，他跑在收割机的前面，金黄色的田野大片地朝他身后退去，那是一片铺天盖地的金黄色，但在这种金黄色里，每种植株又有着自己独特的符号，一种符号就是一种命运，你看那远处的田野如团团燃烧的海水，壮阔的轮廓直接延伸成天际线；稻叶上布满砂粒样的纹路，明净的秋阳下跃动、挣扎、闪烁出深浅不一的光斑，它们向大地的告别庄严而又热烈。我此后，再也没有见过这样壮阔的收割时的稻田，它们从此长在我的记忆里，并且在我后来的生活中反复再现，只是再现，无法覆盖。

那天，收割机最终没有试验成功，机器碾过的地方遗留下的稻穗、碎谷子多于人工收割。农民们重新弯腰挥镰。后来，人们常常谈起那仅有的一次农业机械化的经历，因为兴奋，语气略带震颤。

五

中秋节，我爸决定请客。客人有两位，小张和小王。他们是村办厂特地从无锡请来的师父，在我们村用石棉瓦搭起的厂房里，教农民们如何用烧电炉子的办法提炼出酒精、硫酸、硝酸、盐酸。

那天晚上，院子里点了两盏玻璃罩煤油灯，我妈用新收的白米煮了饭，贴了米粉饼，炖了一盆麻虾酱鸡蛋羹，红烧了一盘鲫鱼，煮了一大碗的肉圆子，煨了一锅芋头扁豆肉骨头汤。我爸买来一大捆橘子汽水，每个人都分得一瓶。

饭碗一丢，小张和我妈打来井水，一边洗碗，一边唱锡剧，唱的是《珍珠塔》。小王跟我爸一人泡了一壶茶坐在梨树下聊天。小张唱，娘说我虎背龙腰生得好，一定要穿大红袍，脱掉红袍换紫袍，腰束金镶白玉御骨套。

我呆呆地站在那里听着，一动不动。月亮上来了，小张和小王要回到厂里去住了，我和妈妈举着煤油罩灯送他们到院门处。小张说，亮子上来了，可以省点灯油了。然后就接过我妈妈手上的罩灯，轻轻吹熄那一簇火苗。月光一下子就亮堂了起来。小张学着我们当地人，将月亮唤作亮子，口音又轻又糯。她转身走在门前的泥路上，脚上一闪，那是穿在凉鞋里的玻璃丝袜在月亮下的反光。我站在那里看着他们的背影，直到小张肩上的两根辫子在月色里越走越远。回家，关上院门，落下门闩，我轻轻学着小张口音说，亮子上来了。就在那一瞬间，我听到内心里有什么东西跳了一下。

六

常在饭点上来我们家的人当中，习余算是一个。习余原先是六队的生产队长，大队里筹备化学试剂厂时，我爸说你高中毕业，有文化，来当厂长吧。习余厂长三天两头就来我们家，我爸白天在外东奔西跑，他只有在饭点上才能遇到我爸。来了也不多话，一脸苦恼。我妈喊，一块儿坐下吃饭吧，肚里有食了人就不慌了。饭点上家里突然来一个人，我们就都没机会添第二碗饭。我妈刮锅底时还特细作，生怕那点响声让人家难为情。

有一年大人们老传着要地震，家家搭起防震棚，村里、公社还有县上的干部天天在有线喇叭里讲防震。有一天，半夜，突然喇叭里拉起地震警报，我爸把睡得正酣的我们一个个连拉带抱地拖出去，紧接着再去西屋里喊我爷爷奶。

一家人正都坐在院子里惊魂未定呢，就见大路上奔来一个人影，到了近处边跑边喊，是习余。我爸迎上去，以为厂里出状况了。习余满头大汗，说厂里没事，今天停电没开工。警报一响，他两脚一拔就奔来了，想着这里老的老小的小，一大家子光靠我爸我妈担心应付不过来。我爸递过去手上的芭蕉扇，拖了把椅子，说坐吧，没有大事的。等习余走了后，我爸说，你们以后要记住习余，要做这样的人。

我妈说，地里长出来的庄稼，你只要在嘴上慢慢嚼上十来下、二十来下，都能嚼出香味来、甜味来，说饭菜不香，是嚼得太快了。

这些话我虽然以前听过，但要真正听懂，得要经历了实实在在的生活后才能明白。记得有一次，无心与人说话，也不出门，就闷在家里看闲书。看到书上说，能把米饭吃出香味来的人，就能把日子过得有趣起来。于是，我当真煮了一锅饭，洗手漱口，盛了满满一碗，每口饭认真地嚼上二十来口，一口口嚼碎、咽下，没有任何小菜，就一碗白米饭，竟然吃得眼泪汪汪。世上哪有不香的饭菜呢，只有不会细嚼慢咽的人。

入山无处不飞翠

韩树俊

春日的一个周末,驱车前往金庭镇东蔡村。

此行专访茶娘,更是访亲寻根。东蔡村,缥缈峰南麓一个保护完好的千年古村落,去年 4 月入选首批江苏省传统村落名单。满山茶树青翠,古村小巷深深。一边,花岗石墙基与裸露着砖块的高墙述说着古村的过去;一边,两层或三层粉墙黛瓦的楼房彰显着古村今天的安宁祥和。我外公是东蔡敬德堂后裔。年过八旬、现居东蔡同为敬德堂后裔的蔡克明是我表兄,年过七旬的蔡乐明是我表弟。

整个下午,都在一片翠绿中与表兄弟品茶叙旧。表弟媳 20 世纪 50 年代中期生,中等身材,傍晚时分,红光扑扑地背着背篓进了大院,清秀、干练、利索。紧跟其后的表甥媳显得有些苗条,她在镇政府供职,双休日在自家山上采茶。金庭镇每一位妇女有各自的职业,茶忙时个个都是茶娘,采了一天茶,她依然步履轻捷,精神焕发。

"吾里都是八九岁就上山采茶哉。"表侄媳边说边将筐里的茶叶倒在八仙桌上,婆媳俩和来帮忙的邻里老婆婆,利索地分拣起茶叶。问到村里镇上情况,快言快语的表侄媳如数家珍。她说,东蔡全村现有 3000 村民,去除未成年人,妇女有 1000 余人,茶季外来用工几百人多为女性,村里一线茶娘就有一千四五。如此算来,金庭镇有常住人口 45595 人(2020 年),全镇妇女约 15000 人,加上外来工,至少近 20000 茶娘。目前全镇共有茶园面积 17000 亩,茶叶总产量在 210 吨左右,产值 1.5 亿元。

上班前上山采一个钟头茶,下班后回家采一个钟头茶,摸黑回到家,赶紧拣茶,炒茶。茶乡的女人茶季最辛苦。乐明表弟两个儿子都在身边,小儿媳在金庭地区人民医院上班，也是个"业余茶娘"。

乐明表弟抓过一把挑选好的茶叶，放在手心上，一一细分给我看。这是独芽，这是一叶一芽，也叫一旗一枪；这是一芽双叶……要把老叶头剔除，重瓣的要拣掉，1.2厘米长，是特一级，2厘米长，是特二级。说话间，分拣已经完成，开始过秤。

"5斤6两。"这是婆媳俩一天采摘挑拣后的茶。

6万个一芽一叶或8万个芽头，才能炒出一锅上好的明前碧螺春。杀青、揉捻、搓团、起毫……抖、炒、揉多种手法交替进行，炒制出的碧螺春茶卷曲如螺，白毫毕露，银绿隐翠。

每逢茶叶季，早上5点不到，茶娘就要出发上山采茶，正常一个熟练的采茶工，一天最多只能采摘4斤不到的茶叶。

1斤半鲜叶炒一锅，炒出茶叶3两多。天气干，炒出的茶叶就多；天阴，空气中水分多，炒出的茶叶就少。而1斤成品碧螺春，大约需要4斤鲜茶叶来炒制，最少需要两个熟练采茶工一整天不停歇地采摘！

"家里总共有多少茶树？"

"田里四五百墩，连山上千把墩，一墩有好几棵茶树，都是拢在一起的。"

婆媳俩在山坞里一天采下的5斤6两茶嫩芽，当晚必须完成摊青、杀青、揉捻、搓团显毫、烘干等所有工序，晚饭后，家里的男人女人还得忙碌两三个小时。

表弟老宅居"敬德堂"前几年已经翻建了三层新楼。花岗石石库门上方的砖雕横联书"玉越盛辉"，松鹤、日辉、祥云的巨幅砖雕，垂挂的宫灯和硕大的万年青盆景，端庄厚重，古色古香。坐在假山的半亭听潺潺流水，看尾尾金鱼，品醇醇香茗，我与表弟叙起了旧。我外公与表兄弟的爷爷是堂兄弟，同为宋秘书郎蔡源次子蔡继孟后裔。蔡源是周武王第五子蔡叔度后裔。儿时我随母亲来过"敬德堂"。此行我特意看了尚存的老屋，斑驳老墙，明瓦老窗，残存大厅，古拙石础，无声地述说着一个曾经辉煌的过去。

史料记载，徽宗喜茶，点茶手法一流。点茶是始于宋的一种饮茶娱乐与茶文化，将茶叶末放在茶碗里，注入少量沸水调成糊状，再注入沸水，茶筅搅动，茶末上浮形成粥面。再加水，搅动茶汤，直到茶汤里泛起泡沫。试比谁搅出的粥面成形最规准。宗室长女受郡马蔡源之命携长子、次子分居西蔡、东蔡，最终长眠于洞庭西山。想必是宗室长女最早把宫廷国君喜茶、点茶的礼仪带到西山，带到民间。这也该是这位皇室长女对于西山茶业与茶文化的贡献。

晚间的家宴丰盛而亲切、温暖。住在隔壁的表兄同来入座。表弟今儿个高兴，斟一杯红酒，表侄子喝白酒，其余全是新茶。如这新茶，清清香香，如这红酒，醇醇浓浓。话题依然离不开宗族和碧螺春茶。述说着家谱中的一些共同先祖的名字，或曾经显赫，或一生平常，好像都成了古村落家园里触手可及的一员。这倒让我记起了陶文瑜在《乡关何处》中的一段话——

> 家谱上的字里行间，是一些通向古人的线索，曾经是中国历史上呼风唤雨声名显赫的古人，记在家谱中，就是古村落人家中的一员了。
>
> 这个时候，历史就是一座张灯结彩的戏园，古村落里的乡亲们，平静地看着自己的先人，担任一些生旦净末丑的角色，演绎一些天地君亲师的故事。直到赛场之后，他们走出戏院，走进自己的家园。
>
> 舞台上是瞬间的辉煌和风光，重要的还是踏实朴素的日常生活，平常人家竟是名门之后，名门之后，原来就是平常人家。我们走过古村落，在依稀可辨的痕迹中，看到了忽隐忽现的从前。

宴毕，表侄媳在洗刷碗筷，她马上还要去隔壁人家拣茶。表弟媳微笑着打招呼，她也与邻里家约好了要去帮忙。这一对婆媳茶娘淳朴的背影，这一家子融融乐乐的生活，形象地诠释了村口的一条标语"绿水青山就是金山银山"。

正如古村民歌中所唱，"东蔡西蔡好村坊，石头家谱在于堂。各姓各堂家谱里，他们背后有文章"。短短一个下午，我一直沉浸在千年茶香之中。蔡源、蔡继孟后裔中的婆媳两代茶娘，她们是古村千百个茶娘的缩影，不只是各姓各堂家谱里有文章，她们个个都有姑苏茶娘美妙的江南故事。

作者简介：

韩树俊，江苏省作家协会会员、西部散文学会常务理事，曾获西部散文排行榜、吴伯箫散文奖、中国散文年会散文一等奖与十佳散文奖。著有《一条河的思念》《姑苏十二娘》《风润江南》《绣娘的春天》《卓尔不同》。

年

胡　玮

　　年在大冷之后，年的街很空，很萧索。

　　听到稀稀拉拉的火炮声，偶尔炸开，像指甲花突然炸裂的花苞，里面的种子嬉闹着跳出，让人感到惊喜，这时，年从这火炮声、硝酸味里大胆钻出来。在一月末尾的街道，人的气息一点点被冻掉，直到年前的最后一场赶集，地缝里溜走的也是人声。集市每逢五天赶一次，若本县是赶个位数为三和八的，即每月的三、八、十三、十八、二十三、二十八号赶场，边界邻县则是二、七或者一、六的，这样推算下去，每一天都有一所城镇在赶场。摆摊的卖服装或者是卖水果都是从一地迁往另一地，早早搭班车来到，开始支起一个四方独留一面的架子，铺上木板，男老板大都精瘦，腰间别包卖裤，女老板则肥硕，头发粗卷刨饭（大口吃饭），也有夫妻一对儿来的，这样的多半拥有一辆小货车：除了老家，任何一块地方都是家。这样的集市结束得都早，到了下午三点，一个个臃肿的包裹像被押牢的犯人，抱头羞惭地蹲在地上，班车一来，商贩就拽着它们就立马赶往下一个集点。也有卖包子馒头或是米皮、豆腐离得近的，早上三四点便起床，装上一背篓，在山晨露水间徐行，这，往往都是妇女。

　　黑水，这个只有一条主街的镇子，居住的人口不多，赶场却总是很热闹。因为地处三城交界，物什，新鲜玩意儿或是外省水果来往的商人总是很多，镇里村子也不少，老婆老太上街买几斤面条、粉条和油盐，再给孙儿兜上一把冰糖、几个肉包子或者麻辣小吃；年轻小伙子十来岁染上黄毛，邀三引四地在街上转来转去，看漂亮姑娘，吹个口哨，这个年龄，他们需要世人给予他们独特的眼光；飘着方言味的大喇叭，治腰酸背痛，喉咙嗓子干，老鼠药追得老鼠满地跑；还有蹩脚牙医，一个凳子、一块招牌布就是几十桩生意，老汉们牙掉了、坏了，修修补补，将就用吧，补不好牙的多半身体也补不好了，那就去吧。

最后这场赶集，零食糕点别样多，烟花爆竹自有家境好些的人来买，卤鸡爪子、猪蹄也好销卖，不像平常只有几个常客；那些干瘪的老牙、迟钝的味觉也终于肯尝一尝小苹果、长相奇怪的凉菜了，乐得去鱼池里买那两三个品种的濒临死亡的鱼。外地的儿女基本都不回来的，老汉老婆们也领着孙儿去服装摊看看，便宜也时髦，而孙儿们哭着喊着攥着要跟着去，无非是想在街上吃一顿五块的哨子抄手，以猪碎肉做汤，先细细数了有多少个，计算着，把皮都啃完再吃馅。买几只烟花棒是必要的，再来几斤葡萄吧，一颗颗嚼，背篓装得溢出来，手上也提满喽，这才叫过年。

我家离爷爷奶奶的家都挺近，一般都是年三十前一天回去，父亲的两个兄长也是如此，木屋里满满的冷空气都被人的体温给赶跑，一共二十多个人、米虫、蟑螂、老鼠，一堆堆的土豆挤在这一百多平方米的木屋子。这一天就开始准备，伯父买了一只活羊，思忖在三十晚上烤羊肉，剖鱼的剖鱼，杀鸡的杀鸡，未成长起来的女眷们剥葱、洗白菜、甜菜，而奶奶则刮掉胡萝卜坑坑洼洼里的泥，这些都是从自家菜园子里弄来的，和新年的雪一样新鲜。一切就绪，待到三十那天，下午三点就得吃饭，即"吃早夜饭"，猪脚是从早上就开始炖上的，各种小菜，鱼煮豆腐，白菜溜入大锅，吃大锅煮菜是我们这一带的风俗，这就是主菜，只要能吃的都能放入锅里煮，这时的锅是灶间的大锅，比五尺男儿的背还宽，底下是三脚圆架或者旧轮胎改造的火台，木块柴从开春一直劈到年尾，聚拢而上，形成一个三角锥，男人们连同老汉从来只喝白酒，有别的客人来也是以酒相待：第一次来要是推辞不喝酒，以后再来，那就莫想着有酒喝！先每人倒上满满一杯，这顿两三个小时的宴还有五六杯提酒器等着。吃饭之前，更重要的是到陶屋里上供：三只碗，分别盛上一勺米饭，一只猪脚，一只晾豆腐，筷子摆上碗檐，头朝里，白酒在碗后，各三杯，也是少许，而后便是烧香，送纸钱，烟雾和火炮声总是一同升起的，这下午的三点，隔着山的河对岸，早已经响得稀里哗啦，而我们刚把一大盘火炮打散，铺在下面的马路上，作为临别礼，更是晚宴开始的信号。屋外的焰火还未燃尽，屋里的焰火早已经升起，年，就在这焰火中。

吃完饭，妇人们开始洗洗刷刷，准备今夜的夜宵和明日的新饭，一日即一年呀。守夜是一定要的，孩子等待春晚，男人们等待牌局："炸金花"或是"划船"，每人发三张牌，十块一打底，可以"闷"，即一轮过去不看牌；也可以"撬"某一方的牌，即两方互看牌的大小，输的"趴"下牌，赢的则继续，等到最后只剩下一家，这桌上花花绿绿的钱就都是他的了，手那样一捞，好似把整个世界都划分给了他，赢了帮要好的打个底，或是自个儿闷几把，人们总是喜欢惊喜的。这样的夜晚，每个人都能大方输钱，也能大方捞钱。女人们呢，则是麻将、长牌小小胡，桌下的火蚀盆自有不好这口的人加炭，烧化这陈旧，这过去的和还未来到的艰难。到了八九点，夜宵或是鱼肉豆腐面，或是大孩子们张罗的烤串，也或者是火炕边火蚀烤着的糍粑，四周来赶牌局的、串门的可以尽情地吃嘞！吃完这饭，再玩上一两个小时，到十一点左右，来的人基本都走了；也有的小伙子是几家转，八点在这个村里，九点又去了镇上，无论如何十二点的烟花总是有的看。牌局早已停下，几个人在里屋盯着时间，几个人在外面马路错开电线摆上烟花，而在吊楼上看着的"领导"（父亲那一辈）们，一面催着地下的快点，一面又紧紧追问里面还有多少秒，"两分钟""一分四十""三十秒""二十五秒"，直到最后跟着电视里一起大声倒数，远岸的声音亦是此起彼伏……

作者简介：

胡玮，女，1997 年生，重庆酉阳人，苗族，南京理工大学材料科学与工程学院 2014 级本科生，知识产权学院 2020 级硕士生。已在《青春》《太湖》《新华日报》等发表散文多篇。

一片芦花入梦来

黄丽娟

芦苇仿佛生来与水相依，若沟渠河畔少了芦苇，水也就没了灵气，连鸟雀也不愿光顾。

芦苇，沙地人叫芦青，是沙地里自生自灭生命力极强的植物。往往割了一茬，不消几日，芦苇根又拔节生长起来，不仅往上蹿，还向四周大肆扩展地盘。其韧劲儿不容小觑，真像耿直倔强的沙地人。

夏天还未露头，男孩子们已挽起裤管儿，在芦苇丛里钻进钻出，活像一条条欢蹦乱跳的鱼。胆大的，弯下腰，扎进芦苇丛，专找有洞穴的地方掏，不时掏出螃蟹、黄鳝、鱼……偶尔，也会阴差阳错地掏出一条蛇来，吓得赶紧甩手。有一次，堂哥摸到一条蛇，并不害怕，抓着它逗隔壁的三毛，吓得三毛哭着喊爹喊娘，其他小伙伴则幸灾乐祸，个个仰天大笑。我胆小，常在岸上，用一根苇秆做成钓竿，穿条蚯蚓，看准攀在芦苇根上的龙虾伸过去，龙虾一闻到香饵，立马乖乖地上了钩。遇到闷热天气，透出水面乘凉的龙虾特别多，我们钓起来格外轻松。不一会儿，盆里已爬满了大大小小的龙虾。带回家，爹娘眉开眼笑。餐桌上自然多了一道丰盛的龙虾大餐。爹呢，免不了要抿上几口小酒。

端午前夕，芦苇叶成了农家的香饽饽。大娘婶婶们系着围裙，纷纷来到芦苇丛采苇叶。有的芦苇长得高过人头，只能循着笑声才能辨别出这边是东家张婶，那边是西家李婶。我娘喜欢头上包一条花头巾，在碧绿的芦苇丛中，很是醒目。女人们干活利索，话也多。她们一边采，一边讨论着要包啥馅儿的粽子，什么豆沙蜜枣、花生红豆、蛋黄肉粽……孩子们听了馋得口水都流出来了。说完了馅儿说形状，三角粽、四角粽、方形粽、长形粽……芦苇丛里，不时传来一片嬉笑声。孩子们可没有耐心学这个，早已分散在芦苇丛中，有的采苇叶做风车，有的采苇叶做芦笛，稚嫩拙朴的音符在空中快乐地飘荡。

天气逐渐变凉，芦苇开出了洁白的芦花。"江水青云捲，芦花白雪飘。"小时候，除了长江，我见到最宽阔的河流就是老家旁的红阳河。河水清澈，两岸芦苇密集丛生。芦苇开花的时节，是红阳河最美的时候。从远处看，洁白的芦花扬扬洒洒，像一层层雪，又像一片片云。在阳光照耀下，泛起一道道令人炫目的金线银光。风吹过，芦苇尽情地招摇，那摇曳的身姿，那美丽的芦花……让人禁不住遐想：纵然一夜风吹去，只在芦花浅水边……

读了些书，就有了新的想法。芦花该是水的姊妹吧，水因飞花而灵秀，花因碧水而妖娆，雪白的芦花倒映在红阳河清凌凌的水中，如畅游在河中的一叶叶风帆，又似飘落下来的一根根羽毛，如梦如幻，给萧瑟的深秋奉献出一抹亮丽的色彩。

春采苇叶，秋采芦花。采芦花，不是为了玩，是为了赚些零用钱。因为，芦花是用来扎扫帚的好材料。不记得一把芦花多少钱，只记得要采好多好多的芦花，才换来一支花花绿绿的钢笔。红阳河畔，时常有一群群活泼孩童的身影。那一串串银铃般的笑声，吸引着过往的船只。船上的人出神地望着我们。多年后，我读懂了他们的目光，那是向往，是真正的羡慕。就像现在的我，看到天真可爱的孩童，总会情不自禁地停下脚步或者弯下腰来与之逗乐、嬉戏。红阳河里的船只很多，有捕鱼的，有运货的；有机关船，也有小木船。每当听到那突突突的马达声时，就知道又有一条大船经过了。那时，我最大的愿望就是想坐一坐机关船，从红阳河的一头到达另一头，看看它连接的是长江还是黄海。如今，那少年已变了模样，但红阳河仍旧那么美。河面越来越宽阔，两岸芦苇依然茂密，清亮亮的河面，好似深情的眼眸，静静地与天空对视着。偶尔有人在河边垂钓，或坐或站，一杆一线，神定气闲。来往的船只也不徐不疾，似乎在游览观光。娘告诉我，每到端午，来采苇叶的人仍很多，但芦花开时，已没有人来采了。听了娘的话，我有些怅然。

忘却芦花丛里宿，起来误作雪天吟。芦苇可当柴。大雪纷飞天，灶膛里塞一把芦苇，再在下面埋一个红薯，火苗红红，映得人脸蛋通红。闻着红薯扑鼻的香味，心窝里顿时也热乎乎的。隔壁六叔，中年丧偶，腿脚又不便，不能下地，只能靠修理自行车勉强度日。到了年关，家里缺柴草。邻居们看不过，主动给他送来了一捆捆芦苇当柴烧。六叔感动得直抹眼泪。他瘸着腿，将一捆捆芦苇整齐地排列在屋檐下，令其风吹日晒。到了大雪纷飞的日子，六叔剥去芦苇的壳，芦苇露出白白的秆，用锯子锯掉根部和梢头，剩下约 1.8 米的身子，然后用自己搓成的茅草绳，将芦苇秆一根一根连接起来，又结实又整齐。这就是芦簟，沙地人称之为"帘子"，是农家晒棉被、晒红薯干、晒粮食的必要工具。六叔一口气做了好几张芦簟。他差儿子将这些芦簟一一送到给他们芦柴的那些邻居家里。多年以后，偶遇六叔家儿子，闻其投身建筑业，已拥有千万身价。因不忘旧日乡邻恩惠，除了给村里筑水泥路，逢年过节，还总会给全村百姓发福利。尤其是百岁老人，每月都供米和油。邻居们感叹，六叔心灵手巧，家风好，带出来的儿子自然也好。如今，这芦簟已成了稀罕物，城里几乎看不到它的身影，就连乡下也很少有，因为会打芦簟的人很少了，而且沙地人自己再不晒红薯干、萝卜干啦。

偶尔翻阅家乡《水利志》，意外走进了沙地芦苇的前世今生。它既不同于白洋淀的芦苇，又有别于沙家浜的芦苇，刚柔兼具，以韧见长。善于表达的沙地人，根据芦苇不同的生长部位创造了许多恰当而又别致的名词，"芦根""芦芽头""芦青""芦青叶子""芦花""芦柴""芦头"，一个个唤起来格外亲昵。而在利用芦苇上，善于创造的沙地人可谓发挥到了极致。用"芦柴"编做栖身的"环洞舍"，用芦苇扎根盐碱地，套圩垦荒，保土固堤，使不毛荡田变成万顷沃土。

前几日，在小城新建的蝶湖公园，欣喜地遇见了一片芦苇丛，倍感亲切。要知道，在这寸土寸金的小城，原生态的芦苇实属罕见。湖水荡漾，芦花飞扬，我的思绪也飘得很远很远，就像海子说的，芦花丛中，村庄是一只白色的小船。

那船上摇荡着我旧日的梦。

作者简介：

黄丽娟，中国作家协会会员，中学高级教师，《教师博览》《文苑》签约作家，南通市作家协会理事，启东市作家协会副主席，《沙地》执行主编。著有散文集《想想你，花就开了》《一树花开》《携一缕阳光奔跑》《淡定从容，诗意优雅：做一个自有香气的女子》《因为爱情，我们还是年轻的模样》、儿童长篇小说《我们都是好孩子》。

从岳阳楼谈起

黄志洪

　　北通巫峡，南极潇湘的洞庭湖边耸立着一座千年古楼，这就是闻名遐迩、具有巴陵胜状之称的岳阳楼。远在三国纷争时期，东吴水军为防御魏蜀两国，于公元 215 年在洞庭湖入长江的咽喉之地构筑了巴丘城，尔后又修筑楼高数丈、用于训练和检阅水军的阅军楼，这阅军楼便是岳阳楼的前身。西晋、南北朝时，阅军楼被称为巴丘城楼，其秀丽的风光吸引了无数的文人骚客，留下了脍炙人口的诗篇。南朝宋代诗人颜延之曾如此描述岳阳楼景色："江汉分楚望，衡巫奠南服。三湘沦洞庭，七泽蔼荆牧。"唐开元四年（716），中书令张说谪守岳州，扩建阅军楼，取名为南楼，后改为岳阳楼。后来，张九龄、孟浩然、李白、韩愈、刘禹锡、白居易、李商隐等著名诗人慕名来到岳阳楼，纷纷留下名篇佳句。而杜甫的《登岳阳楼》，以高远的意境、厚重的笔力、迷人的风采，使岳阳楼声名远扬。

　　岳阳楼真正闻名于天下，是北宋的政治家、军事家和文学家范仲淹所作的《岳阳楼记》之后。北宋肇始，就建都于开封府。开封位于黄河南部的平原地带，四周一马平川，无险可守。宋太祖赵匡胤为维护封建中央集权，吸取了唐朝"藩镇割据"的惨烈教训，以"重文抑武"为国策，用大量禁军拱卫首都，这也导致了边塞军事的空虚。其时，北宋北部和西北等边陲地区，辽国、西夏等政权相继崛起，农耕民族与游牧民族之间矛盾尖锐，北宋和辽国、西夏连年冲突，征战不断。北宋仁宗庆历年间，封建官僚队伍日渐庞大，行政效率十分低下，边疆持续的战争危机，使黎民百姓生活困苦不堪，农民起义连绵不断，国家财政捉襟见肘，各种社会矛盾日益严重。面对混乱的政局，宋仁宗有志革新，庆历三年（1043），他下旨让范仲淹、富弼、韩琦同时执政，欧阳修、蔡襄、王素、余靖同为谏官。范仲淹提出"明黜陟、抑侥幸、精贡举、择长官、均公田、厚农桑、修武备、减徭役、推恩信、重命令"十项整顿政事，建议"抑制土地兼并"和减少"冗员、冗兵、冗费"等主张，被宋仁宗采纳，颁诏推行，史称"庆历新政"。新政实施后，全国各地取得了不小的成绩。若假以时日，长期施行，新政是改变北宋积贫积弱，实现富民强国的一剂救世良方。可惜，新政终因触犯大地主、大官僚的既得利益，受政治反对势力的诬陷与排斥，庆历五年（1045）正月，范仲淹被罢免参知政事的要职，后又贬官河南邓州任知州，改革派一系重要人士相继遭受贬逐，"庆历新政"仅维持短短的一年零四个月，即告失败。

"同是天涯沦落人，相逢何必曾相识。"庆历四年（1044），在西北边陲防御西夏有功，与范仲淹同科进士的滕子京被人诬告，贬为岳州知州。"庆历四年春，滕子京谪守巴陵郡，越明年，政通人和，百废俱兴，乃重修岳阳楼。"一年后，楼台焕然一新。滕子京与范仲淹是同年好友，有富民强国的崇高梦想，又都倡导锐意改革，以求有利于社稷和苍生，却同遭诬陷被贬官，在朝廷受到排斥和攻击。从心灵深处说，他俩是政治上的同路人。楼台修成后，滕子京就决定修书一封，一是向范仲淹这位远方的朋友问候，以互为勉励；二是请他为岳阳楼作记，以传之久远。想起范仲淹从未到过岳阳楼，滕子京又央人画了一幅《洞庭晚秋》图，并抄录历代名人吟咏岳阳楼的诗词歌赋，于庆历六年（1046）初夏，连同亲笔信一并寄往谪守河南邓州的范仲淹。

想起滕子京贬官岳州后，没有气馁，没有懈怠，经过苦心经营，收获了不凡的政绩，范仲淹不禁心潮澎湃，不能自已。他想起了少年时期在湖南安乡县，眺望水色一天的洞庭湖时，"至若春和景明，波澜不惊，上下天光，一碧万顷，沙鸥翔集，锦鳞游泳，岸芷汀兰，郁郁青青。而或长烟一空，皓月千里，浮光跃金，静影沉璧，渔歌互答，此乐何极！"他也想起了自己年轻时，在故乡苏州喝着稀粥，艰苦读书的往事；他又想起了修身齐家治国平天下的抱负，更想起自己遭受改革挫折，在邓州勤政为民，做好地方官的感受："不以物喜，不以己悲，居庙堂之高则忧其民，处江湖之远则忧其君。是进亦忧，退亦忧。然则何时而乐耶？其必曰'先天下之忧而忧，后天下之乐而乐'

乎！噫！微斯人，吾谁与归?"范仲淹幼年丧父，生活坎坷；他刻苦学习，以科举入仕途；他当过地方官，也当过京官；他驰骋沙场，屡建功勋；他出将入相，推行过"庆历新政"，经数十年宦海沉浮。这篇堪称千古绝唱的《岳阳楼记》，是中国文学史上，名扬天下、光照千秋的文学高峰之一；它也是范仲淹矢志富民强国梦想，对国家忠贞不渝，和人民血肉相连的政治宣言；《岳阳楼记》更是古往今来无数知识分子和仁人志士"心忧天下家国梦"的一个思想高地！

"庆历新政"虽然失败了，但范仲淹崇高的家国情怀和勇于实践的改革精神，为后人们指明了改革思想，打下了坚实的基础，也为以后的王安石变法吹响了前奏，留下了改革的火种。

誉满江南、名冠天下的岳阳楼，在历史的风云中变幻，也饱受着岁月的沧桑。在1800多年的历史长河中，岳阳楼屡修屡毁，屡毁屡修，有史可查的就达30多次。元、明、清时期，岳阳楼曾数遭水患、火患和兵毁，一次次地倾毁，又一次次地重修，历尽了风雨的飘摇与考验。新中国成立后，岳阳楼被列为国家重点文物保护单位。如今，在气象万千的洞庭湖畔，巍巍古楼，建筑恢宏，气势雄伟，更胜昔日风采。

岳阳楼是世界建筑之林的艺术瑰宝，它闪烁着劳动人民智慧的光芒。岳阳楼是一个文化符号，也是一座历史的丰碑，它更是中华民族千百年来百折不挠、愈挫愈勇的一种精神图腾。

作者简介：

黄志洪，中国散文学会会员，中国散文家协会会员，无锡市作家协会会员，无锡市洛社镇文学协会秘书长。该文获第五届中国最美游记文学大赛二等奖。

躲到你心里跳一支舞

嵇绍波

两个小女生，一个穿红，一个着紫，在校园笔直的人行道中间，手牵着手，一边甩臂，一边踢脚，动作明快活泼，节奏协调一致。我隐隐约约能听见浅浅的笑声，仿佛是传递着一个秘密，她们是在跳着一种欢快的舞蹈。

秋日的清晨，我刚走进校园，就看到了这样动人的画面。两个小女孩旁若无人的舞蹈，一下子就攫住了我的心。我停住脚步，远远地看着，人行道两侧的绿化树上枯黄的树叶簌簌落下来，飘飘扬扬的，仿佛是要扰乱视线，转移注视力，为两个小女孩打掩护，彻底断了我靠近的念头，落叶似乎也很欣赏小女孩的舞蹈。

一瞬间，我似乎洞悉了落叶的心思，莫名地产生惺惺相惜的错觉，下意识地拐到画廊的边上，将身体贴过去，隐藏起来。不过，我并没有走开——我也喜欢小女孩的舞蹈啊。落叶与我的目光达成了某种默契，在空中闪转腾挪，让出适当的空隙，我的眼光恰好能轻易地通过，正好落在两个小女孩的身上。

两人小女孩忘情地跳着、舞着，仿佛她们脚下那一方人行道，就是一个小小的舞台。清晨的阳光就似舞台上的镭射灯光，斜斜地照下来，映射得她们光芒四射，然后又揉成细细碎碎的金粉，再客串一回忠实的粉丝，毫不吝啬抛撒在她们身上，把两个小女孩装扮成两朵小花，艳艳地开着，摇曳生姿，含香吐蕊。

人行道两侧绿化树上的麻雀，似乎也受了感染，纷纷聚拢过来，在枝头

218

上蹦蹦跳跳、叽叽喳喳，仿佛是一边倾情伴舞，一边深情伴奏。它们大概同我们一样，也是喜欢上了这两个小女孩，爱上了她们的舞蹈，甘愿于奉献，做幕后的配角。那么，那些晃动摇摆的枝条呢？应该就是指挥了，遵循着穿过校园的风谱的曲，尽情舞动指挥棒。这样摆正自己的位置，各司其职，就很美好。

都说舞蹈是最美的身体语言，唐诗宋词里被人反复吟哦的写秋天的句子，应该也是被说服了，懂得了审时度势，暂时选择了集体性遗忘，没有从孩子们的课本里跑出来，释放悲秋伤离的情绪。我的目光停在两个跳舞的小女孩身上，捕捉着从她们身上洋溢出来的快乐，不禁想起许多代表美好的词语，比如阳光、明亮、青春、向上，还有干净等等。

我好想加入她们当中去，但我抑制住了冲动，理智告诉我，美好的事物总是需要小心呵护的，我的任何的试图靠近，即使满满的善意，都有可能停下她们的舞蹈，我闭上嘴巴远远地看着，互不干扰，各自安好，在此刻就是最正确的选择。

紧挨着人行道的左侧是教学楼，孩子们正在教室里认真晨读，尽心尽职的老师看着，迈不出教室的大门，只有大着嗓门委托琅琅的书声。书声的足迹踏遍过校园的角角落落，心里自有一份地图，对路径驾轻就熟，而且跟蟋蟀一起飙过歌，还跟蚱蜢一起练过体操，不仅有着好的嗓门，还有着好的身手。书声高低起落地翻过窗户，平平仄仄地踏过草丛，来到两个女孩身边，为她们欢呼、叫好、鼓掌。

一天里，最美丽的时光，两个小女孩没有参加到教室里孩子们的晨读，却在人行道上忘我地跳舞！——一定是有着什么美好的事物，勾起了躲藏在内心深处的快乐，让她们情不可抑，只有用舞蹈表达这种情感。

我产生了窥探的心思，避开两小女孩，绕过人行道，拐进教学楼三楼的办公室，透过高高的落地玻璃窗，人行道上的一切景象尽收眼底，两个小女孩身边倒放着的扫帚，陈述了一个事实，她们是当天打扫卫生的值日生。我拿出手机，放大镜头广角的倍数，想记录下美好的画面，突然发现两个小女孩是在一圈树叶中间，树叶围成的是心形。

我的脑海里倏忽闪现出这样一个美丽的场景：两个小女孩拿着扫帚打扫

落叶时，忽然一阵风吹过，绿化树上飘落的树叶，借着风在空中蹁跹弄舞，若蝴蝶、若飞花，奢靡而又华丽，就像在举行一场盛大的舞会，两个小女孩包围在缤纷的落叶中间，美丽得就像圣洁的天使……于是，她们心有灵犀，将落叶扫成一个大大的心形，然后躲到这颗心中间跳舞，一遍遍重新演绎落叶曾经歌唱过的绿色歌谣……

秋意阑珊的清晨，因为两个跳舞的小女孩，变得特别诗意、温暖。我诗意盎然起来，在稿纸上写下几行诗句：现在，你的舞步慢下来了/我只想躲到你心里/跳一支，从春天到秋天/你一直跳的舞/请你提一提宝贵意见。然后，我一撒笔，信心满满地怀想来年春天校园里花繁叶绿的模样。

作者简介：

嵇绍波，中学物理教师，中国作家协会会员，盐城市儿童文学委员会副主任、"草房子"美学流派代表人之一。曾获得冰心儿童文学新作奖、金近儿童文学奖。近年主要进行儿童文学创作。作品散见于《儿童文学》《少年文艺》《读友·少年文学》《小溪流》，出版儿童散文作品集《奔跑的花朵》等。

历史的星空

吉　光

　　到俄罗斯旅行，游览目的地主要是圣彼得堡和莫斯科，这两座城市里，随处都能感觉到一个俄罗斯历史人物的气息——沙皇彼得一世。特别是在圣彼得堡，彼得大帝的身影简直如影相随。十二月党人广场与冬宫广场相隔仅一排建筑，可以说是圣彼得堡的城市中心。广场中央耸立着彼得大帝的青铜骑士像，高大威武的彼得大帝骑在高大威猛的战马上，迎风驰骋。这座 1782 年落成的彼得大帝纪念像，被称为是世界雕塑的杰作，230 多年来，一直矗立在圣彼得堡的中心位置上。

　　沙皇彼得在俄罗斯受到如此礼遇，其中的原因很值得探究。

一

　　进入克里姆林宫，游人可以看到俄罗斯总统普京的办公楼，那是一栋泛着黄色光泽的建筑。中国的游客都喜欢在此留影。资料介绍，在普京的办公室里，就悬挂着沙皇彼得一世的画像，普京说过："此生我最佩服的人就是彼得大帝。"

　　那么，沙皇彼得一世究竟曾有过什么样的作为呢?

　　彼得是沙皇阿列克塞第二个妻子纳里克金娜所生。阿列克塞的第一个妻子玛丽娅生五男六女，但三个男孩早夭，另两个男孩费多尔和伊凡患有重病。然而玛丽娅所生女儿中，有一位索菲娅公主，却是雄心勃勃。1676 年 1 月沙皇阿列克塞病逝，小彼得才 4 岁，与母亲一起被驱逐出莫斯科，居住在距离莫斯科数公里的行宫里。1682 年，新任沙皇费多尔病逝，贵族杜马决定，10 岁的彼得与痴呆的伊凡并立为沙皇，由索菲娅公主摄政。索菲娅公主在权力的巅峰尝到了甜头，她不肯离开政治舞台的中心了。眼看同父异母的弟弟彼得逐渐长大，索菲娅芒刺在背，1689年8月，她秘密命令近卫军去数公里外的行宫，杀死彼得。彼得预先得到了消息，依靠小伙伴们玩战争游戏而组成的游戏"兵团"，彻底粉碎了索菲娅的阴谋，成功地当上了俄国的沙皇。

彼得儿时生活的地方离外侨区很近，从小就接受了西方的新思想和风俗。他执掌政权以后，对国情进行了详细的了解，于1696年做出了一个惊人的决定，以沙皇的名义派出一个250人的庞大考察团前往西欧各国考察，主要是学习西方各国的航海和造船技术。这支考察队伍1697年1月份出发，彼得亲自参加，不过，他以下士彼得·米哈依洛夫的身份随行。如此安排，是为了让自己避开华而不实的繁文缛节，潜心学习技术和经验。彼得的学习是实打实的，在荷兰，彼得熟练地掌握了造船过程中扎、钉、刨、装配、填缝、钻锯、涂胶等一整套技术，荷兰技师给彼得·米哈依洛夫下士发了结业证书，称赞他"勤奋好学，聪明能干"。考察过程中，彼得与时俱进，及时选择和更新知识。在荷兰学习期间，他去不同的港口，去看来自不同国家的船，发现英国的船只外形美观，他就与英国的船长、造船匠接触，了解到英国船的外形和模式是由固定的数学原理决定的，而荷兰的工匠都是机械地模仿前辈的操作来做工的，根本没有得到任何原理和理论的支撑。于是，彼得当即决定，考察团转道英国学习。

这一趟考察历时一年多，其效果远远超出了彼得最初学习航海、造船技术的预想。彼得及其随行的人都看到俄国与西欧国家巨大的差距，结论是落后就要挨打，俄国必须改革。考察团此行学习到别国的科学技术、先进的经济、文化，接触到大批军事学家、科学家、教育家、企业家、工程师、工匠、宗教人士等，开阔了眼界。考察团还从荷兰、英国等国家聘请了一大批海军军官、水手、工程师、专家学者到俄国工作，或传播知识，或奉献技能。考察团在西欧购买了大量造船和航海的器材、设备，还购买了许多教学仪器、药品、医疗器材、医书以及各国地图册，等等。这一切为俄国的全面改革进行了人才、物质的准备。

彼得的欧洲考察之行一结束，回到国内就开始了雷霆万钧的改革。俄国男人有蓄大胡子的传统，彼得下令剪胡子，这是"全民行动"，从贵族开始。

俄罗斯传统服装宽长拖沓，沙皇提出用西欧式样的服饰取代，新装比旧服更轻便，尤其是军队配上新装，精神面貌为之一新。这是彼得改革的开端。

彼得的改革首要目的还是强兵。为了打败西部强邻，他创建了海军，创办了沃伦涅什造船厂，组建了波罗的海舰队，到 1710 年，波罗的海舰队已拥有 12 艘主力舰，8 艘三桅巡洋舰，6 艘帆桨大船，20 艘两桅帆船，2 艘炮兵船。即便如此，彼得仍嫌建设速度不够，还直接从国外购买现成的军舰。在船炮添制、建设的同时，彼得也完善了海军舰队的管理机构。几乎与海军建设同步，彼得还加强了陆军建设，借鉴西欧的经验，重新颁布了陆军条令，这一切，把俄罗斯的军事建设推上了一个崭新的台阶。

军队战斗力强不强，一个重要因素就是部队的武装设备。彼得下令建造了炮厂和兵工厂，炮厂和兵工厂制造了大量火枪、手枪和大炮。俄国的士兵全部换上了比较先进的武器。这样，在较短的时间内，俄国的军队就转型为新型海军和正规陆军，战斗力大大增强。

夺取黑海的出海口是彼得一世朝思暮想的事。他曾数次率军亲征，最初的几次都以失败告终。为此，彼得抓紧改革，加强军备，积蓄力量。1703 年，彼得在涅瓦河口三角洲的兔子岛上建起了彼得保罗要塞，称之为圣彼得堡。以此为据点，同游弋在海上的军舰相互配合，终于成功地把敌国的舰队阻挡在海上。此后，彼得亲自指挥，在涅瓦河岸边持续大规模扩建，很快把圣彼得堡建成城市，变成帝俄时代的通商门户。彼得决定，要把都城从莫斯科迁到圣彼得堡来，圣彼得堡濒临波罗的海，比莫斯科更便于接受欧洲各国先进文化、发达经济的辐射。迁都后，圣彼得堡就成了向西扩张的前沿阵地，给对外战争提供了直接、强大的动力。1712 年到 1721 年完成了迁都，1721 年，彼得一世就立即对瑞典发动了"北方战争"，这场战争持续 21 年，俄罗斯大获全胜，结果是，瑞典被迫签订了和约，将芬兰湾沿岸、爱沙利亚、拉脱维亚和卡累利亚的部分地区割让给俄罗斯。俄国得到了里加和塔林两个港口，夺取波罗的海出海口的目标终于实现。从此，俄罗斯在欧洲大陆占据了重要地位。

在国家治理上，彼得一世废除了旧的管理体制，通过设立枢密院、中央委员会、总检察院等机构，建立了新的国家管理体制。把全国划分为各省，再配以新制定的法律，一个新的中央集权制的国家体制就建立起来。迁都圣彼得堡以后，彼得建立了一个开放型的首都，把那些反对改革的保守势力远远丢在莫斯科，顺利地推进各项改革，加快与西欧各国的往来，便逐渐把圣彼得堡建设成俄罗斯政治、经济、文化的中心。

彼得一世对俄罗斯文化建设的贡献同样可圈可点。他把培养国家急需的人才作为当务之急，大力创办学校，发展图书出版事业，建立了一批图书馆，设立艺术和科技机构。极大地提高了国民素质，培养了一大批军事科技人才。彼得还施展手腕，彻底改变了大教主独立于沙皇控制之外的局面，使教会完全服从于国家机构，服从于国家意志。

彼得还效仿西欧各国，改变莫斯科的市容市貌，从政府的法律上规定："莫斯科大街小巷必须保持清洁卫生，违者受罚，或处罚款，或处鞭刑。"政府颁布了"严禁在大街上放牧牲畜"等条令，彼得一世要把莫斯科建设成像威尼斯、阿姆斯特丹那样干净整洁的沿海城市。

17世纪俄国的改革排山倒海，从国家的政治架构到每个人的服饰，从城市的面貌到居民的胡须，从组建新型军队到枪炮弹药制造，彼得都有细致的要求以及强行推进的霹雳手段。彼得一世的改革彻底改变了俄国的面貌，使他快速地建立起工业、教育体系，建立起强大的海军、陆军，建立起面貌全新的国家政权，激活了人们的海洋意识，为俄国文化的发展找到了方向。彼得一世在推进改革中展现出惊人的毅力和充沛的精力，他不惜面对无数的危险、困难、挫折。他多次用残酷手段镇压保守复辟势力。后人评价，彼得一世自己还未完全开化，却开化了2000万人。马克思说："彼得大帝用野蛮制服了俄国的野蛮。"十月革命以后，列宁、斯大林都对彼得一世极为推崇。

二

旅行大巴在圣彼得堡、莫斯科各个景点之间穿行，耳边不断听到彼得大帝的故事，这触动我想到另一个历史人物——我国清朝的康熙皇帝。

沙皇彼得与康熙皇帝，分别是中俄两国历史上的巨人，是历史天空上两颗闪亮的星星。由彼得一世联想到康熙，首先是因为他们大致处于同一个年代。彼得一世出生于1672年，1690年开始执掌大权。爱新觉罗·玄烨，1654

年出生，比沙皇彼得年长 18 岁，1661 年登基，年号康熙。康熙是中国历史上在位时间最长的皇帝，前后 60 年，他于 1722 年去世，时年 69 岁。三年后，俄国的彼得大帝去世，彼得一世活了 54 岁。

康熙皇帝 8 岁即位，14 岁亲政，16 岁智除鳌拜，少年时代就显露出惊人的胆魄和杰出的才能。在军事上，他平定三藩，收复台湾、三次亲征噶尔丹、抚绥蒙古、抗击沙俄、稳定西藏。今天，我们谈论康熙的这些事迹往往寥寥数语，其实，当年每一项功绩的达成都费尽心力。平定三藩的过程惊心动魄。平西王吴三桂反叛时，假借"明朝朱三太子"之名蛊惑人心，明朝降清的武将跟着叛清，先后有 26 名总督、巡抚、提督、总兵参与叛乱，情势危急时，滇、黔、湘、蜀纷纷失守，战火遍及大半个大清版图，朝廷为之震动。康熙剿抚并用，指挥清兵艰苦征战，最终削平了藩乱，维护了多民族国家的统一。这一场战争前后持续 8 年，战斗打响时康熙 20 岁，削藩功成，康熙已经 28 岁了。收复台湾的过程也不是一帆风顺的，清、郑之间长期对立、相持，清廷多年招抚劝降毫无效果。围绕对台湾用兵，朝野争辩，前线总督与提督的道长论短等，令身处金銮殿的康熙颇费思量。然而天已降大任于斯人也，康熙皇帝意志坚定，差遣指挥得当，终于在二十二年（1683）胜利收复台湾。康熙稳定西藏的行动一直延续到五十九年（1720），这个时候已经到了他的暮年了。他费尽 40 余年的心血，维护了国家的领土完整，基本划定了中国的版图。

康熙实行轻徭薄赋的政策，鼓励农耕，躬身治河，推动经济发展。整饬吏治，奖廉惩贪，缓和社会矛盾，使百姓得以休养生息。

康熙皇帝一生的功绩，不仅表现在军事、政治、经济上，他在文化上的建树也好生了得。他自幼熟读四书五经，尊孔崇儒，然而又不是死读书，而是主张读书穷理，讲求治道，学以致用。他要求臣下学用一致，知行合一，以行为重。他强调的"行"，就是处理政务，整饬吏治、巡访民情，挥师作战。这样，他把孔孟之道，特别是程朱理学与治国安邦的实践紧密结合起来。康熙还有专门的组织编辑了《康熙字典》《古今图书集成》《大清会典》《皇舆全览图》等等典籍，这些森罗万象的鸿篇巨制，至今仍是中国文化史上标志性的存在。令今人惊奇的是，康熙不仅精通国学，他对"西学"也花了很大工夫，以西方传教士为师，他学习了几何学，并且以数学为基础，进而学习了西方的天文、历法、物理、医学、化学诸多知识，康熙把这些西学新知与中国祖辈传下来的知识做比较，从中汲取执政理政所需的养分。

康熙皇帝文韬武略，励精图治，他确实是中国历史上一位难得的圣明君主。

考察康熙皇帝和彼得大帝所走过的历程，发现这两个人有一些境遇十分相似。

彼得和爱新觉罗·玄烨两个人，与生俱来就有了"皇储"的身份，在由皇储走向掌握实权的君主的道路上，他们都遭遇了凶险，周围杀机重重。他们都是凭自己的机智勇敢剪除异己，成功地掌握了朝政。而且，他们扑灭政敌所依靠的力量也完全一样——与自己一起玩游戏的少年同伴。康熙指挥跟自己戏耍的小侍卫出其不意地擒住鳌拜，那一年康熙16岁；彼得依靠自己的"游戏兵团"控制住摄政公主索菲亚，那一年彼得18岁。

彼得一世和康熙都有掌控、指挥军事力量的强大能力，具有用武力彰显自己国家威力的雄心和伟力。在这方面，彼得一世更多的是开疆辟土，争夺出海口；康熙皇帝则是明晰和守护祖产，他的谋兵之道是刚柔相济，恩威并用。

彼得一世与康熙都有勤奋好学的品格。康熙对儒家经典烂熟于胸，根据实际政务的需要，他对程朱理学提出与理学家截然不同的解释，他并且孜孜不倦地学习西学。有大臣佩服他的天资，说他的知识"由天授，非人力所及"，康熙则认为这种说法忽视了他的刻苦，他说："朕之学业皆从敬慎中得来，何得为天授，非人力也？"康熙拥有中、西学丰富的知识，极大提高了他决策的准确性。彼得大帝的学习精神则是举世皆知的。他的求知欲极其旺盛，到了西欧，他什么都学，从大处看，学政治、学军事、学科学、学技术、学城市建筑、建设、管理，小到造船的扎、钉、刨的手艺，都是彼得悉心学习的范畴。这些知识为彼得一世的全方位改革提供了动力和依据。

到了晚年，康熙和彼得一世不约而同地"患"上了同样的"病"，都为儿子的事伤透了心。康熙皇帝多子多福，他共生35子，其中11人早殇，有24子长大成人，这些成年皇子多为能文能武的英才。可问题也随之而来，皇子之间为争夺皇位斗得你死我活，宫中的贵戚王公大臣，许多人也牵进皇子间的党争，闹得康熙心力交瘁，悲愤难抑。有史学家认为，皇子们围绕皇位的纷争，是康熙晚年为政最大的败笔。俄国的封建传统与中国不同，彼得一世的子嗣很单薄，他的长子阿列克谢自幼在敌视改革的东正教教士的影响下长大，他的周围集聚了一批反对改革的人，阿列克谢主张恢复旧制。彼得对儿子反复规劝却无济于事，父子严重对立。1716 年 9 月，阿列克谢逃到维也纳寻求庇护，彼得一世知情后与奥地利政府交涉，将其押回俄国，下令公审。由俄各界代表 127 人组成的特别法庭，审判阿列克谢犯有叛国罪，法当处死。当月，阿列克谢死于监狱，他的支持者都被处以极刑，俄国的保守势力从此被彻底镇压下去。在此过程中，彼得一世悲痛不已，这件事对他精神上的打击可想而知。

康熙与彼得一世，两人相隔万里，但他们竟有如此多的相似、"相怜"之处，真是英雄所"遇"略同。

三

圣彼得堡是一座艺术之城，大街上雕塑很多，其中彼得一世的塑像尤其多。最著名的是青铜骑士像，冬宫码头有"木匠彼得"的雕像、彼得保罗教堂前有彼得一世坐像，教堂前的这尊雕像建于 1992 年。在冬宫、夏宫的若干展厅里，陈列的彼得大帝画像则更多。站在彼得一世大幅油画面前，与彼得果敢又略带忧郁的眼神相遇，直感到是在与一位远道而来的陌生人对视，觉得彼得一世就活在不久前，抑或就活在当下。在国内，我看到的康熙皇帝最大的一幅画像，是在承德避暑山庄的正宫——《康熙皇帝朝服像》。那幅画像栩栩如生，画家把康熙帝面貌描绘得很接地气，面容清瘦，慈眉善目，好像是一位友善的老邻居。然而那一身天子朝服又清楚地告诉我，爱新觉罗·玄烨是 300 年前的一位历史人物。这种印象与我读史的感觉是一样的：彼得一世与康熙皇帝生活在同一个年代，但他们似乎不处在同一个时代。

彼得一世从欧洲学习归来，改革的第一个动作是剪胡子，改进服装，这是俄国版的"胡服骑射"。这个动作使人联想到我国辛亥革命后的剪辫子、换中山装，那是 1911 年之后的事。剪辫子是清朝被推翻之后由革命党人组织的，而彼得是在自己统治的领地内，对罗曼诺夫王朝祖辈、父辈遗传下来的习惯、风俗进行彻底否定，属于"自我革命"，这样的"自我否定"比辛亥之年的剪辫子整整早了 210 多年。去胡须、剪辫子、换服装，绝不仅是为了生活、劳动、上阵打仗的轻便，全社会的大换装，昭示着一个新时代的到来。清朝统一之初就强令汉人全部剃发，如汉人不从格杀勿论，此所谓"留发不留头"。因此，不可想象康熙皇帝会有剪辫子、换"常服"这样的举措。

彼得一世和康熙皇帝都具有极高的天赋，善于学习，积极探求新知，然而他们学习的出发点和效果完全不一样。彼得一世亲眼看到了西欧科学技术的厉害，清楚地意识到用新知识武装民众的重要性，他在圣彼得堡办大学，建图书馆，成立科学院，加强对臣民的文化教育，开启了大规模的"治愚"工程。大批军事、科学技术人才的出现，带动了俄国整体面貌的改变，推动俄国走上强兵强国之路。康熙学习西学，对自然科学重视，也朦胧地意识到自然科学的阔大前景，但他只是根据当时所需要而认真研习，涉及科学知识的范围相对狭小。而且，康熙把这种学习局限在宫中，没有上升到国家层面来考虑。不仅对教育如此，康熙对新技术的应用也没有长远的措施，他用西法制造出"红衣大炮"，用来应对战事，战争一结束就封存起来，不做进一步研制以武装军队，更禁止民间仿造和发展。他的内心是担心汉人生乱，对来自海洋上、疆域外的威胁没有太多的危机感。这样的"无意识"遗祸无穷，一直延误了 100 多年。到 1840 年前后，中国的有识之士发出"师夷之长技以制夷"的呐喊，而这个时候，清朝与欧美差距实在是拉得太大了，面对帝国主义列强的欺辱霸凌，积贫积弱的清政府已经毫无还手之力。

康熙时期，整个国家还有一个很致命的缺陷，中华民族的海洋意识尚没有苏醒。经过康熙多年的艰辛打理，清朝的疆域辽阔，有了从北海到南海的绵长海岸线，北方有库页岛，南方有台湾岛、海南岛，是名副其实的海洋大国。然而，从皇帝、士大夫到平民百姓，都没有看到海洋对于泱泱华夏的重大意义。康熙捍卫海域功不可没，他的这些努力主要是出于保护祖产的强烈意识，祖宗遗留下来的领土一寸也不能丢。他或许认为，宽阔无边的海洋就是大清东南方向的"水长城"，有了海洋的阻隔，海外的盗贼鞭长莫及，不易轻易作乱。他没有想得到，这么辽阔的海域也是宝贵的领土，需要组建、训练专门的海军（水师）来巡游捍卫。

中国封建社会长期存在"重本（农）抑末（工、商）"的传统，清朝初年是禁海的，康熙二十三年（1684），康熙皇帝宣布开海，沿海贸易开始活跃，给经济带来了好处。几十年的"开放"之后，康熙又看到，沿海一带的"海盗"增多，西方的殖民主义势力有渗透的迹象，他担心这两股势力相互勾结，再与汉人相呼应，威胁清政权的统治，经过反复计议，于康熙五十五年（1716）宣布重新实行海禁。康熙的这个举措是历史的倒退，他的思想到晚年趋于保守，行为变得小心翼翼，不像他青年时代那样大胆有为。

相对于康熙，彼得一世看大洋的眼光则完全不同，他看到大洋彼岸的先进、强大，产生了强烈的危机意识，马上挥舞皮鞭催赶俄国学习、追赶海外的世界。尽管他"催赶"的手段粗暴、急躁，在引领俄国朝前走的过程中，他没有犯"方向性的错误"。恩格斯说过，彼得一世是一位"真正的伟人"。

清朝长期实行禁海政策，只是在康熙朝开海30多年。客观地说，康熙晚年的"禁海"不是一切禁绝，而是区别对待，内外有别的，其目主要是割断内外反清势力的联系，对贸易往来还是想提供便利的。但是禁海令既开，后果就越来越严重。康熙毕竟是一位明君，他的那些后代就不一样了，乃子乃孙们逐步把康熙的"禁海令"演变成闭关政策。乾隆、嘉庆、道光等皇帝变得越来越闭目塞听了。闭关政策导致清朝与世界长期隔绝和脱节，到了晚清，从皇帝到百姓对外面世界的巨大变化浑然不知，处在"整体性愚昧"的状态。第一次鸦片战争前夕，在广东禁烟的林则徐痛感到中西差距，他上书道光皇帝，建议朝廷拿出关税的十分之一，用以制造船炮，抵抗英国侵略者，被道光斥为"一片胡言"。一国之君如此昏聩，其结果必然是被动挨打，丧权辱国。

圣彼得堡的彼得宫，又称"夏宫"，是彼得大帝最喜欢的行宫。从彼得宫的北门拾级而下，穿过地势较低的喷泉公园，就来到了波罗的海的芬兰湾。当年彼得一世在处理政务之余，会经常漫步到这里，站在芬兰湾畔，眺望波罗的海的远方，海风扑面，这样的漫步让他头脑清醒。当初，他把首都从内陆的莫斯科迁到海边来，是怎样的魄力和远见？康熙皇帝一直居住在北京城，他不可能像彼得一世那样走出国门。然而他也曾多次远征，曾经六次南巡，他的南巡与后来的乾隆皇帝六下江南不太一样，后者更多的是游山玩水，炫耀皇威。康熙南巡主要目的是缓和满汉矛盾，笼络江南士大夫，治理黄河。往南，他的足迹印到山东、苏州、南京、杭州等地，最远到达钱塘江、绍兴。想想可惜，如果康熙能继续往南，一直到达广州，在广州住上一段时间，与那里的商人、渔夫、海外来的"红毛"，甚至于有"海盗"嫌疑的生意人做一些接触、交谈，以他的悟性，会不会对大局产生一些方向性的影响？

康熙是一位较为清醒的皇帝，他在位期间反对大臣为他上"尊号"，他还常反省自己，比如他曾说虽然几十年孜孜以求，但有一些事没有做好，"清夜自问，移风易俗，未能也；躬行实践，未能也；知人安民，未能也……自觉愧汗"。他隐约地感觉到，他60年的执政，有眼界不到、力未能及所产生的偏差。偏差具体在哪里，他自己却说不清。

今天的人们可以清楚地看出，康熙皇帝治国的最大短板，就是他对外部世界了解的严重缺失。康熙受其成长环境的限制，被其自幼所受皇室教育内容和方法误导，也由于17世纪清朝信息的闭塞和交通条件的落后，康熙皇帝的视野被严重遮蔽。他不曾有过沙皇彼得一世自幼接触欧洲侨民、直接面对敌国炮舰的经历，康熙皇帝所接受到的全球信息少之又少。因此，他不可能看到时代发展的潮流，也不知道与外部世界密切交往的重要性，他终其一生都没有变成一位"睁眼看世界"的政治人物，这是爱新觉罗·玄烨个人的遗憾。康熙之后的皇帝都不可能有眼光和魄力改变这一现实了，这就不可避免地逐渐演变成了近代中国的不幸。

作者简介：

吉光，曾任海安市委宣传部副部长，现为江海文化研究会海安分会副会长，江苏省作家协会会员，中国散文学会会员。

记朱季海先生

江莺华

坊间有不少朱季海先生的传闻，或曰其"怪"，或曰其"痴"，余则曰"不然"，纵览朱先生之一生行事，乃守其一"真"字耳。

朱先生生于中华民国五年，比余年长恰好整整一个甲子。余生亦晚，未能逢及历史上极兴盛而又极衰落之事。尽管那个年代与我们渐行渐远，但从老一辈长者们的回忆甚至交谈中，仍时常能在我们心灵深处激起无数波澜和情感浪花。那个时代的声音，那个时代的风潮，那个时代的脉搏，似乎与人生命运休戚相关。

也许，是出于对古文化之偏好与执着，我们有幸遇见和结识这样一位民国老人。那时候，他已经九十四岁高龄。他常独自一人拄着拐杖去双塔罗汉院。多少年来，似乎风雨无阻。一些从外地过来问学于朱先生的朋友，一般也都到双塔拜见他。而双塔罗汉院之遗存亦似乎充满着一种文化的追怀，成为一种文化生命真实的存在，颇似一颗年老而枯寂的、饱经风霜的文化沧桑之心灵。于是"双塔初照"便成为一语双关、精妙绝伦之一点睛妙景。

那是一个深秋的早晨，阳光明媚，秋色宜人。我们正在办公室谈论有关民国的往事，尤其是关于"百年南社"的一些人文佳话，以为《南社诗文研究》充实一些谈资。不经意间，我们偶尔提到南社成员之一的黄侃，便想起了章太炎及其最小的一位苏州弟子——朱季海先生。他们师徒、师兄弟之间，前后交相辉映，传出不少民间佳话。朱先生是从民国走出来的一位学者，缅怀民国而不出仕新朝，更不屑任何体制之束缚。他实在是不愿意迷失自己，尤其是在那个最容易迷失自我的特殊年代，他始终得以保持清醒，保持传统知识人所独具的那份清高和脱俗，而得以保存其自身终守的一片真性情和真生命。

双塔罗汉院的游客并不多。或许，这里的遗迹早已唤不起时下一些游人的兴趣。游客中也没有太多的人知道，多少年来一直静坐于双塔别院树荫下的那位年长者，就是当年在南京国史馆说"长官无目"的朱季海先生。尽管当时他已经94岁高龄，但仍思维畅达，行动敏捷，提到近代史上某个人物或某一历史事件，他总是耳熟能详，如数家珍，滔滔不绝，娓娓道来。这不得不让我们由衷地敬服。他对一些问题的看法，总能避开主流意识，亦不随众言，而自立新说，别有新解，言语形迹之间充满着真知灼见，体现出他们那一代学人的纯真风骨与独立意识。

记得当时我们谈了许多话题。当然，我们事先亦没有做多少准备，往往只是兴之所至，随便问问而已。谈到鲁迅之死的时候，他说很可能被日本医生害死的；谈到民国时期国民党元老张继，他说张溥泉乃河北沧州人氏，身体康健魁梧，怎一下子就会猝死呢，很可能有人在那次晚宴上酒水里下了毒而将其害死；说起龙榆生，他说顾颉刚出卖了他；说起叶圣陶，他极力批判其对昆曲的陋见；谈到汉字的简化，他更是极力反对，甚至连今天所喝的茶水都失去了本味……谈话中，他不时流露出对传统失落之悲哀。而他对传统之始终坚守，对保存自己独立之精神而守真藏拙，这让他几乎一辈子游离于官方体制之外。这是怎样一种胆识、魄力、勇气和态势，拒绝合唱，远鄙世俗，寄居林下，俯仰人生。他隐于时世，却又并没有完全忘怀于时世，处处体现出对现实社会和人生的亲切关怀。他著述不多，而能从仅存的几本著述中暗寓其身世之慨，寄托遥深，原济、南田诸君子乃成其隔世知音而让这位民国老人终究不感到太寂寞。

在双塔罗汉院，他可以沐浴着阳光的温暖，可以感受风雨的凄凉，可以享受园林的清静，可以忘却纷繁世事的喧嚣。对朱先生来说，也许更为重要的则是怀旧和重温历史。朱先生晚年为什么选择双塔罗汉院作为他的游憩之地，当时我倒没想到问。不过双塔罗汉院跟其他几处园林相比，没有纷杂的人群，倒是一个清静的所在，是一个容易让人怀旧的地方。更何况双塔罗汉院与当时的章氏国学讲习所毗邻，更易让人沉思过去，找到精神上的一点儿寄托。年纪老了，人们往往总喜欢看看过去，回望生命，体味凄凉。他亲临双塔，容易让人感受到历史去除浮华之后的真实之所在，而唤起对人类文明的记忆。而那些唐宋遗物恰正是最容易让人失魂落魄的。但他不是陶醉于这艺术的精美，而是感叹这人类历史走过之后所剩下的沧桑、凋零、悲壮和凄凉。

两个多钟头的谈话，似乎把我们又一次地带进了民国，带进了那样一个"章氏国学讲习所"的情境氛围之中。那时候，站立一旁聆听的那位来自复旦大学的研究生还做了不少笔录。而我们似乎什么都没能留下。离开双塔的时候，我们几位跟朱先生在"唐宋遗韵"的照壁前留下了几张合影。那天中午，我们陪朱先生一起去观前吃了个便饭。四人正好围坐在一张桌子上。席间，我们想一睹朱先生的笔墨风采，然终未能如愿。也许，朱先生向来惜墨以至于此，乃可窥见其遗世而独立之精神情怀。他要守住心灵深处的这片真，而不让其遭受世俗之玷污。他不卑躬，不屈膝，始终跟世俗保持距离，以成就一颗伟大而淳朴的心灵。饭后，我们没有久留，就直接把朱先生送回到他的住所。虽然这已经是六年前的事了，可现在想来，依然如在目前。

去年岁末，我在一个朋友的书店里有幸看到朱先生的两幅真迹，笔飞剑舞，备具风韵神采，确非寻常人所可比。一幅是《二泉品学》，书于乙酉夏至（2005），四年前岁末曾收入《初照楼文集》；另一幅乃谈诗词掌故之手札，书于戊寅仲秋（1998）。这些都是朱先生晚年所书所作。特别是后一幅，尤为精妙，让人感受六朝文采的风流，可惜《初照楼文集》亦没能收录，手札略云：

> 陈去非《夜登小阁，忆洛中旧游》，作长短句云："昨夜午桥桥上饮，座中多是豪英。长沟流月去无声。杏花疏影里，吹笛到天明。"声情道上，意气非常。直志士之悲歌，不啻倚声之雅弄也。午桥在洛中，裴度晚年，创别墅于此。花木万株，中起凉台暑馆，引甘水映带左右。视事之隙，与白居易、刘禹锡酣宴终日。高歌放之，以诗酒琴书为乐。一时名士多从之游，盛概可想。晋公生平，出入中外，以身系国之安危者二十年。或谓虽江左王导、谢安坐镇雅俗，而訏谟方略，度又过之者，则

知当时之仰晋公，犹江左之于王谢，是以温峤有江左夷吾之谈。刘昫援仲尼微管之论也。此皆寄忧勤于游乐，谢公在东山，简文料其必出，乃曰："既与人同乐，亦不得不与人同忧。"前贤之与忧乐，其用心如此。（义具拙作《初照楼随笔》）予顷过石湖，缘越来溪，上行春桥，蓄眼湖光，朗若宝镜。湖中三墩，天镜阁在焉。湖上诸峦起伏，遥望治平、楞伽诸寺，塔院玲珑，有出尘之想。近则茶磨屿浑圆如磨，其下有隙地，傍山面水，可一公顷。制宅其间，规别业者三，笃好林薮者，将有乐乎是欤？吾侪处陋巷，闾阎忧乐，夙已饱更，偶目清游，辄驰遐想。谓如有人，聿来胥宇，晋谢唐裴，邈不可追；苟得远若陈简斋、范石湖，近若刘完庵、沈石田、文徵仲、唐六如、陈白阳、王雅宜辈，居焉游焉，西山朝来，致有爽气，南湖夜泛，不断吴歌，去来今际，三绝流传，无非能事已。果尔则午桥之韵胜，未尝不近在行春也。《易》曰："惟君子为能通天下之志。"王弼注："君子以文明为德。"大哉言乎！以天下为意者，山川之美，亦将效灵于斯人也。戊寅仲秋丙子朱季海书于初照楼。

其后钤印三方，分别是"季海""人在富春江上""我章署文"；信笺上有"苏州大学中国近代文哲研究所用笺"抬头，朱先生特此在"大学"二字中注明"借用"以别其特殊之身份也。手札意内言外，其中不知寄予了朱先生多少的身世之慨，从中我们亦不难窥探其晚年之心迹。

那时距朱先生去世已整整三年。见他手迹，不禁睹物思人，伤怀不已，心中不禁自叹。我们这个时代已经再也出不了像朱先生这样的学人了。先生在世之时，亦未能善待之。而今而后，亦不会天挺此才，故而朱先生之命运遭际，似乎亦在昭示传统文化之生命已近殆微矣！

朱先生的著述传世者不多，我们亦很难窥探其一生之心迹。然"惟君子为能通天下之志"，"君子以文明为德"。这确是其一生所大力呼吁并为之践行终身的人生操守，也正如他所深而极言之曰："大哉言乎！以天下为意者，山川之美，亦将效灵于斯人也。"虽仅此一言，则可福同古人。他隐而不出，高蹈远举，漱石枕流，放浪形骸之外，足以说明他的怀旧、他的心怀。他笑傲世俗，俯仰人生，而成为一个永处于红尘之外的得道高人。这一切，都为了保存心灵深处的那一片真。也许，我们现在不能够充分理解和领会他为什么为此付出重大的人生代价而隐居不出，但其"虽九死其犹未悔"，实乃为其心之所善故也。或许，再过多少年后，我们再反观朱先生貌似平淡的一生，那时我们也许会更真切地感受到朱先生与那个特殊的年代所共具的特殊命运的特殊意义。

作者简介：

江莺华，江苏东台人，苏州市作家协会会员。长期从事中国传统文化、中国古典戏曲和小说、中国古典文学与文艺理论等方面的教学与研究，参与《关汉卿戏曲鉴赏辞典》（上海辞书出版社）等编撰工作，在《中国校园文学》《江苏地方志》《美文》《苏州杂志》《苏州文博》《楚雄师范学院学报》等报纸杂志发表文章60余篇，著有《岁寒堂集》《旧文四篇》《寒山四论》《坐忘斋丛稿》以及《中国文学十二讲初稿纲要》等。近年来主要致力于明清苏州作家别集的策划、点校、研究和整理工作。目前已点校《吴郡乐圃朱先生馀稾》《思补斋诗集》《不远复斋杂钞》《苏邻遗诗》《远香书屋诗文钞》《邓尉探梅诗》等古籍9部。

湖塘花海

姜　桦

　　湖塘花海是只有苏北盐城水乡才有的风景。"细雨有意频频催，无边菜花一晌开；水上湖塘云似锦，小船踏歌过桥来。"（张国胜）地处里下河深处的盐城西乡的大纵湖，1800 亩湖塘花海，一大片盛开的油菜花，如锦似缎，若云若雾。湖风小桥，水边宿鸟，一只只小船迎着斜斜的春风，一路踏歌而来。

　　在中国南方地区，能看油菜花的地方很多。且不说皖南和江西婺源，即便是在苏北，兴化的垛田菜花也曾经吸引过无数人的目光。但是这个春天，你不能不去盐城的大纵湖，去领略一下那里的湖塘花海。相比起垛田菜花，生长在湖塘两岸的油菜花，绿水倒映，朴素、淡雅、蜿蜒，更是一片没有经过任何人工雕饰的景致，走进湖塘，便更接近了自然本身。在这里看油菜花，沿着湖塘边那一条条蜿蜒的小路，一路说笑，轻松漫步之间，你就可以看见那大片大片迎面而来的金灿灿的风景。你也可以乘上木船，穿行于蜿蜒的水道，缓缓划过金灿灿的油菜花田。当然，如果你愿意，还可以随意躲藏在那些河流与田间小路的拐角处，躲在油菜花丛，坐在那些可爱的油菜花的旁边，扬起脸庞，看着头顶上一只只飞舞的风筝，就此成为无边花海的一部分。那一刻，大纵湖的湖塘花海，因为一片玲珑剔透的湖光水色，平日里看似平平常常的油菜花，早已成了一片"浮在水上的云彩"。

　　花海深处开过一列金黄的小火车，身边掠过的是一个个调皮的稻草人。今天，在宽阔的湖塘菜花中穿行，因为一场零星小雨的纠缠，小火车的速度显得有些缓慢，慢到正好看到一粒粒雨点轻轻擦过转动的车轮。不过，这也恰好应和了身边这些油菜花开放的节奏。雨是快到天亮时才开始下的，明眼人一眼就看出这场雨水的小机灵。因为，那雨一定是刻意来的，否则，为什么不早不迟、不前不后，偏偏赶在今天早上来呢。三月末，平原上的野荠花刚刚开成一片白，河边的柳丝才刚刚软到能够垂挂到寂静的水面，春天还不够深，这时候，离油菜花真正的盛花期应该还有那么几天，湖塘边的菜花，还只像一个十三四岁的乡村小表妹，并没有完全开好，看花的人也正在急匆匆赶往春天的路上。既然是如此发而未至，那就不扯闲谈，不讲故事，赶快趁着这个档口来一场雨吧。于是，一场雨便赶在一个夜晚，踮着猫一样窸窸窣窣的脚步，悄悄地来了。雨并不大，轻轻的、浅浅的、蒙蒙的、缓缓的，是典型的菜花猫的脚步，轻捷而有一些矜持。细看去，那细密的雨丝，正好遮住女孩子的睫毛，正好能够打湿少女们花骨朵一样的胸脯和一把青草似的细腰。这样的小雨是有主意的，既阻挡不了风的吹拂，花的绽放，也阻止不了一条条通往湖塘花海的道路的蜿蜒，阻挡不了那些远远近近一路走来的脚步，只等到那从四面八方赶过来的看花人，等着他们，踏着春风微雨，一路走到这片湖塘，走到这水边，走到这一朵朵乡下孩子一样质朴欢欣的油菜花的跟前。这时候，湖塘深处的一条条深河浅沟里，一支支散发着桐油味道的木桨加快了摇动的节奏，那些头戴花帕的船娘，衣衫紧凑，她们弯着腰，摇着橹，因为风的鼓舞，衣服的下摆微微抬起。那细密的春雨早已悄无声息地停下来了，风放慢了速度，云也都一片一片地散去（远处的天边似乎还留着那么几片）。这时候，一轮太阳，从一条条河道的拐弯处，从油菜花的花蕊，升起来，升起来，用大片大片金子一般的光，将身边河水中的白浪和小船都照耀成金色，这时候，所有的目光、所有的脚步，所有孕育了整整一个冬天和半个春天的期待，都会带着说不尽的欢欣和喜悦，在这片湖塘花海里快乐地汇聚，相逢。

探春的脚步总是走在花朵的前头。雨水惊蛰，春分清明，四月，湖塘花海秘密浩大的春天正在走来，春风雨水，成为这欢乐和笑声的前奏。转头看向身边的游人，所有人的脸上都洋溢着笑容，所有的话语都在更远处的花丛深处留下回声。上千上万亩的湖塘花海，无论从哪个方向看去，都像是在过节。确实，油菜花开的季节，对于地处里下河深处的大纵湖，对于整个盐城西乡，每一个村庄、每一户人家、每一片田畦、每一条河坡沟渠，包括每一阵吹过脸庞的南风，都充满了喜悦。四月的盐城西乡，里下河平原深处的大纵湖，春风三十里，哪一片田野没有油菜花？哪一户人家的房前屋后、水边檐下没有油菜花？更让人惊讶的是，那大片的油菜花仿佛是一夜之间就生长出来的，昨天，那些油菜花还仅仅是高不过膝，今天一早，就一下子蹿到半人高，一路高过胸口。几个女孩子沿着一条条小路，径直奔向湖塘深处，凉凉的露水打在她们的脸上，像一根根手指在轻轻弹拨，那触感细微，痒酥酥的妙不可言，这样的触碰也往往会使那些小姑娘脸庞微微泛红。是的，春天，所有的人都迎来了属于自己的爱的季节，包括这片湖塘这片河水，包括看花人脚下这片新鲜又芬芳的土地。

春风十里，湿地花田。四月，在苏北，在盐城西乡，在大纵湖的千亩湖塘，看那最喜欢的油菜花，除了被流水环绕的金黄，被我一起带走的，还有更远处的云彩。湖塘花海的春天，油菜花的春天，那是大纵湖和里下河无边无际的春天。

作者简介：

姜桦，笔名阿索，诗人，作家，中国作家协会会员。出版诗集《大地在远方》《纪念日》《黑夜教我守口如瓶》《调色师》、散文集《靠近》《河边记》《滩涂地》等多部。获"紫金山文学奖"及多种奖项，作品收入多种诗选。参加全国第17届"青春诗会"。现居江苏盐城。

一兜心痛的海鲜

蒋建春

这是二十多年前发生的故事。

那年我刚结婚不久。有天下午，正在局里开会的我，突然接到了办公室同事艾大姐的电话，说父亲拎着一兜海鲜来看我了。

巧的是，那天的会议好像有意跟我作对，我越盼着它早点结束，它越开得有点长。开完会，已是四点多了。深秋的大街上，枯黄的落叶无序地躺着，任凭秋风的无情吹刮，像极了无家可归的孩子，随处流浪……

我骑着自行车，一路飞快地赶到公司。

父亲这时正在办公室静静地等着我。见我来了，赶紧站了起来，露出他那憨厚的笑容，两眼放出惊喜的光芒。那表情，好像我们父子俩有十年八年没见似的，其实呀，我上个月回家还碰见过出海归来的父亲。

"你可回来了！会开完了吗？"父亲焦急地问。

"嗯。"我随口答道。

眼前的父亲，穿着一身蓝色破旧的工作服，显得有些拘谨，布满老茧的双手不知放哪儿才好。旁边的一大网兜的海鲜，里面有鲳鱼、鲈鱼、马鲛鱼、虾子……足足要有八九斤，散发出一股海鲜特有的浓浓的刺鼻腥味。父亲黑里透红的脸上爬上了不少的皱纹，还有几块细小的泥巴；略带血丝的眼中透着疲倦；头发有些长，乱得就像秋天的干枯毛草……给人一看就是个饱经风霜的下苦人。

"你怎么把海鲜拿到办公室呀？这腥味多大呀！"我面露愠色，嗓门不由大了起来。父亲怔了一下，只是朝我望了望，张了张嘴，却没说出一句话来，像个犯了错误的孩子。

父亲性格内向，少言寡语。

此时，我责怪父亲，不是只因为这兜海鲜，更主要的是父亲的这身打扮。城里不比乡下，穿着随便，邋里邋遢。进城来看儿子，你至少也得洗把脸、换身衣服吧！

我那时年少得志，二十多岁时，就混成了一家国有公司最年轻的干部，担任总经理办公室主任。整天西装革履，迎来送往的。而父亲这副不修边幅、窝窝囊囊的装束，与我形成了一土一洋的强烈反差。我当时的脸呀，涨得通红，觉得火辣辣的，表情极不自然。觉得父亲的出现，让我在公司和同事面前非常丢人、难堪！

为穿衣这事，我曾经说过父亲。记得在城里念高中时，父亲有次出海回来，船停泊在港口，他担心我没钱用，气喘吁吁地爬到了半山腰的连云中学。当时，他担心自己找不到学校，还带了个叫大金华的船员叔叔给他带路。父亲给了我十块钱，反复叮嘱我，饭食要吃饱，不要省！父亲那次送钱给我，穿的竟然是海上捕鱼时才穿的雨衣雨裤，上面还沾着亮汪汪的海水，一股特别的腥咸味儿弥漫开来。城里的同学经过时，掩着鼻子，投来奇怪、嫌弃的眼光。母亲对父亲也曾说过："以后进城看儿子，别穿得邋里邋遢的，给孩子们丢脸！"

父亲怎么就不长记性呢？难道真的是老糊涂了吗？其实父亲那时只有五十多岁，也不算老呀！

我心里不痛快，自然对父亲就少了些和颜悦色，甚至有些冷淡。

还好，下班的铃声很快响了。我想赶快带父亲回家做饭，省得看到的人更多，让我丢人现眼，更加难堪。

父亲连忙摇头摆手说："不、不，赶不上了。晚上七点，船就要起锚出海了。"

父亲从我的脸色和说话的语气中，似乎看懂了我的心思。他搓着手，歉意地盯着我说："时间实在是太……太紧了，我……我也没换换衣服洗把脸，给你丢人了，是……是吧？"父亲结结巴巴地挤出这几句话，那声音小得仿佛只有他自己才能听到。

接着，父亲又和我聊了起来。原来，渔船是那天上午进的港，卸完了渔货，又加油、上冰，父亲忙完了船上所有的活儿，他才得空赶紧挑了一网兜最新鲜的鱼虾。他知道我特别爱吃海鲜，就跟船老大请了假，从码头走到公交车站。坐车时，有人嫌腥味大，不让他坐，父亲递着烟，赔着笑脸说好话，说是送给城里的儿子吃的。直到上了车，父亲才终于松了口气。

父亲怕耽误了出海的时间，让其他船员等，连船上的晌饭都没顾上吃，哪还有时间换衣服？就穿着干活时的工作服，急匆匆地奔我而来。

到了城里，下了车，他一片迷茫，不知往哪儿走。父亲不识字，路标、路牌对他来说，全是摆设，自然不起作用。好在父亲记住了我单位的名称，就一路走，一路打听，手里还拎着沉甸甸的一兜海鲜，硬是靠着两条腿，足足走了一个多小时，才好不容易找到了我的单位……

在儿子我这儿，父亲一口饭没吃，一杯水没喝，就饥肠辘辘地又要匆匆返程赶着出海了。

夜幕下，我把父亲送上了班车，班车启动了，望着东去的班车，想起班车里瘦小的父亲，我的心在流泪！

当年年少轻狂的我，为了虚荣的面子，竟然那样冷待父亲，伤害父亲，现在想起来，感觉自己真是个混账！

再想吃父亲送的海鲜，只有等来世了。因为父亲已经走了，去了离大海很远、很远的天堂了……唯有他老人家，当年送的一兜海鲜，还永远铭刻在儿子的脑海，融化到心灵的深处，每当想起，总是心痛愧疚，热泪流淌……

在大上海上天入地

蒋　琏

　　上海国资委编纂报告文学集《凝聚在党旗下》，30 家红旗党组织，文友歃耕兄嘱我为上海建工一建集团作传。行大欺客，客大欺行，体量巨大的上海国企有的是企业文化人才，我一个江北佬，能否写出差强人意的文章？然而，一辈子生活在乡井之中，去上海给国企写报告文学，深入了解今天的"工人阶级"，实在是不可多得的体验。数年前采写《神州雄风》和《江苏建筑业新世纪发展报告》，我去过许多建筑企业，其中不乏业内知名的特级资质民营企业，感受集体焦虑和忧患意识。有此经历垫底，多了一点儿底气。

　　采访也是一种交流，因为是交流，便可能建立信任，摒弃戒备、粉饰和作秀。在上海建工集团，4 天里采访了几十个人，项目经理、技术总监、老员工、新员工，最后采访董事长、党委书记。一建上下那种作为国家主人的社会责任感和担当精神，那种文化自信令人印象深刻。

　　上海中心大厦 632 米，为国内第一高度建筑物，与邻近的金茂大厦（420 米）和环球金融中心（492 米）一起，构成一个巨大的品字，剑指苍穹，雄视宇内，它们都是一建集团的作品。上海中心大厦的体量实在是太大了，简直就是一座耸立的垂直城市，建筑面积是黄浦江对面整个外滩建筑面积的总和，体重相当于 73 座埃菲尔铁塔。置身上海中心大厦 118 层观光厅，一览众山小，沪上知名建筑物尽收眼底，黄浦江化作敦煌飞天的衣裾，彩带一般飘忽妙曼。

　　在上海中心大厦建筑总承包部办公室，听大厦建设者细述建设过程。大厦是微微扭动的流线型，120 度顺时针垂直旋转，形成 V 形导风槽，造价多了几十个亿。上海中心的建造过程既波澜不惊又惊心动魄，充满奇思妙想和工匠精神。人类对高度的追逐自古至今从未停止过脚步，高层建筑作为一个时代建筑技术的结晶，成为城市乃至国家展示实力的重要手段。上海中心大厦的投资方是上海国资委，这一建筑成就，算得上海最为神奇和成功的形象工程。

忽然就想起大串联的日子，我那时 16 岁，平生头一回到上海，傻傻地去数国际饭店，数来数去，就是数不到 24 层。后来的几十年里，去了许多回上海。重阳日去看世博会，100 万人挤在一起，挤得灵魂出窍，挤成了一锅粥。

2020 年 10 月底，我二度至上海国资委系统采写报告文学，挑了上海地铁第一运营公司。地铁是上海市民出行的首选。世界上地铁出事并不鲜见，爆炸，枪击，斗殴，只有中国的地铁是一方净土，原因很多，其一便是我们有一支高素质的列车司机队伍。地铁一公司党委书记告诉笔者，公司有列车司机 1223 名，他们的代表是 1 号线司机叶明。

地铁列车司机叶明有许多荣誉。叶明直言，地铁司机的工作很简单。笔者走进驾驶室，亲身感受地铁司机工作的"简单"，人民广场站登车，经黄陂南路站、陕西南路站，至常熟路站下车。着工装、戴口罩的司机师傅一举一动刻板机械，开、停、上、下，周而复始，前面是让车灯照亮的黑黢黢的隧道，身后是全然陌生的匆匆乘客。车站和车站的距离都很短，停车时间是规定的 20 秒。20 秒能做什么？高峰期那列车吞吐多少乘客？可能会发生什么意外？不只是简单，还单调、复沓、乏味。简单的背后，是责任如山、人命关天。长年累月穿行于城市的地平线之下，地铁司机终日只能与对讲机做短暂交流，难怪叶明寡言、木讷，当是职业使然啊。叶明日日打破自己创造的全国地铁安全行车纪录。叶明说，他整天只想一件事，安全行车。这一种专注，这一种执着，让人油然而生敬意。叶明的简单，蕴含着神圣。

在地铁人民广场站采访叶明。人民广场站出口多达 18 个，地面之下深达数层，一眼望去，到处都是指示牌，让人晕头转向。

上海地铁 10 号线是国内首条全自动运行的地铁线路。为让笔者有一个直观感受，10 号线运维管理部破例做了现场演练。吴中路基地站内正有一列车处于休眠状态，是中车南京浦镇车辆有限公司的新产品。控制中心远程下发唤醒命令启动列车，完成综合自检。人工检车需 20～30 分钟，综合自检自动完成，时间缩短至 10 分钟。登车。驾驶室里各色指示灯闪闪烁烁，不见操纵杆，由控制中心远程安排列车运行计划，设置列车运行路径及目的地。启动，提速，很平稳，很恍惚。恍惚是笔者的恍惚。轨道密如蛛网，静谧安详，深夜里又会是何等繁忙紧张？巨龙一般扭动身躯的列车，空空荡荡没有一个乘客，倘是早晚上下班的高峰，那又是何等的人潮涌动？

地铁客服标准是向公交看齐还是向航空看齐，有过争论。上海地铁参照航空式服务，妆容举止学习东航，梳头、化妆、着装，就连刘海长短都有规定，不可以过眉。

空姐在云端翱翔，地铁客服被人戏称为地下工作者。终日穿行于隧道的司机们，缺少人际交流和沟通；长年深夜工作的检修工们，阳光成了奢侈品。职工人格的健全和精神的健康是党组织时刻牵挂的事。

在运一公司也采访了 4 天，海量的信息令笔者消化不良。采访从第一天上海火车站出口处开始，地铁工作人员接站，员工的粉红色工装成了第一个交流话题。未及寒暄，已经逐级而下，步入地铁口，上了地铁 1 号线。采访的最后一日去地铁虹桥火车站站，访谈劳模高煜，然后坐高铁返乡，体验上海地铁和高铁的"无缝对接"。

虹桥是上海当之无愧的交通枢纽，天上、地面、地下；机场、高铁、地铁。地铁虹桥火车站站有 2、10、17 号 3 条线路，3 座岛式站台，8 个售票区域、9 组楼扶梯，110 台进出站闸机，日均客流 23 万人次。该站"小煜流星轮"是全国首个走出窗口、主动服务的服务品牌，品牌代表者是"全国感动交通年度人物"高煜。如此繁忙的一个大站，副站长的人设应该是风风火火、膀粗腰圆。甫一见面，胸前缀着党徽和服务标志的高煜，温文尔雅，如出水芙蓉一般亭亭玉立。这位从朱家角走出来的上海姑娘，一双眼睛明净聪慧，略显单薄的身板，担起了多少荣誉和责任啊。

高煜和值班站长陈蕾送笔者乘高铁返乡。上电梯。出了地铁登高铁，一直送到座位前。原来，出行竟能如此便捷，大上海竟是如此亲近。回望地铁虹桥火车站站，哪里还见踪影？只能想象那一道地平线下的风景、地平线下的美丽。

《地平线下的美丽》，写上海地铁"让市民满意，让职工满意""让上海更美好"的努力。

三年前的那篇报告文学，《上海天际线》，写上海一建集团不断刷新上海天际线的奋斗。

从最高处的上海中心，到上海地面之下的地铁网站，可谓在大上海上天入地。两篇文章，《上海天际线》和《地平线下的美丽》，采访对象逾百，大多祖籍上海，概因高房价吓走了许多新上海人。访谈中谈工作，还谈住房、交通、学习和家庭，谈国企的长和短，个人的喜和忧。走出乡井的笔者，开阔了眼界，触摸到了今日工人阶级的脉动，对改革开放四十年有了更多层面的认知和理解。

想到了文学和生活的关系。广度，深度。仰视，俯视，平视。把握机遇和创造机遇……

想多了。其实，充其量就是个盲人摸象。

盲人摸象也不错。盲人摸象，摸着了一堵"墙"，一根"柱"，触摸到了质感，感觉到了温度，比惊鸿一瞥强，比人云亦云强。

摸着石头过河，关键也还就是一个摸，不摸，可能过不了河。

作者简介：

蒋琏，中国作家协会会员，南通市作家协会副主席，海安县作家协会主席。出版散文集《品绿》《天地玄黄》《风景河》、长篇小说《通扬河》、中短篇小说集《贵先生》、长篇报告文学《南通好人》《支教》等，曾获紫金山文学奖。

风从哪里来

蒋森度

  风是什么？风在哪里？

  在人间七十年了，风一直吹着我。

  风把我吹醒，吹到天真无邪的童年时代。那时的我异想天开，真是开心。

  孩儿时光，并不喜欢大人天天啰唆那乏味的老套话。寒冬腊月，听门外刮大风了，父母忙着加固被风吹得吱吱呀呀的门窗时，我们便可趁机溜出家门，到风中撒野。

  家门朝南，西北风照样可以寻着门缝拐弯吹进来，孩子们趁大门被吹开之时，蹦出去。一阵冷战之后，无目的地奔跑，迎着风跑，发疯地奔跑，是斗风，玩风？头发都吹直了，英雄一般，多豪爽！不一会儿，我们又顺着风往回走，张开双手，像扯篷船，风推着人，不用力气往前走，风真是我的好朋友，陪我玩，多带劲。

  这时的太阳，似乎躲起来了，要不就是被风吹走了。记得老家梅泾巷上家家关紧大门，生怕大风钻进来。冷风却无孔不入，"针尖大的孔，笆斗大的风。"老房子似乎在风中摇晃。如碰上带呼呼声的北风，好像整个村庄都缩紧了头抱成一团在颤抖。

  吹了一天，风大概是累了，晚上趴下歇息。明天嘛，应是一个无风的大好天。谁料想，北风邀上西风，合在一起，又更加起劲地吹。走出大门，一阵冷战，只见屋前的几棵大树，用力地舞动枝干，有节奏地前俯后仰，像听口令一样，朝东南方向深度鞠躬，还率领旁边的一批小树"竞折腰"。一个满脸稚气的孩子望着望着，有点失神：树，为什么在摇晃？风哪里来的蛮力，把全世界都吹得晃起来，吹得人间冰冷？

小孩子的想法有时不讲情理，只是自言自语。

——要是把树通通锯了，不就没风了吗？为什么大人不会想到呢，可能他们没有工夫？

——不对吧，我们村的后面是条河，风是从河对面吹过来的，那里没有大树，再后面是长满麦苗的农田，刚长出来的嫩绿麦苗绝对扇不出风来的，风究竟从哪里来的呢？

夜晚，望着满天眨巴着眼的星星，孩子还在想着关于风的问题，它们能回答吗？风，是为我们一群顽皮淘气的孩子而来的。

学校里读到一点儿自然科学后，孩童天真的想法似乎被知识暂时"驯服"了。但风从来没有停止脚步，伴随着我成长，风在跟着我"吹"，一天也没停歇。小学里，摇头晃脑地念"风吹草低见牛羊"；中学里背诵范仲淹的"阴风怒号，浊浪排空，日月隐曜，山岳潜形，商旅不行，墙倾楫摧"，风制造满目萧然的景象，使我伤心。1962年高考，作文题"雨后"，我一时激动得糊涂，写成"风雨后"，在风字上生出横枝蔓叶。可能阅卷老师认为有点脱题，得分不高。那"风"来的真是不合时宜，跟我开了一个苦涩的大玩笑，似有意把我留在农村磨炼一番。那田野中的"野风"啊，我记得。尽管后来再次高考成功，但我在那一年考卷上节外生枝的"风"，永远在我脑海里刮着，呼呼有声，一种呼号之声啊。

弹指一挥间，几十年过去，风吹着我追随时间的脚步赶路，匆匆的人生，忙碌的旅途，竟然再也没有小时候那种与风同乐、御风而行的时光。只是去年春上，我有了一次机会陪两个孙子去放风筝，一老两少，在田野中玩"风"，而且玩疯了。

11岁的大孙子迎风放出一只大号风筝，9岁的小孙子跟着放出一只小风筝。两只风筝在风中扶摇直上，在蓝天的映衬下轻轻摇摆。他们像牵着风，又像风牵着他们，跑着，走着，追着。孩子们忘乎所以，我也跟着跑啊，追啊，仿佛回到了60年前。田野之上，追风少年，追风老年，谁也不愿意同"风"分手。

说到风，我的记忆里还有一桩可以沉淀的往事。前几年，退休的老友们，结伴去"农家乐"喝茶聊天，那天我的坐凳是一个刨了皮的树段，那光滑的截面上已经被无数的客人磨出了光亮，不过，其中年轮形成的一道道同心圆特别显眼。我惊讶于大自然鬼斧神工的"美术作品"，忍不住多看了一眼：中间有一轮波纹并未循着前面的圆"画"过去，有明显的凹陷，这是为什么呢？大自然的画笔在那里停顿、执拗，这里似乎有岁月的密码呢？

对于有世事经历的我们来说，眼光也许会穿透时光，看见往昔的风雨。或许，真有那么一年，凛冽的朔风、威猛的台风，造成树的年轮"走形"。风过留痕，当年的风被时间"雪藏"在这里，一棵大树留下了记忆的证据。也许，因为我太爱风，和风神交久矣，所以，它也会在我这个老朋友面前露出了"马脚"吧。

作者简介：

蒋森度，1942年6月出生，江苏无锡人，大学学历，江苏省作家协会会员，中国散文家协会会员。在《光明日报》《新华日报》《中国散文家》《中国海洋报》《苏州日报》《无锡日报》等报刊发表作品100多篇，作品在国内多次获奖。

炊烟起处，瓦片叮当

康　风

　　那一年，我八九岁的样子，正月十五以后，气温开始回暖，屋檐上滴下融化的冰水，冬天的寒冷在此起彼伏的滴答声中消散殆尽。麦子长势过快，田野里一片青绿，在最后一批麦肥施完后，青菜即将开始抽薹，整个村庄进入一个甜丝丝的阶段，等待春雷和虫蚁出动。

　　我家的老屋里，二爷在弯腰干活，爷爷和父亲在和着混凝土，为他打下手。我家原先的老锅灶，因为年头太久，有些坍圮，而且烧起火来浪费柴火，父亲请来二爷拆掉重建。我蹲在边上看着他们干活，不时地闻着他们抽烟的味道，砖头缝里溢出的泥土气息，拆掉的老灶遗留下来的草灰味，还有老人身上棉衣的气味。

　　杜二爷是村里的泥瓦匠，专门为村里村外一些人家盖房子、支锅灶、砌猪圈、砌鸡圈。他手艺好，为人和善，请他干活的人也多，但因为盖房子的人家越来越少，大部分都是找他支锅。

　　二爷身材精瘦，脊梁骨突出，像一只黑色的山羊，看起来没有力气。似乎为了和身材匹配，他的头也很小，配上一张娃娃脸。因为脸小，似乎容不下许多皱纹，所以只看到他眼角几条硬朗的线条一直连到耳根，稀疏的短发奓拉在头上。冬天总是戴着一顶黑色的八角帽，只有在吃饭或者干活出汗的时候才拿下来。当他脱下帽子，我看得见他冒汗的头皮。

　　从我记事起，他就没有牙齿，不戴假牙的时候，整张脸是往内凹陷的，看起来似乎始终是在微笑。他说话很少，我几乎没有听到他说过长篇大论的话，每次都是几个字几个字往外蹦，声音也不像普通乡村男人那样洪亮。

二爷总是穿着硬邦邦的蓝布褂子，面前左上方的口袋里塞着一包烟，鼓出来。褂子上或多或少粘着沙粒、灰尘和劳动时留下的泥水印。

那一天很晴朗，我蹲在那里像婴儿一样，看着二爷娴熟的动作，直到我的两腿发麻。他用手里的瓦刀切割敲打砖头，砖头总能在他想要断裂的地方断掉，似乎是和他约好了一样。然后用断砖抹上砂浆，再粘牢在砌好的墙上，就像小孩子在玩着积木的游戏。越垒越高，高过我的身体……

午饭是在奶奶家吃的，二爷和父亲他们愉快地喝着白酒，我闻着刺鼻的酒味，夹杂着烟味和菜味。二爷喜欢喝酒，因为牙口不好，吃的菜都是一些豆腐、蔬菜之类的，他把花生米端到我们小孩子面前。喝完酒以后，他只吃小半碗米饭，用青菜汤泡着吃。母亲总说他吃的饭就跟鸡蛋大小差不多。

吃完午饭以后，他将嘴里的假牙吐在一个干净的碗里，用水浸泡着，仿佛是吐出他的一个器官。休息片刻，就继续干活。

他嘴里偶尔哼着小调，具体哼唱些什么，我从来没有听别人唱过。每当他需要切割敲打砖头的时候，就让我闪开点，以免砖头碎屑迸伤我的眼睛。

我很羡慕他的动作，他的手艺。以至于自己真想拿过瓦刀，也尝试着敲打一番。二爷似乎看出了我的心思，问我想不想学。

我说想。

但他说这是没出息的行当，小孩子还是读书写字好，将来做书生。

我的热情瞬间被他浇灭了。

他只顾一层又一层地垒砌砖头，砌好锅台，又一层一层地砌烟囱，一直高过房顶。最后我跑到屋外，看着老屋黑色的房顶上，一根崭新的红色烟囱树立在那儿，仿佛是一个新生命的诞生，仿佛他们又盖了一座新的房屋。

傍晚时候，母亲烧火煮晚饭，炊烟就从这根烟囱里升起来，二爷、父亲、我三个人站在门前，看着炊烟慢慢升腾、消散，最后飘荡到田野上空，像糖一样融化在天空中。

我注意到二爷用过的瓦刀，还遗留在墙角，上面沾满潮湿的混凝土和砖头碎屑，我走到墙角，拿起瓦刀，使劲地敲打着墙角的一块废弃砖头，咣当咣当的声音，响彻整个黄昏。

不一会儿，二爷就告辞回家了，父亲把工钱结算给他，他一分也没收。在我家门口，他们反复夺来夺去。二爷甚至还为此教训了母亲一顿。

吃过晚饭，母亲买了一些烟酒给二爷家送过去，我不知缘由就跟着母亲一起去了。

在二爷家的厨房里，他们老两口正在吃着晚饭，昏黄的白炽灯光落在二爷圆溜溜的脸上，看起来油光锃亮。那个白炽灯上落满了油灰，经年累月，像那间老屋一样苍老、暗淡。锅里的山芋棒面粥，散发出阵阵甜香的温暖。

二奶很慈祥地给我搬一张滑不溜秋的凳子，相比屋内的温暖，板凳却是坚硬、冰冷。我羞涩地坐在那里听母亲和他们唠嗑。由于他们谈话的内容，大多是一些我不感兴趣的，所以我显得很不自在，听着二爷喝粥的吸溜声，背后袭来一阵阵若有若无的灶膛里面火星的余温。

那仿佛是我生平唯一一踏进二爷的家门，从我上幼儿园起，无数次经过他家门前，总是看见屋里黑魆魆的，阴暗潮湿。但那一晚，我感受到他家的温暖。

父亲说二爷砌的墙不用线打，不用尺量，总是平平直直，像一棵树一样直挺挺的。我家的老房子是他帮忙盖的，锅灶反复搭建了好几次，鸡圈猪圈都是他帮忙垒成的。

夏天，在连日的雷雨来临之前，二爷是最忙的，因为这个时候总是有人家找二爷去修缮屋顶，屋顶上总有瓦片在冬天被冻裂了。人们说二爷上房揭瓦就像猴子一样，蹬着梯子蹿到屋顶上，拨弄着每一片碎瓦。有时候，他在瓦楞下惊醒一只沉睡的蝙蝠，或者他揭开瓦片，阳光照射到屋内，在这户人家投下一块方寸大小的光斑。还有的时候，他随性将瓦片从屋顶扔到地上，发出叮当的响声，原先的瓦片摔得更加残碎……

他就这样一年到头，和泥土、瓦片、砖头以及村里村外各户人家打交道，很少下地干活，因为田里的农活他不拿手，干得也不利索。

二爷有一个儿子，两个女儿。儿子叫杜军，长得高大魁梧，很白净，长相与二爷截然相反。十几年以后，他儿子结婚，我就再没有见过，据说后来育有一儿一女。

二爷生病好像是悄悄地，病魔仿佛很不情愿地上了他的身。他生病以后一直住在他那阴暗的房子里，仿佛他的死去也是悄悄地，不知不觉的。

听说他得的是肺癌。村里老人说起过他：像他这样的人，身体瘦弱，本来就靠一口精气神活着，有一天这样的精神没有了，气数也就耗尽了。

而父亲说二爷每次帮我家干活，都没有收过钱。帮别人家也是很少收钱的，所以他总是赚不到钱，穷一辈子，苦一辈子，最终是苦死的。

他去世的时候是六十多岁，据说年纪轻轻就掉光牙齿的人，都是因为生活太苦。

他的老婆名叫谷素英，也是一个吃苦耐劳的好人，是干活的一把好手，提到她的人，只有佩服和喜欢。令人惋惜的是，二爷死去的第二年，他的老婆患肝癌去世了。第四年，他的儿子也患肝癌去世了。从此村里仿佛再也没有这户人家，只留下他的儿媳妇和孙子孙女，不知情况如何。

我有时候看见炊烟升起，看见燃烧的火苗映红我的脸庞，我会思念二爷他们一家人，尤其是二爷不戴假牙时候，凹陷的脸庞上默默微笑的表情，那仿佛就是炊烟一样的柔软和静默。还有，冬天的时候，黑色的八角帽似乎要淹没他的整张脸。

作者简介：

康风，原名张晓东，祖籍江苏响水，现居无锡。现为江苏省作协会员，无锡市诗歌学会副会长。曾参加三次江苏青年诗人改稿会，作品入选《2016 江苏新诗年选》，诗歌、散文及小说作品发表在《诗选刊》《诗歌月刊》《扬子江诗刊》《太湖》等刊物。

母亲的麦地

孔令玉

母亲在最后的日子，被高抬着，走进了麦地。

生命的记忆里，说不清是先有麦子，再有母亲，还是先有母亲，然后有麦子。最刻骨的印记总是和麦地连在一起的，漫长的冬季，漫长的寒冷，漫长的饥饿，漫长的生长，整个童年的时光都是那样漫长。

小河边枯黄的芦苇零乱在寒风中，麦地里麦苗被浓霜裹成满世界的晶莹，家乡的整个早晨空气里都塞满了寒冷，而那时的我最喜欢的事就是和小伙伴在麦地里奔跑，无拘无束，母亲，总会适时地叮嘱：别跑了，别跑了，不要伤了麦子……

那时的母亲，还是有腰身的年华。细细的腰，裹在合体的斜襟上衣里，朴素、干净、灵巧。冬日闲时，母亲也是闲不住的，缝缝补补，糊浆纳鞋，但更多的时候，母亲是在麦地里干活，或许是因为年轻，总是有用不完的力气，也总是有干不完的活。麦地里的草，是要除干净的，等到二月初，是要崴口上猪粪的，上完了粪还要封口。有机肥的滋润，保证了麦子的营养和清香。因为这活并不复杂，小时候我们都免不了要去帮大人干活，那个累啊，现在想来都十分无奈。

麦子，离母亲的生活最近。早年，母亲烙的麦芽饼，支撑了无数苦难的日子。庄上一位在饥饿中奄奄一息的病人，因为有了母亲送去的几块饼，慢慢缓了过来。母亲做的馒头包子特好吃，每当蒸笼出锅，诱人的味道，香遍了大半个庄子。母亲还曾用饺子、馄饨为儿女挣来学业的费用。真的无法想象，如果没有麦子，母亲不知该怎样走过那些生活的艰辛。

最幸福的日子是在六月，收获的季节。随风舞动的麦稞，在艳阳下摇曳起伏，荡起金色的涟漪。麦地上空洋溢的不仅是成熟的清香，更是庄稼人的丰收喜悦。沉甸甸的麦穗，昭示着天随人意的好收成，在低头招呼着农人去收割之前，先把自己笑弯了腰杆。此时的麦子，于母亲而言，仿佛有无尽的浪漫诗意。母亲把麦地当成了稿纸，那件白底蓝花的衣衫，那条淡黄色头巾，那条水绿色的围褛，还有洒在麦地里的汗滴，是属于母亲的诗的元素。

开镰了，随着镰刀有节奏地划过，一垄垄麦子变成了小山似的麦垛。前面的麦子，在不断地缩短，后面的茬口，在不断地延长。那时的我，还不懂汗滴的沉重与苦涩，只觉得地里的风光甚是有趣，一会儿钻到母亲前面的麦稞，追逐蜻蜓和蝴蝶，一会儿仰在深深的墒沟里，看丝绸般的云彩飘来飘去。大忙季节，母亲的劳作不分日夜，沙哑往复的磨刀声，吱吱呀呀的车轮声，来去匆匆的脚步声，急促费力的喘息声，常常伴随着我的梦境。

村子里有一大片荡滩，多年抛荒，分田到户那一年，谁家也不肯接受那片荒滩，最终，是瘦弱的母亲要下了。无数个清晨黄昏，母亲躬身劳作，翻耕，平整，终于使那片荒滩变成了四四方方的地块，默默地仰卧在芦荡中间，等待母亲去种下麦子。那片地，用她的灵性报答了母亲的辛劳。那年的麦子，长势极好。返青，拔节，灌浆，抽穗，每一个生长环节里，都融入母亲无限的爱，像培育儿女的成长，辛苦着，却幸福着。收成时节，母亲刚丢下镰刀，又拾起扁担，连枷……多种农具，在母亲的手中接力，直到所有的麦粒，存放到粮囤，母亲才长长地舒了一口气。淡淡的麦香，纠缠着明晃晃的阳光，把母亲额头的汗珠，染得晶亮，母亲笑盈盈地伸出双手，捧起一捧麦粒，仿佛捧起了生活全部的希望。

麦子，也有辜负母亲的时候。那年的梅雨来得很早，麦子疯狂地成熟，老少弯腰，却是等不及收获。等不及收获的麦子，铺在地里，发了芽，和麦子一同发芽的，是母亲的心。麦子，成了逝者，站在麦地边的母亲，脸上全是霜。

母亲的生活计算器，从不会把自己的人力算进成本。那年收获的几千斤麦子，本可以让人上门收购，可母亲出去走了几圈，回来后改变了主意，她利用两三天时间，和父亲一起，肩挑背扛，把麦子运到近十里外的小镇收购站，因为那里的价格，比家门口收购，每斤高出三分钱。

…………

那一年，那个还算温暖的五月，一切希望都依偎在绿色的季节里，田野里带着露水的草香，叫不出名儿的花依次开放，麦苗儿疯了似的拔高，而我的母亲，还没来得及听到第一声布谷鸟的鸣叫，就匆匆离开了人世，离开了她劳苦一辈子的世界。

母亲最后的归宿，就在自家的麦地里！属于母亲的最后一季麦子，长势极好，硕大的麦穗，齐整整地站立着，在静静地等待母亲去收割。然而，母亲却先于麦子倒下了……

清明时节，我时常在母亲的坟前小坐，和母亲拉拉家常，说许多心里话。母亲的坟茔被麦苗的绿波包围，这年复一年的永恒的绿啊，仿佛是母亲生命的气息，总是带给我希望和收获。风，吹起了整个麦地，涌起一波波碎浪，那一刻，心中所有的郁结，都被风吹散……

作者简介：

孔令玉，中国作家协会会员。先后在全国各地报刊上发表文学作品200多万字，其中40多篇在市级以上获奖。《日子》《母亲的印记》《一只蓝花碗》等散文先后获江苏省报纸副刊好作品奖和华东地区报纸副刊好作品奖。出版散文集《陌上纤花浅浅开》《田园画角》、长篇小说《女儿吟》。

阳台上的枸杞

孔祥东

在校时一起热衷文学写作的同学，如今已成为迷恋养花的幸福老人。2015 年 11 月同学在盐城聚会，我因故未去，他把一盆枸杞从徐州带到盐城，再让另一位曾经也做过短暂文学梦的同学给我捎到南京。莫非他还记得我1980 年第一次发表的文章《枸杞花》？

不太精致的白底祭红图案瓷花盆，关键是不够大，开口约如汤碗。枸杞向上的高度，基本与花盆的深度对称，显出人工培植的束缚，接近根部的主干上真的缠绕着几圈铁丝。初冬，稀疏的绿叶还在，两边分杈的枝头，各挂着好几颗红透了的枸杞子。我把它放在阳台上，多了一份记挂，偶尔去蹲下身子看看它，或者隔三岔五给它浇点水。

随着季节变换，叶子枯了，和枸杞子一样仍挂在枝头。我是种过地的人，知道冬天里树木会被干冻而死，但是在没有树叶的情况下，实在无法记住什么时候该给它浇水。到了春天，迟迟不见枝头发芽，就有些追悔冬天里的失误了。看看末枝，似乎已经干枯得没有生命体征，想到把根部的铁丝拧开，给它松绑。

过几天，确定看到了枝头的绿意，根部也冒出新芽，但最终还是没有茁壮成长，彻底枯萎了。我问同学什么原因？他说，怕你疏于打理，才给你耐旱的枸杞。我立刻明白，这是盼着发芽心切，水浇多了，烂根而死。我问，为什么绑铁丝？他说，嫁接了另一个品种，一棵树，两种果实，不是丰富好看些嘛。我也怀疑是松绑错了。

我甚至幻想干枯了的枸杞，隔年出现奇迹，枯木逢春，所以花盆一直原样放在阳台上。若一盆干花，也不错，有时我仍然蹲下来对它琢磨琢磨。两年后，因为看见厨房里的土豆发芽，突发奇想，把不能吃的土豆，沿发芽的位置，切成若干块，埋到花盆里，期望当年就结出能吃的土豆。枸杞被连根拔掉，土豆苗很快就长出来了，瘦而长，就是不往壮实长，趋光倒向一边，我知道这样长法是不可能发育块根的，就让它自生自灭了。

又一年，即今年春，厨房里的蒜头发芽了。我想，花盆里种大蒜，掐蒜叶下面条，那是再好不过了。于是翻一遍花盆里的土，块状的土豆木乃伊还在。大蒜种下后，果然长势喜人。这时才有人告诉我，当年她为枸杞施肥，埋了不少豆饼，估计枸杞是给腌死的。昔日杀死枸杞的罪责，今日能抵大蒜长成的功劳吗？也罢，终于知道了真相。

花盆里的大蒜无论如何都显单薄，哪忍心掐蒜叶？再长，有人警告，马上到了蒜头收成的季节，蒜苗抽薹后就枯萎了。我才想起，在乡下时种大蒜是秋天，来年5—6月份收成。此时把蒜苗分几次连根拔起，切成蒜花撒在面碗里，是唯一的选择。人给物倾注了情感，物似乎就承载了人一样的生命，怎么也不忍心把自己的爱物切碎、享用，宁愿眼看它枯萎老去。

因为给大蒜浇水比较勤，花盆里另外长出了小草，看样子是狗尾巴草或马唐草，因为我给花盆里添加过秦淮河边的泥土，或者是千年的草种子发了芽，都有可能。我会容忍它们长一段时间，然后拔除，让它在花盆里枯死，有道是，化作春泥更护花，意在增加花盆里的腐质物。再后来花盆里长出一种有茎秆的小青苗，有点像草本的灰灰菜。我希望留着它，长成形可以代替大蒜，充实花盆。

我有预感或怀有希望，也许是落在花盆里的枸杞子发了芽。果不其然，小青苗长出形状，我确定它是枸杞。它若长成，仍是同学送我的枸杞转世。可是小青苗出得太多了，大约有十几株，间苗，是农林种植的工种，要么移开，要么拔除，我都做过。但我不舍拔除这小青苗，移植，需要添置花盆，也没有心思去张罗。或者我有自然主义倾向，愿意等它们长出眉目来再说。

阳台不缺阳光，却没有雨露，长得最旺的一株，主干已经形成藤蔓，伸长脖子向着南窗。有时连续阴雨，以为不需要浇水，等太阳出来才发现，绿叶已经干得卷边了，赶紧浇水，又现生机。隔三岔五，总是忘记浇水，想这样下去总不是个事。"放生"这个词油然闪过心头，应该让它回到自然环境中去生长。

　　城市虽有广阔的公共空地，但没有一寸土地可以供野生植物生长，更遑论成为私人属权的寄托，这当然是毫无疑问的天经地义。我想最好的办法是把枸杞苗栽到老家的乡间去，那里房前屋后都是有属权的土地，并且可以拜托给家人养护，等生长几年，结果子了，我可以再挖一棵盆栽。总不能为这事去一趟乡下吧？需要这样认真吗？

　　天天进出小区，我发现铁栅栏的内侧有小区自己的高腰花盆，一溜边栽着常春藤，栽了没有两年，长得并不旺盛，还有其他业主寄养在栅栏边的各种绿植，长得都很自在。在梅雨末梢的一天晚上，我抱着自家的小花盆，带一把油漆工用的小钢铲，正式实施将我的枸杞苗移植到常春藤的盆里，长得最大的单栽，其他的分两组丛植。当天夜里就下了一场雨，第二天枸杞苗就显出新的生机，此后的日子我进出小区，真的是像胡适《兰花草》歌词唱的：一日看三回。

　　没多久，单株的枸杞藤蔓上岔开两根新枝，向上长得很壮实，另两丛长成了两簇。我是指望单株的迅速长到能被花工识别，凭自身的形象获得生存机会，至于那两丛我也管不了啦。我每天看他们长大，每天增加一分担忧，想过是不是做一个木牌，插在花盆里，写上：孔祥东寄养枸杞。终于什么都没有做，担心的事就发生了，一天花工把花盆里浇了很多水，唯独栽枸杞的那一盆形成积水，单株的枸杞主干整个淹没在水中，另两簇已经不知去向。

　　又过了两天，花盆里的积水窨下去了，细想应是花工采取了措施，一定是这盆泥不透水，但为什么偏偏这一盆泥有问题呢？这盆里的常春藤长势确实最不旺盛，我的枸杞却不受影响，莫不是花工认为枸杞抢了常春藤的肥力？很遗憾，我的最后一株枸杞随积水一起消失了，我试图在盆边、盆内找到被拔除的残骸，连一片叶子也没有看见。后悔，为什么不做个标牌呢？为什么不把自己的花盆一起放在栅栏边呢？一切事后的想法都失去了实际意义。人常常就是这样，明明早知道会发生危险的事，却以侥幸心理排除危险，幸亏这不是造成大是大非的犯罪。

　　我还是想责备一下花工，城市绿化作为非生产性种植，家花野花都是花，有意识种植的草木和野生的小草、杂树，同样都长绿叶，美化环境，为什么养花种草栽树的同时，必须铲除异类，不容许同质、无害的多样性存在呢？这就是按部就班的职场工作，与人文、爱心真正发自内心不同。让一花一叶自然真实地存在，辅助引导，略加修饰，这才是城市、庭院绿化的真境界，也是人类文明的要义所在。有人说，苗木、草皮的种植和买卖是一条产业链，我的想法触及了多方面的利益，那就是另一回事了。

作者简介：

　　孔祥东，笔名孟帆，1959 年 1 月生于扬州邗江县（现邗江区），当过农民、代课教师。1978 年考入南通航运技术学院，1979 年发表文学作品。1997年以孟帆笔名出版诗集《生命的印痕》、散文集《寻梦》（江苏文艺出版社）。1998 年开始书画收藏，写作艺术评论，2005 年以本名出版《藏画琐记》（书海出版社）。曾任江苏省收藏家协会书画委员会第一、二届副主任，江苏省文艺评论家协会第二、三届理事，江苏省作协书画联谊会副秘书长。

蓝蓝的北方

蒯　天

北方的天，蓝蓝的，像玻璃般清晰通透。年轻的你，带着黄浦江畔迷人的晨曦，携着南方女子特有的水润，提着一只棕色的旧皮箱，沿着古老的丝绸之路走来，犹如春日里郁郁葱葱的小白杨，亭亭玉立在北方蓝蓝的天空下。是的，你们一群人都是这样走来的。

大片、大片的荒凉与寂寞在你们逐渐粗壮的胳膊旁消失；大片、大片的蒙昧无知在你们晶莹剔透的目光下逐渐褪去。大西北，一望无际的荒野，那长久荒芜没有收获的土地上，却在你们的注视下，站起一排排奇迹般成长的白杨，站起一排排鳞次栉比的高楼。

风，大西北粗犷的风，在你们纤纤十指的揉搓下，终于也变得温柔、多情起来，轻轻地从山崖上滚过，落在我们稚嫩的肩上，讲述着许多年轻而又古老的传说。

小时候，我是没有爷爷的故事，奶奶的膝头的，但我却永远有妈妈的童话。那倒下的长发妹，那顺着她秀发飞泻而下的瀑布，在怎样一点点滋润着渴望长大、渴望美好的童心呀。每天，你拖着疲惫的步履下班回来，总是背着我，用略带上海味的普通话唱着："卖小猪喽"，而我总是把头放在你的肩上，搂着你的脖子，惬意地晃着。妈妈，你现在还记得我揉乱你的头发，撩得你痒痒的滋味吗？妈妈，可我也知道疼你的，每次当我缠着您给我念完一本小人书的时候，我总是像犯了错误一样，低下头推着你的双膝，让你看自己的书，我不再来捣乱。而你总是那样笑着，捏着我的小鼻子："傻丫头。"

那时的你真是太忙了，每天早出晚归，连给我扎小辫子都没时间，而我又实在羡慕别的小朋友的辫子。等到冬天，在幼儿园，我就用绿的、黄的、红的三种毛线，编了两个"花辫子"，系上两根长长的飘带，开心地把它们甩来甩去。等你来接我时，我骄傲地说"妈妈，你看，我也有两条长辫子了。"你望了望我，眼里盈满了泪光。一把将我抱进怀里，我吓得在你怀里哭了，抽抽噎噎地"妈妈，你不要哭，我再也不吵你，再也不让你给我扎小辫子了。"听到这话，你把我抱得更紧了。你的脸贴着我的脸，一行热泪从我脸上流下，妈妈，我是你的女儿，是你懂事的女儿呀。

妈妈，等你是最最难受的。你下班总是很迟，我想您想得厉害时，就搬个凳子放在窗口，跪在上面，朝着您回家的路口看啊，看啊。天渐渐黑了，家门口的那排小白杨在夜色里影影绰绰，风吹过去发出一阵阵哗哗的声响。每到这时候，我心里就特别的孤独，还有些害怕，常常裹着窗帘就露出个小脑袋不停地向外看，希望能快点看到你回家的身影。看到有人影向家这儿移动，我的心跳就会加速，就会站在凳子上睁大双眼向窗外张望，看看是不是你？如果不是你就会好失望好失望，再次把目光投向路口。等到月光下出现了你的身影，等到楼梯上响起了你的脚步，我便急忙躲在门后，大喊一声："不许动！"你就乖乖地举起双手，交出你手里的包。我就像一位将军一样得意扬扬地赶紧去翻你的包："妈妈，你今天给我买什么了？"虽然大多数时候都没有收获，但偶尔的惊喜却让我更加快乐，一个热乎乎的烤红薯，一只漂亮的铅笔，有时候还会是一本薄薄的连环画，每一次看着兴高采烈的我，你总是微微笑着，摸摸我的头，转身就去厨房忙着给我做饭。

望着你忙碌的身影，我突然想要帮帮你，于是在一次你下班回家的时候，突然发现我竟然做好了晚饭，打开饭锅，你笑了，那是稀饭吗？当然不是，只是一锅上面黏糊糊，下面黑乎乎的"东西"，可你却说那是你吃过的最好的美食，多年以后，你还会和我说起这件事情，你说从那天开始，你发现女儿真的是妈妈的"小背心"呀。

春天里小白杨树露出了嫩绿的小叶芽，你终于可以休息一天了，你带着我在两棵树间撑起皮筋，教我跳皮筋，"嘟嘟嘟，骑马到松江，摇摇摇，摇到外婆桥……"，唱起童谣的时候，我发现你的眼睛亮亮的，仿佛能滴出水来，我知道你一定是想念远方的外婆了。

夏天到了，白杨树绿葱葱的，一身的绿叶仿佛千万双绿色的小手哗啦啦地对着我拍着巴掌，我一脸欢欣地对你说要是白杨树一年四季都这么绿该多好呀。你笑了，说要是那样白杨树多累呀，她也要休息呀，不过你说有办法可以把绿色留下来的。于是你选了几片最厚实的叶片带回家，把它们放在碱水中煮沸，用牙刷轻轻地刷去叶子上的叶肉，然后冲洗干净晾干，在叶柄处寄上红色的棉线，于是一枚精美的叶脉书签就呈现在我的面前。捧着淡绿色的卵形书签，望着那上面丝丝精美的脉络，我觉得你真的无所不能，我真想永远和你在一起……

年复一年，小白杨树在不知不觉中长高了，她不追逐雨水，不贪恋阳光，只要能够在哪怕板结的土地上，给一点水分，她的一截枝条就会生根、抽芽。只要挪动一点杂草生存的空间，她就会把黄土地装点，撑起一片绿色。春夏秋冬，留守着，装点着，给黄土地减几分贫寒和寂寞，增几分生动和美丽，她的根已经和黄土地连为一个整体。每次走过白杨树下，我都会情不自禁地仰起头看看她们。终于有一天，当清晨的阳光静静地映在淡青色的窗帘上，你轻轻地走到我的床边，习惯地低下头来要吻我的时候，我却羞涩地躲进被窝，不肯出来。妈妈，我就是这样长大的吗？

一个周末的晚上，我坐在灯下静静地看书，书中扣人心弦的情节吸引着我。你突然对我说：明天星期天，我们去照相馆照张相吧。沉溺在书中的我根本舍不得将目光从书上挪开，只是头也不抬地说了句"我明天有事"。半天之后，我突然发现周围一片安静，没有听到你的说话声，连忙抬起头来，却一眼对上你怅然若失的目光，于心不忍，忙温柔地揽着你的肩膀："妈，明天下午去吧，上午我和同学约好去图书馆了。"你拍拍我的手说："没关系，只是你马上要去外地上学了，妈想和你照张相留个纪念。"那一瞬间我的心里好痛好痛，痛得几乎流泪了……

在大学读书时，不管校园生活有多么的丰富精彩，风景有多么的秀丽，我依旧盼望着回家，盼望着在回家的路上看见那白杨树下等我的妈妈。时光如箭，那年冬天我大学毕业，乘火车回家。一场大雪延误了我回家的时间，等我下了火车，公交车已经没有了，好在我们家离火车站只有半小时的路程，所以我决定冒雪赶回家。路灯下的雪花悠悠地上下飞舞、绵绵密密。路两边的白杨树，叶子早已落光了，光秃秃的枝条压满了绒绒白雪，再被雪光一映，如同一簇簇巨大的白珊瑚，冰清玉洁，透着一股股昂然向上的精气，让我的心里无端生出一种亲近。在我的心里，家和白杨树是永远连在一起的。雪很大，落在脸上冰凉刺骨，几分钟过去脸就冻得没有了知觉，我一步一滑地往前蹚着雪，心想这么晚了，妈妈大概睡了吧。快到家门口的时候，一道熟悉的亮光突然闪进了我的眼睛，是妈妈，妈妈竟然还在等我，就和我当初上高中每天晚自习放学回家一样。站在楼前的白杨树下，披着一身雪花，单薄的身影仿佛是一座冰雕，手电筒的光黄黄的，暖暖的感觉让我恨不得立刻扑到你的怀里，那一瞬间我的心簌簌地发颤……

妈妈，我知道，当我一生下来，就永远走进了你的心坎，天涯海角，女儿走得再远也走不出你暖暖的目光。而我现在也要一直注视你，注视你，直到你永远走进我的心里，刻在我的心上，我满是皱纹、满是慈爱的妈妈呀。

妈妈，你们习惯了这片辽阔的土地，你们的儿女也习惯了这片土地，习惯了和你们一样用爱的目光去温暖别人，和你们一样我们也深深地爱上了这片辽阔的土地。

年轻的建筑群也许不会懂得这一切，但这一切都是真的，就像光秃秃的荒野上站着的那一排排挺拔的白杨一般真实，厚实的黄土地下，涌动着不朽的生命，黄土地酥酥地勃发了，一片片地延伸着绿。

你们老了，但这里却站起了一排崭新的城市。

蓝蓝的北方，将在你们的注视下，刮起年轻灿烂的风。

作者简介：

蒯天，江苏省作家协会理事，中国文艺评论家协会会员，江苏省哲学社会科学界联合会理事，宿迁泽达职业技术学院特聘教授、副院长，西安思源学院客座教授，中国散文学会副秘书长，江苏省散文学会执行会长，《江苏散文》编委会编委、《连云港文学》编委会编委。先后荣获第一、二、三、五届中国戏剧文学奖，首届中国戏剧文化奖，第四届全国冰心散文奖，《文汇报》报告文学奖，《小说界》全国短篇小说优秀作品奖，江苏省"五个一工程"奖，第四届江苏省音乐舞蹈节最佳编剧奖，《中国故事》五年一届优秀作品奖，连云港市人民政府首届文学艺术奖，第9届中国时代十大杰出艺术成就奖。编辑出版《海浪搭建的舞台》《江南如画》系列散文丛书（9本）。

不朽的恽南田

李慧奇

　　一提起武进马杭上店，稍微有些学养的人都会眼前一亮，自豪之情溢于言表。江南小镇的一隅，何以身价不菲？因为它和一代艺术宗师恽南田的名字紧紧相连。300多年前，这里诞生了一位开创一代画风的大艺术家恽南田，他的笔端闪耀着16世纪东方绘画的光辉，中国艺术史上最有生命力的激流之一，深情地在上店的土地上流淌着，滋养了一代代艺术家的灵魂。我们没有理由不为上店骄傲！

　　那是一个寒冷的冬日，我和几位对恽南田老先生崇敬已久的朋友，来到上店，踏着泥泞的乡间小路，迎着凄凄的冷风，向恽南田的墓地走去。与周围漂亮的农家小楼相对应的是一座四合院，白色的围墙里伸展出的绿树，如绿色的云朵一样，营造出肃穆、静谧的氛围。向导告诉我，这就是恽南田的墓地。我们怀着虔诚、肃穆的心情轻轻地推门而入。这是个不大的院子，院子里有两座坟茔。石碑上分别写着"高士恽逊菴先生之墓""逸士恽南田先生之墓"。看坟人张九大老人向我们介绍说：这是恽南田和他父亲的坟墓，是恽家的后裔给立的石碑。坟墓的周围有几棵松树，仿佛在无声地诉说着什么。张九大老人指着另外的几棵树告诉我们：这几棵树叫鸟不宿，因为树上有刺，当然鸟儿不敢停留了。院子里看上去有些荒芜，我站在寒风中有些凄凉之感。

　　"只今冷落遗址，令人千古思余风。"想想恽南田生前的寂寞与坎坷，淡泊之人书写了清代画坛的绚烂，不能不感慨万千！他少时从伯父学画，青少年时期参加过抗清义军，家破人亡，当过俘虏，又被浙闽总督收为义子，曾在灵隐寺为僧，返故里后卖画为生。与王时敏、王鉴、王翚（hui）、王原祁、吴历合称为"清六家"，他山水画初学元王公望、王蒙，深得冷淡幽隽之致。又以没骨法画花卉、禽兽、草虫，自谓承徐崇嗣没骨花法。创作态度严谨，认为"惟能极似，才能传神""每画一花，必折是花插之瓶中，极力描摹，必得其生香活色而后已"。他画法不同一般，是"点染粉笔带脂，点后复以染笔足之"，创造了一种笔法透逸、设色明净、格调清雅的"恽体"花卉画风，成为一代宗师。对明末清初的花卉画有"起衰之功"，影响波及大江南北，史载："近日无论江南江北，莫不家家南田，户户正叔，遂有'常州派'之目。"他还精行楷书，取法褚遂良、米芾而自成一体，诗为毗陵六逸之首，擅五言古诗，其诗格超逸、书法俊秀、画笔生动，人誉之"南田三绝"。

在艺术上如此绚烂的恽南田，生前是寂寞的，长眠在九泉之下更是寂寞的。看院人张九大老人说：平时这里很少有人来，只有他一个人守在这里。年轻人来得很少，倒是远道的客人多些。有一次从上海来了一位老者，冒雨来这里拜谒，看样子是个画家。只有秋天，他看着自己种植的菊花开得娇艳，心里仿佛多了点暖色。我感谢张九大老人，能理解风雅的画家，如果恽南田在九泉之下有知的话，一定铺纸临摹，绘出其生香活色。

我们提出想看看恽南田故居，张九大老人他说知道，蹬着三轮车为我们带路。走过上店桥，我们就走进了店铺林立的幽长古巷，来到上店58号，恽南田故居。遗憾的是房子被外地打工者居住着，因外出打工，铁将军把门，我们未能跨进半步。张九大老人介绍说：恽南田家的房子有三套，这里是现在仅存的一间，原来故居后边是花园，花园旁边有条河，河里生长着甜甜的睡莲。

听着古巷里超市里传出的音乐声，我思绪难平，眼前仿佛出现当年的恽南田在河中泛舟，置身在荷花丛中，他和朋友意气风发，谈诗论画，那是何等潇洒！遥想当年，上店58号该是何等"繁华"之地，远道学子叩门求教，清润明丽的画风从这间房子像清风一样飘向全国，源远流长，至今薪火相传。而今故居像大隐的隐士一样混同于民间，在幽长的古巷里，撑着雨伞，丁香一般的姑娘，可知这里是300多年前恽南田的故居吗？尽管对面墙上当年恽南田系缆绳的地方还在，可是姑娘仍是朱唇轻启：不晓得啊。

身边的人一声"不晓得"，让我心里酸酸的。走在青石板上，我在想：全国各地历史博物馆和古代艺术家纪念馆中熙熙攘攘的游客，可能在问：我们能否触摸到艺术家脚下的土地与生命留下的印记？我要说，请你们从精致入微的笔墨中再向前迈一步吧，感知艺术家生命的点点滴滴，才会体会到艺术是寂寞的，艺术家同样是寂寞的。人们和历史青睐的总是具有独特、创新的艺术，敬重的是坦诚而透彻的生命。寂寞的恽南田，人淡如菊，他和他的艺术是不朽的！

作者简介：

李慧奇，女，笔名木子、杏花春雨。大学文化，文学学士。曾经的媒体人，江苏省作协会员，加中笔会会员、渥太华作协会员。《渥水》网刊编委。1976 年开始发表文学作品，在国内外报刊发表散文、小说、随笔、杂文、诗歌近 100 多万字。作品被收入多本集子。目前旅居加拿大。

两棵树之命运

李金坤

在我的内心深处，有许多值得铭谢的亲人、老师和朋友；但也有两棵值得我铭记终生的树——榆树与枇杷。在我们江南地区，榆树与枇杷这两种树，是颇为普通、随处可见而貌不惊人的树，但与我关系密切的榆树与枇杷，它们却是具有非凡经历与特殊精神的树。

大约是在十八年前，一天早晨，我在朝阳小区顶层六楼的大阳台上锻炼，冷不丁见花坛里冒出两株小树幼苗。因其细小，尚分辨不出究竟是树木还是花草？当时也没在意，只觉得这是两位"天外来客"，很是好奇。至于这两个小生命何以在我这高高的阳台花坛里安家落户，颇觉蹊跷。也许是大风将它们的种子不知从何时何地裹挟到这里，也许是不知名的鸟儿将它们的种子吞食以后又将其未能消化的种子与其粪便一起排泄于此。但不管如何，眼前这活泼泼的生命却是实实在在地诞生了。从发现它们的那一刻起，它们就已成为与生俱来具有深厚花木情结之我的至爱亲朋之一。从此以后，凡是我在家的日子，我总不忘登上阁楼，步入阳台，极其友好地向他们行注目礼。把它们看作是襁褓中的婴儿一样，盼望着它们快快长大。几个月之后，两株幼苗的叶子由原来的两片不断地增加到二三十片，身高也由原来的一寸长到五六寸了。此时，它们的庐山真面目终于显露无遗。原来它们是榆树和枇杷。于无风之日，它们一左一右，静静肃立，好似两个站岗的哨兵，恪尽职守，一丝不苟；在起风之时，它们一东一西，俯仰摇曳，恰如一对相爱的恋人，窃窃私语，卿卿我我。它们的静默跃动，举手投足，无不引起我的盎然兴趣与诗意情怀。

一晃五六年过去了，榆树与枇杷已长到一米多高。考虑到花坛土壤水肥不足、不利生长等局限因素，又念及树根渐大会影响屋顶渗漏之后果，于是，我就想将它们移植到楼下那块名为花园而花木萎靡残败的花园里。这样，一来，可使它们深接地气而自由生长，以"得其所在"也；二来，亦可为名不副实的小区花园增加一抹绿色与亮点，给居民朋友们增添些许审美内涵。还有，将它们移至楼下后，我只要打开窗户，居住六楼的我依然可以清晰地看到它们的倩影，可以随时欣赏或挥手致意。就这样，榆树与枇杷又在楼下花园安了新家。它们相处的位置与楼上依然一样：东边是枇杷，西边是榆树。

再后来，两棵树在花园里深得土壤充足水肥的滋养，越发长得枝繁叶茂、挺拔雄壮，俨然已成为两个并肩向上的英姿飒爽的青年小伙，委实惹人喜爱。俗话说，树茂鸟儿欢。看那喜鹊、麻雀、白头翁鸟等知名与不知名的各种鸟儿，似乎对这两棵树情有独钟，总喜欢昂立枝头引吭高歌，以它们特殊的鸟语向人们诉说着鸟们的情感世界。给原本寂冷单调的小区，带来了自然的欢乐与温馨，增添了诗情画意的美好氛围。我由衷感恩着榆树与枇杷给人们带来的福音。

人们常说，与人相处，日久生情。而我，与这两棵树旦暮相亲，其情更是深厚缠绵，难舍难分。对于它们，或松土，或施肥，或除草，或修枝，或治虫，事事亲为，样样精心，处处周到。故而这两棵树生长得特别健壮、富于生气而引人注目，自然成了小区一道独特亮丽的风景线。最难忘2008年冬天那场铺天盖地的大雪。因为枇杷椭圆形叶面较大，且有密匝匝一层毛绒小刺，所以很容易积雪，分量加重之后，枝丫就容易折断。记得那天晚上从七点开始，一直到深夜两点飞雪基本停止为止，每隔半小时左右，我就到楼下用竹竿将枇杷叶上的积雪敲掉，就这样我从六楼到一楼，又从一楼到六楼，如此十余次来来回回不知疲倦地跑着，目的只有一个：全力保护枇杷树不遭大雪之灾。第二天到别处一看，好多枇杷树因积雪过多而枝干折断，惨不忍睹。而我精心保护的枇杷树则安然无恙，挺拔昂然。我为自己近乎通宵的诚心守护而甚感欣慰与自豪。说来，也真神奇，大概是因为我精心守护而感动了枇杷树吧，在来年春天，它便第一次结满了金黄灿烂的枇杷果。小区居民们纷纷抢摘，品尝香甜鲜美的果实。但也有不文明采摘者，将树枝折断了。

更有一位胖女人，一边抢摘枇杷，一边还振振有词、大言不惭地嚷嚷道："这棵树枇杷果子这么甜，都是我用鸡屎灰、猪圈肥培育的啊。"贪天功为己功，殊不知天下尚有羞耻二字。这是偶尔产生的不和谐声音，权当作茶余饭后的谈资笑柄吧。为了不让野蛮采摘行为而损坏树枝，我索性就借了一个长杆修枝剪，将树冠高处的枇杷全部摘下，然后分送小区部分居民。大家品尝金黄圆润鲜甜的枇杷后，无不竖大拇指点赞，都夸我为小区绿化做了件十分有意义的事。

然而，不是所有人都具有感恩的情愫，懂得这两棵树存在的价值与意义。有人图方便，干脆就将它们用绳索拴起来晾晒被子与衣物，置它们弯腰曲背而不顾。亦有人在它们身旁种扁豆、长丝瓜，任其藤蔓牵绕，置它们痛苦呻吟而无愧。更有甚者，某些人竟以所谓两棵树之树冠高大而影响住户阳光与明亮为"理由"，竟然偷偷将榆树拦头砍去，又将枇杷大部分树冠砍掉。损树利己，何德何仁？其实，这两棵树离开后面住户人家阳台与窗户是有一段距离的，不会直接影响采光效果，更谈不上影响视觉效果。因为市区地皮金贵的缘故，该小区楼间距比例1：1都不到，前面楼房同样都是六层高，所以根本谈不上视野开阔之感觉的。两棵树对有关住户真的不构成危害的。相反，只能给予原本糟糕的花园环境带来令人悦目赏心的满眼绿色与蓬勃旺盛的生命气象。孰料这两棵充满诗意的树，却横遭飞来之祸，平白无故遭殃于这些莫谙树意、不懂树情的自私无知者之徒。令人不禁唏嘘不已，感慨万千。看到光杆无枝的榆树与树冠歪斜的枇杷，我似乎听到了它们愤怒的抗争与凄惨的哭泣之声，而我的内心那种无以言状的悲痛莫名之情，是无法用语言表达的。两棵树的无奈与可怜，与某些人的野蛮与可恨，在我的脑海中留下了深刻难忘的两个画面。还有一件极其令人愤恨的事情，那就是在离榆树两米左右的东面，不久便冒出了榆树的嫩苗，大半年后便长到一米多高了。我想这大概是被砍头榆树向那些缺德毁树者愤怒的抗议吧。这一大一小相对而立的榆树，就像是母亲与儿子一样亲切相望。于是，我便称他们为"母子树"。正当我为这对母子树苗壮成长而高兴不已之际，一日，榆树之子突然不见了。却见新栽了一些小青菜。一打听，原来是二单元一楼的一个满脸横肉的老太婆将它连根砍断了。我质问其为何要无故铲除小榆树？她回答说，树长大了会影响她家采光与影响她所种青菜的雨露阳光。小树离她家窗户足有七八米远，即使树长大了也无任何影响；再说，这是公共绿地，小榆树生长可增添绿色，而她种菜却是损公肥私。如此残忍自私之行为，不以为耻，反以为荣。不可理喻如此，简直令人像吃了苍蝇般无法忍受。我们最早的祖先原来是生活于树上并以树为家的。经过无数年的进化之后，可爱的祖先才从树上走下来，开始在地上安家、劳作与生活。虽然如此，但人们与树木深厚的感情从未改变。平时，人们的住房、用具等都离不开树木，即使去世以后，也离它不得。以前是棺木土葬，现在是骨灰盒简葬，还有坟前绿化，皆有难以替代的树木之功。所以，人的一生无不需要树木的庇护。对此，笔者不禁发问：人啊人，树木于人功勋如此卓异，可你为何如此数祖忘典、昧着良心戕害树木呢？

去年以来，随着建设海绵城市的需要，我所在朝阳小区原有的道路与绿化地带全部进行翻天覆地的改造。我十数年视若亲人的榆树与枇杷，也难免动迁的危机。鉴于年底忙着过年等杂事缠身，我想待春节后，再将它们移植到我新居小区公共绿地里也不迟。谁知，当春节过后我去移植它们时，却不见两棵树熟悉的身影。我的心陡然一冷，打了个寒战，浑身乏力，似乎要瘫痪下来。内心懊丧至极，犹如失去亲人椎心泣血般的伤痛难忍。急忙打听门卫师傅，才知道这两棵树于春节前被人运走了，至于运到哪里则不得而知。我赶紧又去向有关施工人员打听下落，它们也都语焉不详。此时此刻，我恨不得自己立刻变成神仙，或者有天神直接降临，能一下子准确找到榆树与枇杷这两棵树的下落。我心急如焚，束手无策，万般惆怅，徒叹奈何？我不忍回首曾经生长这两棵树的空寂之地，唯有独自黯然神伤。心底不禁虔诚祈祷起来：但愿两棵树能够迁移到小区环境更美、居民素质更佳的地方。那样，榆树必将更加枝繁叶茂、绿荫满地；枇杷必将英姿勃发，硕果累累……

俗云：日有所思，夜有所梦。当晚，我即做了一梦。梦见这两棵树已被移栽于市郊一处高档别墅小区的花园里，榆树依然在西，枇杷依然在东。昂首相望，神情怡然。我忍不住飞奔过去，分别对它们紧拥之，亲吻之，抚摸之。一阵狂欢，美梦惊醒。我下意识地揉揉眼睛，自言自语重复道："但愿如此！""但愿如此！"

行文至此，我意犹未尽，遂复缀以小诗聊表感怀云：

相亲俩树近廿年，庆幸安然落地迁。

孰料飞来横祸害，强行挖却陡生怜。

作者简介：

李金坤，笔名金山客、李无言，号三养居士，别号三乐生，江苏金坛人，苏州大学文学博士，北京大学高级访问学者，江苏大学文学院教授，浙江树人大学、广东数所高校客座教授。敬畏自然，崇尚情趣。从事高校古代文学教研 30 余年。出版《风骚诗脉与唐诗精神》等专著 3 部，参著《新编全唐诗校注》等 20 余部；在《文学遗产》《学术研究》《文献》《文史知识》《经学研究》（中国台湾）、《人文中国学报》（中国香港）、《国际言语文学》（韩国）、《诗经研究》（日本）等国内外重要刊物发表论文 300 余篇。主持并完成国家社科基金后期资助项目 1 项，省、市级科研项目 8 项。获国家、省、市各级社科优秀成果奖 20 余项。教余雅好辞章，陶情怡神。所撰《镇江赋》（2009 年 3 月 30 日刊于《光明日报》名牌栏目"百城赋"）、《复建北固楼记》碑文及《诗话镇江新二十四景》组诗等，弘扬乡邦文化，颇有影响。

溇 柿 子

李 坤

中秋吃柿子，这是老家的风俗，黄澄澄清亮亮的柿子抓在手里，咬一口那就是中秋的味道儿。

柿子好吃却难溇，这是乡亲们公认的。看着一树树的柿子，要么摘下来不会溇扔掉了，要么等霜降以后软了再摘，一样酸涩麻口难以下咽。父亲是溇柿子的高手，他有独门秘方，每年中秋节前后是父亲最威风的时候。

老家院里院外，种植着十余棵柿子树，临近中秋柿子树上就红彤彤、青釉釉的一片，惹得小伙伴们急得抓耳挠腮，围着柿子树转圈狂咽口水。柿子树是从姥姥家移植过来的，姥姥喜欢吃柿子，外公在院子里种了几棵柿子树，摸索出了溇柿子的诀窍。父亲不但学会了外公嫁接柿子树的方法，也传承了外公溇柿子的秘技。

小的时候，最喜欢看父亲嫁接柿子树。父亲赶集总喜欢买黑枣，家里兄弟姐妹多，每人分一把能够吃好长时间。父亲将吃落的黑枣种子收集起来种在院子里，长上两年直径有一厘米粗细就可以嫁接了。看着父亲端着那一筐嫁接工具，我早就屁颠屁颠地跟在后面了。父亲锯断树干—剥开树皮—插进花芽杆—薄膜裹紧—培好土，整套动作一气呵成，一如他溇柿子的过程，手法娴熟、成竹在胸，看得我惊叹不已。也许是父亲摸透了柿子的生长习性，他溇出来的柿子色泽鲜亮、皮薄肉嫩、甜脆爽口，而且卖相特别好。

经过了一天的忙碌，一筐筐摘好的柿子整整齐齐地堆在院子里。"今年的柿子长得不错！"歇息过的父亲走过去，围着筐子转了一圈，就像将军检阅他的部队，脸上绽出了满满的笑容。然后，父亲蹲下身子，一个个一筐筐地挨个把柿子过一遍，按照品种、大小、果形和破损分开来，这在漤的时候放入水中的次序是不一样的。"大的火候要老一些，牛心柿放最下面，镜面柿和尖柿依次放在上面，破损柿子扔掉。"父亲边挑拣边和我说着，就像师父给徒弟传道解惑，详尽、到位。"缸壁厚，保温。"父亲依次把柿子放入缸中，父亲再一次叮嘱我。"生柿子千万不能用水洗，洗过漤出来的柿子味道就差了。"父亲再次郑重地叮嘱我。

开始漤柿子了，父亲就像一个熟稔布道者。"第一天生柿子一定要保证水在50度。"父亲用冷水把烧开的一锅开水进行勾兑，边加冷水边用温度计测一下水温，其实他水温掌控得很好，用温度计多半是给我看的。然后，父亲用一根粗管子把水注入缸底，随着温水流入缸中的柿子渐渐地没入了水中，温水略微没过柿子最好。盖上木头盖子，为了利于保温，缸周围团上草，再用塑料布缠上一圈。第一天最为紧要，父亲一般会换上两次水。第二天、第三天水温控制在40度到45度，每天换一次水，自从第一次用温度计试水温，后来父亲从没有用过，我也曾调皮地偷偷用温度计试过，水温果然是父亲说的那样，心里对父亲的钦佩越发浓烈。

父亲漤柿子的过程，好多乡亲们竞相模仿，往往照葫芦画瓢漤出来的柿子还是酸涩难吃。渐渐地，乡亲们会把柿子拿来让父亲帮着漤，有时候父亲也会到他们家里去漤柿子。现在，村上还保留着相当一部分柿子树，这其中也应该有父亲的一部分功劳吧。

"漤好的柿子拿出来千万不能用水洗，生水洗柿子容易发臭，不利于柿子长时间保存。"父亲从缸里把柿子捞出来整齐地摆在筐里，温水浸润了好几天的柿子，越发锃亮，让人口舌生津垂涎欲滴。望着一筐筐漤好的柿子，父亲的脸上漾着自豪和满足，在他的目光里，这柿子就是美好生活的希望和未来。

漤柿子，还有用酒漤的，每一个柿子均匀地洒上酒，密封在塑料袋里，三天以后拿出来就可以吃了。父亲对于这样漤柿子的做法不屑一顾，用他的话来说，这样漤柿子太潦草了，一点儿也不正宗。酒漤柿子怪味大，果皮厚肉绵软，全然失去了柿子的味道，更别提放香蕉、苹果催熟的方法了。父亲揽的柿子，挑到街上总会被一抢而光，那些用酒漤的柿子摆在那经常是好长时间无人问津，这也是父亲一直骄傲的地方。

后来，村上有人家栽种了甜柿子树，霜降以后可以直接摘下来吃，父亲经常望着那些甜柿子树唏嘘不已，好在甜柿子成熟晚，口感间杂着点涩味，也平复了他心中一些遗憾。近几年，家里的柿子树有些枯败和减少，这是岁月对父亲从年龄、体力上的全面围剿，但是每年父亲还是坚持摘下一些柿子，漤好了分给左邻右舍的孩子们吃。这几棵柿子树，成为父亲与天地对话、与生活对话、与岁月对话的唯一途径和场域，是父亲与自我达成的最终和解。

"今年中秋节回来吃柿子吧。"电话里父亲的语气满是期待，在满口答应的瞬间，我的眼前明亮起来，肠胃也开始苏醒，我的心也蠢蠢欲动起来……

作者简介：

李坤，连云港市实验学校语文教师，连云港市市作家协会会员，海州区作协副主席。在《鸭绿江》《参花》《风流一代》《读写月报》《教师博览》《红蜻蜓》《漫画周刊》《连云港文学》等报纸杂志发表诗歌、散文、小说等200余篇。

午后小时光

李　明

　　暑期至，时光渐渐慢下来。七月流火。蜗居，喝茶，听曲，睡懒觉，浏览空间网页，一日日虚度着。

　　入秋后，气候清凉了不少。携一卷书，下楼走走。

　　小径旁植被葱茏，宁静幽致，花草的气息令人十分愉悦。高高低低的树，参差披拂，苍翠可爱。太阳已不像暑时那么炽烈，在树缝间映下柔和的光影。

　　寻一处木椅，即要坐下，但见草丛里一只土鸡慌乱不安的神色，便赶忙向旁侧移动，不去惊扰它的小世界。一只花猫喵喵叫着跳上花台，吓得土鸡发出急促惊悚的声音，花猫全不理会它的窘迫，只不屑地看了它一眼，便迈着优雅的步子走了。土鸡重又恢复了安逸，依旧在土里埋头刨食。

　　此时，蝉儿鸣叫的频率已没有午时那么繁密。一条大黄狗在悠然漫步，偶尔也停下来，抬头看看枝上欢叫的鸟儿，摇摇尾巴离开。那鸟儿在树梢"啁啁啾啾"，婉转可人，它大概要趁天色未尽，好好儿唱几曲，才愿眯着小眼儿安眠。

　　小草碧翠柔韧，清灵秀逸，在阳光下舒展身姿。那特别鲜亮耀眼的，是草丛中不知名的小花儿，素白，明黄，浅紫，一朵朵清丽脱俗，素朴淡雅。每遇到一丛，我都心生怜惜，停下脚步，俯下身子闻一闻，与它们欢喜相视，寂静不语。

　　一蓬开着淡紫花朵的藤蔓，从园子里漫出来，流泻在半坡篱笆上，小花朵星星点点，散缀在流水一般的细长枝蔓上，韵味十足。我驻足良久，给它得名曰"流泉"，才心安离开。

一只小甲虫急着赶路，咚的一声飞撞在脸颊，像是使劲吻了我一下，又折个弯儿飞去，我不禁哑然失笑。地上来来往往的蚂蚁，不停地忙碌着，搬运着……

成排的合欢树，花开未近荼蘼，一缕缕甜香儿徐徐萦绕。随风而来，又随风飘去，心也随着清香氤氲着。有三五朵轻落在肩头，肩也是香的了。

高远的天，清澈明净，云丝儿如烟似雪，若轻羽在碧波浮动，又静静向天边流去。不觉间，已霞光映天，油画一般壮美。灰蓝、明黄、艳红，层层叠叠，像盛装的新娘，雍容华美。天空时时变换图景，绚烂灵动，绝非寻常画笔可以描绘。

门前开着各色月季，闺秀一般端丽庄静。紫薇、木槿、虞美人、雏菊、凤仙和一些不知名的花儿，一朵有一朵的美。它们安坐在时光的一隅，尽力盛放，不悲不喜，独自清芬。

夜未央，花未眠。向晚人家，似锦流年，岁月静好。世间有一种旖旎风情，是否也可以是这花好月圆的烟火味道，是这清淡如水的静美时光。书握在手里，亦无须再读了，大自然呈现的味道，才是最好的书卷画轴。

一抬头，见路边木牌上书有"青山清我目，流水静我耳"字样，此刻甚合心境。原来，这世界的宁静与美妙，与我们内心的安恬和喜悦，如此的温柔契合，气息相绕，正是这样一份白云般的禅意莲心。

人间淡淡草木事，清风微雨卷落花。眷上一树花，眷上一帘雨，眷上这午后闲适的小时光，与它们痴缠到老，亦是心之所安。清浅岁月，于一茶一蔬里品味岁月的沉香，滋味绵长，无语亦深情。

忙碌喧嚣的时代，我们被各种物质和欲望裹挟着，一路奔跑追逐，忽略了身边唾手可得的小快乐、滋养身心的各种小美好，辜负了"爱与美"的本真、"人与景"的对话，实在是有负光阴呢！

天色渐暗，木槿花收拢了笑脸，快要安眠了。纺织娘的琴声起了，蟋蟀和豆娘也应和着，此起彼消。光影声色里的种种细碎美好，仍在一幕幕上演着。

入夜，万籁俱寂。那树梢的清风，枝头的明月，岭上的白云，还有蝉鸣虫趣，可一并携入梦去……

心安，即大美。

作者简介：

李明，高级教师，江苏省作家协会会员，中国诗歌学会会员。《散文选刊·下半月》等杂志签约作家。作品获 2019 年度中国散文年会评比一等奖，多篇文章入选部编版《中小学生语文素养核心读本》。入选第三届全国"书香之家"。

秋 声

李明官

立秋甫至，虫鸣盈耳。

幕天席地，草台苇柱，整个秋季如同一出盛大的音乐会，大自然的名家优伶不甘落寞，纷纷整装理袖，鱼贯登场：蝈蝈、蟋蟀、油蛉、蚱蜢、纺织娘、蝉……或粉墨或素装，或民族或美声，泷泷泠泠，极具声势。

精致的蟋蟀双翅裹挟着千年的古风，从典雅的《诗经》中趔趄而下。《豳风·七月》《唐风·蟋蟀》及《召南·草虫》，一部线装古书，对这纤小生灵的精摹细刻竟达五六处，其渊源之深幽，可以想见。形体娇小的蟋蟀，名头却非常之多，比较古雅的是蛬蛆、青蛚、吟蛩，鲍照"秋蛩挟户吟"当指后者。其别称星繁：王孙、秋虫皆是。因其鸣如急织，故又有趋织、趣织、促织的名字。《古诗源》有"蟋蟀鸣，懒妇惊"句，寥寥六字，毕述光阴之急迫，可谓传神妙极。

蓄养蟋蟀以听秋声，是一种古风，可以直溯汉唐。时宫闱庶民之家，皆逮闭这灵物于笼中，置之枕函畔，夜聆那略带金属质地的鸣叫，聊解漫漫秋宵之凄清。

蟋蟀种类极多：蟹壳青、拖肚黄、锦蓑衣、色金铃……俱依其形色分之。我们这里，多是一种黑褐色，须长过体，后腿粗硕善跃者。

秋露初降，蟋蟀之鸣有点怯怯的，小试嫩音的蟋蟀在经过了一段时间的吊嗓子后，仿佛找到了感觉，亮相属于自己的舞台，把憋闷了一暑日的歌吟和盘托出，那如水般的唧唧涵咏便让人如置身高洁的秋宇之下，丰硕的园圃之中，情移神旷，襟怀若水。

蟋蟀似乎总保持着一种低调，隐士般栖身于丛草、颓室、断墙、砖堆、土壁间。然，其暑则在野，寒则依人的禀性是永远无法改变的。"七月在野，八月在宇，九月在户，十月蟋蟀入我床下"，朝夕的寒气中，檐下窗前，墙角门槛，直至桌凳床脚，都传来蟋蟀不绝的吟唱。尽管霜寒凛凛，家却给这小小昆虫带来了温暖和生机。

唧唧的虫吟中，蝉声略欠协调。其实秋风一起，寒蝉已尽，准确地说，抓住最后一息光阴嘶鸣的已不是我们常见意义上的蝉，它似蝉而小，名曰蟪蛄，又称蟪蛁、胡蝉、蝘，古诗"蝘首蛾眉"是之谓也。虫背青绿色，有文身，鸣声清亮。蟋蟀类民歌，蟪蛄类美声，师承各异，流派不同。蟪蛄一改夏日热情洋溢的欢欣和从骨子里沁出的喜悦，在飒飒西风中，它有了一种紧迫感，局促窘逼，惶然慌乱，鸣叫也少了暑日的圆润从容，变得嘶哑烦躁，甚至有一种压抑和隐忧，那种悲凉凄怆的生命状态，其实就是为自己行吟着一曲挽歌。

唯有一脉秋声美到极致，于纤细中流淌出金声玉振，听得人如痴如醉。这种透射着生命全部内涵的音符，无蝈蝈之聒噪，无蟋蟀之琐碎，无蟪蛄之颓伤，抑扬婉转，有板有眼。这便是金铃子，又叫金钟儿。鲁迅先生《从百草园到三味书屋》里唤作油蛉。虫身粒米大小，于黝黑中隐现着古铜色的清亮。这虫小则小矣，然其鸣铿然，如铜钹颤音，响铃晃荡，清流淙淙，月华四溢，音韵之美，难以言表。

白露时节，庭院中的向日葵花盘低垂，像羞涩的新嫁娘，一任秋风的抚慰。我静静地坐于黄昏的檐下，听一只金铃子在其上"铃铃玱玱"地吟出一串水音儿，明润朗畅，如一声欸乃橹音自澄碧的河面摇曳远去，让人如临瓜棚豆架，如品天籁绝响。金铃子柔曼亲切的浅唱低吟，为萧萧之秋添了一抹亮色。这一串串稀世之音是如此强烈地撼动着我的一颗迟钝之心，令我眼前幻化出遥茫的天宇，洒脱的巧云，浩渺的秋水，辽旷的田畴，胸次顿开。

唧唧秋虫中，最堪入画的当数纺织娘。学名蝈螽、莎鸡的纺织娘，乍一听，仿佛一位勤劳秀美的织女，娉婷袅娜地向我们轻移莲步。纺织娘是草虫中的西施，与之相比，蚱蜢太过瘦削，蝈蝈偏于臃肿，油蛉失之纤细，寒蛩略输肥大。劲捷的纺织娘在晨昏出现居多，豇豆架上，葫芦茎上，荆条篱上，都闪过它颀美的身姿。

我与纺织娘接触最近的一次是在庭院东花墙下的扁豆架上。其时，凉月如眉，夜露初降，一簇簇向上举起的暗红色的扁豆花间，忽然传来了一阵喊喊如纺车之声，音量之大，持续之久，真使人不敢相信是一只小小草虫所为。我立在豆架下，只能辨得它在淡淡月色里振羽棱棱的剪影，而那一声声讽诵，却彻夜未停。

和低吟而有韵致的蟋蟀不同，蝈蝈之鸣又是一种秋声，而这种秋声最可耐听。遥忆乡野间，黄豆畦边、玉米地里、山芋藤隙、南瓜花上、树丛墙隅、沟渠河畔，天地盈旷，万籁俱静，唯这小小生灵不甘落寞，清音绝响，动人心扉。

蝈蝈的身世并不逊于黑瘦的蟋蟀，"螽斯羽，诜诜兮。宜尔子孙，振振兮。"我难以亲睹古人所描述的蝈蝈薨薨揖揖、绳绳蛰蛰的浩浩之势，但这并不妨碍我的思绪萦回在最初刀耕火种的幽古旷寥的田畴上，我甚至觉得屋后那条长长的河坝就是古江汉千里沃野上一条田埂的灵性蜕化。那是一条蜿蜒向田垄深处的土坝，坝沿长满了杂草，昆虫集聚，鸣叫之音此起彼伏。大肚子的蝈蝈，给人一种憨厚敦朴感，蜻蜓的苗条逸柔、螳螂的威武神勇、蟋蟀的娇小灵动都是它难以比拟的，它颇像泱泱虫类中的布衣。在众多虫草中，蝈蝈是最趋向阳光的一种，秋阳熙熙中，这小小生灵骈足颤须，阔首扬面，叫得越发起劲了。音色或粗浊响亮，或尖脆清越，或急迫紧凑，或舒徐从容。这种声音，如丝如缕，常常驱使我们怀着一颗好奇之心前去探寻。

不仅在河坝上，我们还去远远的田间，在茂密的玉米地或芦穄间仔细地搜寻这令人心热手痒的小虫。但大田距村庄较远，来回一趟十分累人，故，我们常在就近的房前屋后人家园地里循声而觅。最多的是在黄豆地里，那是庄后的王家尖上，三面环水，我们从东边一脊窄窄的坝头过去，有时是要蹚水的。上得畦子，便满地逮蝈蝈了。那是一种晚秋作物，豆荚还不甚饱满，倒是墨绿的叶片把豆行遮盖得密不透风。我们便在闷热的豆地里猫着腰，凝神屏息地追寻那欢鸣不已于秋阳下的蝈蝈。但真正逮得，殊非易事。明明近在咫尺，却又仿佛远在云乡，初听极切近的扑翅声，再听时却又十分缥缈，恍若从远古的历书中溢漏出的遥茫歌音。俄顷，甫在一丛叫得热闹的黄豆叶处蹑手蹑脚地站定，那嚯嚯之音刹那间便一个陡刹，静可闻针，而不远处的鸣叫依旧在作弄人。几个回合下来，直如在梦里一般。

处暑的阳光下，黄豆地里，几个晒得黑泥鳅般的乡村孩童，全神贯注地扑逮着蝈蝈的清嚯之吟，彼情彼景，足可在人生的忆念中定格。

也有孩子能交上好运，逮回一两只蝈蝈，央求父母做了精致的笼子，挂于门楣檐下，成为村巷一道质朴而特别的风景。闲暇驻足，静心聆听，那清音便如凉月如澄碧的河水，让人真切地感悟自然的慰藉。蝈蝈不是草虫中的贵族，无骄奢之气，好侍弄，不需特别的恭维：数枚黄豆叶，几盏南瓜花，或是一把青草便足矣。但它带给我们的是怎样盎然的秋歌。庭除村居，有了这系人心灵的所在，触目皆生机，人生的种种不幸际遇也便在一回首、一注目、一谛听间冰释云散，仿佛整个身心都融入了这理性的绝响和神秘的自然之中。

秋分时节，昼夜相平，露凝莘草，帘卷西风，秋声如水，凉月似霜。在节气的促迫下，虫类的合奏达到高潮：蟋蟀的小提琴、金铃子的铙钹、纺织娘的定音鼓……如汛起、如雨骤、如瓦格纳的交响曲，丝竹管弦，群响毕至，灵趣各抒。这样的秋声，贴墙可听，临窗可听，欹枕可听，废词失弦，却又调兼古今的叽叽嘈嘈中，流溢出的分明是对造化的动情歌吟和对微渺短暂生命的无限依恋。

作者简介：

李明官，兴化人，江苏省作家协会会员，省评论家协会会员。先后在《人民日报》《文汇报》《散文》《朔方》《安徽文学》等全国各类报刊发表文章。曾获第六届江苏省紫金山文学奖，第三届丰子恺散文提名奖。

这地上，河流纵横

李　旭

那些天然神造的河流，都淤积了。而得要给水一个出路。扒河成了秋收以后，整个冬天的劳动。卷着铺盖，堆起粮草，马车拖拉机，一车车拉往扒河工地。

大路小路上，劳力坐在高高的粮草顶上，看得头晕。总有车翻在半路上，哪一年不死人啊。

冰封的平地挖出河流来。铁锨一锨锨往下挖，一车一车往上推。河上看着河下的人就像蚂蚁似的。万物冬眠，只有人在不能再低的地方，靠着劳动取暖。

在冬天，挖到水，挖到流动。寒冷流成汗水的河，挖水掘汗成冰，一年年的冬天就是这样过来的。无论多大的雪和雨，都没有停止过。寸土伤人啊，河口，可是个鬼门关。

1958年秋冬，祖父在河工地病了俩月，卧在工棚里，还有碗饭吃。而没去扒河的人，在家乡连个稀饭影子都照不到自己肿胀的脸。祖父被车拉回来时，两脚生蛆，皮包着冻骨，鲜血还在动，眼在动。春天到了，有树叶草根什么的了，活了过来。

而大老爷却失踪了，再也没有回来，说是从河工地逃到苏州去了。新鲜的水在动，从双手里新生出来的河流，多么像打通的坑，坑的串联啊。

父亲的冬天在那里
二叔三叔的冬天也在那里
把平地按低了九尺九
滔滔不绝

我没有扒过河，但要给钱。我妹妹没有去过那里也要给粮。上了大学，跳了龙门，就不挖河，不去工地了。

> 工地在蠕动，一百里
> 二百里，州的河扒啊
> 县的河扒啊，乡的河还要扒啊
> 村的沟壑延伸进春天　手就不冻得血口纵横了
> 没有地可扒了
> 就把老河的底扒上来
> 晾在岸上　一层层

2000 年我们村在河底挖出一只坛子。人群骚动，坛口还没揭开，就被督工的支书下到河底，拿走了。说是上缴了，坛里到底什么，叫屈的人传说是元宝，是宝玉，总之坛子没露着个准确的风声。岸上的人啊，看底下的劳动，就像密集的工蚁的蠕动。岸在升高，劳苦在一寸一尺地降低。把大地掏空，无数次上来下去，像无数只蜗牛蚯蚓把土方，拉上岸。土平堆成大堰，也就是此岸和彼岸了。

东挖一条西挖一道，按着图纸劳动，挖出水的网络，把洪水的病毒删除。村庄一代代青春，把一年年的血汗发送到命定的远方的信箱。多少粮食如泥牛入海。这些河啊沟的，都通向大海。

在 1988 年的酷夏，说是天上什么黑子爆炸，热得不能再热了。母亲和三妹去河边洗脸，母亲滑掉进河里，我闻声疯跑跳河，把她捞上岸，就埋在河岸的大堰下。那些土还是新从地下翻挖上来的呀。人工河，永远淌走了我的秀发的母亲。

大堰上，栽着白杨，长着高高低低的神奇的眼睛。这永不合眼的张望，日日夜夜，多么想让人泪流满脸。

河里的流动，白杨树渐渐看不清楚了。河里淌来城市的黑水，散发连树木都熏黄的味道。

大地里的河流，流动着工业和城镇最黑暗的部分。黑夜的面目滔滔地流入村庄的生活。改变着村庄的味道。多少年一船船的公粮和税费倒溯向上游，淌下来的，是污秽。光明在上头，黑暗在下头。河流像一张邮票，邮走太多的好东西。相信吧，这古老不变的地土，迟早也会传来鸿雁的消息。

现在河流真的在变清了，也没有任何的负担。小渔船一身轻松。大堰上的白杨树，又睁开美丽的眼睛，再也没有人扒河了。冬天的河役早早地结束了。

大地和它的河流又恢复往常的平静。

作者简介：

李旭，从事编辑工作多年，现为文联驻会作家，70后，2005年加入中国作家协会。著有长篇小说多部，主要有《自然帝国·四季书》《山川心史·三部曲》等。畅销书《烧烤水浒》《红楼梦的秘密》《山云飘向帝国》等，文史专著《梦回汉唐》入选中国作协国家重大工程出版工程。出版诗集8部。在《十月》《中国作家》《诗刊》《散文》《美文》等各大报刊发表作品数以千计，上百篇首入选年度文学中国等多种选本，出席过"青春诗会"。

走廊上的病床（外一篇）

梁　晴

这张病床放在我母亲病房的斜对面。它所在的那段走廊呈环形，神龙见首不见尾。病床的一侧挨墙，一侧是很少有人光顾的工具间，具有相对的私密性。

我到水房打水，喜欢绕路从它旁边走过，通常的情况下它裸露床垫，床头放一只寂寞的床头柜。那是 12 年前，走廊加床的费用是每晚 4.5 元，而病房里的床位，每晚的费用是它的 10 倍。

我见过这张床的两个病人。一个是一位头发凌乱的愁苦男人，母亲病房的一位护工提到他，称他是"一个可怜的人"。护工说，这个可怜的人种地赚不到钱，做一次化疗要一千多，一个疗程上万，他做不起。可怜的人好像喜欢倾诉，他对这位护工说："我女儿跟你们一样，给人做保姆，一个月几百元钱，她一家大小还要吃饭。"

可怜的人很少睡在床上，有天很晚了还不见他踪影，夜班护士只好在他床头柜上留了一张字条："抽屉里有药。"可是这张字条直到第二天还是原封未动。后来这张病床又裸露出了床垫，我问护工可怜的男人去了哪里，她说："回家去等死。"

后来又有病人光顾了这张床，是个穿旧中山装的瘦削老人，风纪扣扣得一丝不苟，戴着老花镜正襟危坐，凑着小床头柜看一页别人遗弃的旧报纸。

这次是我给了他一个称号"自尊的人"。因为自尊，他从不旁顾左右，更不和人搭话。我听到负责订餐的工作人员站在他的面前大声报菜单，结果他考虑良久，订了一分三角钱的粥，一只两角钱的馒头。

他倒是按时就寝，睡得白色被褥纹丝不乱，醒来之后从被子里伸出胳膊，在戴在手腕上的老式坦克链手表上吃力地辨认时间。

他也是肿瘤科的病人，住下之后输过一次液，晚上他睡下，把仔细洗过的抻得十分平整的白衬衫挂在输液架上，像床头立了一只人形风筝。

趁他睡着了，我从母亲的近期报刊里挑出一份完整且平整的《老年文汇周报·旧闻博览》，小心地放到他的小床头柜上，这时我发现，他的白衬衫其实是廉价的黄色化纤布做的，只在领口和肘部以下接了白色纯棉布。黄白两色的接缝处，用缝纫机轧得工工整整。

自尊的人醒来后发现了报纸，他矜持地把它放进了床头柜抽屉，到了大家都午睡的时候，他才取出来，勾着头，贪婪地看。

次日的早晨，我去给母亲买早点，回来时电梯里只有我和一个像是来自农村的中年人，他居然在我按过的楼层键上重复按了一次，我俩同时下了电梯之后，刚拐过那个环形的走廊，就听到有人大声喝道："怎么现在才来！"

这时我才明白中年农村人是自尊的人的儿子，他来接他"出院"。

我从母亲的病房看出去，老人穿着露出白衬衫领口的中山装，挺直腰板端坐在护士站前的椅子上等电梯，他身边只有一只寒酸的塑料袋，里面除了洗漱用品，还有一份叠得整整齐齐的报纸。

他也放弃了治疗，回家去"等死"。

"集装箱"

我站在医院老楼一扇极不起眼的小门前。

自从父亲住院，我几乎每天穿越这幢貌似被遗忘的老楼，沿着绿影婆娑、漂亮通透的玻璃长廊，进入航站楼般气派的新大楼，继而迈进钢琴声环绕的住院大厅。

我一点儿不知道，有朝一日，我会站在老楼的这扇小门前。

我抬头去看，灰扑扑的门楣上确有一枚金属牌，"感染科重症监护室"。

前一夜，原本住老年医学楼普通病房的父亲，忽然间沉睡不醒，血压急剧下降，紧急抢救之后，被火速推进了这间重症监护室。

母亲的生命停留在 82 岁，而我的父亲，如今已逾 96 岁。

这所医院里，每个病区都有自己的重症监护室，而偏隅于医院旧大楼的感染科重症监护室，据说医师资质是最强的。

此时是上午 10 点，我第一次按照重症监护室的规定，前来用视频手机探视我的父亲。

推开沉重的弹簧门，扑面而来浑浊的人气。用半截封闭过道替代的探视区，无窗无空调，像一只塞满偷渡客的集装箱，早到的人尚能垫张纸片倚墙而坐，晚到的人只能像根牙签插在人缝里。

弹簧门将我塞进人丛，我也成了一根"牙签"。

也许医院的本意是，家属并不需要提前等候，探视时间一到，病人的管床护士自会打开门，拿进各自的视频手机。可是局外人难以体会，命悬一线的病人与忧心如焚的家属，正隔着这扇门彼此揪扯肝肠，分秒都是熬煎。

第一眼见到视频里插满管子的父亲，我瞬间忘却四周密匝匝的陌生人，涕泪交流，大讲一个又一个亲情往事。父亲眼皮微颤，似乎明白我在身边，不会把他独自留在这个离死神一步之遥的地方。

第二天我早到"集装箱"，得以贴壁而立。旁侧有人碰我肩膀，说："你眼里迷了沙子，你老爸用自行车推你去街道诊所看眼科，那年你多大？"

我吃了一惊，低头看她，是个穿着喜庆的小个子女人。"我我我，那年我大约五十岁吧。"

"嘻嘻嘻，老爸爸带老女儿去看病。"想来前日跟父亲视频时，她是离我最近的"牙签"。

"你呢？里面也是你老爸？"

"是老妈，被蜱虫咬了，全身器官衰竭，每天做透析救命。"

"她有医保吗？"

"农村人，哪有医保。"又说，"我妈比你爸早一星期进来，已经花掉八万。"

这次她开通视频比我早，举着手机兴高采烈往外挤，说："妈，你不要管钱的事，我们卖房子。"又说，"钱可以挣，人走了回不来懂不懂？"

她拉开弹簧门，边往外挤边不忘用手势向我示意"集装箱"的旁侧。后来我明白，她手指的方向有个楼梯通道，每到探视时间，楼梯的每层窗栏上，都伏满举着手机视频的人。

日复一日，父亲能大睁眼睛听我说话。口中塞着呼吸机管子一定很痛苦，但充足的大脑供氧大大改善了他的感知，他眼神清澈，会用眼帘开合表达情感。父亲险情的缓解，使我对"集装箱"里的其他人和事开始有所关注。

有对姑嫂，总是捧着手机泣不成声，再三再四劝告里面的"哥"，以后千万不能再这么喝酒。经常是，她俩轮番对着手机絮叨，浑然不觉里面的手机早已黑屏，护士高举手机出门吆喝，众人帮着传话，这对姑嫂才如梦初醒。

那位酒鬼最是幸运，在重症监护室待了三天就回了家。

有位大热天也让人感觉裹身黑棉袄的家属，垂首伫立墙角，从不跟人搭讪。这天管床护士一开门，他便递进只酒店客房配置的一次性剃须刀，不带简易包装，显然还是用过的。护士倒退一步，双手遥遥抵挡，说，这种东西病人怎么能用！赶紧换只电动的来！

视频探视结束，大家还要依次等候主任谈话，主任如果很忙，就可能等上很长时间。每次好不容易等到主任，我前面那位六床家属总是磨磨蹭蹭，翻来覆去车轱辘话，直到主任声音越来越高，他才百般不情愿地换我进去。

某天忽然醒悟，这位六床家属不就是那位"黑棉袄"吗？

过了一天，六床家属换了新面孔，问了管床护士，护士说，前一个六床家里没钱，接病人回家了。

新的六床家属是一个面容哀戚的妇人，每次跟主任谈话，声音都压得很低，主任也从未对她使用过高嗓门。这一天，新六床多出三人参与主任谈话，谈完尚未走出"集装箱"，其中一位就对另一位说："这下老爷子差不多了，等事情办完，你们该玩的好出去玩、该旅游的好出去旅游了！"面容哀戚的妇人突然间失声大叫："就算是家里养的一头猪要死了，你们也不能这么没心肝吧！"

新的六床，是我所知道的未能活着走出"集装箱"的病人。

我的父亲在重症十八天后，脱离呼吸机，回到了原先的病房。

每次走过老大楼，我都会对这扇不起眼的小门行注目礼，我谙熟了门里的那个世界，而我 96 岁的父亲，是那个世界创造出的奇迹中的奇迹。

作者简介：

梁晴，女，中国作家协会会员，一级作家。出版长篇小说多部、长篇人物传记多部、中短篇小说集及散文集多部，其中数篇作品被改编为影视作品或被推荐到海外。曾获《中国作家》优秀短篇小说奖、公安部金盾文学奖、紫金山文学奖、金陵文学奖。

颐和百年

林　潇

毕业后省吃俭用好些年，又厚着脸皮问父母借些，终于攒够首付在老城区买了间"老破小"，至此也算免了流离之苦。"老破小"破败却并不狼狈，它左毗邻省政府，右伴南京艺术学院，又兼以石头城和秦淮河缠绕守望，微风一起，斑驳灰墙上的藤蔓招摇颔首，层染交叠间颇见风骨。

漫步社区，遍是蹒跚老者牵着宠物犬散步或是保姆抱着婴孩三两扎堆地闲聊，甚少有西装笔挺行色匆匆之士，连带着空中的落叶都缓了节拍。这种安逸闲适在南京城 20 世纪 80 年代的老宅中实是常见，但此地却能将慵懒转为风情，其一笔点化就在于不远处的民国故居。

沿着马鞍山路浅浅踩过一地斑驳，浮风掠影间瞧着青砖灰瓦上的繁华寸寸落隐，拂衣转角便是百年沧桑尽染，尤其是举目可见的漫天梧桐，积淀了尘埃，酝酿了韵味，点染了雅致。行将间，拂露散，迎面便是故居一角的牯岭路。

在琼花凋落的日子里，不知何时就多了这么一句话，"一条颐和路，半部民国史"。这里的"颐和路"正是代指这片位于南京市鼓楼区的民国公馆。自 1933 年始，民国政府给官员政要陆续建成 287 处独立式花园住宅，此后数年，燕雀来去住户更迭，飞花洗涤至今仍有 225 幢静伫巷陌，共回廊闲谈光阴，粗了百年合抱之梧桐。

每每上班路过，我都要在旧墙老树的暗影下揽起岁月的惊叹和沉思，看民国风情渐起又转浓，点点鲜活摇曳汇聚，再流逝消失。可，也仅仅如此罢了。到底不是身内人，哪能说透事中事，看不清那些年初芽雾月下的离散聚合，也难捋顺山河壮阔里的国仇家恨，不过百年一瞬之过客。直到，我遇到了诺诺。

诺诺是我朋友的客户，在鸡鸣寺人才大厦颇费周折办了一张台湾人就业证，说是为了在南京生活工作几年，拾先辈遗片，拼凑人生来时足径。朋友好心将她介绍给了我，最初是因着我做就业介绍工作，后相熟起来倒非工作问题，而是租房之宜。我彼时恰与男友分开，独自一人茕居，一来投缘，二来亦是因着有个人能分担房贷，遂将小间朝南卧室给了她。

诺诺性子活泼有趣，时用台北美食逗我，又兼以好生一通批判我甚为喜爱的某著名餐饮品牌的美龄粥，惹我垂涎欲滴好生向往之余却忽然朝开窗处望向东南，目色微痴，使我晓得南京于她内心显而并非面上玩笑般无味，反倒十分爱之深重难言。

这一猜想在某落日余晖午后得以证实，我于书桌边瞥见一页碎迹斑驳的旧画，灯光暗影间有高大男子立于朱红木漆门前。这门十分之眼熟，宛若欧洲街头铅华洗落的教堂，粗望有长长的院墙，星罗棋布的路岔，高墙常见爬出院沿的藤蔓，庭廊零星闪过高帽长衣人影。细细瞧摹半天，待花格窗外斜阳将隐，月色半爬，终是十分之确定，这宅门怕正是隐居在颐和路上的其中一处。

诺诺刚洗完澡出来，周身萦绕着一团热气，云蒸雾袅地让人一时分不清今夕何年。她瞥了我一眼，视线迅而移开，落在我手中旧图上时却又稳当有力。"嗯，那是我太爷爷。"她指着旧画，水珠飞擦过我手背，与氧分子缠绕氤氲成了时光的一口叹息。

诺诺的太爷爷是个文士，在秦淮河边写生的他被听曲的官员瞧上，聘为家中千金的教书先生，至此与小姐结识。战火纷飞的动荡年代里，风花在泼茶中生出，雪月于落笔时酝酿，两人一来二去投了情。和所有家门不对的爱情一样，这段感情自然不会有个好结果，更何况还是在那乱世。1937年伊始，早早嗅到危机的官员强行将家眷送往海峡那头，教书先生待到葡萄架下守望时，高宅早是人去楼空，只剩梧叶凋零。

是年12月底，寒夜霜降时节，这座江横渡阔的历史名城一夜之间涂满风雪，才子佳人的传奇被尖刀刺破，潮过金陵的风骨被炮火摧残，一切故事皆在尖刀冷锋中消弭了痕迹。

后来，官家小姐生下孩子，又在亲人相继故亡后独自将孩子抚养长大。生命短长，长在堪堪数载，短在除那烟花璀璨一刻，余下皆是灰烬寒凉。一个人的日子里，她为了生计做过很多份工作，卖过鸡排、奶茶，也做过洗碗工。当风霜渐次染上眉间眼梢，市井盖了风华，皱纹埋葬青春，曾经的少女也一点点消失在了岁月深处。只是，他是在炮火轰鸣中刹那落幕，她却是在生活枯萎里日渐消亡。无数个夜晚下，多少次落日中，她从未忘记看向那山海茫茫处，洗净油盐百味手，深情临一袭碎影：秦淮河畔，梧桐高门，青衫落拓。

"这是我太奶奶。"诺诺指着旧图一处。我彼此才瞧见长衫男子身后朱红高门半掩，水蓝色旗袍一角隐在门隙后，半遮曲线婀娜，想是少女腰肢部位。却原来，画里有千秋暗藏。"她想找的，但回不来了。"哪怕只得一座孤坟，半纸墨痕也好，但潭水幽幽处，终是涉不过。"所以，我回来了。"回来看看来时的路，如落叶随雨露渗入土壤寻找根茎最深处。

知晓此中前尘，再探过花格窗看向梧桐茂密处时也不若先前轻落，重了分好奇，奇那处宅子到底是哪里。只是，八十多年的光景早已将一切洗牌重来，痕迹无从觅起，诺诺祖奶奶也并未留下详细住址，凭着几帧记忆中的涂笔实是无法在那225栋相似的面孔中择定其一。以致，这里的每一处角落都似曾相识，却又每一处都有不一样的景致。后来干脆不找了，我和她捧着杯先锋书店的热咖啡在冬日暖阳下漫步，俯身识遍草木青，仰望梧桐隔天晴。

我于南京定居五年有余，闻过朱雀桥边的野草花，等来乌衣巷口的夕阳斜，工作不顺时也曾在秦淮河畔的桨声灯影中长久发呆，陪伴我整个青春的男孩转身离去那天更曾在江边彻夜吹未知名时空的风……即便如此，我还是不懂这个城市，不知道它厚重积淀中曼妙的悲伤几何，不明白它横跨江波上王气的诗意所在，直到，我和诺诺一点点、一寸寸走遍这处静卧百年的故居群落，带着局中人的那份心，才明白这座城市的命脉何在。大约，是吴花残照风骨不改，是青苔碧瓦风流一觉，是执扇浅笑将兴亡看饱，是得失荣辱化一曲《江南老》，再多的，亦是不可说了。

颐和百年，百年沧桑，到最后不过从东至西方寸一里。置身其中，回眸之间，茂密的法国梧桐与纤细的马路依稀相拥，好似情人的久别重逢，纵一个在行人抬头，一个却在路人低首，可在某个视线恍惚处，他们却紧密交缠，且永不分开，而后，墨化成水彩，徒留彼此记忆中最美一笔，深藏，并永不被提起。

"看，好多树洞。"诺诺发现新大陆似的指着梧桐空去的枝干，那是老树缺乏营养逐渐枯死的症迹，可这般苦痛的印章绘入百年洋房的画册却成了最美一笔点缀，蓦地就让人想到《花样年华》中周慕云俯身对树洞低语，而后又用泥土混着枯叶盖去。

作者简介：

林潇，原名马谦涵，江苏省作家协会会员，作品常见于《作品》《延河》《青年文摘》等刊，已出版《不如撸猫去》《总有一个人，陪你走过无声黑夜》《多想在平庸的世界拥抱你》等书，另有多部作品待出版。

河流的隐秘

刘博文

世上有无数的河。我也见过许多大河小河。人们称颂它和大地一样，是生命和万物的母亲，我的梦中也斑斓着无尽的波光。它好像始终伴随着我在成长。有时哭，有时笑，有时壮怀激烈，有时沉静如初。可是我从来没有探究过，它和我究竟有什么关系，它是不是也像我一样，也像所有的人和生灵一样，也有着自己的情感、自己的思想和不为人知的隐秘。直到有一天，我的书桌前多了一条横幅："上善若水。"

墨迹苍劲，素黑与暗白镶嵌得恰到好处。每每抬头，我似见柔软的笔锋拂过宣纸，刻下时间与河流中的亘古哲影。那黑入骨髓却自然深邃的，那跃然纸上又谦逊淡雅的，是墨，也是包容万物涵养生命的水与时空之灵的碰撞。

我怦然心动。老子揭示的，不正是河流的隐秘吗？"上善若水，水善利万物而不争"；它静如处子，动如脱兔。给人以多么深长的启迪？

我不禁又想到孔子。"子在川上曰，逝者如斯夫，不舍昼夜"。在他眼里，河流是有生命的，它的生命就在时间里。就是说，河川是形象的时间。时间是隐秘的奔流。而我们呢？当我们还未存在的时候，时间早已存在。当我们离开，时间依然存在。躲在黑暗的幕布之后，静静地等候命运的手伸进来，一个个触摸我们。又像一道光，把我们照亮的那部分，变成了我们鲜活的人生。在这道光急速行进的轨迹里，有的人生被极度照亮，有的人生总是在阴影里。但是，无论各式人生或长或短，或明或暗，或此起彼伏，或山重水复，都像诗仙笔下的黄河一样，"奔流到海不复还"，永远没有回头路——明白这一点，也是在我读到赫拉克利特的哲思之后。他告诉我们，"人不能两次踏入同一条河流"。因为你再次踏入的虽然是同一条河，河中之水早就不是先前的那些了。就是说，世间万物、天地宇宙，都像河流一样，每时每刻都在动，都在变，都在大声呼唤我们，要懂得顺应自然规律，懂得珍惜虽然本身无穷无尽，实际上对于个体十分有限的时间！

有一天黄昏，我又一次徜徉在河边，看见眼前的它在炽热的奔涌后又归于平静。似乎在默默见证青砖白瓦的河畔人家，孩子们的吆喝和蜻蜓翅翼里的晚霞，木椅上的恋人和灯火酒家。此时它纯粹得像一个刚出生的婴儿，缓缓流入夜晚，同烙缀黑色幕布的繁星做伴；在石桥的灯光下潺潺，陪着风鸣奏出让时间静止的温暖。此时的那条河，像宴阑时最后一个离场的归人，像一片完成了生命最后的华尔兹落地长眠的轻叶，像一场古典音乐会上悄然落泪的观众。此时的那条河，带着厚重涌向原点，如此温柔，如此平静，如此动人而又如此不可思议。

只有夜在看。只有夜安抚它昼时刚烈的灵魂，代之以柔和与安详。眼前的河流，仿佛是一场没有终点的轮回，永远都在刚与柔的交替中默默寻找完美平衡。

我终于懂得我那泛黄的台灯光下的"上善若水"，为何矫若惊龙却又似让万物归静。它是万千生命的化身。它目睹了世纪之变，却不变自身的纯净；它在沸腾中席卷所有，却又不时洋溢着祥和与安宁。

我忽然生出一丝疑惑：这一切，还有哲人们启示我们的，真的就是河流想要昭示我们的隐秘吗？

不。这都不是它的隐秘。

它真正的隐秘，是美而不自恃，伟大而不自知。每条河都不会知道也不会在意自己被标榜了多少高尚或者卑微的品格；它们只顾顺应着时间的驱使，听凭着内心的向往，一路向前。包容也好，纯粹也好，刚烈也好，温柔也好，它永远只是一条河流；如高山一样，和宇宙一样，始于命运，终于无限。"善利万物而不争"，激活周遭的所有灵性，在无尽中流淌与铭记，奔腾着涌向宿命和初衷。

时间被定格。我又看见了宣纸上的那条长河，和它永恒跳动的脉搏。也许没有隐秘，便是河流和一切的隐秘。

作者简介：

刘博文，男，现就读于北京大学外国语学院。出版过诗集，发表过散文多篇。

儿时记忆——看淮剧

刘　畅

床单公主

小时候经常随父母看淮剧。

一是热闹。看戏的地方人多，男女老少过大年似的挤在一起，小孩子也跟着兴奋起来，仿佛过了一回节日。

二是美丽。在满城尽穿中山装的年代，戏剧仿佛为满足人们隐秘的虚荣和幻想而存在。戏里的旦角，最漂亮的女子，粉面桃腮，珠饰闪闪，裙裾飘飘，绣花鞋一探，长袖子一甩，迈一步退三步，风情万种。

三是神秘。演员一会儿上台，一会儿跑下去。舞台背后是什么样子？古代人为什么说话扭扭捏捏，走路慢慢腾腾。看人时拿袖子挡住半边脸，一转身从袖陇里抽出手帕，他们是怎样生活的？

小孩子善于模仿。为做一回古代人，我翻遍家里的衣物，唯一有点花样的是铺在床上的床单和枕巾。趁妈妈不在家，我将枕巾披在肩上，将床单围在腰上，将喇叭花的花蕊拉长，挂在耳朵上。我对着镜子站直，回头一望，细着嗓子喊上一声"小——姐——"。如同灰姑娘穿上水晶鞋，瞬间变身公主，提前领略了"青春"韶华。

不过床单的效果实在很牵强，裹在身上像蝙蝠侠，一不小心踩在脚底下，整个人都会绊倒。这时，恰巧妈妈推开门，看到房间里七零八落，看到我慌慌张张裹得像个粽子，便会发出一声训斥：不要作了！

帖片子

淮安淮剧团宿舍位于莲花巷前方的小鱼市口东街。

莲花巷有个社办厂。厂里有个大会堂,白天开会讲政治,晚上看戏拉家常。一排排用木条钉起来的简易长凳迎接着左邻右坊。用水泥砌成的高高的舞台拉开表演者与观众的距离。

观看演出的有附近的街坊,有四乡八野赶来的乡亲。吃过晚饭,孩子们推开饭碗,来到厂门口,扒在铁门上玩耍。大人们溜达过来,哥哥这些年轻人穿着时髦的喇叭裤,耳朵后夹根香烟,嬉笑地看着家门口的漂亮女青年。

晚上六点钟开始检票,门票一毛五一张。有的孩子用钢笔在白纸条上描上日期,试图以山塞版门票蒙混过关,被检票的大妈一眼识破,不屑地扔在地上。大人们对孩子永远是宽容的,少了孩子,就少了点笑声和热闹。孩子们瞅准机会,钻在大人的裤裆底下溜了进去,又回过头来向检票的人做鬼脸,放肆地大笑,追逐。

演出还没开始。我跟着几个胆大的孩子穿过舞台来到舞台后狭长的房间。这是神秘的化妆间。推开木门,黄梨样的灯泡照亮墙壁,墙壁上挂着五彩的戏服、插着弯弯孔雀翎的帽子和长长的胡须。

女演员坐在镜前,用脂粉将一张黄脸涂得雪白,用胭脂在眼睛和脸颊处抹上红晕。用毛笔勾黑了眉毛和眼眶。涂嘴唇是点睛之笔,要将唇线收进去一条边,重新勾画出樱桃般精致饱满的红唇。

女演员定好妆后接着贴片子。她拿出长条形的假发,涂上胶水,贴在脸颊两边,圆饼脸立即变成鸭蛋脸。接着戴发套,用黑色发带在发际处固定绑紧,又在发顶上别上厚重的发髻。整理好头发,女演员打开首饰盒,从盒子里拿出椭圆形的水晶亮片,一个个插在发际处,再端出摇曳着光辉的凤冠,牢牢地别在发髻上。

女演员一转身,小屋照得雪亮。她矜持地起身着装。围白色护领,套粉色小褂,系百褶裙,扎绣花腰带,蹬绣花鞋。这边刚刚装扮完毕,那边台上传来铿锵铿锵的锣鼓声。

滚钉板

夜空中繁星点点。会堂里，观众一边吃瓜子，一边紧盯着暗红的幕布，焦急地等待演员亮相。

孩子们到处乱窜，遭到一声呵斥。我们猫着腰，穿过幕布钻到台下，在舞台前找个空当赶紧坐下。

铃声响起，观众安静下来。

大人们一边看戏一边议论。咦？那个演丫头的女人不就住在我家前面吗？每天早上，老是看到她，穿一双绣花鞋在巷子里弯腰，到底岁数大了，腰间的肉结鼓鼓的，哪像小姑娘！那个演武士的不就是东边的老王吗？瞧瞧，老王穿上戏服，带上胡须，拿把大刀，还真威风啊。不过，他的戏太简单，叫我上台我也会。你看，皇帝出场前，跟着几个拿大刀的士兵走上舞台一字排开，皇帝每唱完一句，士兵跟着"杀"地喊上一声，然后在舞台上转过来转过去转下台了。

引起轰动的表演是滚钉板。戏中的女主角犯错受到惩罚，幕布拉开，女演员上身仅穿一件肚兜。观众席里一片哗然。女人裸露的白花花的后背辣倒男男女女的眼睛。不时有人站起来，小孩子们干脆离开座位，扒在舞台边上。这女人穿得如此暴露，如此罪恶，活该受到正义的惩罚。这时，至高无上的执法者——皇帝一声令下，面目凶狠的狱卒搬来一块钉板（一排排根铁钉穿过木板，每根铁钉足有二寸长）。女主角满脸大无畏的表情，将后背对着钉板，平躺下来，然后又抱着钉板翻滚，人声愈加鼎沸，鼓点声愈加激烈。舞台太窄，她从舞台一侧翻滚到另一侧的时候，一不小心，从舞台边上滚落下来。人们迅速围拢成圈，想看看那女的究竟有没有被铁钉扎伤。自然，不会真的流血。只见那女人躺在地上，低垂着眼睛，白白的后背上粘着泥巴。狱卒跳下来，将她架回舞台上，她继续抱着钉板在舞台上翻滚。

懵懵懂懂地看了一段时间的淮剧。时间长了，熟悉了演员的面孔，熟悉了戏里的布景和戏服，戏剧情节大体雷同，无非是才子佳人，或是惩恶扬善。淮安淮剧团利用简陋的条件，将莲花巷的夜生活演绎得活色生香。20世纪90

年代初，社区厂场地划入拈花寺，"日照香炉升紫烟"取代旧日景象。演员们老去，莲花巷里偶尔还能看到王老头和胖老太站在巷口的身影。

作者简介：

刘畅，女，20 世纪 70 年代生，中国作家协会会员，江苏电力作家协会理事。参加《诗刊》社第 26 届青春诗会，入围首届江苏省青年诗人双年奖，《静物（外九首）》获第五届李白诗歌奖优秀奖，单篇散文《摄影记》荣获首届江苏省散文学会单篇散文"学会奖"。

那怒放的紫藤花

刘　猛

　　平常闲暇时分，我总喜欢到距家不远的白天鹅公园走走，尤其是春天里，到那儿看绿波粼粼，莺飞草长，桃红柳绿，呼吸清新的空气，锻炼一会儿出一身汗。前几日，我到江南的一小城考察学习，回来晚些，在清晨微风细雨中，我刚走过公园北门，就被眼前长廊上紫藤花震撼了，怒放的生命绽放出绝妙的美丽！

　　长廊约有百米，早已成为紫藤花的海洋，称之为"紫色长廊"更加贴切。我真的不相信自己眼睛，几天前还是死灰的枯枝，怎么一下子就紫花烂漫了，枯枝杂乱的廊顶瞬间花团锦簇了。是一夜春雨将枯枝唤醒？是一场东风催促她们吐艳争芳？抑或是她们追赶桃花、樱花的脚步来得有些快。

　　细雨润湿了公园，广场上不见了舞剑打拳的健身者，显得空旷、宁静，只有这一片片紫云般的花儿喧哗着，欢闹着。她们开得那么稠密，一串挨着一串，一朵接着一朵，你挤我，我推你，就像拔节的麦苗密密匝匝，那间杂在其中稀疏的翠叶倒成了点缀，红花托绿叶。她们开得那么美丽，含苞的，娇羞欲语，恰似受窘的少女；半放的，含着雨珠，清雅高洁；盛开的，不遗余力，如蝶飞舞。她们开得那么张扬，老根虬枝苍劲，新花恣意汪洋，她们不仅铺实廊顶，密不透风，还一个劲儿向外拓展，沿廊檐而下，万丝垂下，随风摇曳，如帘似梦。有的紫藤缠上了高大的香樟，向上攀爬，攀爬，一路攀爬一路绽放。她们是要任性开到天上去，还是向苍天炫耀一次她们的绽放！

　　这些怒放的紫藤花，这些怒放的生命！

她们历经夏的生长，秋的枯萎，冬的酝酿；历经凄风苦雨，寒霜冰雪；历经孤寂痛楚，被人遗忘，在长廊周边默默地积攒生命的力量，凭着坚韧匍匐向前。一声春雷、一场春雨、一夜东风，像是冥冥之中有谁统一发号施令，紫藤齐刷刷地从枯枝上醒来。起初，紫藤只是在枝头吐出鹅黄的芽儿，芽儿疯长，转眼间就挂下串串紫藤花，大片大片的，宣泄着生命的磅礴之势。她们等待很久很久，就是要赶赴人间四月天，赶赴春天的相约，绽放比桃花更红艳、比樱花更浓密的花儿，绽放万紫千红的生命！紫藤花的花期较短，十天半个月就会落英缤纷，碾作尘泥，可她们绽放过，精彩过，没辜负这美丽的春天，没错过这一次的轮回。

看着这些怒放的紫藤花，我想起一位已经故去的老画家，他是我师范读书时的美术老师。他姓王，出身贫苦农家，执着绘画，求学、工作路上吃过很多苦，受过很多挫折，作为"老三届"曾插过队，但他痴心不改，挚爱笔墨。他尤其擅长画紫藤花，轻盈地勾勒渲染，紫藤花老枝苍健遒劲，生机勃发，形神兼备，加上惟妙惟肖的虫鸟，令人惊叹不已。翻看他的画册，一幅幅精美的紫藤画作，春意洋溢，热烈奔放。透过画作，我分明看到一位冷峻清瘦的老画家生命在绽放，他就像紫藤一样，坚韧前行，喷发一次生命的精彩。

看着这些怒放的生命，很多绽放的生命扑面而来。坚贞不屈的江姐在国民党反动派的魔窟渣滓洞绽放，雷锋有限的生命在无限的为人民服务中绽放，人民好公仆焦裕禄在河南兰考治理"三害"（内涝、风沙、盐碱）中绽放，坚强的桑兰在轮椅上微笑绽放……这些绽放的生命，就像星光、烟花，照亮人们精神的夜空。这些绽放的生命会聚在一起，像紫藤一般，倾泻磅礴向上的力量，震撼人们的心灵，引领我们向前去，为一个国家、为一个民族、为自己存在绽放。一个人无法控制生命的长度，但可以拓展生命的厚度，绽放一次生命之花才能演绎人生的意义。我等凡夫俗子一生里不以自己的方式绽放，就枉为一朵"紫藤花"了，在世间白白地走一遭。

我的一个朋友患了重病，住在病房里，窗外有一株紫藤花正在怒放，一阵阵清香沁人心脾。他百无聊赖时，就凝望那株活力无限的紫藤花。他说，看着紫藤花，浑身充满一种生命的力量，让他更坚信生命的美好。我想，平凡的紫藤花一定能激励着他战胜病魔，创造生命旅程的奇迹，去完成一次绽放。

看着细雨中怒放的紫藤花，我心里特别敞亮，充满阳光！

作者简介：

刘猛，盐城市作协会员，曾在阜宁报社工作，作品获得过全国杂文奖、省市县报好新闻奖、第二届范仲淹散文奖。现在阜宁县教育局工作。

消失的码头

刘　鹏

　　古马干河是从我们镇子腹部穿行入江的。河流全长 45 公里，从泰兴市马甸翻水站到长江口，约 4.5 公里，于 1971—1977 年分五次开凿、疏浚而成。

　　20 世纪 90 年代，古马干河在入江口设有一座小型码头。码头构造简单，仅是一个用水泥修筑的平台，台面临水，船舶靠岸时，抛下铁锚，待船停稳后，将跳板一头搭在台阶上，行人就可以通过跳板上下船。

　　我有恐高症，看见跳板在船尾与石阶之间晃动，心里就虚了，身上的鸡皮疙瘩都冒了出来。犹豫着，不敢上去。

　　码头左侧是采沙场，右侧是商店。我常来采沙场，捡那种晒得发白发亮的小贝壳，把小贝壳放在细砂轮上打磨光滑，再设法从贝壳中间钻一个圆孔，与一种叫作草珠子的植物果实（不规则，略成圆形，中间可掏空）串联在一起，套在手腕或脖颈上做假和尚，念经、打坐、习武，不亦乐乎。贝壳是脆嘣嘣的，在钻孔时很容易碎裂，所以需要极多的贝壳，才能串联成一条像模像样的"佛珠"。

　　采沙场里，分细沙和粗沙。粗沙颜色泛黄，叫黄沙；细沙颜色发灰，有水色，称水沙。粗沙里面的宝贝更多一些，经常能发现造型与颜色极为独特的小石子。那些小石子捡回来，装到父亲喝光的高粱酒酒瓶里，灌入水，养起来，像艺术品。最有意思的是再到河里捞点儿活物。我家门前就有小河，河里常见一种长不大的、尾巴五彩的天堂鱼（学名：中国叉尾斗鱼），这鱼的生命力强，把它与石子养在一起，它会开心地游来游去，再丢入一些绿色的丝缕状水草，另加适量水沙垫底，垒成高低起伏状，简直比城里昂贵的水族馆都耐看。

姨妈经常从码头乘船去扬中岛工作。扬中岛是一个条状岛屿，站在江边远眺，岛屿一片黛绿，几与江水持平。我曾得到过一本专门介绍泰兴风土人情的书籍，书中说，泰兴市海拔最低处即是我家永安洲，仅 1.8 米，大概与扬中岛是相差无几的。扬中人看我们镇子可能也觉得是个岛屿（事实上，在 400 年前，我们镇子还只是江中一个初露头角的小沙洲，1884 年始有移民迁入，我们刘家原籍即为扬中）。

姨妈早上从宣堡镇来我家，吃过午饭就让我陪她去码头。码头里泊船不多，显得冷清，但在古马干河里航行的船就数不过来了。常见一种货船，最前头是牵引船，马达在船头，柴油机突突突巨响，喷出一连串黑烟，黑烟在河风里四处漫散，也将船身熏黑。我那时候很孤独，经常会站在码头上，深呼吸，想把那些或淡或浓的柴油味嗅进鼻翼——现在想来，那味道很重，也很呛人，而我那时却是极爱它。牵引船后面一律是仓储船，少的有四五只，多的总有十来条。船舱里装的大多是黑煤，黑煤沉，压得河水几欲涌进船舱。我最喜欢看这样的船，速度慢，但声势浩荡，也最担心它们，生怕一个浪花就把它们吞没。船只被水浪灭顶，是我小时候难以甩掉的噩梦。我小学同桌朱海燕的父母是开船的，在她八九岁那年，她父母驾驶的小货轮正是在古马干河与穿心港交汇处的永安闸口被浪花吞没。那段时间，我每日看她神情无助，暗自饮泪，我就心急，我不晓得该如何安慰她。我们当时都太小了，小得什么事情也做不了……

船来船往，姨妈背着行李就要登船了。我站在码头上，看她一步步走上跳板，再从跳板走到船沿上，船在水中一摇一晃。波浪汩汩，像在蓄谋；波浪汩汩，像在抒情。

有时候，我的梦里也会出现一个白胡子老人，他带着神圣的使命乘一叶扁舟从扬中渡江而来。据说他是刘氏家族中一个极有学问的长者，他来我们镇子上（那时候还称为公社），统计刘氏家族新生人口。父亲说，我是上了族谱的。母亲说，没上。我没有见到族谱，我也没有见到那个白胡子老人，我感觉他仙风道骨，虚无缥缈犹如传说中的人物，遥远而不真实。然而，我又想，在长江中的那座岛屿上，也许真有一个恢宏气派的刘氏宗祠。我想跟着姨妈去扬中岛看看。

看着姨妈上了船，我勇敢起来，也走上跳板。手攥得紧紧的，仿佛捏着自己的心，生怕它一不小心就坠落河水。跳板上下颠簸，我的腿在打战，光影恍惚之间，我看见姨妈站在另一侧向我伸出援助之手。我迈出一大步，跨到船上，终于心有余悸地嘘了一口气。

1998 年以后，古马干河防洪坡地改造，沿江及沿河地带全部用巨石垒叠，水泥浇筑成梯形堤坝，有两层楼高，堪称固若金汤，能防百年洪涝灾害。与此同时，那座从未风光过的码头，悄悄结束了黯淡的使命。

作者简介：

刘鹏，80 后，江苏省作协会员，南京市文艺网格员，某文学刊物编辑，广东省《作品》杂志评刊员。文章散见于《青年作家》《山东文学》《延河》《草原》《散文百家》《散文诗世界》《作家天地》《星火》《鸭绿江》等刊。

生命的年轮

刘香河

一

当你站在那个万人注目的领奖台上，也才二十五六岁的年纪，还是一个没见过什么世面的乡野小伙子。说是万人注目，似乎夸张了一些，颁奖典礼的现场也就几百号人。然，其时文学的热度正高，高得出奇。说是全民皆文学，似也不为过。

一则文学作品，在人们荒芜的心田滋生出一片绿洲，让人们畅快呼吸的，有；溶化久积人们心底深处的寒冰，化着汩汩春泉的，有；直面人内心的灰暗、险恶，似匕首，似利剑，刺得人遍体鳞伤、鲜血淋淋的，也有。于是乎，一夜之间，传遍大街小巷、乡村田野，成为一种"现象"。当下，动不动夸言，现象级传播。过来人都知道，当下的"现象级"，放在那时，实乃"小巫"是也。这样的文学作品，在像你这样的文学青年身上体现出来的，是火烧火燎，是亢奋不已。

让你火烧火燎、亢奋不已的，是自己的一则小说，竟然也有了"现象级"之意味。那个阶段，你每天接收着大量的读者来信，还有不少登门来访者。实在说来，来信尚好处理，拣出一部分看似要紧的回复一下，即可；来访，应付起来则比较麻烦。那时的农家，有多少能够接待客人下馆子的呢？这可为难了母亲，至今印象都很深的是，往往给登门来访者下一碗面条，为不致太过失礼，在面碗里打上两只鸡蛋。要知道，其时两只鸡蛋，也不是寻常时候农家孩子就能享受得到的。说到底，那时普通民众的日子还是过得紧了一些。不论你如何看重那面碗里的两只鸡蛋，来访者并不在意。人家在意的是，吃完面之后，可以与你通宵达旦地交流文学。具体而言，那些生活中的人物，怎么就能够在你作品里活灵活现地得到呈现，心中的如何才能成为笔下的？

让你火烧火燎、亢奋不已的，是自己的一则小说，竟然让你第一次来到了首都，来到了全国人民的心脏。不止于此，那短短的几千字，竟然让你登上了人民大会堂的领奖台。实在说来，还真有了"万人注目"的意思。毕竟获此礼遇，在当时全省唯一。

你见到了多位当时叱咤文坛的大伽。时任《人民文学》主编的刘心武先生，送了你四个字，"要学会恨"。刘心武先生的四个字，完全够得上你用"微言大义"四个字来回应。而真正让你做出回应的，则是几十年之后的2019年，作家出版社推出你的一部短篇小说集。15个系列短篇，皆为悲剧。你在扉页上有一句话："向生我养我的故乡奉上痛彻心扉的爱。"这"爱"，何尝又不是"恨"呢?!

有论者认为："很显然，这个题记蕴藏着作者写这部书的初衷，他试图用此作来回馈故乡对他的养育之恩，也正因此，这些系列短篇显现出一种不经意的写作状态，这种不经意又透出一种历史无意识。作者让历史自在自为地行进，最终自然而然抵达一种境地。"

由此与你结缘的，是当时在北京作协从事专业创作的著名作家陈建功先生。是他，第一次把你的小说与有里下河文曲星之誉的汪曾祺先生联系在了一起。陈建功先生是这样说的："这位作者的另一点可贵之处是，他开始意识到，要写出'味儿'来了。比如作品中那远距离的叙事态度，不是确实有了一种冷峻的观照的'味儿'吗？……这里面渗透着作者对一种叙事调子的追求。不过，这种叙事调子怎样才能更加独树一帜，以区别于汪曾祺先生的某些小说呢？"

建功先生似乎在你和汪曾祺先生之间拴了根"红线"。这根"红线"一拴，让你心心念念地迷恋了汪老30多年，把自己变成了一个不折不扣的"汪迷"。他老人家复出文坛后，以家乡高邮为背景创作出的《受戒》《大淖纪事》等作品，让你爱不释手，读来如痴如醉。而你在迷恋汪老30多年之后，也先后创作出了具有"汪氏风格"的三部长篇小说。

二

"文学"，这粒种子，什么时候在你心里丢下的呢？

40多年前，你多了一个称呼："落榜生"。说完整了，应为"高考落榜生"。你成了全国当年的570万分之一。

那年，你17岁。从一所名叫"鲁迅中学"的城郊中学高中毕业，并第一次参加了恢复高考之后的第二次全国高考。

其时，全国有610万考生，而被录取的仅40万多一点儿，录取率为7%。这与40多年后的情形，真可谓天壤之别。当下，每年高考人数在900多万，其录取率在78%左右，较40年前增长超过了10倍之多。这真是青年学子之幸、时代之幸。

回想当年，恢复高考决定甫一做出，犹如在沉寂太久的天空炸响了一颗春雷。有道是，春雷震天天下春。被封闭10年之久的通道，终于被打开了。人们内心的喜悦无法言说，那就手之舞之，足之蹈之。锣鼓敲起来，花灯点起来，高跷踩起来，龙狮舞起来，鞭炮放起来。经历了漫长严冬的人们，终于可以敞开胸怀，张开双臂，去拥抱期盼已久的春天矣。"忽如一夜春风来，千树万树梨花开。"就连大名鼎鼎的郭老都满怀激情地惊呼：这是革命的春天，这是人民的春天，这是科学的春天。

如此重大的时刻，如此重大的意义，这是当时一名普通高中毕业生所难以深刻领会和把握的。然而，恢复高考，无疑给广大民众带来了福音。特别是青年学子，更特别是面广量大的农村青年，确实是给了一条出路。让他们的人生轨迹，不再囿于乡村。

你理所当然地置身于这"面广量大"群体之中矣。1977年的第一次高考，你没能赶上。紧接着半年之后，便是第二次高考。第二次高考，你却以3分之差惜败，没能成为40万团队中骄傲的一员，而成了570万"落榜生"中的一个。

那条走了不知多少趟的十里乡路，在你脚下蜿蜒而漫长，送你到一个叫"香河村"的地方。

这是一个在苏北平原上并不起眼的水乡小村。对你而言，"并不起眼"用得大错而特错。这是你的衣胞地，用莫言先生的话说，是你的"血地"。在你的笔下，有这样的描述——

"香河村，一村七个生产队，一百三四十户人家，靠龙巷两边住定。家前屋后，栽上几棵杨树、柳树，间或，也会有几棵榆树、槐树、苦楝树。春来杨柳泛绿，浓荫覆盖，如烟似雾，整个村子全笼在绿荫里，成了个绿色的世界。"

这虽然是小说中的文字，却完全够得上"写实"二字。40多年之后，"香河村"已不复存在。它只能以文学版图存在于你的作品中，成了你的精神家园。

区划调整，似农妇锅里的米饭饼。最近一次的区划调整，"香河村"被划归新组建的"千垛镇"，看似身价大升。这千垛镇，倒有两处著名的所在，值得向读者诸君推荐——

先说水上森林。"水杉参天，树梢益鸟欢聚，沟内鱼儿跳跃，林内一片生机。这里是野生动物的天堂，野鸭、白鹭、黑杜鹃、草鹦鹉、山喜鹊、猫头鹰等在此筑巢生息。林中鸟平时有3万多只，最多时有6万多只。黄昏时分，百鸟归巢，遮天蔽日，景象蔚为壮观。"这是广西作家喻红所描绘的兴化李中水上森林。

言称其森林，似有夸大。然，1000多亩垛田湿地之上，水杉葱郁，群鸟飞翔。尤其是那长有洁白羽翼的白鹭，双翅铺展，时而盘旋升空，时而翔于林间，在翠绿杉树映衬下，给人的是一种炫美。说来颇有意味的是，这样一处纯美生态之所，源于20世纪80年代初，人们无意插柳之收获。当地民众为合理开发利用荒滩资源，将原先的低洼荒滩，挑挖成一垛一垛，垛状田块，熟称垛田，以抗水之淹没。因种粮收成不佳，于是在垛田上种植了水杉之类适合水中生长的林木。之后，便再无人问津。几十年过去，形成了上万立方米的林木积蓄。一下子"惊"到了当地上上下下的官民，以为奇。

再说千垛菜花。"眼前的一大片又一大片的菜花，一垛又一垛的漂浮在水中的田，它既是水淋淋的，又是沉甸甸的，既空灵飘逸，又厚重沉稳。"这是江苏省作协主席范小青笔下的兴化千垛油菜花。

"举目四望，前后左右满是菜花、菜花、菜花！在阳光的映照下，炫目的金黄、金黄、金黄！蝴蝶翩跹，蜜蜂嗡吟，一阵阵浓烈的菜花香气，像酒一样醉人，我也确像醉了酒似的萌生着一些睡意了。"这是散文名家忆明珠对兴化千垛油菜花的切实感受。

"河有万湾多碧水，田无一垛不黄花"，乃千垛菜花景区之写实。每年四月油菜花盛开之际，万亩之域，千垛之上，油菜花黄得灿烂，黄得妖娆，群蜂蜂拥，游人如织，蔚为壮观。这处全球重要农业文化遗产，已经随着摄影家的创作，漂洋过海，登上了美国时代广场大屏。不止于此，在2018年全国"十大油菜花海"评选中，家乡的"千垛菜花"取得了名列第二的成绩，可喜可贺。然，应非常诚实地告诉读者诸君的是，这已经不是家乡原本意义上的垛田矣。

你当然记得，1995年，你曾先后接待过因《废都》而到江浙体验生活的贾平凹先生，以及因酷爱摄影已经从新华通讯社社长岗位上退下来的穆青先生，带他们二位名人领略过原汁原味的家乡垛田风光。那时的垛田，是与现在的千垛菜花景区完全风马牛不相及也。

眼前如此美好，尚不能弥补40多年前那一次高考惜败带给你的失落吗？

三

在你生命最初的岁月里，你离不了一个人：外祖母。一个让你倍感温暖而又撕心裂肺之人！

河水潺潺，穿村而过。河边生长着榆树、杨树、柳树，千姿百态，参差错落。绿树掩映之中，村舍沿河而筑。这样的情形之于你，则是早年的童话世界。这样的童话世界中，主角不是什么童话仙子，而是你的外祖母。现如今，这样的童话世界，只能出现在你的梦里。梦境里的童话世界，多了一处小小的宫殿——那村河边的小屋。

那是家乡人称之为"丁头府儿"的小屋。不论屋墙是多么低矮，不论土坯墙多么平常，亦不论稻草盖顶是多么简陋，不论整个屋体多么狭小，它都是你心中的宫殿。伸手便能触及的屋檐，让你气宇轩昂；缕缕炊烟从钻墙而出的烟囱飘出，让你置身梦幻；就连小屋顶头开设的那扇门，在你眼里都是那么特别，有着童话般的浪漫。门敞开时看似一览无余，你总是无端觉得，有许多看不见的精灵借此藏身。尽管那时你还不知道，"丁头府儿"之名，源出于此。

小屋坐北朝南。屋前有一小块平坦的空地，颇具魔力。每日里，你和外祖母都有温馨和精彩在此上演。再往南，一处生长着众多杂树的小树林，亦显神秘。林间有众多小鸟常栖，更有夏日里热闹的蝉鸣，"知了——""知了——"。还有那林间弯弯的小路，同样的神秘。它送你出村，送你走向外面的世界。

屋后的小河边生长着一片芦苇。碧绿的苇叶，肥大的苇秆，每天都经受着哗哗河水的洗礼。紧挨着便是一处水桩码头，在你想来，它不仅是供人浆洗之用，月光洒满水面的时候，那些隐身小精灵的童话剧，便会在码头上演。

生活在这间小宫殿里的外祖母，虽一人独居，其日子过得一如屋后的小河，缓慢而平静。日复一日，年复一年。终于在某个夜晚，她老人家碰翻了床头柜上的油灯。一把大火烧毁了小小的宫殿。被哗哗剥剥毛竹爆裂的声音，还有那映红了半边天的熊熊火光，所惊醒的舅舅们，在小屋前看到了一只烧焦的门框。门框上赫然悬着一把小锁，孤傲地悬着，尽乎恶毒。

外祖母在烧毁的门框下被发现时，整个人已蜷缩成一团，极小，极小。

此番外祖母患小恙，在母亲照料下已渐康复。谁承想就在母亲离开的当晚，竟有意外发生。众多舅舅当中的一员，当晚在照料过他们的母亲之后，临离开时在小屋的门上加了一把小锁。

其后很长一段时间，你的脑海里总是出现外祖母在大火中爬行的画面。然而，爬行至门口的外祖母，却被门外的一把小锁要了性命。事实上，你的无端想象，在母亲那里得到了证实。赶到火灾现场的母亲，搂着自己的母亲，哭得死去活来。她发现了外祖母开裂的指甲。母亲，心在滴血。

平日里就曾听母亲说过，你是外祖母带大的。母亲生你时，还是年轻了一些。身为婴儿的你，抱着软乎乎的，似乎抱不上手。给婴儿穿衣服、洗澡之类都不敢，加之奶水又少，母亲便直接把你交给了外祖母。外祖母也曾告诉过你，多少个夜晚，你是吮吸着她的乳头度过的。尽管早吸不出奶水。

童话世界瞬间破灭，你欲哭无泪。外祖母成了一个黑色天仙，飞翔在你的梦境。那是她老人家日常生活里总是一身黑，给你留下的印记。黑褂子、灰裤子、黑布鞋。通常，头上还会顶着素净的花纹头巾，一身干干净净。

你忘不了，一到夏天，外祖母必干一件活儿"吃麻纱"。小屋的树荫底下，只见她从身边水盆里拿出麻皮，放在腿上，用手指剔开，然后一缕接一缕，手指在接头处轻轻一捻，几乎是同时将捻好的麻丝在嘴边"吃"过，原本一缕一缕的麻丝，便神奇地成了麻线。之后，顺顺地堆在身子另一边的小扁子里。

"吃"好的麻线，还得绕成一个一个的团儿。外祖母不仅"吃"的技术好，绕团儿也很有一手。她绕出的团儿，个头一般大，上秤盘一等，几两一个团，其他不用再称，数数个数，斤两就出来了。这到织布师傅那儿验过好多回，准得很。不仅如此，外祖母绕的团儿，还是空心的。那细细的丝线，绕成空心，难。外祖母告诉她的小外孙，刚"吃"好的麻纱，绕成空心易于晾干。

"那不会放到太阳底下晒吗？"小外孙觉外祖母这样做太为难自己。外祖母一听小外孙的话就笑了，"呆扣伙（扣伙是小外孙的乳名，外祖母给起的），麻纱娇得很，一晒就脆，一脆就断，就织不成布啰。"小外孙似乎听懂了外祖母的话，但终究没看清她嘴里的"名堂"。

外祖母"吃"一夏麻纱，能织好多"夏布"的。于是，不仅她床上的蚊帐是用她"吃"的麻纱织的夏布，小外孙家床上的蚊帐也是。外祖母和母亲身上穿的夏布褂子，同样是出自外祖母"吃"的麻纱。说来好笑，外祖母曾经送给母亲好几匹夏布，说是留给她的小外孙结婚时做蚊帐用。亏她老人家想得出。

你当然记得，再度与外祖母在一起生活，是自己十一岁时到邻村读五年级的那段时光。其时，村上只有三个人读五年级，凑不成一个班，只得到邻村去。正巧，外祖母家在你要去的学校中间。这样一来，你就不用天天回家，可以住在外祖母那里。平日里，省去了好多乡路，碰到刮风下雨，自然少受风吹雨淋之苦。何乐而不为呢?!

对于你住到外祖母家，外祖母很是高兴，"总算有人和我说说话啰!"尽管外祖母生有五男四女，除了五舅夭折之外，其他8个子女长大成人后，都各自独立成家了，有的还不在本地。小外孙去了，外祖母多了个伴儿，也多了个小帮手，她能不开心吗!

　　和外祖母住在一起，上学前，你都会跟她说一声："婆奶奶（外祖母，在家乡一带都叫婆奶奶。称作外祖母，是在外地读了几年书之后），我上学去啦。"外祖母有时在她的小屋里忙自己的事，在里边应一声："去吧，一放学就家来呀。"

　　有时会走出她的小屋，帮小外孙整整书包，理理衣角，问一问上学用的东西带齐了没有，叮嘱道："上课要听讲，不要和其他细小的打闹。回家的路上不准玩水，要记得啊。"家乡一带，每年夏天都要死个把小孩子，多半溺水而死。外祖母的嘱咐，要紧得很。此处，"细小的"，乃小孩子之意，外祖母说的是当地方言。

　　有时放学回来，人没到，小树林那头便会传来小外孙的叫喊："婆奶奶，我放学啦。"立在小屋门口的外祖母，真如童话里的人物一般，高兴得得到什么宝贝似的，一边从小外孙身上拿下书包，一边笑眯眯地说："我家大学生家来啦，快快，有好吃的等着你这个小馋猫呢。"

　　这时，外祖母便会从锅里端出焐着的蛋茶。喝着放了红糖的蛋茶，甜津津的，咬着嫩滑的蛋瘪子，那幸福劲儿就别提了。尽管这样的待遇并不常有，因为外祖母家就喂养了一只宝贝芦花母鸡。芦花母鸡生的蛋，平日里多半送到村上代销店里，换些日常用的火柴、盐、酱油之类，她老人家也是舍不得吃的。每每吃着外祖母给煮的蛋茶小外孙都会在心底暗暗发誓："将来工作了，第一个月的工资一定交给婆奶奶，一定要给婆奶奶买好多好吃的，买她从来没吃过的好东西。"

　　外祖母没等到小外孙给她第一个月工资，也没有吃到小外孙构想中的那许许多多的"好吃的"。在小外孙离开家去外地刚读了一年书的当口，就离开了人世。

　　听着母亲的诉说，你欲哭无泪。母亲早就泪流满面，泣不成声。你的心中却充满悲愤。你恨，真的恨，恨那无情的铁锁，恨上苍为何如此不公，恨那些不肖子孙，恨自己的无能。

　　外祖母的离开，结束了她有如收割时遗漏了一粒稻麦一样不为人关注的一生。可在你这里，却是收获时节遇到了天大的灾难。

　　"婆奶奶，你上哪儿去啊？带我去吧。"身着黑衣灰裤，挎一只半新竹篮子的外祖母，从你身边飘然而过，一句话没有。你拼命喊她，拽她。直至哭出声来，才知道，你又做梦了。

尘世间，再也没有疼你爱你的外祖母了。那河边，再也没有外祖母的小屋了。外祖母和她的小屋永远留在了你的梦里。

四

有些东西，当你该去面对时，还得去面对。别人，无法替代。

外祖母的意外离世，无论你有一千个、一万个理由，不愿接受，你还得去面对；无论你如何撕心裂肺地痛，痛不欲生，你还是得自己承受。

外祖母的意外离世是如此，当年高考的"落榜"之挫，亦是如此。

十里乡路，在你的脚下，没有了往常归去的欢快，当然也不会有"报喜鸟"的那份急切。你，脚步有些懒散，情绪似有失落。脚下蜿蜒的乡路，是否在勾勒你人生的轨迹？

实在说来，对于一个17岁的乡村少年而言，第一次的高考失利，还说不上有多深的忧伤。内心小小的失落，自然是有的。对父亲可能会给予的责备，有那么一点儿担心也是有的。

这毕竟是你17年人生历程中的第一次。现在想来，自己仅以3分之差落榜，心里头或许还潜藏着些许小小的骄傲呢！要知道，按照当时的高考政策，如果属城市户口，则完全是达到录取分数线的。

缩小城乡三大差别，是当时喊得很响的口号。这农村户口、城市户口之差别，在高考录取分数线上的体现，让不少人不惜花重金去购买，以求拥有一个城市户口。几年之后，变得一文不值，几成笑谈。如今，再无农村户口、城市户口之区分，人们只需按居住地造册登记即可。真是彼一时，此一时也。

无论自己的脚步多懒散，十里乡路总有走尽的时候。归来之后的少年，做好了被父亲训斥的准备。

唉，怎儿就没再用把力，何至于3分之差呢？也怪我没把手表给你，答卷时间掌握不好，听监考老师讲，你有一门考试，足足早交卷45分钟，也影响成绩呢！

父亲虽然知道考试不比种地，但凡事用力一些总是好的。再说仅3分之差，能不惋惜吗？这可是改变一个人命运的呀！

父亲并没有过多责备他的儿子；相反，他倒是一个劲儿责备自己，没想到给儿子手表，没想到掌握考试时间对考试成绩如此重要。否则，也不至于3分之差。

父亲从手腕上除下那块老式钟山表，说什么也要给自己儿子戴上。这让"落榜生"的你颇为意外。其时，父亲负责着一个村的全面工作，工作中一直以一丝不苟服众，赢得了不少赞誉。掌握时间，对父亲而言无疑是极其重要的。说实在的，手表那时在村子上还是个稀罕物。全村也就只有两三块。你记得很清楚，村小的吴老师手腕上戴着一块手表，还有一个从部队回来的远房叔子，有块表，轻易看不见他戴。再有就是父亲，有块老式钟山表。现在，父亲却坚持着，把手表戴到了"落榜生"的儿子手腕上。

一直在后屋厨房里忙碌着的母亲，端上一碗蛋茶，递到你跟前说："吃吧！爸爸已经跟学校老师说好了，让你复读，明年继续考。"

刚戴上钟山表的手腕还有些不适应，也不敢细看表的模样。接母亲的蛋茶碗时，你险些失手。咬着滑嫩的蛋瘪子，满口盈香，却难以下咽。

你当然知道，眼前4只鸡蛋一碗蛋茶，在家里是用来款待贵客的。现在，母亲竟端给了你这个17岁的落榜少年。这一刻，你的鼻腔有点酸，眼角有点湿，懊悔犹如无数看不见的小虫，在体内蠕动。你懊悔，懊悔高考答题时的随意；你懊悔，懊悔提前交卷时的轻率。唉，怎儿就没再用把力，何至于3分之差？父亲的话，在你心底萦回。

毕竟是不同年代的人，你的这种表现，恐怕很难获得当下同龄人的点赞。依现在的年轻人看来，17岁，是一个多么年轻的年岁，充满着无限可能。年轻就可以任性，一次小小的落榜算什么？著名歌手刘欢怎么唱的？看成败，人生豪迈，只不过从头再来。是的，只不过从头再来。

<h1 style="text-align:center">五</h1>

没过多久，你又有了一个全新的称谓："复读生"。

远离校门四十余年矣，对现在高中生的学校生活不甚了了。如今高考录取比例如此之高，应该没有"复读生"之说了吧？

遥想当年，复读几乎是"现象"级的。你最清楚了，当年那帮同学中，复读两三年、三四年，真的不在少数，甚至有复读更多年的。你同窗中就有这么一位老兄，复读得颇为夸张，高考落榜之后，选择了从初中重新读起。为了高考，他也真的是拼了。这么多年过去，再也没能碰到此兄，不知其重读之路是否坚持了下来，亦不知其重读之结果。

在父亲的努力下，你重新回到原本已经毕业了的母校：鲁迅中学。像由你这样的"复读生"组成的班级，学校给了一个专门的称呼，叫"补习班"。学校在补习班师资选配上，是往"强"里配的。为高考落榜生办补习班，在当时的城乡中学均极为普遍。学校在造福无数学子的同时，也开辟了一条很好的财源。

正是在这补习的一年之中，你幸运地遇到了教补习班语文的朱老师。朱老师大胆地引进了新时期短篇小说的讲解。这样的举动，放在现在可能并不觉得多特别，多难得，但在 40 多年前，确实有点儿"吃螃蟹"的意思。刘心武的《班主任》、卢新华的《伤痕》，一篇篇散发着墨香的文学作品，进入了一座普通中学补习班的课堂。这，无疑训练了你这个复读生的文学鉴赏力，在你的心底丢下了一粒种子，一粒文学的种子。

第二年的考试，你考得颇顺利。

因为有父亲的钟山表，答卷时间掌握得很好，不再贸然交卷，当然也不担心超时。每场考试都认真阅卷答题，最后成绩当然非常理想。

最让你得意的是，再次踏进考场，你的紧张之中生出了些许从容。你有了仔细端详手腕上父亲这块老式钟山表的念头。表的背面，一圈弧形的汉语拼音，是"全钢防震"的全拼。拼音下面勒刻着："全钢防震"四个黑体汉字，霸气得很。这也透露出了表的质地，钢质。因为在父亲手腕上戴了有些年，白色的钢几成灰色矣。

更耀眼的是表的正面，不再是灰白色，而是整体镀金。虽有些磨蹭，不是十分的金光亮灿，倒也呈现出一种贵气。戴上它，无疑是种身份的象征，能增强自己的气场。表的"12 点"下方，"钟山"二字，是繁写的毛体，极显眼。最为显眼的，要数表壳内的三根指针，完全称得上"金光亮灿"四个字。因为多了一层保护，三根指针，崭新，闪亮。随着秒针嘀嗒嘀嗒的转动，很容易就抓住了人的眼球。

你第二年参加的，不是"高考"，而是"中考"。这样的选择，正应了

"可怜天下父母心"。你的"中考",超出录取分数线四五十分,能取得这样的考试成绩,在当时亦属不易。你成了村子上考取学校的第一人!鱼跃龙门之后,多少能体会先贤板桥先生"我亦终葵称进士,相随丹桂状元郎"之喜悦。这也让你有了志在四方的心思。于是乎,第一志愿填报了甘肃某铁道学校。你在心底期盼着与家人辞别的那一幕出现,"送你离开,千里之外"。

果然,父母亲有了一份不舍,更不舍的还有当时健在的外祖母。当你遗憾自己有非常理想的中考成绩,却没能如愿考上甘肃某铁道学校时,父亲坦陈了个中缘由。原来,父亲私下找到了朱老师,做出了一个与你正好相反的选择,以离家最近为目标,替你选择了一所师范学校。当年,父亲为儿子做出的近乎"无厘头"的改变,竟然让你又一次收获了"幸运"。

进入师范学校的两年,几乎是你泡图书馆的两年。18世纪、19世纪的世界文学名著,由此几乎伴随着你的每一天。这两年,你猛啃名家经典,完成了自身基本的文学积累。一粒文学的种子开始发芽,开始生长。

在师范学校,教现代文学的年轻的费老师,给予了你创作上最为直接的指点。你和几个志趣相投者,牵头组建了"陶然亭"文学沙龙。每周都有同学会聚在校外的那座小小的"陶然亭"上,交流阅读心得,进行文本分析。终于,几年之后你有了小说处女作在《中国青年》杂志发表,并获得此次全国性征文的二等奖,前往北京人民大会堂领奖。

曾经的,17岁的,高考落榜少年,已俨然成长为一个文学青年。

作者简介:

刘香河,男。本名刘仁前。文学创作一级,中国作协会员,泰州学院客座教授。曾获全国青年文学奖、施耐庵文学奖、汪曾祺文学奖(散文奖)、中国散文年度奖、紫金山文学奖等。著有长篇小说《香河三部曲》、小说集《谎媒》、散文集《楚水风物》等多部。长篇小说《香河》被誉为里下河版的《边城》,2017年6月被改编成同名电影,获得多个国际奖项。在《大家》《美文》等开设有个人散文专栏。

江南二章

陆　锋

青砖绿瓦

每一座城市的地基，都填充着一段久远的历史。城市里的每一块砖瓦，都留有人类的记忆。

江南的砖瓦，与别处不同——砖是青的，瓦是绿的。

在这里，真正的老宅院非黑非白，一派古旧与苍青。

冷硬的青砖结结实实的，背脊上开着花儿，大朵大朵的，像极了乡间朴素丰腴的女子，简洁干脆，经得起风吹雨打。人字形的瓦檐重重叠叠，鱼鳞小瓦就一片覆一片那么趴着，静谧、乖巧。

瓦，本是黑色的，大约是岁月久长，储存了太多关于雨水的记忆，缝隙里挣扎出了青色的苔藓。瓦上的青苔，嫩嫩的，绿绿的，纯真极了。苔藓是瓦的衣，一小蓬、一小蓬，郁郁葱葱，透着一股清简之美。身着苔藓衣的瓦，浓妆或淡描，墨绿、深绿、翠绿……是光阴里孕育出来的勃勃的盎然，是源源不断的生机。

水，是江南的魂，像一张网，阡陌纵横。沿着水岸，弄堂也是曲曲折折，多少"山重水复疑无路"一个转身又成了"柳暗花明又一村"。若站在高处看，江南就是一个大水塘，那些高低不一的房子就是一条条大小不一的鱼儿，白墙是鱼儿的肚，屋脊是鱼儿的脊，瓦是千瓣闪闪鱼鳞，苔藓是润在水中的草。这鱼儿是活的，在水上，又在水中，逍遥自在——江南的灵动，早就韵在了骨子里。

每一座建筑，都是一段历史的印记。而在江南，一砖、一瓦，都是沉积的史册。

砖上雕着的飞禽走兽吉祥美好，刻着的花鸟虫鱼栩栩如生，镂空的福禄寿喜飘着翰墨之香，风雨未曾停歇，轮廓不曾模糊。

瓦上有过青霜，积过灰土，纳过雨水，长过青苔，光阴越来越厚重，瓦却越来越轻薄。

诗人郑愁予曾说："我打江南走过，那等在季节里的容颜如莲花的开落。"自此之后，多少朵莲花在季节里等待开开落落，只为你曾打江南走过，只为那嘚嘚的马蹄由远而近又远……

你若打江南过，驻足读一读青砖与绿瓦。

江南的墙

风从河面上吹来，清冽不羁。所过处，水波漾漾，草木萋萋。灰扑扑的墙揽了随风而来的料峭春寒在胸前，细细说起了曾经的故事。

那是一面老墙了：阳光在上面溜达过，月亮在上面徘徊过，有着沧海的深度，有着桑田的密度……风雨冲刷磨蚀出的一块块凹凸墙面；墙身大片大片的剥落，斑斑驳驳；墙根霉斑点点，氤氲开的雾蒙蒙像是弥漫着的水汽；攀爬的青苔岁月笔下的古朴文字，拿这墙当了纸，从远古书写到现在。每一面老墙上都写满了故事，都在默默等候那个可以停下脚步听一听故事的人。大抵，墙有多老，故事就有多老了吧？

这里是江南，古代文人雅士钟情已久的江南。古人写诗，很多时候就是图一己之快。诗兴来了，找块石头都能写上两句，遇上一面墙，挥毫泼墨，那是常有的事！这便形成了"题壁诗"。题壁诗，始于两汉，盛于唐宋，仅唐代诗人寒山就有六百首之多，李白、杜甫、白居易也常题壁而诗。

是以，江南的墙与别处不同，墙上留存的都是唐风宋韵。

我从桥上过，河水在桥下潺潺。我踏着潮湿的青石板路，拐进了一条幽深的长巷，屋檐下摇曳着的红色灯笼早已褪色，墙上的时光却逐渐清晰。无数的时光在墙上悄无声息地堆积，好像沉睡了一般安宁。时光的符码在这里交叠、交叠、再交叠，多年不曾散去过。

透过陈旧的气象，我想摸一摸这面墙，摸一摸那近在咫尺却又远在天涯的隔世的氛围，只是心境一时难以描述，只能不由自主叹了口气。一面老墙，在历史的长河中微不足道，墙身上镌刻中的历史，跨越时空裸露在我面前，像是一种变化着的静止，让人肃然起敬。

我陷入了巨大的时间流里，再无法脱身。唐风孑遗，宋水依依，一一在眼前鲜活。古旧的墙体发出岁月的袅袅清音，就像轻柔的水波在身边荡漾开去，又柔柔地折回，声音重重叠叠，飘飘悠悠，沉谧而深远。

是谁在诉说悠久、厚重、典雅，以及永恒？

墙上，顺着斑驳的蜿蜒而下的雨水滴穿了千百年的时光，诉说着千百年的沧桑。脚下，青石板满目创伤，那是岁月赋予的不灭的痕迹。

江南，在唐诗宋词中被吟唱了多少章，便在这面墙上灵秀了多少回。蒙蒙细雨、袅袅炊烟、依依杨柳、青青芳草……尽数被镌刻。时光就是这么凌厉又不动声色，把时间都封存在老墙上，而后与我们缓缓说起那些个盛极而衰故事。

江南的天空总是很低，低得载不动太多故事。

江南的小河总是很浅，浅得容不下太多心事。

江南的颜色总是很少，少得仅剩下青、绿和灰。

青的是砖，绿的是瓦，灰的是墙。灰灰的墙，像流水一样回溯历史，渺小如沧海一粟，却又伟大得足以傲视一切！

作者简介：

陆锋，女，80后。蜗居江南，喜好写作，以教书育人为生。笔耕多年，文风纤巧灵动。

稻田三友

陆秀荔

我们家有一块自留地，镶在一大片水田的边缘，形似一条幼嫩的舌头，浅浅地伸进宽阔的秋水河，啜饮清澈的河水，因而变得滋润肥沃。不过它的面积实在太小，仅有半余亩，且产权很不清晰，我的爷爷、舅爷爷、姨爹爹都以主人自居，都想按照自己的主意种点什么。可其他人也是这么想的，所以他们之间明争暗斗，互不相让。从血气方刚争到胡子花白，总算在酒桌上达成了盟约，那就是一人管一年，随你种慈姑、荸荠还是稻子，反正水田里能种的也只有这些。

我爷爷是个狂热的糯米爱好者，这块地到了他手里，毫无疑问必定全部种上糯稻。他会专程跑到县城去买种子，反正坐公共汽车不要钱，只要伸出残缺的左手就行了（那是抗美援越时被汽油弹烧坏的，售票员们都知道）。爷爷早上出门，傍晚时回来，黑色提包里放四个金刚脐，这是给我们姐弟的礼物。另外还有三包稻种，分别是长粒的、圆粒的和红色的糯稻。他会把稻种做好标记挂在河水里浸泡，然后分开播在秧田里。等秧苗长大后，再移栽到"舌头田"去。爷爷是个吃公粮的人，平时穿得整齐体面，并不怎么下地干活，但唯独对这块稻田倾注了格外多的心血。他会亲自施肥，亲自打农药，亲自拔去牛筋草和稗子，甚至还会在稻子灌浆之后，扎一个稻草人插在田中央，吓走各怀心思的麻雀和秧鸡。我跟在后面，看到他抚摸稻穗的样子，感觉就像在抚摸我和弟弟的头发。

霜降之后，新稻终于成熟。爷爷磨亮镰刀，亲手将它们收割、脱粒，在金色的秋阳下晾干，再拿到米厂去加工。米厂是他安身立命的单位，也是他在家族里威望和底气的来源。他利用工作的便利，把稻谷加工成各种颗粒和粉末，然后带回家来交给奶奶。我一直疑惑到底是爷爷爱吃糯米，奶奶才会做那么多花样，还是因为奶奶手艺好，爷爷才喜欢各种糯米食品呢？总之，每年小雪之后，各种糯米制品就会轮番摆上我们家的餐桌。最开始先煮糯米饭，新糯米和经霜的大青菜一起煮熟，挖点刚熬的猪油拌进去，米粒晶莹剔透，青菜翠绿欲滴，不用配菜，一大碗饭就溜溜地滑进肚子里了。血糯米最适宜煮粥，柴火灶慢慢地熬一大锅，香气活泼，自作主张地把左邻右舍招引来，你一碗他一碗，边吃边夸，一大锅粥很快见底。家人感觉不够尽兴，奶奶说明早再烧。可第二天起来，桌上却摆着热乎乎的炒芝麻丸子、菜汤圆或是葱油糍粑，我们高高兴兴地上桌，争着抢着，早把昨晚的粥忘光了。奶奶忙着把余下的糯米装进陶瓮，留着年底做年糕、米酒、八宝饭。未去壳的稻谷也用大缸存放妥当，来年清明要做艾草青团，端午要包粽子，重阳要做桂花糕……每一粒稻谷都被寄予了希望，它们早晚会派上用场，但谁也不知道哪一粒将来会变成什么。

奶奶用糯米做了各种食物，爷爷总打发我们在第一时间给那两家亲戚送一些。连我都看得出，这不仅仅是食物，更是一种证据，证明他种糯稻的决策是英明伟大的。但舅爷爷并不买账，他的外号叫"扁豆"，就是钻牛角尖把头都钻扁了的意思。他不说种糯稻有什么不妥，也从不当面吃我们送来的东西，只是翻个白眼，接过下一年的决定权，准备种慈姑去。他有三个儿子，还有两头猪，他指挥儿子们用船把猪粪运到田里去，施上厚实的底肥，让"舌头田"休养生息一整个冬天。等开了春，就放水沤田，然后插上紫皮慈姑的尖嘴。舅爷爷也常常捏着尖嘴的铜烟袋，蹲在田埂上吧嗒吧嗒地吸着，像一只冬眠初醒的青蛙，既沉默，又踌躇满志。

慈姑嘴很快就发了芽。燕尾似的小嫩叶，一茎一茎地长出来，日渐粗壮宽大，密密匝匝连成一片。夏日来临，阳光炽烈，叶子们要蒸腾，要生长，要喝很多很多的水。舅爷爷就每天抽水灌田，从不让它们渴着。在他的精心养护下，第一朵莹白的慈姑花悄悄开了，疏朗淡雅，比《芥子园图谱》上画的还要好看。接着，满田的慈姑都开花了，蓬蓬勃勃，简直没了个田样，倒像个花园子。不过没人刻意来赏花，慈姑花吗，太常见了，乡下人是不屑一顾的。圩堤上的黄蜀葵，隔壁的棉花地，还有河汊里的野莲花，哪个不好看？简直看不过来呢。何况这些作物的本分并不是开花，等到了时候长出什么来才是顶要紧的。

　　不久后秋风渐起，慈姑叶子枯了，水田也干了，裂了无数的口子，像有很多话要说似的。舅爷爷看看这些口子，就知道今年的收成差不多是个什么样。他召唤全家人带上宽齿的叉和耙子，把躲在泥里的慈姑请出来，再让舅奶奶用大铁篮子在河里淘洗干净，给亲戚们送一些，剩下的就撑船沿着河岸卖掉。我爷爷对此非常嗤之以鼻，认为舅爷爷一辈子改不了小气的毛病。而舅爷爷并不理会，仍旧我行我素。他家里养了三个儿子，日子难免艰难，多亏我爷爷的帮衬，过得才略好些，这让他硬不起腰杆，只好装作没听见。不过，他种的慈姑非常好，个儿大，产量高，粉嘟嘟的，结实饱满，很受大家欢迎。我们收到新慈姑，立刻就去村口的肉摊买肥瘦相间的五花肉，拿回来做慈姑红烧肉。奶奶常常掏出一枚硬币，让我将慈姑皮刮干净，硬币就归我。她则把肉洗净，焯水，在锅里煸出油，炒上色，用小火慢慢炖着。然后把慈姑切块，焯水去除苦味，加到肉里再炖一个多钟头，直到肉香四溢，慈姑变成诱人的酱红色，才撒一把青蒜出锅。有时候会额外留一块肉，切成薄片，和慈姑片一起炒大蒜，也是冬日里最受欢迎的农家菜。但我最喜欢的却是慈姑做的甜汤。有一年冬日，我贪玩受凉，连日咳喘，像厨房的风箱一样呼哧呼哧，吃了药也不怎么见效。奶奶找了个偏方，用慈姑切成极薄的片，加了冰糖炖汤给我喝，有没有效果不清楚，但那汤极好喝，热热的，甜甜的，又有一点点苦。奶奶走了之后，就再也没喝到过。

　　奶奶的妹妹，也就是我的姨奶奶，她也很会做菜，但脾气不太好，经常欺负她的丈夫。我曾经亲眼看见她在田埂上追着姨爹爹打架，把他的衣服撕得像拖把一样零碎。我很同情姨爹爹，他那么忠厚温和，每次拿到了"舌头田"，除了种自己喜欢的荸荠之外，也总顾及大家的喜好，种上一些慈姑和糯稻。我爷爷常常借权威暗示他多种一点儿糯稻，舅爷爷也会拿亲情绑架他多种一些慈姑，姨爹爹没法子，只能均匀地把三样都种上。荸荠长在田里的时候，真的一点也不起眼，像葱管一样傻傻地支棱着，即便开花，也是又小又丑，没人注意。况且只要天一冷，它立即就枯萎了，没精打采地蔫在地上，连野草都不如。但是，挖开泥土就不一样了，一个个黑红发亮的荸荠争相蹦出来，仿佛扬眉吐气地说："看，我也是有本事的。"

　　荸荠是甜的，所以收荸荠的时候姨奶奶和姨爹爹并不吵架。他俩和和气气地在前面挖，我和表叔表姑跟在他们身后，细心地从土里把荸荠寻出来，迫不及待地拿到河边洗干净，把黑皮啃掉，露出雪白的肉，塞到嘴里大嚼，就算清甜汁水溢出嘴角也无所谓，袖子一擦便是了，反正都已经一身泥巴。但大人并不让我们吃太多的生荸荠，说是要闹肚子的。他们会把荸荠整个煮熟了，盛上一脸盆来吃。虽然这样也是又脆又甜，可总觉得不如生的甘洌可口。还好，姨奶奶很擅长用荸荠做菜，烧杂烩、炒韭黄、炒乌鱼片、炒素什锦都很拿手，但我印象最深的是她把切碎的荸荠加在鱼泥中，炸成了金黄的鱼肉丸子。我所有的味蕾都被这又鲜又香又脆的口感征服了，忍不住频频膜拜，以至于上桌时鱼丸只剩下了一小半。我父母知道了要发火，姨爹爹却拦着："罢了罢了，孩子难得喜欢吃样东西，不要紧的。"

姨爹爹就是这样一个好脾气的人，从没跟人红过脸，也总护着小孩子，甚至还很会讲故事，所以我们都很喜欢他。可是谁也没想到，他在年老的时候，会一点儿一点儿地忘事，还三天两头地闯祸，不是砸了东家的锅碗，就是拔了西家的树苗，姨奶奶整天跟他身后收拾烂摊子，渐渐地也没了脾气。偶尔我去看他们，姨奶奶会拉着我的手，感慨当年许多的事情。她有时也提起我们的"舌头田"，说轮种了几番后，我爷爷奶奶就走了，现在姨爹爹也病了，只有舅爷爷还能种地。"舌头田"现在只属于他一个人了，想种什么就种什么。如果他愿意的话，还能种更多的地——村子里的年轻人都出去了，大片大片的地都荒着呢。

但舅爷爷已经种不了更多的地了。他 70 多岁了，儿子们去了不同的城市，孙辈更是在异乡扎下了根，就如同我一样。舅爷爷勉勉强强在"舌头田"种下糯稻、慈姑和荸荠，到了秋收之后，就割一把稻子，颤颤巍巍地挂在爷爷的屋檐下。空了多年的房子，早就成了鸟兽的乐园。麻雀们欢快地啄食稻谷，然后飞到天上去。我想，它们定会把丰收的消息，传递给天堂的人吧。

作者简介：

陆秀荔，中国作协会员，江苏省作协签约作家，江苏省首届紫金文化优秀青年。在《钟山》《雨花》《小说界》《山东文学》等刊物发表多篇小说及散文。著有长篇小说《秋水》《海棠汤》。获江苏省第七届紫金山文学奖。

曲园春在

陆　阳

同治十三年（1874），避居苏州的德清人俞樾购得马医科巷潘世恩旧宅西的五亩废地，"筑室三十余楹，其旁隙地筑为小园，垒石凿池，杂莳花木"。因园中地形狭长，成"L"形，与篆文"曲"字相似，并取《老子》"曲则全"句，取名曲园，俞樾也因此自号"曲园居士"。

曲园是一座书斋园林，书斋园林的特点是园以人传，而一亭一廊、一水一石更像是线装书的点点墨迹。一进门，就看到大门内悬挂的"探花及第"的匾额。说起这"探花"来，倒有些故事。在俞氏的原籍德清县两百年间曾出过状元和榜眼，独缺探花，俞樾的孙儿俞陛云为原籍补齐了三鼎甲，意义确是重大，曲园老人曾作诗记之："状元榜眼吾乡有，二百余年一探花。"

进得门来，古朴的石库门上，有俞樾亲笔隶书"曲园"两字。庭院内栽植翠竹，乌瓦粉墙，倍显洁净。迎面是"春在堂"，为当年曲园老人以文会友和讲学之处，面阔三间，上悬曾国藩亲笔题写的匾额。道光三十年（1850），俞樾进京会试，复试于保和殿，考卷中有"澹烟疏雨落花天"诗题，这是一幕笼罩着丝丝愁怨、显露了淡淡落寞的景致，众多的考生借着这样的景致，抒发了一些"流水落花春去也"的情感，而俞樾意气风发地写下了"花落春仍在"之句。主考曾国藩深为赏识，将俞樾擢为第一。

曲园虽小，却多佳处，玲珑又多韵致。"小竹里馆"为当年俞樾、俞陛云爷孙读书处，向阳三楹，因前庭当年遍植彭玉麟所赠之方竹，因而定名。"春在堂"后有四檩小厅"认春轩"，三面环窗，于此眺望全园，曲水叠峰，别有情趣。取白香山诗意"认得春风先到处，西园南面水东头"为名，小小园中，凭此识取春消息。园中有一小池，曰"曲池"，中有一小舟名之曰"小浮梅"。舟很小，仅容二人促膝而坐。夏日，俞樾和夫人有时坐其中，促膝闲谈，多是夫人问先生答，后编成一卷，名《小浮梅》，行文浅易，话题颇有情趣。此外，园内还有"乐知堂""曲水亭""达斋""回峰阁""在春轩"等，单听其名，即可感觉自有一股儒雅之气扑面而来。

俞樾，字荫甫，考取进士后放任河南学政。时隔两年，在考试取士中被御史劾奏"出题试士，割裂经义"而遭罢官削职归田。那时，正值太平军进军浙江，俞樾为避兵祸遂移居苏州，出任苏州紫阳书院主讲，潜心读经著书。其间，俞樾在苏州一直居无定所。在他来到苏州的第 16 个年头，购筑曲园。这时候的俞樾已经是知名学者和朴学大师，而同科进士李鸿章此时已经是声名赫赫的达官贵人了，因此民间有"李少荃拼命做官，俞荫甫拼命著书"的说法。

曲园落成，俞樾将讲学和会客的厅堂命名为"春在堂"，依旧是"花落春仍在"的情结。何以如此命名？想来俞樾已经明白：对他来说，人生的春天不是仕途功名，而是笔墨纸砚。从此，俞樾的一生再也没有离开曲园，在这里，他潜心著述，终成蔚蔚《春在堂全书》500 卷。

在这座小小的曲园，德清俞氏家族文脉不断，星辉交错。俞樾老人在这里魂归净土，仍不忘叮咛后人"儿孙倘念先人泽，莫乱书城旧部居"；俞陛云在此降生、读书直至探花及第、北上仕游，并在曲园中与夫人"樱桃同采树头鲜"，情深意切；俞平伯也在此降生，曲园老人亲自指导，"口占文字课重孙"……

花开又花落，春去春又来，徜徉这座小小寻常院落，让人不由得涌起几分文化幽情，在"家"的含义背后，有"文化"的底蕴，有"历史"的时代印记。人的文化个性、家族群体、时代文化，在这里都留下了痕迹。"三多以外有三多，多德多才多觉悟；四美之先标四美，美名美寿美儿孙"，当年俞樾自撰的这副寿联，对俞氏一脉文化世家的描述何其传神。

1935 年，俞平伯在北京，久未回苏，有日梦到自己在曲园。梦醒后，他写下《梦吴下旧居二首》："不道归来鬓有丝，夕阳如旧也堪悲。门阑春水琉璃滑，犹忆前尘立少时。""豆瓣黄杨厄闰年，盆栽今日出聊檐。北人携去绒花子，萼绿苔梅许并肩。"淡淡乡愁，缕缕牵念。后来朱自清如此评价："他诗文里提到苏州那一段亲热，是可羡慕的，苏州就算他的故乡了……"

1954 年，俞平伯郑重地将曲园捐献给苏州市政府。然而，就在那年的 10 月，一场批判俞平伯红楼梦研究的运动突然袭来，令他错愕不已和措手不及。

"花落春仍在"。我们来到曲园，不为游玩，倒有几分追缅之情，仰慕之思。春在堂前，绿意扑面，春意盎然。原来春天并不曾远去，她一直都在。

作者简介：

陆阳，江苏省作家协会会员，江苏省散文学会会员，无锡市作家协会副主席，有作品散见于《太湖》《鸭绿江》等文字期刊。

还 乡

陆 樱

倘若没有了故园，一个人是不能还乡的。

先是祖父。祖父去世多年以后，祖母也安静地离开了。

在生命最后的间隙里，在乡下旧宅临时铺就的硬板床上，她奄奄一息地挣扎着仄起了身子，怅然又无奈地打量着她的世界。仿佛她有些心烦气躁，当她感觉到所有哀泣的陪伴也都苍白而无助，死一般沉寂时，她便沉下心来，甚至省略了最后的告别，脸一歪，闭上眼睛，悄然地走了。

几个月后的清明，子女们再次来到乡下。城里和乡下的亲戚们在竹林边围成一圈，参加祖父祖母的合葬仪式。身后不远处即是我们的老屋，我们曾经生活过、而今都已离开的地方。这儿亦是祖父母最为留恋之地。杨家库：一个至今仍旧安好没有被拆迁的小港湾。

尽管合葬仪式一样地沉静而又神圣肃穆，但它显然与哀伤连连的葬礼不同。没有哀号的哭泣，也没有棺柩前生离死别的跪拜，有的只是亲戚朋友们的相互低语的追思，对昔时岁月的回忆又令人记起了曾经的好时光，仿佛这不是和他们最后的告别，不是送他们去墓地，而是欢天喜地、依依不舍去参观他们乔迁的新居。只是这样的庆典与往日不同，这是一次男女主人因故双双缺席的庆典。

祖父于1930年生于盛泽镇，一个旧时即被称为"小上海"的繁华之地。也许注定他的一生将被繁华隐没，归于平淡。出生后没几天，当他还是襁褓中的婴儿，对这块生他的土地还来不及多看一眼，就因为贫困被送往另一个地方。那一天，他幼小的身体被轻轻地包裹起来，伴随着抚摩、叮咛、祝福、告别，以及无数次的拥抱及放手，他还未开始行走的双腿已然被迫远离。他的故乡，在那一刻开始挪移。幼小的他无法知道人生从此已开始有了转折。这未免来得有些早，却又是命定的必然。从此，他的骨子里融入了较之常人更多的眷恋与不舍。

接纳他的是一户生育了五个女儿的同样贫寒的农家。祖父的到来，我的曾祖父喜出望外，天上掉馅饼似的领养了一个男丁，不仅解除了曾祖父"不孝有三，无后为大"的心理危机，而且更寄托了农耕文明"养儿防老"的终极理想。可以想象，曾祖父一家将他视如己出，并给予加倍地宠爱。不幸的是，曾祖父因为家贫，因为祖父的到来，他们不得不忍痛割爱，将自己最小的女儿置换出去送给另一户家庭。一夜间，两个毫不相干的生命有了跌宕的命运改变，他们相继来到另一个"不适之地"扎根。（倘若世世代代都在同一处不再肥沃的土地上反复扎根，人性就会像将马铃薯种在这片土地般无法繁茂茁壮。我的孩子们已经诞生在他处，即便我能力所及、掌控得了他们的命运，他们也将在不适之地扎根。——纳撒尼尔·霍桑《红字·海关》）

与此同时，命运悄无声息地酝酿着一幕又一幕活的戏剧。收养的男孩（祖父）和送出去的女孩，原本可能一辈子都不会再有任何交集的两人，若干年后到了男婚女嫁的年纪，祖父遵父命娶了当年因他而被迫离家的小妹，没有人能够想象，那女孩是带着怎样的心情，以儿媳及外乡人的身份回归她的家，再度拥有本该属于她的一切。

那女孩便是我的祖母。

对祖母来说，这是一次特殊的"还乡"。出嫁对女人而言无疑是一场甜蜜的告别，于她，却是苦涩的回归。祖母生性沉静、寡言。她内心恬淡，从不曾纠结于俗世。我常常试图揣度她的内心，她这一生，辗转辛苦，到后来，因为子女们条件好了，才开始过上安逸的生活。事实上，有一点可以肯定，自始至终，她的内心一定有过许多不为人知的纠结。比如，面对这个与他没有血缘关系的哥哥，又是未来相伴一生的丈夫，她的爱恋是否掺杂着矛盾甚至怨恨？

即使有，怨恨也已衍生出另一种爱。

于是，她与祖父结婚后，毫无节制地，陆续生了九个儿女。像是宿命，又像是对过往生活的报复。她将爱的种子撒入这片本该属于她的地方，任它如线条般延展。延展，为了不再离开。

祖父也不愿离开。我曾经听他说过"一辈子不出远门便是幸福"之类的话。即使暂时离开（通常是去城里子女的家），他的心也始终留在那儿。他想不起任何细节证明他不是出生在这片土地上。直到有一天，有人上门认亲才让他相信自己的身世。

那是解放初期，我的曾祖父、曾祖母都已早逝。而祖父，他的哥哥们，从新中国成立前的地下党变成了现在的地方领导。他们试图说服祖父回家。

那时的祖父，正是最艰苦的时候。他的儿子，一个据说智商过人的男孩，我从未谋面的舅舅，得了癌症。祖父为了给他治病，透支了 1000 多元。这是一笔意想不到的开支，雪上加霜般砸向这个并不富裕的家庭。祖父在村里木工厂的收入微薄，每日所得仅 1 元 8 毛，其中 1 元 5 毛 3 分须上交，他自己只得到剩下的 2 毛 7 分。

艰难生活。

就在这种情形下，他完全可以选择转身离开。曾祖父母走了，没有人会指责他。另一边，在他的血脉之地，亲人们正等待他的回归。那里据说有更好的生活。可是祖父却断然拒绝了。骨子里的倔强，内心所有的眷恋及渴望早已将他深深地融入这片养育他的地方。

那就留下。

乡间生活简单自在，虽然并不富有，却因为骨子里的豪情万丈，便也成了传奇。

年少时，祖父曾跟随曾祖父学做木工活。他天生有一双巧手，那些木头只要经过他的手，很轻易地就能演变成各种美观、结实又耐用的工具。他成了四里八乡最有名的木匠。凭借这门手艺，很多外乡人都来找他，他通常是在晚上熬夜赶制，到了天亮再给别人送过去，白天继续木工厂的日常工作。他的手艺独一无二，用起来牢固轻巧不费力。但在当时，他是冒着"不要资本主义一根草"、私自开设"地下作坊"的危险获得完全是凭借自身劳动得来的"外快"养活一家人。

他是宁可冒险的。为了一家人的生存，为了一个个如花似玉、聪明机灵的儿女们的成长。再穷，他也不舍得把任何一个女儿送给别人家。

在汗水、血泪中，这曾经的"不适之地"，逐渐成为我们的故乡。后来，生活条件好了，我们又陆续离开。一辈子艰辛的祖父却福薄，未曾看到自己的孩子们一个个从"杨家库"走出去，孙辈更是移民墨尔本，留学英国牛津大学、伦敦政经学院……

祖父一生坚守在这儿，当然，他也曾短暂离家，去往城市。

他最后一次去城里便是病重那年。年轻时的劳碌加上哮喘病的发作让他疲惫不堪。子女们将他送往城里的医院，他却清楚地知道自己的病无法治疗。他不愿再待在那冷冰冰的病房里等待死亡。子女们知道他生性倔强，若不顺遂他的意愿，他是坚决拔了管子、针头也要走的。他渴望回到乡间的屋子里，在那里，他变得气喘吁吁，咳嗽声剧烈，听着便让人觉得撕心裂肺般难受。他却觉得踏实了。他终于在那个屋子咽下了最后一口气，平静地走了。那年他72岁。

合葬仪式之后，亲人们建议重新改造祖屋。于是，祖屋又仿佛回到了几十年前，儿女们未长大时的热闹。我们在房前屋后栽花种菜，将老屋修葺一新。我站在二楼的阳台上向下俯瞰，东边的那棵水杉树龄已经三十多年了，始终有鸟儿们在枝上筑巢。对岸的邻居说，远远地望过来，这棵树像是一座宝塔。

一切都是从前的样子。

只要活着的人还活着，死去的人就永远不会死去。我们去祖屋竹林前祖父母的墓上站了许久，又回到祖屋，向着祖父母的遗像鞠躬。

一切如初，仿佛还在昨天。

在祖屋的柜子里，我找到了祖父生前编织的竹篮。我拂去上面的灰尘，将那篮子紧紧地握在手中。那一瞬，仿佛触摸到了祖父布满老茧，青筋暴露的双手，它给我一种安全感，以及被无限放大的柔软及温暖。

作者简介：

陆樱，女，江苏省作家协会会员，中国散文学会会员。著有散文集《蓝色的记忆》、短篇小说集《艾薇的春天》、长篇小说《毕业歌》《奔跑吧，大明》。

有风吹过潘安湖

吕　峰

日月经天，江河行地。江河湖泊是大地的脉络和血管，没有它们在场的土地是贫瘠的，是枯燥的，是乏味的，也是缺少深度的。

在大风起兮的苏北大地，有一面名为潘安的湖，因潘安流连于此而得名。潘安是旷世的美男子，以其名命名的湖则是湖中的潘安，烟波浩瀚，云天苍茫，包容了天地之灵气、日月之精华，有石头在呼吸，有云彩在飘动，有水草在生长，有林木在葳蕤，让一颗颗心忽地就安静了下来，沉稳了下来。

百年，千年，潘安湖这汪水不知隐藏了多少斑斓的时光，不知葳蕤了多少鲜活的故事，那些动人的传说和流传久远的故事，像湖里的水生植物茎蔓无数，也像湖里的鱼，一直潜游在光阴的河岸。实际上，现在的潘安湖，早已不是当初潘安流连的那一面湖。不知何时，人们在这片土地下，发现了深埋着的一块又一块黑色坚硬的石块，那是汇聚着火与热的煤。

煤埋于地下，是矿产，是宝藏，煤开采出来，是光芒，是热量。因为煤，湖边人的生活发生了历史性的变化，他们开始钻进矿洞，开始爬上了脚手架这棵大树，换一种身份，在土地的另一种形态上劳作、生活。随着时间的推移，这片土地上的矿洞越来越多，权台矿、旗山矿、韩桥矿等，每一个名字都声名赫赫，运煤的车辆络绎不绝。

然而，水满则溢，月盈则亏，在湖边谋生的人也经历着一个又一个的无常轮回。没有了煤的大地开始塌陷、破败，说不定哪一天醒来，一大片土地就沉沦了。从临湖而居，到大片大片的矿区，最后煤矿被关闭了，变成了处处疮痍、坑坑洼洼的塌陷区。当年的潘安湖早已没了踪迹，取而代之的是水草不兴的"地球伤疤"，那坍塌颓废的惨状，令人心碎，令人绝望。

在塌陷区的围攻之下，土地变得虚幻起来、模糊起来，因煤而发达而光鲜亮丽的村庄也开始破败。天是灰蒙蒙的，空气里似乎弥漫着黑色的颗粒，会随着呼吸进入人的体内。站在远处眺望，村庄消瘦得像一根枯柴，像田埂上的野花，在夕阳下茕茕孑立。村里的常住人口也越来越少，像冬天的树挂着几片干枯的叶子，像老人日渐脱落的牙齿、头发，让人心中酸楚。

惠特曼说："大地给予所有的人是物质的精华，而最后，它从人们那里得到的回赠却是这些物质的垃圾。"确实如此，湖边的村庄像一条条被抛到了岸上的鱼，没有了活力，没有了光鲜，散发的是美人迟暮的无力与悲伤。

"上善若水，水善利万物而不争。"面对破碎的河山，面对破碎的大地，潘安湖人没有气馁，没有绝望，而是像水一般，以奔流的勇气，以连绵的韧性，以妩媚的柔情，开启了凤凰涅槃的征途，也打响了产业转型、生态修复的战役。我目睹过那一场又一场声势浩大、排山倒海般的劳作，挖掘机、推土机的声响在这片土地上飘荡回响，一颗颗的汗珠也落地有声，颇有些"敢教日月换新天"的气势。

在无数人的惊诧中，这片古老而又新生的土地如苍龙般腾挪而起，当空飞舞。塌陷地得到了一轮又一轮的治理，塌陷地周围的村庄进行了一场又一场的搬迁，最后引入大运河水，将死水变成了活水。最终，潘安湖人以移山填壑、改天换地之力，硬是将鱼虾绝迹的一汪汪死水变成了风姿独具的湿地，变成了妖娆美丽的湖泊，变成了一方洁净的心灵家园，硬是走出了绿色、低碳、高速的可持续发展模式。

如今，潘安湖又有了澄澈的水，有了苍翠的树，有了蔚蓝的天，有了娇艳的花，有了潜游的鱼，有了栖息的鸟。放眼四顾，处处生机盎然，让人从心底生出一份暖意。来此寻根的台湾作家张晓风对着满湖秀色，发出了由衷的赞叹："一潭碧水，用人工的方法，补救了另外一次人工的失误。"是啊，以潘安湖为中心的贾汪大地也发生了翻天覆地的变化，日子好了，绿水青山变成了真正的金山银山。

工业文明转型与实现可持续发展是一个世界性的难题，面对它，无数人束手无策，甚至缴械投降。潘安湖人则以不屈服、不妥协、不放弃的精神，以开拓性的思考和开创性的实践，给出了自己漂亮的答案，那份答案是沉甸甸的，也是无比喜人的，像一团光在闪亮，在照耀。涅槃重生的潘安湖又成了一座"富矿"，吸引了无数人的目光，曾经背井离乡的人又如候鸟般纷纷返回，开始在这片土地上进行新一轮的孕育。

时光的车轮转到了2017年冬，习近平总书记站在了潘安湖边，在听取当地负责人的汇报后说，贾汪现在是"真旺"了。确实如此，涅槃重生的潘安湖以一种崭新的风姿悄然立世，像江南的女子，青衣秀色，美极了。在湖水的滋养下，这片广袤的土地更有生机，更有活力，更有动感，更有风姿，生活在这里的人也更有灵气，更有梦想，更有敢立潮头、实现梦想的冲浪精神，他们高擎着希望与梦想的火把，上演了一幕幕人间正剧。

潘安湖水镇建有神农雕像和二十四节气柱，其目的，当是提醒、警戒之用，提醒人们要以一颗敬畏之心对待大自然，善待大自然，有了敬畏，才有怜悯，才有慈悲。因为有了敬畏，潘安湖人自得其乐地活着、乐着，也因此有了名扬国际的马庄农民乐团，有了习近平主席捧场的中药香包，有了弘扬红色文化的运河支队纪念馆，它们以各自的方式书写着独属于潘安湖、独属于贾汪的传奇故事。潘安湖也为此成了中国最美的乡村湿地，成了中国最美的和谐乡村。

诗人海子的梦想是有一所面朝大海、春暖花开的房子，对潘安湖人来说，轻易即可实现。湖边散居着无数的湖畔人家。春天，在湖边散步、慢跑、骑行，放纵身心；夏天，在林间露营、打太极，阳光洒在水面上，有了波光，也有了健康的味道；秋天，云烟苍茫，可感受"落霞与孤鹜齐飞，秋水共长天一色"的韵味；冬天，站在阳台上，静静等待雪花飘落，看漫天飞舞，玉宇澄澈。

有风吹过潘安湖，这风是雄劲之风，是和谐之风，是快哉之风。为此，潘安湖的水流不尽，潘安湖的美读不完，注视着这面湖水，我的思路和视野向更远更开阔的地方延伸扩展，不由得默默祝愿，这片土地永远葳蕤，永远芬芳。

作者简介：

吕峰，散文作家，江苏省作家协会签约作家，中国自然资源作家协会会员，中国散文学会会员。发表出版作品200余万字，见于《人民日报》《山东文学》《中国铁路文艺》《青春》《延河》《大地文学》《当代人》《雪莲》《散文百家》《延安文学》等，著有《一器一物》《屋头青瓦是谁家》《梦里天堂：一城一景一味》《二十四食事》等。

一只葫芦的前世今生

马洪敏

一

不远处，祭祀的声音，仿佛在传诵着失传的经文，一年又一年……

把泥土叫醒的是葫芦，葫芦在雨水的哭泣声中长大，一个个爬满藤架。待到成熟后，葫芦生出各种姿态，有的乖萌傻呆，有的却咬住火焰的翅膀不放，葫芦要成为艺术品，要重新做人。终于在烈火中，迎来了脱胎换骨的蜕变。

于是，风起的时候，你怀揣梦想，敞开了心扉；有雨的日子里，你释然，尽情摇摆。

二

在乡下，葫芦兄弟是一个大家族。

个个憨态可掬，有的壮硕，有的纤小，有的古怪，有的圆滑，有的生龙活虎，有的安如菩提。甚至，一些沉闷而冗长的段落，也藏有故事。葫芦常常生出许多想法，不为外人所知。有人说，你葫芦里卖的什么药。葫芦从不言语，葫芦有自己的理想和远方。

大肚腩，是一个懒惰的葫芦，它有一肚子学问，却从不声张。终于有一天，耐不住寂寞，它乘着竹篱爬上顶峰，仿佛抵达山间一条问佛小径。

而另一端的一只葫芦，则下到一口古井边，摇晃着脑袋，打捞明月。抑或聆听一支支空灵的鸟鸣。

三

更多的葫芦兄弟，开始练习赛跑。

它们攀上了老祖母的屋脊，在屋顶之巅，它们说出了人间的悲欢离合，那些唱词，有一部分已被万物领收。听吧，杨树叶正在空气中热烈地鼓掌。

而藤架旁，沉默的竹子，空出一部分身体给造物主，让理想主义支撑自己的命运，成为努力让自己活下去的理由：立志做一把龙头拐杖。

葫芦在禅悟。不朽未必真的重要，坚硬未必真的重要，仿佛受到了神的点化，更接近神的气息。葫芦提着年老的命运和骨骼，世世代代，人世间行走，生生不息。

因此，它们的精神不朽。

四

与竹为邻的葫芦，完美地传承了竹子的衣钵，一代代推陈出新，化腐朽为神奇。

于是站着，靠着，挤着，挨着，堆着，皆是人生。于是成为瓢，成为囊，成为祭器，成为酒器，成为秘密的保守者，有的甚至被束之高阁，成为神的法器。

我熟悉祖母的灶台，那喂养我童年的灶台。灶台旁的锅台，锅台旁的灶王爷贴纸，贴纸旁的水缸，水缸里飘动的瓢，靠着缸边打转的人生。那哭着回娘家来的母亲，那一瓢水洗净三千青丝，我静静地伏在缸边，看瓢在飘动，以及瓢的倒影。

葫芦挤在炕头，挤在春夜里，挨着最亲近的人，我懂了幸福的奥义。就像柴垛里的南瓜，乐于躺在暴风雪的柴草里。

五

无论走到哪里，我的背包里，都系着小葫芦，保平安的小葫芦，像兄弟姐妹一样手足情深的葫芦。

你失语，你走失，你还乡，它都陪我一路，仿佛一切都是宿命，像冥冥中的安排。我们兄弟姐妹几个，一到春节，都是失散的葫芦，重又回到故乡的藤架。

你知道，所有的花都为你开，所有景物都为你安排。母亲说，你是葫芦，造就了灯笼的一副好筋骨。天黑了，我就是整个葫芦岛的心脏，我的梦想很小，像星星，从没有向夜晚许诺过光明，却一直努力闪烁。

一枚葫芦，装得下人世间所有的空与满。

六

乡下的葫芦，离开大地的滋养，常常面黄肌瘦，那又能怎样呢，仿佛轮回早已注定。你不爱的总会有人爱，你不疼的总会有人疼。乡下的葫芦，唯有我们乡下人对它无比青睐。

不论人世间演绎出多少悲欢离合，风风雨雨，是是非非，葫芦一直停留在那里。像拿着拨浪鼓奔跑的孩童，像鹤发童颜的老人坐在村头。

爬起，或者跌倒，皆是丰厚的人生。

一口葫芦瓢养活了一家人，爷爷逝世后，我把它扣在了爷爷的坟上。这掏空的心脏啊，仿佛葫芦化身最后的木鱼，等待风雨敲响，把恩怨情愁关在坟上。

七

也许，葫芦在做一个美梦；也许，它就是一尊入了定的菩萨。夜晚，它借一根藤条，等一缕魂魄，让月光从窗户溜进来，住进你的身体里，渡过此生。

院子里，不时传来鸡狗吵闹声，鼻子可以嗅到淡淡的槐花香。旋转的木马，在平日里被遗忘。偶然一天，在旋转的时光中，又找到了丢失的斑驳记忆。我看到葫芦稀疏得散落在篱笆上，而童年的欢笑，仍在乡村的版画中流连忘返。

无论你落草为寇，抑或出没江湖，为栖身之地依然漂泊。还是攀上烟火熏黑的屋顶，隔着一场场清澈透明的杏花春雨，我看到了少年时的初恋。

葫芦，活在我纯洁的心里，坚固而完美。

八

葫芦，最是痴情种。

纵使满身伤，依旧不卑不亢，淡然地挂在藤上。世人专注于治愈着损坏桌椅的骨质疏松，甚至为半残的夕阳疗伤。却从来没有人关心过一只葫芦的遍体鳞伤，也从未有人认真审视过一只葫芦的前生今世。

葫芦，仿佛活在遥远的当下。一缕清香，即是逍遥的此刻。

萍水相逢，却又相见恨晚。

九

花开花谢，潮起潮落，时光悲伤逆流成河。

半醉半醒，却无岁月可回首。

一半花开成诗，一半花落成词。竹林滴脆响，一颗烙伤的心，慢慢下沉，缓缓老去，在躯体的涅槃中。

葫芦身化身为卒，勇往直前的猛士，抱紧了一团红红的火焰，一个虚无的世界。

在大彻大悟的意念之中，葫芦没有翅膀，我相信，它一直都在自己的梦里飞翔！

作者简介：

顾梦，本名马洪敏，江苏省作家协会会员，微山湖诗社社长，著有诗集《顾梦说》、散文集《草木心》。先后在《风流一代》《福建乡土》《青年文学家》《新安晚报》《江苏工人报》《散文诗世界》等国内报纸杂志发表诗歌散文100余篇，有诗作入选《中国诗歌年选》《中国乡村诗选编》《中国微型诗排行榜》等，获第七届中国白天鹅诗歌奖星锐奖、首届"雨花情"诗歌大赛一等奖、"东方情缘地"故事新编征文二等奖、第三届徐州诗人节"年度新人"奖、首届青年文学家大奖赛特别奖。

忠义大黑

马丽华

  小溪和小雪叼着鸡肉棒，用两只前爪护着，吃得津津有味。只有大黑不叫也不抢，在一旁看着，直到小溪和小雪吃好了，满意地摇着尾巴回到各自的窝里打盹，大黑才开始吃。面对吃食，无论是普通的狗粮，还是鸡肉棒、肉包子、宠物香肠之类的美味。大黑一直如此，从不争抢，总要等另外两只狗吃得肚饱腰圆，它才开始吃。有时我们为了试探大黑，把狗狗最喜欢的鸡肉棒送到它嘴边，大黑就把头转向左边；鸡肉棒送到左边，它又把头转向右边，如此反复。哪怕大家一连声劝说：大黑，吃一点儿，来，吃一点儿。大黑依旧看都不看，闻都不闻，更别说吃。父亲一开始以为大黑怕另外两只狗，就悄悄把鸡肉棒拿到它嘴边，它左闪右躲就是不吃。有一次大黑生病了，从宠物店挂水回来，也不破例，只是没法像平时一样站着，大黑就强撑着病体趴在一边，看着那两个伙伴吃好了，最后自己再吃——从来没有见过大黑先吃，更别提吃独食。只有一种解释：大黑虽然只是宠物狗，但是人家是男生，在小溪和小雪这两个女生面前，自然而然就流露出来天性中的绅士风度。

  大黑一岁多时，它的妈妈汪汪走失了。失去了形影相伴的妈妈，大黑整天耷拉着脑袋无精打采。我母亲为它买了一只小白狗做伴，是只贵客犬，唤作"小溪"。那时大黑相当于狗类中的小青年，对于初来乍到的小女生小溪自然小心呵护，从早上一睁眼直到晚上回到各自小窝，从吃食喝水到外出撒欢，全方位展示绅士风度：吃食时靠边站，外出时冲在前面，回家时自觉殿后，休息时要等小溪舒服地趴在窝里，它才跳到自己窝里。

  后来我母亲在花鸟市场转悠，一时心血来潮，又买了一只白色卷毛狗，名唤"小雪"，也是女生。大黑很自觉地把自己的各项待遇降到第三位。如果父母家的宠物队伍再扩大，大黑还会自觉靠后排名。

大黑是个串串狗，母系是贵宾犬，非常崇尚自由，总爱单独出门溜达，有时大半天也见不着影，所以大黑的父系品种不详。它全身漆黑的卷毛，圆脸圆眼圆鼻子，就像会移动的黑色篮球，大部分时间它就趴在窝里或者饭桌下。有时为了看出这个家伙是真休息还是假休息，我们凑近到它的圆脸跟前找那双黑眼睛。也许被惊扰了，大黑猛然抬起头，圆睁双眼，露出獠牙，张嘴狂吠，像藏獒一样可怕，我们吓得惨叫着连连后退，大黑又埋头大睡，像一大卷安安静静的黑色长毛毯。大黑懂得惹不起躲得起，有时被惹烦了，就愤愤地从窝里起身，走到我父亲面前，抬起两只前爪像个孩子一样站立着，眼里是委屈又无奈的神情。我父亲握住大黑的两只前爪，对我们说别去招惹大黑，让它好好睡觉。

父亲对大黑有很深的感情。十几年前他刚退休，不用上班了，一下子多出很多时间，可是他不会打牌不会跳舞也不爱扎堆唠嗑，在家里除了吃饭睡觉就看电视。只看电视也没有什么，最多费点电，但是父亲看电视时爱抽烟，一支接一支，是传说中的"一天只用一根火柴"的高人。小小的两居室常常烟雾缭绕，当时还是小奶狗的大黑被烟味呛得嗷嗷叫，于是遛狗就成了父亲的重要工作。小区边上正好有一块开放的绿地，大黑精神十足，只要狗绳一解开，就飞奔得无影无踪。父亲不急不躁，坐在凉亭长凳上或打盹或抽烟，时间一到，就唤"大黑"，片刻，大黑像一道黑色闪电出现在凉亭里，等着拴上狗绳，跟在父亲后面回家。后来父亲做了一个手术，我和妹妹们又要工作，又要家里医院两头跑，时间非常紧张，根本没法照顾到家里的小狗。而大黑由于整天被锁在家里，性情非常暴躁，只要一听到开门声，就狂叫不止，好像是在抱怨。一开门，这家伙左冲右突，好不容易才能拴好狗绳。出门后同样不安稳，总是往前猛冲，费好大劲才能把它拽回来，有两次还挣脱狗绳，我们找得快放弃了，它又不知从哪里钻出来，一身的碎草和泥土。于是和父亲商量把大黑送人，父亲沉默着不说话，眼中似有泪光。唉，如果把大黑送人，父亲出院后没有狗可遛，又得成天闷在家里，那样似乎很不好过。我们只好咬咬牙挺着，总算挨到了父亲顺利出院那天，还没到单元门口，远远就听到狗叫，震耳欲聋。父亲说是大黑，话音未落，大黑就到了眼前，摇头摆尾，围着父亲跑前跑后，似乎在问："这一个月你到哪儿去了？我到处找你！"

父亲居家休养的时期，大黑跟前跟后寸步不离，大门就那样敞开着，它看都不看一眼，更别说出门了。一个月后的一天，父亲换好外出的衣服站在门口，大黑看到这似曾相识的场景，赶紧衔来自己的狗绳，温驯地伸长脖子等待着。到了公园，大黑也不乱跑，只是安静地趴在父亲脚下，似乎是在守护着。

但是大黑终究是个男生，常常招惹是非。一天，母亲说大黑三四天没沾家，也不知跑哪儿去了。母亲似乎没有精神，但是想象力却充分开动了：大黑会不会找不到家？会不会被人抓住关起来？哎哟！该不会被卖到狗肉店？我虽然也有点担心，但还得安慰母亲：放心吧，狗行千里也能找到家，大黑那么机灵，不会被人抓住的，更不会被卖的。只不过想外出几天，很快就会回来的。那几天，父亲和母亲夜里轮流值班守着门，生怕大黑回来没法进门。三天后的一大早，母亲电话来了，说大黑回来了，身上脏得很，耳朵破了，一条腿瘸了。母亲电话时透露着心疼，完全没有一点儿气愤，她似乎忘了这一个星期的寝食不安是谁造成的。忽然我想起一个笑话，一个少年离家出走，如果第二天就回来，肯定会被且打且骂；如果一个星期再回来，就会被当成心肝肉，疼还来不及，哪里还会打？如果一个月再回来，哟，皇上驾到！看来大黑也懂人类心理学，不仅没挨打没挨骂，还到宠物店洗澡修甲加治疗，整个贵宾级的待遇。

就像所有的浪子一样，有了第一次离家出走，第二次第三次乃至无数次就会接踵而来。大黑离家出走成了家常便饭，父母的心也渐渐被磨得麻木了，问起大黑，他们说："又跑了，几天没沾家了。"那神情像在说天气和菜价一样平常。不再提心吊胆想着大黑在外挨饿受冻以及安全问题，也不再值夜班为大黑守门。大黑也会随机应变，如果归家时门正巧开着，就赶紧跳进来摇头摆尾讨欢心。但是绝大部分时间门是关的，大黑一开始老老实实蹲在门等着门开，后来学会了向过往的邻居求助，他冲着人家叫，然后频频朝门口转头示意，人家看看紧闭的房门，就明白了，帮忙敲开门。再后来，大黑学会了用爪子敲门，如果门还没开，就大声狂叫。反正计谋多着呢。归家的大黑总是落魄邋遢，身上的卷毛一簇簇的，沾满了草叶和泥土，有时还发出难闻的气味。

一年中最热最冷的恶劣天气，大黑绝对不会离家出走。外面的世界很精彩,外面的世界很无奈。大黑知道这个道理,凄风冷雨,躲躲藏藏,夹着尾巴做狗,不容易。随着年岁增大,大黑越来越安心做宠物狗,生活有规律,伙食有标准,冬有暖气夏有空调,夫复何求!但是做宠物狗也没有磨灭大黑侠肝义胆。那天早上六点,父亲带着三只狗出了小区大门,大黑自觉地走在最前面开路警戒,小溪和小雪这两个女生优哉游哉地跟在后面。忽然大黑发出低沉的威胁声,前面过来一只大狼狗,没有主人,也没有狗绳。看到小溪和小雪,这家伙很兴奋地凑过来。大黑不愿意了,它站定了,弓起背怒睁着圆眼,大狼狗被镇住了,停了一下,可能是想起自己的大个头,又往前凑。大黑怒吼起来,眼看严正警告已经不起作用,就猛地挣脱狗绳,冲上去与大狼狗撕咬在一起,小溪和小雪吓傻了一样呆呆地站在一边。父亲找到一根树枝,想阻止这场恶斗。两只狗反而越战越勇,由于体力和身高的悬殊,大黑处于劣势,它咬住大狼狗的一条腿,要命的是大狼狗咬住它的脖子,就这么僵持着。父亲一直用树枝抽打大狼狗,路人也有帮忙拉架的,都没有用。情急之下,我父亲甚至想用手去掰大狼狗的牙齿,被路人及时制止了。危急时刻,一个人骑着摩托车飞奔过来,冲着大狼狗就是一脚,大狼狗一声不吭地放开了大黑,夹着尾巴站到一边,那人又踢了几脚。原来他是附近做生意的,养狗为了看家护院,平时不是拴着就是关在笼子里,今天不知怎么跑出来。那人一边解释一边察看伤势,还好,都只是皮外伤,原来两只狗都没有往死里咬对方。路人都笑了:看来狗也知道"欠债还钱杀人偿命",吓唬吓唬对方就行了,生活那么美好,还有好多香喷喷的骨头没有啃呢!

前几天在灯下看大黑,发现它头顶的黑毛已经夹杂些许枯黄,尾巴尖上的卷毛也不再像缎子一样黑黝黝地闪亮了。

算一算,大黑十二岁了,相当于人类的七十岁——大黑老了。

作者简介:

马丽华,中学教师,江苏省作家协会会员,宿迁市千名拔尖人才,江苏省作文大赛一等奖作文优秀指导教师。《大爱红嫂》获全国首届沂蒙精神兰田文学奖二等奖,散文集《青丝红豆戒》获宿豫区政府文学奖。《大地上的忍冬花》获"2020年抗击新冠疫情主题散文创作"优秀作品奖(江苏省散文学会主办)。

后来，我才发现，原来，从遇见你的那一刻起，我的一生便会因你而有所改变。

四叶草之在路上

清颜令雪

"有得必有失，上天对每个人总的来说，还是公平的。"

在精美的日记插页上看到这样的字眼，便为之动容，便以为这样的文字甚得我心。

我又得以见到了你，在这个写满异域情调的节日里，恍若一瞬间，又回到了四月，那个木棉花开的季节，美好的感觉便把记忆和现实的距离瞬间缩短。

用心去听这个声音，静静地感受岁月的流逝，别样的情怀便从记忆深处一点点明朗了起来。

草叶之一　二月，乍暖还寒

杏花烟雨的江南，春草漫过河堤。走在春天的你，柳枝掩笑颜。

穿过凌晨五点的雨雾，横穿三千里的高速，我一路向南，奔向那座美丽的城市——杭州。那座城市，有着太多美丽的故事和动人的传说，也同样在清晨，会淅淅沥沥地落下一场雨，我便在行走的雨声中睁开眼睛，看路旁瞬间即逝的风景和灰白的天空。

奔向那座美丽的城市，不曾带有任何的期许，只是跟随别人的脚步一路向前。

看窗外细雨洒落的景色，看灰白色的楼阁掩在一片迷雾之中，我便在这异乡静默的雨里听课，开小差，做笔记，旁若无人。

有声音传来，我听见自己的名字在华灯初上的时候在室内响起，然后，我便看见了你，你说，细心、内敛。我微笑道谢，再从容地消失在众多的人流里。

不曾意识到，我这一次无意识的跟随和奔赴，这最初的相见，会在不久后的时间里，在我未来的某一处，看见彩色的故事，掠过记忆，惊醒一个沉睡的梦。而当时的我，只是这样，和别人结伴同行，一路向前。

后来，才发现，原来从我出发的那一刻起，故事就已经开始，而有些答案早已写好，譬如，执着。

草叶之二　四月，木棉花开

四月，是木棉花开的季节。听人说，木棉花的花语是：珍惜。

清晨，在太阳初升的清新艳丽里，和你再次相见，在这个留着我儿时的梦想和童话的城市——北京。

你，便也沾染了些许童话的梦幻颜色。淡蓝，温暖，我的本上散落着暖洋洋的形容词。如果这个四月需要比喻，那便是希望绽放的模样。

蓝色的剔透和着清新阳光的轻柔，碰上一个略带别样情怀的女子，这个四月便是，永远是你头顶的那一方蓝色天空，蓝得浮不起一丝云朵，飘落在等待和起程的车站上，仅此一次。

我记得你那天的笑容，那是不可思议的颜色坠落在我看向你的眼睛里，像极了头顶那一片湛蓝的天空，极温暖。你笑着说，细心、文质彬彬。你说，思维独特，有艺术气质。我抬头微笑，带着点欣喜，又倍感温暖。在三四百人的讲堂里，我和你并肩而立，留下瞬间的永恒。我相信，那一刻的惊喜和美丽。

美丽的还有那被惊醒的沉睡已久的童话，后来我开始在四月的花开里认真地听课、温书，在有限的时间里捕捉每个有效的信息。热烈的掌声响了一天又一天，还未沾染暖意的风吹了一阵又一阵，悦耳的歌声唱了一曲又一曲，在讲台上从容自若的你，把知识和经验毫无保留地分享给在场的每一个人。

那个最初的晴空，那个陌生而熟悉的城市，那一季的木棉花开，那熟悉而真知卓越的你，全都变成那一片温暖的闪烁着蓝色光芒的记忆，轻轻地走在我记忆长长的雨巷里，清晨或黄昏，款款地溅亮每一个蔚蓝的晴空。

草叶之三　八月，水滴花开

蔚蓝色的天宇里浮动着一片白色的云，像一颗夏季的果实，执着、全力以赴过后的果实。

晴空，八月，温柔的感觉里，飘起一份遥远的情感，坐在自家的楼下，看四季的轮换，将春天执着成夏天，在一季的夏雨之后突现水滴花开的美丽。

有些人，有些事，会在未来不经意的某一时刻不经意地忆起，便照亮未来的路。八月，细碎的阳光里，回忆那些走远的人和事。

推开回忆的大门，看到一路奔走的自己。为追求而来，为执着而过，从容地奔走在每一个清晨或是黄昏，和一群群陌生的人相遇，交谈，继而走过一段或长或短的路。

一路跋涉，一路前行，把别人的知识转化成自己的营养，继而把它们转化为现实的操作能力，看一张张陌生的脸孔变得熟悉，听一个个真实的心声在轻轻响起，看一张张年轻而真诚的笑脸在身边绽放，心里是满满的温暖。

忽然间发现，原来，在我的潜意识里，还存留着传道授业解惑的天分，而这久违的感觉都来自那个老远的二月……

草叶之四　九月，在路上

如果说前两次的相见是纯属偶遇，那么这一次，便是刻意和必然。

知道你要来南京，便开始欣喜，便开始准备，便开始征求意见，在这样大忙碌的时候，为公为私地准备着一定要去见你。而当这一天真的到来时，又有了些许的迟疑。然而，我最终还是见到了你，再一次看到讲台上从容自若的你，生动幽默的气氛，睿智无比的智慧，让我再次感叹不虚此行。

窗外阳光极好，我听见一阵清脆的和鸣，一阵阵穿越了时空传递到我耳中：

即使是一滴晶莹的泪，也应当闪烁一丝纯纯的希冀啊，那我还有什么理由轻易抛弃我惊醒的信念和对梦想的执着追求呢?

讲台上的你，依然带着那份令我感动的神圣和执着。

一瞥窗外的那几乎越窗而来的梧桐，那种坚韧让我不由得一震，我又想起了那个老早的二月，那次不经意地向前奔赴的自己，昨天的我与现在你，似乎只是一个转身的距离，而我却很真切地找到了曾走失的信念和执着的追求!

微笑着走出大厅的时候，已是华灯初上，在城市细碎而又美丽的灯影里，我平静地转身离开了。

在华灯初上的夜色里，翻过句句跳跃的诗行，轻轻浏览夜色的风景，咀嚼长长的释然，品那一方坚定不移的执着，多年后，我也许会成了你，"传道授业解惑"用我的智慧，用你的执着。

于是，我懂得了，脚步不会停留，就恰如记忆只有延续，只因，我和你，一样，一直在路上……

作者简介:

清颜令雪，现为起点中文网签约作家，百万字作品连载中。曾在榕树下任社团散文版编辑;微型小说论坛任散文版版主;在红袖添香下有个人的文集;也曾在读者论坛上蝉联过一年月度有奖征文前三甲;在纸质媒介上发表过散文、诗歌近十篇。

雨落扬州声声慢

仇士鹏

　　"天下三分明月夜，二分无赖是扬州。"在我想来，天下三分细雨天，也要无奈地分出两分给扬州。

　　十年一觉扬州梦，八年都是在瘦西湖的"掌中轻"。坐在船上，听雨落在船身，落在水面，落在黛瓦与飞檐，落在一只晃动的灯笼的侧脸。岁月吹瘦了一往情深，便用细雨来弥补心甘情愿的亏欠。

　　花开了，郁金香、琼花、丁香、海棠，被雨轻轻一唤，就抖擞着精神捧出珍藏的芳菲。掩映其中的二十四桥却并不娇俏，而是亭亭玉立，显出温婉、淡然的气质，不知桥上又走过了多少个明月之夜？二十四层台阶上，二十四个节气依次踱步而下，携着我从立春走到谷雨，从初春走到暮春，驻足间，细雨正霏霏地飘落。

　　今年二十四岁的我，在身体里的骨头上刻下二十四圈年轮，却依旧茕茕孑立。不知何处会有玉人吹箫，何时会有桃花在身旁抽枝？她是在桥的另一侧，还是在白塔、五亭桥，抑或天边的另一场细雨之中？

　　不觉有些感伤。桥身可以与倒影衔接成完整的圆，而我只是突兀的行客，最终不属于玉桥飘逸的弧度和隽永的诗行。恰如我在望春楼上看不见朝朝暮暮与地久天长，只能看见春意的阑珊和流水中无意的落花。

　　幸好，我已经习惯了在雨中等待。一如孙燕姿所唱："你知道我一直等在雨里面，陪你一起度过下雨的时间。"我们终究会相遇，就像两朵同时下着雨的雨云，也像我和扬州。

　　从长堤春柳借来一片叶子，用指甲刻下雨水无法冲刷掉的名字，把它放在水中，等到夏天，就会被荷花呵护在掌心，盛开出粉嫩的预言和祝福。

雨总是会把思绪打湿，沉沉地坠下。但脚步还是轻盈的，于是我又走进了个园。

古典园林的秀美最好要用烟雨去诠释与释放，才能引领人抵达繁华背后的沉静与悠远。当雨敲响笋石、湖石、黄石、宣石叠成的四季假山，长长的一年便又在一场雨中短短地走完。

来吧，撑着伞，走进竹林为我们预留的小径。听，雨落在松软的泥土里，铺开软糯的细语，或者落在小泥坑的积水里，发出清凉的碰撞与破碎声，似是竹林在用天地煮着一杯清茶，正用茶壶缓缓地倾注进人间的杯中。偶然枝叶摇曳，雨声跌宕，便像有人正在踏水而来，却又不与世人相见。是隐者吗，在尘世之外行走，姓名全部留在竹林的幽静中。抑或是竹笋正在悄然破土，延续个园新的生机？

想来，个园也是命途多舛。据说，同治年间，个园被卖给镇江丹徒盐商李文安，后来李家负债，被军阀徐宝山逼迫用个园抵债。而在清咸丰年间，个园又遭兵燹，虽然没有伤筋动骨，却也让命运的走向不可避免地趋近萧条。直到新中国成立后几番修复，它才重见盛景。

当百年前熟悉的细雨丝丝缕缕地落在芭蕉上，落在颤动的花枝上，落在池塘的涟漪里，个园该是怎样的心情？少年听雨歌楼上，红烛昏罗帐，此时的它已经算是一位老人了吧，鬓已星星也，徒叹悲欢离合总无情。不过个园是一位有智慧、有胸怀的老人，它不向世人显露疲态，而是把风霜与磨难都埋在竹林之中，压在假山之下，让心平气和、风雨不动的成熟与圆融在山石之上矗立、生长、葳蕤。一任阶前，点滴到天明，却不露声色，不让夜色显出戚戚然的深邃。

坐在宜雨轩中，听风叩响窗棂，听雨从四面八方包围而来，历史的沧桑与喧嚣便在沉静的呼吸声中展开了迁徙与流浪。我们是不通世事的年轻人，在屋檐下，想起的反是曾经一起躲雨的人，以及曾经蘸着雨水说出的誓言与承诺。想来，这也是雨的成全，让任何年龄的人都能在雨中得到洗涤，将郁结的心绪一点点浸润，直到茶的苦涩中渗出清香，直到雨水再不会从眼眶中流出。

当然，好雨知时节。雨不仅能溅起水花，也能惹出淋漓酣畅的欢声笑语。

泛舟渌洋湖中，从远处看，宛如乘着小船，坐在茵草之上。这里属于绿色的童话，每一口都是自然绿肺用负氧离子的盛情款待。水杉是举在天上的伞，荫蔽着渌洋湖的静谧与清凉，有风悠悠，吹过树干上的青苔与碧水脉脉含情的凝望，含笑不语。

晚清诗人李伯通曾在《雨过渌洋湖》中写道："东风吹雨不肯住，满卷湖光扑烟树。"当细雨透过水杉的拦截飘落头顶，沁入丝丝清凉，我们便像是披着蓑衣的渔夫，用船桨划走流光，在晨曦与暮色的边缘摆渡，驶向水波间的无何有之乡。抑或如李清照一般，兴尽晚回舟，误入水杉深处，惊起一滩鸥鹭。在此处是无法听雨的，因为人们的笑声是更汹涌的雨，打在湖中，与斑驳的光影一起尽情地晃动。

唐代的张祜曾写道："人生只合扬州死。"我曾想，我们来去人间，都应是乘着船，于星河中穿行。可是谁在为我们撑船呢？又或许，一切都是我们自食其力的流浪——我们自己做船，自己划桨。那看来我前世还是一位优秀的船长，才让我的今生享受到平凡而温厚的幸福。

雨水落在眼镜上，用纸轻轻擦拭，眼前的世界焕然一新，就连水中自己的影子仿佛都明艳了些。从渌洋湖上岸，一只白鹭倏然间从远方飞起。这趟欢喜的旅程，便有了画龙点睛的句点。

我愿意把雨天作为生活的常态，而把晴朗当作间或的恩赐，因此我会乐于接受雨天的湿润与阴沉，并珍惜当下生活的幸福与明媚。

这不是扬州告诉我的道理，而是扬州的烟雨留在我梦里的温存。

作者简介：

仇士鹏，河海大学研究生在读，现居南京。偶有诗歌、散文见于《人民日报·海外版》《中国旅游报》《大公报》等报纸、《青春》《星星·散文诗》《散文百家》《嘉应文学》等刊物以及《特别文摘》《报刊文摘》等文摘期刊。有文章编入2021年的遂宁市中考语文阅读理解真题。

走进清竹茶书苑

如　月

　　我喜欢喝茶，但不敢多饮，怕晚上睡眠不好。友人说，听你这话就知道你不是一个真正的茶人。的确，忙忙碌碌的生活，每日匆匆又匆匆，很少静下心来，细品一杯茶，总是口渴了牛饮一般。但我着实喜欢那种茶苑的氛围，或独自，或邀约三五好友，品茶，谈心，让时间慢下来。

　　恰逢冬至，又是双休日，工作的特殊原因，我往往是双休日比平时要忙很多。年终了，报告厅里活动一场接一场，其实这都不是本单位的活动。由于新的图书馆条件好，其他单位借用我们场地的特别多，一旦答应借用，我就得全场跟着服务，起早贪黑，忙忙碌碌，有时中午下班都不能回家。活动结束后，大家作鸟兽散，整理、收拾，后期的网站、微信平台的推送，往往一场活动我前后要忙几天，个中辛苦唯有自己知道。还好是自己喜欢的工作，忙碌着快乐着。

　　据说中国人饮茶始于神农时代，而我的印象是从母亲喝竹子叶开始。小时候家里穷，没有闲钱买茶叶，母亲又喜欢喝茶，她每次都会把从街上买来的大扫帚上没有剔净的竹子叶摘下来泡水喝，且喝得津津有味。

　　在经济时代快节奏生活的冲击下，有这样一个茶苑显得格外惬意。我们时常在虚构和非虚构之间把精神的欢快与伤痛寄托于微信之中，抒发我们的情感。待我们呕心沥血，辛苦了一天，在生态文明的簇拥下，踏着暮色走进"清竹茶书苑"。这里既古色古香，又时尚雅致。走进去，让心沉静成一滴墨，让一粒粒精美的文字翩翩起舞，融入优雅的环境中，结识几个手捧鲜花的女子，她们是一群优雅的、小资的女人，在我没到的时候，插花，品茶，细数光阴，翻阅旧事，畅谈时讯。

一切多么美好，那一刻所有的烦忧瞬间释然，清零。"心素如简，人淡如茶"，喝茶是一种心情，品茶却是一种心境，一种超然物外的境界。走进茶苑的人都应该具备这种文化的素养，中国的茶文化历史悠久，反映出的文明和礼仪亦是中华民族的精神之魂。

我的加入与这个环境似乎有点不太协调，我慌慌张张，大大咧咧，捏起一个干果放进嘴里，不停地说着"抱歉，来晚了"之类的话，她们中有人认出了我，我亦晕晕乎乎不知所云，这是苑主新组的一个局，把平日里谈得来、有学养、有素质的几个好朋友约在了一起，由于共同的爱好，和我具有谦卑化的习惯，大家很快熟络起来，继续品茶聊天，互相夸赞手中的插花。女人爱花亦如花，此刻她们忘记了自己是妻子，是母亲，忘记了上有老下有小家务的烦琐，工作的疲累，那一刻某种光芒映照在她们身上，她们笑得那么真实，那么自信，那么有成就感和存在感。身处茶苑，便有了云水禅心的安静。把平日里操持家务的一面摘除，在咫尺方圆内去芜存真，让美好弥漫。

茶苑的老板是一个优雅的女子，我和她有过几面之缘，她算是一个很成功的人士了，不然像我这种整日为生计奔波的人，无暇也无资本谈起以花为媒，以茶为介的生活。开始时我对她了解甚少，不喜她的指手画脚，因她曾在我们单位里举办过一次茶道活动，我们为她免费提供了场地，所以她的其他要求，我不太乐意答应，比如她要我帮她抬几张桌子，帮她打扫一下卫生，等等，这些都不是我工作范围内的事。后来有了深层的了解，知道她是一个追求完美的人，为了学习茶文化，她去过很多地方，北京、上海、台湾以及国外如日本等，据说她已经是国家级技师了，很为她高兴。

懂茶的人喜欢用紫砂壶来泡茶，那种陶土工艺品，既不夺茶真香，又无熟汤气，能较长时间保持茶叶的色、香、味，从中品味出茶的真谛。但我有时喜欢用玻璃杯泡茶，喜的是能透过玻璃杯看到那些叶子在水中沉浮，颠覆，滋长，慢慢占据杯中的空间。甚至透过阳光的七彩线条，看着茶叶慢慢舒展，舞蹈的样子。所谓"壶中乾坤大，杯中日月长"，一种无边的想象溢满午后的时光。

抿一口茶，合上书本，思绪立时蔓延到茶园，那天蓝地绿的阡陌，烟岚雾霭的秀美景色广袤无垠。戴花色头巾的采茶女，笑声荡漾。此时如果有古乐缓缓响起，我亦会想起某个能与我邂逅的义士，他的儒雅谦和，举手投足，一颦一笑都能与这个茶苑相适宜，相匹配。

作者简介：

如月，曾用名孙文娟，江苏沛县人，中国作家协会会员，江苏省作家协会会员，中国煤矿作家协会理事，沛县作家协会副主席。迄今在《诗刊》《诗选刊》《扬子江诗刊》《诗歌月刊》《绿风》《北京文学》等各类报刊发表诗歌多篇。著有诗集《低飞的词语》《由远及近》。

春 灯

沈华山

　　星河村在下雨。我刚刚搬了两盆迷迭香进屋。那雨不大，细细柔柔的。虽然没有了秋冬时的冷冽，却也凉丝丝的，有股子渗入肌肤的暗劲。春雨大都是这个样子。楼上的落水嘴开始向外吐水，水泥大场上发出噼里啪啦的脆响。在村子里住久了，已经习惯去听风声、雨声、鸟叫虫鸣，以及鸡鸣犬吠。听着听着，对村子里的人情事理忽然就有了些许顿悟。

　　乡村的事情，常常不讲逻辑，让你捉摸不透。例如，一贯遵纪守法的张三为什么偷吃了李四家的那只珍珠鸡，还死不认账？一向受人尊敬的老杨爹，怎么忽然爆出与那个大山里来的女人有了因果？这些很明显的冲突，人们却不喜欢深究。

　　有时却又极简单，像是村庄的那几条通往不同姓氏的干净又略显忸怩的小水泥路。他们谁跟谁是宗亲，是亲戚，谁跟谁有过节，有暧昧，像是玉米地里的几棵高粱一目了然。男人们只是笑眯眯地看着，一如既往地抽烟，或者喝酒，女人们偶尔会凑到一起嚼嚼舌头。

　　如果你是一个初来乍到的外乡人，你只要反问他们一句："你看我不像一颗蚕豆吗？"他们保准会笑呵呵地跟你点头如小鸡啄米，甚至招呼你家里坐，吃瓜。人们对那些有着与庄稼一样品质的生命，总是默认与宽宏的。呵呵，似乎扯得有点远了。扯远了，也不妨，一点儿不扯就不像庄稼人了。

　　因为啊，此刻，在许多人家的门外都奇奇怪怪地亮着一盏灯。村里人节俭，舍不得开灯。除了年轻的小夫妻，大概都不必提夜生活了。人们吃过晚饭，早早就洗洗刷刷上床看看电视、玩玩抖音便睡下了。日出而作，日落而息，几千年农耕文化的基因是强大的。如果像城里人一样，夜晚到迪吧歌厅去耍耍，那第二天就没法上工了，这是乡村文化不能接纳的。

但那些灯却顽强地、奢侈地、暖暖地亮着。那灯躲在一只只偌大的笼子里，一个个大纸箱里，一只只大柳筐里，或者一座座围栏里，与你的视线隔着厚厚的草帘，或者彩色的薄膜，让人觉得模糊又花哨。那里面到底藏着什么，需要如此奢侈的灯光和严密的保护？

请容许我卖个关子，因为如果你不是土生土长的农民，或者远离农事多年，你是万难猜测的。虽然，这些在深夜里永远不会合眼的灯光跟你我的生活都密切相关，但你依然难以想象。这就是生活环境的差异。不是吗？离开了自己熟悉的生活，其实我们啥也不是。

当你带着好奇心，走近了。你会听到嘤嘤的鸟鸣，或者一阵子激动的喧闹。在我掀起帘布察看的时候，忽然生出一种做贼似的心虚。深更半夜的，你不管是怎么大摇大摆地走到人家的门前，不声不响地去窥视人家灯光下的秘密，总归有一种不合常理的逻辑吧？因为，如果你不知道那些不眠的灯光下到底藏着什么，你就不能算是村里人。如果是陌生人、外人，那是很容易招致怀疑与排斥的。难道你要跟邻家的媳妇说，自己就是好奇，不知道你家卧室的灯都不开，为什么却要开一盏大灯在这窝棚里？自己就是想做个好人，帮你家关一下灯。你若真的那么说了，呵呵呵，那可就又会成为乡村媳妇们嘴里添油加醋之后的笑话了。

那天，我偷窥的时候，没有被发现。其实，当我窥得那些秘密之后，如果惊醒了邻居，我也已经想好了说辞。我睡不着，就是想看看你家的鸡仔是怎么养的，养了多少只。亲爱的读者朋友，请原谅我预设的谎言。我总不至于说，离开老家太久，都不知道这是什么新鲜事物了，然后尴尬地笑笑吧？那不是无形中拉开了彼此的距离吗？这会让我羞愧，觉得愧对了这片生我养我的土地。

我发现鸡笼里，一家家都亮着一盏类似于卫生间取暖用的那种电灯，很亮很暖。原来是保护小鸡仔，怕它们冻着，又让它们每时每刻都方便取食与饮水。因为，我发现数十只，或者上百只小鸡仔嘤嘤地叫着挤在一起。即使在深夜，也偶有几只走出来打闹，或者围着蘑菇似的取食槽和取水槽吃喝。

我不知道他们为什么要养那么多，难道鸡仔的存活率不高？我并没听说他们家有大量养殖啊？我已经无法说了，我缺少这方面的经验与知识，它已经超越了我的认知。

其实，并不是每一户人家都亮着这种春灯的。我仔细观察、比对一下，那些亮着灯光的农户都是十分勤劳有规划的家庭，儿女也多有发达。这是在我后来跟他们闲聊中知道的。那些鸡仔成活率一般都很高，但在第一个月必须保温，防止感冒，必须日夜提供吃喝，让它们尽快长大，每周还要喂一次药水防止鸡瘟等传染病。也有少数人家疏忽了，忘了开灯，让鸡仔受了冻，患了感冒死绝了的，倒是让人惋惜又嘲笑。这些鸡仔长大之后，大都进入自家的餐桌。它们平时吃的主要是厨余或者是粮食中不易加工的尾货。这些鸡仔长大之后主要是家里儿女消耗或者送亲送友，所以从不会喂食添加剂之类的东西。当然也有一部分会流入我们的餐桌，因为我们知根知底，吃起来放心大胆。所以啊，你如果有时间，有兴致想要吃到正宗的、放心的、味美可口的好鸡，最好到乡村农户家直接选购几只。

写到这里，外面的雨早停了。有零星的犬吠与塔塔的脚步声从门前的大路上传来，断断续续的。乡村的夜晚更加宁静通透了。

我推开门，走出屋子。雨后，空气中散发着春季农作物与花花草草的清芳，这片土地仿佛正萌动着青春的活力。那些春灯算不上美，却给人以希望。它们会一直亮着，亮在一只只偌大的笼子里，一个个大纸箱里，一只只大柳筐里，或者一座座围栏里，也亮在村民们的心里。为了那一群群小鸡仔取暖、照明、觅食，一直会亮到第二天中午太阳温暖照耀的时候。

作者简介：

沈华山，男，生于 1965 年。中学教师，江苏省作家协会会员，滨海县作协常务副主席，滨海作协会刊《故道》杂志执行主编。在全国各地公开发行的报刊发表诗歌、散文、中短篇小说近百万字。2017 年江苏凤凰文艺出版社出版散文集《路过》。

寒夜客来

沈庆保

  风雨莫放过，有客踏雪来。这"客"不是阿庆嫂唱词里的"来的都是客，全凭嘴一张"，纯粹为店家与顾客那种利益攸关、相互依存的关系，而是寒冷中被一股浓情所裹，心间泛起了无限暖意的故人。

  寒夜客来，不亦乐乎？只见客人一脚踏进客厅，轻轻抖落衣襟上的雪花，搓手，哈气。此刻，来客最需主人热情的款待，亲切的笑容，亲切的握手，以及冒着热气和醇香的一杯茶，轻易即可将客人从室外携带来的寒气驱赶殆尽。待客之物有很多，像酒、茶、水果或点心等。对此，南宋诗人杜耒在那首《寒夜》诗里早已给出了一个绝佳的答案："寒夜客来茶当酒，竹炉汤沸火初红。"其实茶也罢酒也罢，都是用来佐谈的，自外及里给主宾一点点加温。如果客人远道而来，饥饿难耐，主人最好给对方端来一碗刚出锅的热腾腾的白米粥或一碗清汤面。待客人呼噜呼噜食尽，不仅肠胃暖暖，心也会暖暖的。

  来者多为男客，犬吠中吱吱呀呀推开了门扉。也有个别浑身豪气、英姿飒爽的女客，举手投足间颇有秋瑾的模样。要不，就是羞答答的少妇，从娘家返回的途中不小心迷了路，满脸的焦灼无法掩饰。这时，急需女主出面予以对口接待，让客人的拘谨尽快化为无形。不约而至的来客也有，但不多。古时候，有浪迹烟花柳巷的柳三变，一首首新词成为他畅通无阻的通行证。更多是，诸如架不住汪伦盛情之邀的李白，借一首诗将感激回赠对方，还有写过"故人具鸡黍，邀请至田家"的孟浩然，享受过美味的乡间土菜，只可惜赴约之时正值冬季。

  偶尔还能出现有约不来的状况，让主人在煎熬中度过了夜半，只好去

"闲敲棋子落灯花"。"雪夜访戴"属于半途而废的经典故事，那个潇洒率真的王子猷，一点儿也不逊于他的老子王羲之。只知道这个王子猷居山阴，曾在一个四望皎然的雪夜思念着友情，却不知他是否得到过其父的真传，书法上拥有一些《兰亭集序》和独笔鹅的余韵。

我也曾做过一回不速之客。读初二时，家里没有时钟，而高我一届的邻居二狗喜欢早起，有时凌晨三点左右就喊我起床赶往学校。在黑魆魆的教室外，我们袖着手跺脚取暖，直到等天亮等得不耐烦了，加上有些扛不住寒冷，便跑向大礼堂西面的宿舍区，借着室外路灯的微光找到各自同桌的床位。我们窸窸窣窣地脱掉棉衣，钻进了暖暖的被窝。记得睡梦中的同学此刻正在磨牙，翻身侧睡，给我腾出一些空间。但可以肯定的是，他们香甜的梦中一定不会出现我们的身影。

年少时，我听过许多遍一个关于客来主欢的故事。父亲讲过，母亲也讲过，内容都大同小异。说的是很久以前，快过年了，贫困交加的一户人家借住在富人家的牛屋里，过了午夜，外面断断续续传来鞭炮声，他们的肚子被饿得咕咕声。几个孩子蜷缩在铺着一层麦草的冷被窝里，一个个睡不着，都在盼望着新年能吃上一顿热气腾腾喷香的饺子。这时，一位老翁背着褡裢来了，说是他们的远亲，边说边从袋子里依次掏出饺子、银钱、新衣、柿饼子和鞭炮等物，然后飘然而去。于是这家人有幸过了一个快乐年，也引来主家惊奇艳羡的眼神。

当然，客人并非全为友情而来。四十多年前，姑父曾经深夜敲响了我家的院门，进家即大放悲声。原来，他与村人结伴到外地卖葱，他卖得最快，几天后独自返程。走了一天多才踏上家乡的公路，这时遇到一个自称同乡的汉子，一瘸一拐的，说脚崴了想搭个便车。姑父毫不犹豫地同意了。二人自来熟，一路说笑着走到了官湖镇，只要再走上四五个小时就到家了。那人看到不远处街上有烧饼摊，便说自己很饿，让姑父去那烤两张煎饼给他吃。待姑父再回到原地，那人和车均不见了。姑父四处寻找呼喊，始终未见踪影，这才意识到被骗，自己不仅失去了钞票、板车、铺盖，还有心中的那份信任。三十多岁的他忍不住号啕大哭。次日，根据姑父的回忆，家人陪他去一些村庄找寻，但终究没有找到。

北风呼啸、大雪纷飞的寒夜，人们大都蛰居家中，能够顶风冒雪前来拜访的客人，一定与主人十分亲善。20 世纪 90 年代初，我在苏鲁交界的一个名叫四户的小镇工作，老同学阿江深夜冒雪来看我。怕惊扰门卫的清梦，我翻墙而出，披衣接他，而后用煤球炉烹茶、煮酒，炖一锅加了盐豆、白菜、豆腐和粉丝的杂乎菜，将白天买的烧饼放在炉火上烤出香味，两人夜话到天明。

阿江家住学校附近，日子一度过得比较艰难，三间草房，没有锅屋，没有院墙，只好用树枝夹帐子。一天晚上，他请我去他家玩。说玩，其实主要是谈文学。闲谈话觉少，能饮一杯无？谈得投机，他想请我喝酒，酒是一瓶散酒，可是没有菜，于是我俩开动脑筋想办法，结果在床下发现一捧蒜头，在菜橱的一角有把粉丝。他们就煮一碗粉丝，撒上盐，然后剥几头蒜，开始喝起酒来。据说阿江至今仍好酒，其回家之路必经一座小桥。桥很简易，宽仅一米且没护栏。妻子担心他醉后掉入河中，只要他晚上没有准时回家，必到桥头等候。

若赶上现在的日子多好，恰逢月夜，而窗前正巧有一株盛开的蜡梅，我们傍着炉火，观一眼梅花，品一盏香茗，饮一壶美酒，多么悠闲惬意。这样的话，哪怕寒夜漫漫，内心里也会倍感温暖的。

作者简介：

沈庆保，男，生于 1969 年 11 月，中国散文学会会员，江苏省作家协会会员，现供职于邳州市教育局，有散文集《麦客》出版。

从瓦尔登湖到西塞山，寻找真实的自由

水　滴

　　不得不承认，当下的中国正悄悄显露出一种归隐山林、退居田园的潜流。很多时尚杂志、畅销书不时地推出这类逃离城市、散淡乡野的生活故事，让挣扎在滚滚红尘的城中人向往不已。

　　物质和消费的不断繁荣刺激着当下荷包渐鼓的国人，膨胀过后，人们也遗憾地意识到物质生活的浅薄和匮乏，开始怀念曾经的简朴生活，向往一种与自然更接近的生活状态。这很像曾经的梭罗和他的瓦尔登湖，逐渐在热闹的世俗中承载这些重估与期待。

　　或许，这是人类社会一条必然的，不断巡回往复的必由之路。

　　最早的中文译本《瓦尔登湖》是由徐迟翻译、上海晨光出版公司在1949年10月出版的《华尔腾》，当时并没有引起国人关注。那正是新中国刚刚成立的欢腾时刻，人们热情洋溢，一切百废待兴，有谁会想去隐居？显然这样一本书是不合时宜的，那个时候读过此书的人，必然寥寥无几。直到1982年，徐迟在初版基础上重新进行校译，由上海译文出版社重新出版，书名正式定为《瓦尔登湖》。这一校译本在此后十年左右的时间里，成为《瓦尔登湖》的中国唯一版本。

　　1989年3月26日，25岁的诗人海子在山海关卧轨自杀。当时，海子身边带了四本书，其中就有一本是梭罗的《瓦尔登湖》。《瓦尔登湖》由此被更多人注意和阅读。海子在生前写过不少关于梭罗的文字，他曾说："梭罗对自己生命和存在本身表示极大的珍惜和关注，这就是我诗歌的理想……"

　　时代的浪潮很快奔涌而来，进入90年代后，经济社会和物质生活纷至沓来，现代化节奏对人与自然关系的破坏，精神家园逐渐迷失，《瓦尔登湖》也渐渐越来越被追捧。在过多却常常失于浅薄的追捧中，《瓦尔登湖》仿佛形成了一种神话，于是争议出现了。《读书》杂志1996年5期发表了程映红的《瓦尔登湖的神话》，作者引用梭罗的一些生平资料来说明，梭罗在瓦尔登湖畔的两年真正生活，"离他所宣称的隐居和简朴差得很远。实际上，他几乎每天都要到康科德镇上转悠，每天都要回到其父母家并常常满'载'而归"，"《瓦尔登湖》中对隐居生活的赞美和对世俗社会的抨击也给人以故作姿态和过甚其词之感"。

人们开始失望，也开始质疑所谓的隐居。究其原因，或许是朴素生活与隐逸情怀在"神话"中被过度消费了。《瓦尔登湖》本不是一本易读的书，连译者徐迟都说："本书十分精深，不是一般的读物。在白昼的繁忙生活中，我有时读它还读不进去……"它连续多年的畅销和重复出版，本身并不正常。而且，不只梭罗与《瓦尔登湖》，近年来，朴素、极简、淡然甚至已经成了一种新的消费流行，一种被广泛复制的商品风格，在商业化的大潮中变成了它本身的反面。

这或许真是现如今国人的特色。

关于归隐，其实是中国人精神世界里一直以来的一种文化遗传。

在中国的历史长河中，对于功名权势，世俗利益的追逐和向往，或者说难以真正割舍的那种内心渴求，也许那些一直被我们推崇的大诗人们都无法真正释怀。而封建文化中有些所谓归隐的文人，有的是因为得不到，有的是因为得到太少，有的是因为要得到而以这种归隐的姿态来讨价还价，有的则一开始就是欲擒故纵，半推半就。

真正的隐者，在我有限的阅读感受里，或许只有那个消失在西塞山烟波里的张志和才算得上一个，甚至，同样消散在历史长河里的西塞山，也才算得上真正意义的隐者之地。

西塞山，是一座神秘而孤独的山。

一千多年前，它的桃花流水，斜风细雨，曾经携着一袭诗人的白袍飘然出尘而去。

翻遍故纸，张志和的诗现在能找到仅仅只有9首。这个才华横溢的诗人，当他还是一个十六岁的少年时，他应该也是天真而热情的。出众的文采和才学，使他得以明经擢第，以文字相侍君王，真可谓前程似锦。偶然的事件是他父亲的猝亡，使他意识到原来生命是如此的飘忽。学者们都认为是他父亲的死，促使了这个二十多岁的青年从此远离功名，隐逸凡世。我也相信这是一个诱因，遥想那个悲伤的夜晚，从千里之外的长安风尘仆仆地往家奔丧之路上，定有一种灵光般的东西在他的血液里升起。生为何物？命似无常？别再在嘈杂的集市里浪费短暂的年华，投身到无尽的自然中去，西塞山，划着我的舴艋舟，让我从此在你的烟雨中，抱月而眠。

于是，这个曾叫张志和的少年开始自号"烟波钓徒"，以荷叶为衣，以果蔬为食，以树木为棚，以日月为灯，垂钓明月间，泊舟烟波里，与西塞山朝夕相依相伴，相融相生。

西塞山前白鹭飞，

桃花流水鳜鱼肥，

青箬笠，

绿蓑衣，

斜风细雨不须归。

一阕流传，风流千古。

读完张志和的《西塞山》，我们再来读梭罗的《瓦尔登湖》，这种不同的感味相比于国画和油画带来的不同体验应该是有过之而无不及的。相对于张志和来说，梭罗在瓦尔登湖畔的两年隐居生活，更像一个文明社会的学者对简朴生命的实践和证明。而张志和，他不需要实践和证明，他的一切已脱离这个尘世的束缚，他甚至不需要这个世界，这个世界的喧哗和争夺，早已被他鄙弃，他的青箬笠下，绿蓑衣里，舴艋舟上，西塞山中，早已自成一个超凡脱俗的世界。

这是一个真正获得了大自由的人。

红尘中的我们，无论是身处庙堂或江湖，旷野或集市，大时代下，我们未必找得到一个一转身就一劳永逸的世界。风搅长江浪搅风，鱼龙混杂一川中。普通人要为生计奔波，要为稻粱谋划，活着活着也感慨日子过得太忙太乱甚至太小了，于是读一读瓦尔登湖，读一读西塞山，还可以读一读桃花源。

在身不由己的生活里，阅读能给世人带来大隐于市的安宁和自由。书里那些宽袍明眸的智者，他们各自不同，却也殊途同归，他们的身影从来不曾真正远去。

或许此刻孤舟小，去无涯。但每每捧书在手，这小小一卷书香，足以成为我们手心里秉着的那支烛火，带着我们的灵魂，穿过污浊和虚伪的横流，去自由地远游吧。

从瓦尔登湖到西塞山，这或许才是我们所需要的真正的简单，也是真正的自由。

作者简介：

许静，笔名水滴，江苏省作家协会会员，中国散文学会会员，中国电力作家协会会员。在《青年文学》《青春》《中国副刊》等报刊发表散文、诗歌、小说。有作品被《青年文摘》《中国副刊》等选载。多篇散文连续被选编入《江苏散文》年度丛书。

魂牵梦萦拉魂腔

宋庆阳

　　闲暇时听一听柳琴戏《喝面叶》的唱段，是我个人比较享受的事情之一。当初在网上，搜索了好久，才找到姚秀云和王平均的唱段，纯正的睢宁地方风味，百听不厌，特别过瘾。姚秀云是古邳镇人，绰号"小响门"，唱腔很有特色。

　　一天恰好和一苏南的朋友网聊。当时我正听着《喝面叶》，被姚秀云亮丽高亢的乡音勾得魂魄都不知道跑哪里去了，就献宝似的向网友推荐，不料人家一句"真难听"，就把我拉回了现实。朋友可能不知道，我可是听着柳琴戏长大的。当年小姑未嫁时，带着哥哥和我三人住在新房子里，几乎每晚，小姑都要唱上一段柳琴给我们听，或者说根本就无视我们兄弟俩的存在，她一人肩挑生旦净末，帝王将相才子佳人都客串了一个遍，自说自唱，自得其乐。

　　当时，乡里还有个柳琴剧团，隔三岔五地还要演上一场。我第一次在大礼堂里欣赏柳琴，剧目就是《孟姜女哭长城》，当时的主演是胡兰秀，是哥带着我看的。大礼堂里面人山人海的，到处都是人头，我和哥哥只能站在窗户上才能瞧得见舞台。哥大我几岁，已经读了小学，学了点历史，算是一个"小知识分子"。他一边听戏，一边给我介绍秦始皇、万喜良、孟姜女、万里长城什么的。可我当时完全搞不清戏曲与现实生活的区别，老是把戏里的事情当成家长里短来问，指着戏台上的演员杂七杂八地问哥一些乱七八糟的问题，把哥气得没有办法。他看我如此不可教也，干脆不再睬我，结果就是以后一人独自看戏，再不带着我。

但是当时这一出戏给我留下了深刻的印象，尤其是孟姜女送寒衣要过关口的唱段。鼻子涂着白粉的城门口老差役向她索取好处费，勒索不成，就要她唱几支小曲。孟姜女没有办法，只好唱"正月里来正月中……"，这只曲子要从正月一直唱到腊月之后才结束，曲调悱恻，绕肠三匝。演孟姜女的胡兰秀是剧团的头牌，哭腔委曲萦回，余音绕梁，简直像有只小手在掏你的眼窝子，直到把你的眼泪揉出来才算完事。当时我对那个差役非常恼火，恨不能跑上台去踹他几脚。

如果说柳琴戏是学名的话，拉魂腔就是她的小名儿，这名字叫起来更加亲切。鄙乡诗人大卫曾经说过，拉魂腔是睢宁人的接头暗号。说起这个得名，还有段小故事呢。

有个嫁到邻村的小媳妇，已经生了孩子。有天她听到娘家晚上要唱大戏，伺候完一家老小的晚饭，猪上槽鸡入圈后，天已经黑透了。顾不上刷锅洗碗，小媳妇心急火燎地抱了孩子就往娘家赶，抄近路经过一片冬瓜地时，因为走得匆忙，不小心又摔了一跤，孩子也脱了手。她摸到孩子后，抱起来就急火火地赶到戏台边。戏一入耳，就魂飞天外，不知身在何时何地了。等到曲终人散想起要奶孩子的时候，这才发现怀里抱着的居然是一个大冬瓜。这下子可把小媳妇吓得五魂丢了三魄，她丢了冬瓜立即往回赶，冲到瓜地四处乱摸也没找到孩子，最后在瓜地找到的竟然是一只枕头。等回到家一看，才发现孩子还好好地睡在床上呢。这件事后来不知道怎么传了出去，人家一面笑这小媳妇粗心，一面也慨叹戏曲的魅力真大。经过地方上的文化人一合计，干脆给这剧种起名就叫拉魂腔了。从此，拉魂腔的名字就不胫而走，名扬苏鲁豫皖。

拉魂腔演出的时候，场地因人而异，几个人，一把柳叶琴，随便找块地方，就能演出一台戏，特别喜闻乐见。记得小时候过年前后，经常有一男一女挨个门口讨饭。一把柳叶琴，两张嘴，就像搭上了戏台子，走到哪里演到哪儿。

后来，乡里有名气的角儿都参加了县柳琴剧团，吃上了公家饭，乡里的剧团也跟着解散了。但是剧团里的几名演员，因为一腔热爱，时不时还拉起几个人，逢年过节演上几场。可能是因为生存的压力，他们也去唱唱堂会，唱婚丧嫁娶什么的。因为人少，有时候一个人分别饰演几个角色，特别逗。有个演丑角的叫老权，插科打诨，见什么唱什么，非常有名气。他爸爸是地主，大小就迷拉魂腔，一家人都能登台演出。有次村里人包场演出，老权和儿媳妇配戏，因为入戏太深，他不顾身份，和儿媳荤素不分，也开起了玩笑，这件事被村里人津津乐道了许久。

作者简介：

　　宋庆阳，曾用笔名羊眼、方石等，江苏睢宁人，现居苏州。系江苏省作协会员，苏州市评协理事兼副秘书长，苏州市姑苏区作协副主席。曾在《人民文学》副刊、《中国国家地理》（港澳版）、《雨花》《太湖》《扬子晚报》等报刊发表散文，曾结集《野有柔桑》。

沟壑

苏 迅

一

秋雨把西陵峡江面砸出一层花白麻坑，江色就变得浅起来，暗流在浅白皮壳之下涌动并且对撞，不时生出许多蜿蜒流线型，像巨大的绿蟒在水上缠绕游走。漩涡打着转，此刻是银灰色，比江面显得要白。船头和船尾航行灯闪烁的轮船走过，它身后会又游弋出一条鲜活的巨蟒，在波纹细浪里翻滚，绿色鳞甲幽光烁烁……远处山头之间起了很浓很重的湿雾，灰黑铁塔跟电线都悬在灰白虚空当中了。草木的黄绿深翠不堪暮色轻轻一沉，顿时便失了颜色，只在两岸留下些漫漶隐晦的黑白背影。江上的寒气升腾上来，虽无形无色、无声无息，但就像一道亮光，一刻也不停顿一刻也不拐弯，直接就钻进你的皮肉里你的骨节里去。那一声两声汽笛，也是打不碎这万千秋雨。坚硬的雨滴到底是打着了黑暗里什么，竟能弹跳出如此明白无误的声响来呢。西陵峡的暮秋雨夜，四顾茫茫。东望云梦，大泽锁雾；西指巫峡，不知何处。

每个清晨，西陵峡从一幅水墨山水画中苏醒过来，这画面在宣纸上层层晕染，开始时是极清极浅的倪云林、董其昌、龚半千，慢慢加重笔墨，幻化成厚重的赵望云、董寿平、李可染。有时候，墨色的转浓变厚只在顷刻之间瞬息完成……当一轮朝阳在东方乳白云翳间腾空而起，西陵峡裸露的崖壁开始发出光彩，像宿醒初醒的人脸上闪现血色，红光从草木的根部焕发出来，并为每一株树每一棵草描上一圈金边。此刻，天地间已经展开一幅浓墨重彩的青绿山水，空气中水汽氤氲，苍穹上阴晴未定，秋树斑斓，江流凝碧，只有贺天健、张大千、傅抱石才有手段能够创作得出这样的杰作。行家评价说，李可染可以画出山水间的光亮与质地，傅抱石可以画出天地间的声响与音节，但他们同样也是画不出迟桂花的芳香和人们无比惊讶的欢喜心。

秋天里，脚板轻快击打地面，可以传出去很远，对岸黄雀和鹳鸰们的欢歌如在眼前。江流急切，这样活的水是没有气味的，包括活水本应有的特殊土腥味。又因为它的深厚，这种透亮就可以被唤作碧绿，而你也当明白，层层叠加的透明是会构成深沉。对面崖顶上撒下来一网夕晖，在水面布下万道迷障，一艘又一艘轮船冲出那片错金缀银晖光的瞬间，绰绰黑影顿然恢复成它们本真的色彩，像闪闪发光的肥鱼，冲破丝网又努力扭身一挺，纷纷欢快地滑进湍流里去了。

山巅是君王的角度，俯视青似衣带的西陵峡。朝夕晦明之间，山河未改，天地无恙，满江的碧水匆匆地流，所不同者或许永远只是表象。就如同变换了诸多谜面的一个隐喻，猜了万千答案也终属徒劳，谜底可不还是它？每一个自由的人，他们都是自己的君王。而在遥远的宇宙深处，是否也有一双深情的眼睛在向这边眺望：这枚小小的星球，时而在阳光照耀下闪烁浅深蓝色，时而又被遮蔽进缥缈的雾气和流动着的星云……

二

如果高度恰到好处，可以看见大地布满了沟壑。那裸露于地表，被称为地球脸上"刀疤"的东非大裂谷，自然界七大奇观之一的科罗拉多大峡谷，环绕喜马拉雅山脉的卡利甘达基大峡谷，紧贴着南迦巴瓦峰群山的雅鲁藏布大峡谷，到必须透过深邃海水的覆盖方能观察到的马里亚纳海沟，这条曲折爬行于亚洲大陆跟澳大利亚之间的深壑，全长 2550 千米，在最深处的斐查兹海渊，也是地球的最深点居然达到 11034 米。如果把世界最高的珠穆朗玛峰放到沟底，峰顶将不能露出水面。科学家研究认为，这个深度的水温高达 450 摄氏度，但是水却不会沸腾。人们发现，有大山的地方便有深沟，有的大山隆起，与之相应的沟壑却远在大陆板块的边缘，深沟与大山只能遥遥相望。有的沟壑则跟大山紧密依傍，譬如这长江三峡之一的西陵峡，贴身穿过巫山山脉，一滴水银可以从峰顶以弧线滑落水漫的谷底。沟壑是高耸巍峨的伴生物，如同负数跟正数，光点与影子，由低微而相形高贵。西陵峡里的万重山和苍穹上方的狭长光芒，只有仰起头才能望见。

沟壑有时是自然的杰作，有时却是人类的拙劣遗患。我们的这个星球面临前所未有的挑战，水资源日益紧缺，无数江河纷纷断流，裸露出沟壑的本来面目。土地无时无刻不在发生着干涸与龟裂，河床里或平原上新生出来无数细小的裂纹，像一条条蜈蚣，伸展开百足四下攀爬，并朝着纵深的方向切入。它们是缩小的沟壑。这种状况经常不可逆转，长期的干旱会继续恶化为沙尘暴、沙漠化等地质灾害，这是人类必须共同面对的现实，日趋严峻的生存困境。纵横遍布于全球的沟壑，像无数大小仰天饮泣的嘴巴，张开皲裂的双唇来里面空空荡荡，它们是在无声诉说难以替代的痛楚与不断加剧的愤懑。人类顽劣如童，闯下祸事多端，却被宠溺已久，他们习惯于选择视若无睹。很多具象的沟壑并不见得摆在自己眼前，又或者似乎跟自己的切身利益并不攸关，有的顽童因此内心暗自庆幸，至多是带着旁观者心态，发几句无关痛痒的感慨而已。

在高倍放大镜下，焦距一阵微调，人类皮肤的局部表象被夸张地放大，它透过镜片逼视你的瞳孔。陌生的景况令人窘迫：在苍白蜡黄的肤色中，沟壑跟许多干旱的地表十分近似，蓦然跳出来的褐色斑块或朱红血管痣，更是显得突兀丑陋，让人有足够理由去审视且怀疑，这里是否存在着某种不祥的悬疑？沟壑下清晰可见的细微血管，充满血液忽隐忽现，毫无章法可言，人类的皮肤居然是如此凌乱不堪与莫名其妙——很多人竟从未发现过这一事实。人类的认知，存在一种奇特的悖论现象：人们既遵循事不关己高高挂起的准则，却同时忽略跟自己最为切身的事物。如人们对于大地的认知，并未因为依存而生情，力图将它探究得细致入微。又如同对于我们自身，有时反而因为亲近而忽视，将它的一切视为理所当然以致漠不关心。这种心态导致他们潜意识里产生出一种错觉，似乎总是乐意混淆发现与发明的界限，总愿意去责难现代科技平白多事——如果不是它们的出现，人类完全有权利无视自己体表沟壑纵横、老气横秋的事实。

豪华商厦外墙上的巨幅灯箱广告，行头精致讲究被放大了几十倍的人像，与之相匹配的是他们（她们）满身的钻戒、珠宝、名表等标价昂贵的奢侈品

——也同样被放大了几十倍，在灯箱的前面光彩焕发。他们（她们）皮肤的肌理却普遍匀称而且细腻，泛出一种商业文明特有的光泽或者说不真实感。他们高度自然地显露着职业化笑容的脸、姿势纯熟而装扮到位的手腿等处的肌肤，如果不进行后期电脑技术处理，怕也是要把马路对过的行人吓坏的吧。这种极尽修饰之能事、刻意弱化甚至掩盖沟壑本质的场景，体现出现代商业文明的本质：它努力抵制自然，并时刻诱惑着我们，必须不惜一切代价试图以百种千般的不真实来替代另外一种不真实，又纯粹以这种虚妄心构结出貌似完全符合客观真实性的存在。如同一个撒了谎的孩子，就必须以十倍于它的谎言去做掩饰。不同的是，我们的商业文明一旦跟现代科技媾和，一切都会显得如此振振有词、真理在握。现代科技还有什么做不到的呢，何况这区区图片修饰微末的小技？

体表的沟壑借助诸如放大镜之类科学装备，有望清晰无误地观察捕捉，而人心里的沟壑，到底怎样才能够真正探究得到呢？现代科技解剖后发现，极度悲伤或者恐惧下猝死的人，居然真的有心肌碎裂现象存在。文学中所谓"伤心而死"其实是客观存在的现象，那么程度略轻微一点，所谓"心痛欲裂"自然也应该属实可信。那颗貌似脆弱的小小心脏，一生需要经历几多打击与创伤，它还得不断修修补补继续负重前行，直到哪一天裂纹蔓延阗然而碎，又或者迁延日久至心肌衰竭而脉息渐止。不用说萍水相逢的陌路人，就是一生也不曾离弃的伴侣，天天睡在你枕畔的人，一个睡去了，另一个可还醒着？各自心里到底有多少裂痕乃至沟壑，获得暂时的修补又者补无可补，到底又有谁真正弄清楚了呢。从传统社会走来的人，忍耐力要比现代人强一些，他们的心多半会像一只哥窑瓷器那样，纵然满身纹路却努力保持着器形的完整。而现代人呢，可经得起窄窄的一条沟壑，乃至浅浅的一道罅裂？不是说吗，他们的心是玻璃做的。

三

西陵峡口北峰峭壁上有著名的三游洞。据说唐朝元和年间白居易、白行简、元稹三人同游洞中，各自赋诗一首，并由白居易撰写《三游洞序》刻于洞壁之上，因而得名"三游洞"。宋朝时候苏洵、苏轼、苏辙渡峡出川途经此地，三苏父子又同游访古，由此三游洞文名更盛，后代文人在石壁上题刻众多。

清朝时有人在洞外崖壁刻上了大大的"隔凡"二字，太平世界的文人雅士登临此地自然可以暂息尘虑，与世相忘。可是战乱年月甚至国家民族危亡之际，哪里还谈得上与凡尘隔绝呢！你看吧，近现代以来的仁人志士在显要之处反复镌刻上的"万方多难""不共戴天"这些大字，个个剑拔弩张，赫赫夺目，甚至掩盖了文采风流、轻歌曼妙的旧时题咏。如果你被那一股忠贞爱国的情怀所鼓舞，被那一腔民族自尊的心声所感动，你就不得不停下迟滞疲惫的旅足，在夕阳残照里仔细辨识那些已经依稀的小字跋识，当可以知道这些抗战誓词均刊刻于炮火轰天的1939年。其时日寇攻陷武汉，一路尾追国民政府而来，他们幻想通过暴风骤雨般的军事进攻迫使中国人屈服，丢掉抵抗的意志，直至向侵略者屈膝投降。日机对宜昌疯狂轰炸，以致地方政府也不得不搬迁进三游洞中办公。不久中日军队发动枣宜会战，这是武汉会战之后的一次大战，日军出动兵力30万，随后宜昌不幸沦陷。

日寇意图进军重庆，宜昌西陵峡是必由门户，也是中国军队凭险据守的天堑，中国人已经退无可退，从此这里成为中日军队反复拉锯战的鏖兵阵地。直到1945年抗战胜利，宜昌城已然被打得满目疮痍残破不堪。这些石刻，时刻提醒后人，在那场民族生死存亡的争斗中，此地曾经发生过何等惨烈的蹂躏与抵抗。在一方崖壁的高处，你永远不能忽视那行类似《天问》的小字："是谁杀了我们同胞的父母和兄弟？"字不大，却深深镌刻进石骨，外人是无法将它彻底凿平的。落款为"民国二十八年四月冯玉祥"。这与山石融为一体的吼叫，是中国人在民族和国家命悬一线时刻不屈精神的写照，它就在那里，不管酷暑寒冬，哪怕和平岁月，含着泪向后人诉说我们的这个民族、这个国家、我们的祖辈父辈所遭的罪所受的难，宣誓着中国人以命抗争的最后呐喊。但愿时光的流逝不至于纵容后人，淡忘我们曾经经历过的那些苦难。

在古代，长江三峡是出入巴蜀，东去潇湘、南下吴越的最主要通道。不仅屈原、白居易、白行简、元稹和三苏父子留下游踪，就是李白、杜甫、欧阳修、黄庭坚这些大诗人也久久在此盘桓。陆游于乾道六年（1170）从家乡绍兴启程，用五个多月时间方抵达川中赴任，他的日志《入蜀记》详细记载了途经峡州（宜昌）西陵峡的情状。七年之后，范成大从成都卸任回苏州，也差不多行船小半年才到家，留下一部日记名叫《吴船录》，曾记述路过峡州游览风景的观感。中国文学史上的伟大诗人，有多少诗篇在巴山蜀水得以成就，又有多少诗人是入川而成、出川而名。可真要仔细推究起来，这里面又该有多少诗和诗人，竟是得益于这条长江的一路陶冶与护持啊！

如果认真阅读历代以来的史书，可以发现，人们对于大江大河的态度与论断是因时而异的。但凡战乱年代，这些巨大的鸿沟就成为人类抵御对手和异族入侵的屏障，史册上多少次争夺河套、划江而治，都是希望这些易守难攻的优势为我所用。而社会一旦步入大一统的太平盛世，这些拥有巨大运输能力和灌溉资源的沟壑则成了沟通不同地域之间的载体，成为经济和文化起搏的动脉。可见任何事物都不可能一成不变，条件变了时机变了形势变了，有时候便会发生利害异位的翻覆。这就类似于对文化的认知，人们都知道文化的强盛能够促进社会内部的认同与整合，但是往往忽略，但凡一种文化的强势而起，也必然增加不同文化类型之间的隔阂乃至冲突。内外兼修、趋利避害、两全其美，实则很难兼顾。

如果足够关注现实乃至科技的发展，我们会发现，哪怕古代视为畏途的鸿沟或者赖以交流的通道，在今天其意义已然日趋菲薄，人类已经可以轻便地跨越这些大自然开辟出来的空前巨制。端起一杯速溶咖啡，透过云端悠闲遥望下面这些小小沟壑，现代社会里短短三四个小时就抵消了古代五六个月的行程。人类自身的演变进程严重滞后于现代科技的发展速度，时时令人产生被机器控制的恐惧与恍惚。而高效率与高速度，又不可改变地增长了人的傲慢与功利，人们的情感变得日益潦草粗率，目空一切。人与自然的关系发生了质变，人类的情感可真的能够承受得起科技变化之速？现在我们已经习惯了从上面对大地进行俯视，这种感觉使人对于自然的敬畏锐减，我们甚至起了怠慢大地和沟壑的心。这恐怕也是必然的事，现代商业和高科技利诱在前，人类的局限性正在被无节制地释放出来并不断茁壮蔓延，生出这份轻蔑之意，是迟早的事。从上面俯视大地的视角，不是诗人的角度，反正，我们是再也不可能写出古人那样的诗歌来了。

可是蛮横的现代人说，我们还要那些毫无实用价值的诗歌做什么！

四

智者一再嗟叹人生如白驹过隙，艳羡眼前的不废江河万古流，人类习惯面对亘古流淌的江河感伤自身的局促。外饰卑微的弦外之音却是，感恨生命的不敷使用。可是，人类自己忘却了，人的生命再如何短暂，哪怕昙花一现，也有平均几十年的光景。实际上我们的欲壑难填，造成了自身的昏聩与短视，以致看不明白江河的内质。江河一再从源头出发，如此反复无穷，无时无刻不在自新过程当中，又无时无刻不在重复，如同弗弗西斯永无休止地推动石球。苟日新、日日新、又日新，却同时获得永生——以绝对的无我获取了相对的永恒。人们何曾踏进过同一条河流？

作者简介：

苏迅，男，《太湖》文学杂志社社长。中国作家协会会员，中国文艺评论家协会会员。1996 年至今，在全国多家报刊发表百余万字作品，出版文学作品集两部，作品被《小说月报》《海外文摘》《读者》《人民日报·海外版》等转载。

运河水的味道

孙洪然

运河，于我是熟悉而陌生的。熟悉是它的名字和历史，陌生是它的长相和品行。没想到的是，第一次与运河的亲密接触，是在扬州；第一次知道运河水的味道，是在扬州。人们都知道：水，化学式 H_2O，是由氢、氧两种元素组成的无机物，在常温常压下，无色无味透明液体，被称为人类生命的源泉。

那运河的水，到底是什么味道？

源头：绿与净

庚子年冬月的冬至日，江苏文学院第 3 期学员一行说说笑笑走近扬州市江都水利枢纽工程。

这里是著名的南水北调的源头。

江都水利枢纽工程建在广袤的苏中平原上，这里河网密布，稻菽千重，素有鱼米之乡美称。

这里也是一座生态公园。走近，首先看到的是源头纪念碑，绿莹莹的"源头"两个大字，镌刻在一块巨大的黄澄澄的石头上，醒目、亮眼、舒心。步入其中，道路两旁松柏高大茂密，还有棕榈等南方佳木，一片郁葱。虽是冬月，依旧草木葱茏，生机盎然，空气清新，一片好生态，亦如八月里的南国。静听细嗅，鸟语花香。远望近瞧，亭榭楼台，飞檐翘角，若世外桃源。这里还园中有园呢。明珠阁、江石溪碑亭等景致点缀其间，俨然一幅人与自然和谐的美丽画卷。

走进 4 号泵站，登高远望，四面环水，站闸相连，气势磅礴，犹如水中巨龙；水波上面，点点白色，鸥鸟展翅飞翔。

这里是京杭大运河、新通扬运河和淮河入江水道交汇处，既是江苏江水北调工程的龙头，也是国家南水北调的源头，它把长江下游的水通过泵站提升，沿京杭大运河逐级翻水北送。

历史上，这里曾是旱涝不保地带，老百姓缺衣少食，日子过得艰难忧虑。新中国成立后，毛泽东主席发出"一定要把淮河修好"号召。1961 年 12 月江都水利枢纽工程开挖第一锹土，到 1977 年 3 月，历时 16 年，建成 4 座大型电力抽水站，12 座大中型水闸，33 台机组，每秒钟可提引江水 473 吨。2013 年 5 月，南水北调东线一期工程江苏段全部通水。

已建成的南水北调东线，南引长江洁净之水，沿京杭大运河把平行的河道以及起调蓄作用的洪泽湖、骆马湖、南四湖、东平湖串成一条珠链，逐级提水北送，而后，再向东，沿胶东地区输水干线输送到烟台、威海。运河水啊！爬坡过坎越岗，一路逆行，"一江清水向北流"，行走一千余公里，经过 13 个梯级泵站提升，总扬程达 65 米。

从此，胶东半岛的土地不再干涸，人民也不必饮用海盐渍浸过的水，这来自远方纯净的白花花、清凌凌的水不再苦涩、不再咸碜，它掺和着长江水的香糯、洪泽湖水的甘甜、东平湖水的清凉，像一瓶琼浆玉液摆上胶东人的餐桌，引得胶东人一片欢笑。

在这里，运河的水不只是甜甜的，还是充满激情的。

邵伯船闸：古与兴

"邵伯船闸"四个字，是由蒋中正先生题写的，可见这船闸的不一般。

我把视线和心思都从远处那水波缥缈的邵伯湖，那河湖相连，田水相接，浩渺无际的旷野上收回来。看着眼前的船闸，几排高大葱郁的水杉树遮掩着船闸，闸内河道宽阔，水量丰沛，船只一艘接一艘停泊在水面上。

听介绍，邵伯船闸建在邵伯湖东南里运河西堤上，主要起调节湖泊水量作用，使湖泊达到调洪、灌溉之利，此船闸在全国排名第三，仅名列三峡大坝和葛洲坝之后。船闸是古老的，它有 1600 多年历史呢。为东晋著名政治家、军事家和诗人谢安镇守广陵时所建。谢安屯兵步邱时，见这里的地势西高东低，西部农田常受干旱，东部农田又易受涝，为克服水患，遂率民众在河水中筑起一道堤坝，即为埭。从此，旱可蓄，涝可排，田地里的庄稼有了保障。人们感恩他、怀念他，把他比之为西周德行高尚的召伯，将他所筑堤坝命名为"召伯埭"。而召与邵古时又相通，以后此处地名便演化为邵伯。

农田保住了，但过往的船只不方便了。为使过往船只能顺利过坝，又在这埭的两侧各建一道3米多高斜坡，涂上泥浆。每条过往船只过坝时，都要人推绳拉畜引，费尽九牛二虎之力。

那些船家人，骨瘦如柴的身上穿着薄衫破衣，挥汗如雨，用尽力气，方使得船只过闸。这运河里的水，是浸透了汗水和泪水的，是酸咸的。

唐代时，改埭为单斗门船闸，闸门用厚厚方木制成，闸门打开船便可通行，过闸的船省力了，可闸内闸外的水位相差7米之多。丰水期开闸时，不管大小船只都要沿着河道顺流而下，大船船大体沉，惯性大，不好把控方向，顺水直射出去，小船则如一片树叶，如旋进深渊。过闸时，船老大们提心吊胆、心惊胆战，一个不小心便会船毁人亡。此时，运河的水是苦涩的。

宋代时，改单斗门为双斗门船闸，民国年间又采用钢板桩、钢筋混凝土浇筑，闸门开启机械由英国进口，是中国最早的现代化船闸。蒋先生为之题名。

新中国成立后，在民国船闸的西边，建造了一座新式船闸，后被称为一号船闸，年通过船运量达2000万吨。后又新建二号船闸、三号船闸，使用微机控制系统，自动化管理。工作人员只需在机房里操控，看着每一条船进闸入位，船满放行，船只过闸时如履平地，无坎无波，千吨级船只可轻松通过。船老板们嘴里叼着烟，热情地和工作人员打着招呼，天南地北地聊着奇闻逸事，紫铜色的脸上绽放着甜甜的笑容。口渴时，弯下腰，掬一捧运河水送进口中，那水是香的、甜的、柔的。

南关坝：筑与掘

高邮，一座水岸小城。

西面，高高的运河大堤挡住高邮湖那烟波浩渺莽莽苍苍的湖水，紧挨着堤坝，县城就在湖水的脚下，湖面就在高邮人的额头。

高邮，亦为河网密布，土地肥沃，物产丰富的鱼米之乡。春秋为吴邗沟地，越并吴属越；战国，楚并越属楚。秦灭楚，筑高台，置邮亭，故名高邮，亦称秦邮。

在高邮第二天，阳光初升，运河从安静的睡梦中醒来，一捧散金碎银丢落到湖面时，寒风瑟瑟中我们去南关坝，去翻一页高邮人饱尝运河水酸甜苦辣的篇章。

南关坝，位于城南五里处的运河北岸，也称五里坝。坝顶建有正门三间，门两边书一副对联：固长堤任尔风狂雨暴，坚大坝保咱国泰民安。左右还各有房屋三间。坝体四周砌了仿古式围墙，形成一个院落。院内墙壁四周布置着归海五坝文化长廊，在讲解员的引导下，顺坡台走至坝底，得以见到石坝的原貌。坝顶一律用石板铺面，石板之间用铁锭连接，锭面上还清晰可见铸就的阳文"钦工"二字，石板缝隙间用石灰糯米汁灌缝，板与板之间平整严密，成流线型溢流面，坝下水岸边几排杉木桩打入水底，听说有七八米长呢。原来，石坝起着滚水泄洪之作用。平时上面封土蓄水，利于航行。雨季到来，河水暴涨时，为了保障大堤安全，开坝泄洪，让滔滔洪水向下游倾泻，名曰：泄洪归海。

明朝末年，由于淮河入海水道因黄河泥沙长期过境，淤塞，而洪泽湖又容纳不了全部淮水，遂循地势向南流去，防洪堤坝也随之不断加高，高邮湖逐渐形成悬湖。大运河作为漕运要道，为了保障漕运安全及洪泽湖西岸明祖陵不被水淹，明朝政府便在洪泽湖高家堰上设立仁、义、礼、智、信五处掘堤泄洪处，即归海五坝。清康熙年间，高邮便对应设立南关坝、五里中坝、柏家墩坝、车逻坝和昭关坝五处掘堤泄洪处。南关坝就是其中一处，汛期水位达到预期位置，便掘堤泄洪，把下游的城镇村庄、农舍田畴当成泄洪区。当滔滔洪水从坝上流过时，水深 8 尺有余，上下水头差 9 尺余，波涛高 2 丈余，河下游顷刻间田舍漂沉、一片汪洋，田间稻菽更是颗粒无收。

可以想象，地处洪水下游的高邮人民，在汛期只能是居无定所，饿殍遍野，饱受洪涝之灾。泄水归海，实为归田，给高邮及里下河地区人民带来深重苦难。1931 年夏秋之际，整个长江流域发生特大洪水，江淮并涨，运河河堤溃决，整个里下河平原汪洋一片，300 多万民众流离失所，77000 多人死亡，140 万人逃荒外流，淹没耕地 1330 万亩，倒塌房屋 213 万间。

在南关坝旧址的陈列馆，看到一尊雕像：决堤的洪水，咆哮着，翻滚着，似乎要把整个大地吞噬，一位年轻的母亲，用绳子把孩子捆在自己的身上，左手紧紧地把幼小的生命托在胸前，孩子的身子刚刚露出水面。右手用力地向上向前拨开打着漩涡的洪水，齐腰深的洪水打湿了她的头发和衣服，只见她大张着嘴巴，吐着口中的洪水，满眼的惊慌、恐惧和愤怒，拼命地在肆虐的洪水中挣扎、求生。也许，她想到不只是自己，还有幼小的孩子，他不该刚刚来到这世间就这样离开。运河的水，对于年轻的母亲，是苦的、涩的、酸的，掺着血和泪，也掺着无奈和愤恨，是吃人的水。

历史翻过沉重的一页。岁月沧桑，历史永恒。新中国的水利工程，彻底改变了运河水的性格，南关坝下的河水还在流淌，不舍昼夜，不时激荡起一串串涟漪。今天，运河的水早已变清变乖，它是那么清澈，那么温柔，那么安详，它带给高邮人的是甘甜和吉祥。

作者简介：

孙洪然，男，江苏泗洪人，中学高级教师。江苏省作家协会会员，泗洪县作家协会名誉主席，大湖文学研究会副主席，《汴河文学》杂志副主编。作品发表于《青年作家》《参花》《散文百家》《华夏散文》《中国散文家》《江苏经济报》《宿迁日报》《宿迁晚报》等报刊。出版文学作品集《往事·记忆》。

遇见平江路

孙骏毅

右边是街，左边是河。

街的右边是门面相挨的大大小小商铺，吃的、穿的、用的、看的、听的、住的、玩耍的，这里几乎都有。前店后院、楼下铺面楼上住家的老铺格局，也还保留着21世纪的痕迹。一入秋季，沿街的食铺里飘溢出浓浓的桂花糖粥或糖炒栗子的香味，隔开二三间门面都能闻到。

街的左边隔着一条不宽的河，河岸上挤着黑瓦灰墙的老宅，老宅人家的河埠头摆出一只竹凳，坐着悠悠然喝茶的苏州人。竹凳背后有一只小茶几，茶几上面搁了一只米灰色小收音机，正在重播长篇苏州评弹《杨乃武与小白菜》。

烟雨千年，沧海桑田，最百姓的生活就如平江河水一样悄然流淌，一天又一天，一年又一年，不紧不慢，不慌不忙，哪怕驳岸上的条石已经断裂，断裂处冒出几茎小草；哪怕沿河人家山墙上的墙灰已经剥落，挂出一幅幅光怪陆离的抽象画。

不变的依然是本地人的烟火气，不变的依然是慢节奏的生活方式。

中国大规模的城市化建设从唐末宋初开始，平江城因此得以快速扩展。那时的中国十万户以上的城市由唐代的15个猛增到46个，纵横交错的水系密集如蛛网，富庶安逸的城市生活使百姓消费意识日趋强烈，极大地刺激了商业、手工业、作坊加工业、博彩娱乐业等第三产业的繁荣发展。

平江郡守李寿朋于南宋绍定二年（1229），将古城城墙、河道、街巷、民居分布等绘制成图，嘱匠师吕挺、张允成、张允迪将其镌刻在砖碑上，谓之

《平江图》。图碑高 2.79 米、宽 1.38 米，为单线阴刻，上、下、左、右标出方位，图示桥梁 314 座，官署、军营、城墙、坊表、书院、楼台、亭馆、园林、寺庙等 610 处，形象而准确地反映了南宋平江城的基本概貌，显示出十分典型的水城特征。

《平江图》上所展示的道路和建筑布局既代表了我国古代城市的规划理念，也反映了江南水网城市规划的独特手法和成就，堪称是我国古代城市规划的标本性杰作。虽历经百载的沧桑烟雨，至今也没有太多的走样。街区依然保持了自唐宋以来水陆结合、河街平行的双棋盘街巷格局。

街区内的主街平江路南北长约 2 千米，南接干将路，北连拙政园，西邻临顿路，东依护城河，其街区面积约 116.5 万平方米，是迄今保存最为完整、规模最大的历史街区。横街窄巷错落有致，如传芳巷、菉葭巷、丁香巷、悬桥巷、大柳枝巷，巷名听着就有诗意，每一个诗意名字背后都可能有一个丰富多彩的诗意故事。街区内路网结构分为路、巷、弄三级，道路线型有曲有直、有宽有窄，形成曲直和收放对比的空间状态。

街区内的水系自西趋东或自北向南，纵横交叉在老街之间。它的变迁大致经历了三个阶段，即宋元时相对封闭的内河自流阶段、明代的内外河相连阶段、清代外河主导内流阶段。现在街区外围有河道 3 条，一横二直；内河有 6 条，南北向 2 条，东西向 4 条。说街区是漂在水上的老街，一点儿也不夸张。河道是一个城市生态综合体，其水质、流速、水中生物、局部气候、水面交通、驳岸河埠、沿河建筑，都对街区生态环境起着潜移默化的作用。

水多，桥就多。桥无水不秀，水无桥不丽。街区内尚余老桥 17 座，其中的唐家桥、众安桥、胡厢使桥，在南宋绘制的平江图上也能找到；还有建于清代的中家桥、通利桥、朱马交桥等。这些古桥从材质、结构、形态等方面可以区分。材质有木桥和石桥之分，结构有梁桥和拱桥之别，形态有叠梁拱桥和廊桥之异。"绿浪东西南北水，红栏三百九十桥。"涂上红漆的桥栏，是唐宋时桥梁的标志。平江图上标示有 359 座桥梁。每一座桥的背后都有一个生动的故事。

街区内留下几座石牌坊，如位于胡厢使巷沿河的陶高氏节孝坊，立于清咸丰年间；位于小柳枝巷的方氏贞节坊和平江路上的汪氏功德坊也都立于清代。明清两代是喜欢册立石牌坊来表彰民间的贞妇孝子，文字是光鲜的，石柱却是冰冷的。坊还在，人去了，石牌坊后面的老屋里留下的往往是节妇贞女们哭泣的眼神。每年春暖花开时节，石牌坊下的草丛里冒出新嫩的草芽，早归的泥燕飞来筑巢，"叽叽喳喳"的叫声是想叫醒那几块冰冷的石头？

街区内拥有世界文化遗产耦园1处、全国重点文物保护单位3处（耦园、全晋会馆、卫道观前潘宅）、省级文物保护单位2处（南显子巷惠荫园、纽家巷潘宅）、市级文物保护单位12处，涉及历史建筑16.7万平方米。还有不少名人旧居，也值得后来者去踏访，如南石子街上的潘祖荫故居、悬桥巷里的洪钧故居、顾颉刚故居、肖家巷里的艾步蟾故居、大新桥巷里的郭绍虞故居、胡厢使巷里的唐纳故居等。

民居、庭院、宅第、园林、商铺、会馆、寺观、街巷、河道、桥梁、城墙、古井、古树、牌坊，遍及街区，类型丰富，堪称古城的唯美缩影。黑瓦灰墙的老宅，石砌的河岸，苔色斑驳的古井，深刻着车辙印的条石路……曾经沧海难为水，除却巫山不是云。毕竟丢失了太多太多，剩下的都弥足珍贵。

元代是最容易被史学家误解的时代。其实街区发展最迅速的时候恰恰是在元代。蒙古铁骑突入江南水乡后，并没有像在草原上那样肆意奔突，而是聪明地采用了怀柔宽松政策，轻税薄赋，刺激经济的发展。生于元中叶，终于明初的浙江大儒叶子奇尽管对元朝统治中原多有不爽，但也不得不说："元朝自世祖混一之后，天下治平者六七十年，轻刑薄赋，兵革罕用，生者有养，死者有葬，行旅万里，宿泊如家，诚所谓盛也矣。"街区内的宅院因战火带来的毁损，甚至被铁骑冲散的集市，都在元代初期就得以修缮和恢复，甚至还扩建了比原建筑面积多上一半的房屋。市场经济由于元初实行大幅度减税而迅速发展，购销两旺，城市化的步子加快了。

街区由南宋至元初已经初步成形并形成核心城区规模，对于古城的整体发展有着举足轻重的作用。观察吴文化的底蕴和特征，不能不说到城市街区的形成因素。无论是傍河的百姓人家还是掩映在绿树青枝般支巷里的深宅大院，老百姓生活烟火气息始终是最诱人的。半堵老墙垂下宋代的藤葛蔓蔓，苔色斑驳的"口"字形天井飘过明代的竹箫弦音，吱呀作响的木结构楼梯回响清代的木屐声，枕河雕窗下泛着粼粼波光的河流则从元代流来，河岸上打开古色古香的民国花窗，泊着曲背弓腰的唐代石桥。杨柳岸，晓风残月，垂下长长的岁月吊绳，在当街的一口老井里吊起唐宋的水光波影；石埠头，雪飘舟轻，拴定沉沉的历史缆索，从船舱里卸下明清的记忆碎片。

平江街区不像其他街区"大拆大建"般的改造，而是把"保护"两字置于改造之前，突出了改造的宗旨、改造的目的，改造的规划、改造的方法，这是城市责任义不容辞的担当。旧城保护，不仅在于保护一栋房子还是一座石桥、一个牌坊、一口老井，更在于保护城市的内在精神、历史痕迹和文化底蕴。像苏州这样的古城，历史上都经历过不止一次的天灾人祸，但重新建起的城市依然是小桥流水枕河人家，依然让人感觉这就是"翠袖三千楼上下，黄金十万水西东"的苏州，而不是别的什么地方，这就是历史文化重生的特殊功能。

担纲苏州博物馆总设计的著名建筑学家贝聿铭远渡重洋归来，其睿智目光首先在平江路上停留过。满头白发的老人凝视着灰白墙上悬挂的老藤青枝，循着条石铺设的小巷缓缓走过，在石桥边停留久久不肯离去，甚至噙着泪光去触摸桥面上苔色斑驳的履痕。

素有"古城保护神"美誉的建筑学和城市规划专家阮仪三是苏州籍教授，数度回到老家钮家巷，就喜欢在儿时住过的傍河宅院门口走一走，拣拾过去的深深浅浅的记忆。蒙蒙细雨中，撑一顶墨色的小伞，在条石铺成的小巷大街上走走，是总能走出一点潮润的沧桑感来的。他好像不是在散步，而是在翻阅关于平江街区的一本厚重的线装书。

回望碧水桥影，探视古宅花窗，抚摸锈迹斑驳的青铜门环，沉思龙飞凤舞的碑刻遗迹，仿佛在数点缀连前世今生的百姓家谱；徜徉在散发出沉香味儿的亭榭回廊，驻足于刻满沧桑的屋檐山墙下，又仿佛与曾经的鼎盛与衰落、定居与转徙的宦商人家做一次倾心交谈。

老教授不仅仅是因为儿时记忆而对街区情有独钟，更是倾情于古城整体风貌和建筑肌理的护祐，这就有点像古董收藏家面对着一堆均窑、汝窑的瓷片会凝视良久，不忍离去。

街区处于古城区的核心位置，对它的保护改造毕竟让人牵挂很久了。

一个城市的建筑应各色各样，应包括有适当比例的老建筑。没有那些看似破旧的老建筑，城市很容易失去活力——面对那些曾经栖息着人类欢笑悲伤的老建筑，"征服"有时也会变成贬义词。所谓老建筑，指的不仅仅是博物馆之类的老建筑，也不是那些需要昂贵成本去修复的气宇轩昂的老建筑，更不是专指王府宫殿，而是很多普通的、貌不惊人的、普通人住过的老建筑，包括一些可能已经破旧的老建筑。按照"保持古城格局，展现传统风貌，美化环境景观，传承历史文化"的总体思路，相继实施了房屋修缮、河道清淤、码头修整、驳岸压顶、绿化补种、路面翻建、管线入地等基础性工程，完成房屋利用面积 2 万多平方米。特色客栈、青年旅舍、高档会所、艺术画廊、古琴会社、经典咖啡、评弹茶馆、苏绣名家相继在这里落户。

街区的保护性改造跨出了扎实的第一步，仅仅只是第一步，以后的路更长，步子还要走得更扎实，甚至街区保护改造的实践将成为古城区其他街坊改造的模板。

擦肩而过，回眸一笑，款款遇见平江路。

循着老街慢慢走去，走走看看想想。最美的遇见就在身边、眼前、心里，需要的是你的细心、耐心和恒心……

作者简介：

孙骏毅，苏州人，教师，姑苏区作协副主席。著有散文集《深宅蔷薇花》《黑白情调》、长篇报告文学《北极圈内的生死角逐》《古城火种》《犹有花枝俏——白丁香烈士传》《100 个贫困孩子的世纪心愿》《城市责任》等。

在瑞金遇见 "80 年代"

孙昕晨

出差江西赣州，行前功课自然是到网上请教一下百度。

像所有的远方一样，我对即将到来的"遇见"总是期待的——那片土地孕育了什么样的山川、人文，它承载过什么样的历史？当然，还要在脑海里搜一搜，那一带是否有与我相关的人与事？

梭巡着赣州地图，一个地名攫住了我的目光——瑞金。

瑞金？是的，火车由兴国入赣州境，再由赣州往东，经于都前行即抵瑞金。

仿佛大雷雨到来之前的风起云涌，我的记忆由于"瑞金"两个字，一下子回到了 20 世纪 80 年代的诗歌岁月。

翻箱倒柜，找到 20 多年前我与瑞金诗友们的通信，一页页抚平。往日走散的岁月慢慢聚拢过来。

那是 1989 年春天，如日中天的《诗歌报》用一个专版推介了我和另一位诗人的作品。在那个年轻人对诗歌如宗教般信仰的岁月，我收到全国各地数百位陌生读者的来信，五湖四海的诗歌情谊包围着我。

那是一个手写体的年代，像木心先生说的——"车，马，邮件都慢"，"大家诚诚恳恳，说一句，是一句"。我一封一封地回信，也不觉得累，贴上 8 分钱邮票，一封信就可以上路慢慢晃悠了。接到远方的信，也是件开心的事儿，拆封、阅读，还有那纸张窸窸窣窣声音，这个过程居然有点心跳的感觉。

在纷纷抵达的来信中，我注意到一位来自江西瑞金县（现为瑞金市）谢坊镇新民小学的年轻人，笔名三子。那一年他 18 岁，刚刚师范毕业。三子告诉我，他与好友龙天、圻子等建了一个诗社，还油印了诗报《黑房子》。"黑房子在四月的田野上诞生了，我们年轻的心跳动着……"读着这位乡村少年清澈得近乎天籁的信件，我深为感动。嘤其鸣矣，求其友声，同样来自乡村的我，有一种"似是故人来"的亲切。而那时候，我也年轻着，江西、瑞金这些遥远的地名，本身就带来一种诗意的想象与憧憬。

80年代的夜晚，是有星光的夜晚，我们单纯得只剩下诗歌。天各一方，埋头写诗、写信，相互邮寄油印的地下刊物，倾吐着青春期的烦恼与愤懑。记得，三子的上一封信刚刚读完，我的回信还没有寄出，他的下一封信已经抵达，每一封信都是密密麻麻几张纸，后面一定会附有他的新作。就像手艺人交流，没有活儿，还谈什么劳什子。

差不多五年多时间，我与三子、圻子等诗友的书信交流断断续续地进行着。随着岁月更迭、文学命运和个人际遇的变化，联系才日渐减少。但我能够看到的是他们作品的星光，被诗坛所瞩目，大家相逢于全国各地的诗歌报刊上。

里尔克曾有诗云："我们要成熟，这叫作居于幽暗而自己努力。"这样的诗句，仿佛是对那个年代诗人们的精准描述。各自天涯，我们总会在写作中重逢。

倏忽之间，20年过去。2009年冬日的一个夜晚，我在网上偶然看到一篇博文《背着故乡的月亮远行》，其中提到了我。文章的作者叫范剑鸣，是对三子诗集《松山下》（作家出版社）的专门评论。需要提及的是，这是中国作家协会经过严格选拔后，专门资助出版国内40岁以下实力作家的丛书之一。

"'我从来没有离开这里，但是今天／我却是在回来……'在三子故土之思中，所有诗句都可以视作对诗歌本身的忠诚誓言。如果说三子有两个故乡，一个是松山下，一个是诗歌。

"……三子从来没有离开过诗歌，在我熟悉的诗友中，这是少见的。从他身上，或许可以说明：做到与诗歌不离不弃，重要的不是生活环境，而是内心环境。2002年，他曾在信中对我说：'我写诗已愈十年，在我的意识中，诗歌已成为一种固执的操守，因了写作，我的生活变得充实，并增添了许多美丽。'我知道他写作的动力，不只是为了情感的抒发，更是为了艺术的挑战。

"记得 1991 年暑假,'为人师表'不久的我们,意外在少先队辅导员培训班相逢,晚饭后从老瑞金饭店散步向西门口,自然聊到诗歌,还记得他随口念出了江苏诗人孙昕晨写雪花的诗句。……巧的是,孙昕晨写给故乡的诗中也说:'我不曾归来/因为我从没有离开。'看来,诗人的乡愁之旅总是拥抱着同一个方向。"

夜深时分,读到这些穿越了时空的文字,心中难免激荡。我没想到,失去联系多年之后,我的诗歌兄弟们还都葆有初心。三子在暗夜里念出我的那一句诗,是茫茫岁月的回声吗?一瞬间,我感到了时间磨洗不了的亲切,想起自己多年前在随笔中写过的那句话:所谓写作,就是把自己灵魂的碎片扔出去,期待有人接住。

果然,那些从心里流出的诗句还在远方某个地方回响。我琢磨了博主的其他博文,猜出"范剑鸣"也是瑞金的一位诗人,于是在博客上留言,并很快取得了联系。后来通过剑鸣,了解到三子这些年走过了一条"励志之路",他已从江西省委政研室调到吉安市永丰县任县委副书记、县长。

此番赣州之行出发前,当我看见"瑞金"两个字,马上想到了三子与剑鸣。而且,由于火车抵达赣州是早晨,所以正好空出一天时间,于是决定去一趟瑞金。我把想法告诉剑鸣,他和诗友们非常高兴。出发前一天,我与三子通上了电话,他和我都很激动,回忆 26 年前通信时的许多细节,说到岁月经年的况味,我马上想到宋人蒋捷的词句,"江阔云低,断雁叫西风",那一种时间河流上升起的苍茫烟水。放下电话,意犹未尽,我们又发了一通微信。

因为时间紧,出发前,剑鸣叮嘱我,赣州下火车立即打车往汽车东站乘车往瑞金。没有想到的是,火车抵达终点站赣州后,有两位年轻人提醒我别下车,这趟列车换块牌子 20 分钟后就开往瑞金,你就坐车上等补票。这份意外,让我有点激动,难道去瑞金的安排是某种天意?

我跟两位年轻人聊了一会儿,他们都是回瑞金九堡乡的家。带着顺利上车的这份小小感动,补票时,我特地抢着替两位年轻人买了票。需要理由吗?因为他们都是瑞金人,是三子、剑鸣他们的老乡啊。啊啊,也许人一开心就乐于做好事吧。

　　我和九堡乡的年轻人一路聊着，两个小时后，剑鸣开车在瑞金站接我，然后带上文友布衣、朵儿，一起奔向距离瑞金很近的古城长汀。

　　这源于我的一个提议。长汀——我多年的一个梦，因为新西兰作家路易·艾黎的那句话："中国有两个最美丽的小城，一个是湖南的凤凰，一个是福建的长汀。"凤凰我去了三次，长汀却无缘一见，何况它还是我的江苏老乡瞿秋白就义的地方。瞿先生，是我一直景仰的。

　　中午在长汀，与当地一拨文友会合小聚，虽不曾见过面，但说到八十年代的诗歌，报出姓名，大家都彼此熟悉。仿佛革命年代那句老话——凭着《国际歌》的旋律，就可以找到同志与朋友。

　　饭后，我们到瞿秋白文学院喝茶，然后漫步于古城。长汀位于赣闽交界处，由于没有被旅游开发，古老的城墙、城门还保留着灰头土脸的原色。"秀起汀水"——古老的汀江流过长汀，未经雕琢的老巷子满是沧桑的味道。

　　时近黄昏，我们来到长汀城西罗汉岭，瞻仰瞿秋白先生殉难处。瞿先生出生于常州，曾在无锡一所乡村小学任教。年轻时的瞿先生，颜值很高，有一段热力四射的青春。一位书生做了中共领导人，被捕后写下《多余的话》，他短暂的一生，丰富——丰富的情感与丰富的苦痛，壮烈——从容地慷慨赴死，令我辈唯有一声长叹：秋白茫茫！陪同我们的当地作家丘有滨、庐弓，对秋白被捕、就义这段历史资料披阅甚多，求证甚多，于是讲解起来丰富、缜密，并伴随着思考的力量，让我为之肃然。

　　薄暮时分，我们一行离开长汀回到瑞金，诗友圻子、柯桥、邓诗鸿等已经在等候我们，三子因为远在吉安，公务在身，不能莅临。

　　"一曲新词酒一杯。"席间的话题自然是诗歌，是我们一寸一寸经过的 80 年代。

　　我给圻子带来了一封 1993 年他给我的信，那时他还是泽覃明星小学的一名教师，在这封信里，他谈到与三子、龙天在诗歌上的交流与激励，其中一段话令我难忘——"在江西南部的乡下，生活愈是清苦，愈是贴近诗歌之原貌。我们也在做一小挣扎。"

　　我把这封信的复印件留给了圻子。如今在瑞金市公安局工作的他已经成家立业，诗歌也越写越见大气象，他赠予我刚刚出版的《江西九人诗选》，其中的作品似可呼应他 22 年前的那句话。

《请停一下》——

> 爱与忧愁，请停一下/雨打芭蕉/古桥上的那把伞/流水和琴声/也请停一下
>
> 请生产队的哨声停一下/在田间保留 70 年代的秩序/请父亲停一下：你走得太快/以致我忘记了你的模样/请母亲的青丝停一下/你从未年轻而我正跟随你老去/……
>
> 请停一下/那些刻在灵魂里的悲伤

年长的布衣对文学的虔诚让我尊敬。酒过三巡，他打开手机说："兄弟，我念一首短诗给你听听，你给个评价。"看着布衣一脸严肃的样子，我恍惚间真的回到了 20 世纪 80 年代那个为了诗歌彻夜不眠的痴狂岁月。

他念得认真，投入；我听得专注，用心。

《故乡》——

> 只剩下这把锁/我仍然管它叫故乡/瓦已碎，梁已腐，墙已塌/那只蟋蟀还是年少时的张狂/白杨树还是麻雀的家/只是燕子找不着乌黑的房梁/秋天的草垛随着母亲去了远方/只剩下艾草每年清明抚摸故乡的脸庞/只剩下这把锁/没有它，谁来帮我守住故乡

我沉默了一会儿，拿过手机又读了一遍，说了声："好诗，写出了乡村的疼痛。"这时，布衣狡黠地一笑，指着柯桥，"喏，这是他的诗啊。"

柯桥诗中这个"故乡"与"锁"的意象，让我想起当年在长江三峡旅游时，导游讲过的一个关于三峡移民的故事。说是巫山地区的老人们离开祖祖辈辈生活的家园时，一定要买一把新锁把家门锁上，他们知道这一别之后，三峡将蓄水，家园将淹没。不过，老人们有一个梦——这把锁还在，还会替他们守着家园，这把锁一定会等着他们回家。我把这个故事与大家分享了，也算对 20 世纪 80 年代诗歌背影的一次系念与互文。

在与诗友们交流中，我还知道了一件可以作为"80 年代诗歌备忘录"的诗歌逸事。在瑞金师范校园内有条无名小溪，溪水边有条小路，80 年代，校园诗

社的学子们经常在小路上散步、谈诗，人们亲切地称它为"诗歌小道"。如今，三子、圻子、龙天、范剑鸣、邓诗鸿等从这里走向了中国诗坛，邓诗鸿的一首《大江东去帖》还获得了迄今为止国内奖金最高的诗歌奖——中国诗歌学会主办的世界华文诗歌大赛大奖，奖金50万元。虽说奖金厚度不一定代表作品的高度，但一个学校孕育了这么多诗人，这条"诗歌小道"已经成为一个见证。

夜深了，露水滋润的夜空那么清凉，兄弟们相拥而别。柯桥送我回赣州，一路上，三子频频发来微信，因为圻子他们已经把聚会的现场直播给他。"开心，温暖，这是诗歌和真诚的力量。"三子说。

三子让我把赣州的行程给他，他坚持要从吉安赶过来与我一叙。由于我的行程是随着队伍每天跑一个县，穿行在大山之中，而且越走距离吉安越远，我也深知他公务繁忙，那些天高速公路又逢大修，于是再三跟他说后会有期，这次千万别过来。几番电话之后，三子才算罢休。

我行走在赣南的土地上，那几天心里满满都是诗歌的情谊。安远、龙南、崇义、上犹、大余，满目都是碧水青山，这样的生态呼应了我的80年代记忆——满含生机的岁月，国家与我等小民都在生长。当然，行走于山川的我，也想到了一个人的渺小与岁月之辽阔，想起了三子的那首诗：

如果是燃烧，请留下灰烬/请怀念那一刻幸存的余温/左边是叙述，右边是倾听/一支烛火点燃了桌上的台历/一阵风带走了一具简单的躯体/带走他的手和脚，愉悦和遗憾/怀里的一部诗书和十二个未竟的愿望/一切都在昭示着：生活终将到达/自己的终点，甚至灰烬也藏不住/一支烛火内部隐秘的痕迹

"80年代"，萧然过往，我们岁月的烛火是否也有它内部隐秘的痕迹？

作者简介：

孙昕晨，中国作家协会会员，高级编辑。著有诗集《雪地上的音乐》《男朋友——江苏青年诗人七家》（合著）、散文集《也亲切　也孤单》。作品散见于《人民文学》《诗刊》《南方周末》《中国作家》等。作品被《读者》《青年文摘》等报刊转载。

一起走着走着，就白了头

孙尤侠

从父母家里出来，地上一片银白。纷纷扬扬的雪花在霓虹灯下飞舞着，如夏夜的萤火虫。我赶紧戴上羽绒袄的帽子，把围巾围得紧一些。但是，调皮的雪花还是钻进我的刘海，时不时地亲吻着我的脸颊。

我喜欢雪，在我心里，落雪的日子，便是故事的开始。

三十年前，那个大雪的日子，在冰天雪地里，我俩把自己站成了美丽的童话，把彼此站成了一生的相守。

后来，我有了两个家。娘家，婆家。

后来，我们有了两个娃，女儿和儿子。

在两个家之间，是长长的泥泞乡村小路。我们带着一双儿女，来来回回，一起走过了难忘的岁月。

记得有一年，雪下得一尺多厚。大年初二，回娘家心切的我们，带着两个孩子，骑着我陪嫁的金狮牌26型自行车，踏上了回娘家的路。

说是骑车，其实是推车。车上推着大的，怀里抱着小的，我们在雪地上"滑"行。我抱着儿子，溜着路边没有人走过的深雪处，"咯吱咯吱"，深一脚、浅一脚，时不时地滑一下，跪倒在雪地里。手里紧紧抱着儿子，不顾膝盖疼痛，爬起来再走。车上座椅里的女儿，小脸冻得通红，雪野茫茫，不知道拿什么来安慰她。不到十里的路程，我们足足走了半天。到了娘家，孩子在怀里睡着了，我的腿脚麻木了，瘫坐在藤椅里。

要说来路辛苦，回去的路堪比登天。雪融化了，路面几乎成了沼泽。路上依然是推车，更艰难的是，每走几步，车子就要"罢工"。这时，手里必备一样工具——从树上折下来的一根树枝，随时把车轱辘与盖瓦之间的烂泥清理掉，否则，寸步难行。有时候，这条路走不通，就换另一条路走。往往是顺着河边或者干渠上的路，要好一些，因为化掉的雪水，一部分顺着地势流进河里，路面就干得快。但是，如果被手扶拖拉机先行而过，烂泥就更多了。那样的话，不是人骑车，而是车"骑"人。于是，爱人就一只胳膊抱着女儿，一个肩膀扛起自行车往前走。

这样的路，我们走过多少回，已经不记得了。那时并不觉得苦，就在这样"泥泞中挣扎般"的前行过程中，我们的孩子慢慢长大；无论遇到什么困难，我俩既合作又分工，有时还互换角色，相互鼓励。

曾经的泥泞乡路变成了砂姜路，又变成了后来的水泥路。载人的三轮车，可以从集镇通往村庄了。年关遇到下雪，我们就带着两个孩子，步行到附近集镇，然后租个三轮车回娘家。至于回来，有的是办法。有时，叔伯兄弟家有顺便三轮车，或者拖拉机到镇上，就会带上我们。拖拉机在乡村的田野上奔跑，晃晃悠悠的车厢里，我们能感受到寒风从耳边、鼻尖、头顶、发端嗖嗖飞过。但是，一家人拥坐在一起，一点儿不觉得冷。

孩子上初中了，我们住进了县城。回家的路虽然远一些，交通却便捷多了，因为城里打车方便。爱人是个节俭的人，他舍不得打车，带领我们从城里乘农村公交车到镇上，然后鼓励孩子从集镇跑步去外婆家。

孩子很配合，总是冲锋在前。落在后面的我慢慢发现，两个打着雪仗，蹦蹦跳跳的孩子，像路边的小树一样，一年一年长高了，长壮了；后面的我们，真的是跑不过他们了。

近二十年时光，这条路洒下了我们青春的汗水，见证了我们几多欢笑，几多艰辛；二十年，一头是父母的家，一头是我的家，无论坎坷，无论泥泞，一步一步，走得踏实，走得无悔。

两个孩子工作后，我们有了自己的汽车，再也不用为回娘家发愁了。但是，时隔不久，父母也住进了城里。我家和父母的家，只隔着一个小区和一个广场。每次去看望父母，我们尽量选择步行。

…………

一个红灯处，爱人拉住我，提醒我停下。我从回忆中醒来，他正对着我笑。我说："怎么啦?"他笑着说："你啥时候染了个白色刘海?"我愣了一下，接着扑哧一声笑了出来。看着满头银白的爱人，想拂去他头上的雪花，手却在半空中停下，鼻子不由得一酸，眼眶湿润了。昏黄的灯光里，他那头顶中间，光秃而发亮。雪，已经化成了晶莹的水珠。

爱人伸过手来，牵着我走过绿灯。那一刻，手放在他的手心，暖流涌至心头，顿时，整个世界变得温暖。迎着洋洋洒洒的雪花，脚步立刻轻盈起来。

突然想起最近网上流行的一句话："下雪的时候一定要约心爱的人出来走走，因为一不小心就一起白了头。"

这句话出自青年作家陈昂的现代诗《漫天飞雪的日子》。原诗内容是："漫天飞雪的日子，一定要约喜欢的人，出来走走，从村子的这头，走到那头，回家后，发现彼此，一不小心就手牵手，走到了白头。"

爱情如诗，诗如爱情。那么浪漫，那么美好!

"愿有岁月可回首，且以深情共白头"。两个相爱的人携手共度余生，情深不渝，直到白发苍苍，是世间最美的事情。"白头偕老"既是爱情宣言，又是美好祝愿。然而，真正读懂"执子之手，与子偕老"的深层含义，是需要用一辈子来践行的。

作者简介:

孙尤侠，中学高级教师，中国散文学会会员，江苏省作家协会会员，宿迁市散文学会秘书长。作品散见于《中国文化报》《北京文学》《扬子晚报》等报刊。作品曾荣获江苏省作协、宿迁市文联等各级奖项。著有散文集《布谷声声》。

大暑骄阳

万泓佑

　　大暑骄阳，花开簇簇。喧嚣罅隙里，草木葳蕤，繁花胜雪，兜兜转转，惜君如常。此刻文字里的清凉，早已包裹了外面的炭火焦灼。一如时光之美，从不曾荒废，走过的山水恰似宿醉，纵使相思还要孤寂，眼里的清泪就是幸福的点缀。袅袅升起，指畔云烟，见素，见美，如你，如念……

　　世间行走，左手烟火、右手人生，每个人的心里都有诗意和远方。在温暖薄凉的季节更迭里，此岸彼岸，无论你见或不见、念或不念、青丝白发、情深缘浅，该来的一定会来，要走的说散就散。

　　谁的青春不曾潦草，谁的年少不曾青涩难咽。还没来得及好好轻狂，回眸处，一簇青黛已染灰白。忽然，会有那么一刻，很是怀念那时的自己。那时的我们，常会流露出傻傻的，单纯的笑颜。不去计较，揣摩他人的言说。一心一意，只为做纯真的自己。那时的世间，除了蓝天就只剩下白云，除了良善便只有厌恶，却忘了这世间还有太多的黑白是纠缠混沌中的模糊。

　　正如生活并不若这海浪一般澎湃多情，心绪难平只是鲜活在他处的执念。任灵魂匍匐在一方瘦砚，他乡明月，万里河山。而心总是琐碎而舒展，更贴近于生命平庸的本质。可笑我们总是好高骛远，忽略细微之处的磅礴，桀骜巍巍之巅上的疾首。

　　其实，路，总是越走越远，世界在柔软中坚强，在坚强中柔软。愿我们的灵魂里都能长出岩石下植物的根须。风骨着自己的风骨，盛开或凋零，都是光阴里的饱满打赏。经历和教训会潜移默化地教会我们，不要管他人如何复杂，自己简单就好。保护自己的前提下，尽自己最大的善意，不为难别人，不勉强自己，让万千尘世，尽收眼底。感谢磨砺，让我们学会了坚强；感谢伤害，让我们懂得了珍爱；感谢自己，在人生修行苦旅中，又来到了下一个路口。佛曰："无论你遇见谁，他都是你生命里该出现的人，皆有因，都有使命，绝非偶然，他一定教会你一些什么。"所以，行走人世，心怀感恩，不论困厄顺遂，学会放下自己，懂得成全别人。时光匆匆，岁月绵长，心怀慈悲，无言亦暖！

相信，叶落飘零后的山瘦水寒，一定会在来日里的风煦艳阳中，次第花开、漫山遍野。纵然，日子平凡孤清，也能过得活色生香。只因，我们不忘初心未失自我，且优雅地前行老去……或许，下一程、下一站、下一秒，幸福就会来敲门………

作者简介：

万泓佑，男。江苏省作家协会会员、南京市作家协会会员。在《江苏散文》等发表过多篇散文，在江苏凤凰文艺出版社出版过散文集《淡容思斋》。

秋行黄埭

王才兴

深秋时节，和朋友去了苏州黄埭老街。抵达时已近中午，大把大把的金黄扑面而来，夏日的燠热和硬朗在秋风里温顺润和了许多，人顿觉神清气爽。

眼前的黄埭老街瘦长狭小，长三里，宽不足两米。漫步其间，如同钻进姑苏窄窄的巷子，嗅得到过往行人的呼吸。老街东西向，南、北两排，南面一排沿河而筑。房屋一律江南风格，黛瓦青砖粉墙。屋顶瓦楞间毛茸茸的瓦松静静站立，如忠诚的卫士默默守护着老屋。石灰墙壁泅痕缕缕，俨然一幅年代久远保存不善的古画。许多房屋年久失修，墙体倾斜，像跌倒的老人亟待搀扶。立于墙根，屋内仿佛传出哗啦啦的倾圮声。一半的店铺木门紧闭，冷清的街面，了无人气。桐油涂刷过的杉木门日晒雨淋，开裂的口子像耄耋老人漏齿的豁口。狂想着，要是遭遇阴晦的日子，你孑然置身于此，后背似芒刺顶着，担心深宅里会忽然蹦出幽灵，吓你个半死。

老街平屋低矮，阴暗潮湿。没有现代的生活设施，年轻的都搬住到公寓房里，坚守的是老者，还有操着外地口音的租赁户。正值中饭时分，三二人围在矮桌前，两三道菜，一大碗饭，细嚼慢咽，仿佛一口口把时光嚼着咽下，消化掉。行人过往，眼神只轻轻一瞟，立马收回，继续扒饭吃菜，不惊不乍，安详恬和。阶沿石上，大黑狗四脚趴地，仿佛随主人的性子，见了路人眼睛无力眨巴几下，鼻子翕动一番，又回到迷迷糊糊的瞌虫里。

黄埭和老家毗邻，曾有短暂的接触，记忆里似乎并不陌生。因春申君黄歇因水筑埭而得名，历史悠久。民间流传"先有黄埭镇，再有苏州城"的说法。黄埭一直是苏州西北部、无锡东地区的重要商埠，与木渎、浒关、甪直誉为苏州四大古镇，一度熙来攘往，商铺林立，繁华时竟有 300 多家店铺。

20世纪80年代，我在苏州求学。凛冽的冬日，骑自行车赶往苏州。和煦的日光下，冰冻融化，黏泥羁绊轮胎。吭哧吭哧，途过喧闹的老街，饥饿人乏，便在茶馆旁的一家面馆歇脚，喊上一碗热腾腾的阳春面暖胃充饥。现在，茶馆、面馆人去楼空，没了踪影。从街中央移步往东，两侧店铺简陋破旧，摆设潦草零乱。几家杂货店陈列着劣质的日用品，大都经营着日渐式微的老货，敲铅皮的，箍木桶的，做竹器的。踱进一家竹器店，逼仄的空间堆满竹镶架、扁担、粪桶夹、竹椅等竹器。和店主人搭讪攀谈，他姓周，今年66岁。听口音知道我们是无锡人，周师傅神情变得激动。说他的师父便是无锡玉祁人，姓蒋，早年在本地供销社做竹器。他13岁跟蒋师父学做竹器，从师7年，20岁起独立门户开竹器店，至今已有半个多世纪。扯起竹艺，他指着墙边排列的竹刀、篾刀、刨竹器、开竹器等，如数家珍，娓娓道来，扁圆黝黑的脸上透散出自豪、淡定和踌躇。心中憋着疑问：长路漫漫，周师傅是否有过要换个行当做做；曾否涌起要走出老街，到外面的世界看一看走一走的念头？生怕问得唐突，会触及内心深处，我忍住了，没问。我告诉他，家里祖辈也是以竹器为生，父母坚持做竹器一直到70岁。常听母亲唠叨，父亲不止一次肩挑竹匾，来黄埭集市叫卖。周师傅听后指指西边，告知当时的集市就在附近的老菜场，现在已迁到新街。

道别周师傅，径直造访老菜场。路边一家店铺传出收音机悠扬的评弹，琵琶声声，吴语侬侬，仿佛寒冬里捧上一锅热腾腾香喷喷的糯米粥，浓密黏稠得化都化不开。我放缓脚步谛听，徜徉在袅袅的旧时光，仿佛一跤跌了进去，出都出不来。

黄埭人对评弹有着特殊的情感和喜爱。早在清朝同治年间，黄埭就办起评弹书场。评弹一度成为当地人情趣和文化的时尚，高雅品质的追求。那一笑一颦，缠绻凄迷，已渗透到黄埭人身体的角角落落，仿佛是身上长出的某个器官，魂牵梦系。民国时，黄埭大街曾有徐园、畅园、万福园、三景园等九爿书场，流传着"说书跑码头，能过黄埭关，就算有本事了"，名气之响，可见一斑。

老菜场空空荡荡，几个水泥墩子寂寞枯坐，似纪念似遗址。依偎旮旯，摩挲着墙上青砖，我屏息凝神，浸润在昔日父亲的气息里。深夜二点，月光疏淡。父亲挑着竹匾，步履艰难，行走在窄窄的田埂，赶往黄埭。晨光微曦，父亲瘦弱的身躯现身菜场一隅，弓腰蹲地，喑哑的叫卖声，浸透着生计的沉重……

坐进一家简易的饭馆用餐。狭小的室内，放着几张方桌，桌上老式台扇哼嗒哼嗒转动，局促的台面更见拥挤。炉子架在门口，长木凳上摆置各式菜肴，任意选择。一盆花生、两个蔬菜、一个鱼头豆腐汤、两瓶啤酒，两人品酌起来。第一道菜，蘑菇炒茭白。盆底朝天，把汤也喝了，味道真鲜。端菜的阿婆见后，跑着碎步夸张地描绘给厨子，两个老头儿把菜汤都喝光了。朋友苦笑着，说平生第一次有人称他为老头儿。两人相视一笑，抒发着感喟：唉，时光无情，造化催人，不知不觉中，人已老了。鱼头豆腐汤端上，满满一砂锅，扑哧扑哧直冒气泡，热吃扑烫。鲢鱼头油镬煎后泛起的褶皱，一如老街的脸，苍老，伤痕累累。

步出饭馆，朝南踅到一顶水泥桥上。桥面坑坑洼洼，剥蚀受损严重，栏杆脱落，用竹竿绑着。伫立桥上，凝望两岸，沿河老屋倒影于水，河埠从户内梯子般伸入河中，一座座次第列成一排。河埠独对塘河端坐，幽阶青苔，犹如经历沧桑的老人喁喁细语，和身后的老街一起，似乎在见证着什么，又在诉说着什么。

河水潺潺，岁月悠悠。徘徊于小桥，依稀记得几十年前的情景。小时候去苏州伯父家，回无锡老家坐的是轮船。中午从苏州平门起锚，到达黄埭码头逼近傍晚。夕阳西下，透过船窗仰望天涯，红彤彤一片，彩霞漫天，色彩斑斓。此时幼小的心灵里承载着邈渺的宇宙，无数的憧憬在心潮翻涌……从桥上俯视水中，波光粼粼，我似乎隐约看到了自己鬓发斑白的影子。

披着老街的气息往回走，抖抖身子，试图将萦绕的古老气味驱走。周师傅淡定从容的神情、饭馆老妇人的话语、老街苍凉的影子，镜头似的在脑洞里缀成一片，渺远的天际倏忽飘来古人的声音，"人生寄一世，奄忽若飙尘"，心壁滋生出"生年不满百，常怀千岁忧"的淡淡愁绪。

作者简介：

王才兴，1963年3月出生于江苏无锡，1987年毕业于苏州大学中文系。江苏省作家协会会员。散文、小说、评论作品发表在《人民日报》《光明日报》《文学报》《安徽文学》《伊犁河》《太湖》《散文选刊》《海外文摘》等报刊。散文集《桑梓有灵》、文学评论等多次在省市级评奖中获奖。

菊花情

王大庆

　　老家院子里的菊花开了，一进院子就能嗅到那股幽幽的清香。五颜六色的花朵凌寒怒放，白的纯洁如雪，红的热情似火，黄的灿烂像金，粉的绚丽若霞……翠绿的枝干亭亭玉立随风摇曳，散发出一阵阵沁人心脾的幽香。

　　而那藏在记忆深处的菊花情，此时也随着菊花的阵阵幽雅清香抒发出来。

　　记忆中，这些菊花是外婆亲手栽下的。那一年，我才上小学。一天放学回来，突然看到院里的花坛上多了好多棵菊花，它们姿态飘逸，碧枝绿叶，有的似金发女郎，有的如大家闺秀，有的像农家小女……丝丝缕缕，五色呈祥，甚是好看。便问外婆这是什么品种的菊花，外婆笑着说这是天上的仙菊。我感觉很好奇：天上的仙菊怎么会长到我们家呢？母亲跑来做解释，说这里面有一个美丽的传说，很久很久以前，河南南阳有个叫甘谷的村庄，天上花仙子念这里的人向善，便撒播仙菊种子，使山上年年开满绚丽多彩的菊花。山泉从山上菊花丛中流过，花瓣便散落水中，水也就有了菊花的清香。村里人饮用这山泉水，个个都健康长寿。人们闻此"仙菊"能祛病防灾益寿延年，便纷纷移植他乡栽培。一时菊满天下，人人向善。

　　啊，想不到菊花里还蕴藏着这么一段美丽动人的故事。从此，我对菊花便多了一份深情多了一份呵护。

　　适时给它浇水，定期给它施肥，过密的枝条进行疏剪，发现病害及时防治。有一年冬天，天气特别寒冷，老人们说像这种零下十几度的天气在我们这个苏北小城百年难遇，人们每天早晨起来都要用木柴烧冻结的自来水管放水，不少人家室内的盆栽花卉都冻死了。我很是担心露天生长的菊花，便在它的根部增加培土，上面又覆盖了些稻草希望它能挺过这一劫。万物复苏的春天来临后，我每天都走到花坛边，看看心爱的菊花是不是冒出了新芽。

终于有一天，从地面枯萎的菊花根丛中，我发现了一点新绿。走近一看，是菊花的嫩芽。我为仙菊的劫后重生而欣喜若狂。这年，好多人家露天生长的菊花都没能挺到春天，可我家的菊花不但安全越过了罕见的寒冬，而且长势喜人，开花时姿色不减依然灿烂。

多年来，老家院中的菊花越长越旺，绰约多姿，郁郁葱葱；花开时节，远远看去，犹如一片片五彩祥云降落在花坛上，真让人如痴如醉，幽雅的清香一直飘逸到四邻，飘逸到远方……

记忆中，每当菊花盛开时节，我家大院里来赏菊的邻人、友人总是络绎不绝，感叹声、羡慕声接连不断，不少赏菊的人还要求剪一些枝干回去扦插，我有些舍不得，外婆总是慷慨应诺。她说，仙菊就是要在扎根于广大民众中，让大家都能受到花香的熏陶。

诚然，人们这么情有独钟菊花，是因为人们爱它的清秀神韵，更爱它凌霜盛开，西风不落的一身傲骨和无私奉献。菊花的美，淡而有味，雅而有致。菊花的品格，自然、质朴而又从容。它的神韵来源于她心底无私的坦荡和不畏艰苦的韧性，所以才有了出世的超然与入世的积极，所以才能在春光明媚百花争艳的时候不浮躁，在天气严寒众芳萎逝的时候不消沉，不择环境、不慕繁华、不计得失，在属于自己的季节里灿然怒放，释放一种真实的心情，装点出了一个多彩的世界。菊花一生无所求，它把自己全部奉献给了人类，其叶其花其根尽可食用入药，药食兼优，有良好的保健和治疗功效。

后来，我离开家乡到外地求学。菊花盛开时节，我总是收到外婆寄来的白菊花茶。外婆说，白菊花茶可以清热去火，对治疗眼睛疲劳、视力模糊也有很好的疗效。我在外念书，用眼多，每天喝三到四杯菊花茶，对恢复视力有一定作用。我热情地邀请宿友一起品尝菊花茶，泡好的菊花茶，我轻轻用嘴一抿，那菊花的香气立刻扑鼻而来，漂在水面的菊花，仿佛活了起来，眼前便浮现出老家院里的菊花，浮现出外婆那和蔼可亲的笑容。

再后来，外婆仙逝了。菊花也老了，可它的生命力极其顽强，在我们的精心护理下，知天命的年岁，却仍像小年轻一样生机勃勃，越发繁花似锦。

每天清晨，我起身到小院呼吸新鲜空气，只要不是在她的休眠期，她总是随着微风轻拂枝叶，问候我早安，向我传递生命之花生生不息的气息，使我刚刚苏醒的双眼立即恢复了明亮的色彩，肌体的细胞也平添了不少的活力。

每当我为烦恼所困，踱步到小院，凝望老菊花，她那骨骼清奇、风度娴雅的身姿，她那一身正气，洁身自好的品质，她那生命不息、奉献不已的情怀，总能使我的心胸豁然开朗……

人爱花，花爱人，你对花多一份呵护，花就会给你的生活带来更多的美好和诗意。

作者简介：

王大庆，笔名达卿，在全国及海外各大报刊发表散文、随笔、杂文、小说等 500 余万字，150 多次获全国征文大奖，作品入选数十种文集。现为江苏省作家协会会员、中国散文学会会员、北方方艺研究所创作员等，著有 135 万字《心灵的星空》系列文集等。

母亲的家法

王桂宏

  在村里，我母亲脾气的暴躁是出了名的。暴躁的脾气缘于当时艰难的生活环境。母亲生了我们兄弟妹妹四人，每个之间年龄相差也就是两到三岁。到我上小学二年级的时候，兄弟妹妹四人已经全部到这个世上报到了。

  父母做豆腐，闲时还种些自留地。做豆腐可是人生三大苦之一，要夜里鸡不叫就起床。因为二十斤黄豆要磨成豆浆，没有三个小时做不到。做豆腐是项十分繁杂的手工劳动。豆浆磨出来后，就要刹浆泡泡、汰浆，也就是浆渣分离。然后煮豆浆，点卤，再加工成方块豆腐、百页。这些程序全是手工操作，急也急不起来，慢也慢不得，须有耐心和毅力。通俗地讲就是除了费力气，还得耗时间。母亲和父亲密切配合，全力以赴，每天不忙到下午两三点钟，也收不了摊子。我们这四个，一个比一个调皮，一个比一个难调教，要做母亲的耐着性子来讲道理根本不现实。母亲有母亲的办法。她的办法就是家法伺候。说得通俗一点儿，就是动武。而且动武的程序也是很讲究的，对我们兄弟俩已经懂事的，先是一顿臭骂，再不听就动用家中日常用具武力威胁，直接让我们承受皮肉之苦。母亲常用的家法有三件：一是笤帚疙瘩，扫地用的，家中的扫帚也比较多，用起来顺手；二是藤拍子，晒被子掸灰用的，总是在桌头放着；三是擀面棒。母亲喜欢擀面条，青菜下面做起来方便，但拿擀面杖当武器用起来也方便。当然这三大件家法，母亲用起来是很有分寸的。母亲从不打我们的头，屁股是首选。而且高高地举起，有分寸地打下来。当然，那时我们年龄很小，根本不知道母亲的这些技巧，总以为母亲太厉害了。母亲那么辛苦，那么繁忙，父亲是一个什么时候都不会发脾气的温和性格。母亲不管谁管？现在长大了，回过头来想想，母亲管得对，母亲的家法也用得恰如其分。让我们记得住疼痛，也更明了事理。

我亲身经历家法，至今记忆犹新。记得刚上小学一年级，那是一个星期天的早上，隔壁邻居家小孩用蜘蛛网粘了个漂亮的小蜻蜓，正抓在手上玩。那时邻居之间院门敞开着，全是互通的。我就走过去，好奇地看着他手里的蜻蜓，我要借蜻蜓玩一会儿，他不借。我顺手伸过去，抓住蜻蜓，哪知他不撒手，蜻蜓撕开两截。邻居的小孩又哭又闹，不依不饶。母亲听到争吵声，从豆腐坊冲出来，连连安慰邻家小孩，连连骂我，边骂边操起墙角边的笤帚疙瘩，就往我屁股上打。我是一个非常懂得不吃眼前亏的人，转身就跑。我以为跑到街上就没事了。哪知刚跑到街上，还未回过神来，就听到母亲追来的沉重脚步声。而且母亲那粗哑的骂声也随着脚步声传来："叫你不要打架，你老惹祸，今天非打死你不可。"我一看母亲那架势，转身往河边跑去。我知道母亲不会水。母亲追来了，我扑通一声跳到河里，母亲站在岸边，干瞪眼，拎着笤帚回去了。事后，听说母亲不知从哪里逮了一只蜻蜓，赔给了邻居的小孩。我心里泛起了说不出的滋味。我深知：不是母亲粗暴，而是我抢人家东西不对。我理解母亲追到河边，那是让我长记性。

还有一次，记得是个盛夏的早晨，我那天高高兴兴地走在巷子里，天上飞过了一群麻雀，叽叽喳喳地叫着。突然一坨雀屎从天而降，不偏不倚，正掉到我额头上方。旁边邻家小孩一边拿纸帮我擦，一边提醒道："头上掉雀屎，当心惹祸事。"我不以为然地笑了笑，哪知回家吃早饭时，真应验了。早上，母亲一早就在院子里晒被子，并拿藤拍子不停地在被子上拍打。母亲边拍边招呼我们吃早饭，早饭就是粥就咸菜，而且早已盛好凉在桌子上。我端起粥碗，一只手去拿筷子，端碗的手一滑，碗啪的一声掉到砖头地上打得粉碎。母亲在院子里听到响声，冲到门口，一看碗打破了，粥泼得满地，火冒三丈，手拎藤拍子冲过来。我看母亲那凶狠的样子，吓得转身就跑，一口气跑到河边，扑通一声跳进河里，不敢掉头，直往河中间游。

河中间有一条大木船，船底倒扣在水面上，几个油漆工正在刮刮船底的青苔。一般夏天，我们当地都有用桐油保养船的习惯。往往是把船倒扣在河中，清理完青苔后，拖到岸边晒干上桐油。我游到船边，扒住船帮，轻松地踩水休息。到这时我才敢朝岸边望去。岸边根本没有母亲的身影。母亲早上忙着做豆腐，不可能在岸边等我上岸，抽藤拍子。当然，我心里没有底，直到下午一点多钟，才听母亲喊我回去吃中饭的声音，声音温和，手上也没有藤拍子，我才放心地上了岸。

在我的记忆中，母亲的擀面杖打过我的屁股，也打过我弟弟的屁股，而且是同时打的。那时家里房子小。父母睡大床，床头横着一张小床铺，我和弟弟睡。霜降过后，天气就很冷了，父亲总是三更起床做豆腐。天亮了，母亲就叫我们兄弟俩起床。冬天的早晨，睡在温暖的被窝里，那股惬意劲是无法形容的。我俩各睡一头，母亲来催起床，催一遍，我们兄弟俩就互相用脚蹬对方，希望对家先钻出被窝。母亲一连催了三四遍，我们还没有钻出被窝。母亲肯定生气了，掉头从厨房的桌子上拿起擀面杖，吓得我俩一下就从被窝里钻出来，手脚忙乱地穿棉裤、棉袄、袜子。那时的服装简单，几分钟就穿好下了床。母亲拎着这擀面杖掉头走了。哪知，我那弟弟挺调皮，把凉冷的手伸到我胳肢窝哈气，弄得我忍不住大笑，他也熬不住咯咯地笑起来。那响亮的笑声传出房间，传到母亲耳朵里，母亲以为兄弟俩在背后嘲笑她拿擀面杖吓人，气不打一处来，转身又冲进来。我们被堵在房间里没有退路，尽管左躲右闪，每人屁股上还是不轻不重挨了三四下。好在有厚棉裤挡着，加之母亲手中有分寸，没有造成严重后果。当然，屁股还是疼了好几天。

那时，弟弟因为脾气犟，不晓得三十六计逃为上计，所以，三大家法在弟弟身上使用频率最高。

时光荏苒，几十年一晃过去了。春节回家看母亲，我们总是情不自禁地谈起母亲的笤帚疙瘩、藤拍子、擀面杖三大家法，笑得前俯后仰。母亲老了，我们拿三大家法逗她，她总是笑笑，矢口否认有这些事。我们也心照不宣地笑笑。

作者简介：

王桂宏，笔名路石，姜堰区人。中国作家协会会员，中国散文学会会员，镇江市写作学会会长。1978年起，先后在《安徽文学》《前线文艺》等文艺期刊发表小说。先后在上海文艺出版社、作家出版社出版中短篇小说集《野桂花》《野梅花》两部。其中中篇小说《无墓坟》获中国当代小说奖。出版《乡愁》散文集三卷。其中《乡愁·镇江卷》获中国第八届冰心散文集奖。近年，先后出版长篇小说《浮茶》《原点》两部。

涂 老 爹

王海艳

　　涂老爹是我儿子的爷爷，我的公公。

　　老爹躺在病床上，面容枯槁，形销骨立，覆盖身体的棉被只能被撑起小小的波伏，他已不能从容地夹起一支烟，已咽不下一生不离的酒，他一口口吐出带着泡沫的血，破溃的肿瘤正张着瘆人的嘴一点点吞噬着他的生命。

　　八十七岁的老爹一生都是睿智坚强的，此时的他，虚弱的身体已再经不起风吹草动，死神与他相望。老爹在我的呼唤声里竭力寻找生的希望和出口，他努力地说出我的名字，他相信我的宽慰。当他又一次从混沌中醒来，脸上竟活泛起来，他伸手按摩起自己的眉骨眼角，还示意着用笔写下端正的字：把鱼洗干净，喝鱼汤。在老爹确诊肿瘤后，我经常做鱼汤给老爹喝，以增加营养，随着病情加重，食道渐渐阻塞，汤水逐渐不进，但老爹为了体谅子女呈现的孝心，总是喝得多一些。鱼汤给了老爹体己的温暖，那纸上写下的鱼汤是生命混沌之时"回光返照"的追忆，那回热腾腾的鱼汤他终是没有来得及喝——当晚他疲惫、昏迷，但仍有残存的意识。我伏在他的耳边告诉他我们的决定："爹爹，我们回家了。"他动了动手指。他明了我们的意思，他不得不要离开爱他的亲人，离开这个辛苦坎坷复杂纠缠他一生的世界，无奈不甘和遗憾终都化作眼角湿润的泪……

　　老爹十五岁从偏僻的淮安古庄牛小村到淮安城里谋生，做中医馆的学徒。师娘刻薄歹毒，为了求得生存的技艺，他勤劳隐忍，劈柴做饭洒扫庭除，端痰盂倒"马子"，还得偷学揣摩师父的疗医处方。他聪慧好学，终于几经辗转，进得医院的检验科工作，成为我工作的医院建立之初为数不多的重要元老之一。老爹因这份工作，结交了很多各阶层的朋友，在淮安城渐渐站稳脚跟。他重情意，多少家乡人的求医因他而来，落后闭塞的古庄牛小村里的村民淳朴穷困，公公为他们奔波劳苦，贴钱贴物，不求回报。村里人大都受过老爹的恩惠，以至于我们节假日陪着年迈的公公去古庄牛转转时，一进村就被一拨又一拨的村民问候，争相邀请，那份浓烈的感情使我们做小辈的忍不住赞叹羡慕。老爹一生受人敬重，不信鬼神佛道，却厚德予人，善果自成！

说到回古庄牛老家，不得不提的是老爹的"帅"。老爹平素朴素节俭，但衣着干净，体态潇洒，他年迈的二姐和我们聊起家常时起句总是："我弟弟是个帅哥啊。"老爹年老后稍有邋遢，但只要听说我们带他出去转转，他必定是要去门口的"清水池"浴室泡上一个钟头，换上白衬衫休闲西服或者平整的中山装。头发还是乌的（这点常令我惊奇），搽上点发膏，梳上几梳，条缕有型，牛皮鞋也肯定是亮滑滑的。一切收拾停当就含蓄地坐在自己房间里看电视，只待我们喊一声："老爹，出发了哇！"他即大踏步往外走。每次到老家，老爹的风采自是同龄的村里人不可相比的，加上大家的感恩敬重之情洋溢，我们眼里的老爹果真是"帅"的！

老爹和同样做医生的婆婆是不一样的。老爹善于总结，常反省，喜欢用毛笔静静地写字，静静地思考。他常说起自己过往的人生中有哪些事处理欠缺，对哪些相帮的亲戚恨铁难成；处人共事要多多给予等。好笑的是他还有自己的一些"雕虫小技"，并且在小酒微醺后传授给我的儿子。譬如，喝酒要勤端杯子少喝酒，既表了情意又不伤身体。老爹一生助人，同时又感恩于相助于自己的人，所以家中宾客亲朋往来不断，喝些小酒热情款待，自是情理之中的事。但老爹四十多岁做过胃大部切除手术，饮酒实属禁忌，活至87岁高寿应属奇迹，足见，他的饮酒心得是经得起实践检验的。

老爹和婆婆共养育了四个子女，双方农村的兄弟姐妹需要帮扶，人情事务的往来需要应对，再加上老爹对乡人的怜悯体恤，时不时会慷慨解囊，生活的种种是令人忧愁的。但老爹生性自有对人生承重的底气，在看似负重的生活罅隙里他却填满希望的基石，把苦的汁液蒸腾起世俗的烟火气息，于是"涂氏肉丸"在那样的岁月里应运而生。自我嫁到涂家，吃了老爹制作的肉丸（当然肉丸的质量已有了改进），在外吃请宴席上的肉丸，我是不动筷子的。

多少年来，我经常一边吃着老爹精心制作的肉丸，一边虚心向老爹讨要手艺，老爹明知我是"吃人嘴软"的客套，但仍一次次向我们详述制作的要点：选上好的黑猪后腿肉，切成细丝小块，用棒子拴成肉糜后与香菇泥马蹄泥混合加葱姜细末淀粉和盐，用筷子使巧力，顺时针或者逆时针搅和三百下后（注意，一定是同一朝向，筷子可以用到三根，同样的力气增加受力面积），放冰箱"醒"十二小时，再同方向搅和三百下，筋道已上来，可油炸可余汤，口感嫩滑，筋道爽口。当然贫穷岁月里的"涂氏肉丸"肉是很少的，不太值钱的香菇马蹄倒是占了大份，经济又实惠的肉丸是涂家困顿难熬的岁月里的上好美味，是珍藏在孩子们心间最温暖深情的记忆。老爹病重，最后一次被扶到桌前吃饭，已口不能言的老爹还用筷子多次示意我，让我多吃肉丸。看着这个仁爱慈祥的老人，就那么突然地，我一边大嚼肉丸，一边却泪水成河……

写到这儿，不知道是否还可以继续写下去。当我们怀念或者记录一个人，必然的，希望血肉丰满。如此，我还得把事关老爹幸福与否最相关的婚姻写上很长很长的一段。但那段落里老爹和婆婆的恩恩怨怨，我这个小辈的却不便多言。思量再思量，回望自己，半生已过，每个人在世间不过孤旅一程；每个人自有其沉浮，都在自己的世界里忍受属于自己的一份悲伤；每个人都有写也写不完的一生，由此，我只需与和我们相伴一程的老爹的恩德继续同行，世间的温情和美好已款款走来。

作者简介：

王海艳，医务工作者，业余写作。现为淮安区作家协会副秘书长。

焐 鸡

王顺法

　　儿时，家乡的凰川湾有一个风俗：当女孩在十三四岁，男孩在十四五岁，个子看着像笋一般拔起来时，不论穷家还是富户，在当年的冬天，必焐一个老母鸡给他（她）独享，名曰"催发育"。大人都说这就像种庄稼，在关键时候用化肥帮一下忙，庄稼便长得秀气。而吃"煨鸡"便是促孩子发育的重要措施，所以家家大人不敢在这个问题上马虎，个个认真对待。

　　初时，我少不更事，长兄大我 10 岁，在我 5 岁时一个大冬天里的早晨，全家正在喝着稀饭，就见母亲把两根筷子间隔个三四寸放在长兄面前的桌子上，然后从灶间端出了一个大砂锅放在这双筷子上。当母亲打开砂锅的盖子时，瞬间，一阵浓香便弥漫开来。细看着砂锅里面焐着的一只老母鸡皮黄肉烂，鸡的周身还满满地拥着红枣、红豆，那个色泽，那个香劲，引得我食欲大开。我惊奇万分，不到大年三十父亲就在杀鸡，且大清早喝稀饭还上了这么个大菜，这让我疑虑重重。不过既然上了，又没客人，我还需要客气什么？我就坐在长兄一侧，个子小，便赶紧放下手中的筷、碗，爬上板凳，跪在上面，然后伸手便去撕那只鸡的大腿。就在即将大饱口福之际，二哥用筷子朝我的手背猛地一击，喝道："这是你吃的吗？这是给大哥'催发育'的，喝稀饭去！"

　　我还小，哪里懂这个规矩？只知道桌上有菜大家有份，见二哥不仅拦着不让我吃，还打我，且还没人帮我，便放声哭了起来。这时，母亲边拿个小碗舀了些砂锅里面的赤豆、鸡汤给我，边笑着告诉我二哥所说的"催发育"道理。最后不忘鼓励我："我家小顺快些长哟，长到大哥这么高也就好独吃一个焐鸡了哟!"

后来这几年里,我又看着二哥、三哥也都吃了个焐鸡之后长成了大人。我心想:兄长们都是十五六岁独吃了焐鸡的,我早晚也有那么一天,反正焐鸡也在我长大的路上候着我呢,不急。

但说不急是假的。16 岁那年冬天母亲还没有焐鸡给我吃,我急了,开始抗议了。因为三个哥哥可都是在这个年纪吃上焐鸡的,这不明摆着欺人吗?难道我不是父母亲生的?真是岂有此理了!母亲见我发火了,笑着安慰道:"儿啊,一个人的发育期只吃一个焐鸡,这鸡娘是早晚会焐给你吃的。可这就如庄稼用化肥,要用在当口上哪!看你现在这个子……"我明白了,我还没开始发育,如吃了这个焐鸡,属于浪费。没办法,那也只能再等,大不过再等一年好了吗?我真还不相信,我就不会发育不成?

然而到了 17 岁的冬天,将近年关了,眼见冬天要过,吃焐鸡的好时节就将过去,父母依然没有杀老母鸡的迹象。我发火了:"欺我吧?你们就欺吧!前后三村去问一下,哪个男娃到 17 岁还不吃焐鸡的?明显的,我不吃焐鸡就长不起个,发育就上不来,今后如果我就一直这么一米五都到不了的身高,看我不恨死你们,因为是你们没为我'催发育'!"

这通话很中用,不是吗?17 岁,年龄早就到了,老四的个儿怎么就上不来呢?看来真是要加把火了!

父亲急了,赶紧杀鸡。母亲慌了,赶紧向邻居家借来砂锅,拿出瓮里藏着过年烧稀饭用的红豆,又买来红枣,连夜焐鸡。我见娘把那只大母鸡及所有弄干净的内脏,及红豆、红枣、黄酒、生姜、红糖等作料一样一样装进大砂锅后,又在砂锅盖四周用面糊密封好,在铁锅中放进水,再在锅里放一个稻草把,然后把砂锅置于草把之上,让砂锅大半埋在水里。在盖上锅盖盖住铁锅后,娘又用抹布封好锅盖四边,这才坐进灶窝烧起火来。

"儿啊,焐鸡时要有耐心。先用大火烧开水,然后再用小火慢慢烧。至少要烧上三四个小时,然后再用稻壳盖住炭火,使灶膛一直有余火热锅。要确保明天早上吃鸡的时候砂锅还有些烫手才是。另外千万要记着:这只焐鸡连同鸡汤、红豆要做 5 个早上吃完。早上吃,空腹,营养容易吸收;匀着吃,是因为每天多吃了,一下子用不了这么多营养,那就浪费了;而这几天在吃焐鸡时，还千万不能出汗，又要少喝水，因为这出汗、撒尿可都是跑营养的路子……"

娘一一吩咐着我这些吃焐鸡的规矩。终于有焐鸡吃了，眼见着我马上就会发育，马上就能长大成人，当然，关键是十几年来做梦也想着这焐鸡的神秘味道就要进口，我连连点头，表示坚决遵循！

可那只焐鸡吃过，天晓得，18岁那年我的个子并没见长。那年冬天，父亲对着我娘叹着气说："去年那只焐鸡看是浪费了！没办法，就再焐一只给老四，加一把火吧。"

然而，即使吃了两只焐鸡，到了19岁的这年九寒天，我这"僵丁"个儿仍不见动静，急得父亲咬着牙对母亲跺脚："再焐！不把四儿的个儿催起来，还不让他恨我们一生？"

三个年头的3只焐鸡，终于见到成效——我在20岁的下半年，如笋一般蹿了起来，长成了1米80的大个儿，父母欣慰地笑道："值得！3只鸡没白焐哟。不过，只是便宜了这老四。"

作者简介：

王顺法，中国作家协会会员，江苏省企业作家协会副主席，江南大学客座教授，作品散见于《中国作家》《钟山》《清明》《雨花》等文学期刊。

细 柳 河

王向明

　　刚来北京那会儿，看哪儿都觉得稀奇，休息的时候喜欢走路，也没有目的，背上包出门，随便选个方向，只要前面有路，就一直往前走，至于走到哪儿，并没有目的。

　　来北京之后，居住地紧挨着永定河，每次从河边经过，我都会想起家乡的细柳河。细柳河位于村子的西头，原本并没有名字，因为是村子周边最宽的河，村里的人习惯称它为"大河"。"大河"并不大，长与宽都不及永定河，和我曾经见过的长江、黄河以及各类湖泊相比，更是相形见绌。"大河"细窄狭长，外加河的岸边长满了柳树，在一次次出现在我的作品里之后，最终有了正式的名字——细柳河。

　　对于孩子时期的我们来说，细柳河一年四季都充满着乐趣。春天刚把寒流赶走，岸边柳树的嫩芽就迫不及待地探出头来。新发的柳枝柔弱无骨，从树上折下一根，用手轻轻一拧，树皮便从柔软的嫩枝上完完整整地脱离下来，简单加工一下，便成了柳笛。一群孩子，从河边吹到田野，从田野吹到村庄，哪里有我们，哪里就有柳笛的清脆声。夏天，时间刚过中午，细柳河便没了宁静，先是我们这些毛孩子，趁着大人下地干活的空档，借着从河岸上冲刺的劲儿，一头扎进河水里，再出来的时候，人已经到了河对岸。有时候嘴巴馋了，偷摸爬上岸，看看四下无人，匍匐着爬进村民们自家的菜园子，把摘下的瓜果往河水里一扔，一群人如鱼抢食一样，瞬间在水里翻起一阵又一阵浪花。天快黑的时候，大人们在地里忙了一整天，收了工不是先回家，而是先到细柳河里泡泡。河水暴晒了一整天，太阳落山的时候温润舒适，人站在里面，要不了多久，一天的疲惫很快消失得无影无踪。

当然，细柳河最大的功劳不在于此，每年秋天，庄稼没过腿肚子，人们便开始陆续在岸边架起灌溉的设备，把河水引到玉米地、大豆地、高粱地里，庄稼苗有了充足的水分，铆足劲儿往上长。到了深秋，玉米棒子个大子多，黄豆荚子密而饱满，高粱穗子压弯了高粱秆，整个田野都黄澄澄的，农民脸上个个乐开了花。

这时候，历经了春夏秋三个季节的细柳河，完成了一年中所有的使命。到了冬天，河水处于低位，温度到了零下，河水结成了冰，细柳河想要拥有一个冬眠，明年好有充沛的能量滋养大地。但我们这些不省心的孩子，并没有让细柳河休息的意思，每天三五成群在河面上打出溜滑，在冰面上划出的一道道白色的伤痕。第二年春天，细柳河带着满身的伤痛继续履行使命。

不单是我们这些孩子，大人们似乎也没有感恩细柳河的付出，生活垃圾、工厂污水开始一点点流入河中，年复一年，因为人们的贪婪和自以为是，细柳河不再清澈，河水也曾一度枯竭。

河水刚枯竭那年，我踩过高考独木桥，穿过一望无际的北中原，来到滨江临海的江南，所见的水越来越多，水域面积也越来越大，水岸边的环境也越来越美。黄河、长江、玄武湖、太湖，哪怕是体量远没有"大河"大的扬州瘦西湖，都有一个声名远扬的名字，相比之下，村头的"大河"要逊色许多，也土气许多，但我总会时常在内心想起它。想起它，就想起了故乡的春夏秋冬，想起了北中原的风土人情。它先是一次次出现在我的梦境中，后来又一次次出现在我的作品里。

对我来说，细柳河已不只是一条自然中的河流，它还是一种乡愁，一种精神的寄托。这些年，客居他乡，感觉身心疲惫的时候，最先想到的，不是去看名川大山，而是想把大部分时间交给细柳河，哪怕什么也不做，就靠着柳树在岸边坐坐，看着河水发会儿呆，似乎一切就心满意足了。

岸边的柳树老了，枝干变得粗壮厚实，曾经黑得发臭甚至一度枯竭的细柳河，近几年在政府大力整治之后，河水又清澈起来，流水淙淙，游泳的、垂钓的，原本的热闹又回到了河中。

如今，走过的地方越多，见过的河流越多，越深切感受到，在祖国的大江南北，有很多如细柳河一样的水系，它们平凡得甚至没有自己的名字，却在地球上长期存在。干旱时，人类通过它们，把大江大河的水源引进城市和乡村，输送人、庄稼以及动物维系生命的水源；水涝时，它们敞开胸怀，透支自己的承受能量，将肆虐在农田、城市的滚滚水流，转移到江河湖海，汹涌的流水冲垮了它们的堤岸，划伤了它们的躯体，它们却从来没有半句怨言。在它们看来，因为自己的存在，庄稼如期丰收，人类幸福生活，时代发展日新月异，还有比这更伟大的成就吗？

是啊，分布在祖国大地的细柳河们，它们像是人体内那些最不起眼的毛细血管，又像是 14 亿中国人民中最平凡的一个百姓，看似渺小甚至不值一提，却始终无怨无悔坚守岗位职责，以自己最大的能量挥洒着青春和汗水，铸就了祖国 960 万平方公里大好河山的富足祥和。

所以，在我看来，细柳河是最平凡的，也是最英雄的！

作者简介：

王向明，男，1984 年 6 月生。中国作家协会会员、中国散文学会会员、全国公安作协签约作家，鲁迅文学院第 23 届中青年作家高研班学员。累计发表各类文学作品 100 余万字，荣获第七届江苏省紫金山文学奖、扬州市"五个一工程"奖。

乡村先生

吴长海

进学校的第一天，老师用灌水笔在我们拼写本的封面上郑重地写上姓名、性别。看着平素"毛蛋""妮子"随意称呼的我们有了正儿八经的"尊姓大名"，原本一同割猪草捏泥人，连穿衣打扮都差不多的伙伴被分成两个阵营，内心很是兴奋了一阵子。带给我们这份别样兴奋的是周老师，村小学里唯一的老师，乡亲们都称他"先生"。

先生是村子里的人物，在附近十里八村也是个重要的角儿。先生手抡毛笔就像巧媳妇穿针引线般轻巧灵便，让远近的乡邻都啧啧称赞。先生还有个绝活：把竹筷在炉火中烤上一阵子，蘸上墨汁就能写出漂亮的诗文。村子里甭管谁家娶亲嫁女上梁开业贺寿出殡，都请先生题写字联，先生一向是来者不拒、有求必应。记得二黑哥结婚时，先生题写了"吹箫弄管庆引凤，鼓瑟鸣琴贺乘龙"的喜联；小光叔开酱坊时先生撰写了"国家无将边难靖，人家无酱饭不香"的妙联；村里辈分最长年纪最大的刘爷爷驾鹤西去时，先生书写了"寿终德望在，身去音容存"的挽联。到了岁末年初，先生更是竭尽才智撰写春联，给乡村旮旯披上文化的盛装。

先生是民师，前些年的工资都是由村里"提留"供给。村民都知道先生照看几十个娃不容易，年底时都自觉地把"提留"钱交到村支书手里。每年正月初一，不少家长会带上孩子和好吃的去当面感谢先生，先生拗不过就收下来，收下来的好吃的最后还都分给了孩子们。有一年冬天，大雪把教室房顶压塌了，孩子们都被先生接到家里围炉而教，那教学氛围与清华导师陈寅恪"师生蚁聚一堂"的教学趣闻好有一比。

先生不是科班出身，却十分尽责敬业。先生每天和我们一起到校，我们朗读课文时，他在看书，样子专注得像是要考学。我们读二年级时，先生开始让我们背《唐诗》、抄《宋词》，当时不明白先生这样做的意图。多年后，喜读诗书的我惊喜地发现村里很多只有高小文化的叔伯姑嫂茶余饭后在一起谈笑风生，时不时就会蹦出几句古诗文，想必这和早期接受先生的诗词教育是分不开的。

先生曾经给我们讲过一个苹果的故事：在美国新墨西哥州的高原地区，有一位经营苹果园的杨格先生，他种植的"高原苹果"味美形佳无污染，在市场上很畅销。有一年，高原上突然遇到一场特大的冰雹，把结满枝丫的大红苹果打得遍体鳞伤，人们都认为杨格将损失惨重。但杨格却意外地发现，被冰雹打击后的苹果，味道变得格外清香扑鼻，酽浓爽口。杨格立即组织员工如期将苹果装箱发运，并在每个纸箱里放进一张纸片，上面写道："这批苹果独具一格，只只带'伤'。但请看好，这是冰雹打出的疤痕，是高原地区苹果的特有标记。这种苹果，果紧肉实，具有妙不可言的果糖味道。"面带疑虑神色的买主们当场品尝了样品，果真不假。从此，杨格的高原苹果闻名遐迩，畅销不衰。先生说"出身山乡的你们要争取做一只带有疤痕的高原苹果"。

先生的话让我们有了长久奋斗的动力和方向。此后，我们中的很多人被比作凤凰，飞向大江南北，长城内外。

作者简介：

吴长海，1982 年生，高级教师，中国散文学会会员，江苏省作家协会会员，街道文学协会会长，曾获中国好老师、江苏好青年、感动江苏教育人物等荣誉，出版有《花开无言》《守望锦瑟华年》《谁的华年不渐远》等多部独著及《申港志》《李良宝故事集》《老行当》《乡贤》等多部合著。

又是三月桃花潭

吴晓明

桃花潭，是在我上初一的时候，从语文课本上一首李白的诗《赠汪伦》而得知的。

李白乘舟将欲行，

忽闻岸上踏歌声。

桃花潭水深千尺，

不及汪伦送我情。

我读到这首诗时兴奋无比。阳春三月，和风拂煦，桃花盛开，姹紫嫣红，如醉霞飞云般争奇斗艳。站在校园里，几缕阳光斜射在我单薄的身上。我想象自己就是那个穿着圆领窄袖红长衫的李白，正向桃花潭走去。而那桃花潭就镶嵌在群峰之中，潭面水光潋滟，碧波涵空，宛如人间仙境，我不禁心旷神怡，深深陶醉于这秀美的山野风光之中。

写这首诗时，李白五十五岁。公元 755 年，安徽泾州（今泾县）有一个叫汪伦的人，他是个土豪，曾为县令。他久闻李白名望，生平最大的心愿就是与李白对酒吟诗，一睹诗仙斗酒诗百篇的潇洒风采。但他得知李白素来高傲，不问人事交情，加上泾州名不见经传，自己又是一个小辈，怎么才能请到李白呢？终于有一日，他得知李白来宣城敬亭山漫游的消息，觉得机会来了，便灵机一动，妙笔聘书，邀请李白到家做客。信上热情洋溢地写道："先生好游呼？此处有十里桃花。先生好饮呼？此处有万家酒店。"李白果然大喜，有花有酒，以景会友，岂不是开心之事，便欣然而至。此时的汪伦，高兴万分，岸边久候相迎，设宴热情款待。酒过三巡，李白问桃园酒家在什么地方，汪伦点明"十里桃花""万家酒店"真相。于是，笑着对李白："桃花者，潭水名也，并无十里桃花；万家者，店主姓也，并无万家酒店。"两人相视，开怀大笑。李白笑曰："临桃花潭，饮万家酒，会汪豪士，此也快事。"汪伦见李白果然是"诗仙"风度，更加钦佩不已。留数日离去，临走时，汪伦依依不舍，踏歌相送，为此，李白写下了这首赠别之诗。从此，桃花潭便声名大振，而李白与汪伦之交也成为文坛的一段佳话。

故事不讲了，且来说诗。

先说第一句，李白乘舟将欲行。诗句一开始，便自道姓名，自叙将行，自营离别情景。当李白登舟将要离开之际，心里却多了些落寞之感。他摆摆头，叹了一口气，不过，很快被桃花潭那江南美景所吸引，眼见绿树桃花，耳闻翻飞的鸟啼，动静相映成趣，美极了。他的感官全部被调动起来，微风过处，有隐隐花香在鼻尖上缭绕，似乎有和煦的阳光从碧蓝的天幕上泼洒下来。

鸟鸣再悦耳，耳力有限；山村环境再美，停留不可能变为永驻。所以，"乘舟将欲"四字，便表现出李白乘兴而来、兴尽而返的潇洒神态。不禁揣度，诗人李白纵使外表文弱纤细，也必定是个胸怀宽广、气魄阔大的大男人。单从这句简洁明快的语言中，可以看出李白的个性，更能看出他才高八斗。

再看第二句，忽闻岸上踏歌声。情与景相合。"忽闻"一词打破了这将行之际的沉寂环境与落寞的心理定式。突来的一股歌浪冲入耳鼓，以惊疑的心理循声望去，歌声越来越近，迅速地判断为汪伦与村人联手踏地高歌。为己送行，心理由压抑而突发为高昂，身心为之一舒。

此时不妨依据诗歌，展开合理想象：正当李白将要乘船离去，忽然背后传来一阵拖着长音且古老的歌谣，李白一看，原来是汪伦带领百余名乡里乡亲，赶到渡口为他送行。他们手拉着手，一边唱歌一边用脚踏地合着节拍，歌声悦耳，情深一片，为李白载歌载舞。顿时，这种热烈而又淳朴的送别场景深深地打动了李白，他的双眸湿润了……

李白激动不已。首二句是叙事，写送行场面。尤其是运用了内涵丰富的意象，"将欲"与"忽闻"——对应，有神有致，只闻其声，不见其人，但人已呼之欲出，表达了诗人对"踏歌"这种古老而又朴素的送行方式的惊喜之情，情景相生，短短十四个字就勾画出一幅离别的画面。

不仅如此，这首诗精彩之处就在，紧接下来的两句诗便笔锋一转，转得相当陡，却不露痕迹，仿佛顺势而为，跟前面的两句水乳交融、浑然天成。

诗的后二句便转为即景抒情。因为在这之前已经写了李白在乘舟待发之时，汪伦踏歌相送。这样火热的送别场景，诗人怎么能不激动万分！李白的那种乘兴而来、兴尽而返的潇洒神态自然而然也就显露出来，同时为李白整诗的完成也夯实了基础。

读到此处，我们便知道，李白从第三句开始，将构"诗"视角从叙事转向对汪伦的那份感激之情和两人之间的深情厚谊。

第三句，桃花潭水深千尺。在似雨似雾，丝丝缕缕的江南，独有的桃花潭与青弋江相连，潭水江水，互通有无，深度千尺，永不干涸，而岸边杏花粉白，桃花灼灼，在三月的春风中绽放。这儿就是李白乘舟的地方——桃花潭。

李白不动声色，无赞赏，似乎只是在写眼前。但就是"深千尺"三个字，精练概括却无限丰富，既描绘了潭的特点，又为结句预伏一笔。桃花潭水是那样的深湛，触动了李白的心，更难忘汪伦的情深义重，水深、情深自然地联系起来，可见李白对汪伦的感谢之情有多深。紧接着便过渡到结句。

诗的最后两句妙就妙在诗人不用比喻而用比物的手法来抒发真挚而热烈的感情，桃花潭水深千尺都不及汪伦来为他送行的情谊。"不及"二字恰到好处地勾连，将两件不相干的事物联系在一起，有了"深千尺"的桃花潭水做参照物，就把无形的情谊化为有形的潭水，使得李白与汪伦的情谊更加生动形象而美妙，空灵而有余味，自然而又情真。正如清人沈德潜所说："若说汪伦之情比于潭水千尺，便是凡语。妙境只在一转换间。"（《唐诗别裁》）显然，也妙在"不及"二字上。潭水已"深千尺"了，汪伦送李白的情谊有多深呢？的确耐人寻味。

那么，李白为什么在桃花潭只留了几天对汪伦就有这份真挚的情感呢？

史资记载，李白于唐天宝末年，坐永王事，不幸，受牵累，由翰林供奉流夜郎，释归。李白游泾县，正值他政治低谷，亟须栖隐与友情来舔舐受伤之心。而李白访友其中一站就是居住在桃花潭畔的万巨。万巨是李白结交的好友，相识多年，他博学多才，到处游历，结交名士，就是不愿为官。李白游桃花潭时方离二十里地的漆林渡（现在的章家渡）就咏诵一首《早过漆林渡寄万巨》的诗。而此时在泾县任县令的汪伦，凭他的水平和交际能力，要认识万巨根本不是问题。于是，李白来泾县游玩时，他受邀与万巨一起作陪。这期间，李白写下了《下泾县陵阳溪至涩滩》《下陵阳沿高溪三门六刺滩》《石壁山》《罗浮潭》《扶风豪士歌》等诗。汪伦、万巨也作诗相和。

正在兴头上的李白，竟被汪伦的妙语蒙住，一挥手便来到了桃花潭。李白旅行时仙气十足——他骑着一头小毛驴，手里拿着酒壶，腰间挂着宝剑，身着一袭白衣，活像仙人下凡。在桃花潭数日，汪伦天天美酒款待，陪他游览，登山、荡舟、看花、望景。正如李白所写："永夜达五更，吴歈送琼杯。酒酣欲起舞，四座歌相催。"（《过汪氏别业》）虽然只是过往中的一幕，但足以说明汪伦为人热情好客，倜傥不羁。

由此得出结论，在李白沦为阶下囚的那种情况下，人人避而远之，可汪伦却不一样，他重情重义，他念李白才华，更喜欢李白的诗。哪怕最终他因李白而惹火上身，他都愿意，这便是汪伦当年对李白的感情。而李白对汪伦的感情亦是如此，李白怎能不记住在落难时帮助过自己的人呢？所以说，两个感情真的人才能碰到一起，这么一碰，就是一首千古流传的佳句。

因此，从几十年前那个早上开始，这首诗就高踞我私人的古诗排行榜之首，我喜欢的不是这首诗叙事上的表达，而是手法上几乎无人能及的才华。

用今天的眼光来看，李白是个通才，他不仅诗写得好，还兼具了电影、绘画和小说的创作才华。

绘画使用大色调、大色块，色彩鲜丽，可泼墨，可工笔；立体感强，画面开阔，选景典型，于尺幅纳江海，凭数骑驭万乘。

小说跟电影类似。单说电影，李白老先生早在一千多年前就熟稔地运用了蒙太奇手法。短短二十八个字，银幕的基调、造型、效果、节奏、闪回、跳切……全都有了。短短二十八个字，浓缩了多少细节和情感。"忽闻"谁人听得到？"深千尺"谁人看得见？李白用蒙太奇的手法，尽皆收束到眼前。

要知道，中国古代的诗歌，无论律诗还是绝句，都非常精练，每一个字都可以敲开来，当很多个字、很多句子用，而在字和句之间，又能附着许多与之相关的景、人、物、事件。只要合情合理，加多少料都不为过。

这首《赠汪伦》，从第一个字到最后一个字，字面上都像在叙事，没有出现任何景色。是不是就没有呢？没有景哪还有诗！景无处不在，景躲在诗句背后衬托和打望眼前的人与事。在这首诗里，作者思接千载，视通万里，衬托和打望的是眼前"踏歌"与"汪伦送我情"。于有我中无我，于无我中有我，这是创作的一大原则。

这首诗繁荣滋盛的外观和内涵，其原发点在游地"桃花潭"三个字上。从古至今，"桃花潭"这三个字都像个端庄贤淑、温情款款的淑女，写到笔下带劲，读在嘴里悦耳，放在心头滋润。

今天的桃花潭，是位于安徽省泾县以西 40 公里桃花潭镇翟、万二村之间。每逢春季三月，粉红色的桃花盛开，弥漫着整个"桃花潭"，成为名副其实的"十里桃花"，达到一步一景、步步是景的景象。

不过，只要说到或提及"桃花潭"，就无须多加思考。它定会被绿色环绕，古木苍翠，藤萝交织，鸟语花香，水深碧绿，清澈晶莹，翠峦倒映，山光水色……诸般景象，纷至沓来。由这些物件构成的桃花潭，寄托了多少中国人对美好生活的向往和希望。

因为这首诗，我终于在那年的三月来到了向往已久的桃花潭，一睹这流芳千古的诗意之潭。

当年的"踏歌古岸"如今已修成一座巧夺天工、古色古香的两层阁楼，仍然能"闻"到从楼阁里传出的那种带有节奏的踏歌之声。在不远处，即与"踏歌岸阁"隔潭相望的便是一幢三层楼的怀仙阁，耸立于垒玉墩上。它依山临水，飞檐送出，气势挺拔。踏楼而下，穿过半圆形门洞，便是桃花潭。

那潭中的水啊，静得好似一面大明镜，让你感觉不到它在流动；水清得可以看见潭底的沙石、水草，看见潭里的鱼儿在快乐地游动、嬉戏着；水绿得仿佛可以与晶莹剔透的翡翠相媲美……真好似"鱼在云中游，鸟在水中飞"，仿佛踏进了一座精美的山水画廊。

潭的两岸，依然像千年前那样，粉嫩的桃花灼灼艳丽，如同姑娘脸上那般高原红一样，成千上万，争先恐后地朝着阳光嬉笑；有的含苞待放，饱胀得仿佛随时都要破裂似的；有的只是花骨朵儿，好像正在孕育着实力，待到怒放时给人们一个惊喜！不同的是，那时诗人写此诗时，号称这里有"十里桃花"，其实哪有呢，可如今桃花潭已栽下了千亩桃园，名正言顺成了潭中的"桃花之王"。并且每逢桃花盛开的这个季节，人们就会远道而来欣赏这妩媚妖娆的桃花和享受这山水田园生活。

最后，想在古街老巷中寻找那曾经的"万家酒店"，闻一闻当年李白与汪伦诗酒唱和的浓浓酒香。刚迈步走进不久，在一条幽深的巷陌中，找到了"万家酒店"。不过，当年黄色的牙边酒旗不见了，只有酒店门前被人踩踏而留下的大坑，它像一位上了年纪的老妇人，在风雨中独自守望。但如今却大不相同，山乡水乡，村村镇镇，乡村城市，到处酒旗招展、酒香扑鼻。

夕阳西下，月挂长空。

次日清晨，大地尚在沉睡中，一阵清脆的鸟鸣声，打破了我梦中的宁静，犹如几个声部合唱时那浑厚的和声。我披衣起床，来不及洗漱，三步两步来到桥头，静静地享受着，只属于江南水乡的意境。

啊！好一场浓雾！如一层乳白色的轻纱，在峰峦山谷间缓慢游荡，朦胧而迷离。远看，氤氲的白雾在山顶上连缀成片，不见峰岭只见山腰；忽而又在山腰处上下萦绕升腾，就像是一根乳白色的玉带，从山腰处一圈绕过来，瞬间被高峰留住。而飘散的云雾在小气流的牵引下，穿山入谷，时而回旋，时而舒展，在水山之间，沟壑之上，感觉自己不仅在云来雾气之中，更感到峰海群山，巧石奇松都像活了起来。宛如步入了天宫仙境，的确令人称奇。

天空渐渐泛白，又是三月桃花潭。远处的怀仙阁，隐约其中。翟村、万村，还有不远处的踏歌岸阁，都罩在轻纱似的迷雾里，成了淡淡的影，像一张定格的照片，美不胜收。就在此刻，我仿佛看见了一叶扁舟，缓缓地离开东园古渡，忽而隐现在桃花潭江心，船头一位衣袂飘飘的白衣仙人，正抬头向踏歌岸阁张望，倏忽，这船就滑进乳白色的帘幕之中……

这份宁静，让我恋恋不舍，这份美丽，让我流连忘返。我还是不由得想起，中华大地上的古镇多如牛毛，可谓各有各的特色，但仅仅因为李白的一首以赠别表达真挚深厚友谊的诗篇，而使它名扬天下的地域却寥寥无几。所以，桃花潭恐怕是中国文坛史上最为传奇、最重情谊，也最典型的一个成功范例。

您认为呢？

作者简介：

吴晓明，中国作家协会会员，海安市作协副主席。《散文选刊》签约作家。作品多见于《钟山》《安徽文学》《雨花》《散文选刊》《中国文化报》等报刊，散文《青瓦房》入选 2018 年度中国散文排行榜。出版《逐梦金陵》《触摸心灵的阳光》等多部散文集。曾获第十届"漂母杯"散文大赛奖等奖项。

春　祭

吴玉平

　　尽管清明时节没有雨纷纷，但跪在墓前烧纸钱的梁文却泪涟涟。父母的合墓在虎头山山腰向阳处的公墓区，四周都是当地特有的老头松，树干虽然弯弯曲曲、奇形怪状，但球状的松针似钢，茂茂密密、丛丛生生，展示着生命的顽强与坚韧。而当地旅游胜地清水湖的一个支流把虎头山环绕，山清水秀，风柔土沃，着实是一块难得的风水宝地……

　　一年前的春天，身患癌症已是晚期的母亲被多次的化疗折磨得骨瘦如柴、奄奄一息。眼看母亲时日无多，梁文心如刀割，他流着眼泪征求母亲的遗愿。母亲说她劳累苦拼一生，既然老天不留人，只想自己亲自选到一块风水宝地做永久的长眠地。梁文自然地就想到山清水秀的虎头山。虎头山离村3里，梁文年少时在此砍柴放牛拾松菇，还和小伙伴们在山上玩打仗捉特务的游戏，度过了清苦却快乐的少年时代。但自梁文成家立业，远到几百公里外的省城机关工作后，就再也没有上过虎头山。

　　为了却母亲唯一的遗愿，梁文开车把母亲带到虎头山选墓址。不知何时，半山腰建起了一个公墓区，青石水泥垒起了一排排墓位，有单墓也有双墓。梁文背着母亲，走遍整个墓区，母亲终于选到一个满意的风水单墓。母亲坐在墓边，苍白的脸上居然有了一丝喜色，她说这里就是她永久的家。梁文建议母亲选择一个双墓，以后好把父亲在远处荒山十多年的坟迁移到此与母亲合墓。母亲却坚决不同意与父亲合墓，说活着吵了一辈子，一起埋在地下也不会清静。母亲很生气，脸色惨白，上气不接下气地在喘息……

　　父母的婚姻缘自那个歇灯做伴的穷苦年代，包办婚姻更顾及不到两人性格的冰火不容。母亲性情刚烈、张扬武断、争强好胜。父亲却胸无大志、与世无争、得过且过。母亲在生产队劳动时比男人干得还多，无论做什么事都要比别人强，她的这种性格得罪了村里很多人。母亲与他们一天一小吵，三天一大吵，而父亲却不帮助母亲与别人争吵。由此，母亲带着怨恨经常和父亲大吵大闹。梁文记得他3岁那年的一个大雪夜，父母争吵打斗，满脸是血，吓得他光着脚跑去叫奶奶，到奶奶家时，光脚已经冻僵了。后来改革开放了，父亲的兄弟姐妹一个个施展本领、非富即贵、出人头地，而父亲不但穷困，并且又患病，什么事都做不了。母亲要强的性格变得更加扭曲，她也想过上好日子，出人头地，但父亲无能，家贫孩子多，穷困的现实生活每天无情地折磨着她。但要强的母亲竭力抗争，梁文记得在一个月光惨淡的半夜，母亲开完生产队的夜工，拉着刚满十三岁的他到自留地挖田。母亲挥舞着钉耙一直挖到凌晨才回家，精疲力竭的母亲喊道：反正是穷，不过了！然后抓住一只鸡摔死煮了吃，边吃边大哭。母亲每次与父亲争吵，总是摔碗砸锅，哭了一夜后，第二天又和父亲上街买碗买锅，因为吵归吵，闹归闹，但日子还是要过下去的……

　　终于，母亲再也忍不住，抱着她的单墓号啕大哭起来，但那有气无力的哭声断断续续、凄凄凉凉。任梁文怎么劝阻，母亲的哭声始终不息，她似乎要把她这辈子心里一切苦痛哀怨都痛痛快快地哭出来，然后了无遗憾、心安理得地躺在风水宝地长眠永固。看着骨瘦如柴、负重毕生、灯油耗尽、行将绝别的老母亲，梁文心如刀绞、痛不欲生，他一把抱住母亲，失声痛哭。虎头山起风了，松涛声伴随母子的哭声，传出好远好远。

　　许久，许久，母亲似乎流尽了心中的苦水，终于清醒过来，反过身抱住梁文，骂自己丢脸没出息，说自己劳苦争斗一生是值得的，儿女们一个个都出息了，她的脸上也有光彩了，真的是死而无憾了。梁文哭着说，无论婚姻无常、世事艰难，但母亲你是伟大的，一辈子忍辱负重，支撑着这个穷家不散，培育着儿女们一个个在你腋下长硬翅膀，又一个个离你而去、远走高飞、出人头地……

　　母亲脸色居然有了红光，她说苦尽甘来就是圆满，人总是要死的，她这辈子是亏欠男人的，人死了就与世无争了，也应该学学做做温顺的被男人宠

着的女人，在地下与争吵打闹一辈子的男人好好谈谈心、做做伴了。

于是梁文背起母亲，又让她重新在墓区选择了一个风水好的双墓。她满足地对梁文说，我死后你把你父亲的坟也迁进来吧。梁文再次泪如泉涌，他对母亲说，叶落归根，母亲你放心，无论儿子飞多高走多远，百年以后一定会回虎头山陪伴母亲尽孝的。母亲紧紧地抓着梁文的手，母子又相拥而泣……是鞭炮声让梁文清醒过来，前来虎头山墓地扫墓祭奠的人越来越多，香火缭绕、追古抚今、情意绵绵。山色清黛、湖水长流、年又复年。梁文望着点燃的香火，沉思良久，又冲着父母的合墓磕了三个响头，大声喊道：活着一起吵，死了一起埋，吵吵闹闹是夫妻！父亲母亲，天遂人愿，你们安息吧！

作者简介：

吴玉平，男。从 20 世纪 80 年代至今发表小说散文 100 多万字。90 年代初加入常州市作家协会。作品多次获省级以上多种文学奖项，入选《常州文学作品集》（1995—2004）。

芒 种

夏红卫

如果说，芒种是乡村的一场征程。那么忙假，则是吹响征程的号角。

忙假，七个白天和黑夜，一百六十八个时辰。乡人们走路带着跑，我们这些"细猴儿"耳濡目染，也跟着忙。父亲自嘲，忙假忙假，休息是假；腰杆如折断，肉掉三斤半。有人道，百无一用是书生。父亲却用行动，给乡村教书的先生们重新诠释一种定义。

稻黄半月，麦黄一夜。天蒙蒙亮，父辈整装待发，踏露而出。镰刀、草帽和凉茶。母亲掩门前，推推酣睡中的我，小满啊，早点起床，烧锅水，把锡茶壶装满，跟"草葽子"（稻草做成的葽子）一块儿送下田。淘四碗米煮饭，炖两鸡蛋。我迷迷糊糊地应答，侧身又进入梦想。

"喳喳喳"，麻雀聒噪着我。院子里空空的，阿黄不见了，池塘边芦花鸡领着小鸡捉虫子。小家伙们红的绿的染着色，犹如一个个绒球玩具。西墙角清明时节母亲栽种的丝瓜，沿着麻绳攀爬，藤藤蔓蔓捷足登于院墙。

三两口，一碗小米粥，两筷老咸菜。洗碗，刷锅，烧开水。轰的一声，灶塘里稻草的火苗映红我的脸。炊烟缕缕，缓缓摇升。炊烟是我的旗帜，更是芒种的旗帜。

水开了，掀开木锅盖。拎起淘箩，我奔向水码头。河水清清，漫过脚踝，小鱼儿围上来左盯右咬，痒痒的，忍不住要发笑。没工夫理会和嬉戏，我是芒种的人。

灶房弥漫米饭的香味，搪瓷盆磕两枚鸡蛋，加冷水过半，滴菜籽油，小半勺盐，用筷子使劲搅，呈漩涡状。屋檐头随手掐三五根小青葱，洗净，不用刀切，三拽两扯撒漩涡上。搪瓷盆置于饭锅中心，我又往灶塘添把稻草。

村外的太阳像火球，明晃晃地刺眼，真后悔忘记戴草帽。几个光脑袋的学生，擦肩而过。"妇姑荷箪食，童稚携壶浆"，香山居士笔下的童稚们，是否如我们一般头顶晒得冒油。

桑木扁担，一头锡茶壶，一头"草葽子"。扁担左右肩轮换，原来门后的扁担和肩膀上的扁担是完全不同的两种概念。

站在依河的大圩，小南风悠悠吹。俯瞰。株株麦穗齐刷刷地立着阵形，好似怒发冲冠的士兵们，气势磅礴，一望无际。小麦秋种、冬长、春秀、夏熟，为五谷之贵物。

拐下大圩，汗水源源不断顺着额头，流入眼角。眼睛快睁不开，揉揉，痛，不知是汗水还是眼泪涌了出来。分不清，哪条田埂通往熟识的责任田"夏家嘴子"（五亩七分地，乡村每个田块都有俗名，跟人名一样）。提高嗓门，"姆妈、姆妈"地嚷。许多弯腰的身影慢慢站直，张望，一只手臂朝我挥动。

田头的苦楝树下，爷爷敞开肚皮，牛饮般灌水，夸我是水泊梁山及时雨——宋江。巨大的荣耀和幸福感，让我忘却所有委屈与疼痛。抬头，天空瓦蓝瓦蓝，苦楝树挂满淡紫色的花。

父亲依旧躬身割麦。镰刀贴地面划向麦子，割一小把，镰刀顺手夹腋下，双手一分，麦穗头方向相反，一拧，打成"葽子"，地上一铺。左手握麦束，右手挥镰，嚓嚓嚓，嚓嚓嚓。两三镰，合为一抱，放于"葽子"。两抱过后，双手紧握"葽子"，拦腰一扭，一只麦捆儿便完成了。

父亲像位叱咤风云的将军，挥舞着长剑，士兵们一片片撂倒又前赴后继。我疑问，怎么割不到尽头呀？爷爷用拳头捶捶后背，快了，快了！割麦抬头望一望，两眼发酸心底慌；割麦埋头忍一忍，馒头烧饼随你啃。

大伯的田块，不远，我自告奋勇送"草葽子"。坚挺的麦茬散发出湿润的草香气息，踩上去崴脚。太阳肆无忌惮地炙烤大地，我体会到什么是"足蒸暑土气，背灼炎天光"，什么叫"一粒粮食一滴汗，粒粒都是金不换"。那位远古的陆老先生说得没错，"纸上得来终觉浅，绝知此事要躬行"。

晌午时分，乡人们找块阴凉，耽耽腰，休息休息。更主要麦秸焦了，一捆就掉穗儿。下午一般人家，都用"草葽子"捆。父亲晌午不休息，跟时间赛跑，收麦如救火，落雨烂麦场。更不用"草葽子"，麦穗儿遗落许多。

农谚：割麦栽秧两头忙，官家小姐出绣房。"老姑娘"系黄头巾，跨竹篮，拾麦穗儿来了。"老姑娘"是外婆家对门的小脚女人。独姓，无亲无友，两间草屋，一尊香炉一盏灯。

"老姑娘"快六十的人，瓜子脸，小耳垂，梳着光亮的发髻，插一头尖一头宽的铜簪。无论冬夏灰衣黑裤，目光永远柔和慈祥，难得听见她说话，一派年画上古代女人的神情。"老姑娘"弯腰拾麦穗，偶尔抬头冲着家人的背影，含笑。（多年后，看到法国画家米勒《拾穗者》那幅布面油画，三个农妇，红、黄、蓝三种不同颜色头巾。我不由得想起，"老姑娘"的微笑，包含多少虔诚和感恩，谦卑和隐忍。）

"七月半"中元节，家家祭祀祖先。"老姑娘"登门，送一百零八根十五厘米长的麦秸。精心挑选的金黄麦秸，中空，粗细一致，裁剪整齐。小声交代，我念过《心经》了，一根一根念的。奶奶甚是欢喜，悄悄告诉我，听过经的麦秸胜金条。只要孝顺，祖宗们会保佑我们。奶奶信佛，信菩萨。我问她，菩萨是什么？她想了又想，愿意为旁人做事情，你就是菩萨。

月朗星稀，装麦捆儿的水泥船泊于河畔。父亲开始挑把，一把铁叉，一头三只麦捆儿。

偶有乡人扛铁叉路过，便主动高呼，来来来，把我挑两行，家去早了也没得饭吃。有人挑个十趟八趟，有人会帮父亲挑结束。"嗨哟！嗨哟！"响亮的号子声，此起彼伏，一篇苦与累的乐曲，一首收获与喜悦的歌谣。晚归的妇人们，羡慕地说道，肯定是夏先生家在拿把子了。而今谁的工夫不是钱，什么都要讲个价。人与人谈起"温、良、恭、俭、让"传统"五德"来，如此苍白跟心虚。

农谚：麦收有五忙，割，挑，打，晒，藏。麦子归了仓，父亲歪着腰，拖着腿，走上课堂，声音嘶哑。母亲田间依旧手忙脚乱，一刻不停，栽秧锄草，整枝打杈，种豆子，浇粪水……学生们的脸晒得黑乎乎像炭，胳膊红红点点，灼烧的皮肤渐渐脱皮。这些可是我们炫耀的本钱，如果哪个学生没有被芒种所伤，他将成为耻笑和唾弃的话柄。

（爱默生认为，每一个人都应当与这世界上的劳作保持着基本关系。劳动是上帝的教育，它使我们自己与泥土和大自然发生基本的联系。但是，在这个世界上，有一部分人，一生从未踏上土地。韦岸在《大地上的事情》中说。）

"五月五，是端阳；门插艾，香满堂；吃粽子，撒白糖；龙舟下水喜洋洋。"端午节，父亲最器重的节日。学生们纷纷带着粽子和蛋，献给先生。

形形色色的粽子，鸡蛋和鸭蛋装了大半竹筐。父亲乐开怀，幸福满满地。吴先生家没人，要不然可以分些玉丫头。至今不知道这尊师的风俗始于何时，传自何方。但于现在，这风俗早已消失殆尽，荡然无存。

天说变就变，头发湿漉的剃头匠建武，一踮一拐领着儿子云晓，摸黑找父亲辅导写文章。

乡人们田间芒种一季，挥汗如雨。父亲讲台"忙种"一生，播种未来，培植光芒。

作者简介：

夏红卫，1976 年出生，江苏兴化人，江苏省作协会员，出版散文集《穿越》。

砚池街，桨声灯影里的半城繁华

向　翔

光阴慢，一条河自春秋而来，被浪花托起的帆影，飘摇中行走，日照如星子散漫，带着人间的烟火生息，整整走过了几个世纪，犁水河田把城市照亮。

沿着东关古渡河边的石阶往北不远便是便益门大桥，这里便是当年砚池街的旧址。此刻路上行人车辆喧声不断，而河边却能依旧感受到阵阵远水拍岸的古典，似乎在缓缓诉说着当年这里曾经发生的故事。天色近晚，路上的街灯低低地悬挂着流苏。光影落在了波心里，随涟漪晃动，满天星似的把整条河装扮成灵动鲜明的上河图，像神的手掂来翻去。

砚池街是依河而兴的商贾之地，据曾经住在这里的老人们说，当年的砚池街人气昌鼎，市井繁荣，商铺一家挨一家。西街靠城墙让出一条五马并行的路，沿街门面房，销售各种时令鲜货，每家店铺热闹异常。东街沿河边有鲜鱼行、禽蛋行、竹木行、柴草铺、土八鲜行和杂货店、酒店、客栈等店铺上百家。街中间的三茅庵对面，有一处消防站，配有当时先进的消防设施，负责当地的火灾救援，街南边有一接生站，日夜值守上门为新生儿接生。显现着当时民风敦厚，邻里和睦的人文情怀。

河流，山岗，两岸不倒的树，时光的碎片散落在鸟儿的行程中，像生命的蓝调，涂抹黑色，洗礼长天浩渺，刻写美好的星光。而浪花在水面，像琴键上跳跃的音符，梳理着时光，流淌的旋律，走进生命灵动的港湾。

在东关古渡口的河对面，原来有扬州麦粉厂、振扬发电厂、蛋厂，当时河东河西的人们出行，都要靠渡船往来。进城赶早市的菜农、鱼贩们凌晨便开始过河，午夜还要等对面蛋厂的工人过完后才能休息。而东关古渡虽有浮桥，但由于东关和洼子街渡口码头均为石台阶且坡宽大，独轮车、黄包车等载重车辆过河必经此摆渡。新中国成立后，砚池街南头还设有东关轮船站头，大达、大通等轮船公司的泰州班、兴化班、淮阴班常在此乘船接送旅客。

坐在岸水边，静静地听风和河水潺湲的声音，看月光下的帆影一次次嫁接了过往，清气盈握住乡愁，纤尘不染。起起落落的几番更迭，运河早已改变了旧的模样，走过了几世的峥嵘。好的风水就在这里，惠顾一方沃土，数不清的村庄像散落大地的星子，阅读运河神性般的福祉。

据老人们回忆，当年的砚池街有几家比较大的客栈，像王氏竹铺、顾家米行、沈记日用杂货店、靖成油坊、薛家客栈、车家药店等，有全城最大的水果批发货栈和八鲜行。规模最大的要数宝丰大楼，集中了商旅住店、资金汇兑为一体的会馆，相当气派。当时扬州画院的顾伯逵先生，也曾在砚池街出资投股，就是看中这里的人气和兴旺。

阳光打开河的辽阔，浪花向岸匍匐，向大地放下今生，捧出远行的念动。一片浪贴着一片浪，神性般的花朵，一倾水色抬起运河的睿智，安坐史册。从透亮到镜白，早把浑浊荡涤远去，给予人间万象，执着清洁。

尽管砚池街市井繁华，盛极一时，但由于紧邻河边，地势低洼，一遇暴雨，满街漫行。1954年大水砚池街水深齐腰，人们纷纷举家搬迁，尤其是1991年的那场特大洪涝，给居民的生活产生了严重的影响，当时的市领导涉水遍访受灾群众，根据居民的诉求，下决心治理水患，整治河道，搬迁砚池街居民。自此，一条新的古运河风光带为古城扬州添上旖旎的景色。砚池街也成了运河边上的故事，历史的传说。

一条河的禅意像村庄静寂，摘取一滴滴水种下运河的风光。像飞扬的音符，绕过冷雨，与繁华的人间相逢。今夜，隔世的王国，盈水流云，波影如烟，看一条游船驶过，划开的水路，向尘世寄回砚池街曾有的风流，桨声灯影里的半城繁华。

作者简介：

向翔，本名万长正，江苏省作家协会会员，中国散文诗作家创作联盟成员，扬州市杂文学会副会长，扬州文艺评论家协会理事。迄今发表近500多篇（首）散文诗等文学作品，著有散文诗集《时光煮雨》，参加2017中国知名散文诗作家开阳笔会。

动物故事集

向　迅

一

男孩刚推开栅栏门，一条黄狗就猛不丁地扑过来，立地而起，把两只毛茸茸的前脚搭在男孩的双肩上。它高兴地吐出一条又长又红的舌头，哈着热气，亲热地舔着男孩的脸颊。男孩歪着脸躲避着大黄狗的亲吻，右手抚摸着它的头部。

那是个俄罗斯男孩。他拥有一头金色鬈发，一双比湖水还要蓝的蓝眼睛。他刚刚放学归来。书包还斜挎在肩上。黑色的栅栏在身后向村子里延伸。他黑色的靴子上沾满泥泞。道路上的积雪还没有融化。周遭灰蒙蒙的。天就要黑了。

这是语文课本上的一幅画。画的名字，谁知道呢？肯定不叫《伊万的童年》。那个男孩不是伊万。伊万没有快乐的童年。他的父母，被德国军队杀害。而事实上，伊万也不叫伊万，而叫伊凡。一个虚构的男孩。他的故事也是虚构的。

我们家的黄狗和画中的黄狗一模一样，一样忠心耿耿，一样喜欢亲吻孩子的脸颊。许多个晚上，我们在村小学看完露天电影后，刚走到半途，它就从漆黑的夜色中奔到我们面前，跳起来，吐着舌头，亲吻我们，拥抱我们。它飞快地摇晃着粗大的尾巴，它呼哧呼哧地喘着粗气。好像我们分别了很多年。

可我们总是嫌弃它。嫌弃自它乱蓬蓬的皮毛里散发出来的味道，油腻腻的味道，热乎乎的味道，像苍耳籽和婆婆针一样黏在鼻翼前，叫人难受。也嫌弃沾在它粉色脚趾上的尘土。假若它的爪子碰到我们的衣角，我们总是会用手拍打几下。碰到我们的手，我们总是会皱着眉头，蹙着鼻子，用力地甩甩手。

它的皮毛里长满了跳蚤。它经常神经质地转过身去，咬住自己的尾巴，嘴里恶狠狠地哼叫。更多的时候，它用脑袋和脖子抵住粗糙的墙壁，用力摩擦。墙壁上长出一层滑腻腻的油脂。它的一身皮毛被磨得千疮百孔，好像穿着一件脏兮兮的破棉袄。可我们从未想过给它洗一个澡，给它涂满梦幻般的肥皂泡沫。

母亲偶尔会大发慈悲，往它乱蓬蓬的皮毛里撒一把白色的六六粉——有时撒在它臭烘烘的稻草窝里。它奔跑的时候，抖落皮毛的时候，六六粉刺鼻的味道在空气中弥漫。我们捂住鼻子，咳嗽不已。

它把跳蚤传染给我们。可恶的跳蚤藏匿在我们身上，猛不丁地叮我们一口。我们会像黄狗一样，忽然神经质似的从椅子里跳起来，把手伸向大腿或后背，使劲地挠，嘴里骂骂咧咧。"格死狗日的。"大人们这样骂。我们也这样骂。

它陪伴我们度过了许多个冬天和夏天。那些冬天，因为它的陪伴，变得没有那么寒冷而又漫长；那些夏天，因为它的陪伴，也变得没有那么可怕。那些一无所有的日子，因为它的陪伴，开出了美丽动人的花朵。

它还活着的时候，我们就从父亲的口中，得知它原本是伯父家喂养的一条狗。那时我们还住在那几间泥巴房子里，它经常到我们家串门，母亲见了总是给它一碗残羹冷炙。久而久之，它就变成了我们家的狗。

父亲还说，打狗队在村子里横行霸道之时，是他和叔叔们费了九牛二虎之力把它藏在楼上才躲过一劫。不然，它早就被他们不长眼睛的棍棒结束了性命。那几个年头，村子里的狗几乎绝迹。父亲用手挠了挠脑袋，补充道。

它来我们家的原因，还可能是因为一条白狗。在村子里，和独居的老人一样，狗也是孤独的。每一条狗都是孤独的。它们需要结伙搭伴地生活。白天，它们鬼混在一起，咬着耳朵说话；晚上，它们的叫声此起彼伏，遥相呼应。

这条全身净白的狗，没有给我留下多少印象，除了它的死亡。

清晨，有人发现它淹死在四叔家用来搭建猪圈的水池里。应该是误吃了鼠药，因为难以摆脱的巨大痛苦而跳了进去。围观者这么分析。它的肚子不再呼吸。它的脑袋悬垂于墨绿色的水面之下。把它从水池里捞上来的时候，它穿在身上的那件白棉袄变旧了，积水顺着它脏兮兮的尾巴直往地上淌。

它的身体变得格外沉重。格外冰凉。也格外轻盈。

它的嘴唇发黑。雪白的牙齿，紧紧咬合着。

它宝石般的褐色眼睛，失去了光泽。可痛苦与恐怖还未从它的瞳仁里散去。巨大的痛苦和恐怖，伴随着它的死亡。它痛苦的灵魂，在村子上空盘旋。

父亲倒拎着它的两条湿漉漉的后腿，把它拎回院子。父亲身后的泥土路上，多出两道不规则的水迹。水渍滴滴答答的，消失在院子里的一个角落。

没过多久，它就变成了一张蜷曲着的狗皮。灰白皮脂下的毛细血管清晰可见。父亲用树枝把它撑开，晾在二楼的檐廊上。苍蝇嗡嗡嘤嘤盘旋其上。它不再吠叫，不再奔跑，也不再摇头晃脑。没过多久，曾经柔顺光滑的皮毛，变得非常坚硬。

没过多久，一场雨水打湿了狗皮。狗皮内侧爬满青色霉斑和令人恶心的小虫子。狗毛变得粗糙而又脆弱，手指一碰就纷纷掉落。没过多久，那张狗皮不见了。

有一天，我在小溪里见到它。我已经不再认识它。

黄狗越来越老。比祖父祖母还要老。它的皮毛越来越蓬乱，越来越没有光泽，简直像一床烂棉絮，皱皱巴巴，打满了死结。大团大团深褐色棉絮，不时从它身上脱落。那些光溜溜的地方，苍白而空洞，不再长出新的狗毛。

它成天蜷曲着睡在稻草窝里，浑身散发出难闻的气味。它的耳朵耷拉着，陌生人从院子里经过，它也无动于衷。它污秽的眼角，挂着大团大团绿色的眼屎。即使扔给它骨头，它也没有什么兴趣。它的牙齿，摇摇晃晃，不再洁白锋利。

时间神秘的使者，从它身上拿走了太多的东西。我们还能对一条老态龙钟的狗指望什么呢？很多时候，我们几乎遗忘了它的存在。可是最终，它不是老死于那个既不避风也不避雨的稻草窝，而是死于一场意外枪杀。

那个春节期间，它像往年一样，被村子里此起彼伏震天价响的鞭炮声和刺鼻的硝烟味赶进村子附近的森林，就再也没有回来。

父亲寻找到它的时候，它把杉树锯齿形的叶子，压出一个狗形深窝。它毛茸茸的四肢与毛茸茸的耳朵已经变得像石头一样坚硬，肚子上的褐色毛发间淌着一道干涸的血迹。这道血迹，流进了黑色的泥土里。这道血迹，唤醒我们的记忆。

几天前，森林里曾传来一声枪声。只不过没有谁在意。那几日，村子被鞭炮的声音覆盖。鞭炮噼里啪啦的声音，像八月沸腾的葡萄藤，缠绕着每户人家的院子，缠绕着每个人的耳朵。

那具干瘪僵硬冰冷的尸体，被住在森林附近的一位老人拖回家去。老人的儿子，拥有一把令男孩子们羡慕的火枪。老人的儿子，是村子里少见的猎人。老人的儿子，喂有一群长着两只黑眼睛和两只白眼睛的猎狗。

没过多久，我们家里多出了两条被宰杀好的狗腿。瘦骨嶙峋的狗腿。血迹干涸的狗腿。父亲把它们挂在房间里最醒目的位置，接受炉火的熏烤。

我们每天都能撞见它们许多次。它们撞疼我们的眼睛，撞疼我们的心。直至我们的眼睛和心变得又坚又硬。跟石头一样又坚又硬。

过不了多久，它们将被扔进铁锅炖烂，喂给正处于哺乳期的母猪。一群哼哼唧唧的小猪仔不分昼夜地拱着母猪两排纽扣般的乳头。

瘪瘪的乳房。瘪瘪的乳头。真是要命。

过不了多久，它睡过的稻草窝里，将出现一条父亲从秭归县带回的小狗。

这条狗，长大后将死于一场瘟疫。

这场瘟疫，和当年的打狗队一样，几乎让村子里的狗吠声绝迹。

二

祖父说，猫有九条命。它从高高的阁楼的窗台跃到坑洼不平的地面，也只是因为恐惧而发了一小会儿呆。我提着的一颗心还没有放下，它就摆摆耳朵，抖抖锋利的爪子，跟没事人儿似的，把虎头虎脑的身影没入田野边缘的灌木丛。

父亲说，猫有九条命。它被村子里的一群恶狗追逐，它在一片狂热的叫声里逃命。关键时刻，它蹿上一棵大树，徘徊在枝丫间，无辜地注视着树下急得团团转的狗。它们吐着又长又红的舌头，哈着热气，摇晃着尾巴，沮丧地吠叫着。

可惜了，煮熟的鸭子飞了。可惜了，已到嘴边的肉，飞到了树上。

哥哥说，猫有九条命。我们在苹果树下逮到一只陌生的猫。我们合谋把它扔进池塘。我们想知道猫到底会不会游泳。那面反光的镜子，激起它内心深深的恐惧。它怒目圆睁，毛发直立，耳朵收缩，四肢蹬弹，呜呜嘶叫。它用锋利的爪子抓伤我们的手臂，用尖利的牙齿咬伤我们的手指。

我们转过身，让它背对镜子。它的反抗没有那么激烈了。

扑通——它被扔进深不见底的镜子，根本就来不及张开嘴巴。那么大的一块玻璃碎裂了，扑腾起浪花。它挣扎着游向岸边。它的全身湿漉漉的，丑陋的毛发粘连在一起，腹部露出白色条纹。它愤怒的眼睛里，蓄满泪水。它变得又瘦又小，不会比一只老鼠更好看。可是它刚一上岸，又被我们逮到。

恐惧这条大蛇，吐着猩红的蛇信子，爬进猫紧缩的身体，爬进它愤怒的脖子，爬进它每一根直立的毛发，爬进它的每一声尖叫。

我们的笑声在肚子上燃烧，直至我们厌倦了这个游戏。

这只猫真的有九条命。它最后拖着湿漉漉的一身皮毛，晕晕乎乎的，消失在村子里。我再也没有见过它。直到消失前的最后一刻，恐惧之蛇仍没有从它的皮毛下钻出。那条蛇盘绕在它喑哑的嗓子眼上。它在一道篱笆前盲目地转过头望向我们的时候，目光空洞，好像什么事情也没有发生。

可有些事一旦发生了，就再也无法改变。

我们家那只从阁楼窗台跃到地面毫发无损的猫，不幸被邻居家的狗咬破了肚子。它拖着一地白花花的肠子，惊慌失措地从一个院子逃向另一个院子。每个院子里都长着一棵树冠浓密的女贞子树。每棵女贞子树都在地面投下一大团阴影，那只狗在巨大的阴影里紧追着猫。该死的狗，该死的迸射着火星的牙齿。

猫忍受着巨大的痛苦。它躺在阴影里呜呜哀鸣，叫声比一根猫毛还要轻。它的声带上落满灰尘。它正在失去它的声音，还有它眼睛里的光。我的心猛地抽搐了一下，就像谁在黑暗中用针扎到了我的手指。

父亲请来村子里的兽医。兽医提着一只黑色的人造革公文包，包里装着冰冷的手术刀、手术钳和巨大的注射器。他有一双冰冷的手，还有一双冰冷的眼睛。他迈进房间的时候，我的牙齿因为突如其来的一阵寒冷而碰撞到一起。

兽医用那双冰冷的手，把猫沾满泥土和落叶碎屑的肠子塞回肚子，把它无力呼吸的肚子，用又粗又长的大头针重新缝合。做完这一切，他拿起那个巨大的注射器，旋转上同样巨大的针头，往猫软乎乎的脖子里注射了两剂消炎药。

母亲慈悲心大发，为猫准备了一整副肥肠。以前，它只有远远望着的份儿。

可它还是没能活过那个夏天。

父亲用一把干稻草裹住它仍然柔软的尸体，搭着梯子，高高托举着它，把它搁放到一棵漆树的枝杈里。我不知道父亲为什么要这么做。父亲说，猫的灵魂，将在这棵漆树上得到安息。其他的树不能让它的灵魂得到安息吗？不能。为什么？哪来那么多为什么。好吧，这棵漆树上，住满了猫的灵魂。我想。

这棵住满了猫的灵魂的漆树，生长在一片荒凉的墓地里。

墓地里，居住着我从未见过的死者。在人们的故事中，他们仍然像活着时那样，在村子里出没。有人在夜晚看见过他们。还有人在白天看见过他们。他们穿着深及脚踝的长衫和宽口布鞋，眼睛冷漠，挂着文明棍，无声无息地赶路。

有时，他们还以蛇的身份回来；有时，他们还以蛐蛐的身份回来；有时，他们还以蜜蜂的身份回来；有时，他们还以蝴蝶的身份回来；有时，他们还以风的身份回来；有时，他们还以雨的身份回来。

他们回到从前居住的房子里，回到香火台上一张镶着金属边框的相片中。相片早已泛黄，边缘受损，呈现出锯齿状。相框上覆有一层薄薄的灰尘。

在村子里，像这样的墓地并不少见。

平日里，人们与墓地保持着距离，井水不犯河水。只有在阳历四月上旬和农历十二月的最后一天，人们才会来到这些寂静之地、荒凉之地、被遗弃之地，带着烧纸、蜡烛、弯曲的膝盖、巨大的沉默、萤花层层叠叠的祈祷语。

祈祷完毕，因为膝盖酸疼，人们在站起来的那一瞬，总是会仰着脖子望一眼墓地上方的天空。天空苍白而空洞，除了云朵，什么也没有，却有着肉眼难以觉察的重量。偶尔，云朵里有一张熟悉的脸，但它很快就消失了。

村子里，几乎每年都有人死去。有的人死于睡眠，有的人死于疾病，有的人死于农药，有的人死于酒，有的人死于事故。

还有的人，死于恐惧。恐惧像一条绳索，套牢他们的脖子。

作者简介：

向迅，1984 年生于中国鄂西，中国作协会员。已出版《与父亲书》《谁还能衣锦还乡》《斯卡布罗集市》《寄居者笔记》等散文集。曾获林语堂文学奖、丰子恺散文奖、孙犁散文奖、冰心儿童文学奖、三毛散文奖及扬子江年度青年诗人奖等多种文学奖。现居江南。

县　中

晓　华

　　五年前 5 月的一天，我被拉进一个群里，群名很长 RDXZ79-2_ 160430，进去一看，我乐了，是中学同学群，瞬间我也就明白了群名的意思——如东县中 79 级 2 班 2016 年 4 月 30 日建。其实，我并不是 792 班的人，这个 792 班是一个理科快班，我当时选的是文科，但是我跟这个群里的大多数人都认识，毕竟掘港就这么大，学校就这么几个，他们或者是我的小学同学，或者是我的初中同学，至少也在高中有过一学期的交集。

　　我已经记不清我高一时是在哪个班了，或者说待过哪些班了。1977 年恢复了高考，我们刚好上高一，那段时间变得十分混乱，高考的恢复打破了先前已经习惯了的学校常规，难免有些手忙脚乱，匆匆之间学校首先给我们分了快慢班，把有希望考上大学的同学聚集在一块儿，隔了不长时间，又来了一次文理科分班。我选择了去了文科班。选文科的人很少，在老师和同学的眼里，只有理科实在学不下去了才会选文科；在家长的眼里，文科以后的就业渠道很窄，前景堪忧。所以全年级最后只有四十来个人选文科，只够凑一个班的，大多数人都选择了理科，而 1 班和 2 班则是理科中的快班，是优质学生所在地。

　　我之所以说这么多是想说明，我被拉进 792 是名不正言不顺的，也想说明这个群是个不一般的群，在当时就是被学校重视的，是要冲高考拼成绩的，虽然当时还没有今天的县中模式，大家对各类大学还处于懵懂的状态，也没有今天这么清晰的 985、211，一本、二本、三本，大专、职高，只知道考上大学是我们大家的共同目标。

　　我进了群之后，渐渐地发现这个群里也不只我一个人是外班的，而且2班的群也从没有把别的班的同学当外人，这让我想起了蔡元培先生的"思想自由，兼容并包"，这个群还是有这么一点意思的。把群成员一一打量过去之后，更是发现了这个群的不一般，从地域上看，东南西北遍布全国甚至海外，从职业上看，有公务员，有企业家，有医生，有教师，有科研学者，有金融家会计师……而且个个都有两把刷子，大佬级的人物也不在少数。他们应该都是母校的骄傲，79级的县中培养出来这一帮人也确是不简单的。群里一直非常热闹，一会儿怀旧，一会儿争论，一会儿云淡风轻，一会儿电闪雷鸣。但不管怎样，只一个"同学"二字，就把大家紧紧地聚拢在一起，只一个"县中"二字，就让大家久久地回味。

　　不知道别的同学在校的时间长短，我在如东县中是度过了整整四年的中学时光的。我们这一届是学制最短的一届，初中高中各两年，所以我们这一届学生毕业时大多十六七岁。我十二岁跨进县中大门时首先是被它的操场所震撼，那是一个标准的体育场，400米的标准跑道，中间还有个足球场。这可能是我们县里最大的一个广场了，当时的万人大会通常是在这里开，县中的学生总是自己从教室里搬出长条凳，排着队入场，成为理所当然的观众。1976年地震时操场上搭满了简易帐篷，我们还在帐篷里上过课，比在教室里上课有趣多了。我还记得省体操队曾经在这个大操场上做过表演，我们看着他们从大卡车上搬下那些我们只有在电影上和小人书上才看到过的体操器材，那时候有一本很有名的小人书叫《新来的小石柱》，就是写一个体操苗子是怎么一步一步成为红色接班人的。这一群电影上才能看到的人真实地出现在我们面前，他们很年轻，外面裹着草绿色的棉军大衣，一脱就是紧身的体操服，真是帅呆了。他们果然就在单杠双杠吊环平衡木上翻腾起来。印象特别深的是有一个运动员叫黄龙，大约是一个主力，他反复出场，动作矫健而优美，可是那时我们并不懂得欣赏，大喇叭里报到他的名字时，就会引来一阵哄笑，因为他的名字实在是让大家想到了大冬天拖着的两条鼻涕。最开心的当然是我们学校开运动会，那是几天的全校狂欢，每个班占一个地盘，像我这样的非运动员是最自由的，可以东跑西逛，可以带东西来吃，可以去别的班串门儿。平时男女生之间是不说话的，但是到了运动会，似乎就可以破个例，找个什么借口说说话儿。因为我小时候就瘦弱，就尤其羡慕那些体育好的女生，我记得有个女生短跑特别厉害，不是我们班的，她皮肤很白，两条大辫及腰，跑步时可能是怕辫子甩起来影响速度，她会把辫梢扎在一起，在脑后形成一个大大的 U 字。她奔跑的姿态令我着迷，摆臂，蹬腿，像一个专业的运动员，吸引着全场的目光，有调皮的男生会在她跑过时打一个大大的呼哨。

在记忆里画过无数次的县中校园图，进大门是两排梧桐树，树的南边和北边都是教室，和许多学校一样，教室是青砖灰瓦的平房，有很宽的走廊。正对着大门的是一个影壁，绕过去有一条小河，河的北边是教师宿舍区，河的南边是办公区域、食堂和一个内操场。我们上初中的时候教室在最北边一排，好像是后建的，比较低矮简陋，初一的小朋友总是要被欺负的，那时候我们就盼着快快长大，好坐到前面宽敞明亮的教室里去。1976 年地震的时候我们已经搬到前面教室去了，那时候老师要训练我们遇到地震紧急疏散，跑门的跑门，跳窗的跳窗，但是因为教室很高大，后窗离地面太远了，老师就率领大家堆土堆以方便北边的同学跳窗，我的座位恰恰是在最北边，每每训练时都是要鼓一鼓勇气的。

我们上中学的时候，县中也是人才济济，老师来自全国四面八方，他们各种原因聚集在这里。我们听着他们五花八门的口音，也听着他们一肚子的学问。初一开始学英语，英语老师的名字叫司马格林，这多像一个外国人啊，而我们听到他一口纯正的伦敦音的时候（跟磁带里的声音一样），真的是打心底里佩服了。我记得刚上英语课他就叫我起来念单词，然后说："这个同学的发音很准，很有学英语的天赋。"我不记得我后来是不是英语课代表，同学群里有人说早读课是我天天领着他们读英语的，我只知道从此我就爱上了英语。有时候老师的一句不经意的话对一个学生的影响却是巨大的，司马老师可能不知道我就是因为他的这一句话高考时才选了文科，而且执念地选择了考英语专业，而也正因为他很快就调走了，接替他的英语老师也半途离校回京处理自己的右派平反问题，我的英语梦才变成了文学梦。

792 的群里时常会发一些中学时的老照片，我看着前排就座的老师，一个一个在回忆他们的当年。吴剑坤老师教我们数学，他不但课上得好，而且课后还有自己的数学研究，在我的眼中他不是一般的教书匠，而是跟当时的陈景润一样，是一个数学家，也许是因为他，我在高一时数学学得十分努力，还参加了全县的数学竞赛并得了奖，当时全校只有两位女生得奖，而另一位女生就此锁定数学专业，并成为高校的数学教授。美术老师叫徐贤，是我的本家，他是南通人。我们的美术课大多是画宣传海报，与时政联系紧密，社会上发生了什么事，我们就跟着画什么，比如画一个大大的拳头，下面被砸烂的人物是随着形势而改变的。徐老师并不要求我们画人物，他把范画挂在黑板上，只讲解拳头的画法，下面的是可以省略的。拳头不只画过一次，我的拳头也越画越熟好，有一次还得了高分。徐老师最让我们佩服的是他能把小小的画儿放大到大大的影壁上去，而且不走形，他先在小画上打上正方形的格子，然后在影壁上也打上正方形的格子，慢慢地，一幅小画就 copy 到一面墙上去了。

我上文科之后的班主任兼语文老师是杨自强，那是一个极其认真和严谨的老师，每天上课前必在黑板上方挂上小黑板，上面是各种练习，以成语填空、释义、翻译、造句居多，这样的练习让我日后的成语运用自由娴熟，这不能不说是杨老师的功劳，虽然我后来当了老师之后一直反对学生在文章里多用成语，但是我知道，不用成语或少用成语是建立在对成语已经相当熟悉的基础上的，没有这个基础，就不能懂得简单地使用成语所带来的语词僵化。当然，我最最难忘的是当了我三年班主任的刘翠兰老师，从初一开始，刘老师就是我的班主任兼教语文，初中毕业进入高一，她也从初中转入高中，继续做我们班主任。她是南京人，脑门很宽很大，戴一副深度近视镜，她有两个儿子，我清楚地记得她的二儿子出生后不久我们去她家里看宝宝，她抱着孩子，低头微笑着，完全是一个温柔的母亲形象，刹那间我感觉这个画面是那样的美好，这与我们平时感受到的刘老师判若两人。的确，工作中的刘老师是一个非常严格和严谨的人，她的眉头时常是皱着的，无论对学生的思想还是学习，她的要求都很高，我觉得无论我怎么做都达不到她的标准。有一次她在课堂上严厉地批评我，并重重地在黑板上写下"骄娇二气"四个字，坐在座位上的我一直在忍住自己的眼泪，不让它掉下来。这四个字一直存在我的心里，成为我以后人生中的一次次提醒，为此我要感激她的不留情面。

最后一次见到刘老师是在南通，那时我已经在如皋师范任教多年，并取得了一定的成绩，那天我是去领奖的，散场时我听到有人在喊我，竟然是刘老师！她真的是一点儿都没有变，我大约有十多年没有见到她了吧，她祝贺我，询问我的近况，我也知道了她离开县中去了党校，她的小儿子"为为"也长大了。我以为我们会很激动，结果我们是那样平静，平静得像是天天见面的同事，然后就突然冷场了，我不知道该再说些什么，就匆匆告别了。现在想来，可能在我的潜意识里刘老师的威严还在吧。

　　不知是哪一位老师提出的，我们这个年级突然间就有了"五朵金花"之说，这可能与当时刚刚开禁正在复映的《五朵金花》有关。其实优秀的女生不止我们这五个，这就造成了后来"五朵金花"有多个版本。恢复高考后，学校开始重视起文化课的学习，但是前面的影响还在，我们在高一的时候还在学工、学农、学军，还有人被选了去学发电报和射击，是不是叫通信班和射击队我忘了。学军总是让我们期待的，大家都很兴奋。我记得我妈用家里的小被子和军用背带给我打了一个小行军包，我嫌她打得太小了不够气派，她坚持说大了我背不动的。妈妈还给了我一只军用水壶，我们家有两只，因为哥哥也要学军，所以他拿了那只新一些大一些的，上面的绿色让我好生羡慕，因为我的那一只不但小，而且绿漆已经掉得差不多了。学军的一项重要任务是行军，我们背着背包跟着大部队走，我们班有几个同学被选到了尖刀班，他们是在大部队前面出发的，所有的命令，都从尖刀班传过来，走，还是停，还是有"敌机"轰炸需要卧倒，都得听命令。尖刀班没有报到我的名字，我有些沮丧，虽然我知道老师不会选我，但我还是沮丧。不过，射击是人人都有机会参加的，每人三发子弹，是真的。我趴在那里的时候，一个战士过来帮我抵了抵枪托，告诉我一定要抵紧了，不然后坐力会把你的肩膀搞伤。我并不紧张，自认为眼力好，一定会是十环，三点一线对好了之后，我就扣动了扳机，一声巨响，我再看我的靶，读靶员在那里画圈，我蒙了，怎么会是零蛋？那个战士蹲下来对我说，你没抵紧，你还是没抵紧。我明白了他的意思，没抵紧瞄得再准也会飞。于是我调整了一下，再一枪，五环，再一枪，八环。这个十三环的成绩我到现在还记得，我也记得我们班的一个男生枪枪十环，总成绩三十环，那是我们这个年级的神枪手。

我还想说说学农。学农的次数是最多的，不谈额外加进来的，雷打不动也有夏忙假和秋忙假两次。小的时候学农就是干非常轻的活儿，捡麦穗啊，摘蚕豆啊什么的，上了高中，农活儿渐渐重起来，摘棉花就算轻的，还要割麦子插秧。我记得有一次学农我刚会骑车，就骑了我爸的飞鸽自行车去，路上遇到了一位同学，我说我带你一起，结果她刚一跳上车我就扶不稳车把两个人都飞了出去，那时是石子路，手和脸都擦出了血，嘴巴立刻就肿起来。等我俩一瘸一拐地赶到，队伍已经集合了，我期待老师问我怎么了，我就说没关系，轻伤不下火线。但是老师只看了我一眼，什么话也没说。最后一次学农不是在村里，而是县中的学农基地，那时已经变成固定的地点，一年四季，每个年级排好了，轮着来，有什么农活儿干什么。我们当时已经在为高考做准备了，很多同学带了书，白天干活儿，晚上打着电筒学习。我印象特别深的是一个晚上，我们几个女生（应该就是"五朵金花"吧）在田埂上来来回回地走，谈将来要考个什么样的大学，我第一次听到了重点大学这个说法。说实话，我的父母对我一直过于自信，从来也不担心也就不关心我的未来，我记得就在那一年组织上落实政策让妈妈重新回到省广播电台工作，而我爸爸的一句话最终让他们放弃了这个机会，他说晓华又不是考不上大学，如果她考不上，我们再回去不迟。所以我当时脑子里只有一个考大学的概念，对什么重点和非重点，什么本科和专科，都是一头雾水。所以，农场的那个晚上我感觉到了我与我的同学、好朋友之间的差距，她们都能说出哪些大学是首选，哪些只能退而求其次，哪些是最后的底线，如果连这个底线都达不到，那就复读一年再考。但那只是感觉，而不是警醒。那天晚上天上有很多星星，田埂上不算黑，我们就这样从一条埂走到另一条埂，她们在思考未来，我在发蒙，我不知道自己将来想要干什么，也不知道我的大学之路与我的人生密切相关，我盲目地自信着，这个自信非常空洞。

有关县中的回忆真的是太多了，一篇小文章是肯定装不下的。我的回忆几乎每天在进行，因为我们有了朋友圈，有了同学群，你不想回忆都不行，他们动不动就发上一张老照片，勾起你无数的往事。那天，我看到了我们读书时县中的老大门和远远的影壁，真的是觉得十分亲切。我也翻出了2009年我们毕业三十年的照片，我把当时来的老师的照片发到群里，引起了一片欢腾。那个对着话筒讲话的化学赵老师还是像当年一样话说得人听不清楚，不能怪，当时他就九十多了，现在已经喝过了百岁酒，他像一个老佛爷一样，除了慈祥还是慈祥。

作者简介：

徐晓华，笔名晓华，江苏如东人，中国作家协会会员，一级作家，江苏省作家协会全委会委员，现任《扬子江诗刊》副主编。自1985年起发表评论以及随笔、散文两百多万字，出版《伫立虚构》《华丽家族》《分割的空间》等著作，并获多种文学奖项。

卖车票的黄三

肖德林

杨树村在里下河"锅底"，上哪儿去似乎都要"爬坡"。

我们是江都县最后一个通汽车的乡镇，因为离县城最远。通车那天老师宣布，可以放半天假，去看汽车。汽车只能开到集镇西头，进不了街区。汽车每天两班，车玻璃上落满县城的灰尘，轮子黏着县城的泥土，客车周围弥漫着汽油味的芳香。——这是一个神奇的怪家伙，我那些缺乏见识的同学都这样说。

我们脚下的泥土是淤泥，黑得冒油，粘得掉腿，雨雪天，许多人只能赤脚走，自行车扛在肩上，自嘲"车骑人"。泥地干了，路上一棱棱泥土，坑洼不平，硌得脚更疼。到了寒天，下过雪，更没办法走，大冬天，有的人光脚跑，如果脚上有冻疮，那只能由着冻土撕开血口子。事实上，里下河人穷，还有不少人没有雨靴子，只能穿绳草做的"蒲鞋"，穿在脚上，四处漏风，重得要命。

汽车开通了，最牛的是黄三，他是卖车票的。瘦，瘦得像个猴子；声音尖，尖得像竹篾子戳人。每次检票，他都要跳着、蹦着、叫着，队前蹦到队尾，不断地"镇压"那些插队加塞的，那些左手一只鸡右手两只鸭的，头上顶着棉花胎身上背着蛇皮袋的，个个争先恐后，宁愿变成人群里的一只乱拱的猪，也不愿被落下。有不服的，就要和他干一仗，我经常见到他鼻青脸肿，那都是和人干架留下的。向他买票是要走后门的，他手上拿一支蓝字圆珠笔，看着人画号，熟人的号码要好一点。加座！加座！车顶上都有人爬上去，但是还有一大拨人走不掉，怎么办，等下班车，下班得到下午。黄三手上的坐车顺序号码就是人们争夺的资源，黄三做事只能在人们的眼皮底下，他耍的小聪明经常被人识破，所以天天吵架，黄三时常被投诉。被投诉也没有办法，换成李三王三一样会打得头破血流，否则谁也别想准时出发，班次太少！

我第一次坐车是到小纪看电影，《少林寺》，这部电影风靡全国。电影票也特别珍贵，没有钱买，但我运气好，用丝网捉住了一条鲢鱼，在菜市场卖了，有了坐车和看电影的钱。小纪离我家20多里路，我没有去过，心情激动地挤上了公共汽车。当时黄三又在和人吵架，我从他胳肢窝底下挤上去的，——挤上去就是胜利，我突然有了藐视的感觉，挤上公共汽车，光荣啊！汽车开起来，果然不一样，原来熟悉的风景，突然都愉快地跑了起来、飞了起来。但是下午回头误了客车，我欲哭无泪，口袋里卖鱼的钱已经所剩无几，根本没有钱住宿，连下碗面条都难。后来，我决定走回家。

我迷路了，走了很久，筋疲力尽，天已经要黑了，我几乎担心自己要在路上走一夜。好在，遇到了一个热心人，他拍拍我的脑袋说：先找到野田河，沿着野田河走，就不会迷路了。

突然我眼睛一热，几乎要呜咽了。

不错，我们还有一条路，水路。

我们里下河人与河流的关系是死生不离，房子要顺着河流砌，死了，坟墓也顺着河流葬，祈求看得见风帆，听得见水响。

后来，集镇决定不惜血本造路，集镇人亲切地称作"环镇公路"。街西到街东隔着一条大河，没有钱造桥，但是我们有劳力，所以决定抽干半边河水，造路。这个工程浩大，因为没有机械，全靠锹挖肩挑。河干后，淤泥半人深，全部要挖掉，一直要挖到黄黄的生土。我们中学生也有任务，全部去抬泥。我们比关心学习成绩还关心这条路的进展。老师说，看你们有没有出息，就看你们暑假结束，能不能爬上公共汽车去外面上学。

几经苦战，终于从水里修出了一条路。后来，到江都的班次增加了，而且开通了南京、上海班。每班车依然挤得厉害，黄三似乎手上总有那么点权，虽然仍然瘦得像猴子，但是一直形象高大，谁见了都要叫声"黄师傅"，他得意地说，自己到菜市上买菜都比别人便宜。

从此，乡村的声音变了。原来寂静迷糊的杨树村不断被嘟嘟的喇叭声唤醒，乡亲们刚开始好奇，后来习以为常。这个十年来，它已完全从乡村原来的风声、水声、鸡鸣犬吠之声中跳出来，如果听不到喇叭声，倒不习惯了，一辆辆客车成了乡村新的钟表，不要看日头，更不要听雄鸡叫。

我在路上还能偶尔看到黄三上环镇公交车，脸胖了，白了，没了伤痕，上车还是有点架子的，慢条斯理，不忘对司机嚷一句：关门——

那个曾经拥挤不堪的年代，也被他关在了门外，甩在了身后。

作者简介：

肖德林，在江苏《扬州晚报》工作，中国作协会员，曾在《清明》《雨花》《朔方》《山东文学》《福建文学》《鸭绿江》《芒种》《中国铁路文艺》等发表作品。有小说被《小说选刊》等选载。

在一座城市，走走停停

谢　君

　　在一座城市待久了，就习惯了这一座城市里的风土人情，一碗粥、一杯茶，一个陌生的微笑，都会觉得很亲切，也曾在物是人非的街道，看见车来车往，人流如潮，那一路的风景，正式的宣告：日子和人都需要有氧呼吸。即使在极度困惑时，也要去临近的街头，接触熟悉的风景，或许昨夜的难过，在此时已经不值一提，多美的日出，因为你的到来，光晕出奇地美起来，或许你此时囊中羞涩，但这并不妨碍你对美的执着追求。那一束光终将打开你的心扉。

　　这一座城，因为有了你，有了温暖，在渐黄未黄的叶片下，花朵迎着朝阳，一切都是新生的模样。古人云：正月银柳插瓶头，二月红杏闹枝头，三月桃花粉面羞，四月槐花挂满枝。而这些美好的细节，这座城市都会有，你的心里装着雪花也好，装着梨花夜雨也罢，这些统统不影响一座有魅力的城，对你的宽容与宠爱。

　　春哟，在漫长的冬天之后总会如约而至，你只需耐心等待，在积攒了夕阳与黄昏的悠闲之后，新月约上枝头，尽管冬天没有蛙鸣，但细细的风声，悄悄地伴着脚步，一盏橘黄色的路灯下，翻看着多条微信留言，心底的焦虑不安，终会淡然而去，偶尔你会抬头，路灯下细长的背影混合了城市的点点滴滴。

　　丝丝入扣的感觉，一点点微冷，一点点微暖，手心里握着或大或小的事，恍惚之间，一切都可以转换，漫长的冬夜就这样开始了，不如把文字约近自己，所有的不愉快，在字里行间渐渐化为乌有，生命里撑不下的都会在文字

447

里消化，慢慢地你会喜欢这种清淡寂静的感觉，那一夜窗外飘起了雪花，晶莹剔透。

日子在纸上一页一页滑过，新买的手套，在这座城里，走成了风景，慢慢地你适应了这里的气候，湿冷的天气，也会遇上暖阳的呵护，那一天忽然闻到蜡梅的清香，恍然间嗅到了年的味道，没雨了，雪停了，鲜红的窗纸拜访了窗格，年的气氛喷然而出，或许很多外乡人都准备好了年货、行李就等着回乡的日子，那种期待似乎有些距离，这座城还在行李中暖着。带些土特产、桂花鸭给家乡的亲人品尝，感觉这座城的"味道"，相望已久的日子，在越来越近的时间里"生暖"。

一年的时间即将画上句号，但心底的期待沉甸甸地存在着，跨一步不曾逾越，退一步不曾惦念，手心里捧着一杯暖茶，在文字里徜徉，云朵离自己很近，蓝天离自己很近，"朝是暮还非，人情冷暖移。浮生只如此，强进欲何为"。在文字里取暖添香，也未尝不是一件乐事。

走走停停的时光，跃然纸上，至善至美的光阴包裹着自己，即使是虚构，也是乐此不疲，一边洗手做羹一边品读文字，人间礼遇最好的时光，不过是做自己开心的事而已。正如三毛所说：世间最平和的快乐就是静观天地与人世慢慢地品味出它的和谐。人生真的是这样，未完成的事终究是一种常态，花开花谢，生命因情而丰盈，因爱而温暖，因理解而包容、因遇见而生动、因清欢而静好。时光越老人心越淡，在岁月深处静守一处花开，这一座城幸存感激，感恩的音符在生命里轻舞飞扬，有些遇见虽属偶然，但你给了我更多生活的勇气，叶落倾城，幽远深邃，走过的山水都是风景。

安然葱茏的时光里，携一颗素净的心，阅尽人间风景，许岁月安暖寂静，还生命本色纯真，越简单越快乐。

作者简介：

谢君，笔名潭影，江苏省作协会员。作品散见于《金陵晚报》《扬子晚报》《南京日报》《江苏文学》《江苏工人报》《江南时报》《青春》《扬子江诗刊》《中国诗人》等报刊。

木末风高

熊曙光

雨，绵绵不绝。

在午朝门九龙壁旁，我与夫人遇见一位老人。我俩拍狮子时，老人问这儿的狮子有何不同。我犹在思考，他已经自问自答。这两个狮子是戴帽子的，是官帽；那公狮子手握着的不是绣球，是乾坤。

老人个儿不高，眼有神，眉梢长，一把旧雨伞，闲闲地扛在肩上，撑开了，黑黑的，头发愈显得花白。他领我俩到九龙壁的另一边，指着中间一大块斜顶着九龙壁的方石说，你们看这石上是不是血迹？其实这不过是一块产于南京的大理石，名叫南京红，含有红色矿物质。没想到老人原来是中国地质部的。小雨纷纷，他越说越来劲，只是他的方言让我听起来有点吃力。他说这块石头就是传说中的"方孝孺溅血石"，然后大谈溅血石传说的来历，及方孝孺其人。方孝孺其人，我知道点儿，却不忍拂了老人的谈兴。老人对方孝孺的敬仰之情，使我不由得想去看看方孝孺的墓。

方孝孺的墓在雨花台。细雨中的山林，空气朗润。从西晋名刹古高登寺旁拾级登山，一路了无人迹。行近山顶，仍不见其墓。时间已经是下午五点多钟，闭园的时间应该快到了，又逢阴天，暗影悄悄弥漫在山林里。稍觉欣慰的是不远处就是山顶，山顶上有一亭，木末亭。"木末"二字，出自屈原的《九歌·湘君》"采薜荔兮水中，搴芙蓉兮木末"句，意为高于树梢之上，以此名亭，谓亭秀出林木也。金匾"木末风高""金陵胜景"高悬亭中。"木末风高"有称赞历代志士仁人高风亮节之意；"金陵胜景"指证此处是清"金陵四十八景"之一，登此亭，可远望钟山近览长江。我今登亭，啥也看不到，除了高楼，因而刚刚的稍稍欣慰马上变成了小小失望。但是，"木末风高"让我隐隐预感到方孝孺的墓就在近旁。

下楼，刚转弯，果然发现一块碑，又一块碑，又一块碑，一块块碑石依山就势弧形排列而下。第一块碑石上有四个大字，不知什么体，我一字不识。老眼昏花，细细辨认，下面小字中我发现有"方孝孺"三字，于是赶紧用手机拍了下来。

我本以为方孝孺的墓虽不至于就一个小小"土馒头"，却也不会特殊到哪里去，没想到方孝孺的墓是我见过的特色最为鲜明的墓。单是这依山势弧形排列而下的一块块碑刻，有几人能够享有？"方孝孺骨鲠千秋""有明诸儒之首""天下读书种子"等碑刻，好像每一块都是一个文化地标。墓冢，本身朴实无华，下为环状，上为半球形的穹顶，墓前赑屃驮一高大墓碑，碑文是同治五年（1866）重修墓园时两江总督李鸿章手书"明方正学先生之墓"，碑后刻写所诛十族姓名（主要是其子嗣，可惜匆忙中没能细看，也忘记留照）。从墓地平台下行十多米台阶便是肃穆的神道。神道两侧碑刻相连，古柏参天。神道北立一巨大牌坊，牌坊下是方孝孺的半身铜像。牌坊上有一联"十族殉忠天遗六氏，一抔埋血地接孝陵"，横批"天地正气"。出牌坊，再下几节台阶，是甬道，是一块块碎石铺就的甬道，是一瓣瓣摔碎了的心铺就的甬道，幽长，幽长，似乎在晚风树影里轻轻地摆，如披麻，或如孝帽下飘垂的长长的白；如挽歌，或如一曲《招魂》在暮色里久久回荡。

甬道的北端是"梅岗"。南京的市花是梅花。南京观梅绝佳地，一是明孝陵的梅花山，一是雨花台的梅岗。听说梅岗的梅花枝枝向上，峻逸，香远，十分罕见。梅岗遍植梅花是纪念东晋勇御外敌的豫章太守梅颐将军。

方孝孺墓园北襟梅岗，南连木末亭，绵延百米。站在梅岗，我俩不由得回望。甬道，牌坊，方孝孺铜像，墓碑，墓冢，以及那一块块依山势排列而上直到山顶的碑刻，还有山顶上的"木末亭"——木末亭难道不也是一块碑刻？当梅岗万花怒放，香涛阵阵，方孝孺的墓园就是一首歌，零落成泥碾作尘，只有香如故。只是这歌声越来越缥缈，缥缈成无边花海上一座海市蜃楼。

七月的梅岗闻不到梅花香，七月的细雨中那个似乎总活在梅花香里的人，老了，头发在旧雨伞的黑里越发地白。尽管他是一个地质学家，他却宁愿相信午朝门九龙壁前那块大理石上的殷红就是方孝孺当年溅的鲜血。叙述方孝孺血溅大石时他激愤的语调，说真的，当时真有点惊到我了。

方孝孺，誓死不肯为朱棣撰写登基诏书。朱棣以灭九族相威胁，方孝孺回答"十族又怎样"。我想，当年那场"靖难之役"不过是朱家叔侄为了那一把椅子而血拼，对错真的没那么重要；我想，燕军入城，朱允炆自焚时，若方孝孺也随朱允炆一起赴死，全了他的名节，便不至于被株连九族——错，他被"株连十族"，十族，十族呀！我想，若是我对那雨中扛伞的老人说方孝孺有点迂，那老人会怎样？

细雨蒙蒙，脚步匆匆。看着车窗外芸芸路人，我想若都是"我想"的话，还会有"木末风高"？还会有"读书种子""骨鲠千秋"吗？我发现了我的"小"。

作者简介：

熊曙光，1990 年毕业于扬州师范学院，英语专业。

江南之秋

秀　秀

郁达夫说，江南的秋，草木凋得慢，空气来得润，天气颜色显得淡，并且又时常多雨而少风，而我却以为这可真是恰到好处地撩人心魂，像一帧帧耐人寻味的水墨画，将秋的诗意美渲染到了极致。

就拿我所居住的苏州吴江来说吧，立秋都过了近半月了，早该有凉凉的风来驱散酷夏的余热了，但江南的立秋却并不是秋，没有风，天气依然热得不像话，太阳刚一露脸，草木就像被抽了魂一样，无精打采地耷拉着脑袋。空气仿佛一个大蒸笼，人在里面像发了泡的面粉，动一动就喘不上气来。即便有台风，即便台风里还裹着骤雨，到了吴江也只是温柔地擦肩而过，风停雨歇之后，秋老虎立即又卷土重来。然这一切，不过都是为了着意衬托早晚那一丝丝珍贵无比的凉意和姗姗来迟的雨色秋分罢了。

吴江的秋分，虽然公路旁的草木依然郁郁葱葱，美人蕉依然红得像一团火，野菊花依然星星一样地散在草丛里，狗尾巴草还没有拔节结籽，晚熟的稻子才刚刚开始摇穗，那种所谓的色淡叶黄，草木萧疏，似乎离吴江还很遥远。但秋雨却是早已反反复复地下个不停了，宿一阵朝一阵，密密斜斜、淋淋漓漓、细细碎碎地竟可持续缠绵半月有余，尽显烟雨江南的韵味悠长。即使雨后初晴，一切也都是隔着一层薄薄的轻纱雾霭的，似女人哀怨惆怅的眉眼，让人情不自禁地心生怜爱。往往雾散晴朗，阳光又是格外静好，一串红和雏菊终于在路边轰轰烈烈地晾开了。

一桂一香，一杯黄酒佐蟹黄，这大概才是吴江人家真正入秋的标志。

每当秋风一起，整个吴江的秋天，便都是桂花味儿的，那一簇簇米黄色的小花碎金一般紧密地拥挤在一树墨绿之间，浓厚清远的幽香足可以飘到红尘之外。一旦闻到桂花香，吴江人的唇齿才算开了挂，桂花粥、桂花年糕、桂花糖芋、桂花糖藕、桂花红豆羹、桂花酒酿圆子……平平常常的小吃，似乎因为有了桂花才有了灵魂。而以花入茶，以花入酒，更是满满的家常气息和温柔的江南情调。

苏轼说，不到庐山辜负目，不食螃蟹辜负腹。对于环太湖而乐居的吴江人来说更是深谙其道的。西风骤响，即使再寻常的餐桌上也总是能寻着"内黄侯"的身影，或清蒸，或水煮，或放些姜葱爆炒，或伴着年糕红烧，一家老小坐在一起，一边家长里短一边动手剥食，往往要吃到指尖沾腥、唇齿流油才能尽兴。而橘黄蟹肥时节，邀上三五好友，隐逸太湖浩荡的碧波里，围炉品蟹、烫酒诗情，大约是吴江文人们必不可少的风雅聚会了，若是再配上一些淅淅沥沥的秋雨来助兴，便更无一字不江南了。

就算到了晚秋，吴江那也是半冷还暖的温存，街道两旁依然绿树常青，河道两旁依然垂柳浅淡。只有到了周末，不妨择一个秋雨潇潇的傍晚，去荷塘边走一走。那种红褪尽，香无影，雨打满池的断根残叶看似苍凉肃杀，但少有的绿色又总会让人眼目清新，就像古朴典雅的水墨丹青，忽然无声地跌入一抹涟漪。

而那种黄叶铺地，十里红枫的妙处，在江南也不是没有的，但恐怕是要等到接近立冬的门槛了。最好是在响晴的日子，最好是在夕阳西下，落霞飞丹的时候，喧嚣繁华的街市上，鸡犬桑麻的乡村边，书声琅琅的校园里，佛性禅心的古刹旁，不经意地抬头，金黄色的银杏叶就已然惊心动魄地铺满了整个天际，阳光透进来，发出耀眼的光芒，秋风阵阵地吹，黄花蝴蝶满天地飞，落在地面上，像软软的黄金地毯，从脚心一直辉煌到心尖，怎一个美字能形容？

绚烂、浓艳的枫叶自然也是吴江的秋天必不可少的。寻一处静谧的公园，也许在幽深的小树林里就散生着那么几株枫树，高大挺拔的，如烈火燃烧，纤细娟秀的，似情窦初开，枫树脚下厚厚的落叶，红的、黄的、紫的，就像一幅美轮美奂的油画，烂漫得毫无止境。这大概就是林语堂林先生谈《秋天的况味》里，满满的过来人的纯熟和恢奇了吧。

一场秋雨一场寒，江南之秋的美常常是要延伸到立冬之后的，立冬之后，若是忽来一场薄厚相宜的初雪，芳菲落尽，煮雪饮茶，那大概是吴江文人们又一场风雅的聚会了。

一份特殊的待遇

徐 玲

　　射手座最大的优点无疑是行动敏捷。中学时代的我，却大概是本星座最拖后腿的，迟到是一天天养成的习惯。这个习惯的养成，得"归功"于亲爱的六月雨，我的班主任老师。

　　她是一个不苟言笑的老师。大多数时候，她在我们面前是沉默的，板着面孔，两只大眼睛探照灯似的扫来扫去，角角落落都不放过。不过我发现，她的严肃只写在脸上，在她内心深处，住着一只温柔的小绵羊。

　　她的严肃是迫不得已装出来的，是为了树立师者该有的一份威仪，以便压制住几个嚣张的男生随时冒出来的不服管教的气焰。

　　上学最起码应该遵守学校的作息时间。《三味书屋》中写道，鲁迅先生有一天上学迟到了，教书认真的寿镜吾老先生严厉地对他说："以后要早到！"鲁迅默默地回到座位，在旧书桌上刻了个"早"字，也把一个坚定的信念深深地刻在心里。从那以后，鲁迅上学再没有迟到过，而且时时早，事事早，毫不松弛地奋斗了一生。

　　可见，上学迟到是一件多么严重的事情，凡事赶早是一件多么重要的事情。

　　我何尝不明白这个道理？但明白是一回事，能不能做到是另一回事。

　　对我来说，每天早晨最可怕的就是早起上学。清晨还在睡梦中，就听老爸在楼下喊——起来哉！于是被惊醒，知道时间上还有余地，便不急着起来，翻个身，闭上眼睛。过了一会儿，又听得老爸喊——快起来哉！再次清醒，算算也许还有一点儿余地，又赖着不起。直到老爸的喊声越来越密集，语气越来越急切——哪能还不起床？再不起来就迟到哉！赶紧起来！

这时候才异常痛苦地下决心睁开眼睛，匆匆瞟一眼对面墙上的钟——不得了了，绝对不可以再拖拉了，半分钟都不行！于是火速竖起身子，穿衣洗漱，以最快的速度奔下楼，捧起餐桌上等候多时的粥碗，呼啦呼啦地喝，连油条大饼都来不及咬一口。

喝粥的时候习惯性地向大门瞥——很好，老爸已经将我的自行车推到门外，书包也已经牢牢地夹在后座上，车头向外，一切准备就绪，就等着我冲刺了。

放下碗筷把嘴一抹，飞速奔到门外，踢开车脚翻身上车，对着老爸喊一声"走咯"，话音未落，车已经飞出去好远……

一路上一边不停地抬腕看表，一边使出浑身的力气蹬车，终于在迟到铃声响起之前，顺利进入校门。往往自行车刚滑进校门，校门就在我身后缓缓拉上了，迟到铃声顿时响彻校园，于是我骄傲地回头望一眼那排铁栅栏，拍拍心嘘口气说：还好。

麻利地放好自行车，背着书包往教室赶。从自行车棚到教学楼有较长的一段路，我们的教室又在三楼，我几乎是以狂奔的速度冲向教室。整个校园安静极了，就我一个流动的身影。

每次当我出现在教室门口，晨读早就开始了。

六月雨老师站在讲台前，认真地监视大家背诵语文或英语，对我的出现视而不见。看她那么专注地盯着下面，我不忍打扰，再说迟到本身就是一件丢人的事情，还是低调点好，于是缩着脖子，沿着墙边，轻手轻脚往座位挪。

坐下来，看看左右，看看老师，面颊微微发烫，也不知道是蹬车蹬得身体发热，还是有那么点儿羞愧的缘故。

还好，六月雨老师完全是睁一只眼闭一只眼的态度，同学们似乎对我的迟到也习以为常，从不跟我计较。我也就吁口气，定下心把书拿出来读。

在六月雨老师的纵容下，我的迟到变成了家常便饭，从迟到教室，到迟到校门，从迟到一会儿，到迟到好一会儿，迟到的时间也越来越长。以至于有一次竟然在晨读结束出操的时候，才提着书包走向教学楼。于是干脆把书包往花坛边沿上一扔，钻进队伍跟大家一起往操场跑。

迟到也得有迟到的本事啊。看门的师傅握着大锁就是不开门。你不是班上的学习标兵吗？橱窗里贴着你的照片，我认得你。你一个标兵怎么上学老是迟到？今天我就不给你开门。我就反问他，如果不是有迫不得已的原因，我一个标兵怎么可能上学迟到？他于是蹙着眉头琢磨了一会儿，同情地望望我，给我开门。

那时候没有手机短信息，老爸看我每天起床越来越晚，还以为学校把到校时间人性化地往后调了。他要是知道我天天迟到，非断了我的零花钱，关我禁闭不可。

没有人责备我的迟到，甚至没有人过问我的迟到，我于是堂而皇之地享受起了迟到。

三年时光弹指一挥，我以羡煞众人的出色成绩给自己的初中生活画上了圆满的句号，六月雨老师却扣下了我的"标兵学生"证书，把我请到办公室。

我很有自知之明地说，我不配拿这张荣誉证书，因为我总是迟到。让我深感意外的是，六月雨老师对我笑，还跟我说对不起，她说我的迟到是她的责任，是她放纵的结果，她之所以默许我迟到，是因为她跟全班同学有一个约定。

你们很羡慕她上学迟到是不是？那好，如果某一次月考你们中的哪一位能超过她，就可以和她一样享受迟到的待遇。

天哪，原来迟到是我的待遇！

我知道这么做有些不妥，六月雨老师望着我说，请原谅我的自私，你能答应我吗，以后上学也好，将来工作也罢，都别迟到了，毕竟，迟到这种待遇，不是任何时候任何情况下你都有资格享受的。

我愣了愣，点一下头，从她手上接过鲜红的证书。

作者简介：

徐玲，中国作协会员，鲁迅文学院作家高研班学员，江苏省"五个一批"人才，省作协第五届、第七届签约作家。代表作品有长篇小说《流动的花朵》《如画》等。作品荣获中宣部"五个一工程"奖，入选"大众喜爱的50种图书"，入选"中国好书"月榜。多部作品版权输出海外。

清明节的记忆

徐兆熊

又是一年清明到。临近清明，不禁想起儿时过清明的一些往事。

上小学二、三年级的时候，过了正月半我就盼望清明节，时不时地问爷爷奶奶："清明节还有多少天啊？"爷爷就掐指头告诉我说："还有个把月吧。"此后我便一天天地减算清明节的时间。

儿时清明节有不少往事记忆犹新。第一件事是吃杨柳摊饼。摊饼一般是荞面摊的，也有小麦面摊的。清明节一大早，奶奶会叫我和她一起去小河边扯杨柳叶。我用锄子钩住杨柳树枝，奶奶便拖住枝条抹杨柳嫩叶。

杨柳嫩叶扯回来后，奶奶用水洗一下，放在淘篓里滤干水后，在菜板上切碎备用。接着奶奶用大碗调荞麦面糊儿，讲究时还打入鸡蛋。面糊儿不能稠，也不能稀，再和入切碎的杨柳嫩叶调匀。

这一切做好后，奶奶便叫爷爷烧锅。锅烧热了，奶奶用汤匙舀几匙香油在锅四周圈一下，然后把荞面糊儿在锅子四周圈一圈，随即用铲子在锅子中摊几下。等摊饼基本熟了，奶奶又在饼上浇上香油，撒上少许盐花儿，再用铲子摊几下，一锅褐中点翠、清香扑鼻的荞面摊饼就出锅了。奶奶总是把第一锅荞麦面摊饼盛在盘子里给我，让我吃了上学。接着奶奶又摊第二锅、第三锅……

第二件事是做杨柳球和杨柳圈。上学的路上，看到那嫩绿的杨柳枝儿，我们便去掰折，每人几根，然后在折断处把杨柳树皮撕开，一手捏住枝条杆儿，一手往枝条儿头上抹。一会儿一根杨柳球便做成了。同时用杨柳枝条圈一个圆圈，戴在头上，感觉自己成了战争时期头戴伪装草帽圈的战士。我们一边走路，一边手舞杨柳球，说不出的快乐。

第三件事是做麦叫叫儿。常言道："清明到，麦叫叫。"清明时，田里的大麦抽穗了。上学、放学的路上，我们会到路边的大麦田里拔"鬼麦"（一种抽黑穗的麦子），掐去黑穗做麦叫叫儿，放在舌下吹。你吹我吹，麦叫叫声此伏彼起，好不热闹。

第四件事是听爷爷讲杜牧的《清明》诗趣。那是我上小学五六年级时，有一年清明节的晚上，爷爷给我讲了杜牧《清明》诗趣，让我至今难忘。他说，唐代诗人杜牧写了一首《清明》诗，清新隽永，脍炙人口："清明时节雨纷纷，路上行人欲断魂。借问酒家何处有？牧童遥指杏花村。"传说宋代的大文豪苏轼有一年清明节登云龙山放鹤亭拜见张山人时，吟诵了《清明》诗。张山人知道苏轼才华横溢，有意一试，要苏轼将此诗变形而不失其意。苏轼脱口吟道："清明时节雨，纷纷路上行人，欲断魂。借问酒家何处？有牧童，遥指杏花村。"苏轼仅变动了几处标点，便把一首绝句变成了一首小令。令张山人佩服之至。清代的著名学者纪晓岚认为杜牧的《清明》诗不精练。"雨纷纷"自然在清明节；"行人"必然在路上；"借问"多余；"牧童"是被问者，无关紧要。于是他将第一句诗的末尾二字和二三四句的开头两个字删去，改成一首五言绝句："清明时节雨，行人欲断魂。酒家何处有？遥指杏花村。"古代还有人将《清明》诗改为三言诗："清明节，雨纷纷；路上人，欲断魂。问酒家，何处有？牧童指，杏花村。"有人改成四言诗："清明时节，行人断魂；酒家何处？指杏花村。"

第五件事是扫墓。在李庄初中上初中时，学校每年清明节前都要组织祭扫烈士墓活动。记得初一年级时是到海安烈士陵园扫墓的，初二年级时是到迴垛烈士墓扫墓的，初三年级时是到姜埝烈士陵园扫墓的。每年扫墓，我都代表全校同学在烈士墓前发言。发言的大概意思是：我们今天怀着无比沉痛的心情来扫墓……我们今天的幸福生活来之不易，是无数革命先烈抛头颅、洒热血换来的。我们一定要珍惜今天的幸福生活，继承革命先烈的遗志，勤奋学习科学文化知识，做共产主义事业的接班人云云。

儿时清明节的记忆还有不少。如早上到生产队的河泥塘中拾螺丝，中午给祖宗亡人端供菜、烧纸、磕头、上坟，下午放学后放风筝踩坏麦苗儿被奶奶责骂，弄得浑身汗渍渍的被妈妈责怪……

如今我已是古稀之人，想起儿时的清明节，便会想起逝去三四十年的爷爷、奶奶；想起儿时清明节，仿佛自己回到了儿童时代。

作者简介：

徐兆熊，江苏省散文学会会员、省《红楼梦》学会会员、省作家协会会员。曾任海安县委宣传部副部长、文明办主任。在各级报刊发表散文、论文、杂文、新闻通讯等数百篇。编辑出版散文集 3 本，主编出版《海迅年轮》《仲里广志》志书两部。

祖父的园子

徐正祥

故乡是个只有几十户人家的小村子，位于皖中江淮之间的丘陵地带。村子西边有两座海拔 200 米左右的小山。面向两山，左边一山呈圆锥状，名曰尖山；右边一山有两条南北走向的山体并联在一起，故曰双山。祖屋建在村子的西头，墙基使用附近山上开采的石头，经过风雨的洗礼，已经呈灰白色了，墙壁主体部分是用土法烧制的红砖砌成的，屋顶铺设青瓦，屋内的梁柱和墙壁骨架用松木搭建。这是祖父建的第二座房子，也是村西坡地上的第一座房子。

儿时，我常坐在祖屋的门前，看着夕阳慢慢落下。看得久了，竟然也发现了一个规律：夏天，日落双山；冬天，日落尖山。落日在双山和尖山之间走一个来回，一年便过去了。

祖屋门前曾有一片柿林，说是林子，其实也不大，一共也不过十二三棵柿子树，但树木高大，每到春夏，宽大的树叶，密密层层，乍一看去，也顿觉绿意盎然。

我 8 岁的时候，父母外出工作，我与祖父母一起生活，祖父对我要求极为严格。我每日早起第一件事情便是晨读，而晨读的地点通常是在一棵较为年轻的柿子树下。每当初升的红日，透过叶间的缝隙洒下斑驳的光影时，我便提着一只竹凳，坐在树下，开始大声朗诵课文。而祖父这时也绕着树林跑步、做操。稚嫩的童声，噔噔的跑步声，邻家公鸡的打鸣声，交会在一起，成了一曲独特的小调，在这林间飘荡。

与大千世界众多争奇斗艳的花卉相比，柿子花是很普通的，小小的几片嫩绿的叶子，包裹着嫩黄的花蕊，藏在阔大的树叶后面，毫不起眼。然后又不声不响地飘落，结出绿色的小果，起初只有指甲盖大小，之后慢慢长到孩童一拳的程度。秋风吹起的时候，柿子不再长大，而是由青变黄，再到变红成熟。因为成熟的柿子容易落地且不易运输，所以还有另外一种吃法：当柿子大部分泛黄的时候，就采摘下来，放入开水之中烫熟去涩，吃起来又脆又甜。由于树干高大，不易采摘，所以每到这时，我就承担了上树摘柿子的工作。对于这个工作，我是乐此不疲的，只要提防藏在树叶背后的妖辣子就好了，让它碰一下，又痒又疼，滋味可不好受。有次不小心踩到一根枯树枝，跌落在地，爷爷吓得不轻。之后他做出了一个摘柿子的工具：一根长竹竿，一头绑上网兜，包住柿子，轻轻一拉，唰的一声，柿子应声入网。这样便捷的"神器"，很快传遍全村。

夏日密叶下乘凉，冬日在光秃秃的树下晒太阳，柿林里的人来来往往。我有时候看完一本武侠小说，便爬上柿树，躺在粗壮的枝干上，随风摆动，好不惬意。

祖屋西侧有一口小池塘，池塘东南侧有一块长条形的高地，我们称那块地为塘埂，这块地就是祖父的菜园子。塘埂中间是一条仅供一人通行的小路，原本两边长满了杂草，其中以茅草居多，后来祖父除草、翻土，种上了各种蔬菜。

等到夏季，园子里可热闹了！小青菜像一群瓷娃娃，安静地排着队；红辣椒像小火苗，在枝头跳动；长豆攀上小竹架，垂下了小辫子；丝瓜也不甘示弱，缠上了塘埂边的刺槐树，瞅着地上斜躺着的黄瓜；南瓜、冬瓜一声不响地生长，最后成了菜园的霸主。扇着翅膀的花蝴蝶和嗡嗡叫的七星瓢虫是菜园的常客。宾主之间，其乐融融。偶有不速之客——一只红冠大公鸡带着几只母鸡突然闯入，打破菜园的宁静。它们啄着菜叶，咯咯叫着，将菜园糟蹋得一片狼藉。看来，这便是菜园的天敌了。为此，祖父用一米高的细网将菜园围了起来，但是难免有漏网之鸡，抵御不了菜园的诱惑，飞进了菜园。幸好，这群鸡也是有天敌的，它们的天敌是祖父。对待这群不懂礼数的强盗，祖父先是用啸声驱赶，至于冥顽不化者，祖父只得使出他的撒手锏，于屋前拾起一块石子，扔入菜园，练得久了，后来竟百发百中，那鸡便扑棱着翅膀飞出菜园。偶有受了惊吓得母鸡，慌不择路，一下子飞到了池塘里，成了地道的落汤鸡。直到附近的鸡群对菜园产生了恐惧，祖父的菜园保卫战才取得了阶段性的胜利。

夏天，祖父总喜欢在太阳溜达到双山附近时去菜园干活，他常穿一件洗得泛黄的白汗衫，下身穿一条大短裤，热了，便脱掉汗衫，赤膊上阵。周末，祖父也会让我给蔬菜秧苗浇水。我先用一只红桶去池塘里打水，祖父觉得我年纪小，让我每次只提半桶水，我偏要逞强提满满一桶水，以此证明自己力气大，但是路上难免踉跄，等提到菜园，差不多也就剩半桶水了。之后用一只铁瓢逐个给秧苗浇水，有时也将水洒向空中，制造一场人工降雨，并乐此不疲。

那时村里几乎家家都有菜园子，但祖父的菜园子是最大的，蔬菜品种也是最齐全的，这倒是和祖父口中常提的那句"自力更生"相符。

祖父种菜一是为了减少开支，二是为了锻炼身体。直到他行动不便时，才放弃了菜园子。如今，随着祖父的离去，那塘埂再次长满了茅草，菜园没有了丝毫痕迹，似乎从来没有存在过。但我一直会记得故乡的落日在双山和尖山之间徘徊，祖屋门前有一片柿林，西侧有口小池塘，塘埂上曾经是祖父的菜园子。

作者简介：

徐正祥，1988年出生于皖中丘陵地带巢湖的小山村，他的文字中不经意间流露出乡土的温度，表达对人间温情的赞美。散文作品《祖父的菜园子》发表于《无锡日报》，另有散文《桥》入选中国校园文学第二届全国教师笔会。

城门开

许　沁

　　城市，如同人一般，打一出生就有了自己的声音。城不同，音色也不同。

　　然而，一些城市慢慢长大，总觉得别处的声音更动听，于是学会了模仿，却失去了真声。这个道理，是小区里一位老先生教我的。

　　"海岛冰轮初转腾，见玉兔又早东升。"水袖凌波，眉眼顾盼，遥见城门开。每天清晨五六点，老先生的京腔便慢悠悠地渗入梦中，于我脑海勾勒出这样一个遥远而陌生的画面。每每他的声音一起，小区的灯火便一盏接着一盏，颇带些倦，睁开欲开还闭的眼。

　　我总好奇，为什么他每天都要在小区里唱那么古老的歌。我曾透过窗户打量他：一成不变的深棕色中山装，光光的脑门上飘着几根稀疏的黄毛，圆框老花眼镜安分地趴在鼻子上，活像是在两条眯缝眼上圈了两道圈，人不高，背很挺。一只黄黑色的胖猫慵懒地靠在他脚边，耷拉着脑袋，斜眯着眼。一台银色掉漆的收音机低声地唱着咿咿呀呀不知名的古调儿。

　　苍凉而落寞的歌声升腾向天空，在高楼间来回反射，一群鸟雀惊起，黛青色里斜斜地刺入云端。浓墨色的天空低垂着，仿佛是一个倒置的深渊，歌声在里面，回旋。

　　偶然的一个周末早晨，我去小区对面买早饭，正巧碰见他。他是个很随和的老人。我问他"海岛冰轮初转腾"的出处，他的眼眸闪过一丝光亮，继而恢复成深邃的黑。

　　"现在的年轻人都不兴这个了。"他悠悠地叹了一口气。"京剧是咱国粹，可这样的有咱国家特色的声音却不多见了。我每天多唱两句，你们喜欢也好，不喜欢也罢，总归还能有点印象。像你好歹也记住了个名字是吧。咱们现在哪，超市里都兴进口货了，啥玩意儿都得贴'进口'两字才算是有面子有保障。你们小青年成天听什么外文曲儿韩文日文啥玩意儿的，能懂啥意思不？咳，还是听听咱们自个儿的声音吧。"他拎着一袋刀切馒头，抱着猫和收音机，回头对我笑了笑："小区里大多数人都叫我神经病呢。"笑容潜进了车水马龙里，也潜进了更苦涩的落寞。

京剧作为中国的国粹，地位从半个世纪以前人们的生活必需品，变成了少数人的收藏品，而被大多数人遗忘。

城市意识形态化、娱乐化的进程中，也把原声弱化了。

想起家里前不久请过一个装纱窗的工人。这民工大概二十出头，一边工作一边哼着鸟叔的《江南 style》，连在墙架上的姿势也颇有些骑马舞的范儿。当他脱下工作服，走出小区，涌入人海时，我想我不会认出他来。因为他那一头越南范儿的红发和浑身上下铆钉牛仔的穿着，在追求个性时尚的人群里，显得普通极了。

想起他笨拙却认真刻意地模仿着可能他自己也不懂的韩文歌曲时，想起老先生扯着嗓子，不专业却执着于古老京剧时，不知怎的，心里滑过一丝微凉。老先生那句"他们都骂我是神经病"总在耳边响起。多少次，老先生在小区里一开嗓，高楼里就有人扔出这样的声音："喂，你吵什么吵啊，俗不俗啊？现在谁听这玩意儿啊？"

唱京剧俗吗？

我转过所有经轮，不为超度，只为触摸你的指纹。

我那天回到家，查了老先生唱的曲儿的出处——《贵妃醉酒》。

又是一个清晨，老先生站在柳树下。天空淅淅沥沥地下起小雨，吐纳着鸟雀新旧的面孔。老先生的歌声，在天地间，回旋。

我忽地想起伊丽莎白·毕肖普的一首小诗：

> 那个倒转的世界，
>
> 那里左总是右，
>
> 那里影子是实实在在的身体，

那里我们整晚醒着，

那里天国是如此肤浅而大海如此深邃，

而你在想我。

……

如今脑海里，只留下那渐远的，回声："海岛冰轮初转腾，见玉兔又早东升。"

一只猫，卧着听。

作者简介：

许沁，1995 年生于江苏常州，上海戏剧学院戏剧影视文学硕士毕业，江苏省作家协会会员，现在北京一国家文化单位供职。作品在《中国作家》《中国青年报》《中学生》《扬子江诗刊》《翠苑》等报刊发表，著有《走过去，一路繁华》《你好，十八岁》《星期天午睡时分》《儿子——许沁戏剧作品选》等书。

滋养与梦想同行

燕　薇

在我到了读书的年龄时，文学恰巧步入了它的新时期。因而说到文学对我的影响，最不能忽略的便是新时期文学的影响了。它开启了我生命最初的蒙昧状态，对我今天的处世、为人、生活情趣及文学审美上都有非常重要的影响。在很长的一段时间里，新时期文学是作为我的良师益友出现的，它对我的人生滋养是多方面的。

1

最初的读书记忆模糊而又遥远。

和同龄的孩子相比，我那时可读的书并不算少。只要我愿意，是总可以寻到一些可读的东西的。时隔多年当时读过的书有许多早已经忘记了，常留记忆的也只有《儿童故事画报》《小灵通漫游未来》《少年文艺》这几种了。

中学时期，除了所学课本，我更多的是从课外阅读中品尝新时期文学的道道美味。没有人指导，我的阅读极为粗放、随意。多是跳跃式的阅读，一味追逐故事情节的发展。许多在日后看来极有阅读价值的景物描写、民俗风物的叙述在当时多一掠而过。其时认真看过的几本书有霍达的《穆斯林的葬礼》、路遥的《平凡的世界》等。尤其是《平凡的世界》，它给我思想上以巨大震撼、给了我长久的记忆与思考。它用细腻的笔触所刻画出的一些心理细节，在我们很多人都曾有过。它描述了生活的沉重与苦难，以不屈的奋斗精神给人以启发与力量。尤其是其中的那句："人生就是永不休止的奋斗，只有选定目标并在奋斗中感到自己的努力没有虚掷，这样的生活才是充实的，精神也会永远年轻。"更是让人难以忘怀。——这便是好的文学作品，它是深刻的、厚重的，让人回味无穷的，它对一个人具有长久的影响力。

在这个时期，我第一次接触到《人民文学》，并在多年以后仍清楚地记得其中一篇小说作品的篇名（《小荷才露尖尖角》）及其中的一些细节。多年来，我一直把《人民文学》《中国作家》之类的期刊视为我心目中的文学圣殿，作为严肃文学最为重要、权威性的代表性期刊，它们展现了文学的至高水平，在我心目中的地位一直是高不可攀、可望而不可即的。虽自知离自己很远、穷己一生也没有可能触摸得到它们的边缘，可这种膜拜的心情我还是忍不住在此表达出来。——它们在我，这个普通的近乎平庸的作者心目中，原本就是这样一个位置。

此时，文学的滋养让我越来越接近我的大学梦想。它让我每每取得很好的成绩，让我更加自信、更加坚定地奔向我心中的目标。它对我日后写作的影响也自不必说：我因而拥有了坚实的文字功底。——只是当时我并没有意识到这个，没有意识到那屡屡被作为所谓"范文"，被老师在班级里读的文字会埋下一颗文学的种子，而且这颗种子会发芽、开花、结果，并在有朝一日会成为烛照我生命前行的灯火，让我在生命无尽的黑暗中看到希望的光亮。——因而当时的那些文字至今一篇也没有留下来，里面都写了些什么，我甚至连一点点模糊的印象也没有。这些习作在彼时只是作为我走向大学之路的一级级台阶而已。

2

或许是我的求学之路太过顺畅了，一直以来我早已习惯了鲜花与掌声的包围，习惯了老师与家长对一个好学生的所有夸赞之词，习惯了只能赢不能输。种种原因，我在高考的这道门槛前重重地摔了一跤。虽然最终也考上了，但长留我心的伤痛至今未能平复。今天的我仍然脆弱、敏感，每在人前便会极不自信，甚至是非常自卑。

这期间我读了许多文学书籍，试图从文字中寻找止痛药片，以此疗伤，并写了许多东西来记录我的学习与生活，尽情宣泄自己的苦闷、忧愁与烦恼。这如同日记一般的东西一度成为我忠实的伙伴，日日相随。只是后来它屡次被某些无聊的人所偷窥，让我几番爱之复又恨之，并在最终的某一天，让我连同此后数年的十数本文字一起，在盛怒之下付之一炬，使我近十年的记忆因而成为一片空白，现在每每想起仍然心痛不已……我常想，当初这些文字的抒写，对我今天而言，仅仅是起到了锋利我文学笔锋的作用，除此之外是再没有什么了。

这中间，我曾把一些自以为稍好些的东西投向校刊，记得最初的一篇发表时我曾颇为兴奋。只是后来再投，不知何故，终也不被采用。寄往当地报社的文字也是泥牛入海。

我只是不停地写……

那是一段近乎颗粒无收的记忆，徒磨炼了我的意志，使我几乎就此熄灭了的曾经的文学梦想勉强继续罢了。

3

参加工作之后的许多年里，为了自己精神的重新站立，我曾用过各种方式证明过自己，却一直忽略了文学这一形式。当有一天我猛然回转身，却才发现，那遥远的文学的梦想仍在某个角落里等着我将它拾起，此时它已尘灰满面。

其时，文学品种随时代变迁越来越丰富，我文学阅读的目标性更强。这之间，我大量阅读了一些大家作品、经典文字。如余秋雨先生的散文《文化苦旅》《山居笔记》等，这文化散文的大家之作给了我很大的影响。"这是一个迫切需要文学大师的时代，偶然有了大师，却又有许多人出来试图把它打倒"，我偶尔会大发感慨。是的，时代需要文学大师的引领，需要经典之作。文学最应该鄙弃的是"华而不实""粗制滥造"，最应该关注的是文学作品本身，而不是太多文字之外的东西。除此之外，我对一些女性作家的作品尤为关注，并作了多篇读书笔记，写读书心得、感想。对她们各自的特点多能了然于心：比如，迟子建的小说文字带有浓郁的散文气息，让读者偶尔会疑惑其作品究竟是属于散文还是小说，她的小说作品让散文与小说的界限变得模糊；徐坤的叙述有着男性作家的豪爽与大气；张抗抗的文字以文采见长；池莉的作品则平易朴实、字里行间流露出女作家对文字充满的敬畏之情……毕淑敏的某些文字珠圆玉润，另有一些则带有一些柴米油盐的味道，老迈，絮叨……

大量阅读的同时，我开始潜心写作。一篇篇文字的写作日渐愈合了我心中曾经的伤痛，文字一次次的发表与获奖让我对自己的写作水平、写作能力由怀疑慢慢充满自信。我是努力的，且始终相信人们常说的那句话：天道酬勤，有付出终究会有回报；如果没有，那只说明你做得还不够好。

…………

今天，穿越岁月的尘烟回望来路，我明白，对我而言，文学的滋养与梦想原本一直是在相伴同行的。处在不同的文学环境之中就会有不同的人生滋养，文学从来就不只会一味否定。有文学的滋养，我的梦想便不再遥不可及；有梦想的陪伴，我的文学之路便不再孤独、寂寞。

作者简介：

燕薇，网名桃之夭夭，江苏省作家协会会员，中国西部散文学会会员。《黄河文艺》《齐鲁文学》《中华文学》签约作家。《青年文学家》理事会总会副秘书长、小说专委会副主任兼出版部部长、无锡分会主席。《黄河文艺》副总编辑、江苏分社社长。《今古传奇》长三角文学徐州写作基地负责人。

1993年开始文学创作，发表有散文作品多篇，并曾多次获奖。2008年起以小说写作为主，其中部分作品发表在《中国作家》《今古传奇》《参花》《奔流》《西部散文选刊》《青海湖》《雨花·中国作家研究》等文学期刊上。曾为搜狐读书签约作者。出版个人文集《梦开始的地方》，即将出版长篇小说《天涯倦客》《爱情飞蛾》、个人文集《一树繁花》等。

十里湖光共一涯

阳　春

　　倘若西湖只是空空的一片水，没有苏堤那秀美的修眉和虹彩般的仙岛，以画龙点睛增其神韵，那西湖该望之如何？

——林语堂

　　以东坡之眼，看西湖和杭州，比现实之美要浓重得多。以我之眼看中国，无处不东坡。当身临西湖之境，细品西湖之景，我认为最值得一去的是那横亘湖上，堤桥相接的绿色苏堤。一痕长堤三千米，对潋滟湖光来说，既障景又造景，分隔了湖面，增加了湖景空间的层次和变化。

　　时值五月，苏堤浓荫密闭，鸟语声声，桃树和柳树相间而立，红绿相映，萧萧摇落。堤上的树大致分成四列，中间的行道两侧以高大的梧桐和香樟居多，苍翠蓊郁的花树丛中，阴翳着映波、锁澜、望山、压堤、东浦、跨虹六座古朴美观的石拱小桥，将苏堤分成七段，连通了长堤西侧的西里湖和东侧的西湖。

　　苏堤景色四时不同，晨昏各异。六桥此伏彼起，柳杨成荫，南北山色耸翠，东西湖光差别。沿堤傍水，缓步迤行，从步移景换中可尽情领略湖山胜景。满湖的清波碧浪，满湖的山色岚影，满湖的红船碎桨，满湖的欢声笑语，还有满湖的诗词名篇，满湖的沉沉历史，满湖的神奇传说……苏堤就如同一支挥洒湖山的画笔，一线颤响天籁的琴弦，一根经纬古今的织梭，一羽精美绝伦的翅膀，把西湖的"三面云山一面城，满湖诗画满湖情"，全部映入眼帘，荡入心海，存入久难忘怀的记忆。

一条长堤，迥异的两样风景，动静相宜，被苏堤完美衔接。静坐于西侧的长椅上，可赏亭台林立、山水空蒙；凭立东侧的青石上，则见水色连天、浪涌舟竞。

走在苏堤上，没有不想起苏东坡的。他两次为官杭州，前后在西湖边生活了五年，不但为西湖写出了千古绝唱，更为西湖留下了这条宝贵的苏堤，把美衍化成了诗文和长堤。

1071年冬，三十四岁的苏东坡因厌倦朝廷新旧两派无休止的争斗，自求外放，调任杭州通判，一待就是三年。他携家眷到达被宋仁宗誉为"地有湖山美，东南第一州"的杭州后，西湖以其独特的亮丽湖光秀美山色温风软语，抚平了诗人心中的苦闷。苏东坡初到杭州便写道："我本无家更安往，故乡无此好湖山。"他甚至认为自己前生就是杭州人，"前生我已到杭州，到处长如到旧游。"西湖的画意在苏东坡的笔下得到了最完美最传神的描绘，苏东坡的诗情也在西湖的美景中激扬高涨到了极致，"欲把西湖比西子，淡妆浓抹总相宜"让西湖越发扬名天下。三年任期届满，苏东坡迁密州太守，仍念念不忘西湖，"寄谢西湖归风月，故应时许梦中游"。

1089年夏，苏东坡再度自求外放，出任杭州太守。距离上次离杭十五年后，他既带着失意的悲凉，也带着摆脱政治斗争旋涡的轻松，第二次来到杭州，此时他已过天命之年。重回杭州，苏轼无比欣喜和激动。然而此时的西湖，已非原先的风景如画，变得淤塞严重，葑田已占湖面的大半，春来骤雨成灾，入夏又遇大旱，早稻无法下种，晚稻收成无望。水旱灾害又引起疫病流行。

苏东坡见状，十分痛心，在全力对付饥荒和疾疫两大灾害的同时，又将疏浚西湖作为任内的首要任务。他连上几道奏章，申述民意："杭州之有西湖，如人之有眉目，盖不可废也。"朝廷终于重视且同意治湖，但所拨款项极少。

苏东坡并未灰心，经过调查踏勘，制订了治湖规划后，奔走集资，用"以工代赈"的方式，于第二年初夏动用民工、船夫二十万，开掘葑滩，并亲临一线指挥，大力疏浚西湖。然而，如何处置挖出来的淤泥呢？一天，柳林深处突然传来一阵渔歌声：

> 南山女，北山男，隔岸相望诉情难。
>
> 天上鹊桥何时落？沿湖要走三十三。

　　这里的南山正是南屏山麓，而北山是栖霞岭一带。于是，苏东坡充分发挥了诗人的奇思妙想和天才创举，他指挥民工把打捞上来的葑草和清挖出来的淤泥，在湖中堆成一条直线，筑起一道南北横亘的长堤，上建六桥，沟通里外两湖。不仅如此，苏东坡还在长堤两侧遍种花木，有垂柳、碧桃、海棠、芙蓉、樱花、紫藤等四十多种。一来保护堤岸，二来桃红柳绿，为西湖平添了一道扶翠摇红的新景。

　　四个月后，工程完毕，长堤卧波，人们再也不必绕湖三十里，湖光之上顿然而生无限情趣和悠长的文化韵味。堤筑好了，杂草也铲除干净，还有一个问题，就是如何使湖中的葑草不再滋生？苏东坡想到一个办法，他把西湖沿岸部分开垦出来给农人种菱养荷，农人须按期为自家的地段除草。且将种植者所征税款，全部用于养护湖堤和湖面。苏东坡对这一杰作，难掩自得之情：

> 我在钱塘拓湖渌，大堤士女争唱丰。
>
> 六桥横绝天汉上，北山始与南屏通。
>
> 忽惊二十五万丈，老葑席卷苍烟空。

　　1091 年 2 月，苏东坡带着许多未竟的梦想，离开了杭州。不难想象，他离去时对这片湖水的眷恋的眼神，此次一别，苏东坡留给杭州的是一个孤绝永恒的背影。继任杭州太守林希顺乎民意，把长堤命名为苏公堤。

　　缓步来到孤山东南角的平湖秋月，倚着望湖亭栏，南望苏堤绿影，想当年林语堂春日游西湖，乘车过苏堤。就是这一次眼光与湖光的对接，引燃了一位现代作家对这位中世纪伟大诗人的追慕，开启了一次卓越的构思。不久，林语堂在重洋之外的美国，以英文撰写了被誉为"二十世纪四大传记"之一的《苏东坡传》。

　　每次到杭州，我必定徒步苏堤，自南向北，从北到南，由晨及昏，晴雨风雪月，风情各异。远远望去，苏堤仿佛一条人与自然的纽带，一条现实与历史的通道。白居易和苏东坡，一前一后将白堤和苏堤，轻描淡写地一撇一捺，在西湖上写出一个映天衬地的"人"字，支撑起西湖苍茫的人文精神，荫盖了西湖连绵的天地灵气，让后人在西湖领略到独特的"自然化的人性"和"人性化的自然"。

今天，孑然伫立于苏堤南端映波桥畔的苏东坡塑像，一袭青衫，一脸刚直，儒雅俊逸，旷达豪迈，眉宇间闪烁出震古烁今的神情。千百年来，"一肚子的不合时宜"的苏东坡一直面向太阳升起的地方，目光落于天光云影，亭台楼阁，芸芸众生。

作者简介：

阳春，作家、诗人。1983年端午前夜生于四川省威远县，现居南京、长沙。毕业于南京大学中国语言文学系。著有文集《墙外行人》、诗集《去云彩里打个盹儿》等多部。作品入选《中国青年诗人作品选》《青年诗歌年鉴》《中国作家网精品文选：灯盏·2019》《2020年中国新诗排行榜》等40余种年度选本、文学选刊。

问礼巷里走一走

杨绵发

春秋时期起，人们称学识渊博者为"子"，而以示尊敬。为此，在悠长的中国历史长河畔便伫立了管子、老子、庄子、孔子、孟子、墨子等先贤。有关"孔子问礼"的典故很多人都熟知。这一次孔子求教老子的问礼，一直被说成是中国道家与儒家一次思想火花最灿烂的碰撞。因为这次伟大的问礼是发生在古陈国谯城（今天安徽亳州城），现今的亳州依然有一条古老的问礼巷。

走读淮河来到亳州，自然是要走一走那条问礼巷。几番寻找，问礼巷就在涡河南岸、亳州市谯城区老子殿街东侧，这就是一条通向"道德中宫"的巷子。问礼巷的老人们说：当年，老子从周室退出之后常住在这里，为四面八方来此拜见的人说礼布道。这条千古留存下来的问礼巷，也看不出与其他巷子有什么特别之处，只有一青石做成的"孔子问礼碑"立在那儿，那是为了去唤起后来人对"孔子问礼"这件逸事的追忆。道德中宫，是后人为祭祀老子而兴建的庙祠，它坐北朝南，正门直对着问礼巷。传说，当年孔子就是在这个巷子向老子问礼的。

这道德中宫始建于汉代，汉桓帝、唐高宗、唐玄宗、宋真宗等帝王都曾来此拜谒过。宋时，涡河之滨有三个老子庙：河南省鹿邑县的太清宫、亳州城内的道德中宫、涡阳城北的天静宫。可见，老子的影响在这一地区是非常深远的。但亳州问礼巷的老人总是自豪地说：这里的道德中宫，是世代求道人的中心之地，所以才谓之"道德中宫"。

老子与孔子是同春秋时代的人，老子比孔子年长二十岁。公元前538年的某一天，已在鲁国扬名的孔子对弟子南宫敬叔说："现在谯城的周之守藏室史老聃，博古通今，知礼乐之源，明道德之要。今吾欲去向老聃求教，汝愿同去否？"南宫敬叔欣然同意。孔子师徒二人遣一车二马一童，开始了前往谯城敬见老子之行。

老子见孔子风尘仆仆从鲁国远道而来非常高兴，他悉心教授孔子诸多学问、道义和礼仪之后，又引孔子拜访了当地的许多名士，这让孔子获益匪浅、感谢不已。多日之后，孔子和弟子向老子辞行。老子送孔子师徒去涡河边乘船时，老子边走边说："吾闻之，富贵者送人以财，仁义者送人以言。吾不富不贵，无财以送汝；愿以数言相送。当今之世，聪明而深察者，其所以遇难而几至于死，在于好讥人之非也；善辩而通达者，其所以招祸而屡至于身，在于好扬人之恶也。为人之子，勿以己为高；为人之臣，勿以己为上，望汝切记。"孔子频频点头称谢："先生的教诲，弟子一定谨记在心！"

沿着一条小巷来到了涡河边，孔子对老子依依不舍上船。面对滔滔河水，不觉叹曰："逝者如斯夫，不舍昼夜！河流之水奔腾不息，人之年华流逝不止，河水不知何处去，人生不知何处归？"

老子听得孔子此语说道："人生天地之间，乃与天地一体也。天地，自然之物也；人生，亦自然之物；人有幼、少、壮、老之变化，犹如天地有春、夏、秋、冬之交替，有何悲乎？生于自然，死于自然，任其自然，则本性不乱……天地无人推而自行，日月无人燃而自明，星辰无人列而自序，禽兽无人造而自生，此乃自然为之也，何劳人为乎？人之所以生、所以无、所以荣、所以辱，皆有自然之理、自然之道也。顺自然之理而趋，遵自然之道而行，国则自治，人则自正……"

稍停片刻，老子手指着浩浩的涡河又对孔子说："汝何不学水之大德？"孔子问："水有何德？"老子说："上善若水：水善利万物而不争，处众人之所恶，此乃谦下之德也；故江海所以能为百谷王者，以其善下之，则能为百谷王。天下莫柔弱于水，而攻坚强者莫之能胜，此乃柔德也；故柔之胜刚，弱之胜强坚。"孔子闻言，恍然大悟道："先生此言，使我顿开茅塞也。众人处上，水独处下；众人处易，水独处险；众人处洁，水独处秽。所处尽人之所恶，夫谁与之争乎？此所以为上善也。"老子点头说："汝可教也！汝可切记：

水几于道：道无所不在，水无所不利……"

水，清澈而流动，水柔弱也力量无穷。出生成长在涡水边上的老子，其思维和思想不仅深藏着水的清澈、水的灵动、水的智慧、水的善良、水的光芒，更是从水的流动之中感受到了生命、自然和人世间诸多的真理，感受到了河流在不息流淌时的从容不迫的巨大力量。

老子悟出了：道在水中，也看到了道也在人中。老子是尊为"道德天尊"的思想家、哲学家、道家学派的创始人。他所写的《道德经》的内容博大精深，历代注疏者不计其数，各家各派学者都从不同角度吸取其中的观点并加以阐发。但是，老子那短短五千言的《道德经》，历经了二十多个世纪，也还是没人敢说将其全部读懂说透了。

问礼巷前的道德中宫，现有山门三间，上题"道德中宫"四字，中殿礼人祖，塑伏羲像，后殿奉老子，立老子像。东院有殿三间，敬鲁班，门题"紫气东来"，西院有殿三间，敬财神，门题"青牛西渡"。现今所见的这道德中宫里的"敬鲁班"和"敬财神"，这自然也是后世之人理解老子《道德经》里的"道"中之"道"了。

作者简介：

杨绵发，笔名胡杨树，盱眙人，中国作家协会会员。在全国文学杂志和报纸副刊发表诗歌、散文、小说、报告文学作品上百万字，出版散文集《石头开花》，长篇散文《都梁梦华》《淮河洪流》《行走淮上》，长篇纪实文学《麟出云间》《淮畔沥铁血》等8部。

妈妈，今天是我的生日

姚正安

妈妈，今天是农历三月初一，是我的生日。我在小城的家里，您却去了远方。

今天又是清明节，我没有回家。我怕回家想起那令人心碎的一幕。去年的清明节，您还一如往年"烧纸敬先"，今年却物是人非，让儿子情何以堪？

听父亲说，去年的三月初一，您清晨五点就提着沉重的香篮，到村东首的慈云庵烧香，这是您每年三月初一必做的功课。您曾无数次地对我说：我烧香不求福禄，不求自己长寿，只求儿女平安。

谁承想，刚登上庵前的几级台阶，您就倒下了，再也没有起来，三月初三成了您的忌日。

六十三年前的今天，您生了我。您生我的时候已经三十五岁，在人均寿命四十多一点儿的当时，您是高龄产妇，生我该是冒着多大的风险啊。但您决然地生下了我。有人说，是我改变了您的命运，因为父亲是祖父弟兄仨中唯一的男嗣，我前面又有三位姐姐。而我感激您将我带到人间。

您是百般地呵护我，——为我取了女性化的乳名，为了留了两条辫子，直到十岁才剪去，为我戴耳环、索锁还有脚镯。您是想尽办法保我平安。

我出生后的第二年，三年困难时期到来了。为了让我免遭饥饿之苦，您还有外婆，抱着我投奔上海郊县的姨妈家。

白天您到河堤下、荒滩芦苇丛中摸螺子，晚上在灯下剪洗，第二天凌晨赶往上海市区，叫卖于大街小巷。然后用螺子换来的钱买早饭给我吃。妈妈说，每天你的早饭都是一碗面条、一只包子。妈妈不止一次地含笑着用手指戳着我头嗔怪我，你的嘴很刁，包子只吃心不吃皮。每每忆起，我都感到羞耻，真是年幼无知，在那个饿死人的年代，我竟然挑三拣四。妈妈和外婆吃什么早饭，她们从没对我讲过。外婆告诉我，你妈妈的双手整天泡在水里烂得像个蜂窝。

妈妈，您为了我吃尽了苦头，但您从来没有抱怨过。

几乎每年春节全家团圆的时候，大姐都会老生常谈，说：你很小时候，大忙时节，妈妈打夜工，都是我带着你睡觉。有一天，妈妈收工回家，床上看不到你。妈妈急了，叫醒我，问宝宝哪里去了。我魂打头顶上飞掉了，当即就哭了。后来在床底下找到了你。妈妈抱起你，看了又看。打那以后，妈妈再不打夜工了，队上有夜工活，都是我去。

那天大姐一定受了妈妈的责罚，但大姐没说。大姐也只长我十四岁，委屈了大姐。

上小学的每年冬天早晨，您都亲手为我穿好衣服，双手在衣服上抹了又抹，帮我戴上瓜皮帽，还备了一只取暖的小铜炉，让姐姐护送我到学校。妈妈是怕她的儿子冷着冻着。时光如白驹过隙。彼情彼景，历历在目。

1973 年，我初中毕业。生产队与我同学的还有两三位，他们的家长不由分说，就让他们回家上工挣工分了。在我上与不上的问题上，家里是有争议的。父亲不太管事。读过私塾的爷爷也主张我回家干活，毕竟那是以工分决定粮油的时代，也是文化最没有用处的时代。但妈妈不同意，坚决让我继续上学。正好，我也考上了。那一年有点特殊，高中升学是推荐与考试相结合，——既要大队推荐，又要考出一定分数。妈妈说：他岁数还小，挣不了多少工分，还是让他上学，多读点书多识点字，做农活的时间长呢。后来，我上了高中。如果妈妈顺着爷爷的想法，我的成长又是另一条轨迹。

妈妈不识字，也不会懂得文化的重要。我想妈妈是想通过让我上学，免得过早地承担繁重的劳务。

正因为是高中毕业，毕业后不久，就当上了民办教师，后来又顺利考进了师范学校，捧上了公家饭碗。祖祖辈辈职业栏目中的农民改写成职员。

从 1980 年起，近乎四十年，我辗转于城乡学校机关之中讨生活谋生计，很少在父母身边。但妈妈一刻也没有离开过我。每次回家，妈妈都会眼睛就到我的脸上好好看看我，说我瘦了黑了，都会教导我少喝酒少抽烟少晚睡，当心身体。我非常清楚地记得，有一年夏季某一日，七十多岁的妈妈，居然乘车几十里，到我家。我当是妈妈来玩的，哪知道是妻子将我醉酒的事告诉妈妈，妈妈不放心赶来。妈妈责备我不该滥喝酒，"酒是穿肠毒药"，是妈妈那次对我说的。

妈妈知道我是惯宝宝脾气，凡见面，都要我不要由着性子来，不要做"好头鸭子"，多做事少说话，不要跟别人争长争短。妈妈曾经找算命先生为我算命，算命先生说我"口舌重"（遭人非议）。妈妈将算命先生的话告诉我。妈妈的用意，我是懂的。

妈妈不是文化人，更不是哲学家，但哪一句话不凝练着丰富的人生阅历，不蕴含着深刻的做人道理呢？

六十三年，风风雨雨，坎坎坷坷，有过失意也有过小小的得意，有过快乐也有过烦恼。妈妈始终为我遮风挡雨，为我欢喜为我愁。我是妈妈生命的延续，妈妈是我的精神支柱。妈妈为我所做的一切，哪是一篇文章、一本书能够写尽的！

妈妈，今天是我的生日，是您的受难日，也是您暴病不起的日子。后天，就是您的周年忌日了，我将率妻女回家，为您焚香化纸超度。

我知道，这一切，对于逝者是毫无意义的。但是，妈妈，儿子还能为您做什么呢？

而且，于您做什么都是徒劳的，您离儿子越来越远了。然而儿子坚信思念可以冲破阴阳之隔，穿透时空之阻。

作者简介：

姚正安，中国作家协会会员，中国散文学会理事，江苏省报告文学学会理事。先后出版散文集《我写我爱》《记忆》《一种生活》等。曾获第六届冰心散文奖、高邮市"秦少游文化奖章"。长篇报告文学《不屈的脊梁》获江苏省报告文学奖。

安纳波利斯小镇的夕照

义　海

　　安纳波利斯是什么地方？在哪里？很少有人知道。在去那里之前，我也不知道。我到安纳波利斯去也实在是偶然得很。结束了在华盛顿特区的行程后，为了把旅程中的富余时间利用起来，在 AACA 教书的朋友 RM 说："我带你到安纳波利斯去看看吧。"于是，车头朝东，朝大西洋方向开去。我正做着梦的时候被叫醒了，她说："安纳波利斯到了！"

　　从游客中心拿了本地图册后，我便开始了安纳波利斯之旅。从那一刻起，我开始结识这座现实中的小镇、历史上的名城。

　　"安纳波利斯"的名字虽然陌生，但它却是马里兰州的首府。美国各州的首府的确会让很多人特别是中国人莫名其妙。在中国，省会一般是一个省份规模最大、人口最多的"经济文化中心"；但是，在美国，很多州的首府往往都是在很没有名气的小地方。加州的首府不在全美第二大城市洛杉矶，也不在名城旧金山，却是在萨克拉门托（Sacramento）；伊利诺伊州的首府不在全美第三大城市芝加哥，却是在几乎很少有人知道的斯普林斯菲尔德（Springfield）；密歇根州的首府不是在汽车城底特律，却是在一个没什么名气的城市兰辛（Lansing）；宾夕法尼亚州的首府不在全美第五大城市费城，却是在哈里斯堡（Harrisburg）；得克萨斯州的首府不是在全美第四大城市休斯敦，而是在奥斯汀（Austin）；至于马里兰州，巴尔的摩总要比安纳波利斯大得多、有名得多，可是，该州的首府偏偏不在巴尔的摩，而是在只有 3 万多人的小镇安纳波利斯（Annapolis）。我想，这些州的首府之所以偏于一隅，除了历史原因之外，恐怕也是因为美国社会"大民间，小政府"的原因吧。

且不说这些，还是让我沿着安纳波利斯镇地图上的"主大街"往海边去吧。是的，地图上标明，它的"主大街"（Main Street）是通往海边的捷径，也是最热闹的一条街。其实，等我快把小镇走下来时，我才发现，即使不看地图，也不会迷路的；在安纳波利斯，想迷路也没那么容易——它实在太小了。走了大约十来分钟就到了切萨皮克湾（Chesapeake）边的安纳波利斯港湾。镇虽然不大，却精致得让你觉得它不是真实的。如果不是有汽车开过，有行人走过，你还以为自己是走在一幅图画里呢。红砖砌成的小楼房，在下午金色的阳光下，在海边蓝天的背景上，显得格外有色彩感。今年北美的春天来得特别晚，但路边的郁金香还是坚持用各自的艳丽把小镇点缀。

走在安纳波利斯，在欣赏它的别致的同时，你又会感受到它的厚重。仅从安纳波利斯镇的地图册上就可以看到它骄人的历史。最早到这里来定居的是在欧洲被迫害的清教徒，他们在 1650 年来到切萨皮克湾边，把这个命名为"天命"（Providence），意思是，他们到这里定居，是上帝的旨意。随着时间的推移，这个定居点规模越来越大。由于它所处的位置是在马里兰州的中部，它也就被确定为该州的州府。1702 年，为了纪念英格兰的安妮公主（Prince Anne），它被正式改名为"安纳波利斯"（Annapolis）。

我喜欢上这个小镇，也跟我喜欢这个名字有关。这个名字可谓是"历史"与"文化"的合体：它的前半部分（Anna-）是"历史"（纪念英格兰的公主）；其后半部分（-polis）则是"文化"，它生动不过地说明了希腊文明在西方文化中所发挥的支柱性作用。在希腊语中，polis 是"城邦""城镇""市镇"的意思；雅典城邦的"卫城"就是叫 acropolis。后来我发现，美国的很多城市的命名方法跟"安纳波利斯"一样。比如，印第安纳州的州府"印第安纳波利斯"（Indianapolis），明尼苏达州的"米尼阿波利斯"（Minneapolis），怀俄明州的"瑟莫波利斯"（Thermopolis）等。所以，我们甚至可以说，美国本来是"没有文化"的；如果没有欧洲传统作为它最初的"活命粮"，它就不会有文化了。

当然，不管什么地方，人的活动多了也就有了文化。走在西斜的阳光下，走在安纳波利斯小镇，沐浴在一片金色中的是这个小镇甚至是美国历史的戏剧性场景。与其他许多州的州府相比，安纳波利斯与美国历史的关系要更加紧密。位于该镇上的马里兰州议会曾经是美国国会的办公场所；从1783年11月到1784年8月，它曾经是美国临时州府的首都。对于结束美国独立战争至关重要的《巴黎和约》（*Treaty of Paris*）就是于1784年在安纳波利斯的议会大厅获得批准的。同时，美国南北战争期间，它又成为南北之间的政治中心。由于安纳波利斯的发展从来没有中断过，定居者起初的建筑便得到了保留，这就使这个小镇成了名副其实的历史名城。随便一处房子，都有它的来历，都有它的故事；可谓处处历史，遍地文化。想到你走过的地方就是华盛顿走过的、杰斐逊走过的、富兰克林走过的、亚当斯走过的；走着，走着，你自然会浮想联翩，自有一种走进古代的感觉。在安纳波利斯，仅独立战争前的房子就有60多座。独特的地位，厚重的历史，使安纳波利斯有了一个美名——"没有墙的博物馆"（museum without walls）。走在安纳波利斯街头，就是走在博物馆里。

从镇中心走上"主大街"（Main Street）不一会儿，你便会看到，远远地，在街的那一头，一片深蓝折射着下午的阳光。这又一次让人觉得，安纳波利斯真小。主大街尽头的码头是安纳波利斯历史地位最高的地方。300多年来，它是这个小镇发展的历史见证。据说，阿历克斯·哈里的长篇小说《根》的主人公就是从这里踏上新大陆的。

从码头往北走三四百米是著名的美国海军学院（U. S. Naval Academy）。这座创办于1845年的海军学院，又给安纳波利斯加了很多分。当然，小镇自然也会打海军学院"牌"：商店里卖的T恤衫以及其他纪念品，多有海军学院的标志。很奇怪的是，海军学院并不像我们想象的军事院校那样，搞得神秘兮兮的，它居然是对公众开放的。当然，进入校园之前必须接受安检。

海军学院占据了安纳波利斯东北的一块风水宝地。海军学院虽然有160多年的历史，但它的校园似乎非常新，就像是最近十年才办的一所大学。校园很美，很大程度上是因为它占据了切萨皮克湾风景的最佳处。校园的东面就是美丽的切萨皮克湾，海水打击着岸边的防洪巨石，发出阵阵响声。抬头东望，只见海面上到处是游艇，以及海岬上的民居；海岬的更远处，便是烟波浩渺的大西洋了。走在海边用防腐木铺成的步道上，看着近处和远处的风景，任海风把自己的头发吹乱，自己仿佛是信步于一处休闲度假区，而不是走在一个军事管制区，尽管在那些建筑物的高处，大概有很多监控摄像头正对着我。

沿着切萨皮克湾往前走便是海军学院的橄榄球场。惊讶于它的广阔，觉得它大得简直可以放得下整个安纳波利斯小镇。据说，海军学院的最大敌人就是西点军校。两所军校，一所是陆军，一所是海军，何以成为"仇人"的呢？我的一个朋友访问西点军校时，问校长："你们这里是不是有很多秘密？"校长笑了笑，把嘴凑到我这个朋友的耳朵边，轻声说道："没有什么秘密。我们最大的秘密我可以告诉你，但你千万不要告诉别人！我们最大的秘密是：打败海军！"他所说的打败海军，是指在橄榄球赛场上。多年来，这两所军校一直是橄榄球赛场上的冤家。西点军校的口号是，打败海军；海军学院的口号是，打败陆军。虽然是 4 月中旬，但大西洋上吹来的风依然刺骨；而在橄榄球场上，球员的汗水已经湿透衣衫。

走出海军学院，下午的阳光已经软化成黄昏前的柔和，那是一种略带橙红的金色。从摄影的角度看，这时的光最具有美学价值。日头当空时，光线太强，会把对象的所有特征一览无余地表现出来，拍出来的照片反而缺少美感；这就有如拍一个五官十分端庄的美女时，把她脸上的疙瘩也拍出来了。但是，黄昏前的光可不一样，它会在我们拍摄时隐去对象的细节，同时又给对象蒙上一层大自然馈赠给我们的、人类难以再现的、具有美学价值的光。在这样的光线中去欣赏安纳波利斯小镇的建筑，无疑再合宜不过了。当年小镇被更名为"安纳波利斯"时，便开始按照欧洲经典城市的模式建设，所以，它所留下来的这些建筑，典型性极强；它也因此获得了另外一个美称——"美国的雅典"。

安纳波利斯镇的建筑可以用三个"不"来形容：不张扬，不一样，不平凡。所谓不张扬，是指他们一般并不高大，跟很多美国的小城镇一样，最高的建筑是教堂；所谓不一样，是指这些建筑并不是现代城市兴起后的规模性开发的产物，它们都是在几十年到三百年间陆续建成的，自然不会彼此雷同；所谓不平凡，是指镇上的房子很多都有"来头"，都有故事。

这么一个好的去处，有文化，有历史，有大海，来的人自然会很多。的确，别看镇小，消费却是很高，沿街都是高档商店；再看码头停得满满当当的游艇，你就知道，这里有多少有钱人，或者有多少有钱人爱到这里来。

说到这里，脑子灵活的马上会想到，何不把这个地方开发一下，以便更充分地发挥它的旅游资源。的确，不仅历史赋予了安纳波利斯地位，它的地理位置又是那么好，靠海是优势，镇上有著名的海军学院是优势，离华盛顿特区只有50公里左右也是优势。可是，尽管安纳波利斯从头到脚都是历史和文化，但它始终保持着它的"小"，它的宁静。经过360多年的开发，到目前，它才不过3万人左右。规模不突破，宁静就不会被打破。

……夕阳洒在安纳波利斯小镇，洒在我面前的这片海湾。坐在码头边的Middleton酒吧，这开张于1750年的老店，喝着咖啡，看海鸥在帆船和游艇之间飞来飞去，看海岬外面大西洋浩渺无边。忽然，我脑子冒出一些奇怪的问题：264年前的此时此刻，会是谁坐在这个座位上？264年前的大海跟今天的大海又有什么不同？

作者简介：

义海，本名陈义海，江苏东台人，教授，比较文学博士（博士后），双语诗人，翻译家，中国作协会员，兼任江苏省中华诗学研究会副会长。主要从事跨文化研究、文学翻译和诗歌创作。出版各类著（译）近30种。曾翻译出版《傲慢与偏见》《鲁滨孙漂流记》《苔丝》等；主要诗歌作品有《被翻译了的意象》《迷失英伦》（双语）等。其第一部英文诗集《西茉纳之歌和七首忧伤的歌》2005年在英国出版。曾两度获得江苏省"紫金山文学奖"（诗歌奖、散文奖）。

如此诱人老米酒

印 华

我自小在江苏东端吕四渔港长大，除了闻起来熏哄哄、吃起来喷喷香的海鲜产品外，印象最深的就是家乡甜滋滋的老米酒（当地人又称"老白酒"），可我一直对那些贪杯嗜酒者，俗称酒鬼的从心底就无一分的好感！

我亲眼所见有酒醉者，砸物打人有之，狂笑撒野有之，指桑骂槐、寻衅滋事有之，脱衣奔跑、逢人便抱有之，也有一团瘫泥、随地呕吐秽物，熏人酒味浓浓袭鼻而来⋯⋯

我少儿时对酒避而远之，嗅嗅即惧，何敢品尝？但每每看到父亲或独自品享，或与人举杯畅饮，不知不觉对此物有几分鲜奇，记得上初中时一次放学回家，见家中有酒坛存放的老白酒（为老米酿酒，酒精度数为10度左右，江苏启海一带桌上必备之物），突生有尝酒奇想，于是仿父亲打开封盖，用木勺纵深勺了许，先用舌头舔舔，感觉舌尖麻麻又有丝丝酸甜，进而斗胆饮了一口，瞬间感到舌头有些麻乍乍，又连饮二口，渐渐脸热耳躁起来，遂跑到镜子下一照，好家伙，除了脸颊绯红，连脖子颈都飘上了红云，这应该是平生第一次偷饮此物。

我是土生土长的南通启东人，家乡一带盛产米酒，米酒，又叫酒酿，甜酒。旧时叫"醴"。此物入口甜滋滋、稍带酸溜溜，酒精含量仅8~10度，极易引诱人上当，即一旦饮过头醉了，没几个钟头醒不过来；这老白酒是用糯米酿制，逢年过节，烫上一壶老白酒，举家觥筹交错、把酒言欢的热闹场景，大家再熟悉不过了。启东米白酒，以其独特的风味、良好的品质和低廉的价格，成了居家小酌、款待亲朋好友的必备物。一碗醇香四溢、热气缭绕的启东米白酒曾经"醉"倒过无数南来北往客。

我一直在想,《水浒传》中那武松醉拳打死山中之王老虎,在"三碗不过岗"喝了三大碗肯定就是老白酒,如果是高度白酒就不可能咕咚咕咚一碗喝个底朝天,而老白酒可以做到一饮而尽,老白酒符合武松打虎无所畏惧的特征,酒力慢慢上,醉醇后劲足,一旦到了朦胧时,眼前出现什么东西都当玩偶,连玉皇大帝都敢顶撞,何况老虎乎?从各个角度判断,武松那时喝的就是老米白酒。

老米白酒主要原料是江米,所以也叫江米酒。酒酿在北方一般称它为"米酒"或"甜酒"。用蒸熟的江米(糯米)拌上酒酵(一种特殊的微生物酵母)发酵而成的一种甜米酒。其酿制工艺简单,口味香甜醇美。含酒精量极低,因此,深受人们的喜爱。

家乡启东这种老米酒色泽清亮,味道醇甜,质浓而不伤脾胃,经过有关部门化验,该酒含有多种氨基酸和维生素,营养价值丰富,还具有健脾胃,舒筋络,消痛化瘀的功能。配以中草药,还能以祛治风湿,医治瘫痪。据说老米酒已有千年酿造历史。唐朝黄州刺史杜牧留下"借问酒家何处有,牧童遥指杏花村"的诗句,至北宋大诗人苏东坡高歌"酸酒如齑汤,甜酒如蜜汁。三年黄州城,饮酒但饮湿",历代文人墨客盛赞老米酒。

家乡老米酒,酿者代代相传,饮者千年礼赞,启海人沿袭祖上风俗喜欢自酿自饮,自行其乐。千百年来,祖宗上辈曾以烤筅子火、饮老米酒,视为风调雨顺、国泰民安、生活幸福、其乐无穷。

老米酒色似海棠香如蜜,甘甜可口味醇厚。冬饮祛风去寒,夏饮提神健脑。具有养颜益寿,滋阴补阳,舒筋活血等功效。

勤逸的启海人历来会酿老米酒。相传在明朝正德年间,启海一带闹饥荒,百姓无钱买酒。无酒不成席,怎能取得团圆之乐呢?一天,从河南来了一位须发全白的老人,自称酒翁,传授制曲和制酒的方法,祖宗以此效仿自制。

米酒的制作原料主要是糯米(2公斤),还有特制酒粬(2~3粒,匀成粉,市场有卖)。先用木制蒸笼将糯米蒸熟,盛出打散,并摊散在竹篅里,要均匀。备一碗温热水(20~30摄氏度),洒在糯米上,拌匀,使之变疏松,不可挤压。至凉(没有热气),又在上面撒上一层酒粬粉,拌匀。再将糯米盛到一个陶制坛里（坛里盛有温热水，不能多），不可加压，密封此坛口，还要用棉絮罩在坛上（保温），装入一箩筐内，如是气温低，须放在火炉边保温。三至四天后，就可开盖，香气扑鼻，糯米变软，尝之有甜味，一坛老米酒就做成功了。

一坛米酒做成功了，还需要"搬酒"，意思是要将酒糟滤出。准备干净的开水，至凉后，用此水过滤酒糟，即可得纯酒水的老米酒了（酒糟已分离）。有的人则喜欢喝"壶子酒"，即从开坛之时，从坛里取去的原始米酒（没有加水）。壶子酒味道极好，浓度很高，有的能点着火，为米酒中的上品。

如果在做米酒时，加入菊花或桂花，就可得另一种味道的"菊花酒"或"桂花酒"，风味独特，菊花春老米酒以优质糯米为原料，经漂、洗、蒸、凉、拌入特制中草药米粬，密封发酵，糖化后加适量凉开水继续密封半月左右，去渣即成。因一般于九月重阳菊花盛开的季节酿制，故名"菊花春"。菊花春老米酒色清淡，味醇厚，甜中带辣，略有酸味，含氨基酸、葡萄糖、碳化合物等多种营养素，具有祛湿、开胃、通筋理气、壮骨强筋、滋阴养血等功能，对因风湿引起的关节炎、筋骨痛、腰腿痛，有显著疗效，是产妇的滋补剂，亦是老少皆宜之饮料。每逢冬日，人们围坐于火炉旁，煨一壶老米酒，开怀畅饮，谈笑风生，其乐浓浓。

人工酿酒一定是陶器的制造，否则便无从酿起。据考证，约在六千年前人工酿酒就开始了。《孔丛子》有言："尧舜千钟。"这说明在尧时，酒已流行于社会。"千钟"二字，则标志着这是初级的果酒。《史记》记载，仪狄造"旨酒"以献大禹，这是以粮酿酒的发端。

自夏之后，经商周，历秦汉，以至于唐宋，皆是以果粮蒸煮，加曲发酵，压榨而后酒出。不少西方人都以为米酒是日本人的创造，但岂知，它实际上是中国人首先酿造的含酒精的饮料。而日本酿造清酒的技术是从中国引进的。早在公元前1500年，中国的甲骨文中就提到用酒祭祀之事，公元前8世纪，中国古代诗人也曾作诗描绘人喝醉酒的场景。

至迟在公元前1000年左右，中国就发明了发酵酿酒的技术，使酿出的酒中酒精浓度比普通啤酒至少高三倍。中国优越的造酒技术，在于最早使用曲来酿酒，并且还发现要提高酒中的酒精浓度，只要在发酵过程中不断加进熟的并经过浸泡的谷物即可。这是世界第一流的酿酒技术，它酿出了高浓度的饮料。

陆放翁在《游山西村》这首诗中提到的腊酒，俗称"米酒"。这是一种以糯米为原料的家酿土酒，色白，稍浑浊，性若黄酒而口味较淡，后力较足。一般是腊月酿制，春节饮用，故称"腊酒"或"春酒"。既然陆放翁老先生如此描述，那说明南宋时代的绍兴农村中，酿制和饮用米酒已是一种普遍的现象。沙地人的饮食习惯传承于绍兴，米酒也不例外。

许多人家过年前都要做一两缸米酒，春节用来招待客人。有的自己动手酿制，有的请人代劳。制作的方法是：先将糯米浸胀，淘干净，用甑桶蒸成干饭后，摊于竹匾之上，用凉水浇淋，使米饭松散而不黏结，然后将酒曲碾碎拌入。酒料入缸前，须用热水温一温缸。入缸后，将酒料表面抹平，并在中心处打一酒涡。

为促使发酵，酒缸须保温，不仅缸口覆草盖，缸壁也要裹上稻草、棉絮、塑料薄膜等。三四天后，视酒渗至半酒涡，即可放水（必须是冷水），米、水的比例按重量以各占一半为宜，故米、水都要过秤。即使想多放一点儿水，也不能超过一成。放水后一两天，酒料表面会出现花纹细裂，这时就用棍棒搅拌，俗称"开拌"。须隔日搅拌一次，共搅拌三次，分别称"头拌""二拌""三拌"，此后无须再动。一月后，即可开缸饮用。"开拌"时，酒料表面有否细裂，是决定米酒好坏的主要标志。有细裂者酒不甜，味醇厚，为善饮者所称赏；反之，味甜腻，力不足，只能供妇女小孩尝用。

我是吃过这老白酒的苦，记得我十岁那年，那时正逢姑妈六十大庆，因膝下有六子三女，携家小悉数到场，加上七大姨八大姑纷纷云集，场面热闹，几乎人人饮酒；我们几个小朋友凑成一桌也品尝米酒，或效仿干杯，大人们见了不仅不管，只是在一旁哄笑，我饮着饮着，不禁脸颊燥热，头晕眼花，头重脚轻，遂跑到里屋顺地便躺，只听心脏怦怦直跳，两眼怎么也睁不开，但耳朵却出奇灵光，什么人过来讲的什么事听得清清楚楚，有许多人围着喊我名字，我只是紧闭眼睛嘴上咕噜咕噜，却手脚不听使唤，姑妈闻讯赶来，让人打了桶井水，夏天只有井水才浸凉，用毛巾在井水里浸泡了下再挤干，如此反复贴敷在我的额头上，我朦朦胧胧中感觉我的脑门突突跳动渐渐舒缓不少，但还是昏昏沉沉睡觉了，这一睡居然就是近二十个小时，也就是第三天的清晨五点许才苏醒，醒来时看到自己已躺在床上，我母亲侧睡一边，我坐将起来，记忆却一片空白，但我清楚是那甜滋滋的老白酒惹的事，自打那时起，我将近三四年未碰过这玩意儿。

结婚那天，亲朋好友齐聚一堂，婚姻人生大事，这个洞房花烛夜岂有不饮之理，在同学朋友们怂恿下，我再次敞开酒量，肆无忌惮地灌饮这家乡老米酒，热闹完了，众亲好友散去，洞房里只留下妻子和睡成死猪的我，可怜的妻子用冷毛巾反复在我的额头敷了一宿……

此后，我发誓再也不馋老白酒，无奈又逢若干年后宝贝女儿抓周，中年得女狂欢时，莫使酒樽空对月，我再次端起酒杯，豪情万丈，以老子天下第一的狂妄，连饮三大碗老白酒，可谓"丈夫得意何为纵？抒怀畅饮老白酒；贵贱成败随它去，至死不渝这一口"！

淡淡幽幽的老米白酒，犹如仪态万方、若隐若现的村头"小芳"，其翩翩仙风，魅力无穷，惹得男人们心猿意马，也不知勾引无数痴情的英雄好汉，醉倒其"石榴裙下"。

曾经来过

幽　桐

　　无数次从睡梦中惊醒，迷迷糊糊地发觉自己正安然躺在异乡的小床上。窗外苍茫的夜色，让我惊诧于自己竟能如此恬静地行走于一个陌生的城市，而残忍地将生养自己十九年的故乡随意抛弃在远方。无边的黑漆与梦里清晰透明的故乡，漫不经心地啃噬着我的灵魂，留下我从未经受过的巨大疼痛。

　　心上的故乡，在我的疼痛里轻摇。十几年厮守的土地，安然静卧；水田里稻子们正高昂着头，奋力向上攀爬；细窄的小路上交错的脚印坑坑洼洼深深浅浅；路口小桥下的水不徐不疾，汩汩流过长满苔藓的青石板，熟悉而悦耳；三爹家坍塌一半的土屋默默站在废墟里，沧桑着被风霜掩埋的故事；废墟上空黄莺和麻雀们不知疲倦地肆意飞舞，不时传出声声清脆的啼鸣；几只小黑狗很不友好地跑出来招呼我；家门口的草垛还是我走时那般高，墙角的老槐树还像多年前一样弓着腰，不甚茂密的竹林在风声里沙沙瑟瑟；屋后的树林稀稀疏疏，杂草丛生，再无昔日的翠绿和清丽。

　　梦境里故乡是那般亲切，而每次辗转千里，终于踏上故乡的土地时，却发现眼前的景象似乎又很陌生。是以前没读懂村庄还是村庄经历了太多的风霜也变得苍老疲倦?

　　几个已不认识的小侄子无忧无虑地在方圆不足百里的村庄奔跑，贪婪地吮吸着空气里的每一丝清香，一如当年的我们。但到十几岁时我就开始挑剔周围的一切，想尽力摆脱村庄，就如现在挑剔所在的地方。大学开学前收拾行李时，我生平第一次有了一种漫无边际的惶恐，我深知自己永远回不去了。

这种惶恐一直延续到现在，被亲切的泥土气息包围，却不知道自己来自何方，将去向哪里。在异乡我们那么渴望回乡，可回了乡又觉得已身处异乡。

我开始搜寻存留我生活的印记。十二三岁亲手植的李子，曾经摔过跟头的池塘，打过滚的树林和草坪，汗水浸渍过的稻床，走过几千遍的石子路，还有那些旧时光……可它们早已记不起那个曾无数遍呼唤它们的孩子，记不起我留下的脚印，自顾自躺在那里，懒得睁眼。一切只存在于我残留的记忆里，而且终有一天会被岁月彻底清除。那又有什么能证明我们曾经的生活与记忆？

每次回家，不常见面的乡亲们都热情而亲切地招呼我，嘘寒问暖。几十年后，当我两鬓斑白，村庄易容，"儿童相见不相识，笑问客从何处来"，谁又能证明那里是我朝思暮想的故乡？即便万物如故，乡亲们勉强接纳我，可又有谁能印证我与故乡曾经的耳鬓厮磨？仅凭那几句乡音？仅凭我那一箩筐的故事？

我未曾谋面的爷爷，静静地躺在屋后的树林里。我扒开墓碑前丛生的茅草，看见墓碑左下方清晰地刻着"孙：存阳/存根"。我欣喜地发现，那是我属于那里的最好印证！那块块刻有我名字的祖辈的墓碑知道，我生于彼长于彼，那里是我永远的根。

可证明了又怎样？终有一天，那些墓碑也会风化。我在墙壁和树干上刻的那些字，早已随着墙和树的倒塌，被岁月淹没。

我们常常走在旅途上才发现，没有真正属于自己的家，有的只是到处漂泊的异乡。就算把根深深扎在异乡，但对于异乡的人来说，我们也只是曾经来过。或许在更多人眼中，我们根本就不曾来过。

都说叶落归根，而所归的地方，真的是根吗？我们往往穷尽一生寻找能让自己扎根的地方，直到奄奄一息时才明白，人只是一叶浮萍，无法像草那样把自己扎进土里，疯狂地生长。

若干年后，我还会再回故乡，祭拜我安息在那里的祖先以及被时光埋葬的故事。可当我老去或离开时，会有人赶到千里之外来看望或祭拜我吗？

在清灰色的晨霭里拜别双亲，走在熟悉的石子路上，心里空荡荡的。之于故乡，我只是曾经来过。

其实，之于时空，我们又何尝不是匆匆过客？只是，少数人被记在了几页薄纸里，大部分都随风飘逝了。不论被记住还是飘逝的，或许谁也不清楚到底哪里才是自己真正的归宿。

子夜万籁俱寂，独留我在异乡无边的疼痛里遥望杏花烟雨里的江南。

作者简介：

幽桐，原名高存根，1982年出生于安徽桐城。现居江苏，为江苏省作家协会会员、徐州市书法家协会会员、人民日报《环球人物》江苏工作站书画联谊会会员。在《中国教师报》《中国社区报》《中国青年作家报》《新华日报》《安徽日报农村版》《扬子晚报》《南京晨报》《安徽商报》等报刊发表作品20余万字。

旧城三巷

袁 华

1

"秦时明月汉时关，万里长征人未还。但使龙城飞将在，不教胡马度阴山。"这是盛唐诗人王昌龄《出塞》诗中的一首。边塞苍凉，时空万里。可是战祸不断，民不安生。诗人奢望能启用像卫青、李广那样的飞将军，拒敌于阴山之外，让边关人民过上安定的生活。

历史总会有着惊人的相似。可惜800年之后的大明王朝再没有像王昌龄那样有风骨的诗人。至于龙城飞将，更是让人喟叹。嘉靖二十七年（1548）一月，兵部侍郎、三边总制曾铣被捕入狱。九月，曾铣含冤被腰斩。据明世宗帝纪记载，曾铣死后的十余年间，边境从不宁静。

时光流逝，岁月更迭。又是470年过去了，曾经的大明王朝只是史册上的一段陈年旧事。而曾铣戍守的三边也早已归于安定、繁荣。楼房、厂房、铁路线、风吹草低见牛羊，取代了金戈铁马。曾铣会想到这些吗？肯定不会。他能想到的，他所惦念的除了流放的妻、子之外，就应该是扬州城里的曾家垣了。

昔日的曾家垣已经不复存在。现在那个地方叫旧城三巷，不足四米宽的巷子，被盆栽及私搭乱建的雨棚侵占略显逼仄，巷南为隋文选楼旧址，现在是旌忠寺。巷北杂居的民房，高低错落，多现颓败迹象，这与巷南一派明黄之下的肃穆巍峨形成巨大的反差。地方志书上说，此巷曾有明三边总制兵部侍郎府邸和真武庙。

我走近旧城三巷的时候，适逢夏至，一场暑雨刚刚止歇。

夏至时候，正是江淮流域梅雨季节。斯时的雨常常像个顽皮的孩子，来去悠忽。东边日出西边雨，也是常有的情形。徐州诗人徐书信有首《暑雨》诗："夏日熏风暑坐台，蛙鸣蝉噪袭尘埃。青天霹雳金锣响，冷雨如钱扑面来。"是对这个时节雷阵雨最妥当的描述。

雨过众卉新。

新改造过的仁丰里除了路面平整洁净外，巷道两边添置了不少绿色植物，蔷薇、月季、爬山虎、绿萝、凌霄、紫藤，这些都是官方的绿化，而在旧城三巷，民间的气息就重了些，单单是巷子口，就让人耳目一新，一道木梁做成的简易门楼爬满了绿叶，旌忠寺的外墙上整齐地悬挂了三排花盆，其实都不能称之为盆的，多是些废弃的饮料瓶、油桶改装而成，但植入花草，那些废弃的饮料瓶和油桶瞬间被美化了，成了风景。雨水冲洗之后，那份葱茏愈甚。

从巷子口朝东走，几乎每一户的门前都设有简易的花圃，再简单些，也会放上三两盆栽，最为壮观的是一户人家门前除了有一株上了年岁的紫藤，竟然还有一架葡萄，枝蔓交错，新枝妖娆，不少叶片上还擎着水珠儿，楚楚动人的模样，给那些透着衰败味的旧民居平白添了无限生机。

从旧城三巷与仁丰里交叉口向西，不足两百米长的小巷子我是一步步丈量出来的，可从西到东，再从东头折回西边的巷口，小巷寂寥，哪里有三边总制兵部侍郎的府邸呢？历史的烟云下，曾铣的身影越来越淡，越来越模糊了吗？这旧城三巷里，真的就没有曾铣的遗存了吗？

我心有不甘，我还在巷口踟蹰。幸好我在一位老人的身上看到了曾铣的影子，他明朗、清晰、又实实在在。

老人骑着代步的小三轮车，由远及近。我听清楚了老人随身携带的播放器里的唱词：

（唱）我只道奸臣只生奸臣女，谁知她父女两条心。

我道荒田出稗草，谁知沙土伴黄金。

兰贞待我是真心意，我岂能负她一片心。

手抚香肩轻唤妻——

（白）娘子！

正是传统越剧《盘夫索夫》中《我只道奸臣只生奸臣女》选段。据说当年曾铣被杀后，家中无余资。史称此案"天下闻而冤之"。《盘夫索夫》一剧唱的就是曾铣获冤被杀，长子曾荣逃亡在外，机缘巧合，娶了严嵩孙女严兰贞为妻的故事。人心所向啊，仕子文人尽管不能左右官场事，不能给忠良臣子翻案，但他们手中得有笔，他们可以写尽世间不平，写出人心向善。

看着老人骑着三轮车晃悠悠地越行越远，我好想追上去问问老人家，问问他知道不知道曾铣？知道不知道，剧中的曾荣就是曾铣的长子，知道不知道严兰贞就是大明朝权臣严嵩的孙女？而他刚刚经过的旧城三巷口就曾留有曾铣的脚印。

2

曾铣祖籍浙江台州府黄岩县（今台州市黄岩区），少有才名，十二岁时即能出口成章。曾铣的父亲是做小买卖的，家贫。因为生意往来结识了江都（今扬州）的好友，便委托好友将曾铣带到江都延请老师授课，类似于今天的打工子弟异地读书吧。因大明科举制度规定，考生只能在户籍所在地参加科举考试，曾铣便落籍江都。从童子试、到秀才、举人，直至考中进士，籍贯都是江都。

曾铣步入仕途，先为福建长乐知县。任期满后升任御史，巡按辽东。因在辽东平叛有功，擢副都御史，巡抚山东。今天山东曲阜孔庙的前厅悬匾"太和元气"即为曾铣手迹。

曾铣在山东任职三年，后受命巡抚山西。曾铣有谋略，擅长用兵。而且还自己设计制造火器及地雷。在浮图谷与蒙古俺答的对决中大获全胜。史书记载："经岁寇不犯边，朝廷以为功，进兵部侍郎，巡抚如故。"

嘉靖二十五年（1546）夏天，曾铣以原有官职总督陕西三边军务。因有曾铣这样的飞将军镇守，入侵的鞑靼人畏之如虎，称之为"曾爷爷"。曾铣面对如此这般寻常的小胜及暂时的边关安定不以为然。曾铣认为敌寇长期占据河套，侵扰边疆，终究是隐患。要想边塞长治久安，收复河套，才是一劳永逸之策。于是曾铣上书朝廷，请旨收复河套。

统兵御敌曾铣是行家里手，但在为官一道、察言观色及体察上意上，曾铣可能就不算是明白人了。另外，在日常从严治军中，自然也会招致恨意，树敌众多，最终卷入政治斗争旋涡中。而最最关键的是，曾铣遇见的是脾气乖张性格阴损的嘉靖帝，有这样不靠谱的主子，曾铣落得个蒙冤被斩的结局，也便不足为怪了。

嘉靖帝将曾铣以结交近侍的条律问斩还不罢休，竟然还判令将其妻、子流放两千里。

曾铣临刑前将妻子托付于属下王环照料，免得他们母子葬身边陲。王环流泪答复："公无忧也，某力能致之归。"

<h1 style="text-align:center">3</h1>

王环，史书无生平可查。只知是河北沧州人。《仿洪小品》"义仆"篇有记"虬髯铁面，负膂力善骑射"。

我始终都对沧州这个地方心存好感。不单是因为沧州红枣。主观印象里，那儿不但民风淳朴，一样也民风彪悍。燕赵之地，朔风猎猎，多慷慨悲壮之人，出侠士、出豪杰。"风萧萧兮易水寒，壮士一去兮不复还"，说的是荆轲。陪着幼主，死战崖山的是张世杰，困守孤城八十一天的，是江阴典史阎应元，他们都是沧州血性男儿。而王环呢，虽名不见经传，却一样慷慨悲壮，一样义字当先。

曾铣死后，王环辞去官职，安顿好家室，用独轮车载着曾铣的夫人及幼子踏上了流放之路。

这一路走下来，用千辛万苦、九死一生来形容一点儿都不为过。先不说沿途荒山野林，狼虫当道，也不提流氓无赖的侵扰。单是政敌派遣追杀的杀手，都让王环疲于奔命。政敌想要斩草除根，所以沿途遭遇不止一拨杀手的截杀。有一次，王环为了保护曾铣幼子，身中七箭，险些死在途中。

好不容易到了汉中的流放地。可是尴尬事又来了。王环既不是官，也不是流放的犯人，牢营可供支配的房子有限，哪里有王环的安身之地呢。

白天王环端汤倒水伺候夫人和公子，晚间就在门口守着，实在困了，就在檐口蜷缩歇会儿，无论冬夏寒暑，都是如此。

曾铣夫人颇有姿色，在那样偏僻的牢营里，难免会引起一些无赖垂涎，想想这一路山高水长，这牢营龌龊，若是没有王环照看，只怕是有十个曾夫人，定然也是有去无回的。

王环没了俸禄，又不是牢营在编人员。生活着落只能靠自己谋划，盘缠用尽之后，万般无奈的王环选择在牢营附近做点小买卖，来解决自己的衣食问题，收入好些的时候，可以用多余的铜板给小公子改善一下伙食。

想来是何等的憋屈。虬髯铁面，负膂力善骑射，铮铮铁汉。本该驰骋沙场。现在却不得不锱铢必较，困顿异乡。只因一个"义"字，只为那一诺。

可是王环心里又清楚，自己的一诺并不是单一地陪伴照顾夫人和公子，自己的终极目的是"致之归"。

这话说来轻巧，曾铣沉冤一日不得昭雪，归乡只能是妄谈。再有这曾铣案乃是当今圣上亲戚，谁又能有通天的本领，能够拨乱反正呢？

4

就这样，时间流水一样滑过了二十年。七千多个日日夜夜，有王环守护着，曾夫人及小公子也算得上是现世安稳、岁月静好吧。尽管其间他们都曾无数次向京城、向扬州眺望，可在他们心里又格外清楚，归期何其渺茫。

隆庆元年（1567）隆冬，已经花甲之年的王环回到了阔别已久的京城。因为嘉靖皇帝死了，当年的权臣严嵩也死了。这让王环看到了希望。王环要到隆庆皇帝那儿告御状，要给曾铣清洗二十年前的冤屈，要让他远在汉中牢营的妻儿早日得返故里。

告御状总得先见到皇上吧？可王环一介草民，别说见皇上，只怕连个午朝门都走不到。怎么个告法子呢？最后王环决定去求为官清正，有"铁面御史"之称的王好问，希望他能出面主持公道，还曾铣清白之身。

王好问虽有铁面御史之名，可他毕竟不愿意去揭已故世宗帝的疮疤，那可是新皇上的亲老子啊。于是，王好问来了个闭门不见。当天正好天降暴雪，王环没有因为王好问不见就离去，而是选择在御史府邸前长跪不起。

第二天，当下人发现王环的时候，他的下半身差不多被大雪给淹没了，人也冻得奄奄一息。见王好问来到跟前，王环已经不能言语，但还是强撑着起身，在雪地颤巍巍地写下一个大大的冤字。

王好问先是惊诧,然后是感动,再朝后就是惭愧了。想他一介武夫,竟然有如此恒心及义薄云天的豪气,相比之下,自己倒显得猥琐了。

王好问当即写了奏折,陈述曾铣蒙受的冤屈,呈给隆庆帝。

在大明朝十六位皇帝当中,隆庆帝虽然在位时间不长,却是位口碑不错的好皇帝,由于长期生活在父皇的阴影之下,从小就养成了谨小慎微的性格。他崇尚节俭,心存仁厚。当年曾铣案发的时候,隆庆帝已经是个十岁的大孩子了。对于曾铣案的冤情多少有所耳闻,后来后宫及臣工们也难免会提及旧案,这样一来,在隆庆帝的心中,对于自己老子一手缔造的曾铣冤案多少是知些眉目的。现在既然有御史重提,也算是给足了台阶。便准了王御史的奏呈,颁诏为曾铣平冤昭雪,追赠册封。并恩准曾铣妻儿携带曾铣棺木返回扬州故里安葬。

5

二十年的时间跨度,两位皇帝截然不同的裁决,再加上忠心护主的义士,这不是戏文胜似戏文的情节,早已传到了曾铣的家乡扬州。英雄的主人,侠骨丹心的仆人,透着神秘。人们都希望能够早日一睹义士风采。

隆庆二年(1568)仲夏时节,当人们得知义士王环护送曾铣的棺木及妻儿返回故里的时候,扬州城几近万人空巷,是迎候、也是赞赏与褒奖。

与热闹喧嚣的街头大相径庭的是王环的身心。他终于可以舒了一口气。王环在心中默念:曾公,您到家了。您的夫人和幼子也都回家了。

曾铣的棺木入土后,曾夫人取出金箔酬谢王环。

王环都没有抬眼去看,转身便离去了。只把业已苍老、略显佝偻的背影留给了扬州,留给了旧城三巷。

作者简介:

袁华,江苏省作家协会会员。邳州人,现居扬州。多写心情散文,偶尔写诗,在海内外报刊有文刊发。著有长篇小说《燕南风》(2015)及散文集《月亮很淡的晚上》(2012)。

雨中记忆

展秀娟

记忆中，故乡的秋天总是湿漉漉的，整夜整夜滴答的雨声持续到天明，陪伴着醒了又梦、梦了又醒的长夜。

那时候的村子还没有水泥路，一溜白色的石头房子，红色瓦顶，绵延于蛇一样的山腰。村子中间有一条白白的石子路，隔着一排房屋，与路平行铺着的还有一条静静流淌着的小河，河水清澈，岸边水草丰美。她有一条很实用的名字，民便河，她仅仅属于大运河的一个分支。

她不像沂河那样长长地布满着故事，沉淀着河边人们智慧的光辉，亦不如窑湾湾码头那般令人依赖和流连，更不会承载得起大运河里的航运，但她却是我记忆里最美的风景。

夏天，晒得黑不溜秋的光屁股小子们扑打在河边的浅水里，翻打出层层泥沙，染黄了的河水依然散发着水草的甜香。

河边的村子里有许多种树，参差不齐地散布于角角落落。刺槐的古老，皂夹树的沧桑，椿树的怪味，梧桐的荫凉，以及意杨的挺拔。还有合欢树的妩媚，以及相思树的乖巧构筑成一道独特的山村风景。

春天来的时候，槐花最先开放，惹来了一拨又一拨的养蜂人在河边扎营。最幸福的是孩子们，养蜂人的糖果使他们梦中笑声都是甜的。

合欢树上的花开得静悄悄的，我喜欢那一盏盏像小灯笼似的毛茸茸的花骨朵，她们更像一个个雨中的绣球，每个绣球里都住着犹抱琵琶半遮面的含羞少女，那美轮美奂的景致又让人如梦如幻。

那座绵延起伏的小丘陵，虽然海拔不高，但陡峭的崖壁鳞次栉比在朝阳的那一面，所以给人的感觉还是蛮高的。

传说，东边高一点儿的那座山头上有个"海眼"，通向大海，不时会溢出凶猛的海水殃及百姓，所以在远古，就被护佑这一方的神灵给罩上了一口大铁锅，为了牢固起见，还在上面又压制了一顶三角形铁架子。我们通常叫它山架子。

小时候，由于认识不足，我们小孩子对这个传说深信不疑，因此对那山架子自然也是奉若神灵，再顽劣的孩子也不敢靠近它半步，更别说敢于在那上面攀爬。生恐自己的举动惊扰了龙王爷的美梦而被迁怒，更担忧龙王爷突然从"海眼"里面冒了出来，那样的话吓都要把人吓死了。

但我们喜欢从那山架子底下汩汩流出的清泉。老人们说，用它洗澡百病不生，喝了它眼明心聪，还能长大个。可惜它并不是常年都有水流出，只有到了夏季才会朝外咕咕冒水。

每到旺雨季节，泉水便会格外旺盛，哗哗着就形成了一条蜿蜒的玉带挂在了山坡上，从远处望去，闪闪发光，格外美丽，那个时刻，我就会想到嫦娥仙子挽在手臂上的银色玉带。

雨季持续的时间越长，玉带便也会相跟着加宽了许多，一路顺着蜿蜒的山路涉沟爬坡，毫不气馁。遇到陡峭点的坡地，便会心急地纵身跃下，哗的一声，飞溅出层层水花，又一路欢歌着向山脚下奔去。那一层暗红色的岩浆石，因了水流的冲刷滋润在水底变换出奇形怪状的纹理，在阳光下闪动着神秘的光泽。那抹晕红的颜色，甚至美过少女腮上的红云。

记得有一个夜晚，月光如水，前天才下过雨，空气里飘荡着清新香醇的味道，到处弥漫着芳草的香味儿，蛙声此起彼伏，比赛一般轮流着或高亢或低沉的曲调。

我们几个小伙伴，光着脚丫子，逆流而上，脚底下的岩浆石虽然高低不平，却没有棱角，错落有致地形成了一层层台阶，光滑得就像大理石。我们一路上相互泼水嬉戏，不觉又凑到了王婆婆的瓜田旁边。

人字形的草棚里马灯早已经熄灭了，借着月光隐约看到王婆婆歪在软床子上睡得正香。

我们几个不由自主屏住了呼吸，连蛙鸣也不知什么时候都相跟着停了下去。于是王婆婆均匀的呼吸声便在空夜里悠扬响起，在这样静谧的夜晚就显得格外绵长。

"偷瓜吃吧？"胆大的突然提议。我们知道瓜田里躺着许多又香又甜的大丝瓜。

"不行，王婆婆多好。我们一去就拣最好的摘给我们。怎么能再去偷她的瓜呢？"英子突然坚定地说。

一个伙伴咕咚咽了一声口水，然后我们条件反射一般相继都咕咚咕咚咽开了唾沫。

"哈哈！没脸羞，好吃鬼！"英子突然泼了大家一捧水，笑跳着带头朝山下跑去。我们才惊醒一般相跟着撵了过去。

嘻嘻哈哈的笑声惊醒了王婆婆，冲我们喊了起来。

"小捣蛋们，多晚了，还不回家睡觉？刚立秋过，水凉，别洗感冒了。月亮底下也看不清楚，等明天正午来，我给你们摘瓜吃啊。八九点了吧？我都睡醒一觉了。快回去睡觉吧。"

"唉，好嘞，明天我们也带菜煎饼给你吃。"英子欢快答应着。

然后在英子带领下一路欢快着撵着水流向山坡下奔去。

许多年以后，我依然能在梦境里重温到那一汪月光，一条泉水和一路欢笑。

岁月如梭，转眼人到中年。再次回故乡，山丘田园已然变了容颜。

山坡上的房屋漂亮了许多，红瓦白墙，一派富足安康的景象。只是那条清亮的泉水没有了，甚至于连那条蜿蜒的山路也消失了踪影。只见山坡依旧碧草连天。而儿时的那些小伙伴，也如星星散落天际一般分布在全国各地为了生存奔忙。

英子在省城做教师，一如她小时候的坚定，智慧地成了孩子们的领头羊，孜孜不倦地播种着满天下的芬芳桃李。偶有邮件发来，依然会问：你在运河过得好吗？

她笔下的运河不是河，而是我们所在的县城之地的称谓。那时候，县城还没被化为邳州市，老百姓习惯说去县城逛逛为去赶运河，就像赶集赶圩一样随性的说法。

而今，村里的年轻人都蜂拥在县城里，购房定居，或工或商，直把个昔日的小县城蜂拥成了大都市。航运拥挤，铁路纵横，人头攒动，甚至于高铁不得不顺势发展才能跟得上这发展着城市步伐。

每日里我也随着众人奔忙，甚至没时间驻足欣赏那些亭台楼阁，以及花木葱茏和绿杨垂柳。

今夜终于又下雨了，当雨声再次滴答响起，我从梦中被唤醒转来。听雨声淅沥，湿润舒适的感觉漫卷，似乎又回到了童年在水中嬉戏的时光。

听说，新农村的建设会逐渐拓宽普及，家乡那座不太出名的小山丘附近，不久之后一定会是另一番小镇繁华景致。于是，我给英子回复说：可不就是在赶着运河吗，日子就像运河里的水，一路翻腾着雪白的浪花，那浪花还有一个别名，叫幸福着奔忙。

憧憬在老家也会有亭台楼阁和柳暗花明里，倾听着雨声，我再次安然进入了梦乡。

作者简介：

展秀娟，游走在城市与乡村的边缘人。中国微型小说学会会员、中国林业作协会员。曾用笔名展清平、清平人生。有作品发表于《佛山文艺》《小小说月刊》《参花》、湖南省都市心情书系《演艺吧》《微型小说选刊》《小小说知音》《青年文学家》等纸媒。已出版长篇小说《响炮》一部（与人合著）。

羡你到过马家荡

张大勇

马家荡是苏北盐阜著名的景点之一，结着青苔的娴静让她无须饶舌，堆垒成垛的荷香也教她从不争辩。

马家荡似有水腥气、乡土味，还有远离市尘的边缘化。只是你不妨闭上被时尚炫彩厚待的眼目，嘴里念着她的名字，一幅飞楫惊野鹜、荷花过人头的画面，就浮现出来，内有汪曾祺的大淖、顾骧的蒹葭，李有干的芦荡、曹文轩的水涯……这些又成就了马家荡，让她具有极高的辨识度与吸引力。

马家荡姓马，但牛气。《史记》中就有一段关于"古射阳湖"的文字，马家荡正是此重要的一部分。有点牵强附会，也有点攀龙附凤。再翻开《阜宁县志》（乾隆十一年手抄本），"八八六十四荡，马家荡是首荡"的字句，直抓人的眼球，还是牛气。马家荡姓马，关于她的传说似乎确凿如铁。潟湖遗址？怎么又姓马了呢？这匹"马"是一位春风少年，叫马良，从漫漶的黑白镜头中飞驰而来，"马良独修金山寺，不用江南一锹土"的故事，当地人屡说不厌，如果坐在酒馆里听他们娓娓道来，持螯把酒，这话题鲜着呢，像荡区里澄碧的空气。

马家荡当然美在荡上。里下河水荡所有的景致、元素、特色、亮点，都被她所囊括和蕴涵。其实，在这座蓝色的星球上，里下河的水，美不胜收，早应名播于世，只是身处洼地而不争。马家荡四季都在书写，都在绘画，也都在发表，她的发表不是当下网红式"铺盖"和"碾压"，而是古时题壁式、笼袖式，春夏秋冬，各美其美：春，发表草长莺飞，柳烟照水；夏，发表田田荷叶，一荡燃霞；秋，发表白鹭翻飞、蒹葭苍苍；冬，发表芦头立雪、静舟垂钓。当然，也有跨季联月的版面画幅，譬如：蜻蜓立上头，静影月沉璧，吠声深荡中，等等。

马家荡的晨昏，是画幅上的钤印，蘸其鲜红的朝暾晚绮，又是平仄篇中的诗眼，有领衔主演的韵味：鸡啼扯升晨曦，一轮红晕在荡边的荷花丛中，娇羞而起，临波梳妆；归鸟划动流云，绿炊浮漾，渔舟唱晚，水声入窗萦绕初梦。

马家荡的美，又不全都押宝在荡里。就像夏季水涨，马家荡老村骑在一块息壤上，似有无虞，但她的美与衍生的美，就向荡四周漫溢开来，这就是后来因荡缘荡而开发的马家荡新景区。月牙湖竟然抱起一轮丰满皓月，子爱母的景致分明是一堂家教；喊湖器把你的声音膨化开来，送抵湖心，你张开嘴巴的那一瞬，最好不要提涉及"爱"字，不然，荷花仙子会御风而至；观音三面金像，自然让你高看一眼，哪一个方位看去都是吉祥如意；摩天轮快递着风声与笑声，白云也生有停下签收的心愿；鸬鹚打捞起湿漉漉的回忆，只只都是乡愁；夜色下，彩灯诞生出孪生的高腰石桥；淮东古寺的千年铜钟，叩响岁月沉转的巨门……你的脚步不断放缓、变轻，不想归去，我知道：马家荡蟹黄羹的浓香裹住你的双脚，壳青、肚白、爪金、膏红的马家荡大青蟹，爬得你心头痒痒的，还有荷藕茶、沙油黄鸭蛋，不断攻陷你的味蕾。

我常看马家荡，像老友聚会，隔三岔五地来。美，是无法复制，但可以复习；还有，我更喜欢马家荡内在的格与质，这又是其他的景致所不能描红与仿制。

马家荡是抗压明星。她东与建湖县毗邻，西与淮安市接壤，南与宝应县隔荡相望，你想想，她始终处在九龙口、大运河、射阳湖的光环之中，一直没有淹没自我，又为盐阜和自身赢得持荣不衰的声名，她所凭借的绝不是外在的柔美；我还想到她昔年旱涝侵袭、匪寇窜扰时所保持的高逆商。

我还喜欢马家荡的谦卑。她在古县志的纸面上，是首荡，在里下河的版图上，更是大荡，幅员一百多平方公里，襟下有射阳荡、收成荡、沙庄荡、青沟荡交汇，怀里有串港河、蒋营河、收成河、杨集河、青沟河、东尤河、穆沟河麇集，只是她一直静水流深，大音希声。

马家荡纯净纯情，忠诚忠贞，又是刚柔相济的佳女子。大河有诗和远方的追求，湖泊有海洋性，有不愿被遮蔽的自恋。而马家荡，留守，痴守，坚守，一心一意，不离故土寸步，像大地上一汪深情。

来呀，来。马家荡对得起你的鞍马劳顿，对得起你的心心念念。

作者简介：

张大勇，1967 年生，写作多年，出版作品集 4 部，中国散文学会会员，江苏省作家协会会员，江苏省文艺评论家协会会员，阜宁县作家协会主席。现供职于一家金融单位。

上　街

张国安

　　上街，是一个动词，也是一段黑白胶片，记录着我少年时期的光和影。

　　挑货的小外公从街上回来了，远远地，我骑在老水牛的背上，隔着一块秧田就看见了她。他的扁担挑着箩筐在他并不宽阔的肩头上下颠簸，发出咯吱咯吱的声音，步伐不紧不慢。街上距离我生活的小村庄 30 里外，是乡里的主要街道，政府所在地就在那条街上。20 世纪 80 年代初期，我还在上小学，对于"乡"还没有概念，只知道老人们还叫它"公社"。遇到什么不公平的事，他们就会说："到公社评理去！"

　　我更关心的是"上街"。小外公每个星期都要"上街"一趟，他是村里小店的伙计，平时负责站柜台，还有就是上街进货。我不看就知道他挑的是什么？村里日常用的食盐、酱油、醋、白糖和香烟、白酒，还有肥皂、卫生纸……

　　小外公穿着蓝色的上衣，灰色的裤子，黑色布鞋，干净整洁，似乎每一个上街的人都要保持这样才体面。我跟随大人上街，主要是理发和赶集。注意是理发，不是剃头。剃头在村里找"法海爷爷"就可以解决。"法海"可不是真名，他跟我爷爷一个辈分，名字里有个"海"字，又会"理发"，大家叫他"发海"。村里放了露天电影《白蛇传》以后，大伙都叫他"法海"。我可不敢这么叫，于是在这个绰号后面加了后缀，以示尊重。母亲说，"抓周"时，他给我剃的头。他还给我剃过"锅铲子头""剪过小辫子"，掏过耳朵。后来，街上流行新发型，年轻人就再也不愿意找他剃头了。

"上街"要赶早，收拾干净整洁后，我和妹妹提着竹篮跟着大人们一起走小路。为什么提竹篮呢？我记不清了，好像是感觉大人出门都提个包袱，我和妹妹只有竹篮可提吧！经过田野、村庄、河流，我们步行40分钟后就到了街上。"理发店"里贴着花花绿绿的明星头像，发型新奇，个个显得精神饱满。理完发，我感觉容光焕发，小脸涨得通红。母亲会买两根油条给我和妹妹，这在村里可吃不着。我吃完，发现手上沾满油，想擦掉。母亲说："不能浪费了，你用它抹一抹头发。"抹完，头发油光锃亮，我走起路来挺直腰杆，好不神气。街上有"老虎灶"，那是供街上居民烧开水、打开水的地方。我好奇地走上前去打量一番，发现没有"老虎"，就走开了。

供销社里有意思。商店比村里的小店大多了，货架上琳琅满目，我两只眼睛都不够看。柜台也气派，不是水泥墩，透过玻璃台面，可以看见里面的货物，营业员很时髦，戴着又大又圆的耳环，抹着口红。会计提着算盘坐在独立的橱窗里，柜台和橱窗指尖有一段铁丝相连，发票和现金通过一个铁夹子，在铁丝上一来一回就完成了买卖交易，银货两讫，我们就可以带着货物离开了。

赶集的日子，一般是在每年的农历"三月三"和"十月初十"。我们叫它"赶交流"，我问父亲："是不是有牛贩子买卖水牛？"父亲说："这是物资交流，也有水牛。"我看到街上搭起了塑料棚，挂起了五颜六色的衣服，地摊上有枪打气球的，有修鞋的、修自行车的，有卖药材的，还有卖老鼠药的，应有尽有。我主要是看热闹，跟随着人流挤来挤去。枪打气球的摊位旁，年轻人围了一圈在打靶；套圈的摊位，小孩比较多。有人欢喜有人愁，我默默地看着他们，口袋里没有钱只有看着。

"上街"的神秘感和仪式感，一直到我上初中时才彻底消失。我的中学就在这条街的最东面，经过一个上坡，顺坡而下，两边是"冷窑厂"，占地面积很大，半成品砖头错落有致，一排排摆放在阳光下。那时候我骑自行车上坡猛蹬几下，然后下坡可以享受冲刺的感觉。动能和势能发生变化，当自行车惯性消失后，我就到了学校。起初我寄宿在那里，卫生条件实在太差。后来，我就去了远房叔祖所在的政府大院里住宿。摇身一变成了街上的居民，我感到很满足。

　　晚上放学后，我在食堂吃完饭后，拎着水壶去老虎灶打开水，正好逛街。等到路灯亮起我才拖着影子回去。后来学习紧张了，我就再也不出来闲逛了。

　　乡里的街道就像一条拉链，理发店、老虎灶、政府大院、供销社、冷窑厂、学校……就像上面咬合的齿，参差交错。白天拉链拉开，到了夜晚又重新合上，我在这条拉链的齿缝间游走。当拉链最后一次合上时，我的初中时代就落幕了。从此，我自这条小街出发，走向更大的街道……

　　"上街"不仅是一个动词，代表特定的含义，还是一张黑胶唱片，多年后我还能清晰地听见小街上传出的 20 世纪 80 年代的老歌。

作者简介：

　　张国安，中国散文学会会员，江苏省作家协会会员，南京市溧水区网络作家协会主席，作品散见于《意林》《散文选刊原创版》《青春》《辽河》《奔流》《西部散文选刊》等，荣获 2020 年西部散文排行榜黑马奖等。

村庄的傍晚

张汉林

夏天的日子炎热而漫长，明亮而宽敞。太阳虽已落山，天光还很亮。喧闹一天的村庄终于沉静下来。

田里干活的男女开始收工。他们摘下草帽，来到狭窄的田埂上，敲去锄头上的泥土，找一块瓦瓷刮净锄头，露出银亮的一片。瓦瓷与铁器刮擦的声音，听上去有一种汗水的流淌与辛劳的满足。他们手里提着带焦苦味大麦茶的暖水瓶和积满茶垢的茶缸，说说笑笑地行走在两侧长满黄豆的田埂上。

棉花田里锄草的人离开后，铺展到远方的绿色大地更显空旷、宁静。村头电线杆上的大喇叭在音乐声中开始广播。

牛耕完田后，疲劳地浸泡在牛汪塘泛绿的水中，露出脑袋和黑色的背脊，躲避牛蝇的追逐。晃动头上肥大红冠的公鸡，迈开稳健的步子，带领一群喧喧叫的母鸡赶回鸡窝。猪趴上猪圈窗台，伸出头嗷嗷叫，主人提着猪食桶走向猪圈。大人站在河码头呦呦地对着远处河面叫唤鸭子上岸，同时他们也在叫喊他们洗澡的孩子回家吃饭，叫喊声随着天色逐渐变暗而显得越来越焦急。

老人从金黄色的麦秸草堆拔出柴草，抱回烧饭。高大的草堆上爬绿葫芦和扁豆的藤蔓。葫芦藤上洁白的葫芦光滑地垂下，扁豆蔓上扁豆花浅紫地开放。厨房顶上的黑色烟筒冒起灰白的炊烟，柔和明净，带着清新麦秸的味道。

孩子们挥舞扫帚，打扫门前院场，把院场打扫得干干净净。然后从河码头提来一桶水，一瓢一瓢地泼洒在踩上去发烫的黄泥地上，压住浮尘，给热烘烘的场地降温。

蜻蜓，很多的蜻蜓飞舞在院场上空。这是夏天村庄傍晚常见的景观。

燕子赶在放下门帘前，匆匆飞回幽暗的堂屋，停歇在屋梁上小巧精致的窝里，叼啄乌黑发亮的羽毛，叽叽喳喳互相倾诉爱的絮语。几只斑鸠落在院场边缘觅食，啄住一颗掉落的果实，啄开，吞进嘴里，咕咕地互相说着斑鸠的悄悄话。

把饭桌从蚊子碰头撞脸的厨房里搭出，摆放在堂屋门前院凉爽的场上。接着传来碗筷在饭桌上的碰撞声，盛有热粥的牛头盆蹾在饭桌一角。一人舀上一大碗新磨的大麦糁子粥，散发热气和刚收获麦子的香味，是阳光、雨露的味道，是人间之味，人间至味。桌中间摆两盘可口的咸菜，一盘黄黑的炝蚕豆，一盘白绿的炝丝瓜。既可佐餐，也可下酒。蚕豆新打的，丝瓜刚摘的。丝瓜劈开去瓤，切成薄薄的一片片，用盐腌过，挤去水分，脆生生地堆放在白瓷盘子里，淋上香喷喷的菜籽油，撒上拍碎的大蒜瓣，一股浓浓的菜油香和冲鼻的蒜瓣香。绿的皮，白的肉。绿的嫩绿，白的雪白。一口绿皮脆瓜，一口夏意清凉。大口大口地喝了一碗糁子粥，又喝一碗。

附近路上响起匆促的脚步声、说话声。几个扛锄头的邻居手里拿着草帽，路过正在吃晚饭的人家门口，主人客气地招呼他们一起吃。他们好奇地走近饭桌看看，说回去就吃。他们转身回去了。

邻居之间没有任何遮挡，朴素得像庄稼，纯洁得似河水。什么声音都听见，什么味道都闻到。

短裤赤膊一身汗味的男主人坐在饭桌一端，打开半瓶酒，斟上一盅。邻居男主人鼻子尖，闻到酒香，端着饭碗，一边吃一边走过来。看到桌上的酒瓶，眼睛就有了光芒。主人热情地招呼他坐下，叫老婆再拿一只酒盅。吃饭时邻居喜欢互相走动，有好吃的菜互相端送。串门时捧着饭碗，夹一筷子菜盖在饭尖上。一边闲聊，一边吃饭。串门结束，碗里饭也扒完。

如果听到邻居细伢哭，隔壁刚当上母亲的年轻媳妇便放下饭碗关切地跑过来。那细伢的母亲揉搓自己的乳房，不好意思地说奶水不够。隔壁年轻的母亲伸出胳膊，一把揽过带母奶和尿布味道的细伢，坐在矮凳上，撩起衣衫，把自己饱胀的奶头塞进细伢嘴里。顿时，细伢嘴角浮现一朵微笑。

蝉声如雨，蛙鸣似鼓。蚯蚓、蛐蛐争先恐后加入它们的合唱。

屋后洼子边一棵高大的桃树结满桃子，一颗被鸟啄空的青桃，噗的一声，一声叹息，落进水里，发出寂寞的回音。哗啦！一只圆滚滚的猫从屋檐滑下，跌落在滴水檐染上绿苔的青砖上，带下一页瓦和瓦摔碎的声音。一只麻雀惊叫一声扑地飞走了。主人喝骂了一声猫，猫吓得低头垂尾赶紧溜开，消失在庄稼地里。

天还没有黑，天快要黑了。月亮已经升起，又大又圆又亮堂，是村庄最高的一盏路灯。清风吹来，树叶轻摇。汗湿的身子感到一丝凉爽。院前癞葡萄藤上的癞葡萄花、凤仙枝上的凤仙花送来淡淡的幽香。远处水田里的一只董鸡咕咚地发出一声惊叫，很快水田恢复了平静。

如果傍晚下一场急雨，扫去充斥村庄的暑热和尘土，空气清新阴凉。草木、院场都被洗刷得清清爽爽，地面吸足了水，赤脚踩在上面，脚指头舒展，板实的地面潮湿清凉。

吃完晚饭，收拾碗筷，桌凳摸上去湿漉漉的，不知不觉下露水了。大人们洗完澡，舒舒服服地坐在院子里，摇着一把白布圆边的蒲扇，扑打蚊子，一边抽着烟，一边谈论今年庄稼收成，谈论来年年景。孩子们迫不及待跑进厨房，掀开水缸盖子，端出脸盆里切开的香瓜、水瓜，触手一股凉气。一边吃瓜，一边乘凉。萤火虫打着一盏盏灯笼，从野外飞来，飞到院子里，点亮四周，驱赶了夜色和夜色带来的恐惧。狗伸开前腿，安静地趴在院子里，吐着舌头，听到异常声响，抬头一声吠叫，拉长了深邃幽暗的夜空。

作者简介：

张汉林，江苏省作协会员，盐城市大丰区作协副主席。在《雨花》《青春》《延安文学》《太湖》《扬子晚报》等报刊发表作品，获盐城市精神文明建设"五个一工程"奖、盐城市政府文艺奖、江苏省报纸副刊一等奖、全国报纸副刊三等奖。

遥远的口信

张寄寒

　　小时候，我家住在一个四面环水的周镇上。出门全靠"咿咿呀呀"小橹摇小木船，有从乡村到街上，有从周镇到陈镇的两头翘的乌篷船，有从周镇到上海的不板棚的大航船。

　　有一天上午，听妈妈说要去给乡下外婆寄个口信，第一次听到"口信"两字，觉得好奇，便随妈妈一起出门，妈妈沿着河边走，两眼盯着河边停泊着小木船上的一个个农民伯伯的脸，忽然妈妈对前面河畔小木船上的一个农民说，阿林叔，你上街吗？阿林叔忙问，你去乡下看你妈吗？妈说，我要请妈妈明天去我家，请你转告她好吗？阿林叔说，好的，一定把你的口信带到！妈妈说，谢谢了！阿林叔笑着说，不客气，一个村上人嘛！

　　第二天的上午，外婆提了一篮木兰头干、菜花头干，颤颤巍巍地从我家长弄堂走出来，我和妹妹奔过去，边喊外婆，外婆！边接过她手中的竹篮，外婆给我们带来了木兰头和菜花头干。外婆对妈妈说，昨天中午，阿林到我家对我说，你女儿叫你明天去一趟，我来不及给小外孙做点熟食，就拿点菜干给你们。外婆一到，妈妈和她像有说不完的话。外婆在我家吃了中饭。妈妈和我一起上街给外婆买了不少回头货，有麻酥糖、红枣、茶叶、柿饼，都是外婆最喜欢吃的。

　　有一天上午，阿林叔匆匆忙忙地跨进我家门，见到妈妈便说，大阿姐，你妈让我带个口信给你，这几天身体不好，很想你！妈妈一听外婆身体不好，眼泪也落了下来！阿林叔说，要不你抽空去看看她！妈忙说，我马上乘你的船去乡下，让我上街买点东西，你的船停在哪里？阿林叔说，船停在太平桥

513

块，你慢一点好了！我等你！

我随妈妈去茶叶店买茶叶，去南货店买麻条、巧果，店员给包扎上都系了一条红纸。妈说，给外婆讨个喜。我们匆匆赶到太平桥块，阿林叔在船上叫我们了。我和妈妈上了阿林叔的便船，一路上，经过一个浩瀚的南湖，便入弯弯的小河，没多久，外婆家的小村到了。外婆站在家门口的河桥上。我边忙喊，外婆！外婆！边向外婆挥手。

妈妈和外婆边走边说，到了外婆家，外婆立刻生风炉炖茶，在小锅上炒毛豆！妈妈对外婆说，你别忙了，忙坏身体的！外婆说，你们来了，我开心哩！毛病都好了！外婆拉着我去屋背后的小竹园，割了几只鲜嫩的竹笋回到灶屋间，妈妈和外婆一起动手，做了笋片塘鲤鱼、竹笋泥炖蛋、炖菜花头干、鳗鲤菜。中午一桌丰盛的饭菜，吃得有滋有味。我冷眼里打量外婆，好像没有什么病，我们一到，怎么也看不出外婆身体上哪儿不舒服？可能外婆最需要的是一种亲情的陪伴。

我读五年级那年，我的小哥初中肄业，去离家十二里的陈镇米行学生意。小哥在小学时，早操，他站在司令台上喊操，学校文娱演出，他都是演主角，学校里的学生都认识他。有一天，一个六年级的同学在放学路上对我无理取闹时，他旁边的同学说，他是某某某的弟弟，那同学立刻收敛起来，悄悄地走开。小哥小学毕业考上了县中，读了二年便辍学，妈妈托人让他去陈镇米行学生意。小哥和我的感情最深，小哥第一天离家去陈镇米行早晨，我和妈妈去给小哥送行，小哥下了船舱，航船老大吆喝一声，开船了！航船离岸，我禁不住哭了出来，小哥忙钻出船舱，向我不停地挥手，我站在河桥上，直望到航船渐渐地消失在水巷的尽头，才拖着沉重的脚步回家。

小哥去学生意后的几天，每天放晚学，我便去陈镇航船码头，等航船从陈镇归来，一见航船从远处的桥洞里钻出来，心里会怦怦地跳着，等到航船靠岸，上岸的客人走完了，不见小哥的影踪，我便问船老大，我小哥没带口信吗？船老大说，没有！我失落地离开码头。

我一天不落地去航船码头。一天放晚学，赶到航船码头时，航船靠岸，客人走了，船老大一见我便说，你小哥有口信，这本书让我带给你，一包袜底酥给你妈。我兴奋得谢都不谢，拔脚回家。一进家门一边对妈嚷着：小哥寄来的东西，一边把袜底酥交给妈。立刻拆开纸包，是一本《小学生作文选》，我迫不及待贪婪地读了起来。妈妈问，你哥有口信吗？我摇摇头说，没说什么！妈咕噜了一声，这个老四，不给个口信，多说几句啊！

小哥好久没有给家带口信了，我特别想念他，每次想起和小哥一起在家的日子多快活。一天傍晚，他带我去学校操场看露天电影，电影散了，回家路上，小哥还请我吃了一串香豆腐干。晚上和小哥一起睡，听他给我讲《水浒传》中的故事：《武松打虎》，一个故事讲了几个晚上没讲完。

思念小哥心切，每天放晚学必去航船码头，看看小哥有没有口信。一天放晚学，我做值日生，晚了，我赶紧从学校门口，一路小跑赶到航船码头，正好陈镇航船刚靠岸，我从船舱上岸的客人中发现小哥，忙大声喊：小哥！小哥！从跳板上走下的小哥跳上岸，一把拉住我的手说，妈在家吗？好吗？我点点头。走进家门，妈妈见到小哥第一句话：你瘦了！后来，小哥告诉妈，这几天一直在拉肚子，实在熬不住，请了三天假。妈妈得知小哥拉肚子，立刻让我去挑马齿苋，我拿了小刀和竹篮，没多久，挑了半篮回家，妈妈把它洗净，放进砂锅烧煮，让小哥喝。小哥连喝三天，不再拉肚子。第四天早晨，去陈镇米行上班。小哥走了，三天的相伴，码头上难舍难离。每天放晚学，走到航船码头，等候从陈镇回来的航船，等候船老大给我带来小哥的口信。陈镇的航船靠岸，眼看客人陆续走完，剩下船头上的老大见我站在码头不走，他便说，你哥没口信，有口信我不会忘记的！我对老大说，让我下船舱看看！老大说，你这孩子不信我吗？其实我信的，我要下船去找小哥坐过的地方，我要闻闻小哥身上的气味，我要想象小哥坐船的样子。

不久，小哥在陈镇米行渐渐地习惯，很少回家，经常给家里带点钱，带个口信，带点陈镇特产袜底酥。妈妈去上海打工了，从此，我和妈妈的联系，就是这只去上海的航船，传递妈妈从上海给家里带来的钱和妈妈的口信。上海航船从周镇出发到上海需要两天两夜，我扳好指头算好上海航船到周镇日期，放晚学便去上海航船停泊的码头，它是在一家镇西首的小茶馆外码头。我常常守到天黑，上海航船到了，我等客人走光了，上船向老大，我妈没有口信吗？船老大对我说，阿弟啊！你妈有口信，我不会吃掉的，你放心！

有一天，傍晚，我去上海航船码头，刚到不久，上海航船正从外面的石拱桥进桥洞，一等靠岸，船老在撑篙看见了我便大声喊，你妈有口信了！我等船靠岸，人走完，船老大一边给我两张五元的钞票，一边说，你妈叫你省省地用，不要瞎用，先把米买好，再把柴买好，火烛小心，出门把门锁好！我把妈的口信，句句记在心里。

一天黄昏，小哥背了铺盖回家了，小哥对我说，哥再也不去陈镇米行了！我问哥，他们欺侮你吗？小哥点点头，气愤地说，我是去米行学生意，可老板根本不给我学技术，让我帮他家带小孩，一天到晚做不完的家务，老板娘嫌我偷懒，说三道四，我实在受不了！我对小哥说，别受他们的气！回家就回家！我把妈带来的钱交给小哥，让小哥当家。小哥是个闲不住的人。白天，我上学读书，小哥烧饭、洗衣服，还去河埠钓鱼。放学回家，小哥钓了几十条川条鱼，吃不掉，把它腌了晒干。他还会钓虾，吃不完卖掉。小哥最拿手的钓黄鳝，用钓钩钓黄鳝，用铁锹挖黄鳝，小哥卖掉许多黄鳝的钱，足够养活我们兄弟俩。

那年冬天，小哥病了，一天比一天重。我去给他请了老中医，服了六服中药，小哥的病渐渐好了，妈妈带来的钱、小哥卖掉的黄鳝钱都花完，小哥病刚好，没力气下河捕鱼钓虾。天气一天天冷了，腊月到了，别人家拖鱼拖肉，我们家饭也吃不饱。前几天，上海航船老大带来口信，今年过年我要回家的！得到妈妈回家过年的口信，我和小哥乐了一阵。小哥做了一只皮弹弓，白天，去郊野弹麻雀，晚上，去郊野船舫里摸麻雀，几天工夫，小哥捉了一百多只麻雀，煮了一大锅红烧麻雀，等妈妈回家过年。

我从腊月二十四日开始，日隔日地去上海航船的码头候妈妈，到了除夕前的一天，妈妈仍未回家，又没有口信，我和小哥都急了！除夕的傍晚，小哥和我一起去航船码头候妈妈！小哥还和我打赌说，今天妈不回家，我不姓张！

天黑了，仍不见航船的影子，我和小哥去远处的一座石拱桥的桥顶，忽见远处的河面上有一束光亮正朝我们码头过来，我和哥情不自禁地欢呼！跳跃！

航船靠岸了！客人走完了，仍不见妈妈的踪影，我和哥正面面相觑时，船老大喊过来了，阿弟，你妈带的口信，不回家过年了，一包笋干带给你们！

我和小哥拖着沉重的脚步，心中装满了妈妈的口信，两人不说话，推进家门，冷锅冷灶，寒气逼人。小哥让我去买了一瓶葡萄酒，小哥烧了一碗五香麻雀，让我去后门河浜里拔了一把野芹，小哥煮了一碗炒芹菜。小哥说，妈说不回家，也是无奈之举，我们要理解妈妈的难处，妈妈何尝不希望和我们一起过年！

我和小哥在一片鞭炮声中欢快地吃完了年夜饭，还走出家门，别人家都在放鞭炮、放烟火，走在大街小巷里，一股鱼肉的香味缭缭绕绕，浓浓的年味中，想起了妈妈的口信，无法抹去心中的哀愁。

作者简介：

张寄寒（笔名），原名张继安，昆山周庄人。系中国作家协会会员。自1983 年开始儿童文学创作 10 年，在《儿童文学》《少年文艺》《小溪流》《金色少年》等杂志发 20 多万字小说、散文。中途转成年散文创作十余年，在《雨花》《四川文学》《百花洲》《天津文学》《女子文学》发表散文 100 多万文字。2008 年重返儿童文学创作，已在《儿童文学》《十月少年文学》《少年文艺》《读友》《东方少年》《小溪流》等刊物发表小说、散文 80 余篇，100多万文字。2018 年度获冰心儿童文学新作奖。小说散文入选《儿童文学选刊》8 次，入选中国儿童文学年选 8 次，入选中少社、上少社丛书 5 次。

美哉，清晏园

张　军

　　清晏园，苏北保存最好的古典园林。楚秀钵池出现之前，偌大淮阴城公园仅此一处。虽远没有楚秀钵池两园疏朗阔大，然其古建巧拙辉映，布局精妙连连。其美如姝，无可挑剔，百看不厌，常见常新。

　　入门处太湖石假山据说为清代著名园林专家、河道总督麟庆杰作。这里每一块太湖石都是潜水精选，瘦皱透漏，巧夺天工，充满遐想，既有高山峭壁之雄伟，也有曲径通幽花木点缀之婉约。每至此，《红楼梦》大观园入口处之描写便恍如眼前："只见迎门一带翠嶂挡在前面……非此一山，一进园中所有之景悉入目中，则有何趣。"博学者麟庆想必读过《红楼梦》，此处灵感来自大观园也未可知。

　　过假山北侧甲袁堂左转西行，绿树掩映，波光粼粼，湛亭俏立湖心。湛亭乃清晏园代表性佳构，"云影涵虚，如坐天上；泉流激响，行白地中"。去湖心湛亭，必经曲桥。曲桥西连湛亭，东邻一小亭，该小亭却让我好奇不已，求解不得。园中古建筑皆有题额，独此亭无有，甚至关帝庙的两个形态仿佛的小亭，体量偏小，也有其名。置身于清晏园精华地段，左右两边的湛亭与荷园游人如织，此亭却隐姓埋名，鲜有人瞩目，更鲜有人亭下小憩。"问君何能尔？心远地自偏"？在我眼里，此亭乍看朴拙，细看极具美感。六柱擎盖，直截了当；短檐两层，紧凑含蓄。其高矮大小，和谐完美，真可谓黄金比例，矮一分则短，高一分则长。若从今雨楼东望，湛亭仿若翩翩仙子，飞檐翘角，流光溢彩，而无名小亭则似荷锄老农，朴拙憨直，甘守寂寞。曲桥，左手是仙子，右手是老农，各增其美，竟毫无违和之感。

今雨楼，在湖之西畔，原清晏酒楼，江南河道总督定点酒店，是淮扬菜发源地。遥想当年，今雨楼轿马纷至，盛客如云；现如今，历尽人情冷暖世事沧桑，今雨楼门庭冷落，孑然旁立，而湛亭则尽享美誉，今犹胜昔，日日出现于天气预报电视节目中。

荷芳书院位于湖之北岸，是清晏园主体建筑。它坐北朝南，简朴一如书生，缘何历史上该院名却高于园名，让无数诗人咏叹，乾隆南巡竟曾两次驾临？无名小亭与荷芳书院，大美至简，但是美虽相似，命运却迥异；或许应该换言之，命运虽迥异，美却相似。

同为湖亭，环漪亭虽没有湛亭重檐飞角，然别具其妙。该亭幽居清晏园东南一隅，单层，却毫无单薄之感，芳华自具，落落大方。

另有一临水小亭，更具韵味。其形态独特，仿如一幅扇面，有人谓之扇亭。她位于黄石山西南角，其扇面弧形恰与河湾吻合。顺河湾回望，叶园肃穆于岸西，关帝庙庄严于侧北。缘水东望，亭台楼阁，光影水色，柔媚旖旎，与环漪亭遥遥相惜。此扇亭有匾"云影蝉吟"，依山傍水，动静相宜，应景切题，置身其间，逸兴萦怀，壮思欲飞。

自扇亭隔水南望，高埠青葱，上立一亭，名唱晚亭。站亭上，放眼四望，可见湛亭湖西南角流水一脉，施施然北来，过清晏石舫，经黄石山西侧，至唱晚亭一分为三：一水西走，有幸叶园；一水中分扇亭唱晚亭，径自东去环漪亭；一水绕过唱晚亭，在唱晚亭东南部形成一片开阔水域，是为荷池。唱晚亭高立于三水交点。由此东望，唱晚亭、柳凭轩、紫藤长廊，串成一线，浮于水上。由此北望，石山峻拔，亭桥妩媚，关帝庙朱红高墙倒映水中，于庄严中平添了几分柔美。这一高埠小亭，尽显设计者良苦匠心。有限的水域，竭尽变化之能事；散落的景点，熟谙组合之真谛。

叶园，因叶挺将军而得名，其西南角，有亭名风迥亭。亭子小小，临水而立，泰然自若！幸其存在，一方死角方得化腐朽为神奇。叶园北墙，黄石苍苍，缘墙巧叠，洞亭泉瀑，灵感何来？尤以半亭为胜。半亭，顾名思义，两柱半幅，翘檐倚壁，传神妙用。拾级而上，借道半亭，越假山，可至一隐蔽小门，上写"档案室"。此叶园北墙外侧，紧挨关帝庙，令其山门前空间颇

519

为局促。赖有匠心巧运，把它打造成关帝庙山门天然大照壁，令关帝庙愈加肃穆。实乃神来之笔！

淮安，运河之都，历史文化名城。清晏园，桂冠明珠，当之无愧。曾几何时，此名园一度濒于毁亡。当其时，园内无人管理，处处破败不堪，精美雕塑残了断了，随处乱放，今犹流失者，莫可知也，可惜可叹！幸有识之士鼓与呼，明珠不再蒙尘，重焕光彩。"池台信宏丽，贵与民同赏"，明清达官贵人出入之所，而今乃平民百姓休闲之地。漫步园内，心里不由得平和下来，沉静下来，柔软下来，不再粗糙，不再浮躁。

作者简介：

张军，女，1986年毕业于淮阴县渔沟中学。生于淮阴，长于淮阴，工作在淮阴，偶有闲暇，码些文字，常回忆旧时的淮阴。淮河的风，梳理着她的记忆；淮河的水，漂洗着她的文字。淮河的柔波，只宜与月光相融；淮河的呢喃，只宜于一隅静听。她每一个字符都有意无意地远避霓虹灯，远避车水马龙；她每一个字符都犹如一朵朵荠菜花，自顾自地芬芳在沟边田头。其散文若干，散见于《淮阴语文》《作家导刊》等。

自缘本是淮安人

张启晨

每个人终其一生，都在找寻美，美的定义是不停变换着的，山川湖泊是造物自然的壮美，亭台楼阁是巧夺天工的精美，街巷行人是人间烟火的美，湖堤春晓、古寺铜钟、城墙砖瓦，行走其中，脚步叩击地面，仿佛整个城市的心跳在颤动，一步两步三步……

我们行色匆匆，我们走走停停，猛一回头，才发现午夜梦回，梦里最真实的场景，原来是那个生你养你的故土——淮安。

大自然选择了这里，山水交融不可分割；无数的淮安人创造了我们的家园，精心雕琢匠心独具，安宁温馨袅袅炊烟！

一筷一勺是淮安

淮安，这是一个牵挂着无数老饕肠胃的字眼，煎炸炖焖卤煮炒，淮扬菜海纳百川独具风格，淮扬大厨们食不厌精，脍不厌细，灶台前方的他们，把每一个食客都当作生命中的公主，而他们，就是被挑中的驸马，意气风发气定神闲，一勺一铲都是匠心独具。

对于他们来说每一次烹饪都是人生中最重要的一次恋爱，那一刻，他们和食客之间心心相印，食客和菜肴之间也是芳心暗许，唇齿之间，人生是百味，酸甜苦辣亦是人生。

或许此次再见，余生再难相见，但食物存留于记忆中的印象，总会在某个灯火阑珊时蓦然回首。

穿街过巷运河人

一场雨后，每一口呼吸都是湿润的，行人零落的脚步，循着整个城市的节奏，和着屋顶房檐滴答的雨水，圆满了天空河流的心跳。

淮安是属于运河的，每个淮安的运河人都信赖笃定水的魅力，如水般源远流长，如水般融会贯通，如水般海纳百川。他们的步调沉稳有力，他们的行走不疾不徐。

他们在这里等你，他们在向你走来，如运河一样年年岁岁，他们像一棵树一样，用最虔诚的姿态，祈告大地。

灯火阑珊是家园

选一个早晨，随意进一家路边的小吃店，一碗辣汤两根油条，一碗面条爆炒长鱼，或是仅仅选一个路边摊，一块烤红薯，一份活珠子毛蛋，听四面八方七嘴八舌的闲聊，看东西南北三三两两的风景，你是幸福的，这个城市的韵味是老饕的舌头品出来的！

黄昏里，在稀疏人流的街道里漫步，在街巷小道内骑行，他们泰然自若得之我幸失之我命，运河之水滋养的就是这样安然的气质。路边，象棋、掼蛋、麻将星罗棋布，结束了中午劳作的商家，在晚高峰来临之前，抓紧时间惬意享受一番，四方桌凳八面埋伏就连围观者也屏息静气，剑拔弩张间最难得的是一颗颗的玲珑心。

夜晚，是推杯换盏的江湖，有醉里挑灯看剑，有醉眼迷蒙看花，有醉态恣情泼墨；夜是醉的，淮安的城市是迷蒙的！淮安人的生活是恣情惬意的！

作者简介：

张启晨，笔名本命红楼，鲁迅文学院第十六期网络文学作家班成员，江苏省作家协会签约作家，淮安市青年文艺家协会副主席，涟水县作协副主席，淮安市文联签约作者，入选淮阴区名家名作打造工程，曾获得淮安第十届精神文明建设"五个一工程"奖等重点文学奖项。

人间烟事

张诗青

　　黄烟开花的时候，我还在村里上小学。

　　那时候，几乎家家户户都种黄烟，上级也鼓励农民种，还有相应补贴。

　　我之所以对烤烟之事，念念不忘，思来想去，或许与那座烤烟房有关。

　　作为村里仅有的一座烤烟房，承担着十几家黄烟种植户的烤烟重任，而且离我家最近。准确说，位于半山腰，全村最后这户人家后面，大约二十米远的地方，旁边还有片浓密且瘦且高的槐树林。

　　至于烤烟房何时在此立足，不得而知，但有一点，它肯定目睹过我光屁股的样子。

　　清晨，天色刚有一丝亮意，父亲和母亲就拉开屋里昏黄的灯，把熟睡中的我留在家里，他们扛起扁担，拿着包片去地里了。

　　其实，每次他们走的时候，我都知道，但实在太困了，有时连眼皮都懒得睁开，翻个身就又睡过去了。

　　吵醒我的，不是狗叫，也不是鸡鸣，而是那片槐树林里，人声开始鼎沸。

　　睁开眼才知道，已早上七八点了，太阳高升，从地里劈烟归来的人，陆续挑着大包小包的烟叶，晃晃悠悠赶到槐树林里集合。

　　我揉了揉惺忪的睡眼，穿上裤衩和凉鞋，爬到平房陡梯上，往那一瞧。嚯！好多人。

　　接着，我开始四处张望，试图在人群中，把母亲找出来，因为此时，肚子着实有点饿了。但过了好久，母亲才从远处浮现，肩上挑着两大包青绿色的烟叶，沾满了露珠晶莹的光泽，吃力地向槐树林走来。那两个包实在太大了，而母亲却那么瘦小，感觉分明是两个包夹着她回来的。

母亲回来，见到我站在门口，一边伸手摸着我的额头，一边抿嘴笑着说，饿了吧。把手中的扁担，搁在墙角，她就迫不及待地刷锅，舀水，取柴，烧火，把馍蒸热，然后再炒个鸡蛋，让我先吃。

父亲在后面，他挑了几趟烟，我不知道，只是当我吃饱了，也没看见他在哪里。父亲没回来，母亲是不会吃饭的。

实在太忙了，趁着早上凉快，大伙顾不得好好吃早饭，就在槐树林里，忙手忙脚地系烟叶了。那些实在有点饿的，干脆从家里带两个煎饼，卷上一根葱，或者一块咸菜，在树林里狼吞虎咽，看起来比吃肉还香。

七大姑八大姨，都在槐树林里系烟，热闹极了。

系烟，是整个烤烟成功与否的一个关键。要系得牢，系得结实，还要疏密得当。太密，影响烤烟质量；太疏，浪费空间资源。

各家把新鲜的烟叶堆在自寻的位置，拿个马扎坐下。在两棵树之间，拉一根尼龙绳子，把系烟的木棍，一头系上线放在上面，另一头放在自己大腿上。线呢，其实就是平时缝衣缝被那种，线轱辘就放在旁边。由于系烟叶绕来绕去，对线的消耗量极大，一般要多准备几个线轱辘。

系烟叶虽是大人干的活，但小孩们也不甘心傻愣看着。于是，我从家里搬出小马扎，坐在我家烟叶堆前，跟母亲学系烟。其实，系烟并不太难，取两三个烟叶倒拿，齐头，攥在右手；左手拉直木棍上的线，右手将烟叶缠头一圈后，系在左侧，下一个系在右侧，再左侧，再右侧。如此反复，把一根约一米半长的木棍，均匀地从头系到尾，当然两头要留出足够的空余，因为接下来还要上烟。

中午了，骄阳似火，让人汗流浃背，难免有口渴的。离家近的回去带点水，离家远的母亲让他们到我家倒水喝。

母亲在村里口碑很好，现在人们说起母亲，都说"她嫂子人不孬"。

说到上烟，其实是最累的一道工序，就是把系好的烟叶放到烤烟房内的梁木上。我去过烤烟房，底下是拐来拐去的土坯火道，上面就是一层层的梁木。梁木不是梁，是很多根又粗又长的木头，从烤烟房这头穿到另一头，用来排放系好烟叶的木棍。里面有多少根梁木，我没数过，从下到上，大概一直到房顶天窗。等大伙都系完烟的时候，太阳也接近要落山了，但天还是很热。上烟的时候，需要男人们，从下到上，依次站在梁木上，门口门外也需要人。

这好比是一场接力赛，就像多年后看北京奥运火炬传递一样，只是上烟这活没那么轻松罢了。这时候，若轮到谁家了，谁家的男人女人孩子就齐上阵。从门口开始递，一直递到最上面那个人手里，整齐地排放好。其实在梁木上的人最辛苦，又热又累，父亲好像每次都会站在梁木上帮着上烟，光着上半身，大汗淋漓。天色黑下来，系烟的人都回家了，烤烟房内的活才慢慢接近尾声。

父亲为何这么卖力，我不知道，晚上回来浑身的烟油味，手上还沾满了黏糊糊东西，打好几遍肥皂都洗不干净。

上完烟接下来就是烤烟了。

烤烟是个技术活，一般由三爷爷负责。为了给大伙把烟烤好，一天要在烤烟房和家之间来回跑好几趟，好在他家离这里也不远。烤烟要烧煤，煤就堆在火炉口，通常放一把铁锨，还有一个大火钩，足有两米多长，我掂量过那家伙，很重。除了白天往炉中铲煤，三爷爷晚上还把凉席铺盖带来过夜。他还要经常去烤烟房内查看温度计和湿度计，因为烤烟不像平时烧火做饭，责任也大，稍有闪失，都会造成质量问题，对大伙没法交代。

烤完烟，再接下来便是下烟了，和上烟正好相反的过程，不过远比上烟轻松得多。

这天同样会很热闹，槐树林里，人声鼎沸。人们从家里带来剪刀，把系烟叶的线全部剪断，烤好的黄烟叶就从木棍上脱落下来。地上已铺好大包片，把烟叶整好后收回家，处理几日，就可到镇烟草站去卖了。

而那些烧过的煤渣，往往被父亲用来垫雨后的土路、庭院，或者羊栏用。冬天空置的烤烟房，则成了我儿时的乐园。尤其到了寒假，经常和小伙伴们，去那里捉迷藏，为了不让他们发现，我有时会爬上那些梁木。有时下来的时候，不小心踩到火道的土坯上，一脚陷了进去，也不管鞋子黑不黑。看没人察觉，拔脚就跑，万一被三爷爷看到，准会挨骂。

不论上烟、下烟，那时都还算热闹。

后来不知为何，村里种烟的人越来越少，烤烟次数一年不如一年。直到只剩下孤零零的烤烟房空守在那里，日益被风雨所吞噬。房顶的麦秸，扣着脊瓦，渐渐腐烂，漏雨，出现了一个大窟窿，却再也没有人来修葺。从那时起，它就彻底被人遗忘了。

转眼二十年过去，村里搬迁，我家搬到了山下。而与老屋同病相怜的烤烟房，也随之被挖掘机夷为平地。

如今，不见半片瓦砾。

作者简介：

张诗青，1987 年生，中国散文学会会员，江苏省作家协会会员。作品散见《诗刊》《星星》《扬子江诗刊》《滇池》《牡丹》《散文诗》《时代文学》等文学期刊。曾获第十届万松浦文学新人奖。参加江苏文学院第四期中青年作家高研班。现居江苏镇江。

烟雨竹海

张王飞

　　整天生活在都市，面对钢筋水泥的高楼、人车拥堵的马路、灰烟蒙蒙的空气，真有一种被压抑得透不过气来的感觉。尤其今年春天，城里连续不断的雾霾天气，快把人逼疯了，总巴望立刻有个山清水秀、风清气爽的去处，释放一下压力，呼吸点新鲜空气。也巧，四月宜兴的一次竹海之行，给了我一个极好的机会，我恨不得一下子扑进那翠绿的海洋里。

　　宜兴是个令人神往的地方，我来过多次。记忆最深的有两次：一次是20世纪80年代中期，我随扬州师院中文系的同事们一起游张公洞、善卷洞，惊异于溶洞的鬼斧神工的神奇；第二次是2011年，我陪朋友专程到宜兴参观紫砂陶艺，惊叹于作为国粹的博大精深。而这一次直奔宜兴的竹海而来。江南有好几处竹海，听说宜兴的尤值得一游，这令我充满了憧憬和期待。

　　车子刚驶上通往景区的道路，迎面而来的是一个绿色的世界。两旁树木高高矮矮，错落有致，不时冒出几棵苍劲古老的大树，似乎向我们见证，这条通往竹海深处的山路已有数十年历史。树的后面是时起时伏的绿野和远山。我顿觉心旷神怡。

　　我们住的是竹海公园对面的一家面山而建的宾馆。夜幕下，遥望那天际线下被翠竹覆盖的黛色山体，绵延起伏，如同一群群奔腾的骏马，横空出世。半夜，忽然一道道闪电把山间照得雪亮，雷声隆隆，由远及近，好像是从对面的山上滚落下来似的。这是我入春以来遇到的第一场雷雨。早晨起来，雷雨演绎成蒙蒙烟雨，打开窗户，一股清新的气息扑面而来。远处山脚下，只见三四条小狗蹦来蹦去，不时发出汪汪的叫声，原来是这些迎客的精灵把整个山村给叫醒了。

上午九点多,竹海公园仍是静谧谧的,可能是因为夜来一场雷雨,景区里只来了几位游客。我们撑着伞,冒着绵绵细雨,沿着山路前行,一拐弯,一片开阔的水域就把我怔住了。原以为竹海就是竹子,不会有湖有水,怎就突然冒出偌大的一个湖来?可对岸山脚下的石壁上分明写着两个大字"镜湖"。湖水如镜,波澜不惊。一夜大雨,水位涨了好多,蹲在湖边就能用手掬起一把清凉透明的水来。两面山上的竹子倒影在湖中,如同通体透明的翡翠,又如一幅画、一首诗、一曲无声的音乐……让你感到一种远离城市的安闲与梦幻,变得什么都可以想象了。正当我发呆时,空谷忽然传来了银铃般的女子笑声,仿佛来自天籁。顺着声音寻去,发现远处湖面上有一座横跨于青山之间的索桥,两位红衣少女正扶着桥索,晃荡着走过桥的中央。因为湖水上涨,木板拼接的桥面像一道弧线,将中间的那部分抛在了水里,两位勇敢的女子竟挽起白玉般的秀腿,嬉戏着过桥呢。湖面由此失去了平静,漾起了一道道碎银般的波纹,向远处弥漫。一幅"索桥凌波"的图画便定格在我的心中。

公园很大,位于苏、浙、皖三省交界,有着"太湖第一源""苏南第一峰""华东第一竹海"的美称。可游的地方很多,我们还是选择了乘坐景区的电瓶车去赏"海底"胜境。一路上,两旁连绵的山坡长满了又高又大的毛竹。果真是一个竹的海洋!葱茏的枝叶,遮蔽了整个山头,枝叶下面耸立着一排排节节挺拔的竹竿。在这清幽、深邃、广漠、空灵的情境里,这时忽然缥缥缈缈地传来"嘟嘟——嘟嘟——"的鸟鸣,是鹧鸪吧,梦似的,它们仿佛向我们叙说着美丽而古老的传说。"目连救母""田螺姑娘"、吴歌里的"五姑娘"的故事,大概就诞生在这神奇的密林深处吧?坐在车上"移步换形",又是另外一种感觉。车在快速行驶,竹林一排排向后倒去,如同多米诺骨牌效应似的,人车好像要被这翠绿的海浪完全吞没;又宛如腾云驾雾,穿行在绿色云层之间,恍如羽化而飘然隔世。

"海底"到了。其实它不是"底",而是通往竹海高峰的山门。行人必须步行上山。山门口迎面一座茶亭,像一只展翅欲飞的老鹰,凌空镶嵌在峭壁之上,掩映在翠竹丛中,时有两位老者正端坐其上,似在喝茶论道。山门右侧是一条通往山顶的悬空栈道;左侧是一条用不规则的青石块铺就的上山小道,这与竹海有一种浑然天成的感觉。一般人总是选择从右侧上左侧下,我则被感觉牵着走上了左侧的石道。

这时雨雾渐止，山道幽幽，静得出奇。间或只听得微弱的声音，辨不清是山涧流水的潺潺声，还是竹叶交头接耳的细语，恍惚中还听到春笋在拔节。更奇的是竹海深处，满山野地流漾着湿润的空气，弥漫着竹叶的清香，纯粹就是一个天然的大氧吧！那浓浓氤氲的负离子把整个人都包裹着，每走一步都能感受到气流的浮动，越往高处去，越觉在飘浮，身体轻盈得像被托起。我边走边大口大口呼吸着这从未享受过的空气，感觉整个肺都被清洗了一遍。正当我陶醉的时候，不觉到了半山腰，这时突然出现十多个游客，三三两两，迎面而来。就在与我擦肩而过的那一瞬间，我忽然闻到了一股与原先清新气流截然不同的特浓的人的气息，一拨人一股浪，接踵而至，冲得我几乎晕了。推己及人，我想，对方也一定是这样的感受吧？而这种体验，我有生以来还是第一次。大概是春雨过后此处负离子太高、空气太洁净的缘故。难怪，徐志摩到了意大利的翡冷翠也要去"山居"，于坚要躺身睡在云南树林里，可想山居独处自有其不可言喻的妙处了。

峰回路转，经过一座天桥，我们来到了"翡翠长廊"、悬空栈道的至高处。这时天公作美，太阳渐渐露出了它的笑容，山巅之上白云缭绕，天空也开始变得蓝莹莹的。眼前的竹子，因栈道跟人贴得更近，伸手就能触摸到它充满生命液汁的枝叶。雨水浸润过的翠竹，如同美女出浴，清清逸逸，婀娜多姿；枝叶则如同她的手指，缀满了晶莹的水珠，阳光下熠熠发光，恰似顽童吹出的五彩斑斓的肥皂泡，又如一个个微型的摄像镜头，隐秘地拍下行人歪歪扭扭的身影。此时的我，如痴如醉，感觉整个生命都融入了眼前湿淋淋的水彩画，人又一次升腾起来……

中午时分，我们终于下山了。烟雨竹海的神奇感觉依然在我的心头荡漾，多少时日总是挥之不去。这趟竹海之行，让我又一次亲近自然，愉悦了身心，成了我记忆天空中永远散不去的一道雨霁的彩虹……

作者简介：

张王飞，江苏省作协党组原副书记、巡视员。文学创作一级。著有《朱自清散文艺术论》《朱自清美文与"五四"记忆》。在《中国现代文学研究丛刊》《当代作家评论》《南方文坛》《美文》《雨花》等刊物发表中国现当代文学评论及散文作品50多万字。

多谢残灯不嫌客

赵　军

　　大概二十年前，腊月二十八，一个雪天，我去常州火车站乘车回安徽老家。寒风吹彻的站台，熙熙攘攘的人群奋力拥挤攀爬着绿皮火车，如一团团混乱的蚂蚁叮这一条硕大的黄瓜。人群如一条急湍的河流，一个个都像溺水者，挥舞着双手要极力抓住车门把手，奋力爬上河岸去。我屏住呼吸挣扎着好不容易游到车门口，就在将要抓住车门的时候，一阵激流漩涡又将我冲开，抛向激流深处。我双手抱头，站稳脚跟，才没有成为别人的垫脚石。当性命无忧时，火车已经开走。

　　这一年又回不去了。肩上、背上、手中的大小包裹，给老人的，给孩子的各种礼物，刹那间仿佛都变了色彩变了脸，鲜亮的笑意顷刻变得呆板暗淡，先前附着在身上的欢快也变成了沉重的负担，像是一个个讽刺的笑话。这时回宿舍也是清冷和忧伤，不如去东坡公园逛逛。

　　苍茫的天空，雪花覆盖在苍绿的香樟树上、冬青树上，古运河流淌无声，天地一片肃穆。转个弯，一缕阳光照在雪地里，发出胭脂之色，给无边无际的白陡然增添了无边无际的红晕。这时，我看见了立在运河边的"舣舟亭"。四角双檐，飞甍九脊，饰有精美砖雕和木雕，亭顶有二龙戏珠，还有苍松仙鹤，神龙游鱼等图案，石柱上还有两副对联。卸下大小包袱，坐在亭中，面对运河，多少愁苦酸辛一时涌上心头，小腿的迎面骨也隐隐作痛，拉开裤腿，看见迎面骨上一片瘀青，中间还泛着红红的血丝，原来是挤火车时磕在了火车门前的踏板上。于是，眼泪流下来了。

　　天渐渐暗了，冥冥之中，我仿佛看见了苏轼在向我走来。宋神宗熙宁六年（1073），苏轼在杭州任通判任，被差往润州（今镇江）赈灾。路过常州时正是除夕，他不愿打扰地方官，不想破坏别人的过年气氛，于是系舟野宿于此。于是他的那首《除夕夜宿常州城外其一》的诗句，在雪花中轻轻飘来："行歌野哭两堪悲，远火低星渐向微。病眼不眠非守岁，乡音无伴苦思归。重衾脚冷知霜重，新沐头轻感发稀。多谢残灯不嫌客，孤舟一夜许相依。"

除夕之夜，常州城外，古运河边。远处的灯火，夜空的疏星，渐渐地趋向暗淡低微。苏轼听到有人边走边唱着悲伤的歌谣，还有人在野外啼哭，他不禁流下了眼泪。也许他想起了韦应物的"身多疾病思田里，邑有流民愧俸钱"诗句，想起了自己请求外放杭州为百姓办实事的初衷，更会想起千里之外的故乡。三年来多少个夜晚难眠，多少次酸风射眼，在这守岁之夜，模糊了，病了，流泪了。夜深了，盖着几条被子双脚依旧冰冷，他知道寒霜更重了。他坐起来摸摸为迎接新年刚洗过的头发，觉得又轻又稀。"白头搔更短，浑欲不胜簪"，杜甫的诗句从窗缝里挤进来，让苏轼更加难眠。国家积贫积弱，朝廷政见不合，仕途偃蹇，多少忧伤在心头萦绕。难道他就是这样沉郁孤绝吗？就这样"孤舟蓑笠翁，独钓寒江雪"吗？他走出船外，面对苍穹，他看到了城墙上的残灯，还有一丝光在。为什么还有残灯在呢？他反转了思维，从常州人的角度来看，善良多情具有君子之风的常州人是不会嫌弃我这个蜀地的客人的，是他们特意给我留的一盏灯吧，于是他看到了温暖，看到了希望。也许他会想到唐代诗人王湾的诗句："海日生残夜，江春入旧年。"这残灯下的残夜不也会马上过去，新的太阳，新的春天不也会从黑暗苦难中到来吗？因此，对着寒夜残灯他反而要多多感谢，感谢它不嫌弃我这个蜀客，答应我与我一夜相依。我不知道他这是有着怎样的胸怀修养才能在绝望中找到希望，在孤寂中找到知音，在枯死中获得新生？芥子纳须弥，这残灯，这小舟，不也正纳着须弥吗？就此了然，换一个角度，心怀感恩，就可能在危机中发现生机，在绝望中发现希望。

一阵风过来，雪花落进了我的脖子，那是苏轼给我的安慰还是偈语，"多谢残灯不嫌客，孤舟一夜许相依"。它更是一声呼召，让我去迎接启示：世界何其无奈，我何其渺小；我困在这里，没有归去，没有更加徒劳，而是领受过了苏轼的恩典，领受了他的安慰和偈语。真正的诗人是介于神和人之间的，

"多谢残灯不嫌客，孤舟一夜许相依"竟然一语成谶，多情的常州不仅没有嫌弃他，还一次又一次热烈地欢迎他，他先后到过常州 11 次，最后终老于常州的藤花旧馆，于是有了眼前的舣舟亭，东坡东园。一个"不嫌""相许"，一个"多谢"，充满了多少人间温情。这世间只要有人情在就有希望，就能度过人间一切苦厄，重新出发。

这样想着，我走回了单位，当我看到门卫传达室还亮着灯光时，一种亲切、一种柔情从任督二脉中涌出汇集，几乎要从百会穴中喷出。一个与苏轼的《除夕野宿常州城外》相似的情景，穿越千年在眼前重现，"多谢残灯不嫌客，孤舟一夜许相依"，我喃喃自语着，仿佛疲惫的身躯长出了新的筋骨和关节，枯树长出了新芽。

以后的日子里，我像带着身份证一样带着苏轼的诗在各处奔波，拥挤的车站，狭小的旅馆，飘雨的清明节，寂寥的中秋夜。多年后，一旦在某个火车站前的广场上站定，那些埋伏在身体里的记忆，霎时便就全都复活了，这时候我才知道我的心里还住着一个苏东坡。

作者简介：

赵军，安徽怀远人，生于 20 世纪 60 年代，2002 年起居于常州武进。江苏省作家协会会员，中国散文学会会员，常州市诗词学会理事，常州市语文学科带头人，武进高级中学高级教师。出版散文集《行走的麦子》，作品散见《雨花》《文汇报》《翠苑》《常州日报》等报刊。

为生命设防

赵可法

　　多年后，消防战士黄颉每当听到消防车刺耳的警铃声，那个遥远的寒风刺骨的深夜就在他眼前浮现。

　　那晚，外号"小四川"的二十岁的小战士黄颉拿着三张白纸，从高低床的上铺爬下来，坐在下铺的班长羊科璋的床沿，一边用热水泡着脚，一边用四川话朗诵："火一半，水一半；热一半，冷一半；饭吃了一半，澡洗了一半；觉刚睡一半，梦做了一半；生一半，死一半……"

　　"四川啊，队里要开元旦晚会了，我们队就全靠你了，你就用四川话朗诵。"

　　"要的，要的撒。"来自扬州邗江的同班战士李毅听说后，学着四川话，跟着起哄道。

　　"四川啊，你右脚底板怎么这么白啊？"羊科璋靠近黄颉身边坐着，低头看着木桶里那双白色的脚，大吃一惊地问。

　　"班长，没事，我好好泡泡就好了。"黄颉朝班长憨笑道。

　　黄颉的脚泡得泛白，而且脚底板全是皱痕，一看就是长时间浸泡的缘故。看着班长急迫的表情，他倒像没事人一样，轻描淡写地说："没事，班长，就是前晚救火的时候太着急了，一不小心踩在一个积水坑里了，靴子里面进水了，当时光顾着救火了，忘了把里面水甩干净了。那天晚上，你不也把脚弄崴了吗？"

　　"甭提了，臭脚丫子，我给你照个相留念。"说完，羊科璋掏出手机，只听咔嚓一声，没等黄颉反应过来，拍摄完成。班长拿着手机转脸朝黄颉说："四川啊，你小子夜夜说梦话，昨晚又说了一夜梦话，牙磨得咯吱响，又做什么梦了?"

黄颉面色凝重,并没有答话,只是轻轻地摇头。

"玩什么深沉啊,快说吧,是福不是祸,是祸躲不过。"一旁喝茶的李毅走过来,冲黄颉笑着调侃道。

在大伙的催促下,黄颉结结巴巴地说:"昨晚吧,我梦见一栋居民楼失火了。可楼里静悄悄的,没人哭喊。楼顶火很大,有一只凤凰鸟从火光中飞上了天。班长,你说这是什么梦啊?"

"睡觉吧,时间不早了,马上快熄灯了。"班长说。

十点整,熄灯号响起。武警消防支队院子里一片寂静,全体官兵进入甜美的梦乡。

深夜两点十分,外面寒风呼啸,气温已降到零下四度。

"丁零零,丁零零……"刺耳的警铃声响彻全院,声音划破寂静寒冷的夜空。汽车南站新民社区一栋正在改建的六层老式居民楼发生火灾,有大量居民被困,请消防队出警救援。刹那间,消防支队灯火通明。全体官兵从起床到院子里集合整装待命,仅用了55秒钟。

根据指令,羊科璋带领二班与其他班共计32名消防战士,开着8辆消防车,一路风驰电掣赶往起火地点救援。到达出事地点一看,大火犹如一条条喷着毒舌的火蛇,蹿出一二楼铝合金窗户,玻璃被烧发出炸裂的声响,火势顺着塑料水管与空调管往上燃烧。四个楼道的木梯均已被完全烧毁,楼道被熊熊的大火封堵。三层以上房间冒着浓烈的黑烟,黑漆漆一片。

"班长,楼道被火封堵,人上不去,怎么救人啊?"李毅跳下车,急迫地问。

"只能爬窗户撒。"小四川黄颉立即想上去救人。

"快给我回来!"望着火海,羊科璋镇定自若,他大声命令道,"没有我的命令,任何人不得擅自行动!"

"是。"刚走出几步远的黄颉听到命令,立即退了回来。

羊科璋边指挥边命令道,你们看到了吧,整栋楼窗户都被防盗窗封死了,楼道也被大火封住了,走楼道与爬窗户救援肯定不行。黄颉啊,这时候火场温度特别高,人冲进去都得玩完,要想办法让楼温度降下来。你带几个人,用水枪把一二楼火势压住,重点是楼道。其他人把呼吸面罩戴好了,跟我来!

羊科璋带领三名队友围绕楼看了一圈，立即有了主意，他把自己的方案立即用对讲机汇报指挥部。羊科璋班得到通过毗邻建筑，架设六米拉梯进行灭火扑救的指令。深夜，楼顶黑漆漆一片，伸手不见五指。架好拉梯，羊科璋率先爬上楼顶，下面的队友只能看到楼顶羊科璋帽子上那一束光亮。

其他几名战士相继上了楼顶，各自按照分工救援。羊科璋在五楼一间卧室里，发现了陈莉与她的孩子。只有一岁半的孩子浑身都软了，因吸入过多的毒烟，处于休克状态。

"李毅啊，你快带三个大人从拉梯转移，我想办法带小孩转移，再不转移肯定有生命危险啊！"看到情况危急，羊科璋果断地对战友说。

李毅带着三个队友，走上屋顶平台转移被困居民。危急之下，羊科璋当即决定将小女孩带离转移。只见他用双手抱起昏迷的小女孩，将她紧紧护着放在自己的胸前，打开房门，走了出去。

队友们利用拉梯，配合挂钩和缓降器将小女孩母亲和她十岁哥哥安全救出，其他被困居民均被疏散到安全地带。按照指挥部的救援方案，大火基本被控制了。

"羊科璋，羊班长，你在哪里？听到请回答。"对讲机里传来声音。

一阵静默，没有人回答。

"羊班长，你在哪里啊？听到请回答！"对讲机再次响起。

又是一阵静默，对讲机里仍然没人回答。黄颉心里咯噔一下，预感情况不妙，在对讲机里大声喊道：

"大家快找班长！分头找啊！"

"找到了，找到啦！从这里掉下去了！班长肯定在一楼呢！"

原来，在五层楼梯旁边，有一座正在改建的电梯井道，因火势猛烈，遮挡井口的松木板已被大火烧毁。羊科璋抱着小女孩在浓烟中撤离转移，不慎一脚踩空，从五楼跌入井道。战友们在一楼电梯井旁边入口处找到了羊科璋，只见他仰面躺着，怀里紧紧抱着那个休克的小女孩。见此情景，黄颉立即上去抱羊科璋手里的小女孩，扶班长站起来，却怎么扶不动，就好像他身后被东西卡住一样。黄颉顺手摸上去，可羊科璋怀里的小女孩被抱得紧紧的。他用了很大力气，才将班长的双手打开。

"医生，医生啊，快救救我的孩子！"小女孩的母亲扑过来，抱起休克的孩子，发出撕心裂肺哭喊声。

由于小女孩有了羊科璋的环抱，仅是头被擦破了一点儿皮，其他没有任何损伤。可羊科璋身体被井道内壁支撑碰刺，伤情很重，处于高度昏迷状态。身手矫健敏捷的羊科璋身体在碰到井壁支撑的刹那间，本可以选择放开手里的孩子，轻易抓牢支撑的方式，救自己一条性命。可在生命最后一刻，羊科璋没有选择放手，依然紧紧搂抱着怀里的小女孩，保持着离开时的姿势。

消防战士羊科璋紧紧抱住小女孩，保住了她的生命，自己却壮烈牺牲，献出年仅二十七岁的年轻生命！羊科璋舍己救人的事迹传遍开来，自发参加追悼会的市民人山人海。当晚，许多市民走出家门，选择以点燃蜡烛的方式，为心目中的英雄送行。

"孩子啊，你永远要记住，你的命是消防战士羊叔叔用命换来的！"小女孩的奶奶抱着孩子，流着浑浊的泪水，拍着未谙世事孩子的小脑袋，对记者镜头说。

"日后等孩子懂事了，我们一定要告诉她，要好好教诲她，曾经有这么一回事，你的命是消防叔叔救的啊！"女孩的母亲哭着对众人说。

在送别战友羊科璋的当天，黄颉眼含热泪，写下一段话，对着战友的遗像流着泪朗诵：

在和平年代，或许少有硝烟弥漫的战场，但有多少回千钧一发的瞬间，就有多少回奋不顾身的冲锋陷阵，就有多少回义无反顾、生死抉择的经历。你用血肉之躯筑起一道坚不可摧的防线，大火蔓延，你是一线希望；剧毒泄漏，你是一道挡墙；洪水汪洋，你甘做生命的方舱……

你的生命就像传说中涅槃的凤凰，哀而不伤；在困难面前，你在烈火中淬炼，把火场当作战场。在生命最危险的地方，是你为人民的生命设防！

作者简介：

赵可法，中国散文学会会员，江苏省作协、散文学会会员、青书协会员，连云港、苏州、无锡、宜兴市作协会员。主要从事散文、报告文学、小说、剧本创作。多篇作品在国内征文大赛中获奖。出版过散文集《清心神逸》《阆苑仙葩》。

北 风 吹

赵培龙

　　父亲让人捎来口信，说陈师父回来了，让我下午放学后赶紧去一趟罗村。

　　父亲此时恢复工作不久，在罗村小学校办厂做粉笔。沈老师爱人陈师父是淮阴文工团的演奏员，差不多一个月回罗村与家人团聚一次。这是难得的学习机会。

　　没等放学，我就揣着笛子，一路小跑向罗村奔去。罗村离我们草舍村也就七里地，但中间全是农田，且有多条小河挡道，必须沿着泰东河从陈家墩远转过去，这样就剩下一条河了，而且河上有"拉渡"，一条小船儿，两头系着草绳，过河人自己拉就行了。

　　天灰灰地挂得很低，云厚厚地压得很沉。泰东河的水被风一波波往岸边赶，卷起的浪花白森森的；高高的圩堤上光秃秃黑啾啾的树枝被吹得左右摇摆呼呼直响，鬼一样嚎叫，瘆人得很。那风魔一般透进我的棉衣，沁得肚皮又凉又寒。盐粒一般大小的雪珠儿随风扫过来，打在脸上像针扎一样。我只好低着头、眯着眼，慢慢挪行。我到离罗村不远的"至青河"时，天空飘起鹅毛大雪，四野一片黑白。河边的坡道、码头很滑。我伸手去提没在水中的草绳。绳子很粗很结实，加上系的一条水泥船，我咬了牙才将船拖动。关键不是沉重，而是手指疼痛钻心，那绳子分明就是一条冰棍子，手上滑滑的，掌心刺刺的。过了河，我揣在兜里的小手，仍然火辣辣地胀痛。

　　我终于到达罗村小学院子。地上已堆了一层半堆半化了的雪，踏在上面咕咕作响。我在小工厂见到父亲。回到父亲宿舍，他先给我倒了一杯热开水，让我烘烘手、暖暖身子，然后换了一身干净衣服，特地从抽屉里拿出一包未拆封的"华新牌"香烟，这种烟贵，二毛九一包。他拆开烟，拿出两支放到桌上。父亲平时只舍得抽一毛二分钱一包的"丰收牌"香烟。父亲帮我顺了顺头发，理了理衣领，提醒我进门要礼貌叫"师父"。

可能是约好的缘故，沈老师不在家，陈师父在等我们。陈师父看上去十分清瘦，头发稍长，鬓角卷曲，留着一小撮胡子，穿着皮夹克，看上去很潇洒。我们进门后，他表示欢迎，但一直没有笑。父亲给他递烟，他不拒绝；给他点烟，他欣然接受。点燃烟后，他猛吸一口，烟纸上似乎渗出了黄油，之后表情十分享受，并吐出一个逐渐上升放大变淡的烟圈圈。

烟抽完了。陈师父让我先吹一段曲子给他听听。我很慌乱，手扶笛子有些发抖。我情绪平复后，他让我吹一首自认为拿手的曲子。我随即吹了新学的曲子《红星照我去战斗》。我吹完了，脸憋得通红。师父听了之后，没有马上说话。屋内气氛一时很尴尬。父亲给师父再递根烟。师父还是不讲话，抽完烟，掐灭，扔掉烟蒂，然后拿起我的笛子，用嘴对着笛膜来回哈气吹干，待笛声纯正后，站起身，摆好姿势，潇洒地吹了起来。

一曲吹完。我和父亲还有师父都没有说话。我呆立一边。许久，我情不自禁鼓掌叫了起来：太棒了，太棒了！

师父没有丝毫激动的表情。师父吹奏笛子精神饱满，用气盈足。长音悠扬嘹亮，强弱分明，宽阔宏远；吐音干脆利落，清晰饱满，富有弹性。师父告诉我，这支曲子叫《北风吹》，是歌剧《白毛女》主题曲改编的。我问师父，能否将曲谱给我，并教我如何吹奏这支曲子。师父让我坐下，然后逐小节给我讲解，并用笛子进行示范。这时，父亲稍稍退了出去，等师父快讲完的时候，父亲又悄悄进来。他满头花白，一身雪片。他拿来两个小纸包。我分明闻到了一股葱油烧饼的香味。临了，父亲再次给老师笑着递烟、点烟。

师父的课讲完了。窗外天色暗黑下来。父亲将一个小纸包放在桌上要走。师父明白怎么回事，不肯收下。推来推去，父亲说了好多话，师父才答应收下，并讲下不为例。

出了师父家门，寒风猛然袭来，我的牙直斗，冰雪打在脸上，钻进脖子，身子直打战。我和父亲踏雪回到他的宿舍，简单收拾一番，父亲扛起一袋大米，我们便走进了漫天飞舞的雪幕。出了镇子不久，又到了那条"至青河"，真是"野渡无人舟自横"啊！地上雪泥混杂，又湿又滑又黏。父亲把米袋放到我的肩上，然后撸起袖子，吃力地弯下腰，从水中捞起绳子，用力拉起渡船。我知道河水的刺骨，但更感到肩上的压力，心想，离家还远着呢，父亲怎么扛得动啊？

船拖过来了，水泥船上的积雪特别滑。我们父子艰难地走上去。父亲再次将船拉过去，他的手像虾一样红，还有点微微发抖。过了河，道路变小，全是田埂了。一片白茫茫，根本看不清路。好在父亲经常走这条道，路很熟，但大雪覆盖，一不小心父亲连人带米摔到了路边的沟渠里。我去拖父亲，一不小心同样摔了下去。虽然摔到沟里，我们发现里边特别暖和。我们决定休息一会儿。父亲问我饿不饿？我想说饿，但没有说出口。父亲说：我都饿了，这样吧，我们吃点东西。父亲说他吃剩下的半个地瓜，让我吃刚才买的烧饼。我说我们分着吃吧。父亲说地瓜他先吃了，烧饼分着吃，而且让我多吃一点。饼子受了冻，又硬又僵。父亲见我咬不动，说：抓一把雪含在嘴里，等化成水，把饼干放嘴里涨一涨就可以了。饼子吃完了，但我嘴巴周围僵得很，说话都走了音，胃里也是凉巴巴的。但吃完饼我似乎有了一股劲儿。我们继续前行。途中我在想，不对呀，父亲好像买的是葱油饼啊，怎么成了实心疙瘩。父亲看出了我的心思，说：那是买给师父的，好东西给别人分享，我们自己吃普通的饼充饥就行了。我默不作声，继续前行。中途，我执意要帮父亲扛米，父亲说：你的腰杆还嫩，等你长大长结实了，到时候再扛不迟。之后，我们父子摔了多少跟头，真的数不清，但每次我们都乐不可支、开怀大笑。

终于，我们看到村庄的零星灯光。到了家的院子里，屋里亮着灯。母亲听到脚步声，打开门，一股雪连同我们父子，被大风卷进屋子。我和父亲头发湿漉漉的，衣服上全是雪，裤子和鞋像从水中捞出的一样。

父亲放下米，没有马上换衣服，点上一根"丰收牌"香烟，满足地抽了起来。母亲一边让我换衣服一边责怪父亲：多大的雪呀，回来干什么？自己也就算了吧，把儿子冻成这样，怎么忍心的？父亲猛吸一口烟，乐呵呵地故意高声问我：儿子，今天让你受罪了吗？我说：有了《北风吹》，一点儿不累，太快乐了！看着我们父子奇怪的对话，一旁的母亲莫名其妙。

锅里，母亲为我们留着地瓜粥。吃粥时，我和父亲发现，粥里的地瓜不见了，留下的全是白米。父亲吃着粥只说了一句：地瓜就那么好吃，胃本来不好，给我们吃点就怎么了。

看着我们父子吃得香，母亲不回答，只是笑。

作者简介：

赵培龙，江苏东台人，硕士学位，曾在人民空军服役30年，大校军衔，2003年获"全军优秀共产党员"称号。中国散文学会会员，江苏省作家协会会员。1983年发表处女作，主要作品有短篇小说《蛋趣》《处长史节》、中篇小说《加一碰》、长篇小说《天祭》《天命》《其啸也歌》、言论集《政工随笔》、散文集《云水歌谣》等。《金陵小小十二钗》1994年入选中央电视台春节戏曲晚会；散文《每片叶子都在讲述故事》获江苏省第30届报纸副刊好作品二等奖；《幸灾乐祸》《泰东河的女儿》《认可》等获全国散文大奖和排行榜前10名，《短暂的阳光》《认可》入选中国散文朗诵会作品。

乡间的老宅

郑　谊

古诗云："久雨藏书蠹，风高老屋斜。"再好的房子如果没人住，倒塌的时间也就快了。老家那房子，先是上盖漏雨，继而墙体便出现了裂缝，接着，一根房梁断了，房顶的一角露了天，遇上持续的降雨，结果是可想而知的了。

听说乡下的老村庄要拆迁，一个周日我骑车回老宅看看，眼前我曾经在这儿生活了将近二十年的老宅已成废墟，目睹着老宅的残砖断瓦，荒芜的杂草，有些树木又结成了新一轮的果实。默默感受着老宅淳厚温暖的泥土气息，曾经在这儿和玩伴嬉闹的场景，父母的教导与疼爱……一种莫名的惆怅涌上心头。

老宅究竟有多老，父亲没说过具体的年月，我就更没有这年代的准确记忆。但我后来从母亲及老邻居的口中知道，在我牙牙学语走路趔趄的时候，一天夜里醒来时，去寻找夜间在月光下劳作的母亲，不慎滑落老宅后面的水沟里。在母亲回家摸摸床上空无一人时，慌忙地叫了起来，便连忙循着一条新路找去。夜间，我在水中被淹得有气无力的轻微拍打声引来了母亲的注意，也就是这样命悬一线间。现在母亲一说起这事，都会说是老宅子保佑了我。因为当时通往田间是两条路，她就慌不择路地走对了，假设走另外一条路……

对于生长在城里的孩子们来说，老宅似乎并没有什么可留恋的，甚至于还不懂啥含义。它不过是依靠田野和沟沟渠渠而建的一户三间的普通农屋，土墙草盖，杂木门窗，雨天一片泥泞，晴天尘土飞扬。既没有青山环绕、碧波荡漾的美景让人流连，也没有雕梁画栋的亭台楼阁供人欣赏，更没有叹为观止的文化古迹让人演绎，即使不倒，也卖不了几个钱。但是，在我们心中，感情这个东西是无法估价的，就像"儿不嫌母丑"。老宅不但寄托了父辈对儿女们的福佑和期盼，而且也凝结了父辈的心血和汗水。

"白发高堂游子梦，青山老屋故园心"，老宅扩建的基石是父亲与哥哥从十几公里的西山用平板车拖来的；泥墙是父母及亲友一担担从沟渠里挑上来的；老宅的草盖，是从秋季稻草中精挑出来的；老宅的一砖一瓦、一木一梁都注入了他们的灵魂，它和父母连在一起，有了一种血浓于水的情结，不管你走多远，不管你漂泊多久，它都会牢牢牵住你的心。儿女的目光总是向着最美的远方，父母的目光却总是落在儿女身上，常常会忘记自己。父母已习惯了儿女的疏忽，那颗心却追随着儿女漂泊不定。儿女的生日喜好让母亲如数家珍，父母的生日喜好儿女都能知道吗？有时我们在想，作为父母，仅仅是养育了我们吗？倘若没有父母的付出、博大无私的爱，这个世界还会有温暖、有阳光、有我们沉甸甸的泪水吗？

其实，在我们的味蕾神经元的末梢，最原始的体验大多源于母亲所制作的食物，总可以记住属于母亲的那种特殊的味道，这种味道也是家的味道。这不，我们做子女的都吃惯了母亲在老宅那土灶锅上烧的饭菜。小到一年四季的果蔬，大到超市里买的鸡鱼肉蛋，咸淡适口。

父母亲在那老宅子住了几十年，在他们看来这个老宅不老。因为，是他们用自己的双手把泥块捶垒起来的。后来，老宅子在父亲的手里翻了又盖，草盖换成了青瓦片；修了又整，坍塌之角码起了红砖柱。最近的一次，也就是父亲去世前的两年，他老人家把三间老土墙推了，盖了两间面朝南的小瓦房，实现了要与住在城镇的我们这些子女"抗争"到底的规划。母亲，则在家前屋后被推倒的墙土上，划出一排排一行行菜畦，秋天种上了大蒜，大蒜行间里面撒种菠菜，还有芫荽。寒冬到了，母亲用厚厚的树叶子和玉米秆盖住嫩嫩的蒜叶，上面还盖上了一块块塑料布、稻草。每每季节一到，就催我们回家背萝卜、青菜腌制；带点葱蒜、芫荽等时令调味蔬菜。

在我们子女一再催促他们二老到城镇和我们一起居住，享着他们的天伦之乐，父母总是以乡下安静，有菜园地，有鸡鸭鹅，有乡里乡亲为由，而不肯挪出老宅半步。然而，就在小瓦房盖好后的第二年，父亲因身体不适，被查出食管癌晚期，从发现到治疗也只有半年时间就离开了我们，时间定格在2006 年的 3 月 13 日（农历的二月十四）。

77 岁的父亲去世后，母亲一个人还住在老宅子。只是后来大嫂生病，母亲自告奋勇地要去照顾儿媳，坚定地阻止了她的大孙子要花钱找保姆服侍他的妈妈。临搬走时，母亲还一步三回头地自言自语道："这儿靠你爸近啊！"

或许，一处老宅、一个朋友、一位亲人，都只能陪伴我们走过一段人生的旅程，都只能为我们遮挡一阵人生的风雨。各种树木中，屋后父亲亲手栽植的那棵柿子树还依然枝繁叶茂，树上挂满了渐黄的柿子。树上叶子青得更青，果实黄得更黄。前人栽树，后人乘凉，使我永远走不出对父亲那深深的怀念……

作者简介：

郑谊，笔名"书带草"。江苏盱眙人，江苏省作协会员。

书是念不完的（外一篇）

仲跻和

"念书"老说法，亦口头语。"念几年级？"即问你上几年级？"念的什么书？"即问你读的、看的或阅的什么书？"念的什么专业？"即问你上的什么专业？或读的、学的什么专业？

饶宗颐大师在谈起平时读书时，用的是"念书"，而且认为"书"是念不完的。认为用"念书"胜过"读书""阅读""看书"。"念"有语音，用声音更好地将自己带入书中，更有"思"的意思。真的"念书"，知道书中之言、之源、之理、之用。特别是"之用"，念书为用而念，并不是为念而念。

虽说工作上的事情不少，但我还是认认真真地念完了《文学与神明》。由于记忆力特差，基本上是书念完了，也就忘得差不多了。为了记住书中一些对我有启发的经典，还是习惯了写下来，变成我的东西，这样也好省点时间确保需要的时候能很快找到。当然，这样做至少也是一种强化记忆的手段，"好记性不如烂笔头"。

"书是念不完的。"饶宗颐大师是从念书时对书的理解而言的。每每感到对同一材料理解可能不大一样。即使是同一个人、同一材料，不同时间、不同地点理解可能也不大一样。这一点我深有体会。同一本书，为什么有不同的理解，因为我们是在用我们的认知去念书，去理解书中的话，而认知是与心情、关注点、环境等有很大的相关性。同样的一本书，今天念，后天再念，念到不一样的内容，受到不一样的启发，是情理之中的事情。单就这点，"书是念不完的"，更不是念过一遍就完了。你再念一遍，还会有新的收获或体会。更别说现在的书，滥竽充数者有之，类似《文学与神明》者亦有之。何时能念完哟！

说到这儿，想起孔子对"仁"的解答的事。

怎样做才是"仁"？当樊迟问的时候，孔子说："爱人就是仁。"当颜回问的时候，孔子说："克己复礼是为仁。"当仲弓问的时候，孔子说："己所不欲，勿施于人。"当司马牛问的时候，孔子说："居处恭，执事敬，与人忠。"是孔子记性不好？是孔子概念混淆？都不是。孔子是针对问的人情况而解答怎样做才是仁。同样一个"仁"字，在不同的时候，面对不同的人，孔子就有不同的解答。孔子亦是一本书，能念完吗？

如我念《文学与神明》，就是想看到饶宗颐大师关于"文学与神明"不一样的话、理念、词句。这样的享受才值得我花时间，更准确地说，是挤出时间念书的理由。

此时，我不得不说："大师就是大师，而且可以说是'大大师'。"诗词书画，如何念？怎么评？于我来说，真的没有想过。念过这本书，总算是明白了大概意思。当然，还需要再念几遍《文学与神明》，才能说是真的懂了。因为这本书我还没有完全理解，才只念了一遍。

"做学问，一定要追溯到那个源，这是我做学问的目标。"饶宗颐大师是这么说的，也是这么做的。也正因如此，他才能算是"大师""大大师"。而不是蜻蜓点水，人云亦云，既误了自己，更误了世人，还浪费了资源的自称为"大师"的大师。

饶宗颐大师说："譬如一个概念，这个概念是怎么来的？后来怎么发展？发展中又有什么变化？是因为时代的变化而变化，还是因为类别变化而变化？"时代变化与人事相关，类别变化与科目相关。这就有个源与流的问题。平心而论，我不是个做学问的人，不只是能力不够，还有个时间的问题，我的人生使命告诉我："你不能瞎搞，企业才是你的正业。写作只是你娱乐心情，调整心态的一个手段，做学问与你无缘。"也许由于此，我害怕应要求写作，面对没有心动的"要求"，真的无从下笔。心里有，笔下才能有啊。否则，成为一个浪费资源、误人子弟的人就不好了。至于做学问更不敢碰，像饶宗颐大师那样什么都精通，太需要能力、精力、毅力、时间了。

写文章如此，书法、画画，亦是如此。

再如："接着讲"与"照着讲"。真心话，我喜欢"接着讲"。我原来不知道为什么？只是一种直觉。而看过《文学与神明》后，我知道了："未来必须建筑在过去、历史的基础之上。否则，所有的虚同虚设，其目标与方向往往是不正确的误导。"书法讲临帖，画画讲传承，诗词讲韵律。只有创新、创造是不够的。研究学问，更是如此。"接着讲"，才是站在前人、古人、大师、老师的肩上向上攀登。也许骨子里有这样的一种认知，只是不知道怎么用语言来表达，相对那些创新、创造有余。而传承的字、画、诗、词不能产生共鸣。

又如眼光。虽说我们也评价："某某有眼光。"可我们真的具备了"学人"的眼光吗？当然，更不谈"真人"的眼光了。"宇宙眼光"，第一次看到这个词，在"宇宙眼光"面前，我像一粒尘埃，还有什么眼光可言？宇宙有形，亦无形。只看到有形的，而不见无形，不为真的有眼光。就代孕话题，随着社会的发展，"代孕"将会成为新生的行业，为什么？历史会回复这个问题，时间三十年吧。马斯洛理论有没有把传宗接代划入人的第几重需求？生育难题不只是中国的问题，已经是世界难题。人类的难题，是优胜劣汰，还是反之？养得起的不愿意生，养不起的愿意生。怎么办？有需求就会有市场，市场又反过来助推人的需求。这就是道理，这就是规则。

关于信仰的话题。我知道，不是中国人没有信仰，而是信仰不同而已。不同在哪里？我不知道。但念了《文学与神明》后，我知道了，是对信仰的定义不同。形而上与形而下之别，就是信仰不同的根本所在。西方人信神，神是无所不能的。而中国人信神，把祖宗当神。讲"天人合一""神人合一"。《文学与神明》书中有这样一个小故事："有一次，我与戴密微同游，写了许多小诗，却为即兴之作。戴氏很佩服。"但《黑湖坐对》其一云："湖水清时不见鱼，飞飞蛱蝶欲连裾。山深草浅饶萧瑟，相对一峰问起居。"开头两句没什么，后面两句与山峰相对，山峰问我起居情况，戴氏即很惊讶，以为了不得，怎么能与青山平起平坐。

由此可见，信仰的差别在哪里，不在有与没有，而在于"形而上"与"形而下"。这是由东西方的文字、文化、文学引起的。其实，中国人也不是不信神，而中国的神都是由人修炼而来的，更亲近些。

人生之境界："诗人境界""学人境界""真人境界"，让我耳目一新。与："山是山，水是水；山不是山，水不是水；山还是山，水还是水。"三重境界有异曲同工之处，亦有其更亲和的地方。写诗、填词、画画，亦如此。而且似乎更符合"诗人境界、学人境界、真人境界"。相当于围棋的段位吧。只是"真人"有点难为人了。放眼当下，有真人吗？我还有缘见到"真人"吗？当然啦，我也需要修炼，自己不是"真人，"又怎能见得到"真人"。

其实，境界与我来说：活着做事，死了做梦，更适合于我。不敢企求"学人境界"，更不敢仰视"真人境界"。写作于我说，只是一吐为快。"文字""文学""神明"太费心思了。而我又懒得用心，也是没有心可用的人。

唯"书是念不完的"需要常想起。时光不再。夕阳无限好，更需赏黄昏。还有那么多的书要念，还有那么多的事要做，做梦就留到死了再做吧。

听饶宗颐大师劝："不要在词里做考证，要在词里开拓，为又一世纪创造新词体。"

这个"词"只是个"代词"，泛指一切与我能力、精力、时间不允许的喜好。

爱

爱，千古之话题。似惊天地、泣鬼神者有之，似毛毛细雨润物无声者有之，似窦娥蒙冤六月飞雪者有之。有梁山伯与祝英台般的千古绝唱，亦有刘胡兰、董存瑞永垂不朽的传承。

爱，未必只是爱情，更有信仰。而上升到信仰的爱，才是真爱、大爱，值得说一说、写一写的爱。

有人说，爱是奉献、付出、成全，是指喜欢达到一定程度，继而为之付出的感情。这没有错，这样的爱，更多的是理解、包容、支持的音标。而更有另一种超越了野生的喜欢的爱，达到理性的信仰的爱，才是无私的、无我的，才是真的奉献与付出。就像刘胡兰、董存瑞等英烈。就像曾经和我一起走向战场的战友们一样,明知有危险,还是义无反顾地选择了战场。

也正因有了理性的信仰的爱,才有了勇气去面对千姿百态的社会。守护爱,才有毅力去践行爱,让社会多一分温暖,多一点阳光与空气,多一些生活的快乐与幸福。

"爱,即发心喜欢。喜欢就快乐,快乐即回报。"这是我在某个场合对大家说的一句话。真爱无言,真爱无行,一切源于自然而然,阳光不会因为你没有回报而不理你,春雨不会因为你而不淋在水泥地上,这就是阳光与雨的真爱。而人能有阳光般、雨般的爱吗?唯有这样的爱才是真的爱。

"真爱无私、真爱无爱、真爱非爱。真爱就爱,爱就真爱。而现实中,一切是非都源于不是真爱。"这又是我在另一个场合谈到爱时说的几句话。

"真爱无私",好理解。一般人都会这样说,只是难以做到。因为有"私",爱就不是爱,就是交换,是交易。"对等",没有错,不是不可以,但不是爱。"回报",没有错,也不是不可以。有付出有收获,情理之中;有付出没有收获,就觉得委屈,可以理解,但不可把这样的付出说成是爱。

"真爱无爱",理解有一定的难度。但随着时光的流逝,随着阅历的积累,随着用心生活的人越来越多,就可以理解父母对子女无论怎样辛苦、着急,都不说是为了爱。因为一切是源于心之使然、自然而然之言行,就像"天上下雨地上流"一样。而儿女对父母的孝敬同样也能如此者,乃可说是真爱。记住,自然而然、不刻意、不别扭,才是真爱。

"真爱非爱",更难理解,也在情理之中。用心则乱,情理之事,只是陷于无法自知而已。

我常被妻子兰芳责怪"使坏"。她所责怪我的"使坏",即"不问事""不管事"。而我之所以"不问事""不管事",正是理解了"真爱非爱"的道理。不问不是不关心,不管不是不关注。因为我认为,就像我奉行"真话无益不可说,真话有害不能说一样"。出于真心,而且这个"真心"是"天地良心",可就是这样的"天地良心"又能怎样?我说了,把"我"带进了情景之中,有了我,也就不能称为"无我""无私"。我说的会有"我"在其中,不听,我不舒服,"你不尊重我,不听我的话";听了吧,听的人不舒服,"明明是我的事,你掺和干什么?"

　　既然说了，总有一人不舒服，不如不说，乐在其中。自己的决定自己承担，是好是坏，自己认可即可。真的爱就不要去爱，才是最好的爱。

　　"真爱就爱，爱就真爱"，听起来像绕口令，其实是爱之智慧的核心。人与人不一样，对爱的理解与需求也就不一样。期求爱没有错，无论是野生的感情，还是理性的信仰爱，都有生存的道理与权利。从某种意义上讲，野生的感情与理性的信仰爱有异曲同工、殊途同归之意，只是社会应多些理性的信仰之爱，少些野性感情之爱。理性的信仰之爱是崇高、伟大、不可战胜的，也是值得去传承的。

　　同是一个人，昨天、今天对爱的理解也是不一样的。野生的感情上升到理性的信仰爱，是社会的希望，也是有心者的追求。有人会为之奋斗一生，追求一生，也有的机缘巧合"立地成佛"，更有人，生就为理性信仰的爱而生。像刘胡兰、董存瑞、黄继光等英烈，像方志敏等英豪，在他们的灵魂前，我就是一侏儒小儿，还没有长大成熟的小子。

　　我曾经说："已过了谈爱的年龄。"而今天我要说，如今我才开始懂得爱。爱从"无私""无我"起航，"理解""包容""支持"是爱的主旋律，"误解""怀疑"是纠偏的音标，确保航向不出问题。我否定我，这不是第一次，也不会是最后一次。昨天是昨天，不是今天，今天也不会是明天。活在当下，用今天的心生活，记下昨天的一切。

　　不是我只知适应，而是我懂得唯适应是我唯一正确的选择。奉行真话无益不可说，真话有害不能说，用理性的信仰爱去面对社会、面对生活、面对一切的一切。主动去适应，随遇而安，随景欣赏。

　　工作是这样，改变自己适应需求。

　　生活是这样，改变自己适应社会。

　　一切发生的都是应该发生的，坦然面对。

　　"若有战，召必回。"有备无患，有心就好。我非好战之徒，远离战场才是信仰，愿祖国平安吉祥。

　　"修人道，寻仙道。"算不算信仰？不知道。宋道长跟我这样说的："其实吧，仙道难解，也不懂。"随着年龄的增加，能自己照顾好自己，不给子女增加麻烦，还是应该的，也是可以努力的。是对子女的爱，对社会的爱，这算爱吗？

庚子年将很快成为历史，而今年所经历的一切也是其中的一粒尘埃。努力过、拼搏过、挣扎过，足矣！

虽说庚子年灾难重，但也显得爱之珍贵，爱之不易，爱之可敬。有机缘彰显理性的信仰的爱，是人生幸事。

甲子轮回。纪年与人生巧遇甲子，是不是轮回一样巧合？不知道。"不放弃、不松劲、不懈怠"，这算是我的追求，也算是我的信仰。因为我爱这个社会，爱这个企业，爱所有的有缘人，把能做的事情做好，是我的回答，也是我最低的要求。

"莫等闲，白了少年头，空悲切。"

光阴不再，时日无多。

革命尚未成功，同志仍须努力。

只争朝夕。

作者简介：

仲跻和，现任江苏海迅集团党委书记、董事长；南通市作协副主席、江苏散文学会副秘书长；中国作协会员。曾获"江苏省劳动模范""江苏省最美退役军人""中国好人""全国模范退役军人"等荣誉称号。

出版散文集《梦已飞扬》《男儿情怀》《拈花一笑》《无意留痕》《随风起舞》及企业管理文集《职场答案》。

围　墙

周成新

老家的村子，原本是没有围墙的。可后来不知怎的，围墙越来越多，并且越来越严实。

青砖黛瓦的时代，房屋没有围墙，前后两排平行而立，中间零星散种着一些蔬菜、瓜果，左邻右舍纷纷而入，看蔬菜长相，聊农事家事，品瓜果香甜。

村子井形交错，串门、出行，横平竖直十分便利。避雨也好，图省事也罢，走夜路也行，人们常会贴壁而行。无论是家中来客，衣服、粮食外晒，还是家中大门忘锁，左邻右舍都是你得力的"助手""保镖"和"警察"。"左右逢源"恰到好处。

红砖墙之后，散养的鸡鸭多了起来。稻草挽着芦苇秆的腰，将左右的空档围了起来。栅栏不高，是用来防范鸡鸭的。人若进出，只需低个头、抬个腿便是。尽管如此，还是让人觉得麻烦。

楼房建起之后，家家户户开始砌围墙。里里外外，忙得不可开交。瓦匠们乐开了花，里里外外一大片除了围墙、地坪还有花墙。人们纷纷将放线的吊锤往外拉，生怕自己砌晚了会吃亏。大红的砖头水泥密封，一层比一层高。外墙抹上水泥，白花花的一片，再细的草也无处寻缝。

院墙围成一圈，方方正正的连接处，最后被一块大铁门占了便宜。铁门用锁把牢，下面还拴着一只狗。

平常，只有在铁门大开的时候，才会知道围墙内是否有人。当然，有时一只狗叫也会加以佐证。

有了围墙之后，邻里之间的串门变得越来越少，不是怕狗，就是怕白白跑个空。可一旦遇到雨天，或是狗叫不正常时，邻居之中还是会有人赶忙跑去看个究竟。衣服、粮食是否忘收？遇见小偷，或是来了客人，等等。

村西头有位老太，常喜欢有事没事挨家挨户地串门，张家长李家短。有时甚至还会顺手牵牛。村里人都很讨厌她。大人们每次出门前都要再三叮嘱自己的孩子，门窗里里外外，一定要锁好。她来了，两眼可得放直了。

这些年回家，我却很少再见她。有人说，老了走不动了；有人说，前两天被儿媳打了，正躺床上呢；也有人说，她还没到出来的时候。

总之，我已经好久没再叫过她"奶奶"。

儿孙们回家，村里人常会站在围墙外守着。黄昏时走远了，也会这样一直站着。最终，引来了一帮人闲聊。

"进来坐坐吧，别站着！"站在谁家围墙门口，围墙主人都会发出这样的热情邀请。"不了，回家烧晚饭了！""烧晚饭还早呢，你们好久没到我家来了，进来坐坐吧！我来倒茶、拿糖、拿瓜子。""是好久没来了，坐就坐坐吧！"于是，在一个人的带头下，一帮人又重新欢快地坐到一起，家里长家里短，声音越来越大，话题越来越多，每个人都恨不得将在自己心里藏了大半年的话一下全都倒出来。

一次回家，与父亲在围墙外闲聊时，望了望眼前这白花花一片的水泥墙，我对父亲说："哪天要是能把它拆了就好了。如今鸡鸭没了，老太很少出门了，生活条件也好了。为何偏要这样将自己关在里面。"

父亲笑笑，指了指脚下的水泥路："你不知道每天从这条路上来回走过的人有多少，河东的，河西的，河南的，河北的。虽说很多老辈人都认识，可你们这些年轻人一年才回来几趟，我怎能全都认识，万一遇到坏人了怎么办。"

听了父亲的话，我沉思许久。的确，如今条件是好了，可我们的心却变了。

也许，只有哪天老家的房屋拆迁了，或是家门前的那条水泥路没了，老家村子里的围墙才会消失。

可是，万一真有这么一天。到时我失去的恐怕不仅是整座老宅，整个村子，还将会有我整个的童年。

作者简介：

周成新，男，江苏海安人，中国散文学会会员、江苏省作协会员、张家港市作协副主席，出版散文集《逐梦江南》《十一年一梦》《一个人的记忆》《人间清欢》等，作品多次被设计成中小学语文阅读理解题，入选中高考模拟试卷。

秤（外一篇）

周国忠

那年去东亭集市买两只石猪槽的同时，还买了一杆老秤。

这杆红木质地的秤，呈古铜色，杆身光滑细腻，老旧中似有包浆成色，敦实而沉稳，而且杆身无丝毫变形。它是一杆称重 220 市斤的大号秤，除了没有秤砣，其他一应俱全。它全长 156 厘米，秤杆头部身围 13 厘米，秤梢身围 9 厘米。秤杆头部，包裹 8 厘米长的铜皮，秤梢包裹 6 厘米长的铜皮，杆首下行 10~16 厘米的铁制提纽处，亦有对称的 6 厘米弧形贴面包铜。因有了年头，铜皮尽皆绿锈斑驳。杆首往下 5.5 厘米处的一侧，开有槽沟，设置了弯月似的铁质秤钩，也是锈迹斑斑。U 形提纽的凹面中端，钻有一孔，穿有粗铁丝绞成的圆圈，是供竹木扁担或杠棒穿圈而过抬提纽的。从秤杆提纽处一路下行至秤梢，分布着一道道刻度线（每道计量 10 市斤），并间隔刻有"叁拾、伍拾、壹佰、佰伍、贰佰"的繁体字样，"贰佰"之后的尾部，还有两道刻度线，标示着这杆秤的最大称重量。而整个杆身，纵向刻有均匀的细圆点（每点计量 1 市斤），被称作秤星，仿佛一串串规范的省略号。

面对这杆不知确切年代的老秤，思绪似有展开。杆秤是以杠杆原理制成的，称重时，根据被称物体的重量，使吊着秤砣的秤绳，在秤杆上移动，以保持杆身的平衡，平衡时砣绳所对应秤杆上的星点、刻度线，即可读出被称物体的重量示值。这种计重工具，已穿越两千多年的历史时空，可见我们的祖先，是多么聪慧和伟大，值得后人感恩和敬仰。记得早先，农户几乎都有小杆秤，少数农家也有中杆秤，而大号杆秤，只有生产队、大队、收购站等集体单位才有。人们用它称稻谷、称麦子、称糠麸、称柴桔、称干草，也用它称瓜果菜蔬和猪羊……杆秤，是对丰年、歉年的衡量，以它的刻度和星点，称起季节的重量，称起农业的重量，称起汗水的重量，也称起人们生活的质量。也有称人的，老少皆有，手吊秤钩，蜷缩身子，双脚悬空，称出了衰退或成长，前者苦笑，后者雀跃。

当时，农村还鲜见磅秤，也无司磅员，把秤者大多是稍有资望的年长者，无论称进还是称出，人们都寄望于把秤者能够"一碗水端平"——不作假，也不克扣斤两。即便如此，实际操作过程中，有时也会因秤杆上翘或下沉而生龃龉，甚至双方争得面红耳赤。人心就是这样，有时可容得下天地，有时却容不下半个星点的差异，斤斤计较，寸步不让。其实，秤的刻度是法度，秤的星点是公道，提示着把秤者恪守公正。至今未忘，队里一位内心端正的长者，每次把秤时，不论亲疏，始终不偏不倚，公平作业，遇到刁钻之人缠着想占些便宜，他蹙着眉头，却从不迁就，就像吃了秤砣铁了心，锁只认钥匙、蚕只吃桑叶那样，只认死理不退让，把那未得逞者气得七窍冒烟，常在背后骂他老不死。然而，却应了那句老话"人人心里有杆秤"，大家对他又爱又敬。其实，秤，称的是人的良心。良心，才是人和秤最可靠的砝码。

抚摸面前的老秤，看着铜绿和铁锈，不由感叹起时间的强大力量，坚硬的金属附件，层层衰落和消瘦，而木质的秤杆，却完好无损，且似历久弥坚、弥韧、弥润。于是明白，刚与柔的相对性，硬与软的辩证性，就像雨滴石穿一样。还想到，秤的美好寓意：称心如意。可人生在世一辈子，有谁能够事事称心如意呢。

石猪槽

猪槽，是给猪放料喂料的器物，以前农家都有。有石质的、木质的，后来也有水泥浇制的，大多为长方形状。而石质猪槽中，又有青石、黄石甚至金山石等不同种类。它们，都来自深山，也是石匠的作品。

我家那只黄石质地的猪槽，是搬迁时带来的旧物。它高 19 厘米，长 65

厘米，宽 30 厘米，内里净深 12 厘米。呈淡黄色，其间还夹杂一些星星点点的褐色颗粒。猪槽内外，看似总体平整，却也是斜纹、竖纹、横纹纵横交叉，坑坑洼洼有丘壑。可以想象，石匠当初是尊重石性，顺着石头的纹理、肌理走向而雕琢的。我用清水一遍遍清洗石猪槽，甚至用钢丝板刷，反复清理它内外积淀的垢物，尤其是粘牢在石缝中的板结物。清洗过程中，不乏胡思乱想。想起了茅屋、猪圈、青草、水草和割草。想起了稻糠、山芋藤和泛黄的白菜帮、青菜帮。想起了与农业紧密相关的许多事。也想起曾有多少头猪，先后在这只石槽里吃糠咽草后，走向集市走向屠宰场，成了人们的食物和祭品，却从未赢得丝毫尊重和感念，反而被轻蔑和嘲讽：笨猪、蠢猪、死猪。还想到，与文人治印截然不同的石匠，一手榔头一手凿，锤落凿进，凿进石溅，咣当作响大汗冒，那种铁石搏击发出的粗粝响动，回荡在旷远的山林，才是真正的金石之声。进而想到，锤凿与石头同宗同源，如此相搏，犹如豆萁燃豆，全然是被人利用和辖制了。

我将洗净后的石猪槽，置于客厅的东南角，以槽代池，放入了五条金鱼。它们很开心，仿佛早已认识石猪槽，悠游其间；一会儿默然静伏，一会儿摇尾逶迤，一会儿追逐嬉戏，一会儿用小嘴啄石缝，似乎想从年老的缝中捕捉远古的佳肴，模样很专注，很可爱，也很灵敏。只是它们很贪吃，每当喂食时，总会将小嘴巴翘出水面，吧嗒吧嗒等撒料。食料入水，它们便争先恐后，一口一个准，须臾间便已吃了个饱，池内水泡迭起，波纹涟涟，一派热闹景象。它们也擅拉，不足一个礼拜，水便有些浑，池底会残留一些纤细管状的排泄物。于是，就干池换水清秽物，搁浅的金鱼们，泼刺刺地翻动起漂亮的身子，碍手碍脚。它们好像有灵性，一旦换水后，就知又有美食可餐，一个个游抵池边作嗷嗷待哺状。它们有时也出格，趁水满跳离池中，挣扎在客厅地砖上，鼓着眼珠摆尾巴，像求援。时间一久，人与鱼便也有了感情，有事没事就会临池去观望。刚刚蹲下身，金鱼们就会围过来，与你点头对望。更让人欣喜的是，石池内壁竟长出了青苔，鲜嫩的绿色，与多色的金鱼们辉映成一个灵动美妙的水生世界。动物、植物、矿物和谐相处于一池，呈现出一幅优美怡人的画卷。也令人想起，鱼类与山涧溪流和植物，旷古以来，就像难以分开的一家。

享受着猪槽养鱼的乐趣，心情开朗而惬意。然而，也有纷争时。淘气的外孙女，先是明里暗地去池中捉金鱼，后是不顾我已给鱼儿喂过食，抢着罐子还要往池中撒食料。虽说几经劝导，她有了收敛，答应不再闹，却向我提出也要石猪槽。无奈，我去东亭集市买回了两只大小相仿的黄石猪槽，置放在园子里。这下她乐了，叫上我妻子，往石猪槽里植入了绿油油的铜钱草，俨然两个长方形的盆栽。每逢周五从城里放学回到家，外孙女首要工作就是侍弄铜钱草，给它浇水，并拔除夹杂其间的杂草。过些时日，她会按照我妻子的指导，用小手抓些米粒，放入石猪槽，使其腐烂做肥料。水生类的铜钱草，不负所望，长得葱郁葳蕤，一根根颀长的嫩梗，托起一片片圆圆的翠盘，犹如一张张娇美的笑脸，迎光沛然，随风起舞，逸出猪槽，不断扩展着绿色的边界；在蓬勃的诗意中，展示着朴拙与灵美的协调和物尽其用的硕果，也诠释了植物与矿物亲善结合的美好。

如今，这三只穿越历史烟云的石猪槽，各得其所，各随其缘，各衔其命，各尽其能，涵养着不同的活泼生命，也颐养着我和家人的性情。

作者简介：

周国忠，中国作家协会会员，江苏省散文学会副会长。出版诗集、小说、散文集、纪实文学集等多部文学著作。长篇纪实散文《弟弟最后的日子》，引起较大社会反响。先后获全国报纸副刊优秀作品奖、省紫金山文学奖、"五个一工程"奖等20多项。

一树梨花白如雪

周　耗

　　父亲弥留之际，老屋门前的那棵老梨树的枝头正在隐隐透出绿色的芽苞。这棵梨树，已经在门前站立了三十多年。大概在 1980 年前一两年的一个春天，父亲从他蔬菜大队的朋友那里要来了三棵梨树苗，于是，这三棵梨树成了我家门前的一道风景。经过多年的风霜雨雪，其中两棵迁移或者死亡了，剩下的一棵婷婷而立至今，成为我们村里为数不多的老果树。

　　我家的门前是一条贯通全村的小路，这条小路蜿蜒曲折，在那个年代是村里人走亲访友的必经之路，门口的这棵梨树就成了一个路标。每到三月底，雪白的梨花恣意开放，远远望去，一树梨花白如雪，甚是养目。在物质生活还很贫乏的时代，这棵梨树所散发出的美好的气息让我们对生活充满了憧憬。在一场纷纷扬扬的梨花雨之后，花儿暗结珠胎，一个个小小的梨子隐藏在碧绿的宽厚的叶片下面，它们和叶子一起成长，等到夏天到来的时候，茂密的树叶下梨子正在成熟，绿色的叶片遮挡着人们的目光，可是渐渐长大的果实竟慢慢地在叶片中探出头来，引诱着我们的口水。

　　梨树在父亲及我和哥哥的关注下，茁壮成长，它日复一日默默地驻守在家门口，注视着来来往往的芸芸众生。父亲对我们说，家门口种一棵梨树确实不错，春天开满美丽的花朵，仲夏收获香喷喷的果实。说这话的时候，父亲还是一位四十来岁的中年人，他白净的面孔上一点儿也看不出农民的痕迹，倒像是卫生院里的一名医生。事实上，当过兵的父亲复员后担任过村里的赤脚医生，后来他又进了镇上的铸件厂工作，因此他和村里的同龄人有着不一样的经历和职业。在我们村里，他算得上是一个见多识广的人，20 世纪 60 年代初，他在东北当兵的三年，既避过了农村的大饥荒，也增长了很多的知识，譬如他在部队里学会了厨艺，学会了理发，学会了简单的医学知识——这一些，都是他后来复员回来后生存的资本，他也成为四村八邻的一个能干之人。

有一年，这棵梨树长满了虫子，叶片也是黄兮兮的，看起来，它病得不轻，褐色的树干裂开了缝。母亲说，砍掉重新种一棵其他的树吧。父亲不肯，他说，这棵梨树已经陪了我们这么多年，几乎成了家庭一员，还是留着吧，说不定熬过今年就好了呢？那年，梨树只开了稀稀拉拉的几朵花，虽然也结了几个果子，到后来竟然一个都没长成，成了一棵光秃秃的树。路过的人都有点哂笑这棵梨树，都说这样的树还留着干什么？父亲没有在意别人的看法，这棵梨树就像他的一个孩子，他对它充满着感情。

第二年，这棵梨树再度焕发出生机，在我看来，甚至比以前更茂盛了，花也开得更多，叶也长得更密，更重要的是，这年的梨子长得比以往任何一年都大，而且口感也是最甜的。我看到父亲脸上露出了骄傲的微笑，这种微笑就像我学期结束时拿回了"三好学生"的奖状一样。而我，也对父亲充满了佩服之情，暗自责备母亲的目光短浅。

因为梨树长在路口，来来往往的人都能看到它的成长，尤其是果子成熟的时候，被压低的树枝似乎在喘着粗气，一些人，就随手采摘几个，也算不上偷，他们在分享着我们的果实。母亲对父亲说起之后，父亲笑笑不语，他似乎也只是享受梨树成长的过程，而成熟的梨子给谁吃结局到底也是一样的。

等到我有了儿子后，每年我都会带他去乡下看看这棵梨树，也会让他尝尝爷爷亲手种下的梨树的果子。近几年里，梨子口感越来越差了，儿子啃几口就皱起了眉头。而我的父亲，身体也越来越差，他患上了阿尔茨海默病，从刚开始的轻微逐渐发展到越来越严重，以致后来连我们几个家人的名字他都叫不出来。

2015 年春节过后，父亲已经卧床一年多了，他就像一棵老树，渐渐地在枯萎，他曾经青翠的生命不再繁茂，他的身躯慢慢地变成一段枯木，他的眼睛虽然还睁开着，但已经了无生机，他的身上再也开不出鲜艳的花朵，再也长不出碧绿的叶片，他的生命已经走到了尽头。尽管这样，我在内心深处还是存在着幻想，希望父亲能够熬过这个阴湿的春天，也许熬过今年会逐渐转好呢？注视着床上的父亲，我的眼前叠化着那棵老梨树，这棵陪伴着我们三十多年的老树，承载着我童年的欢声笑语，记录了我们那段匆匆过去的岁月。

这个雨水纷纷的春天，门前的老梨树正在努力地酝酿着花苞，它要在这个春天再一次怒放，而在那个乍暖还寒的凌晨，我的父亲再也没有等到新一年的满树梨花，那些雪白的花朵还未来得及开放，父亲却永远地闭上了他已经浑浊的双眼……

雪白梨花寄哀思，远去的父亲从此不再回。老树呀，愿你年年灿烂，给远去的父亲以安慰，给我们的生活以希望！

作者简介：

周耗，原名周浩锋，男，现为中国作协会员、苏州市作协理事、吴江区作协主席。小说、散文作品见于《人民文学》《雨花》《上海文学》《青年文学》等；出版有诗集《水袖》、散文集《咖啡之夜》、中短篇小说集《去少林寺的路有多远》、长篇小说《下辈子，再爱你》等。曾获"叶圣陶文学奖"。

被雪藏的故乡

周荣池

　　我曾经认真观察过村庄的雪。那还是在饥寒交迫的年代，纯白的颜色一下子将南角墩全部掩藏起来——当然，其实我也可以说这是一种安慰或者统一，但是我清楚地知道这种覆盖之下无可回避的贫困和不堪。南角墩是我村庄的名字，我就像了解自己一样对她了如指掌。我也是她的一个瘦弱的孩子，是她现实中一代人的标本。

　　所以当仔细观察雪铺天盖地般隐藏村庄的表象之后，我也明白这其实也只是一种幻象或者说隐喻。因为无论是富庶还是贫困都难以掩饰，尤其是顽固而透彻的贫困。当然，当贫困被逐步离开或者说改善甚至改变之后，人们发现被村庄和子孙亲自丢失的一切也并非一无是处。为此，我又去观察了很多村庄的出入口。在被高速的节奏所裹挟的现实呼啸而过的时候，很多村庄的入口似乎成了现实与过往的分界点。这种界隔看似非常普通甚至虚弱，但是随着村庄出口的衰败，真实的隐藏在席卷而来，这比起大雪的幻象和隐喻来得更深刻而显著。

　　村庄也在努力抵抗着遗忘和消失。那些已然离开村庄的孩子，虽然我们自诩曾经或者永远是农民的儿子，但面对泥石流一般的掩埋和消失，所有的抵抗显得毫无招架之力。有些人如我在纸上做着困兽之斗，但纸上的抵抗再真诚与深切，也并没有太多现实作用，甚至这本身也在催化着遗忘和丢失的发生与进展。为了让这种抵抗显得并不孤立无援，我们还努力地保护着一些物象和证据，这些被安放在城市中的记忆成了村庄最后的倔强。

　　事实上，当村庄的一切进入城门口的时候，就意味着这并不是强化了记忆，而恰恰是加快了掩藏和埋没。但是，这种形式上的收纳与珍藏也并非毫无"意义"，至少说它保存了村庄的一些有趣的"意思"，它们寓含着被雪藏的故乡肉身与精神，让或许已然残余的秩序、规矩或者美不至于无枝可栖。

1

村庄里，一个母亲的日常是锅边到桌上的距离之间的努力与操持。也就是说解决"巧妇难为无米之炊"是一个女人要维持的基本生活秩序——吃饱是一个家庭最基础的哲学。所以她们起早贪黑地在围绕着锅台琢磨，这里就是她们的生产现场，锅碗瓢盆就是她们的生产工具。因为残疾和病痛，母亲为了不让别人看见她的艰难，总是很早就起来做饭，以至于我们捉襟见肘的三餐都会很早，早得令人感觉到草率，但这样可以避免让人看到锅中碗里的为难。

所以，我总是忘不掉她一早起来刮锅的样子。那些简朴的过程，简直就是生活里的庄重仪式。

铁锅就像是满身灰垢的老人一样顽固。锅里有一种未洗干净的油腻被叫作"锅蚂蚁"，那是味水的残余。烧热的水不能下手，帚子是母亲们变长的手臂，在油污的刷洗中日子清爽起来。锅刷不干净，色如蚂蚁的油垢就会"爬"到菜上。当然，那种邋遢婆娘的日子养出来的孩子照样壮实。三五十日，锅底的灰厚了，烧起来"不快"，便要"刮锅"。锅稍热一下端出来倒扣在地上，用刀刮去草木燃烧时留下的灰烬。刀在锅底光顾的声音，就像是与过去的时光做尖锐的诀别。因为"过去"总让人觉得倏忽易逝，像骏黑的锅墨灰一样令人遗憾。

刮锅是一件声音尖锐而内质神秘的仪式。初一十五二十五不刮锅，又有亡人"三七"的日子也忌讳。原因无从考证，但人们就这么约定俗成却不究原因才让这件事情变得神秘。说出来之所以然的事情，也许更就没有秘密可言了。草木墨灰沿着弧形的铁壁落在地上，在清晨的村庄形成一个神秘的正圆。这个圆圈完成后，一定要在其间画一个"十"字，并用扫帚将灰烬扫去以破其邪魅。据说有人从圆上走过，便"汤"了神，晚上走夜路便不能辨别方向——迷了路成为乡村版本的"鬼打墙"。扫下来的锅墨灰倒在栀子花的根边，日后满树的白花会开得热烈而欢快。日子到底是不浪费毫末的，草木们也能感受到生活的冷暖，自觉而尽力地完成自己的开放。哪怕只是生活灰烬的一点儿赠予，也总能开放出不同色彩的奇迹。也许燃烧的只是光阴和形式，一种顽强的力量还深藏在细末一般的灰烬里，隐匿形式的力量更加强大。

生活的冷暖其实就是一口锅通过一把帚子传给人们的温度。不管是丰歉与贫富，那些日子还不都先是在"忙一张嘴"。除此之外，无论农活如何艰苦，总要留点时间给扫帚，家里屋外扫个地也是一个母亲的日常。屋舍与地面是一个家庭的脸面，洒扫庭除是每一个日子的开端和延续。扫帚在泥土上的磨砺，将光阴变成秃头的扫把——正是这种周而复始的执守，贫穷的日子才得以生生不息。

无法追溯的突然间，塑料代替了草木制作的工具，让简省充斥在村庄的每一个角落，快速的变化让南角墩人心惶惶。老人的惶恐是手艺被技术打败，少年人惶恐的是他们通过洋气的塑料看到了城市更为时髦的生活。好在有些老人"识相地"去世了，他们的子孙代表村庄慢慢地接受那些洋气的工具，并且还有随时要放弃村庄的势头。也还有懂得那些古老手艺的，但终于懒得出手制作一个用于生活，哪怕只是留下一点点的纪念。他们和城里人一样住进了恒温的空调房间里，也不再知道"冷暖"这个词的意思和意义——那些哈着手在黑暗早晨起来洗碗抹盆扫地的日子是清冷的，其实也才昭示热气腾腾的温暖。

某年，父亲专门扎了一把刷锅的帚子，被我放在了书房的博古架上。这把芦稷穗头扎成的帚子，是一种搬家时寓意吉祥仪式的道具。性格暴躁的他也并不熟悉太多的旧规矩，但他和很多村里人一样会胆怯而敬重。我知道即便是今天我们体面地住进了城市，这些古旧而神秘的规矩还是很有点"市场"。这些规矩经年累月地留存下来，归隐在简朴平凡的日子里，这让生活多了很多的念想和滋味。

村庄并没有总是哀伤，它也在细节中充满了幸福感。

这种幸福感并不是因为富足，而是信任和依赖土地的满足。富足和满足并不是一回事，就像一生病痛的母亲也常在镜子中看见自己的微笑，这大概也是一个女人坚强面对生活的一种仪式，它某种程度上支撑了一个家庭有安之若素的情绪。她有两面镜子，一面铁架圆形的镜子，一面是镜箱中的方镜。这些镜子并没有让我清晰地记得母亲年轻时的笑容，因为她每天在凌晨就起来梳洗，然后按部就班地开始周而复始的日常。我理解母亲早起的原因是勤劳也是倔强，她不想村庄看到她残疾身躯中的羸弱，所以样样事情都力所能及地提早，以免让任何人看见她吃力的样子。她梳头的时候搽一种梳头油，这种装在玻璃瓶中的油水有一种非常馥郁的味道，把匮乏的日子一下子烘托得很丰赡，让她并不是为了打扮的举动变得充满了仪式感。只是日后却再也没有见过这种油水，就像再也不见母亲曾经年轻的面庞。

母亲有一段时间是幸福的，或者说她清醒着的时候是幸福的——她会劳动而且会讲故事，讲一些我后来寻遍典籍也没有找到过的故事。比如她说有个人家的女人总是深夜起来梳头，家里人总是不解，于是便偷偷地观察，原来那女人是把头颅拿下来墩在桌上梳理的。这是一个我一直没有忘掉的恐怖故事。

一面镜子对于村里的女人而言，真正不是什么稀奇的事情，但一直的满足才是最可珍惜的。很多人家有更大的镜子，比如"三门橱"上的镜子大得让人生怕摇摇欲坠，梳妆台上的镜子洋气得令人羡慕，当然，即便是铜制的古镜也未必能照出一个女人本来没有的幸福。在村里，我见过太多无奈的母亲，她们有的风姿妖娆，有的木讷愚蠢，有的勤劳能干，但这些似乎都没有改变一种令人揪心的命运。不喜欢人们用一种很愚蠢的词来形容或者掩饰苦难——那就是"时代"，这是一个非常空洞且缺乏人性的词语。不管是伟大的时代还是糟糕的时代，都是由人组成的，没有人生来就理所当然地要为这个词付出无人珍惜的代价。

那时候女人"请死"的非常多，多到这个词非但不悲壮或悲伤，反而显得非常戏谑。人们总是"随嘴一概"地说：没有办法就请死去，大河并没有加盖子。"概"是个日常的口语，就是用筷子一拨，或者随处一口痰那样的动作，可见人们对于死是多么轻慢与冷漠。除了病死或者意外的亡故，听说过很多凶恶的死去，大多数都是被迫无奈亲自下手，这样似乎也可以不连累任何人，而这样的人大多都是苦难的女性。

你不知道一双眼睛的背后究竟暗藏着多么大的绝望，这种绝望在剧毒的农药进入村庄之后爆发得更加淋漓尽致。"喝药水"竟成为一种更加简便而

"流行"的方法，让人们已经记不得到底有几个女人没有举过农药瓶。当人们眼睁睁地看着剧毒的农药将人像牲畜一样折磨得死去活来的时候，总是有人问：为什么不把药藏起来？为什么喝了很多次还不知道害怕？人有求死之心的绝望，哪里是隐瞒和痛苦可以抵挡的呢——这个道理大家都懂，只不过日子并不是按照道理去过的，不讲道理才是村庄日常的道理，所以人们也常常无奈地对死亡报以轻慢。

镜子里的面貌再姣好，也难免一场破碎。母亲比之于其他的女人，也许正是因为残疾的自卑带来顽强和知足，除此之外，她所受到的苦楚也并不比任何母亲要少。她离开之后，我还留了一条她用过的毛巾，那柔弱的质地上抚摸不到任何的温情。也许我学会再多可以炫耀的语言和技法，也不敢昧着良心说什么岁月温情。

我后来将母亲的那个镜箱也弄丢了。那个小巧的镜箱非常精致。荸荠红的漆色稳重柔和，上面的喜鹊登梅画得也很传神。那铜质的锁扣非常精致，这些后来都被顽皮的我拆掉了，只剩下反面带着灰色涂层的镜子也破碎了。这些物事即便珍藏也改变不了令人感到艰难的记忆，它们再也烛照不到过去那些令人心疼的事实。

2

尽管日子充满了失落或者暴躁，但是总还有它既定的一些规矩，这大概就是村庄最朴素的信仰。这种信仰既是生活喂养出来的，它们也在反哺着日子的欣欣向荣。这些没有形成条文的规矩成为一个人、一个家庭以及一个村庄进行自治的依据。这些依据有些是陈旧甚至腐朽的，但是即便再倔强的人都愿意臣服于它，这让简朴的日子又显得非常迷人。这些规矩又是具有强大的遗传基因的，即便是你走进了城市改变了户籍以及地位，但依旧愿意执着地按照这种原始的"村庄宪法"去约束和组织生活，这是没有道理可讲的。

我曾费了九牛二虎之力，从老家带进城一套桌子。这与节约没有关系，也并不是留住乡愁的煽情，我是觉得城市或者说我自己的家还可以容得下一种看似老旧的乡土规矩。较之于各式形式与材质家具的豪华与时尚，它们就像是自由散漫惯了的村里人，一辈子继承了祖祖辈辈的朴素随意，养成了一种"不上规矩"的规矩——这也是一种慕古而抚今的寄托。

村里上规矩的人家，桌子是出不了门的。"大桌"规制比门更宽，但平原上这样的人家不多。比如乡绅或者地主家中是这样的。一般人家的桌子就自由一点儿，甚至可以翻个身斜着出门，就像一个没有正形的人，弓着腰在巷子口钻来走去。但无论形制如何，桌凳总有自己的规矩，至少说是维持着生活的秩序。"上席"就是秩序的核心，上席坐北朝南，或者面朝进门，这才显得安全和体面。上席居左为最上，长辈或者娘舅家的人"坐得起"，这样的人可以拍桌子甚至掀了桌子。往日里家中有了矛盾，便要请娘舅家人来决断，惹怒了娘家人是要掀桌子的。娘家人可以"把大桌子掀掉"从而能一锤定音解决问题。这是受"家族律条"保护的通用规则，虽然无从超越律法，但更实用高效，是一个家族或者家庭中律条中的"极刑"，这就是人们笃信的"舅舅理"。有时候其实根本就是不讲理，因为生活里很多事情是无理可讲的，那么就用这种很固执的秩序去裁决与定夺——不然，凭什么舅舅家来人要坐上席，而即便"外婆庄上来条狗"也是高贵的呢？

大桌子一般可以坐八个人，实在拥挤就对着桌角坐，谓之"盘桌拐子"，日子就是多双筷子的事情。人再多的日子调节办法也有，晚辈和小孩坐在一边的小桌子上。小桌子常常是低矮的长条桌，所配的凳子也矮小如晚辈的位次，孩子们一起围坐倒也快活。没有位置的女人就端着碗坐在厨房里吃饭，叫作"蜷锅门口"。不过这种秩序并没有什么歧视可言，在匮乏的岁月里这是彼此都心甘情愿的安排。坐在锅门口的女人，见到娘家人坐在上席心里早就充满了底气。坐小桌子的孩子心里也明白，迟早有一天能够扒到大桌子上吃饭。

和桌子上的规矩一样，桌凳自己也有规矩，大小形制如何体现着一屋子日子的贵贱。比不上卿相大夫家的谨严规制、名贵高雅以及等级森严，一个村庄里的每一个屋内都有自己的组织秩序。这种生长更加切合实际，让日子有自己的本然样子，是匮乏逼迫出来的智慧，因陋就简而又生机盎然。

我把一套桌椅请进了城里，是自己的心里还深藏着这种笨拙的规矩。虽然孩子们甚至同龄人已经不再买账，但我依旧顽固地认为这种规矩非常迷人，比如三人同桌在四方桌子上，上席一定不能空着，至少上席对面不能坐人，否则就是"关门坐"，是大忌。又有六人同桌，对席不能各坐一人，否则便是

"乌龟桌子"，也是忌讳。又比如小叔子和嫂子一条凳子不能说话，也是规矩。忌讳那么多的日子看起来令人劳累，其实也是贫困日子的无奈。因为缺乏更多的拥有，便避免更多的失去，这规矩守护得方圆。

也因为我的这些顽固的观念，我虽然历经几次搬家，但生活的格局并没有什么大的改变。

城市的冷漠在于它顽固的规则，就像水泥和钢筋一样禁锢着人们的想象，有形或者无形的网格在限制着城市和生活的生长。虽然这种基于文明的网格是克制与理性的，但我顽固地认为这种克制一定程度上消融和限制了文化的繁荣，它们之间的对抗是真实而残酷的。我不大相信科班出身的设计师能在横平竖直的四方的空间里创意出什么能够体现生长繁荣与力度的空间，说到底那些被囚禁在水泥中的创意真正是捉襟见肘而无可奈何的。所以人们就只有装着去接受和热爱它们，否则便真正只有为难自己。就连小区里难能可贵的花园，草木的部署都是那么规范与平淡，它们"有名有姓"地站在按部就班的春夏秋冬里。但这些即便是再名贵与高端，却竟然一点儿也没有可喜之处。我有时候会想，为什么长廊上的紫藤算是绿化，可若是牵了丝瓜或者扁豆就成为要被清除的"毁绿种菜"？我不是说要毁灭，而也许一开始就可以有更多的选择。

但是我们不敢或者失去了想象力，不会将明知道几乎所有人都喜欢的"满架秋风扁豆花"去代替"苍藤无赖拂云烟"的凌霄，因为扁豆花不过是菜蔬，凌霄花才是正儿八经的花，才符合城市的所谓规矩。其实城市看似科学的规则正是缺乏智慧和情怀的，这些冰凉的秩序根本就没有得到科学的魂灵。

作者简介：

周荣池，江苏高邮人。中国作家协会会员，高邮市作家协会主席。著有散文集《一个人的平原》《村庄的真相》等多部。作品曾获紫金山文学奖散文奖、三毛散文奖、江苏省"五个一工程"奖。

诗酒风华写江苏

周　舒

　　江苏的文化气质究竟是什么样的？这是个千古难题。

　　试想，一个拥有 13 座国家历史文化名城，其数量居于全国之首的文化大省，江苏所辖诸市的性格怎会千篇一律？这些城市就像魏晋时代的名士，各显风流，各具美名。

　　如果向外省人骤然问起他对江苏的感知，十之八九会在第一时间想到苏州。毕竟江苏的简称——苏，即从苏州而来。

　　"月落乌啼霜满天，江枫渔火对愁眠。姑苏城外寒山寺，夜半钟声到客船。"唐张继的《枫桥夜泊》固然提升了苏州的知名度，但诗人更在乎的，显然是自己的愁绪。相较之下，晚唐诗人杜荀鹤虽无盛名，但他的《送人游吴》却一语道尽了苏州的气韵："君到姑苏见，人家尽枕河。古宫闲地少，水港小桥多。"

　　苏州，仿佛是中国历史上一个诗意的存在，但其真正成为人人渴慕的天堂，却是在明清时期。若时间回溯至盛唐，那些鼎鼎大名的诗人们最期盼的，还是"烟花三月下扬州"。

　　诗词里的扬州总是离不开二十四桥的明月，无限繁华中又透着淡淡的伤怀。尤其是唐诗人杜牧，把他多情的梦都留在了扬州，那两句"春风十里扬州路，卷上珠帘总不如""十年一觉扬州梦，赢得青楼薄幸名"不知被多少后辈们吟念起。

　　可扬州到底是一个扼守长江与运河的"淮左名都"，她"二分无赖"的烟水气里也会有"壮气不随天地变，笑骑飞鹤入维扬"的豪烈。而与之相依相守的镇江，因为"京口瓜洲一水间"的特殊地理位置，也拥有了"满眼风光北固楼"的气势，令无数豪杰在此慨叹"千古兴亡多少事，悠悠。不尽长江滚滚流"。

大概是扬州和苏州承载了太多的世人对江苏的向往，以至于夹在两者间的无锡与常州常常被忽略。实际上，有着"疏钟声彻惠山寒"的无锡，其清雅幽然并不输于姑苏的"枫桥夜泊"，更何况还有大文豪苏东坡"独携天上小团月，来试人间第二泉"的加持。

有意思的是，苏轼当年渴望终老于斯的宜兴如今虽属无锡，但一千年前，这二城都是隶属常州的。所以，今日的常州也沾染了坡老的诗文灵气，无论是"地偏不信容高盖，俗俭真堪著腐儒"的傲然，还是"何似东坡铁挂杖，一时惊散野狐禅"的洒脱，都留给了这座城。

长江和淮河划分了中国文化与地域的南北，因为它们的横穿而过，江苏各市在地理、文化和经济上便有了剪不断理还乱的纠缠。被称作长江北岸"三连星"的扬州、泰州与南通位于经济带划分里的苏中地区。后两座城虽不及扬州的繁华，却一个是"海陵自古雄争地，烟树苍苍起暮愁"的千年古城，一个有着"万里昆仑谁凿破，无边波浪拍天来"的海天气魄。而与南通同为滨海城市的盐城和连云港也享受着大海的浸润，处处透着"尘世不须伤往事，桑田更变几回看"的豪气与"郁郁苍梧海上山，蓬莱方丈有无间"的仙气。

互联网上一直流传着"散装江苏""中国第一内斗大省"的段子，甚至有人调侃说，这"斗争"的起源，都是因为楚汉争霸时，沛郡（今徐州）人萧何追回了淮阴（今淮安）人韩信，帮助他的同乡刘邦打赢了泗水（今宿迁）人项羽。

可是，看似玩笑的文字揭开了苏北诸城强悍豪爽的奥秘："大风起兮云飞扬，威加海内兮归故乡，安得猛士兮守四方"的徐州，从来都是英雄辈出的地方。淮安则一直是文人笔下的"襟吴带楚客多游，壮丽东南第一州"。宿迁因为有了霸王项羽，便有了种种"生当作人杰，死亦为鬼雄"的追叹。

当然，在江苏十三城里，能够汇聚起苏扬之温柔、徐淮之刚烈，博取众多古今骚客之青眼的，还属南京。也许在世人眼里，南京作为江苏省会的存在感是微弱的，可这并不能抹杀她原是江苏血脉根基的本色。

康熙六年（1667），清廷分江南省为江苏、安徽，江苏的"江"即取自南京当时的府名——江宁，而后面这个"宁"字则留作了南京今日的简称。

南京一直是江南的政治、文化中心，是王安石口中的"江南佳丽地，金陵帝王州"。这种王气一度因"王濬楼船下益州"而收起，在衣冠南渡、六朝更迭中留下"商女不知亡国恨，隔江犹唱后庭花"的悲叹。

李太白在凤凰台上望见过"三山半落青天外，二水中分白鹭洲"的美景，刘禹锡在乌衣巷生发过"旧时王谢堂前燕，飞入寻常百姓家"的怅然。辛弃疾登赏心亭时要"唤取红巾翠袖，揾英雄泪"，李清照在庭院深处想着"春归秣陵树，人老建康城"。六朝金粉里带一点儿沧桑飘零，这就是南京的风华。

江山辞赋，诗里烟华。如果说，"散装江苏"的戏谑是当下网络词汇的自由驰骋。那么，浩瀚缤纷的古诗词就是江苏多样文化的深厚积淀。她地跨江南、江淮、淮北三大区域，在揽尽江、河、湖、海、山的风光之余，融汇了吴文化、金陵文化、江淮文化与中原文化，使之和而不同、美美与共。

作者简介：

周舒，现为江苏省作家协会会员。已出版《情到此间怎由人》《宫体诗中的情与怨》《几回清梦到花前》等文学作品7部，在《北京日报》《中华遗产》《中国国家地理》等杂志发表多篇文章，并为中央电视台科教频道纪录片栏目撰稿。

我将往事煮成茶

周苏蔚

如果说"静"是一种人生态度，那么，喝茶便是一种生活习惯；宁静之中喝茶，会是怎样的一种景象？

茶，对于我们而言，并不算奢侈之物，特别处于金坛茅山地区，茶随处可见。一年四季饮茶，已成为绝大部分人的一种生活习惯。金坛人没喝过"青锋""雀舌"，可能会让人感觉有点另类、新奇。甚至会有人怀疑地问上一句：你是金坛人吗？

当然，喝茶与各人的个性紧密相关，豪爽者喜欢用碗、用大杯吃；性格细腻者喜欢用品茗杯优雅啜饮。然而无论何种方式，我们能够发觉，每个喝茶人的神态是如此纯真、如此快乐、如此兴奋。或许，只有喝茶才能将人性的本色面目展示出来。记得林语堂先生曾经说过这样一段话："中国人最爱品茶。在家中喝茶，上茶馆也要喝茶，开会时喝茶，打架讲理也要喝茶，早饭前喝茶，午夜三更也要喝茶，有清茶一壶，中国人便可随遇而安。"恐怕这就是喝茶给我们带来的、其他东西无法替代的乐趣。

我就是在喝茶的乐趣中慢慢长大。

从小随外公外婆生活在苏州，外公的祖籍在绍兴，外婆是常熟人，我感觉他们一辈子最大的爱好就是茶。早上起来，泡上一壶淡淡的红茶，开始享受喝茶过程的乐趣。外公闭着眼喝一口停一歇，嘴里不断发出"好、好"声，还不忘提醒外婆：侬吖喝口。午饭起床后无论刮风下雨，外公必定要去观前街的书场听评弹、评书，花3分钱点上一杯绿茶，边喝边听。

晚饭后围着天井踱完四方步，再喝上几口红茶。记忆中，外公没进过医院，偶感风寒或胃肠不适，大都是喝茶解决问题。当然，我必定是茶壶边上的小常客，朦朦胧胧好奇于茶的情感似乎便由此开始。回到金坛上学，和奶奶一起生活，发现奶奶平时不喝茶，只要她想喝茶，那就是用青边大碗，而此时一定是由于身体不舒服。这是一个比较奇特的现象。一位中医告诉我：这是身体习性反应。

以前浴室的座位分几个档次，有1毛5分和7分，7分的洗澡没茶喝，1毛5分的有茶喝，而且是一人一壶。我宁愿省下零花钱，也要去喝茶的座位。浴室用的"三角红茶"沫沫，是红毛茶加工后的下脚片，属于最低档茶。至于茶壶、茶杯是否清洁干净，鬼才知道。反正每次拿起壶、杯，会发现布满老茶垢，可许多人就为了喝茶的乐趣而不管不顾。

日常，品茶是快乐消遣，晶莹剔透的玻璃杯放入一撮绿茶，沏上开水，袅袅的升腾的水汽中，片片叶子上下浮沉、缓缓舒展，毫无保留地散发出清香。

有一年我坐火车出差，刚泡上绿茶，列车长正好走过，回过头来好奇地问我：泡啥东西，这么绿？好看！我回答：家乡的绿茶。他喜滋滋说：多像盆景哎。于是我说：要不，送点你？列车长满脸喜悦：好啊！好啊！

从一片茶叶的幽香四溢里，可以品出山川风景和大自然的精神，可以品出怀乡的情缘和人生阅历的厚度。古人把茶当作陶冶情操、锻炼品格、讲究礼仪的途径。唐代刘贞亮就提出"茶可雅志""茶可礼仁""茶可修身"的茶德。一壶茶、一本书，随性自由、简朴闲适。有一年我们作家协会的朋友结伴去安徽古镇采风，恰逢小雨，老宅屋檐的雨水滴滴答答落在芭蕉叶上，木质飘散着浓浓的沧桑气息，氛围着实迷人。同行者一人说：我最渴望这时候躺藤椅上，泡一杯茶读读书，多有情调。大家顿时笑了，纷纷调侃，谁不想？

茶圣陆羽曾经感叹过，绿茶虽好，南方由于阴雨较多，保存较难。由于父亲喜茶，家里便常年备有绿茶。早年没有冰箱，每年春天买回新茶，分装进信封，放入生石灰铺底的瓦缸，用塑料布扎紧缸口。每次需要时从瓦缸里拿出一包信封拆开，茶叶放进茶叶桶，一般一星期拿一次，这样就能常年喝到清香的绿茶。20世纪70年代我下放金坛林场，做会计时经常要去山村收拖欠林场的拖拉机运费，有些村干部会送点他们自己炒制的茶叶给我。那种飘散着香气和醇厚口感的豆香味，许多年过去了，依然难忘。以前没有公款消费茶叶一说，林场领导开会，总说：小周，去，拿你的茶叶贡献出来，让我们一起享受享受。茶叶虽不是特别高档，由于我放入饼干桶并用蜡封口，保证茶叶不吸湿受潮，故口感香气特别好。

闲淡岁月中，曾经发生过许多关于茶的茫然无措，或喜或悲或忧。

20世纪80年代我做新闻媒体人，常常会去南京送点茶叶给同行朋友，不多，二两一包。第二年再送时，有朋友就吞吞吐吐说，你那春茶怎么都是发霉的？我说不会吧，春天采制的茶怎么会有霉呢？后来经询问方才明白，原来茶叶本身背部有绒毛，又称：茶毫，在手工炒制过程中绒毛与茶叶分离。其实茶毫有很高的抗衰老成分，茶氨酸。茶毫越多滋味越鲜爽。如今机械化制作，绒毛反倒没有了。与茶接触多了，也渐渐会增长知识。记得我一朋友有亲戚在台湾，那年他去探亲，我自己开车前前后后忙着送他全家去机场，回来了我又去接机。为了表示感谢，他送了我一小包真空包装的茶叶，也就一巴掌大，我用手掂掂，心想，太小气了，便扔冰箱好几年。有一天好奇，我打开包装，泡了一杯，不料，那香气是难以想象出来的奇，口感特别爽。之后我去了台湾、去了茶产地才知道，那一点点"台湾洞顶乌龙"，价格不菲啊！我有一位老邻居，下岗后不久开了间茶楼，有天他邀我去喝茶。临走，他送我一个小袋子，里面是一坨一坨的茶。他告诉我：这是普洱茶。第二天我泡了一杯，那气味怎么喝都像是马粪纸，便束之高阁，时间久了便扔掉。后来许多次读了相关的茶书，了解到各种茶的知识，方知自己太小、世界太大，学无止境。前几日和朋友相约又去了中国四大产茶地武夷山，在"瑞泉"接触了第一代大红袍传承人黄圣亮的岩茶私人博物馆，我被其所震撼的不是38万一斤的茶叶，而是他付出心血收藏于茶窖里的几百年间的岩茶。他们告诉我：这就是喜茶人的痴性。

有人这样说过：百姓喝茶是一种需要，和尚饮茶是一种禅，道士品茶是一种道，而文人吃茶是一种文化，虽然我不敢称文人，可饮茶已深深切切地融入我的骨子。爱茶人容易醉茶，不过茶醉有别于酒醉，有诗云：茶亦醉人何必酒。

在平淡中品味饮茶乐趣，保持对事态的淡泊心境，多好！

作者简介：

周苏蔚，江苏作家协会会员，金坛作家协会名誉主席。2013 年、2017 年两次获江苏省作协"基层文学工作先进个人"。先后有小说、散文数百篇发表于《雨花》《散文百家》等国家、省、市级报刊，并有多篇小说、散文获国家、省级奖项。主编过散文诗歌集《茅山竹海》（江苏凤凰出版社）、编辑《常州农谚》（江苏凤凰科技出版社）、参与编辑《常州乡土语文读本》（江苏大学出版社）、出版个人散文集《这里黄花分外香》（江苏人民出版社）。

行行重行行

周卫彬

我最喜爱的摄影家森山大道曾经说过："对于我来说，沿着一根根长长的灰线（国道）漫游，至少抵得上读几十本书或写几十本书。面向逝去的时空，调动自身全部的记忆去感知，或许下一瞬间就能邂逅新的影像，期待和兴奋交织着向我袭来。"他让我想起那位一边"在路上"，一边狂敲打字机的小说家凯鲁亚克，不管天空乱云飞渡，只管搭车赶路，每个城市既是终点又是起点，正如诗人卞之琳所言的"一脚一 foot，两脚两 feet"地来衡量远方的长度。

在我的少年时代，那些无所事事的假日下午，我喜欢在那几条熟悉的街区徘徊，去水果铺前买一点儿新鲜水果，到那间像教堂的影院看一场老电影，从小书店里寻得几册旧书，于路边喝两杯冰梅汤（彼时，还没有所谓的咖啡馆），虽然记忆中它们似乎总是昏暗的调子，与繁杂、奢华无涉，但我热衷于做一个置身事外漫无目的漫游者（据说像波德莱尔那样，本雅明也期望自己做一个游手好闲的文人），就像比起布列松、卡帕与马克·吕布，我更喜爱那个游手好闲的森山大道，背着相机走入城市，浪迹于人群街道间，开始那段永远没有终点的光影旅行。他那些模糊、晃动、粗粒子、甚至脱焦的影像，纤毫毕现而又仿佛若无其事，但比其他任何所谓漂亮的照片更能让我真切地感到梦想与现实的距离。即便霓虹闪烁、商铺林立的繁华闹市，你也能读出一种孤独与荒凉，仿佛充盈的物质背后乃是一种迷乱与虚无。我偏爱这种充满波西米亚气质的艺术手法和生活方式，至今我仍然保持暇时一个人出行的习惯，购物、旅行或者什么也不做，仅仅用自己的双眼去拍摄、捕捉与冥想。

　　在我们的想象中，独自坐火车旅行是多么孤单而又令人兴奋的事情，似乎暗含着一丝冒险与浪漫的意味（我始终觉得，当初那些设计火车的机械师们，就是一群具有冒险主义和浪漫主义精神的人）。想想那多情的温莎公爵与风情万种的辛普森夫人，如果没有那段火车旅行中的偶遇，就没有后来不爱江山爱美人的传奇。火车旅行还意味着一种青春的热血与理想主义情怀，记得从前听伯父说，他年轻时坐过太多的火车，和一群热血沸腾的同窗，随便爬上一列列未知旅程的绿皮火车，过山过水，一程又一程，最后他们终于抵达最后一站——北京。那种在特殊年代的浪漫主义情感，如今听来如梦似幻，陌生而遥远。当然，浪漫的传奇与青春的梦幻毕竟是少数，我还记得学生时代第一次坐火车出行，整晚上几乎都是站在两节车厢的交接处，头靠着车窗，就着头顶黯淡的灯光，在车轮碰撞铁轨的轰鸣声中，翻看了一晚的《安娜·卡列尼娜》。此后，每次坐火车旅行，我都会想起苏菲·玛索主演的同名电影，冬日夜幕下的彼得堡，火车靠站，白色的蒸汽笼罩着安娜忧郁的面容，那匆忙的脚步，略显哀伤的眼神，似乎你从中一眼就读到了最后凄凉的结局。

　　许多年过去，抽屉里已经收藏了厚厚一沓的车票、船票与登机牌，它们仿佛是我整个小半生的缩影。离开与抵达，回忆和期待，其实，于我而言，旅行就是在最远的路途中，发现最近的自己。当我们的身体抵达远处，也许灵魂却停靠在离自己最近的站台。

　　清少纳言曾在《枕草子》中写道："远而近的东西是：极乐净土、船的路程、男女之间。"时隔多年，我已记不清楚彼时同游的男女，但我依然记得船行于夜晚的河流以及清少纳言这句话。那次也许是我有生以来坐船经历的最漫长的航行，当船停泊于港口的时候，大约已是午夜时分。我们睁着疲倦的双眼坐在甲板上，有那么一刻，河汉无声，月色稀薄，只剩下远方若有似无的水声。仿佛我们都感觉到了那黑暗中看不见的河流真切的存在，周围一切都染上属于它独特的气息，它从遥远的时空汩汩而来，浩浩汤汤穿过乡村与城市，流过空旷的夜，也流过过去和未来。而在此刻，它像一片巨大的黑色绸缎，安然地浮漾在我们的脚下，似乎即将进入我们的睡眠，我忽然感到，自己仿佛从未离开家园，这片河流将行程似乎缩短于船头与船尾的距离，而我们刚刚从妻儿的叮咛声中离开。

我还记得那年深秋的时候，长途巴士行过漫长的跨海大桥，零雨其濛的苍穹下，明黄色的浪花轻拥着灰色的海岸，暗绿色的大海，蓝灰色的天空，那潮水仿佛时刻向我们奔涌而来。日暮途穷，冷风里，鸟群飞过车顶，远处似乎飘来一股海水腥咸的味道。此前，那个遥远的关于大海的想象就像暗夜中的灯火，骤然浮现于脑海，那一丝弥散于天外的寒意和内心安静的坚忍，意味深长而又无以名状，仿佛这座大桥所延伸的不是我们的目的地，而是永远的远方。

我将保温杯中早已冷却的茶水一饮而尽，透过起雾的玻璃窗，看着天空缓慢移动和乌云和海水湿润的光芒。遥想此时的北方，也许正弥漫着秋天的肃杀气息，冬天尖利的触角正缓缓而来，而这座伫立于海中、渐行渐远的南方大桥，仿佛悬挂于时空之外，触发着我们对远方生活的各种经验与想象，我们将与那座陌生城市的风雨阴晴相遇，种种若即若离的记忆拼凑出的图景，那些由车内的暖气所带来的温暖触觉，以及身旁友人梦中的喃喃自语，与旅途中一直弥漫在我心间的莫名的忧伤相呼应，而窗外那一根根向身后退去的屹然不动的悬索，拥抱着远处迎面而来的波浪，就像敲打着人生和自然节律共鸣的如歌行板，仿佛随时迎接着前方永恒的四季轮转，并且穿透我们古老的生命谱系。

其实，旅行的要义不在于寻找多么热闹的所在，而在陌生的行走中更利于追忆和倾听更多内心的声音，一如阿兰·德波顿所言："我们从旅行中获取的乐趣或许更多地取决于我们旅行时的心境而不是我们旅行的目的地本身。"那种漫无目的的漂泊的过程，虽然风景转瞬即逝，却使得我们从中读出了生命中诸多细小的秘密。

作者简介：

周卫彬，男，中国作家协会会员，江苏省作家协会签约作家，曾荣获江苏省紫金文艺评论奖、"长江杯"江苏文学评论奖。在《当代作家评论》《天涯》《散文》《时代文学》《山花》等刊物发表作品上百万字。著有随笔集《浮影》、评论集《忘言集》。

难忘那次龙舞大赛

周新天

周日

接办公室通知，明天和剧团刘团长去市局开会。我心里不免嘀咕：怎么又开会？年关这么忙，有任务发个电子版通知，快捷又环保，岂不是两全其美？

周一

上午8点，司机老黄载着刘团长来接我，去市局开会。

任务很简单：为传承优秀民间文艺，鼓励农民参与健身娱乐，大年初五将举办全市龙舞大赛，每个区县各出两支队伍参赛。奖项较多，但不搞平均主义，分等级，奖金差距明显。一等奖一个，奖金两万元；二等奖两个，各奖一万元；三等奖三个，各奖六千元；余下的都是优秀奖，各奖两千元。

我又暗自嘀咕：就这事，用得着专门开会？打个电话就行。奖项多，奖金高，基层那些舞龙队一听消息，还不争先恐后参加？

市局领导说：龙舞大赛在文化广场举行，难度不大。不过，下午花车巡游，十二支舞龙队全程跟随，在行进中表演，从文化广场一直演到老街。因此，组织工作、安全工作、行进中舞姿编排等，难度不小。

我这才明白。大年初五，老街人如潮涌，加上是财神日，店铺全部开门，人太多，无疑会增加工作难度。

我与刘团长分摊任务：组织队伍，租车来去，安全保障，由我负责；服装道具，舞姿编排，由刘团长负责。

回来后，向分管领导汇报会议精神，随后马不停蹄行动起来。首先咨询各乡镇文化站长，看哪家舞龙队拿得出手。如今各乡镇基本上都有农民舞龙队，纯属自娱自乐，要论艺术水准有多高，真不好说。排来排去，排出两支。珊瑚镇一支，有名字，"红珊瑚"，吉祥如意；广陵镇一支，没名字，现取一个，"龙威"，简洁有力。请办公室制作横幅两条，红布金字，能展能收，一幅写"红珊瑚舞龙队向全市人民拜年"，一幅写"龙威舞龙队祝全市人民吉祥如意"。

周二

召集两支舞龙队负责人开会，刚说到奖项设置和奖金数额，红珊瑚队长就说："啊？这点钱？算个鸡毛还是鸭毛？大正月，我们去人家效益好的企业转一转，人家图喜庆、讨口彩，哪家出手不是六百、八百？还加两条香烟呢。特别是财神日，一早上至少能舞七八家，这个账算算看。"

我说："不要这么看，眼光要长远。你想想，拿到奖，电视台、报纸都要报道，全市五百万人民都知道了，那是多高的荣誉？"

刘团长的劝导更具诱惑力："要是能拿一二等奖，很显然，在大市属于领先水平，身价就高了。到那时，你们顶着获奖代表队的光环去大企业表演，人家没个一千两千的，拿得出手？"

两位队长一听，你看看我，我看看你，终于展颜笑了："那倒是。"

正月初四

这段日子，两支队伍训练都很认真，只在除夕休息了一天。不过，明天能不能拿奖，我和刘团长心里都没底。

我俩彼此安慰：传承民艺，义不容辞；艺术无价，贵在参与。

正月初五财神日

天刚亮，乘着租来的旅游大巴，下乡接舞龙队伍。两支队伍，加上敲锣打鼓的，举横幅的，一共四十四位。龙头巨大，且无法收拢折叠，要不是豪华大巴，连人带道具还真装不下。

可就是这辆高大气派的旅游车，差点带来大麻烦。即将进入市区，有条下沉式道路，上有立交。在桥边，司机刹住车，皱着眉下车查看。我的心一沉：坏了，车身太高，过不去。司机上车，驱车小心前移几米，再次下车查看。据我们目测，大巴只比桥下大梁高出一指头。大家看看时间，都说，要是退回去绕一大圈进城，肯定来不及。

一位队长说："这么大的活动，迟到可说不过去。"

另一位说："到了时间不上场，就算自动放弃，拿个毛的奖。"

司机一挥手，果断地说："不绕了，放气！"说干就干，司机依次给前后轮放气，时间不长，上车发动，缓慢驶过桥下。车厢里一阵欢呼。

我说："好事多磨，这次一定能拿奖。"两位队长都说："那是。大过年的，不发点喜钱，谁肯来？"大家又是一阵哄笑。

进入文化广场，现场抽签，我们抽到第五、第八，都不错。

第一个上场的是开发区。开发区人口少，农业人口更少，舞龙队显然是刚组建的，动作还不熟练。我方的两位队长面露得意之色，抛下谦虚矜持，连声说："没说头，尾子奖！"

可是，随着第二支队伍上场，大家再也笑不出了。不必再看以后的比赛，我们都清楚，我方要获一等奖，已无可能。瞧瞧人家，动作设计，队形舞姿，乃至精气神，都属上等。

比赛继续进行。我们的表演达到了正常水准，既没有超常发挥，也没有因为紧张而导致失常。然而，随着水乡的几支舞龙队陆续上演，我和刘团心里大致有了答案：一二等奖与我们无缘，如果评委考虑到各县区平衡，我们会拿一个三等奖，如果评委铁面无私，我们只能拿两个尾子奖。

午饭前宣布结果，不出所料，我们获得一个三等奖，一个优秀奖。见大家情绪有些低落，我利用工作餐时间开导大家："上午的比赛，并没有现场转播，乡亲们看不到。下午的现场巡演，全程直播，全市人民都能看到。一年之计在于春，开头好，样样好，都拿出劲头来。举横幅的要雄赳赳，舞龙的要气昂昂。雄赳赳，气昂昂，新年新气象，展示新形象！"大家这才笑了。

下午两点，花车、龙舞巡游。大街两边人山人海，热闹非凡，这激起了演出者的表演欲，个个情绪高昂。也难为这些中老年朋友，且行且演，连个喘息的机会都没有，但大家都铆足劲儿，全程不松懈。最辛苦的要算举横幅的四位，自始至终只有一个动作，身姿挺直，两臂高擎，在气温只有四五度的环境下，穿着薄薄的演出服，愣是冒出一脸热汗。

巡游结束，刘团长去组委会领回奖金，上车分发给两位队长。刘团长说："不要眼热人家拿一等奖的，人家也不容易，几乎就是专业的。他们附属在国家级风景区，一年四季，哪个月没有大活动？哪一天不训练？"

龙威队队长说："服气，大开眼界。要不然关在家里，坐井观天，还以为老子天下第一呢。"

红珊瑚队长也说："拳不离手，曲不离口，回去后使劲练。天天练，周周演，月月有活动。"

其他队员纷纷说："今年算陪练，明年再来，我倒不信了。"

"就是，谁怕谁呀！明年，最迟后年，至少逮个二等奖。"

龙威队长说："要我说呀，奖不奖、奖金高不高，倒不是最关键的。"

"哪样最关键？"

"一边锻炼，一边娱乐，跳着舞着就把钱挣了，那才最关键，想想都得劲。"

"可不是吗？得劲！"

作者简介：

周新天，男，1968年生，泰兴市作协主席，中国作协会员。已发表作品200万字，出版《桑园坡》等著作8部，曾获首届青山诗歌奖、第39届（中国台湾）时报文学奖。

江郎何曾才尽

朱炳贵

　　"江郎才尽"是人们耳熟能详的成语，用于形容一个人才思减退。词中的江郎，史上实有其人，大名叫江淹。南朝宋齐时江淹是文坛上的佼佼者，"少以文章显"，墨妙笔精，文思敏锐，写出了不少著名诗赋作品。常言道"文章老更成"，可是，到了齐梁时期，才华横溢的江淹却再未写出什么好作品。对此人们议论纷纷，认为江郎"才尽"了，而且有人还对江淹后来为什么文才枯竭做过不少猜测与探讨。

　　明代胡应麟等认为，江淹后来"才尽"的原因之一，是他跟不上文坛的主流诗风了。早年的江淹对主流诗风亦步亦趋，也就是说他能够与时俱进，后来文风变了，作为文坛宿将，他不愿"屈尊"去追逐新的潮流风尚，逐渐便与时代脱节了，地位也大为下降。

　　清代姚鼐则另有看法，他说："江诗之佳，实在宋齐之间，仕宦未盛之时。及名位益登，尘务经心，清思施乏。岂才尽之过哉！"意思是宋齐间江淹还未身居高位，尚无"尘务经心"，所以能集中心思写出佳作。后来他位高名重，公务繁忙，再也无暇创作，遂至"清思施乏"。

　　还有人说，江淹是晚年养尊处优，耽于安逸，疏于创作而致才思萎退的。

　　上述诸种像煞有介事的分析，看似都有一定的道理，但它们都是基于这样的前提条件的，即江淹后期确实是才华枯尽了。那人们为什么会这么认定的呢？这还得从"江郎才尽"一说的出笼说起。

　　"江郎才尽"的说法，源于江淹本人做过的一个怪梦。关于这个梦，流传有两个版本。一个说，他从宣城太守任上罢归途中，泊于禅灵寺渚，夜间梦见西晋作家张景阳对他说："前以一匹锦相寄，今可见还。"江淹将一块锦布还给他后，就再未能写出什么东西。另一个说，有一次他寄宿于冶亭，梦见两晋作家郭璞对他说："我有笔在卿处多年矣，可以见还。"江淹遂将一支五色笔还给了郭璞，结局与上一版本说法相似，"尔后为诗，不复成语"。

此说如此荒诞，本不足为信，可是这个梦出自江淹本人之口，却又让人不由得不信。而且江淹后期的诗文创作确实很少，出彩之作更是罕见，似乎也应验了他所"做"的那个梦。

江淹的梦如果他不往外说，别人不会知道，即使他后来再未写出什么作品。他告诉人们这个梦，简直就是自毁名声。那么，是什么原因促使他不惜自黑的呢？他是否要达到什么目的？这就要谈到江淹的时代处境了。

江淹的这个梦是他在齐炀帝永元元年（499）告诉人们的，他选择这一时机郑重其事地发布自己"才尽"的新闻，其中大有玄机。

刘宋时代皇室成员大多残忍好杀，江淹追随过的几个藩王几乎都未有好下场。目睹过一幕幕血淋淋的场景，江淹在入齐以后异常谨慎。作为一个著名文人，他却与竟陵王及其周围的文友很少往来，就是不想卷入宗室之争的旋涡。

齐武帝死后，萧齐王朝进入黑暗、混乱时期，齐炀帝萧宝卷时，更是国无宁日。江淹的一支文笔曾在政坛大显身手，然而，乱世中这支笔就成隐患了——时刻可能给自己带来灾祸。齐炀帝永元元年重入都门之时，江淹就已经预感到，自己必须与先前积累起来的声名切割了。虽然声名是许多人人生中的一大追逐目标，但有时它也是命运的负累。因此江淹从外地一回到首都，就迫不及待地借梦宣布自己"才尽"了。其言下之意无非是，为朝廷起草重要文书这类事儿，我已力所不能及了。

至于那个梦，他其实并不一定做过。江淹曾说过："平生言止足之事，亦以备矣。人生行乐，须富贵何时。吾功名既立，正欲归身草莱耳。"可见他明智得很，是一个识时务者。他能高调宣布自己"才尽"，实属情理中事。

明代王世贞、张溥等认为，江淹的所谓才尽，是他在凶险的宦海风波中的故意"藏拙"。此话可谓说到了点子上。这不但说明江淹非但没有才尽,反而更显示出了他的智慧与才华。他此后在政坛上的表现也印证了这一点。在险恶的政治环境下,身处宦海的江淹始终一帆风顺,太平无事,甚至还有所升迁。这不正体现了他卓越的治理政务和应对乱局的政治才能吗!

天下太平时总有人唯恐才少名低,千方百计炒作自己;但倘逢乱世还不知敛羽息影,那有可能就是不作不死。江淹后来不但痛苦地封了笔,甚至不惜损毁身后名誉,借梦自贬,这是他在政局混乱之时保护自己的无奈之举。生逢乱世,保护好身家性命,可要比追逐虚名假誉紧要得多啊!

作者简介:

朱炳贵,江苏人,专注于地方文化和舆地史料的整理研究,兼及文史类散文随笔写作。出版《南京往事》《老地图·南京旧影》等,作品获评"苏版年度好书"等。

梦里谁知身是客

朱崇珏

　　秋日午后，长睡乍醒，看看窗外随风飘洒的落叶、静静的小院、暖暖的斜阳，不觉想起几年来在外读书、漂泊的日子。这几年老是在外飘着，像这样安稳地长睡一觉实属难得。

　　人在平静的生活中往往容易萌生求变的念头。过去在镇上学校教书，一星期回家好几次，却不知珍惜。那时老想着考出去，以期有新的发展。几载努力，终于有了外出求学的机会，当我坐上火车，来到举目无亲的异乡，一个时期下来，又开始为渺茫的未来而彷徨。

　　迷茫的时候，我喜欢一个人到学校外转转。步出校门，是一条长长的南北路，路边是一些不知名的树，枝繁叶茂，浓密的树荫遮住了行人头顶上的太阳。学校西面是一片很大的空地，与另一所学校遥遥相望。空地比路面低很多，有的地方很洼，还有一些积水，长了许多茂密的芦苇。虽说南方秋天来得晚，但国庆节过后，原本青绿无比的芦苇也就渐渐地发黄了，秋风吹来，大片的芦苇也就在风中摇摆。而我，则喜欢在风中看这些起起伏伏的芦苇，感受秋日柔和的阳光和飒飒秋风中的凉意，看树上的叶子三片、五片地飘落下来，看天上的悠悠云絮，听南飞的大雁……

　　我的思绪也会随着这些云絮、这些落叶飘得很远很远，会想起远方的老家，那大片大片绿油油的麦田、落叶飞舞的杨树（在江南是看不到北方这些杨树的）、那片荒凉的小村落、自家那小小的院落。过去在家时，从不觉得他们是那么亲切，此时此刻，尽管我也颇爱慕江南的秀丽景色，可自己独自身在异乡，举目无亲，才觉得老家于自己是那么令人难以忘怀、那么重要。

特别是到了节假日的时候，身边的同学大多收拾一大包东西回家与家人一起欢度节日了，而自己则是一个人孤单地在校园里徘徊。有时候看着夕阳渐渐西下，一个人围上一根灰色的围巾，缓缓登上一个小山坡，望着远方苍茫的景色，就会不由得想起年迈的父母，他们这会儿也许在地里干农活，也许在院子里忙着收拾东西，也许在厨房里忙着做饭……但不管怎样，自己是既不能帮他们干农活，也不能帮他们收拾东西，更不可能在屋里享受母亲做的饭菜了，一种孤独的感觉就会不由自主地涌上心头。我曾写过这样几行文字：亲情/是一杯浊酒/用家乡的高粱酿成/芳香醇郁、点点滴滴……

于是盼望着放假，一旦知道了放假的具体日期，就会提前早早去车站买好火车票，此时一点儿也不会在乎所买的车票是否有座。而等到回家之日，早早背上大包小包，飞一样地奔向火车站，等通过检票口，挤上火车时，那激动的心情就如同已踏上家乡的土地一样。有的时候，晚上到了离家较近的一个车站，即使多花几十块钱，也要打车回去。此时此刻，为了看到家里的那个小院，还有父母苍老的容颜，丝毫不在乎多花的几十块钱。

我是一个比较懒惰的人，这么多年了，还是不会做饭。有很长一段时间，我习惯了吃父母做的饭。看他们天天日出而作，日落而息，在地里劳作，回家做饭，我好像心安理得。直到如今，我身为人父，操持家务了，我才体会到生活的艰辛和不易。

当我站在自家小院里仰望头顶的天空，天空是灰蒙蒙的，空气中总有那么多的灰尘。日子久了，我又会感到那一方天空是那么狭小，完全容纳不下我的思绪，而自己也好像是一只小小的井底之蛙。我又开始不安分了，又酝酿着走出去，去看看外面的大千世界。现在想想，人生，也许就是这样一个来来去去的过程吧；而人们，也就是这世间一名普通的匆匆过客罢了。可是，来来往往的行人，又有谁能明白，自己的这一角色呢？

梦里谁知身是客？

作者简介：

朱崇珏，教师，1976年生，连云港市作协会员。1997年开始写作，曾在《滇池》《速读》《中国教师报》《作家天地》等报刊发表作品，作品曾入选各种选本，现任教于苏北某学校。

满天风雨下西津

朱 未

许多故事发生在渡口,许多人的命运改变在渡口,甚至许多朝代的更迭牵系在渡口。在渡口,学子们吟诵着"小生书剑飘零,功名未遂,游于四方",然后扬帆远航,去寻一条经国治世之道;在渡口,将军们指挥若定,运筹帷幄,江河湖海尽在胸中,拨弄得天下风云变色;在渡口,商贾往来,经年不息,南船北马,舍舟登岸,人间的烟火气在这里蒸腾蔚然。渡口,不仅是交通的节点、梦想的起点,还是情感的原点、历史的熔点。

西津渡,正是这样的一个渡口。千百年来,刘裕的浩浩大军,王安石的皇皇诗词,旅行家的长长脚程,都在这里产生了奇妙的反应,这座古老渡口所承载的历史和文化,故事与传说,无不让人心向往之。

到西津渡有多次了。学生时代的一个夏天,我先在扬州游历两日,后乘船至镇江,真正地去印证"京口瓜州一水间"诗句的描述。听同乘的人讲,到镇江必到西津渡,那时,西津渡这个地点,对我来说还是一个模糊的名词指称,不过是一个游人趋之的景点。我们认识事物,听他者叙述和亲身体验,是完全不同的感受。这世间有那么多的城镇,城镇中有那么多的店铺,为何独独是彼处被铭记,当然是那里让我们产生的情感共鸣和经验记忆。

或许是因为夏日的中午,古街苍巷,游人稀疏,这刚好给了我一个独处的机会。在许多类似的古镇,常常是密密麻麻的游人,攒动的人头挡住了招牌,遮住了帘幕,他们大口咀嚼,左顾右盼,那些人像是历史课本上的汉字,仿佛意在复苏过去的辉煌。然而,如果打算与历史进行对话,如此的喧嚣之声必然盖住两相对谈。

于是在那个夏天的中午，在我初见西津渡之时，她以浅浅的微笑接纳了我，让我可以细细地感受她的细节与纹理。走在街道中，背景音乐从店铺中淌出来，时间的节奏在这里慢了半拍。西津渡与别处的古街有相似之处，亦有别具一格的风采。如果一定要给这种风格一种界定，我想那应该是阅尽千帆、曾经沧海的淡定与从容。这里曾经目送过学子、将军、商人，接受过流浪、孤独、诗意，一个渡口，是呈现人间离合悲欢的博物馆。

今时今日，西津渡已经不再担负交通的职能，面对现代，她在保持本身美好的同时焕然一新，以另外的身份承担起文化传播的职能。咖啡馆、西餐厅、小吃店，融合、包容、创新，有高雅之音，又有市井之声。情侣们手牵手走进街边的文创小店，然后写下一张明信片，寄给未来的他们；寻味美食者，吃上一碗热气腾腾的锅盖面，再加两块肴肉，腹果然、身通透不过于此；钻研考据的学者们，或许可以走进救生会，那是世界上最早的水上救援机构，关于水与人与船的故事，你会听到很多。

几年后再到西津渡，我已经从学生变成了一名文学工作者。也是夏天，阳光炽烈，西津渡裸呈于干净的天空下，女人们撑着伞，从紫阳花畔走过，花的鲜艳、伞的绚烂、人的娇娆形成和谐的画面，像是翻动着的古代女子生活图鉴。恍惚间，古今通道的大门被打开了，门后的生灵与亡灵汇合在一起，交织成一条时间的河流，存在的终将烟消云散，消散的曾经佩玉鸣鸾。在充满历史感的地方，怀古伤今当然在所难免。小到一棵树、一片森林，大到一座城池、一个区域，春夏秋冬有着辗转的容颜，四季呈现出四类不同的美丽。望着那些脱离了伞的原始功能的遮阳伞，那时我想到，如果可以在雨天来到西津渡，一定可以感受到西津渡别样的一面。半年后，我的愿望便真的实现了。

当四季的车轮刚刚驶过冬天的界线时，我们组织二十多位作家来到西津渡采访。此时，雨水正从天空上落下来，雨刷器上下摆动撑出一片视野，大巴停稳，众人下车，打开雨伞，一段段清凉的风涌向我们的五官。整个西津渡被笼罩在一片烟雨迷蒙之中，我们走在冬天里，走在雨水里，而心情是舒爽的。拾级而上，脚底的雨水溅起晶莹的浪花，我小心翼翼，又带着欢悦，作为一名文学工作者，我不能放任心中游戏的冲动，不能像孩子那样在雨中踩出节奏，只能把自己装在成人的外壳下。冬雨中的西津渡和夏阳下的西津渡，有过这两种体验的外来人，一定会对这种显著的差别感到惊奇。一个是热烈的，一个是冷静的；一个是歌声袅袅的，一个是喃喃细语的。我与一位作家边聊着边走上台阶，穿过门洞，在石塔下站定，雨水拉近了人与人的距离，交谈也变得真诚起来，就像两棵对视的木棉。

从高处俯瞰，雨水中的西津渡建筑密集而规整，阡陌分明，路径清晰，灰色的屋顶房檐，斑驳的墙壁青街，在雨水的反射下透出晶莹的光亮。在这里，我感到了丰富，和丰富带来的平静。站在救生会的栏杆旁，静静地，我看着雨水冲刷掉人间的一切悲哀与欢乐，那些嘈杂的、蒸腾的、热烈的，随着雨水流下山坡、台阶和管道，最终汇入了浩瀚的江水。

离开的时候，忽然想到许浑的那首诗："劳歌一曲解行舟，红叶青山水急流。日暮酒醒人已远，满天风雨下西楼。"此刻，我并没有饮酒，脚步却是轻盈的，在满天风雨中，走下了西津渡。

作者简介：

朱未（本名朱军），上海大学文艺学硕士、江苏省作协会员。作品见于《扬子江诗刊》《诗歌月刊》《散文选刊》《青春》《太湖》《文艺报》《文学报》等报刊。现就职于江苏省作家协会。

村道宽宽

朱闻麟

开启导航系统，试着输入"南沙堰"，这个我出生成长的小乡村名。本以为会无功而返的，没想到系统一下子就跳了出来，还显示了路线，从县道，到镇道，再到村道，条条道路都有名字，着实很是惊喜，也很感谢现代科技，让充满着我童年、少年、青年记忆的乡村，能在这个系统中有一席之地，这样一来，即便是陌生人也能顺着导航的指引，到达我依恋着的"南沙堰"。

正因手机上这么一次好奇行为，真勾起了我对这片故土的思念，趁双休在家没事，特地开车去了一趟，看看那村那人和那景。

虽说导航指明了路线，但我还是没有按着语音提示走。回家路对我来说太熟了，与导航上标出的路线相比，还有一条更为便捷的小路，可以避开大路和沿路的红绿灯，省下不少的汽油和时间。

小路虽近，却只能容一辆汽车独行，汽车开在这条道上，心里总是担心对面来车。凭我的驾驶技术，在反光镜看不到路基的情况下，是不敢贸然去尝试倒车的，万一轮胎滑下去，后果不敢想象，好在只是担心，现实生活中还真没遇上过。

村头有户人家提前拆迁，搬进了镇上的动迁小区，正好改成的停车场，解决了停车难问题。

我们全家搬到镇上后，老房子早就不住人了，四上四下的房子就这样空关在那里，等待着新农村建设的推进，也希望拆迁住进动迁小区，更希望能重新规划，翻建成白墙黑瓦，具有江南风情的新居所。

　　都说没了人气的房子破得快。还真是的，沿着楼梯走上去，原本洁白的墙面布满了黑色的霉点，那是屋顶的小瓦受刮风等原因产生了缝隙，雨水漏下后造就这个模样，就连卧室也没幸运，看到这样的情景，心里回想着它原本风光的模样。

　　乘着改革开放的春风，老宅跟我一样，自20世纪80年代建成后，经历了最为风光的二十来年，也是乡村三世同堂、四世同堂，热热闹闹和和睦睦，最为繁华的时光。

　　联产承包后，手上有了点积蓄，改善住房放上了回头，拆掉儿时的小平房，跟风似的建起大楼房，着实花去了父母全部的财和力，又把爷爷奶奶的积蓄也给搭上了，还借遍了亲戚，是倾全家之力，才把这么一项工程给顺利完成了。

　　几乎是在同一时间，全村几十户人家，都开启了平房改楼房的安居工程，场面着实很壮观，村庄也立马大气起来。

　　那几年里，男青壮劳力没有外出的，都在围着房子做事。从打基础的石料，到砌墙的八五砖、钢筋水泥黄沙、木头椽子小瓦等，就靠着这些青壮力，一船船从外面购得来，靠着体力运到场地上，就连泥木匠进场后，小工也是靠着这些人来完成的。

　　能有这样一群人前前后后在帮忙，还得感谢田地已经承包到户了。除了农忙时节，大家会忙于收割和播种，余下的时间自然不用再去出工赚工分，更为重要的是，大伙都有了余粮和积蓄，建房的条件自然而然成熟了。

　　住到楼房里，对于从小过惯苦日子的我们来说，已是十分满足了。让人没想到的，真正的好日子才开了个头，我们这帮当年的年轻人，随着乡镇企业的兴起，纷纷走出乡村，到了镇上，到了城里，各自找到了自己合适的工作，也在城里购置了新房，于是乡下的热闹慢慢地属于了过去，房子也属于了那些留守的老人。

　　幸福美好的日子过得快，一晃我们从小屁孩，升级加入中老年的队伍，村上的老人更是在时光的磨炼中，于八九十，乃至一百多的高龄，一个个地走了。乡村的夜，不再是处处闪烁着灯火，重回于自然和谐之中，只有偶尔的鸡鸣狗吠，显现着还有人在坚守这方故土。

依着走廊窗户远眺，村头的田野依然绿意盎然，相邻的房子还是记忆中的模样，它们一字排开，没看出有多大的变化，不过内心已明了，那片绿意已属于村富民合作社，是机械化操作后呈现出来的希望景致，大多数的楼房也与我家一样空关着。

下得楼来，有了一丝惊喜，三四对燕子飞进飞出，在走廊和客堂里，各自筑着自己的爱巢。相信用不了多时，新的生命将会破壳而出，空荡荡的房子里又将布满生生气息和爱的呢喃声，那可是乡村人最钟爱的小生命，也让我的内心充满了爱和吉祥。

难得回一次，自然想到村里转一转。才走出没多远，就与一个手挽竹篮的老太擦肩而过，是村头的张阿婆。"阿婆好，这么急去做什么啊？"我问。

阿婆并没理会，依然急匆匆走着，我跟上再问。这回回答我了，说是老头子想吃虾，自己要到儿子的鱼塘上捞一点儿，回来烧给老头儿吃。

看着张阿婆远去的身影，我掰着手指头计算着她的年龄。爷爷在世的时候常以大姐来称呼她，论年龄真比我爷爷大两岁，爷爷是在八十三岁时走的，一晃已过去了十一年，一加一算吓一跳，阿婆已是九十六了，还能自个儿跑东跑西，心里好生羡慕，要是自己老来也能这样，那是要修多大的福啊。

掰过一次手指后，就会有第二第三次，一路走，我又开始一路掰手指，从西向东，一幢幢楼房地算着，村上还有几个与爷爷同辈的，目前依然健全的长寿之星。

掰着掰着，一只手就不够了，最后停在第二只手的中指上，看似像没人居住的村落，至少还有八位寿星住在其间，算上服侍照顾他们的家人，村落里还是有着不小的人气呢。

不是夸乡村水土好，而是这些吃了大半辈子苦的老人身板硬，更是这个时代好，让他们简单而又朴实地生活，享受社会家庭给予他们的关爱，无忧无虑，幸福甜蜜，让阎王也忘了他们的存在，就像张阿婆那样，为了满足老公的口福，还在奔波劳作中，一点儿也不把自己的年龄当回事。

突然间觉得，诞生在这个普普通通的江南小乡村真的好美，更庆幸的是，能诞生在新时代，沐浴在改革的春风里。

一天天，一年年，能从这些脸上刻满时光烙印的寿星身上，看到自己未来的模样，和谐美满幸福安康，足矣。

作者简介：

朱闻麟，男，1968 年 12 月生，江苏昆山人。中国民文协会会员，中国微型小说学会会员，江苏省作家协会会员，江苏省微型小说研究会理事，昆山市民文协会主席。先后在报纸杂志发表作品 700 多篇 250 余万字，百余篇作品入选各类选本，十多篇在国家级征文中获奖。出版个人专集 13 本。

漫步永恒之城

邹世奇

时光在罗马似乎是静止的。

在一个本地老人眼里，今天的罗马城和六十年前没有变化。再上溯两千年，据说假如一个古罗马人魂兮归来，也不会迷路，因为这城市和古罗马城相比，框架还在，最主要的建筑比如皇宫、斗兽场也都还在。

我知道罗马有一个现代化的新城，在距离老城六公里的地方，非常现代化，被叫作欧洲城市花园。可是谁要去看它呢，那样的只需去香港、去新加坡看，再不然去迪拜总可以看得到。

让我痴迷的永远是老城。走在罗马老城，你不会看到任何新建筑。满城都是 16、17 世纪甚至更早的老房子，有着古罗马式、巴洛克式、文艺复兴式的造型，自然陈旧的肌理和颜色，散发着岁月的包浆。一千八百多岁的古罗马公共浴场和皇宫遗址，快两千岁的君士坦丁凯旋门，两千岁的万神殿，两千多岁的斗兽场散布其中。路边随处可见的喷泉、精美绝伦的雕塑，最晚也不会晚于 16 世纪。

触目所见皆是艺术，一呼一吸都是历史。

著名的《威尼斯宪章》规定，对于老建筑，任何会改变形状和颜色的新建、拆除或变动，都是绝不可以的。罗马人遵守得分外严格。城墙外不远处路边的加油站，下雨天工人打着伞工作，雨水顺着伞沿滴滴答答地落在油枪上，落在工人宽大的工作服上，不一会儿就湿了半边身子，但是搭遮雨棚是不允许的。埃及大使馆在阿达公园里，没有围墙，只在小径分叉处立一块不显眼的牌子，提醒行人不要误入，因为这里本来没有围墙，筑墙是不可能的。

王尔德说："往昔的唯一魅力在于它已是过去。"可是罗马人并不把满城的老建筑、喷泉、雕塑当作"过去"供进玻璃罩子里，而是一边维护它们，一边继续使用它们。政府部门、写字楼、餐馆、超市、居民楼就设在这些老建筑里，西装革履或者穿牛仔 T 恤的现代人，出没在几百年前的房子、几千年前的街道里，几十个世纪的光阴就这样交叠在一起。

城里的教堂有几百座，多数建于文艺复兴时期。根本不需要去梵蒂冈圣彼得大教堂那样举世闻名的名胜，曲折深巷里任何一座不起眼的小教堂，教堂建筑本身，里面的壁画、雕塑、装饰都可能出自名家之手，加上经年收藏的艺术品，一座教堂就是一座艺术殿堂。时光走过六百年，现在这些教堂每天仍有望弥撒的人出入，有唱诗班的吟唱被风送得很远。

在别处，老建筑是文物古迹；在罗马，老建筑是生活本身。古迹笼罩在人间烟火气中，凝固的历史走入现代人的生活，走入寻常百姓家。从后工业时代的世界进入罗马，就像一头跌入好莱坞黑白老电影里，一定会有种时空交错的恍惚感。

城里汽车很少。为了减少尾气对建筑、雕塑的伤害，公交车之外所有进城车辆都要交昂贵的城市税，包括出租车。这让这座城市的马路显得比别处空旷，因此更不像一个现代城市，也更不像真的。

古罗马城墙根下，一带衰草寒烟。红色的夕阳落下去，荒草杂树从破碎的台阶缝隙中长出来，高高的雪松兀自挺立着；暮云低垂，满城的房子都是旧旧的，如同从来没有新过。一千八百多岁的古罗马皇宫，两千多岁的斗兽场，那些当然早已是废墟了。

雪莱在 1818 年给皮科克的一封信里写道："时光把大剧场变成多石的小山，上面生长着茂密的野橄榄树、桃金娘、无花果树。几条小径像线条一样，在残破的阶梯和无数的走廊中蜿蜒。"

写的就是罗马呀。

作者简介：

邹世奇，80 后，南京大学文学博士，江苏省作家协会第十届、第十二届签约作家。在《山东文学》《边疆文学》《延河》《雨花》《芳草》《青春》《人民日报·海外版》《文艺报》《文汇报》《扬子江评论》等刊物发表小说、散文、文学评论数十万字，曾在《扬子晚报》开设专栏。部分作品被《小说选刊》转载，被收入《2017 中国最佳杂文》（王蒙主编）、《那"通关密语"》（《文汇报》2018 年年选）等多种年选，获《延河》杂志"最受读者欢迎奖"。